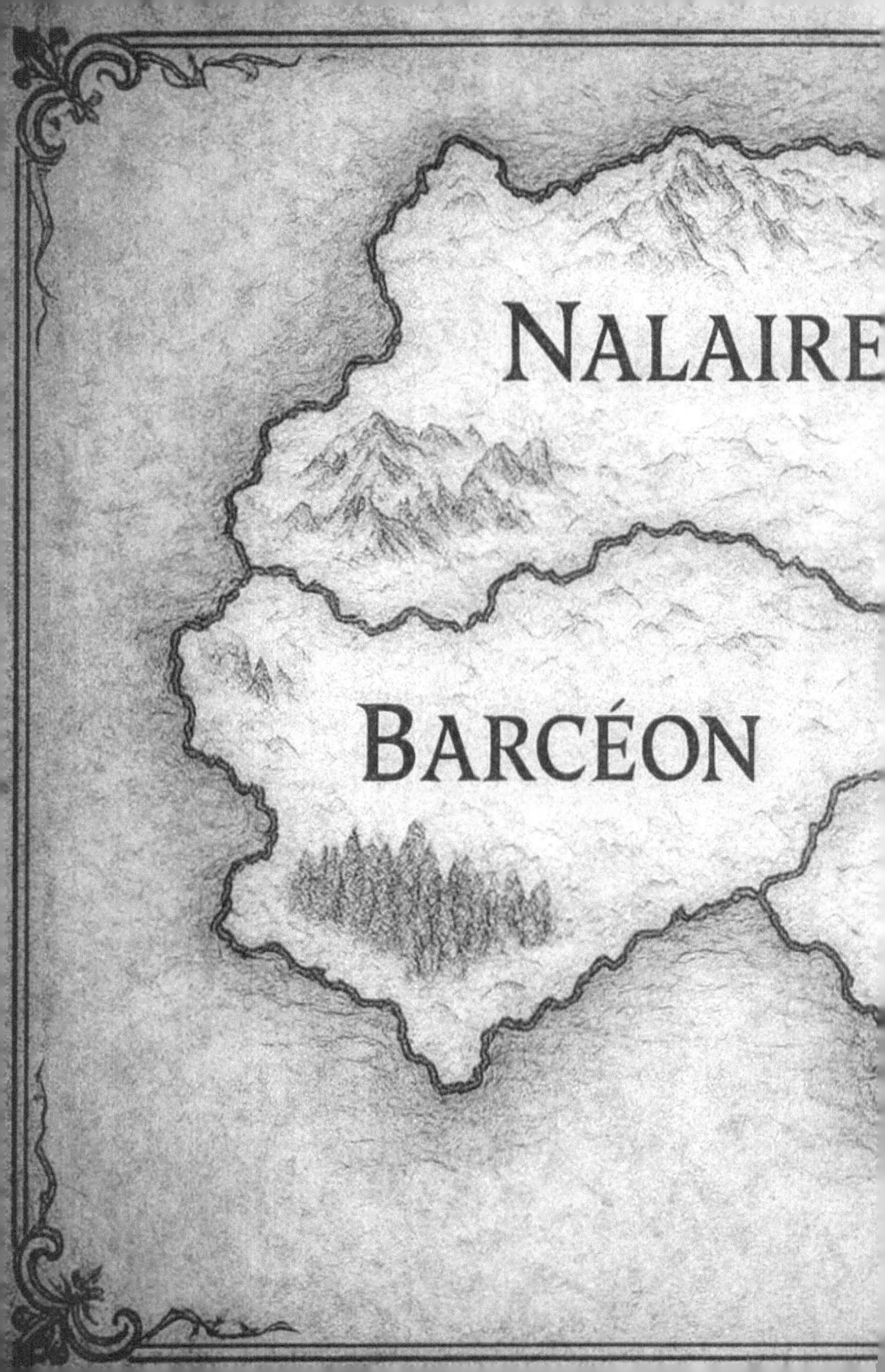

ALDORIA

ALDORIA

TOME 1 : LA LAME DE SANG

LORELY JY
CHARLYE MORAND

ISBN : 978-2-9596248-4-1
Dépôt légal : janvier 2026
Couverture : @coveryourdream
@Charlye Morand
@Lorely jy

TRIGGER WARNING

Violence

Viol

Combat

Décapitation

Langage cru

Torture

DÉDICACE

Aux hommes qui nous prennent pour des demoiselles en détresse,
nous bâtissons nos trônes sur vos chimères.
Promis, aucun ~~crapaud~~ prince n'a été blessé. Enfin, presque…

ARCHIVES DES QUATRE VENTS

Le territoire des quatre vents se compose depuis tout temps de quatre royaumes :

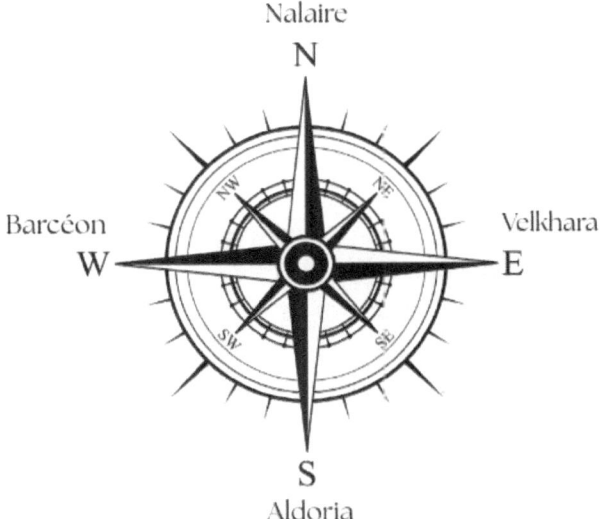

Chacun d'eux est lié par un traité instaurant des échanges commerciaux fructueux en fonction de leurs ressources. Cette alliance a pour but de les protéger et de leur offrir une prospérité et une entente de paix pérennes. Les dirigeants la nomment « l'aire blanche ».

Cependant, au fil des ans, les certitudes d'un accord durable s'érodent. La convoitise que la royauté aldorienne, incarnée par le roi Alen, porte à Barcéon ne peut satisfaire pleinement sa cupidité.

Depuis le début de son règne, le monarque de cette cité florissante souhaite étendre son pouvoir, mettant en péril la stabilité établie. Alors, ce dernier bâtit une armée plus puissante que les autres royaumes et s'entraîne encore et encore dans le but d'être fin prêt le moment venu. Lorsque sa fille Feya s'éprend du jeune prince voisin, Calum, d'un an son aîné, le roi d'Aldoria ne l'entend pas de cette oreille. Pour lui, il est inconcevable de marier sa fille de quinze ans à un royaume tel que Barcéon. Il y voit l'opportunité de détruire un potentiel rival et d'atteindre les remparts en plein cœur. Dans sa tête, les choses sont claires. Calum n'aura ni sa fille ni le trône. L'amour n'a pas sa place dans les jeux de pouvoir. Durant des semaines, il établit bon nombre de stratégies pour arriver à ses fins, parlant de trésorerie, de rendement et de mauvaises cultures pour convaincre ses conseillers.

Un matin, après les longues gelées d'hiver, l'assaut aldorien est lancé par le roi Alen en personne. Impatient de mettre la main sur le royaume de l'ouest, il espère pouvoir jouir de leurs profits et de leurs récoltes.

À l'entente du cor signant la déclaration de guerre, Feya tente, dans d'interminables plaidoiries de pleurs et de supplices, d'empêcher son père de commettre un tel acte. Elle qui ne connaît rien à la politique, comprend les répercussions désastreuses sur les quatre vents et sur l'honneur de leur cité.

N'étant qu'une femme, sa parole et ses sentiments bafoués sont relégués à un caprice plutôt qu'à une véritable réflexion. Elle sent dès lors son cœur se briser lorsque les soldats de son paternel partent pour anéantir le royaume de son bien-aimé. Dans sa tête, plus rien n'a de sens. Son amour pour Calum ou la loyauté à son dirigeant. Elle ne peut pas choisir et n'en a pas la possibilité. L'ambition démesurée d'un homme tel qu'Alen a raison des incertitudes qu'il a semés en Feya.

Barcéon, loin de se douter que l'accord s'apprête à être violé, subit de plein fouet le déchaînement d'Aldoria. L'offensive les cueille au réveil, les soldats entraînés disséminant le peuple barcéonien sans le moindre scrupule. Aux côtés de ses guerriers, le souverain assailli réplique, suant et rageant de toute sa vitalité, il ne lâche rien. L'impact soudain crée la surprise en mettant à mal les alliances liées au traité. Dès les premiers heurts, l'aire blanche cesse d'exister. L'affrontement prend de l'ampleur lorsque les contrées de toujours forment des camps. Aldoria et Velkhara contre Barcéon et Nalaire. Il ne faut que quelques mois pour que la famine se répande par-delà les frontières, que les maladies contaminent les populations et que la peur se propage de royaume en royaume. Les pertes humaines sont considérables pour chaque monarchie, mais également pour les territoires alentour, causant des conséquences sur les échanges commerciaux et les finances, induisant ainsi des manques de toutes parts.

Après cinq années, alternant pourparlers et combats acharnés et sanglants, Alen réussit à tuer le souverain de Barcéon et sa femme, exposant leurs têtes coupées à la vue de tous. Leurs alliés velkhariens ne validant pas ces mises à mort, le roi et sa garde rompent leur association.

Devant cette trahison et cette montée en violence, Velkhara réintègre les rangs portant allégeance à Barcéon. L'union des trois finit par repousser les attaquants et parvient enfin à les faire reculer. L'armée d'Aldoria, autrefois forte et puissante par le nombre, se retrouve contrainte d'abandonner.

C'est avec cette expérience de mort et de pouvoir que la vie précoce de Calum, prince désormais orphelin, change du jour au lendemain. Il accède au trône à l'âge de vingt et un ans, prenant la suite de son père. Son esprit vif et vindicatif lui permet de s'imposer rapidement en souverain dans un royaume en ruine.

Pour sa trahison et son acte de haine, Aldoria est condamné par les trois autres territoires et mis à l'écart, reclus dans ses idéologies de grandeur qu'il ne peut atteindre.

Six ans plus tard, à la mort de son père, Feya porte à son tour la couronne à l'âge de vingt-six ans. Une nouvelle ère est née, la souveraine aux idées novatrices n'ayant pas dit son dernier mot.

PROLOGUE

Vingt-sept ans se sont écoulés depuis la fin des combats. Si Aldoria est toujours à l'écart, les quatre territoires n'ayant pas réussi à trouver un terrain d'entente, aucune autre guerre n'a éclaté, la rage semblant s'être calmée de part et d'autre. Du moins, en apparence. Aldoria n'a plus de poids dans les décisions des quatre vents et un avenant au traité en vigueur a été amendé. Toutefois, Barcéon s'est imposé dans la maîtrise d'échanges commerciaux, monopolisant l'attention afin de faire oublier l'existence du royaume qui a failli causer sa perte. Les frontières érigées autour d'Aldoria sont constamment surveillées par les gardes velkhariennes en place et permettent de filtrer les allées et venues. En tout cas, de leur côté. Aucun Barcéonien n'est en droit d'aller sur les terres d'Aldoria. Mais nous y reviendrons plus tard…

Barcéon, niché au-delà d'une forêt dense de grands arbres feuillus, s'étend à perte de vue, bordé par les eaux cristallines du fleuve. Le vent y porte le parfum du soleil et des fruits, et les ruelles pavées résonnent sous les pas de la population. Sur la plus haute colline, son château majestueux, dont la façade vitrée semble attirer la lumière, fournit une vue à couper le souffle sur l'ampleur de son territoire. Ses chemins serpentent parmi les habitations en contrebas, accueillant toutes classes sociétales, des plus riches aux moins aisés. L'unique marché offre un axe commercial prospère, puisqu'il est à proximité du petit port. Refuge des bateaux approvisionnant la ville, il est protégé par un fort mur de pierres dont les tours menaçantes et les végétaux vivaces dissuadent toute intrusion.

Au nord, Nalaire, dont les forêts automnales sont propices à la chasse, marchande sa viande à bon prix. Son roi, bon vivant, adore organiser des fêtes et boire à outrance. Pas très rusé, celui-ci s'occupe constamment de ses affaires un verre de vin dans la main.

En poursuivant la route vers l'est, le souverain de Velkhara négocie ses tissus là où les bourrasques le mènent. Les frontières sont minces, et malgré les réticences des autres royaumes pour leurs comparses sudistes, le commerce reste lucratif. Même si les hivers sont durs dans cette partie des quatre vents, le travail ne manque pas. Les longs mois froids laissent toujours place à un printemps coloré grâce à la proximité des plaines aldoriennes.

Au sud, le reinaume d'Aldoria, jadis réputé pour ses vastes étendues verdoyantes et ses paysages fleuris, s'est flétri par manque de soutien des distincts territoires. La bonne gouvernance de Feya a tout de même rendu, au fil des dernières années, une portion de cette beauté presque rustique à cette immense étendue. Telle une monarchie qui renaît de ses cendres, l'attention se recentre petit à petit sur cette contrée de printemps qui devient autonome au fil des décennies.

Barcéon, dirigé par un roi égoïste et imbu de lui-même, n'a pas vu la tendance s'inverser, trop occupé à dresser des remparts imprenables autour de sa cité. Il a maintenu l'espoir qu'Aldoria se consume de lui-même afin de mettre la main sur ses terres, escomptant exploiter son peuple et ses cultures pour enfin assouvir sa vengeance engoncée par une rancœur profonde et des blessures du passé.

Pourtant, avant que la guerre ne lui retire ses parents et ne démolisse une grande partie de sa contrée, Calum était un garçon juste et généreux, quoique colérique. Il s'est mué en une figure marquée par la souffrance et la trahison, dont l'innocence a été lentement détruite par les manipulations et les conspirations de ses ennemis. Le temps est devenu le meilleur allié de sa haine.

Aveuglés par le pouvoir et le contrôle, ses assaillants ont alimenté sa soif de maîtrise et d'autorité sans limites. Le poids des épreuves l'a forgé en un souverain implacable, prêt à tout sacrifier pour assurer sa survie et celle de son royaume. Dès lors, sa clémence s'est effilochée et sa rage a enflé. Il a réhabilité son château en un palais à la hauteur de sa démesure, fait de vitres qui pourraient refléter le soleil aussi loin que possible. Comme s'il pouvait surveiller ses ennemis à distance et les garder éloignés.

De son union avec la reine promise, une Barcéonienne de bonne famille épousée après son accès au trône, sont nés deux princes. Seulement, après dix ans de mariage, celle-ci a été empoisonnée. Certains disent que le roi a été fou de chagrin à cet instant, que sa mort l'a anéanti jusqu'à le métamorphoser davantage. D'autres pensent qu'il l'a lui-même tuée de peur qu'elle devienne plus puissante que lui un jour.

Depuis cette époque, rien n'a vraiment changé. Le pouvoir, la vengeance et la haine s'imprègnent dans le sang du souverain barcéonien. Son plan de représailles est en place : éradiquer le reinaume voisin, dont son amour de jeunesse, qu'il tient pour responsable de la perte de ses parents, n'ayant pu empêcher son père d'agir.

Zayan, son premier fils, est devenu l'image du futur roi. Imposant, charismatique et d'une grâce incontestée, il est cependant impitoyable. D'apparence froide, il est aussi calculateur qu'intelligent, bien que tempéré et mesuré. Il est le bras droit de son dirigeant dans toutes ses décisions et un modèle de vertu auprès des Barcéoniens.

Kaël, le deuxième, est né pour tuer. Il a été élevé dans l'ombre de son frère pour n'être que le prolongement d'une arme. Un monstre. Le tranchant de sa lame sur le cou de ses adversaires est une danse machiavélique qui le consume un peu plus chaque jour. Chaque coup est une offrande à la rage de son roi, un pas vers sa véritable cible : la reine d'Aldoria. Il ne connaît aucun sentiment, si ce n'est la peur qu'il inspire dès qu'il daigne sortir des murs du château.

La fureur et la haine sont devenues le seul moteur de la cité de Barcéon. L'heure de la vengeance n'a jamais été aussi proche. Le roi attendait simplement le moment adéquat… la bonne main… et il se trouve que Kaël a été élevé dans cette optique, et qu'il est désormais préparé. Paré à tout brûler sur son passage.

Demain, le reinaume tombera entre les griffes sanglantes de Barcéon. Une mission que le bras armé du roi est prêt à s'acquitter afin de faire de tous les royaumes l'unique, le seul dont son père a toujours rêvé. Et pour ça, il va falloir anéantir tous les fruits pourris des terres voisines. Jusqu'au dernier.

Lorsqu'il s'agit de destruction et de mort, le jeune prince ne connaît pas de limites. Il se gorge de la peur et de l'effroi de ses victimes. Après tout, on ne le surnomme pas le bourreau pour rien. Ce nom, il ne l'aura jamais si bien porté que durant son intrusion à Aldoria.

CHAPITRE I

Kaël

L'aube est là. Je fixe l'horizon teinté de vermeil comme si cela pouvait apaiser mes tourments. Mon corps, noué par les entraînements intensifs des dernières semaines, se met en mouvement comme par instinct, tandis que je fais l'inventaire muet de ce que contient ma besace. Aujourd'hui est un jour particulier. Face à l'étendue rougeoyante se dressent ma détermination, les ambitions de mon père et cette farouche envie de voir ce que le reste du monde a à offrir en contrepartie de ma folie. Je monte les marches de la tour est pour rejoindre la grande salle, là où le roi m'attend. Le silence, pesant et lourd, entoure les gardes royaux et le trône où siège celui qui m'a tout appris. À ses côtés, mon frère Zayan me fixe, son assurance sur le point de vaciller, je le sens dans ses prunelles qui me transmettent plus que n'importe quels mots. Je plisse les yeux, et il se ressaisit. La pitié n'a pas sa place chez nous, bien que ce dernier appellerait ça de l'inquiétude fraternelle. Moi, je nomme ça de la faiblesse. D'un claquement de langue mécontent, le roi coupe court à l'échange silencieux que seuls deux frères habitués à communiquer ainsi peuvent avoir. Contraint de lever mon regard torve vers lui, je mesure instantanément ses attentes. Cela n'a pas toujours été le cas. Plus jeune, il m'a fallu beaucoup de temps et de nombreuses corrections pour apprendre à anticiper sa colère et ses non-dits. À présent, je suis devenu l'unique reflet de sa folie, et son exécuteur personnel. Je ploie le genou, m'inclinant devant mon souverain et son futur remplaçant. Même si mon père n'a jamais eu de respect pour moi ni la moindre parole gentille, il m'a tout inculqué, m'a permis de décharger cette colère qui m'envahit depuis si longtemps et qui m'a fait craquer à de multiples reprises.

— Adaptation, investigation et patience sont les maîtres mots de ta mission. Infiltre la garde, agis avec discrétion, mais ne te montre pas sous ton vrai visage, Aldoria te percerait à jour immédiatement. Tu seras leur bourreau, celui qui les affaiblira de l'intérieur en attendant que *je* décide d'envoyer mon armée. Ne prends pas d'initiatives sans qu'on t'en donne l'ordre. N'oublie pas les règles et les objectifs. Mon sang coule dans tes veines, tu n'auras qu'une chance, alors, ne faillis pas… Pas cette fois, ou je t'abattrai de mes mains, lâche mon père d'un ton sec. L'honneur de notre peuple est en jeu.

Ses derniers mots glissent sur moi comme le mépris que je lui inspire. Pourtant, une pointe de rancœur naît au creux de mon ventre. Je l'étouffe aussitôt, tel que j'ai appris à le faire depuis mon plus jeune âge. Les sentiments n'ont pas leur place dans le corps d'un tueur. Mon masque de froideur sur le visage, j'acquiesce en inclinant la tête vers le sol.

— Très bien, Votre Majesté.

Depuis toujours, mon père exige que je l'appelle ainsi, là où Zayan peut se contenter d'un simple « Père ». Cette différence aurait pu creuser un fossé entre lui et moi, mais il n'en a jamais été question. Mon aîné a constamment veillé sur moi, il est mon plus fidèle allié. Ensemble, nous avons fait les quatre cents coups, créant les rares instants de légèreté de mon enfance, jusqu'à ce que notre paternel en décide autrement.

— Ma garde te suivra de près jusqu'à la frontière. Ensuite, tu seras seul. Zayan te contactera à ma demande. D'ici là, agis selon nos attentes.

— Entendu, Votre Majesté. Je guetterai vos directives une fois sur place.

D'un mouvement de main, le roi prend congé de ma personne. Une seconde plus tard, il interpelle l'un de ses gardes pour une affaire urgente à régler. J'ai l'habitude, tout est toujours plus important que moi.

À ses yeux, mon cas n'est déjà plus qu'un lointain problème. Je n'en escomptais guère plus venant de lui. En revanche, Zayan se lève et s'approche, posant sa paume sur mon épaule. Son regard brille d'une tendresse contenue.

— Je suis fier de toi, Ka. Il n'y a aucune défaite dans le fait d'essayer. Ton courage est notre meilleure arme. Je t'écrirai vite, mon frère, promet-il en pressant ma cuirasse un peu plus fort.

Je lui réponds par un sourire en coin. Je ne sais pas faire autrement. Mon piètre rictus exprime tout ce que je n'arrive pas à dire. Zayan et moi n'avons jamais eu besoin de mots. Un regard, un geste suffit à nous comprendre, bien que cela me mette mal à l'aise. Je sens qu'il a envie d'ajouter autre chose, mais je me détourne le premier, sans un dernier coup d'œil, et prends la direction des écuries. Les émotions, ce n'est pas fait pour moi. Pas dans cette vie-là, en tout cas. Derrière moi, je délaisse mon royaume, mes terres, mon frère. Mon seul véritable ami.

Une heure plus tard, longeant le sentier qui borde la forêt de Barcéon, je laisse Santi, ma jument hongroise au pelage bai-brun, trottiner comme si elle menait la danse. J'ai aidé à la débourrer lorsqu'elle n'était qu'un poulain, considérée telle une bête indomptable, il a fallu de la patience et plusieurs hommes pour en venir à bout. C'est ce qui m'a plu. Son tempérament, sa détermination et son regard. Selon Zayan, elle est aussi têtue que moi, si ce n'est plus. J'ai appris à composer avec, néanmoins, hargneuse comme elle est, elle pourrait bien ruer juste par esprit de contradiction. Je caresse son encolure, puis accélère un peu l'allure pour qu'elle se défoule avant d'entrer dans le bois.

Je connais mes terres comme ma poche, ainsi que ses failles. Je pourrais traverser les bois les yeux fermés, si nécessaire. Malheureusement, je suis suivi de près par deux gardes personnels de Sa Majesté qui pestent derrière moi. C'est la première partie du plan, assurément pas celle que je préfère. J'aime opérer seul, me rendre invisible aux yeux des ennemis et frapper lorsqu'ils s'y attendent le moins.

Je suis prêt à tout pour satisfaire l'appétit conquérant de mon père, pour honorer ma nation et asseoir la suprématie barcéonienne. Je sais que je ne pourrai pas agir rapidement, que mon roi veut, dans un premier temps, que je m'imprègne des lieux. Durant quelques semaines, voire des mois. Son unique rêve est d'assaillir Aldoria et de tuer la reine dans un bouquet final explosif, et pour cela, je dois être sur leurs terres depuis un moment. Son but ultime est de dominer les quatre vents et de se faire couronner souverain des nations. Jusqu'au jour où il laissera enfin mon frère régner.

Je dois avouer que j'ai longtemps eu une certaine curiosité à l'écoute des histoires sanglantes que me racontait mon père, me narrant Aldoria comme le territoire qui avait détruit sa vie et lui avait imposé l'accès au trône bien trop tôt. J'ai développé un fantasme macabre et l'envie d'aller explorer leurs plaines interdites. Cependant, nos combats ont toujours été ailleurs.

Quitter mon royaume ne devrait pas poser trop de difficultés, bien que je doive rester vigilant, surtout à l'approche des terres d'Aldoria. On ignore ce qui se trame de l'autre côté. Les rumeurs nous venant de Velkhara abondent, et nos informations sont tellement contradictoires qu'il n'y a que les fous pour croire aveuglément nos espions. Les cavaliers qui m'accompagnent chuchotent entre eux, comme s'ils redoutaient pour leur vie. Ma réputation n'est plus à faire chez nous, je suis le bras armé de mon roi, j'inspire la crainte, et j'aime ça.

Bande d'incapables !

Je les ignore du mieux possible et me remémore le plan que mon père et ses alliés ont élaboré, tout en tirant légèrement sur les rênes pour faire tourner Santi à droite, après le pont en pierre délabré. Elle me jette un regard mécontent, mais finit par obéir. Elle et moi, c'est une histoire de complicité, notamment quand il s'agit de quitter le château pour nous échapper dans les forêts sauvages. Cela lui permet de dépenser son trop-plein d'énergie, et moi de me vider la tête. Ce ne sera pas notre première escapade, et pourtant, en traversant la végétation, je m'imprègne de chaque détail de mon environnement : les arbres charnus, les fleurs épanouies. Ce paysage, je ne vais pas le revoir avant plusieurs semaines, voire plusieurs mois, mais je ne peux pas dire que cela me manquera. Il y a longtemps que j'ai appris à compartimenter mes émotions, jusqu'à ne plus rien laisser transparaître. J'accomplis ce qu'on attend de moi, et tant que cela est fait correctement et que je garde un minimum d'indépendance vis-à-vis de mes devoirs de prince, je m'en contente.

Toujours au rythme du pas vif de ma jument, je descends en premier le sentier menant à un passage presque impénétrable. L'endroit demande de l'agilité pour se faufiler entre la végétation dense et épineuse. Aldoria a érigé des frontières surveillées entre nos deux territoires, clamant que les contrevenants seraient exécutés. Beaucoup ont abandonné l'idée d'y accéder, démoralisés par les pièges mis en place pour empêcher toute entrée. Autrefois, les allers-retours étaient fréquents, voire incités, à présent ils sont interdits.

— Baissez la tête, informé-je les gardes sur mes talons.

Une seconde trop tard.

L'un d'entre eux reçoit la branche en plein dans son casque et pousse un juron qui m'est destiné. Son acolyte retient un rire sans joie, et je sens son regard désapprobateur sur moi. Si seulement j'en avais quelque chose à faire… Le chemin est long et je manque de distraction ; ces deux-là sont loin d'être les plus futés. Je suis presque déçu.

Les sabots de Santi s'enfoncent de plus en plus profondément dans la boue. À ce stade, nous devons faire preuve de discrétion. Il est essentiel d'infiltrer Aldoria sans laisser de trace. Cela fait des années qu'aucun Barcéonien ne s'y est aventuré, et je sais qu'il me faut être prudent, surtout quand je ne serai plus couvert par la forêt. Les lames que j'ai dissimulées dans mes bottes me rassurent, et je sens leur frottement contre mes tibias. Elles sont bien en place, prêtes à intervenir si nécessaire. Si je devais emporter un seul objet, ce serait l'une d'entre elles, sans hésiter. Le maniement de ces armes, lorsqu'elles tranchent la carotide des traîtres ou des ennemis de la couronne, m'apporte une sensation indescriptible. La fluidité, la discrétion, la légèreté en font des alliées redoutables au corps-à-corps. Tuer me galvanise, me procure l'adrénaline qui m'enivre et me nourrit pendant des heures.

Je baigne dans la violence depuis ma plus tendre enfance. Tendre étant une antithèse, bien sûr. Mon père m'a forgé comme la lame qu'il désire que je sois pour défendre notre territoire. Il me levait aux aurores pour m'entraîner au combat et me forcer à suivre une instruction rigoureuse, jusqu'à m'infliger des sévices chaque fois que je désobéissais. J'étais un gamin avec une sensibilité altérée par un besoin avide de plaire à son roi, d'attirer son attention et de quémander quelques miettes de ce que je pensais être de l'amour. Mais pour lui, j'étais trop faible. Mon esprit enfantin était encore malléable, il a donc fait le nécessaire pour que je devienne ce qu'il attendait. Par la peur. Les coups. La privation. La rigueur encore et toujours. Pendant des années, il m'a obligé à attraper toutes sortes de bestioles pour les égorger et les dépecer afin que je me transforme en homme. À six ans, les poules fuyaient à mon approche, les rats me mordaient et les oiseaux se taisaient dans un gargouillis d'agonie. Si au début cela me serrait le cœur, à huit ans, je ne ressentais plus aucune compassion. La douleur que je causais s'est muée en source de plaisir. Avec le temps, mes cibles ont évolué, mais mon but reste inchangé : anéantir ceux qui s'opposent à ma famille, ou qui me font chier de près ou de loin.

Approchant du passage oublié depuis belle lurette, je ramène Santi vers le point culminant de la forêt. Je tire sur les rênes pour stopper notre avancée, puis je scrute l'avant-poste et la haute tour d'Aldoria, qui semble avoir perdu de sa splendeur. Du lierre l'enveloppe et recouvre les pierres délabrées. Le toit confectionné de bois est en partie arraché. Durant une seconde, je me demande si nous sommes au bon endroit. J'adresse un signe aux deux soldats et nous nous postons derrière un bosquet pour faire le guet. Je m'attends à être intercepté par des gardes et passe l'heure suivante à triturer les branches qui m'entourent. Je vais finir par déraciner cet arbre si je continue ainsi. Mais il n'y a personne. Pas de personnel en vue comme on me l'avait indiqué. Aucune vigilance. Ce manque de précaution est presque risible, et pourtant ne me surprend pas.

Je souris intérieurement. Cela fait mon affaire. Je regarde une dernière fois la tour abandonnée avant de donner l'ordre à Santi d'avancer. Elle commence à trépigner, elle aussi.

Avec la grâce qui la caractérise, ma jument étire ses muscles pour nous faire cheminer rapidement. La pluie a détrempé le sol, et nous nous enfonçons dans la boue à chaque pas. Santi glisse, s'ébroue, mais persiste à progresser. Bientôt, nous atteindrons un passage dans le mur. Je sais déjà que ma monture ne pourra pas franchir cette brèche, et si elle est repérée, je serai compromis.

Les gardes derrière moi s'impatientent en voyant le soleil décliner lentement. Je grogne dans ma barbe et descends de mon équidé pour coller mon front au sien. Je lui flatte l'encolure, un demi-rictus sur les lèvres. Cette bonne vieille bête au caractère entêté sera probablement la seule âme qui me manquera un tant soit peu. En leur tendant les rênes, je prends un malin plaisir à fusiller du regard les deux abrutis qui m'accompagnent.

— Veillez à ce qu'elle boive suffisamment avant de repartir. S'il lui arrive quoi que ce soit, je vous retrouverai l'un comme l'autre, et vous savez ce qu'on dit… ma lame est affûtée, leur glissé-je avec un clin d'œil provocateur.

Je crois les voir tressaillir avant que le second acquiesce d'un simple mouvement de tête. Je sais qu'ils vont s'en donner à cœur joie lorsqu'ils seront assez éloignés pour que je n'écourte pas leur piètre existence. Sans un mot supplémentaire, ils rebroussent chemin en emportant mon fidèle destrier, qui semble décidé à leur mener la vie dure puisqu'elle tente déjà de déguerpir dans le sens opposé. J'étire un coin de mes lèvres et me détourne. Maintenant que je suis seul, je dois à présent rejoindre le cœur du reinaume pour commencer ma mission de repérage, et accessoirement trancher quelques têtes au passage.

Je me laisse glisser au sol, mes bottes s'enfonçant dans la boue. Je détache mon paquetage et le dissimule sous ma cape, prêt à passer à l'étape suivante, déterminé à parvenir à mes fins.

Quand je repense aux quelques Velkhariens que nous avons réussi à manipuler pour obtenir des informations, un sourire fleurit sur mon visage. Leurs rires de beuverie résonnent encore dans ma mémoire et m'encouragent à poursuivre ma quête. Je me faufile dans le passage secret, brisant la barrière de fortune qui m'obstrue. Mes lames en main, je découpe la verdure et les branches qui résistent toujours à ma force.

Quand je ressors, seul le chaos m'accueille, et j'en savoure chaque instant.

CHAPITRE 2

Kaël

Cela fait déjà deux jours que je parcours le territoire de la cité d'Aldoria, et je dois dire que ce que j'y découvre me laisse perplexe. Les terres stériles et défraîchies, autrefois marquées par le feu et la guerre, ont laissé place à une splendeur imprévue. La végétation se déploie dans un tourbillon de vert émeraude, chaque arbre, chaque buisson semble exhaler une vivacité presque irréelle, comme si la nature elle-même cherchait à oublier les souffrances passées. Bien que je sache que leur situation s'améliore progressivement chaque année, je ne m'attendais pas à trouver leurs prairies aussi luxuriantes ni leurs champs si féconds. Visiblement, nous avons de mauvais espions, ou ils n'ont pas tout balancé. Il faudra que je m'occupe d'eux à mon retour.

Chaque parcelle paraît foisonner de ressources vitales, cultivant avec soin du blé, des légumes, des baies juteuses, du maïs… tout ce dont leur peuple a besoin pour prospérer. En somme, tout ce qu'ils ne sont *pas* censés posséder. Des fermes sont bâties ici et là, des paysans travaillent la terre et les bêtes broutent en toute quiétude. Personne ne semble prêter attention à mon arrivée, mais je ne suis pas suffisamment stupide pour m'attarder. J'ai déjà l'impression de suffoquer rien que de respirer l'air aldorien.

Passé la surprise, la fatigue du voyage commence à se faire sentir. Le chemin a été long aujourd'hui, et mes pas, alourdis par la poussière et l'humidité ambiante, me poussent à fouiner un abri pour la nuit. Je m'enfonce alors dans les herbes hautes, à la recherche d'un endroit de fortune où je pourrais enfin me reposer. Depuis deux soirs, je trouve refuge comme je le peux, m'adaptant à ce que la route veut bien m'offrir.

Le climat d'ici est plus clément, rendu doux par l'altitude modérée, et cela m'a permis de délacer mon bliaud pour ne garder que mon surcot. Libérés de ce poids, mes mouvements se font plus amples, plus légers, toutefois, je reste méfiant, car je sens que je pourrais facilement baisser la garde, la fatigue me rattrapant à chaque foulée. Ma cape, que je conserve en symbole de mon rang, est soigneusement dépourvue de mon écu ; une précaution indispensable. Pour tromper l'ennemi et passer inaperçu, j'ai même dû coudre leurs propres armoiries sur mes vêtements. Ce compromis, bien que nécessaire, me répugne au plus haut point, mais je n'ai pas le choix.

En quête d'un abri, mes yeux se posent sur une petite grange qui se dresse à l'ombre d'un vieil arbre noueux. L'endroit semble abandonné et en piteux état, ce qui m'offre un refuge idéal pour la nuit à venir. Le jour commence à décliner, et mon corps réclame un peu de répit. Bien que je sois entraîné, les courbatures paraissent se propager à chacun de mes muscles. Tout en scrutant autour de moi, j'accélère le pas pour l'atteindre sans tarder, mais mon empressement me coûte cher. Le claquement sec d'un piège brise le silence. Avant même que je ne comprenne ce qui se passe, une douleur vive me transperce la jambe. J'étouffe un juron et découvre mon mollet enfermé dans un vieux piège à loups, habilement dissimulé sous un tas de feuilles mortes.

Quel crétin !

Sous la souffrance qui me chauffe, je me penche pour constater que, fort heureusement, le métal, rouillé par le temps, a perdu de son tranchant, et les crocs qui auraient dû lacérer ma chair et déchiqueter mes os semblent n'avoir causé qu'une entaille profonde, mais peu grave.

Rassemblant mes esprits malgré la douleur et le sang qui s'écoule de ma blessure, je sors ma lame de son fourreau et, avec soin, tente de faire levier pour desserrer les deux mâchoires qui me retiennent prisonnier. Ce n'est qu'après plusieurs essais, les mains crispées sur le manche, que je parviens enfin à libérer ma jambe. Bien que la plaie soit moins importante qu'elle n'aurait dû, elle n'en demeure pas moins un souci, et je sais qu'il me faut agir sans tarder pour éviter toute contamination.

Je me relève tant bien que mal, contrarié par mon imprudence, et, malgré la brûlure sourde qui irradie mon membre, je fais demi-tour. Un peu plus haut sur le chemin, j'avais repéré de la farine d'orge et quelques graines de lin – de quoi préparer un cataplasme pour assainir la lésion et accélérer la cicatrisation. Cette méthode, je l'ai apprise lors de mes malencontreux accrochages avec les royaumes ennemis. Viktor, le commandant de mon père, m'a enseigné diverses pratiques afin de toujours rester sur le qui-vive pour batailler ou me défendre, baisser les armes n'étant pas dans nos mœurs. À Barcéon, la devise est marche ou crève.

La journée touche à sa fin, et même si l'épuisement m'envahit, l'idée d'un abri pour me poser et faire mes soins me redonne une étincelle d'énergie. Je sais que le calme ne sera que de courte durée et que la nuit, comme une bête tapie dans l'ombre, me guette. Le nécessaire en main, je rejoins la grange pour me réfugier, quand j'entends le doux murmure d'un ruisseau qui serpente non loin.

Mes options sont maigres à ce stade, mais je ne réfléchis pas à deux fois avant de me détourner pour atteindre le cours d'eau, un bienfait qui me parvient à point nommé.

À peine rendu à sa hauteur, je me dirige vers la berge, où une pierre ronde et polie domine l'eau. Après avoir posé mes affaires, je commence à me dévêtir pour rincer ma blessure. L'onde glacée du ruisseau mord d'abord ma peau, mais, rapidement, elle instille un soulagement profond, un apaisement qui me fait pousser un soupir de plaisir. La tête inclinée vers le ciel, les yeux mi-clos, je savoure l'instant, oubliant quelques secondes la morsure du mal et la fatigue accumulée au fil des jours.

Je n'irai pas plus loin aujourd'hui. Assis dans un recoin de la vieille grange partiellement détruite, je m'attelle à mon bandage de fortune en grinçant des dents. La plaie n'est pas belle, mais comme toutes les marques sur mon corps, elle finira bien par cicatriser d'elle-même si je parviens à éviter une quelconque infection.

Demain, il me faudra atteindre l'un des postes d'avant-garde et donner ma nouvelle identité afin de m'infiltrer dans le cœur de la cité d'Aldoria. J'ingurgite un repas rapide à base de graines et de viande séchée avant de me mettre à mon aise, le torse enveloppé de ma cape en guise de couverture et de ma besace pour oreiller. Mes yeux papillotent de fatigue, mais je sais que la nuit sera courte. Je ne dors jamais pleinement, le danger pouvant provenir de n'importe où.

Ces quelques heures de sommeil suffisent à me requinquer pour reprendre mon chemin. Il est encore tôt, toutefois, il est préférable de marcher aux premières lueurs du jour, bien avant que le soleil n'atteigne son zénith. Je réajuste mon bandage, lace mes chaussures et repars. Je cueille quelques fruits sur les arbres qui jouxtent la clairière que je traverse. Il n'y a pas âme qui vive ici, mis à part quelques animaux curieux qui ne s'aventurent jamais trop près de moi. Ils doivent sentir la menace qui émane de mon âme corrompue depuis toujours.

Je ne me souviens pas d'un jour où le bonheur m'a étreint de sa joie et de sa sérénité. On m'a appris à me fondre dans le décor parce que je suis le second fils, celui auquel on ne prêtera pas attention, j'ai constamment subi l'autorité. J'ai longuement été le fils rebelle, la déception de mon paternel, jusqu'à ce qu'il voie en moi le tueur en devenir et qu'il me force à rentrer dans le rang par la discipline et la rudesse. Je suis né pour servir les intérêts de la couronne, pas pour ressentir de quelconques émotions. J'ai très vite appris à refouler tout ce que j'éprouvais, car ça me rendait insuffisant aux yeux de mon père. Et les faibles ne survivent pas à long terme. Par conséquent, je me suis forgé cette carapace devenue dure comme la pierre.

Bien évidemment, je prends du plaisir là où il y en a, les femmes sont un défouloir différent des combats, mais presque aussi divertissant quand vient la délivrance. Je sais apprécier les belles choses lorsque j'en vois, mais ce n'est que passager. Pourquoi s'attarder ? Mis à part une jouissance brève, je ne ressens que de l'animosité, le vice me consume chaque jour un peu plus. Dans sa grande bonté, mon père m'a appris que l'amour peut tuer un homme, tandis que la haine réveille les âmes. Il n'a pas tort sur ce point. Je sens poindre le goût d'une vengeance trop longtemps contenue sur ma langue. Le délicieux parfum de la mort qui rôde, surtout si elle est donnée par ma main.

Je déambule durant des heures dans cette maudite forêt, enjambant les feuillages, coupant les branches qui m'entravent et ralentissent ma progression. Je souffle, descends plus vers le sud, où les couleurs verdâtres s'estompent pour laisser enfin place à des baraquements de contrôle. Des soldats patrouillent ici et là, et je remarque incontestablement que leur vigilance n'est pas centrée sur les alentours ni sur le maquis.

De mon point de vue, je peux observer la décontraction sur leurs traits, leur manière de se gausser et de ne pas prendre au sérieux leur mission. Encore une différence majeure avec le royaume de Barcéon. L'attitude insouciante des gardes me ferait presque sourire. Il suffirait de quelques hommes de l'armée barcéonienne pour les assujettir rapidement. Ils ne sont qu'une dizaine, et à moi seul, je pourrais en égorger deux ou trois. Je ne comprends vraiment pas ce qui retient encore mon père dans cette guerre qui, de toute façon, finira par soumettre tous les royaumes à sa volonté.

Je canalise ma folie meurtrière avant de m'avancer vers eux, tentant d'afficher un air sympathique… Bon, soyons honnêtes, si j'arrive à paraître neutre, ce sera déjà une victoire.

À mon approche, l'un des soldats me fixe en fronçant les sourcils, tandis que son collègue me hèle :

— Eh toi ! Par ici !

Son épée tendue vers moi, je sens qu'il ne s'attendait pas à de la visite aujourd'hui. D'un pas assuré, je me dirige vers lui. Le blondinet, entouré de deux autres hommes, détaille ma tenue de haut en bas.

— Un déserteur ? questionne l'un des connards en me fusillant du regard.

Le garde à gauche hausse les épaules en me prenant de haut.

— Tu sais ce qu'on fait aux déserteurs par ici ? s'amuse-t-il, croyant m'impressionner.

Celui-là, je vais me le faire.

Je serre les poings pour contenir mon agacement. Son ton, son attitude… Tout en lui me déplaît. Être traité de la sorte ne va pas être possible, mais je dois me retenir et ne pas le buter tout de suite. Il le faut. Je dois prouver à mon père que je ne suis pas un incapable.

— Décline ton identité, demande celui qui semble le plus raisonné des trois.

J'incline la tête sur le côté en caressant la dague planquée dans ma veste, réfléchissant à la meilleure façon de leur trancher le cou, tandis que je me contenterais de couper la langue au plus grand, celui qui se pense plus intelligent que moi. La seconde suivante, je me tiens droit face à eux et m'apprête à jouer un peu avec leur patience.

— Un déserteur ? Intéressant… J'ai vraiment la gueule de quelqu'un qui viendrait te sucer la bite pour revenir dans les rangs ?

Celui qui dépasse largement ses camarades redresse sa lame dans ma direction, j'avance d'un pas, le regard froid et la tête haute, jusqu'à sentir sa pointe toucher ma poitrine.

— J'ai dit : DÉCLINE TON IDENTITÉ, crache le blondinet en dégainant son arme à son tour.

J'aime cette sensation qui s'empare de moi, celle où tout peut basculer d'une seconde à l'autre tandis que la peur s'engouffre dans leurs veines. Je ravale les propos que je m'apprête à lâcher ainsi que mon envie de l'éviscérer et opte pour l'humour.

— La vache, ce que vous pouvez être coincés ! Je vous taquine, merde ! Kaël Berkeley, nouveau bourreau de notre cher reinaume.

Je vais tellement me faire chier avec des culs tendus tels qu'eux.

L'homme qui me fait face ne pipe mot, mais donne un coup de coude à son acolyte.

La voix du dernier soldat s'élève derrière moi et je grimace en me tournant, la douleur vive de mon mollet toujours présente.

— Ah ! C'est toi, le nouveau coupeur de têtes ? Tu as le cul bordé de foin, le conseiller va justement venir lors de la relève de la garde.

Le premier gardien m'ignore superbement et s'adresse à l'imbécile qui me bloque le passage :

— Tu devrais vraiment la boucler, Liam. C'est le neveu du bras droit de Sa Majesté. Remballez vos armes !

L'information fait blanchir les crétins devant moi, et je savoure leur gêne avec une satisfaction non dissimulée.

— Pas si bête, ta déduction, Ducon... ricané-je tandis que son regard brûlant me promet de me faire payer mon impertinence à son égard.

Oui, c'est le seul détail qui est véridique sur mon arrivée à Aldoria. Mon oncle est un traître à la couronne aldorienne. Mais nous y reviendrons plus tard.

— C'est bon, je peux passer ? lancé-je, un sourire en coin, en bombant le torse.

Si je voulais me faire des amis, c'est loupé !

Rasséréné par la chance qui me sourit, j'avance d'un pas assuré, le menton haut, le regard dur. Un rictus narquois étire mes lèvres tandis que je jauge le fameux Liam de haut en bas, comme la petite merde insignifiante qu'il est. Son expression se crispe, et je l'entends grommeler entre ses dents. Encore un chien qui grogne, mais ne mord pas. Amusé, je détourne mon attention vers son collègue.

— Il reste combien d'heures de marche jusqu'au reinaume ?

Le garde s'approche de moi pour me forcer à avancer, puis son souffle brûlant effleure mon oreille tandis qu'il murmure d'un ton glacial :

— Le conseiller ne me pardonnerait pas de te laisser faire la route seul. Cela dit, il va être surpris de te voir, il ne t'attendait pas avant plusieurs semaines. Alors, tu poses ton cul sur la pierre là-bas et tu fermes ta gueule. Ces imbéciles seraient prêts à buter leur mère pour avoir la chance de choper le neveu de Maxwell. T'es pas chez toi ici.

Ses prunelles s'ancrent aux miennes, sombres, impérieuses. Un avertissement ? Une menace ? Un défi ?

Je masque mon étonnement avec aisance et glisse instinctivement ma main sur le manche de ma dague. Une seconde. Il suffirait d'une seconde pour lui ouvrir la gorge et éteindre cette lueur d'autorité dans ses iris. Mais je me retiens. À grand-peine.

— Si je t'ai sauvé sur ce coup, ce n'est pas pour tes beaux yeux, mais par loyauté envers Maxwell. Alors, tu ranges ton air arrogant et tu te plies aux règles d'Aldoria, renchérit-il en désignant la pierre d'un mouvement de menton.

Sa tête pivote vers ses collègues au loin, puis il ajoute :

— Je m'appelle Vitto.

Je plisse les yeux en lorgnant sa main tendue, un nombre incalculable de questions franchissant la barrière de mes pensées. Comment sait-il que je ne suis pas d'ici ? Sa remarque au sujet de sa loyauté envers Maxwell me force à redoubler de vigilance et mon sang ne fait qu'un tour. Je ne dis rien. Je n'argumente pas. Je ne réponds pas à son geste. Au lieu de m'asseoir sans broncher sur la roche, je saisis la pointe de mon arme et l'enfonce dans ma paume. Lentement. Délibérément. La douleur éclate dans mes nerfs, brûlante, salvatrice. Je ferme les yeux, inspire profondément et savoure. Mon sang perle, coule, goutte sur le sol, marquant le temps comme un sablier écoulant ses dernières secondes.

L'attente est insupportable. L'expectative me ronge. Mais bientôt, tout va basculer.

Maxwell, mon cher et tendre oncle, ne devrait plus tarder. Conseiller de la reine, homme influent et respecté… pour l'instant. Moi ? Je suis pressé de faire de sa vie un enfer. Après tout, comment pourrais-je éprouver la moindre loyauté envers le frère de ma défunte mère, cet homme qui est prêt à trahir sa reine après tant d'années à son service ?

Non. Ce monde ne sait pas encore ce qui l'attend. Mais moi, je le sais.

Et ça va être exquis.

CHAPITRE 3

Isaya

J'ouvre les yeux en grimaçant, piquée au vif par la douleur présente dans le moindre de mes muscles. Mes courbatures sont pires qu'hier et s'étendent désormais à tout mon corps. Bien que je participe à tous les entraînements de ma formation depuis de longs mois, la souffrance fait toujours partie intégrante de mon quotidien. Un rappel permanent que je dois me battre pour atteindre mon objectif, celui de toute mon enfance : intégrer la garde rapprochée intégralement féminine de la reine Feya. Cette élite représente pour moi la bataille dont les femmes sont victimes chaque jour, la lutte contre cette misogynie continuelle qui nous étouffe peu à peu.

On pourrait croire que, comme partout ailleurs, les femmes sont les laissées-pour-compte d'un régime inégal, or la reine fait un travail minutieux et méthodique depuis des années pour anéantir les visions archaïques que la gent masculine peut encore entretenir à notre égard. Seulement, j'ai besoin d'être reconnue en tant que guerrière, de me battre à ses côtés, pour elle et pour toutes les femmes.

Chaque matin, je me lève en imaginant marcher la tête haute dans leurs rangs et devenir une fervente protectrice de notre sublime reine. En plus d'être renommée pour sa justesse et son franc-parler, Sa Majesté est une dame d'honneur et de principes. Bien entendu, les hommes ne sont pas en reste, car ici, dans le reinaume, la garde principale est constituée d'hommes formés à la défense d'Aldoria, chacun étant prêt à combattre pour sauver l'enceinte du palais et ses habitants. Beaucoup de jeunes garçons s'entraînent avec rigueur et précision pendant de nombreuses années dans l'espoir d'intégrer leurs rangs, mais seuls les meilleurs en sont capables. Deux gardes pour deux missions différentes, et c'est ce que j'aime dans la vision de notre souveraine : chacun a sa place et la possibilité de réussir.

Dans quelques jours, la première année de ma formation s'achèvera et nous rentrerons enfin dans le vif du sujet en partant sur le terrain pour patrouiller et exécuter les objectifs que la reine nous confiera. Je n'oublie pas que la compétition est rude et que nous sommes plus d'une trentaine de jeunes femmes à souhaiter faire partie de l'élite. Les places sont chères et quelques-unes ont déjà abandonné. Moi, je m'accroche. Je ne suis pas la meilleure, mais une chose est certaine, je ne veux pas être renvoyée chez moi, alors si je dois redoubler mes efforts, je le ferai encore et encore, parce que l'enjeu en vaut la peine.

Aujourd'hui, mon entraînement au combat se fera plus tardif, et pour cause, une fois par semaine, les nouvelles recrues se voient assigner un travail annexe qui fait partie intégrante de notre apprentissage. Tous les matins depuis trois jours, j'assiste les infirmières dans leur quotidien. Même si ce n'est pas ma partie préférée, j'ai conscience qu'un bon soldat doit savoir effectuer les premiers soins en cas de besoin. En dehors de cet exercice, des tâches communes nous sont données, allant de l'entretien des locaux que nous occupons à la préparation du repas, ou encore à sa distribution auprès des soldats aguerris.

Je me résous à aller faire un tour au marché en plein cœur de la cité aldorienne, avant de retrouver l'infirmerie vers onze heures. Je déambule au milieu des allées en attendant que ma meilleure amie me rejoigne. L'odeur des pommes me rappelle immédiatement la maison familiale, me replongeant dans des souvenirs précieux.

Il y a quelques mois, devant notre chaumière, j'ai pris la décision de partir. Ma mère, cette femme douce et aimante qui m'a accueillie dans son propre foyer lorsque je n'étais qu'un bébé, a pleuré en s'agrippant à celles que je considère comme mes sœurs, Leya et Madie. J'ai tenté de retenir mes larmes en voyant leurs visages inondés, sans succès.

Devenir une soldate aguerrie était enfin à ma portée, et je n'ai pas pu me détourner de mon but. Au fond de moi, je crois que j'avais le désir de me prouver que c'était possible, que je pouvais moi aussi les rendre fiers, alors je n'ai pas hésité une seconde à m'inscrire auprès des recruteurs qui ont arpenté notre village et à leur montrer de quoi j'étais capable.

Alors que ma mère laissait échapper un panier rempli de champignons, elle m'a suppliée de rester, me disant que le royaume d'Aldoria avait un passé compliqué et que c'était un endroit bien trop dangereux pour une jeune fille de mon tempérament. Nous, nous vivons dans les prairies reculées de toute civilisation, nous n'avons pas besoin de protection.

Ce jour-là, mon cœur s'est fendu de mille façons différentes, pourtant, je ne parviens pas à regretter ma décision. Je me rappelle encore le regard de mon frère, appuyé sur le mur en chaume de notre logis. Il ne voulait pas que je le voie pleurer. Nos coutumes et la responsabilité qu'il portait sur ses épaules depuis le décès de notre père l'ont forgé en un homme plus rude, plus taciturne. Quelques mois plus tard, il partirait de notre contrée afin de travailler en tant que pêcheur, un coup dur pour ma famille, ce qui n'a fait qu'aggraver ce poids dans ma poitrine.

Après une dernière étreinte, ma mère m'a tendu des fruits pour le voyage.

— C'est pour que tu n'oublies pas l'odeur de la maison, m'a-t-elle dit, une larme retenue dans la voix.

— Ou pour les jeter sur un brigand, a ajouté mon frère, un demi-sourire sur le visage, en s'approchant de moi.

C'est après des au revoir déchirants que j'ai pris la route dans la vieille charrette de Carlo, un artisan travaillant autour du reinaume, et que mon périple a débuté.

Je reviens à la réalité en remerciant le commerçant et en lui tendant quelques pièces, quand une voix familière se fait entendre par-dessus le brouhaha de la foule qui grandit autour de moi. Ma jupe, tenue officielle lorsque je flâne dans les ruelles et que je dois œuvrer à l'infirmerie, virevolte alors que je me tourne lentement. Je m'avance d'un pas déterminé vers la vieille charrette bariolée de tissus colorés. Carlo, fidèle à ses habitudes, continue de venir au marché chaque mois pour vendre ses étoffes. C'est étrange de tomber sur lui quand j'étais justement en train de me remémorer le jour où il a généreusement accepté de me conduire au cœur d'Aldoria en échange de quelques provisions.

En traversant la rue, je manque de renverser une femme qui porte une énorme jarre remplie d'eau sur sa tête, au moment où la garde masculine aldorienne parcourt la grande place en marchant comme un seul homme. Leur démarche est rythmée, synchronisée. L'intensité de leur cadence me fait frissonner et leurs uniformes noirs ne laissent personne indifférent. Ils représentent la protection, tout le monde les respecte ici, et certains en profitent largement.

Les lames affûtées qui pendent à leurs ceintures et leurs visages fermés marquent leur détermination. Je me force à détourner mon regard pour ne pas les observer trop longtemps, me souvenant qu'une partie est constituée d'imbéciles dotés d'un cerveau limité par la misogynie. Il ne faut pas croire que tous les hommes acceptent sans rechigner la chance que nous offre la reine de savoir manier les armes. Les vieilles habitudes ont la vie dure pour quelques-uns d'entre eux. Heureusement, il en existe des intelligents aussi, et les hostilités se font de plus en plus rares.

Je me ressaisis pour continuer mon chemin afin de rejoindre Carlo. Ce vieux charlatan est en pleine représentation de ses talents de vendeur : il fait rire aux éclats trois pauvres femmes totalement sous son charme. Ce genre de comportement m'exaspère au plus haut point. Comment les hommes peuvent-ils penser avoir du pouvoir sur nous les femmes en flattant notre vanité pour récolter ce qu'ils veulent ? Ce crétin est marié et il agit comme un célibataire, faisant les yeux doux à de vaillantes paysannes qui n'obtiendront rien de lui, si ce n'est ses étoffes.

Lorsque je le fixe, le sourcil relevé, il m'adresse un clin d'œil, puis entoure l'une d'elles d'un sublime tissu orangé, assurant que cette couleur lui sied parfaitement au teint. Il est doué, puisqu'elle lui tend une bourse pleine en échange de plusieurs mètres de tissus, rubans et autres fils.

Je patiente quelques instants, attendant qu'il termine sa transaction. Lorsque ses clientes se retirent, je vais m'installer à ses côtés.

— Toujours aussi bien coiffée, à ce que je vois…

En levant les yeux au ciel, je passe une main distraite dans mes cheveux à moitié tressés.

— Toujours aussi aimable, vieux charlatan, ris-je en lui donnant une pomme qu'il s'empresse de croquer.

Carlo ricane et détourne la conversation en désignant la forgeronne, qui frappe le métal du marteau avec énergie. Encore un parfait exemple de ce qu'Aldoria offre aux femmes. Le choix d'une carrière qui leur plaît. Tout en enserrant sa tenaille, elle travaille un poignard, chauffant régulièrement sa lame afin de le maintenir à la température idéale. À mon tour, je fixe la femme qui bat le fer avec une certaine mélancolie dans le regard. Mon père avait une forge dans notre village, et il me répétait souvent que l'alliage et le poids étaient essentiels dans la fabrication des armes. Mais c'est le détenteur qui en fait une arme redoutable. Il était fier de son ouvrage, bien que ce fût un simple forgeron dans un village reculé. Petite, je jouais avec mon frère près du four, imitant des duels avec des épées en bois. Cependant, j'ai toujours été plus douée au tir à l'arc, ce qui l'a régulièrement fait pester.

À mes côtés, Carlo me confie une mésaventure qu'il a eue avec une arme une fois, ce qui l'a conforté dans son choix de vendre des étoffes. La fabrication de tissus est répandue dans notre province aldorienne, ce qui lui a permis de prospérer. Mais sa fausse modestie finira par le perdre un jour, je n'en doute pas.

Quelques minutes s'écoulent au rythme de nos joutes verbales tandis que le vieil artisan prend un malin plaisir à me tourmenter. Depuis que j'ai quitté mon entourage, il est ce qui se rapproche le plus d'un parent pour moi. Je le considère un peu comme un oncle aigri investi d'une mission qui ne le regarde pas, pourtant, nos brèves rencontres me rappellent mon village reculé et tout ce que j'ai laissé derrière moi. Parfois, il me donne des nouvelles de ma famille et m'assure que ma décision était nécessaire. De temps en temps, je lui remets une bourse à l'intention de ma mère et, plus rarement, des lettres. Je ne sais pas quoi lui dire, car je culpabilise toujours d'être partie, mais j'ai besoin qu'elle entende qu'elle reste dans mon cœur, ainsi que ma fratrie, et que je m'épanouis. Bientôt, j'espère les visiter.

— Saya ! Enfin, tu es là, je te cherche partout depuis au moins une heure, hurle une voix féminine.

— C'est que tu n'as pas suffisamment fureté, car je n'ai pratiquement pas bougé d'ici, précisé-je, malicieusement.

Essoufflée et pressée, Sélène, ma meilleure amie, me tire par la manche pour que nous désertions au plus vite, impatiente.

— Nous devons rentrer au château, le repas ne se fera pas sans nos provisions, il faut que je me dépêche ! me somme-t-elle.

Je rigole en saisissant sa main, alors que le vieux Carlo nous observe tour à tour. Nos chaussures frappent le sol dans un claquement lourd ponctué par nos éclats de rire.

— Eh bien, bonjour, ma chère Sélène, siffle-t-il à mon amie alors que nous sommes déjà loin.

Sélène, totalement indifférente à ses remarques, ne daigne même pas jeter un regard au vieillard. Ce dernier ne s'en offusque pas, connaissant trop bien cette petite sauvageonne. Je lui fais un signe de la main et me détourne pour poursuivre mon chemin.

Ma meilleure amie est arrivée ici quelques années avant moi et la joie de nous retrouver a été telle qu'elle est devenue mon repère en ces lieux impressionnants. Sans Sélène, je ne sais pas si j'aurais pu encaisser les coups, la souffrance, les railleries de ces stupides gardes, les longues nuits à me morfondre sur la douleur que me procure l'éloignement avec ma famille. C'est un véritable feu follet, mais je ne me vois pas vivre sans elle. Sous ses apparences de femme insouciante, elle cache un cœur de guimauve. C'est ma confidente, elle seule comprend comment me rassurer et me redonner confiance en moi.

Son père était soigneur. Il avait été réquisitionné suite à de nombreuses épidémies dans le reinaume afin de prêter main-forte aux médecins déjà sur place. Sa famille avait dû quitter notre village précipitamment pour se rendre ici. Malheureusement, ce dernier est mort quelques mois après leur arrivée, laissant son épouse et sa fille esseulées au milieu du chaos. Je pense qu'on peut affirmer avec certitude que Sélène a su tirer son épingle du jeu en intégrant les cuisines du château, mais il se trouve qu'elle est toujours là où il ne faut pas. Un trait de caractère qui m'amuse, bien qu'il fasse beaucoup moins rire Dame Dom, cette femme replète et généreuse qui mène sa petite troupe d'une main de fer dans un gant de velours. L'insouciance de mon amie m'aide à rester ancrée dans cette vie où nous grandissons trop rapidement et où les responsabilités remplacent nos jeux d'enfants.

— Cette mégère d'intendante va me punir pour mon retard, siffle-t-elle comme si cela l'inquiétait vraiment.

— Je croyais que tu aimais être punie ? plaisanté-je en tenant fermement mon panier plein. D'ailleurs, où sont les provisions que tu devais lui rapporter ?

Sélène s'arrête net en fixant ses mains vides, le visage marqué par l'étonnement.

— Mince ! Je les ai égarées près des écuries, grimace-t-elle en regardant derrière nous.

— Sélène… Que faisais-tu là-bas ? Tu étais encore avec ce mystérieux garçon ?

Ma meilleure amie n'a pas besoin de répondre, je sais lire sur ses traits que sa rencontre a été des plus explosives. D'ailleurs, il suffit de regarder sa robe déboutonnée et son jupon souillé par la terre pour s'en apercevoir.

Grand Dieu, elle va se faire massacrer par Dame Dom !

— Je… Oh, Saya, s'il te plaît, va le chercher pour moi. Tu sais que cette vieille chouette ne tolérera pas mon retard cette fois-ci !

— Je suis navrée, mais tu vas devoir te débrouiller seule sur ce coup-là… Je suis attendue à l'infirmerie ! À moi bandages, désinfectant et blessures en tous genres.

Sélène boude en croisant ses bras sur sa poitrine.

— Moi aussi, je peux les remettre sur pied, ces grands et vaillants soldats !

Son sourire atteint ses yeux, et sa moue suggestive me fait rire à mon tour.

— Sélène…

— Je sais ! Je n'ai pas eu le choix que de renoncer à soigner les gens… dans les règles de l'art, j'entends. Tout ce que je veux dire, c'est que tu ne sais vraiment pas apprécier la chance que tu as de pouvoir sentir leurs muscles rouler sous tes paumes, voir leur regard marqué par la souffrance et être la seule à pouvoir apaiser leurs tourments. Savoir que tu tiens une vie entre tes mains, c'est…

Je lève un sourcil en la dévisageant et ne peux m'empêcher de lui exprimer le fond de ma pensée.

— C'est pas leur vie que tu aimerais avoir entre tes mains, espèce de dévergondée !

Elle ricane, pourtant ses yeux se voilent d'une certaine… jalousie ?

Ma meilleure amie envie ma place auprès des soldats et ne s'en est jamais cachée. Il y a un an, elle est tombée sous le charme de l'un d'entre eux et Dame Dom l'a surprise durant son service dans une posture disons… peu flatteuse. Elle a fini par la renvoyer en cuisine avec l'interdiction de revoir ce jeune homme qui, lui, a été envoyé sur les remparts en guise de punition. Le temps a dû faire son œuvre, car elle a cessé de pleurer pour lui et la culpabilité n'a pas duré plus de trois jours. Elle est incorrigible.

— Je te rappelle que les femmes aussi s'entraînent et doivent être soignées. Elles méritent tout autant que ces…

— Bla-bla-bla… Je ne vous entends plus, toi et ton discours féministe… Bisous, Saya. N'oublie pas que je t'aime.

Mon amie me tire la langue et repart à la hâte près des écuries. J'époussette ma tenue et prends la direction opposée, vers l'infirmerie de la garde pour ma corvée leçon du jour.

CHAPITRE 4

Kaël

Après de longues heures à attendre avec une hâte toute particulière, je me redresse lorsque j'aperçois Maxwell arriver au galop dans ma direction. Pendant que j'étais au piquet, Vitto, le garde sauveur de miches, m'a toisé de haut en bas, et son pote, Clovis, n'a cessé de me poser des questions. Cela a été mon unique distraction. L'impression d'être dans un monde parallèle à Barcéon ne me lâche pas. Là-bas, jamais le conseiller du roi ne chevaucherait une monture, encore moins seul. Mon oncle descend de son équidé en m'observant, le visage impassible, et marmonne quelque chose à l'oreille de Clovis. Les autres sentinelles alentour se repositionnent à son approche en signe de respect. Les yeux méfiants, il me fixe quelques instants, puis me lance :

— Kaël, je ne t'attendais pas si tôt.

— Surpris, mon oncle ?

Il me scrute comme si j'étais une mouche lui collant au derrière, dédaigneux et hautain, puis me crache :

— Il paraît que tu as fait une arrivée remarquée…

Il plisse les yeux alors que les gardes autour sont attentifs à notre échange. Mon oncle reprend :

— Pour servir notre reine, il ne suffit pas de savoir marcher. J'ai conscience que notre famille est noble, le nom de Berkeley est connu dans tout le royaume, mais être mon neveu ne te permet pas de sauter les étapes, il va falloir faire tes preuves… Où est ton cheval ?

Son air supérieur me débecte au plus haut point, comme lorsqu'il vient me rendre visite au palais en agissant en tant qu'émissaire. Je le fixe, gardant en tête que je pourrais dévoiler à ses hommes sa véritable nature, qu'en une fraction de seconde sa vie pourrait être anéantie. Si tout le monde a conscience que Maxwell est originaire de Barcéon, ils pensent qu'il a choisi son camp depuis longtemps. Si seulement ils savaient quel traître il fait ! Cependant, personne n'a connaissance qu'il était le frère de ma feue mère. Si c'était le cas, fini les privilèges du conseiller, fini cette pseudo-alliance à laquelle il a toujours cru. Ses idéaux sont absurdes et il n'est qu'un putain de pion dans l'échiquier de mon père. Un pion dont je n'hésiterai pas à me débarrasser s'il le faut. Sa duplicité lui vaudrait de passer sur le billot et je serais ravi de m'en occuper le moment venu. Berkeley n'est qu'un nom. Si c'était celui de ma mère, ce nom est largement répandu dans beaucoup de royaumes. Il n'est pas mien et ce trou du cul pédant ne fait définitivement pas partie de ma famille, en tout cas, pas à mes yeux. Sa mort m'importerait peu, tout comme la perdition prochaine de ce reinaume.

— J'ai dû abattre ma bête après la montagne blanche, elle s'est grièvement blessée en glissant sur des rochers escarpés. D'ailleurs, vous devriez revoir l'accueil que réservent vos soldats, je dois dire que ça laisse un peu à désirer… Concernant mes compétences… qui dois-je tuer pour prouver que je suis le meilleur à cet exercice ? Vous, mon cher oncle ?

D'une main sur le cœur, je feins d'être peiné par cette perspective. Maxwell me jette un regard torve, et j'ai l'impression que ses lèvres tremblent légèrement. J'ai conscience que le bras droit de la reine a été d'une grande aide pour le plan de mon père jusqu'à maintenant, mais ce que je garde en tête, c'est que nous avons un secret en commun. Et si un fichu Aldorien découvre que je suis le prince de Barcéon, je suis foutu ! Et lui aussi.

— Cher neveu, regarde autour de toi… Chaque homme en ce lieu a déjà prouvé ce qu'il vaut. Encore une fois, il va falloir apprendre la patience. Tu n'as pas plus de valeur que les soldats ici présents, bien que je ne remette pas en cause tes compétences. Tu auras tout le temps de nous montrer de quoi tu es capable. Mais pas aujourd'hui.

— Quand ? m'agacé-je.

Il va pour dire quelque chose, mais Clovis intervient sans lui laisser le temps d'en placer une :

— Monsieur, les hommes se demandent si c'est lui qui traîne cette odeur nauséabonde et si nous devons lui faire prendre un bain, se moque-t-il, un sourire sarcastique aux lèvres, accompagné des autres gardes.

Leurs rires s'intensifient et font monter en moi la colère. Les yeux de mon oncle brillent d'une lueur narquoise, puis il tonne :

— Silence ! Messieurs, dois-je vous rappeler que c'est de mon sang que vous riez ?

Sa revendication a le don de les stopper instantanément. Maxwell impose le respect, cependant, dès qu'il tourne le dos pour me faire face, leurs grimaces m'indiquent que la partie ne fait que commencer.

— Bienvenue à Aldoria, Kaël, dit-il, un rictus au coin de la bouche. Comme tu peux le constater, ta présence ici déchaîne mes hommes. Ils attendent de toi que tu te plies aux mêmes règles qu'eux et que tu fasses tes preuves. Tu n'es pas uniquement le bourreau de la reine. Tu es un soldat avant tout. Alors, pas de passe-droit, pas de privilèges.

Je toise les gardes avec un léger sourire, puis leur réponds :

— Il vous faut des preuves ? Qui veut m'affronter ?

Les combattants qui nous entourent éclatent de rire comme si je venais de sortir une blague hilarante. Sur le moment, je ne saisis pas bien la nuance et je perçois les traits de mon oncle se refermer soudainement... S'il semble agacé par mon attitude, je ne manque pas la lueur furtive d'exaltation et de respect qui flambe dans ses iris. Il aime que je les provoque.

— Il n'apprendra pas de leçon aujourd'hui... marmonne Liam avec rigidité.

— Prenons la route ! La nuit va bientôt tomber. Une âme charitable pour accueillir notre nouveau bourreau sur son destrier ?

Les soldats répondent tous par la négative, un air conquérant sur le visage.

— Kaël, tu grimperas donc dans la charrette avec une partie de nos effets personnels ! s'exclame tonton Max avec aplomb.

— Je suis capable de marcher ! grogné-je en serrant les dents.

Le regard froid de Maxwell se fige sur mes traits et il déclare d'un ton sans appel :

— Tu es sous mes ordres ! Tu monteras dans la carriole !

Ses yeux se posent sur mon mollet, celui-ci suintant du sang que je n'ai pas pu nettoyer. Ses iris s'ancrent aux miens et, sans un mot de plus, il se détourne pour de bon.

Clovis me frappe d'une main presque amicale dans le dos en m'annonçant que nous allons prendre la route dans quelques heures. Je n'arrive pas à saisir si c'est un allié ou un ennemi, mais quoi qu'il en soit, je ne veux en aucun cas copiner avec ce mec. Il me conseille d'aller me rafraîchir et d'aller récupérer de quoi manger. Il viendra me chercher au moment du départ.

Près de deux heures plus tard, alors que la pénombre nous surplombe, le convoi avance dans un silence presque apaisant, seulement troublé par le martèlement des sabots résonnant sur le sol dur et par le hululement d'une chouette au loin. Le son enveloppe mes pensées, amplifié par l'obscurité, et pourtant, je reste concentré, attentif à chaque détail de ce territoire que je m'apprête à apprivoiser.

Lorgnant par l'ouverture, je scrute les environs avec une minutie calculée : les ruelles désertes qui apparaissent enfin — la nature ayant laissé peu à peu place à la ville —, les bâtisses délabrées, les maisons repliées dans l'ombre, endormies. Tout devient un élément potentiel de mon plan.

Il fait nuit, oui, mais ce n'est qu'un premier repérage. Je reviendrai au grand jour, une fois, dix fois s'il le faut, jusqu'à connaître chaque recoin de ce nouvel environnement comme ma poche. Pour le moment, je me contente d'une observation muette, mais bientôt, ce lieu n'aura plus de secrets pour moi.

***

Après des heures à parcourir les vallées et les paysages de plus en plus fleuris, nous arrivons au pied du château au petit matin. Je descends de la carriole et inspire profondément, camouflant soigneusement l'excitation qui pourrait trahir mes pensées. Il se dresse devant moi, solide et imposant, moins majestueux que celui de Barcéon, mais tout aussi impressionnant. Il a cette robustesse fière, cette prestance âpre qui semble défier les siècles, comme s'il proclamait au monde la force de sa résistance, ayant survécu aux ravages, échappé à la guerre.

Je dois admettre que mes préjugés sur ce reinaume étaient erronés. D'abord les terres, que j'imaginais arides et désolées, sont au contraire d'une prospérité inattendue, puis cet édifice, ancré dans le paysage avec une telle assurance, paraît en être le reflet le plus symbolique. Maxwell s'arrête à ma hauteur et murmure entre ses dents serrées :

— Va faire soigner ta plaie avant que tous les autres ne s'en aperçoivent !

— Si tu veux mon avis, les hommes de cette garde sont des bons à rien s'ils ne sont même pas capables de faire attention à ce genre de détail.

Il me scrute de la tête aux pieds, puis me plante ici comme si je savais où se situe sa satanée infirmerie.

CHAPITRE 5

Isaya

Dès le chant du coq, alors que la nuit englobe encore tout le royaume d'Aldoria, je me prépare en faisant un brin de toilette avant de revêtir ma jupe et ma blouse. Je déteste me déguiser avec cette tenue, mais je me presse, car aujourd'hui, c'est mon dernier jour à l'infirmerie. La semaine prochaine, à moi une nouvelle besogne ! Discrètement, pour ne pas réveiller les apprenties soldates qui partagent mon dortoir, je sors de la pièce pour aller rejoindre celui des cuisinières, comme à mon habitude.

En entrant, je me retrouve dans une véritable fourmilière, les femmes s'agitant de tous les côtés pour se préparer avec empressement, me saluant du bout des lèvres à mon passage.

À pas vifs, je m'approche de la couche de Sélène, mais celle-ci dort encore, la bave maculant son piteux oreiller. Indice incontestable pour reconnaître qu'elle est profondément perdue dans ses songes. Lorsque je me retourne, une servante assise deux lits après marmonne ce qui ressemble à des jurons, jusqu'à ce que je comprenne qu'elle peste contre mon amie.

— Celle-là, elle n'est jamais foutue de se lever ! Sa mère ne lui a donc rien inculqué ? À sa place, je trouverais rapidement un mari qui me remettrait dans le droit chemin ! Allez, debout, feignasse, raille-t-elle en se hissant sur ses pieds pour donner un coup dans sa paillasse.

Sélène sursaute, puis enfouit son visage dans son oreiller.

— Laisse-moi tranquille, mégère ! crache-t-elle, à moitié endormie.

En les observant du coin de l'œil, je ne sais pas si je dois rire en voyant le sourire moqueur de la bonne femme ou si je dois secouer mon amie pour qu'elle se bouge après la soufflante qu'elle a prise hier en rentrant au château. Quelques secondes s'écoulent avant qu'elle ne daigne enfin se hisser hors de sa couche. Je suis installée sur un banc, me regardant dans un des miroirs mis à disposition, en train de tresser mes longs cheveux couleur d'automne que je n'avais pas pris le temps de coiffer, comme souvent.

— Bien dormi, Saya ? me questionne mon amie.

— J'ai connu mieux… L'une des filles de ma chambrée a ronflé toute la nuit !

Son rire a le don de me revigorer, de me motiver pour la suite de la journée. Sélène passe dans la pièce voisine pour réaliser un brin de toilette tout en éparpillant ses vêtements de nuit sur son passage, ce qui agace visiblement les autres femmes.

— Bonjour, mesdemoiselles, salue Dame Dom en entrant dans la pièce, me faisant sursauter, sa discrétion me prenant au dépourvu. Prêtes pour cette nouvelle journée qui vous attend ?

Lorsque ses yeux se fixent sur moi, je sais par avance que le sermon habituel va tomber.

— Isaya, il me semble que l'on a déjà eu cette conversation. Je ne veux pas te voir ici ! Faut-il que je remonte l'information à tes instructeurs ?

Son soupir exagéré me ferait presque rire si sa menace n'était pas aussi sérieuse. Elle reprend en me pointant du doigt :

— Tu n'as pas à venir distraire mes filles avant leur service ! Sors d'ici tout de suite !

Je crois discerner dans ses iris une lueur d'amusement plus que de contrariété. Pourtant, son rang l'oblige à garder une certaine discipline envers ses servantes. Habituellement, je sais suivre les règles sans problème, mais j'ai toujours du mal à me passer de ces moments avec ma meilleure amie. C'est ma soupape de décompression avant mes tâches quotidiennes matinales. La plupart de mes après-midi sont consacrés aux entraînements et à la théorie. Quelquefois, les gardes sont conviés à nous montrer certaines techniques de combat, revêtant leur ego plus affûté que mon épée.

Quelle bande de crétins à biceps !

Je m'apprête à déguerpir sous les yeux mitrailleurs de Dame Dom quand Sélène me retient.

— Je t'envie trop ! souffle-t-elle dans un murmure. Les soldats sont carrément canon, je tuerais pour être à ta place lorsqu'ils se battent et transpirent !

— Tu sais ce que j'en pense, dis-je en me levant et en sortant tranquillement du dortoir sous le regard outré de Dame Dom.

M'entraîner au combat et devoir assumer le regard des hommes n'est pas tous les jours facile. Nous devons redoubler d'efforts pour nous faire une place, prouver encore plus qu'eux que nous méritons de servir et de protéger la reine… La plupart sont impolis et présomptueux, et certains se croient tout permis sous prétexte qu'ils jouent avec leurs attributs à longueur de journée. J'ai toujours été révoltée par ces comportements dégradants et désinvoltes.

Une fois dans le couloir, je constate que les diverses petites mains du château commencent à abonder, signe que je suis en retard… Je me hâte de rejoindre l'infirmerie et entre aussi discrètement que possible. Malheureusement, le groupe de soigneurs est déjà là. Ils écoutent avec attention Sora, l'une de nos formatrices. Cette dernière me fusille du regard et m'invite à m'installer devant elle.

— Merci de nous honorer de ta présence, Isaya ! gronde-t-elle, mécontente.

Je baisse la tête, mal à l'aise. Je n'aime pas me faire remarquer pour ce genre de détail. Je me ressaisis et écoute la suite des instructions. Elle nous informe que quelques gardiens ont été blessés lors des précédents entraînements et que nous devons réaliser les soins adéquats. Elle enchaîne son monologue sur l'importance d'œuvrer proprement et de bien exécuter leurs soins, notamment leurs sutures, empêchant ainsi le risque considérable d'infection.

Lorsqu'elle nous demande de former un binôme, je me presse d'aller vers Philomène, celle avec qui je m'entends le mieux. Nous nous coordonnons, pendant qu'elle prépare le matériel nécessaire, j'aseptise l'espace de travail, le lit d'appoint et installe un drap stérile pour permettre au premier soldat de nous rejoindre. Dans le but de le faire entrer, je récupère la feuille de présence, puis me dirige vers la porte quand celle-ci me percute de plein fouet. Surprise par la violence de l'impact, je me retrouve les quatre fers en l'air.

— C'est ici l'infirmerie ? dit une voix forte et rocailleuse.

Je pousse un juron en me frottant la tempe alors que l'homme face à moi me méprise de toute sa hauteur, me regardant de haut en bas.

Quel abruti ! Surtout, ne m'aide pas à me relever…

— Ça se voit pas ! sifflé-je, vexée, en me hissant du mieux que je peux.

Sa posture, à la fois nonchalante et sûre de lui, m'irrite au plus haut point. À présent bien droite, je reprends mes esprits sans le quitter des yeux. Je peux dire sans l'ombre d'un doute que je ne l'ai jamais vu. La cicatrice qui barre sa joue n'est pas récente, ce n'est donc pas pour ça qu'il est ici. Je l'observe pour tenter de comprendre sa présence, lorsque j'aperçois le liquide écarlate sur son mollet.

— Suivez-moi, on va s'occuper de vous, lui lancé-je dans un ton que je veux professionnel, commençant à rejoindre Philomène.

Son rire moqueur et froid me stoppe dans ma progression.

— Ah, parce que c'est toi qui es censée me soigner ? Si tu es aussi maladroite que face à une porte, je préfère m'abstenir !

Mon sang ne fait qu'un tour. Maladroite ? C'est ce foutu crétin qui m'est rentré dedans, m'entaillant presque l'arcade. Je me rapproche de lui, l'index pointant son torse.

— Je ne suis pas…

— Il y a un problème ? intervient Sora quand elle remarque que je ne me comporte pas comme le règlement l'exige.

L'homme se tourne vers elle, et mon cœur se serre. J'ai peur qu'il me dénonce, et ce serait vraiment le pire moment. Entre la remontrance de Dame Dom et mon retard de ce matin, déjà suffisamment remarqué, je n'ai pas besoin d'une complication de plus. On va dire que je suis légèrement sur la sellette depuis quelques semaines.

— Elles sont toutes comme elle, ici ?

Sora fronce les sourcils en croisant les bras.

— Je vous demande pardon ? m'indigné-je, les yeux complètement ahuris face à son culot.

Le soupir de mon instructrice me parvient et me prouve une fois encore qu'elle n'est pas de mon côté. Je suis mal barrée pour la deuxième année, moi !

— Isaya, qu'est-ce que tu as fait ? s'agace-t-elle tandis que l'abruti face à moi esquisse un sourire que j'ai envie de griffer avec fureur.

Puis, comme si je n'étais pas juste devant lui, il réplique :

— C'est dans ses habitudes d'être maladroite ?

Philomène intervient rapidement en prenant ma défense, assurant que je n'y suis pour rien, car le sol était glissant. Pour corroborer ses dires, elle se penche, munie d'un linge, pour estomper la dalle.

— On peut y aller maintenant ou vous allez récurer toute la salle ? soupire le soldat en faisant mine de se racler les ongles.

— Naturellement, grincé-je en rougissant, tout en lui indiquant le lit derrière nous.

Connard !

Je souris du mieux possible face à la moue perplexe de Sora, puis elle hoche la tête et retourne à ses occupations, soit surveiller le moindre de nos gestes.

Alors que j'avance, je sens le corps du garde se coller à moi pour me susurrer à l'oreille :

— J'ai hâte d'avoir tes doigts sur ma peau, petit rouge-gorge…

Les frissons qui parcourent ma colonne vertébrale sont désagréables, aucun mot ne sort de ma bouche que je tords afin de ne pas l'insulter. La seconde suivante, je l'invite à s'installer pour que je puisse enlever le pansement de fortune qui orne sa lésion.

Lorsque je vois sa plaie, je relève mes yeux dans les siens.

— Ce n'est pas une blessure d'entraînement, ça !

— Je n'ai jamais dit que ça en était une. Pose pas de question et soigne-moi, m'impose-t-il en s'allongeant, les mains sous son crâne.

En me tournant vers Philomène, je lui demande de m'apporter du désinfectant et tout le nécessaire pour un bandage. J'ai l'intention de lui proposer de prendre ma place… quand une idée me vient. À la vue de ce soldat hautain et sûr de lui, j'ai besoin d'affirmer ma position, et je ne suis pas une foutue infirmière ! Je les respecte grandement, mais chacun son rôle.

— Il est trop tard pour recoudre la plaie. Quand est-ce arrivé ?

Je l'interroge uniquement parce que je le dois. Il pourrait bien pourrir sur cette table que je m'en ficherais.

— Fais ton travail, femme ! Ta conversation ne m'intéresse pas le moins du monde.

Femme ? Il se prend pour qui celui-là ?

Je badigeonne la lésion de désinfectant sans aucune délicatesse, puis commence à installer le bandage. Mes mains serrent le plus possible, souhaitant le faire tressaillir, mais rien. Ce gars n'a aucune réaction. C'est limite s'il ne s'est pas endormi.

Je n'ai pas dit mon dernier mot !

Je sors mon arme secrète, à savoir mon ongle du petit doigt – celui que je suis censée couper, mais que je garde en cas de force majeure –, puis l'enfonce dans sa blessure, mine de rien, un sourire ornant mon visage.

— Bordel ! crie-t-il en relevant son buste. Mais ça va pas !

Je me penche alors vers lui et lui glisse à l'oreille :

— Mes phalanges sont assez ancrées dans ta peau ? C'est la dernière fois que tu me manques de respect, abruti !

Sora arrive en courant, mais mon air innocent me sauve.

— Il ne supporte pas le désinfectant, ça le pique trop, lui dis-je en levant les yeux au ciel.

Sur ce, je rejoins ma collègue pour prendre sa place. À elle maintenant de s'occuper du problème. Et vu la flamme dans ses prunelles lorsqu'il me regarde, je crois que je ne suis pas près de me débarrasser de lui. Mes lèvres s'incurvent en un léger sourire et je hausse les sourcils, pas mécontente de lui avoir fait fermer sa grande bouche.

CHAPITRE 6

Kaël

Le lendemain matin, après avoir brièvement visité les lieux la veille, je me rends dans la salle des armes. C'est ici que je fais la connaissance de Martha, la forgeronne, et de Lior, son mari, ancien garde. Ce que je découvre dans cette pièce est incroyable. Chaque équipement est travaillé méticuleusement, qu'il s'agisse d'épées, de dagues ou de lances finement ouvragées.

Martha m'explique avec passion le processus de fabrication des armes blanches. Elle sélectionne soigneusement les métaux, chauffant l'acier jusqu'à ce qu'il devienne incandescent avant de le marteler avec précision pour lui donner forme. Chaque lame est ensuite trempée, aiguisée et polie avec un soin extrême, afin d'assurer un tranchant redoutable et une durabilité à toute épreuve. Lior, lui, teste régulièrement leur équilibre et leur maniabilité, fort de son expérience de combattant.

Mes doigts parcourent chaque centimètre de la longue épée qu'elle me tend, la lame fraîchement affûtée, sous l'œil attentif des deux spécialistes. La fierté se lit sur les traits de celle qui a passé des heures à se concentrer pour confectionner cet alliage remarquable de laiton et de fer. Je suis vraiment étonné qu'un travail d'orfèvre de ce genre ait été réalisé par une bonne femme. Chez nous, on ne laisserait jamais des doigts si faibles battre durant des heures les métaux chauffés à haute température. D'un geste, je fais siffler l'épée dans le silence qui nous enveloppe, et ce son résonne comme une douce litanie à mes oreilles.

Ma bouche s'incurve en un demi-sourire, et Lior jette un regard à sa femme en signe d'assentiment.

— C'est une bonne arme, vous savez. Légère, maniable, la combinaison des métaux est équilibrée à la perfection. Le fil de l'épée fera saigner n'importe qui, et sa pointe s'enfoncera sans problème dans vos adversaires. Attention tout de même... je vois que vous avez de grandes mains. Permettez-moi de vérifier que la garde soit bien ajustée et la fusée suffisamment longue pour vous. Je me trompe rarement en confectionnant de tels objets, mais sait-on jamais, me dit la forgeronne, connaissant parfaitement son travail.

Je lui tends ce bijou et elle corrige légèrement mon outil de travail, avec un sérieux impressionnant, puis elle me le rend.

— Je suis stupéfait, lâché-je. Vous avez été rapide et efficace.

— Merci, monsieur. J'espère qu'elle vous satisfera pleinement.

— À n'en point douter... souris-je franchement cette fois, ce qui me surprend.

Quelques instants plus tard, je reprends mon visage fermé et ma nouvelle arme trône fièrement dans le fourreau autour de ma taille. Je délaisse les époux pour me rendre en salle d'entraînement, où je suis attendu.

***

En arrivant dans la pièce, je me dirige vers le commandant des armées, Garreth, afin de me présenter. Son regard vif sur moi m'indique qu'il me tient à l'œil. Je m'éloigne et observe l'endroit qui fourmille de soldats en pleine démonstration de leur talent. Certains s'affrontent au combat à l'épée alors que d'autres musclent leur corps, soulevant des sacs de blé en faisant le tour de la salle. Les hommes qui se battent le font avec dextérité tandis que les généraux approuvent par de grands hochements de tête les duels en cours. Je m'adosse au mur en analysant mon environnement. Mon mollet bandé ne devrait pas me poser de problème aujourd'hui. Il ne vaut mieux pas, ou cette satanée soigneuse me le paiera cher. Je me concentre sur les mouvements cadencés des hommes face à moi. Ils ne sont pas mauvais, je dois même avouer que certains sont plutôt bons, mais ils ne sont pas à la hauteur des soldats de mon père. Ce dernier avait raison : leur garde ne sera jamais en mesure de ruiner notre armée. Mon attention est attirée plus loin lorsqu'un cri féminin résonne par-delà les premières lignes de soldats. Deux femmes s'affrontent avec rage, entourées de… soldates en uniforme noir qui les encouragent. Mes lèvres s'incurvent légèrement.

La fameuse garde féminine aldorienne.

Je longe les murs, sur mes gardes, comme toujours, et m'approche du groupe de femelles qui se jaugent et se tournent autour. C'est lent, mou et pourtant si divertissant. Un homme me rejoint, il s'agit de Clovis. Son visage fermé est plus intense qu'hier.

— Ce sont les dernières recrues, lâche-t-il, concentré sur leurs mouvements presque trop gracieux.

— Des femmes.

Il ricane.

— Les meilleures du royaume. Elles sont plus vicieuses, c'est pour ça que la reine a monté sa propre escorte.

— Une femme reste une femme, contré-je. C'est ridicule !

— Je ne vais pas le nier…

Il jette un regard dans son dos tandis que mes yeux sont attirés par une chevelure flamboyante rouge. Je retiens un rire mauvais.

Cette garce est ici. Comment se fait-il qu'elle soigne alors qu'elle est censée être une des prochaines sentinelles de la reine ? Curieux, je pose la question qui me démange à Clovis.

Il m'explique rapidement comment se déroulent les entraînements et pourquoi les femmes sont formées différemment. Tout au long de ces derniers mois, elles ont étudié l'espionnage, le combat à l'épée, le *self-defense*, ont acquis des notions de médecine rudimentaire. Une cérémonie est même attendue sous peu pour en éliminer certaines, les autres pourront accéder à leur deuxième année, où les meilleures, celles qui agrandiront les rangs de la garde d'élite de la reine, seront récompensées. Décidément, ce reinaume ne fait rien comme les autres. C'est à peine croyable qu'il donne tant d'importance à des êtres si faibles. Celles qui ne seront pas recrutées reprendront des postes lambda au sein du château ou retourneront d'où elles viennent.

Clovis trépigne d'un pied à l'autre en lançant un coup d'œil à une recrue postée non loin de nous.

— T'as un mulot dans le pantalon pour t'agiter autant ? argué-je en me détournant des soi-disant soldates qui échangent leur rôle.

Ses yeux m'observent et, l'espace d'un instant, j'ai l'impression de l'avoir déjà vu.

— Ils racontent des choses sur toi, bourreau.

— Et ? Qu'est-ce que j'en ai à foutre ?

Il éclate de rire, et c'est à ce moment-là que je prends conscience des murmures et des regards braqués sur ma personne. Je ne suis pas le bienvenu. Qu'importe, je n'ai rien à prouver, si ce n'est à moi-même et à mon père, cela va sans dire.

Garreth me siffle en m'indiquant le centre de la pièce. Il attend que j'intègre l'entraînement, au même titre que ses abrutis de soldats. Soit… j'ai besoin de me dégourdir les membres, j'ai l'impression d'être resté inactif trop longtemps.

Après m'être échauffé, je glisse sur le sol avec aisance en pointant mon épée face à un adversaire imaginaire. Afin d'être le plus efficace, je dois considérer mon arme comme un prolongement de mon bras. Vidant mon esprit et me concentrant sur l'exercice, je remarque tout de même qu'un étau se resserre autour de moi. Les soldats m'encerclent avec leurs lames brandies et ricanent de l'effet qu'ils pensent avoir produit. J'ai comme un goût de déjà-vu. Ils souhaitent me tester, je connais cette méthode pour l'avoir utilisée avec les hommes de mon paternel. Ils veulent jouer avec moi, aucun problème, mon humeur est plutôt cordiale ce matin, bien que ce soit un terme très subjectif pour moi.

— Alors, le bourreau, tu as déjà réussi à te mettre Lior et Martha dans la poche ? C'est une bien belle épée qu'elle t'a conçue… Malheureusement pour toi, nous sommes beaucoup moins faciles à duper… me lance Liam en s'avançant vers moi d'un air menaçant.

Plusieurs de ses coéquipiers se gaussent de son attaque verbale et me regardent en créant des sons stridents censés m'impressionner et m'intimider. Ce qu'ils ne savent pas, c'est que plus rien ne me fait peur. Je n'ai rien à perdre, au contraire, et s'il faut que je leur prouve que je peux les saigner comme les sales cochons qu'ils sont, je le ferai. Sans réfléchir, je fais quelques pas en direction de celui qui cherche à me rabaisser devant toute une armée. Mon épée en main, je tente de me glisser derrière lui et esquisse un geste vers la trachée de mon adversaire. D'un coup de fer, un premier soldat intercepte ma lame avec un air merdeux sur le visage. Mes traits restent indéchiffrables, parce que je ne leur laisserai pas l'occasion de découvrir toute l'amertume qui parcourt mes veines, cette hostilité latente qui ne demande qu'à émerger. J'anticipe le mouvement suivant qui arrive par-derrière en me décalant d'un pas, puis d'un second lorsqu'on entreprend de m'asséner un coup de pied dans les jambes.

Ça, c'est petit…

Un quatrième soldat dégaine son arme, tandis qu'un autre fait rouler deux dagues entre ses doigts. J'aime ce que je ressens à cet instant. L'euphorie me gagne lentement et affûte chacun de mes sens. Je suis né pour tuer, pour infliger toutes sortes de tortures, mais parfois, sentir que je ne suis pas qu'un exécuteur a un côté salvateur.

J'évite de justesse un coup dans la cuisse, j'entends une voix grave hurler derrière nous, mais nous sommes trop pris par ce combat pour cesser de nous divertir.

J'aperçois le commandant nous fixer en croisant les bras tout en parlant à Maxwell. Ils n'interviennent pas et semblent admirer le spectacle que j'offre.

D'un mouvement sec, je déséquilibre Liam, qui chute lourdement au sol. Dans la précipitation, il lâche une dague que je ramasse avant de la glisser contre son cou. L'effarement se dessine sur sa gueule de con, et je papillonne des yeux avec un sourire charmeur.

Je pourrais le tuer là, d'un simple geste de la main, et il s'étoufferait dans un gargouillis sanglant en quelques secondes sans que personne puisse faire quelque chose pour lui sauver la vie.

Garreth applaudit d'un air théâtral en s'approchant pour mettre fin à cette mascarade.

— Belle démonstration, soldat.

Tiens, une appellation qui change.

— Merci, mais j'ai manqué de délicatesse à un moment, réponds-je ironiquement en désignant l'un des gardes qui se masse la joue douloureusement. Le pauvre va certainement avoir un hématome.

— Crétin arrogant, crache le concerné en posant sa seconde main sur le pommeau de son épée.

— Loin de moi l'idée de vous offenser… Si vous voulez bien m'excuser, je dois m'entretenir avec Ma… le conseiller de la reine.

Je m'éloigne et presse le pas pour rejoindre mon oncle, qui s'est faufilé hors de la pièce quand il a vu que j'avais l'intention de le confronter. Dans le couloir désert, je m'apprête à sortir lorsque j'entends un bruit étouffé provenant du bain public mis à disposition pour les soldats. Qu'importe ce qu'il se passe là-dedans, ce n'est pas mon problème.

— Alors, tu te sens moins forte maintenant que tu n'as plus ton arme, hein ? La chouchoute de Garreth va bientôt se retrouver avec sa langue en moins.

Les gémissements qui me parviennent me stoppent. Bordel !
Je n'ai jamais supporté que l'on ne se batte pas à la loyale, et là,
clairement, c'est le cas.

Je tourne la poignée pour sortir, puis reviens sur mes pas en
me disant que ça ne peut pas me faire de mal d'être bien vu en
« sauvant » la *chouchoute de Garreth*. Et puis, passer une ou deux
roustes commence à légèrement me manquer...

CHAPITRE 7

Isaya

Quinze minutes plus tôt...

En sueur, je percute le pommeau de mon arme le plus fort possible contre la mâchoire de Cléa. Sa tête se projette en arrière d'un mouvement brusque, ce qui l'amène à s'écrouler contre le sol. Le son brut de sa chute me provoque une décharge électrique, j'ai enfin réussi à la faire plier. Je m'avance vers elle et lui glisse ma lame sous la gorge.

— Oups, en situation réelle, tu serais morte.

Son grognement me parvient alors que je fais demi-tour pour rejoindre le bain public, le spectacle est terminé. Dans la salle, les filles me félicitent, louant ma technique et ma ténacité. Moi, je suis juste heureuse de lui avoir fait mordre la poussière après toutes les crasses qu'elle a pu me faire depuis que nous avons intégré la formation.

Cléa et moi sommes rivales. Toutes deux au coude-à-coude, ce duel s'accentue au fil des mois, nous battant avec toujours plus de hargne pour rester dans le classement. On ne va pas se mentir, la compétition est difficile pour atteindre la deuxième année de formation, celle qui donnera lieu à être plus proche de la reine. Si au début ce jeu me plaisait et me faisait sortir mes tripes, j'ai vite déchanté quand j'ai compris que pour elle, c'était beaucoup plus que ça. Ça a commencé par des insultes, des moqueries sous couvert d'humour devant les autres, tout était prétexte pour me décrédibiliser. Je n'y prêtais pas vraiment attention, sauf qu'elle a décidé de faire de moi sa cible à abattre. Lors d'entraînements, elle m'a blessée volontairement à deux reprises. Heureusement que mon esprit vif et mes réflexes m'ont sauvé la mise. Ses regards appuyés me promettent mille souffrances, surtout lors-qu'un instructeur m'encourage à poursuivre mes efforts. C'est d'ailleurs depuis que Garreth a annoncé à mes sœurs d'armes qu'elles devaient prendre exemple sur moi au tir à l'arc que cela s'est intensifié. Évidemment, à mon arrivée, je n'étais pas la plus forte ni la plus habile, mais je progresse chaque jour, alors qu'elle a commencé en haut du classement et stagne, se faisant rattra-per par la plupart des soldates. Dernièrement, elle est allée voir les filles de notre promotion pour leur dire que j'étais la petite protégée du commandant, qu'il ne fallait pas qu'elles comptent m'exclure, ce qui a déclenché une vague de mépris de la part de certaines. Contrairement aux instructrices, lui voit clair dans son jeu, ce qui m'a attiré les foudres de mes supérieurs qui pensent que j'ai réussi à obtenir des avantages indirects.

S'ils savaient la vérité !

Tout ce que j'ai récolté, c'est au mérite, et bien que ça en déplaise à quelques-unes, je reste droite dans mes bottes. Comme me dit toujours Sélène, cette poufiasse le fait exprès pour me déstabiliser, pour ne pas que j'arrive à recevoir l'épée sacrée des gardiennes royales, pour que je retourne là d'où je viens.

Cléa a un rapport particulier aux hommes, elle fait tout pour attirer leur attention et les choper dans ses filets. J'imagine qu'elle croit que le chef et moi entretenons ce genre de relation, alors qu'il n'en est rien.

Je range mon arme à son emplacement, dans l'armoire mise à disposition, puis récupère mes affaires et me hisse hors de la salle. Je n'ai qu'une hâte, me décrasser.

Seule dans la pièce, je me déshabille à la hâte avant que les autres femmes n'arrivent et trempe mes pieds dans l'eau tiède afin de me familiariser à la température. Mon corps suit le mouvement et je m'immerge dans l'étuve, savourant la décontraction de chacun de mes muscles. Si habituellement je déteste venir ici, préférant la rivière derrière le château, je n'ai pas pu résister aux vapeurs de chaleur m'appelant.

Mes pensées sont interrompues par le claquement de la porte. Je relève la tête pour apercevoir la personne qui me rejoint, mais un silence lourd et froid fait suite, ce qui est peu classique en ce lieu.

— Il y a quelqu'un ?

Instinctivement, sans réponse, je sors du bain pour m'envelopper de mon linge. À peine suis-je couverte qu'une poigne ferme agrippe mon bras pour plaquer mon corps contre le mur froid. Incapable de me servir de ma main coincée dans mon dos, je tente de donner à mon assaillant des coups de pied. Malheureusement, cela n'a aucun impact. Le souffle contre ma joue est reconnaissable entre tous, une pointe de citron et de thym... Cléa. Je gémis pour essayer d'alerter les autres, mais sa paume chaude se pose contre mes lèvres.

Merde ! Comment ai-je pu me faire piéger ?

La lame de sa dague effleure en un instant sur ma carotide, puis remonte vers ma bouche.

— Alors, tu te sens moins forte maintenant que tu n'as plus ton arme, hein ? La chouchoute de Garreth va bientôt se retrouver avec sa langue en moins, tonne-t-elle dans un rire excité.

Sans me démonter, j'envisage de la mordre quitte à ce qu'elle me blesse, quand un son provenant du couloir nous fige.

— Chut, ou ce n'est pas ta langue que je couperai…

Je desserre les dents pour exercer une pression plus forte encore sur ma langue. Le goût métallique s'imprègne entre mes lèvres tandis que cette garce laisse glisser, à sa guise, son arme tranchante. Un sillon rouge s'écoule le long de ma gorge, je le sens plus que je ne le vois, mais Cléa paraît prendre un plaisir certain à me malmener.

— Lâche-la ! tonne une voix grave près de la porte.

Elle resserre sa prise en grimaçant, écrasant mon corps toujours plus. La roche dans mon dos me coupe la respiration, et les vapeurs d'eau semblent vouloir remplir mes poumons jusqu'à m'étouffer. Les ongles de ma main libre s'enfoncent dans son membre supérieur. Je sens sa chair imprimer mes doigts. Il n'y a pas de raison pour que je sois seule à souffrir et que je la laisse m'atteindre sans rien faire. Ce n'est pas dans mon caractère !

Je reconnais le faciès de l'homme qui se tient devant nous. Le connard de l'infirmerie. Force est de constater que son intrusion pourrait bien sauver mon cul, cette fois-ci. Bien que ma main agrippe l'avant-bras de Cléa, et que je sois capable de me défendre grâce à la diversion du garde, ce dernier avance plus près, ses yeux luisants… d'amusement ?

Il est sérieux là ?

Mon désavantage probant aiguise ses sens, alimente une folie qui atteint ses traits marqués. La cicatrice de son visage se plisse et il répète sa phrase en fixant Cléa.

— Lâche… la. Si t'as un problème avec elle, tu le règles à l'entraînement. Vous n'avez pas un code d'honneur entre gonzesses ? Une pour toutes et toutes pour une, une connerie dans ce genre ?!

Cette fois-ci, c'est moi qui ricane, et Cléa en profite pour saisir mes cheveux qu'elle tire en arrière.

La garce !

D'un geste rapide et assuré, je donne un coup sec, mon bras entre nos deux corps. Elle est déstabilisée et écarte suffisamment sa lame pour que je puisse la désarmer. Je me dégage finalement de sa prise et lance mon coude dans sa gorge. Elle se plie en deux, tentant de reprendre sa respiration tout en agrippant ses doigts autour de son cou. Ma serviette gît au sol, mais il est trop tard pour que je me rende compte de mon erreur. Les yeux du soldat brillent d'une intensité qui me fait rougir lorsqu'il étudie mon corps de haut en bas, s'attardant sur les parties de ma féminité. Le spectacle doit être distrayant : mon sang mêlé à ma nudité totale.

Je me baisse rageusement pour ramasser ma serviette échouée à quelques pas de moi, puis, tout en la nouant autour de mon buste, je regarde Cléa et affirme avec une conviction plus que certaine :

— C'est la dernière fois que tu poses la main sur moi !

Elle fixe l'homme à nos côtés, puis crache en toussotant :

— C'est ce qu'on verra, salope !

Le soldat se marre de notre échange, la paume placée sur la garde de son arme, prêt à nous transpercer si besoin. Il fait un geste du menton à Cléa pour qu'elle dégage ; ce qu'elle fait sans broncher. Pour ma part, je secoue la tête et lui passe devant d'un pas déterminé. Malheureusement pour moi, ses doigts s'enroulent autour de mon poignet droit avec dureté. Mes pupilles s'arriment aux siennes et je relève la tête plus haut encore. Je ne baisserai mon regard face à personne !

— On dirait que tu m'en dois une, joli rouge-gorge…

Je papillote des yeux dans une extase feinte, puis appose ma main contre son torse en lui susurrant à quelques centimètres de ses lèvres :

— Je préférerais m'enduire de fientes de poule…

Il s'avance un peu plus, frôlant imperceptiblement ma bouche.

— Fougueuse en plus d'être hargneuse. Intéressant… c'est ce que je préfère.

Dans ses prunelles, je vois la noirceur de l'âme qu'il renferme. Cet homme est dangereux, il dégage une aura sombre et destructrice et je regrette d'avoir attiré son attention. Mon air de dégoût semble le faire capituler. Doucement, il relâche son étreinte, mais j'ai la sensation que ses doigts sont toujours enroulés là où il les avait posés. Il s'adosse au mur derrière lui dans une posture décontractée, puis me glisse tout bas :

— On ne t'a jamais dit qu'une dette se payait ?

— Une… dette ? Je t'ai rien demandé ! lancé-je en le foudroyant du regard.

D'un geste de la main, il balaie l'air.

— Peu importe ! Quand j'aurai besoin que tu fasses quelque chose pour moi, tu le feras ! réplique-t-il d'un ton sec et tranchant contrastant avec son attitude corporelle. Car si c'est moi qui m'en prends à toi, tu peux oublier tes rêves de combat pour défendre la reine.

L'enfoiré !

Devant la menace, je serre les dents, hoche la tête en signe d'acquiescement et soupire profondément en quittant la pièce afin de rejoindre ma meilleure amie. Elle seule a le pouvoir d'apaiser mon âme tourmentée et cette envie de revenir achever cette conne de mes mains.

Quant à lui, il ne perd rien pour attendre !

CHAPITRE 8

Kaël

Marchant d'un pas rapide, je me dirige vers le bureau de Maxwell situé dans l'aile ouest du château.

Dès que je franchis les couloirs de cette partie de l'édifice, le décor change radicalement, les dorures et les tableaux sont exposés à la vue de tous, comme un rappel que le reinaume a enterré les mauvais souvenirs et qu'il renaît de ses cendres.

Bien que je sois habitué à tant de luxe, je dois avouer que je ne m'attendais pas à ce qu'Aldoria en jouisse.

Mon fameux rictus en place, je ralentis mon allure pour snober les personnes que je croise et en profite davantage pour observer les lieux.

En un rien de temps, je me retrouve devant la porte en chêne massif, peinte d'or et de vert, les couleurs du blason d'Aldoria, que mon oncle m'a montrée hier.

Je frappe trois coups contre le battant, puis, une fois à l'intérieur, je siffle face à toute l'opulence qui caractérise cette pièce. Sur le mur du fond, une carte des quatre vents est affichée. Le bureau est en bois foncé et l'odeur de renfermé qui envahit mes narines m'indique que Maxwell ne doit pas beaucoup occuper les lieux.

Avec tout l'affront dont je fais preuve, je m'installe sur la chaise face à la sienne sans y avoir été invité et pose mes bottes sur son bureau.

— Dis-moi, ça rapporte d'être un traître !

Son visage se pare de rouge, de colère ou de honte, je ne sais pas, mais je m'en cogne.

— Ferme-la, petit imbécile pédant ! Ici, tu ne peux pas te permettre de foirer… Nous avons un plan ! J'ai bien vu ton air hautain et ton attitude hostile avec les autres gardes. Si tu ne te fais pas d'alliés, tu vas tout droit dans la gueule du loup !

Sa remarque me tire un éclat de rire.

— Relax, Max ! Notre plan va fonctionner… Je prends juste quelques libertés !

Il soupire d'un air las en s'installant sur son siège et me murmure :

— Montre patte blanche, sinon personne n'obtiendra ce qu'il veut… Ton père le premier. Mais… surtout ton frère, ajoute-t-il d'une voix lascive.

Ce rappel a le don de me piquer, même si je ne lui en montre rien. Mon frère et moi sommes très différents, mais très proches. Il a toujours été là dans les coups durs, et sa sagesse et sa loyauté en feront un grand roi. C'est ce qu'il souhaite, et ce que je veux absolument obtenir pour lui.

Le comportement de mon oncle m'a souvent interpellé, je me suis maintes fois demandé quel était son intérêt que mon père prenne le pouvoir des quatre vents. Encore une magouille de la part de mon cher roi… qui finira tout de même par m'ordonner de lui couper la tête. Il n'a aucune parole, aucune empathie pour quiconque.

Je reviens à l'instant présent, et mes mâchoires se serrent pour me contenir face au visage victorieux de Maxwell, il sait que je donnerais tout pour Zayan.

— Bien, maintenant que nous sommes sur la même longueur d'onde, laisse-moi te parler de ton travail à la cour. Ta première mission est tombée, et nous attendons de toi que tu tortures un homme venant de Velkhara. Il s'est infiltré sur nos terres pour s'en prendre à une jeune paysanne, la laissant pour morte après l'avoir sauvagement abusée. Amuse-toi avec lui et… tue-le.

— Je n'ai pas besoin de détails… Je me contrefous de ce que cet enfoiré a pu faire. Ce que je veux, c'est tuer, dessouder, désosser. Prendre mon putain de pied ! Si, en plus, je peux stopper quelques battements de cœur, je m'en ferai un plaisir.

Maxwell me regarde avec une crainte qu'il n'a jamais eue à mon égard. J'ai l'impression qu'il n'avait pas pris conscience du danger que je peux être. Et désormais, il est trop tard, je suis près de lui, et rien ne m'arrêtera.

— Canalise-toi ou tu te feras repérer. Ton frère me ferait exécuter s'il t'arrivait quelque chose.

Riant intérieurement à ses paroles, je retire mes pieds de son bureau et me lève pour observer attentivement la carte des quatre vents.

Maxwell en profite pour énumérer tout ce que je dois savoir sur le palais, sur les combattants, les différentes rondes, le rôle des gardes et celui bien spécifique des soldates de la reine. Il m'explique les rudiments du reinaume ainsi que les points faibles qu'il a déjà décelés. Pour le reste, il décide que je devrais me faire ma propre expérience et mon avis.

Je reste sceptique et déambule dans la pièce comme si tout ce qu'il me disait me passait au-dessus. Bon, en vérité, j'ai arrêté de l'écouter à la deuxième phrase.

— Kaël, je ne suis pas là pour être ton ennemi. On doit se serrer les coudes… On n'a plus le choix ! Je te laisse rejoindre la salle de tortures, les autres t'attendent pour une démonstration de tes talents.

Je me lève et pars sans lui répondre, et sans me retourner. Avant de franchir les portes de son bureau, il me lance :

— Kaël ! James, notre majordome, va te raccompagner jusqu'à la sortie où un garde te suivra.

— J'ai pas besoin d'être materné comme un nouveau-né ! sifflé-je entre mes dents.

— Il t'attend déjà devant.

Enfoiré !

Effectivement, lorsque je pousse le battant, l'homme est là, droit comme un I, son air sévère sur le visage.

— Si monsieur veut bien se donner la peine… me dit-il mollement.

Nous déambulons dans les galeries, le majordome soupirant de mépris à ma démarche lente, puis sortons de l'aile ouest pour nous diriger vers l'entrée des sous-sols, où un abruti en armure prend sa relève.

Bordel, comme si j'étais un putain de gueux sans cervelle !

À chaque pas, l'obscurité se rapproche, et plus ça va, plus je me sens dans mon élément. Au bout du couloir, la porte s'ouvre à la volée et deux soldats en échappent.

— Cette enflure est à toi ! grogne l'un d'eux en se massant les phalanges.

Le premier, d'une fausse tape amicale, me pousse à l'intérieur de la salle, puis ils se barrent tous deux en direction des dortoirs, laissant le garde qui m'accompagnait dans l'allée. Je prends sur moi pour ne pas le rattraper et lui péter le bras pour avoir osé me toucher ainsi. Son tour viendra…

En pénétrant dans la pièce, l'odeur âcre du sang s'insuffle en moi. J'avance et jette un coup d'œil circulaire à la pièce. Deux autres soldats sont postés au fond du local et m'observent. Alaric, si je me souviens bien, et Clovis.

Le prisonnier, assis sur une chaise au milieu de la geôle insalubre, me jauge pour voir si sa situation va s'envenimer, et à ses épaules qui se voûtent, je comprends qu'il s'attend à pire… bien pire. Le sourire en coin que je lui sers ne doit pas le rassurer, et j'aime ce que cela provoque dans ses iris. Son regard paniqué cherche une quelconque échappatoire, il supplie les gardes qui nous étudient, les bras croisés sur la poitrine. D'un ton doucereux que je ne supporte pas, il me prie de l'épargner. L'entendre geindre me hérisse davantage les poils et fait rire mon public.

En silence, je me déplace jusqu'à la table en bois où sont entreposées de nombreuses armes. Sans jeter un œil à ma victime qui, soit dit en passant, est déjà bien amochée, je les observe une à une, les prenant en main et les détaillant minutieusement. Je les pèse, les manipule, les essaie contre mon bras. Les minutes s'égrènent et le supplice de l'attente est insoutenable pour mon prochain martyr.

— S'il vous plaît, recommence-t-il. Je vous jure que je ne voulais pas ce qui est arrivé.

S'il y a bien quelque chose qui me rend fou, c'est le mensonge. Et à ce stade, c'est me prendre pour un con.

— Il est trop tard pour ça, le cinglé-je sur un ton plein de mépris.

— Si vous m'épargnez, je vous dirai tout ce que vous souhaitez savoir.

Je me détourne de l'appentis et parcours quelques mètres en direction du centre.

— Oh… voyons voir si un crétin dans ton genre peut avoir des informations qui m'intéressent.

Ses sourcils se froncent lorsqu'il m'observe m'avancer vers lui, mais il n'est pas en position de force. Il cogite, puis me balance :

— Je vous le dirai si vous me promettez de ne pas me tuer !

Mon rire résonne dans toute la pièce. De ma lame, je m'écorche le bout du doigt et aspire le sang qui en découle. C'est comme un shoot d'adrénaline qui s'infiltre dans mes veines.

— Tu crois vraiment que tu peux négocier ? dis-je en m'emparant d'un tabouret en bois et en me calant devant lui.

Ma promiscuité doit le gêner, car il me déballe sans reprendre son souffle :

— Je viens de Velkhara. Mon roi vous récompensera pour ma liberté !

À cette information, je me contiens pour ne pas lui lacérer le visage de ma lame. Tous les muscles de mon corps se tendent et il me faut toute ma volonté pour ne pas péter un câble devant Alaric et Clovis.

— Mauvaise réponse !

Sans préambule, je me recule vers le mur derrière moi et me tourne pour lui lancer ma dague, qui parvient à se ficher dans son bras. Cet imbécile hurle en s'agrippant tant bien que mal à son assise.

— Ferme-la ! Pourquoi être venu dans ce royaume et t'en être pris à cette fille ?

— Je venais conclure une alliance avec la reine, mais on m'a tendu un piège !

Je plisse les yeux en l'examinant.

— Un piège ? Très intéressant… Qui oserait faire ça ?

— C'est le roi de Barcéon, il veut faire union avec nous et Nalaire pour éliminer votre reinaume. Notre monarque y est favorable, ce qui n'est pas le cas des Nalairiens.

Je m'approche lentement de lui avec un sourire sadique sur le visage. Je retire brutalement la lame fichée dans son membre pour l'enfoncer dans sa cuisse. Sa peau est ferme, je sens ses muscles freiner ma pointe.

— Ahhh ! S'il vous plaît ! Je… je…

— Continue !

— Jurez-moi de m'épargner !

N'ayant aucun compte à lui rendre, je sors la dague et la replante au même endroit. Il hurle de plus belle, puis je fais signe à Clovis de le bâillonner pour ménager mes oreilles.

— Si je récapitule, dis-je en attrapant l'un de ses doigts, tu n'es qu'une victime et ta bite ne s'est pas retrouvée entre les jambes de cette pauvre fille ?

Ma main saisit son majeur que je disloque sous la force de ma poigne. Le « crack » familier d'os brisé retentit entre les murs gris, son cri étranglé résonne, mais ça ne me suffit pas. Les traits de l'homme se déforment sous la douleur, et l'adrénaline se répand dans mes veines. Ses joues virent au violet lorsqu'il s'étouffe avec sa salive. D'un coup sec, je retire son bâillon.

— Vous savez que votre reinaume a besoin d'une alliance ! Barcéon veut prendre vos terres et vos femmes… Pourquoi faites-vous cela ? ose-t-il questionner, la morve maculant son visage.

Mon corps se crispe, mais je ne peux pas laisser entrevoir aux gardes présents dans la pièce que je ferai tout pour tuer les possibles alliés d'Aldoria.

— Parce que Barcéon ne souhaite pas que son ennemi ait des partenaires ! crache Alaric en se décollant du mur.

Perplexe, je lève les yeux au moment où la porte derrière moi s'ouvre sur un Maxwell visiblement satisfait.

— Kaël. Je t'ai dit que j'avais un plan et que tu ne serais pas seul…

— Vous m'avez piégé, tente de se défendre le prisonnier alors que du sang s'écoule de ses plaies.

Pour la première fois de ma vie, je me sens con en m'étant fait prendre de court par un salopard de traître arrogant. Apparemment, le bras droit ne dirige pas les opérations et les liens avec Barcéon en solitaire. Il faut croire que certains soldats de faction sont du bon côté de l'histoire en soutenant mon père.

— Achève le traître, Kaël. C'est pour ça que ton roi t'a envoyé ici…

Une lueur de folie anime les traits du conseiller personnel de la reine. Je me rends compte que le reinaume est encore plus pourri que ce à quoi je m'attendais, et que la guerre n'est pas la seule à avoir mis à mal le territoire.

— Sortez d'ici ! grondé-je en me mordant l'intérieur de la joue.

— Kaël, grogne Maxwell.

— TOUT DE SUITE !

D'un regard vers les deux gardes, Maxwell leur indique la porte. Ce dernier s'attend probablement à ce que j'ajoute quelque chose à son intention, mais la rage me guide. Je n'attends pas qu'il quitte la pièce et réagis comme j'en ai l'habitude.

Dans un déferlement de violence. Mon poing contre les pommettes de ce violeur. Contre ses côtes. Puis mes doigts s'enfoncent dans ses globes oculaires alors que je hurle pour décharger cette tension qui monte en moi.

L'homme assis sur sa chaise subit mon courroux, il s'époumone, se débat, mais je ne lui laisse pas une minute de répit. Je déverse la rage que j'ai contre moi-même sur sa peau que je mets en lambeaux. Je cisaille, entaille et découpe son épiderme.

Comment n'ai-je pas pu voir que Maxwell avait une longueur d'avance ?

Ma victime s'effondre, le corps mou décharné, mais continue à émettre de faibles plaintes… jusqu'à ce que je l'achève en passant ma lame contre son cou, l'égorgeant sur toute sa largeur. Je crie mon plaisir, ma fureur, ma folie.

CHAPITRE 9

Isaya

Après un lever aux aurores pour aller courir et tester la nouvelle arme que Martha a confectionnée pour la garde féminine, je soupire pour relâcher la pression qui pèse sur mes épaules. La rage au ventre, je serre les dents, consciente que nous sommes dans la dernière ligne droite de cette première année de formation et qu'il est indispensable que je ne me foire pas maintenant.

Le corps humide et gelé, mais rincée de toute la sueur de mes efforts, je sors du lac qui rassemble la plupart des stagiaires, et de quelques sentinelles, ce qui me déplaît assez. Tout en me séchant, je m'étire pour accueillir cette nouvelle semaine qui débute. La dernière, et l'une des plus intenses ! C'est ici que tout va se jouer, que les instructeurs vont être les plus regardants. Malheureusement pour moi, Sora m'a annoncé hier qu'elle allait faire remonter mon comportement avec ce nouveau soldat. En plus de ça, elle a demandé que je sois affectée dans la journée auprès des servantes des gardes. La garce ! Elle sait que je déteste plus que tout y aller ! Comme s'ils ne se croyaient pas déjà supérieurs à nous, les recrues ! Si, à l'avenir, j'ai la chance d'être aux côtés de la reine, je lui en toucherai deux mots. Après tout, c'est aussi notre rôle de lui faire part des conditions de la femme dans son reinaume. Elle doit se rendre compte que tout n'est pas aussi rodé qu'elle le pense. Il y a encore du boulot !

Une heure après, lorsque j'arrive dans les cuisines que je ne connais que trop bien, les cuisinières ont déjà abattu beaucoup de travail : les miches de pain sont en train de cuire et les plateaux à apporter sont presque dressés. Je me déplace entre les tables, à la recherche de Sélène. Cependant, elle ne semble pas être ici. Et puisque ma vie est une putain de farce, une voix légèrement rocailleuse que je reconnais bien m'interpelle :

— Tiens, tiens, la rouquine, siffle-t-elle entre ses dents serrées. T'es avec moi ce matin !

Appuyée contre le mur à ma droite, elle se redresse fièrement en décroisant ses bras, offrant une vue plongeante sur le décolleté de sa robe. Son minois se pare d'un sourire provocateur que j'aimerais lui faire avaler. Mais pas maintenant, pas comme ça.

Dame Dom nous observe de loin et nous intime de sa voix forte :

— Arrêtez ça tout de suite, toutes les deux ! Vous êtes ici pour travailler, pas pour vous comporter comme des petites filles gâtées ! Donc à l'intérieur de ma cuisine et de la salle de restauration, je ne veux aucune animosité !

Serrant les mâchoires pour ne pas dire le fond de nos pensées, nous opinons de la tête et commençons à sortir en emportant les plateaux.

— Mesdames ? N'oubliez pas que Garreth préfère le chocolat chaud et que Liam boit un grand café. Les autres ne sont pas difficiles. Le pain doit leur être servi avec trois pots de confiture et, surtout, ouvrez-les avant de les installer sur la table, ajoute-t-elle avec un sourire faux.

Ces mecs sont de vrais assistés, ma parole !

Nous plaçons les vivres sur notre chariot roulant. L'exercice me fait marmonner des mots que j'espère suffisamment inaudibles. Malheureusement, Cléa, qui n'en perd pas une miette, plaque une main sur mon bras et m'empêche d'avancer.

— Arrête d'insulter les soldats ! Tu as oublié que cette garde défend le royaume ? Ils sont complémentaires à celle des femmes et ont besoin de force et d'encouragements. Tu peux au moins accepter ça et les estimer !

D'un ton aigu et provocant, je me dandine et mets ma poitrine en valeur.

— Oh oui, ils sont tellement robustes et virils…

Je fais une pause dans mon discours, puis reprends :

— Et concernant les encouragements dont tu parles, je vois le genre, lui dis-je avec un clin d'œil équivoque.

— Bah, tu vois, finalement, tu n'es pas si bête, me lance-t-elle avec un sourire arrogant.

Cette triste vérité la rend encore plus pathétique. Cléa me devance et ajuste sa robe en arrivant à proximité de la salle de repas. Sa démarche se veut chaloupée et son regard séducteur. Je crois que je ne m'y ferai jamais…

Elle s'arrête face à deux immenses portes en bois et se tourne vers moi en réarrangeant le chariot rempli de gourmandises.

— On y est ! Essaie d'être moins empotée face à eux, pour une fois. Et… tu sais quoi ? Répondre à leurs œillades lubriques par des gestes inappropriés les encourage encore plus, rit-elle avec une moue amusée. Si l'envie leur dit de te péter la mâchoire… ou autre chose, je ne lèverai pas le petit doigt pour toi.

Quelle peste !

Le regard de Cléa sur moi, je hausse les épaules et l'invite à ouvrir. Dès que nous franchissons les portes, les voix fortes qui parlaient et se charriaient se coupent pour ne laisser que des sifflements envahir la pièce.

— Ah, enfin ! Cléa, chérie, ramène ton cul par ici, j'ai faim !
lance l'un d'eux quand elle passe derrière lui.

Ses mouvements sont précis, sûrs, et j'admire sa capacité à
être tant à l'aise en leur présence. C'est comme si elle déambulait
auprès d'eux dans une danse qui les hypnotise. Tout ce que je
ne serai jamais… Moi, derrière ma crinière de feu, personne ne
me voit, ne me regarde. J'inspire pour me donner de la force et
pousse mon chariot pour finir de pénétrer dans la fosse aux cons,
un sourire factice sur les lèvres.

— Oh, mais c'est la petite furie sauvageonne ! s'étonne le pire
de la bande en me dévisageant.

C'est celui que je déteste par-dessus tout : Liam. Ce grand blondinet qui a un ego plus gros que son pif. Et ce n'est pas peu dire.

— Aurais-tu besoin que je t'aide à délacer ta robe, la muette ?
On dirait que tu ne respires plus dans cette tenue. Il faut avouer
que tu as de sacrés attributs, continue-t-il en voyant que ses collègues ne me défendent pas.

À croire que les plus éduqués ne sont pas encore arrivés, car
les rires éclatent davantage, provoquant une haine que je sens
se propager à l'intérieur de moi. Ces connards ignorants me
surnomment ainsi, étant la seule qui ne daigne pas leur parler.
Être obligée de manger avec eux à certains moments me coûte
déjà bien assez. Je me contiens du mieux possible pour ne pas
répondre, ce qui incite ce crétin à surenchérir :

— Toi qui as la gêne facile, qui ne rêverait pas de te faire rougir
en écartant tes cuisses ? J'ai toujours été curieux de savoir ce qui
se cachait sous ces haillons ! Pas vous ?

Leurs timbres gras me prennent à la gorge. Alors que je m'apprête à faire basculer la tasse bouillante sur son pantalon, Garreth
entre dans la pièce et le réprimande avec une injonction qui ne
laisse pas de place à la discussion.

— Ferme-la, Liam ! intervient-il. On ne parle pas comme ça
aux femmes, je te l'ai déjà dit !

Soulagée de l'arrivée du chef de la garde, je le remercie silencieusement d'un regard, reprends une inspiration et serre les

mâchoires pour ne pas répondre à l'abruti qui me reluque avec envie. Nous continuons à déplacer le chariot pour mettre un plateau devant chaque soldat. Cela n'empêche pas Liam de ricaner avec les autres en mimant un geste obscène, puis de claquer les fesses de Cléa. Celle-ci glousse, elle les provoque même en se penchant exagérément pour attiser le désir qui se dessine sur chacun de leurs visages.

Quand je parviens en bout de table, je remarque que le nouveau me fixe avec dédain.

Qu'est-ce qu'il me veut encore, celui-là ?

Lorsque je m'incline pour le servir, il me désigne le sol d'un geste imprécis.

— Ramasse-la ! me dit-il d'un ton tranchant.

Je fulmine intérieurement, puis regarde l'endroit qu'il m'indique. Il n'y a rien, je fronce alors les sourcils et il s'approche de mon oreille, sourire aux lèvres, avant d'ajouter :

— Je parlais de ta dignité…

Mes iris le foudroient, mes mains se serrent contre mon corps, au moment où Cléa me percute par-derrière avec son chariot.

— Oups ! Allez, laisse-moi faire ! grogne-t-elle en me faisant un signe de la tête.

Remontée comme je suis, je préfère me détourner avant de foutre en l'air ma formation en les plantant tous les deux. J'ai juste le temps de voir que ma collègue se penche pour le servir, puis qu'elle glisse ses doigts contre sa cuisse, appuyant sensuellement à proximité de sa masculinité.

— Votre serviette était tombée, Kaël, lui susurre-t-elle au creux de l'oreille.

Kaël… Un prénom beaucoup trop doux pour un homme tellement suffisant.

Détournant les yeux, je m'éloigne et continue à sustenter les autres, la présence de Garreth les ayant légèrement calmés. Toutefois, mes mains tremblent alors que j'agis avec un empressement certain. Je n'ai qu'une hâte : sortir d'ici !

Postée derrière ma besace posée au sol, je me tiens aussi droite et impassible que possible. Cheveux noués en queue de cheval haute, les mains dans le dos, j'attends. Tous les gardes en faction ont été rassemblés dans la cour dès l'aube, ainsi que les recrues en formation.

Je me mords négligemment la lèvre inférieure pour masquer la tension palpable tout autour de moi. Personne ne sait vraiment ce qu'il se passe, et je n'ai pas eu le temps de voir Sélène ce matin, ce qui, à coup sûr, m'aurait aiguillée sur le sujet en question. L'unique ordre reçu a été de préparer un paquetage et d'attendre les directives de nos supérieurs dans la cour sud. Parés de nos habits sombres, nous sommes au garde-à-vous, dans l'expectative du verdict. Hommes ou femmes, la tenue est identique, seul notre écusson de grade change. Un pantalon noir fabriqué à partir de cuir, une chemise foncée en flanelle protégée par un plastron renforcé d'une cotte de mailles et une cape complétant l'accoutrement. Pour ma part, j'ai aussi revêtu mon arc, bien que Garreth préfère que j'utilise ma dague ou mon épée. Tout en vérifiant que j'aie assez de flèches en cas de déplacement, je me demande si c'est un nouveau test pour évaluer nos compétences en condition réelle ou quelque chose de bien plus important.

Par moments, je jette un coup d'œil oblique en avisant les lignes parfaitement établies de soldats au visage fermé. Quelques retardataires arrivent en courant, dont cette conne de Cléa, qui trottine en nouant sa tignasse blonde.

Je pousse un soupir en levant les yeux au ciel alors qu'elle intègre l'une des lignes derrière moi. Soudain, une certaine agitation attire mon regard sur l'estrade face à nous. Les murmures s'élèvent au moment où le roi consort surgit. Je fronce les sourcils, car ce dernier ne se déplace que très rarement, plus absorbé par la boisson dans son verre que par ce qu'il se passe au sein des armées. Escortée par sa garde particulière, la reine Feya fait son apparition à son tour. Le visage blême, elle approche en tentant de garder contenance. Je remarque la synchronicité des femmes autour d'elle lorsque leurs pas frappent le sol et qu'elles pivotent à l'unisson pour nous faire face, épée au cœur. La reine s'avance et tonne :

— Nalaire a été attaquée par le roi Calum au niveau de sa frontière avec Aldoria.

Ses mots claquent comme un fouet, anéantissant les derniers murmures qui subsistent.

Merde !

— Les troupes du général sont déjà en route, et nous allons déployer nombre d'entre vous à différents endroits stratégiques. Barcéon a un coup d'avance sur nous, tenez-vous prêts à passer à l'offensive d'un moment à l'autre. Ce n'est pas parce qu'ils n'ont pas essayé de nous tuer aussi qu'ils ne le feront pas dans un avenir proche. Chers soldats d'Aldoria, n'oublions pas l'histoire, n'oublions pas pour quoi nous nous sommes toujours battus et restons unis. L'entente avec Nalaire a été fragile durant des années. À présent, cette éventuelle alliance devient cruciale. Nous devons impérativement les avoir de notre côté. C'est l'occasion idéale pour agir et tenter d'instaurer un nouveau traité.

Le commandant s'avance à son tour et nous évoque avec conviction son grand discours sur le devoir des soldats et de l'unité que nous formons.

— Hommes, femmes, vous allez quitter le château dans l'heure qui vient. Voici vos ordres de mission…

CHAPITRE 10

Kaël

C'est quoi ce bordel ? Il n'était pas prévu que Barcéon s'en prenne aux Nalairiens. Pas dans un premier temps, en tout cas. Les paroles de mon prisonnier me reviennent en tête : « C'est le roi de Barcéon, il veut faire alliance avec nous et Nalaire pour éliminer votre reinaume. Notre roi y est favorable, ce qui n'est pas le cas des Nalairiens. »

Mon père n'a jamais été patient. Il faut croire qu'il n'a pas pu attendre l'accord de Nalaire et qu'il a décidé de les asservir dès maintenant. J'y vois là l'aubaine que j'escomptais. Si c'est réellement un acte de Barcéon, mon père vient de me créer une ouverture sans le vouloir.

La liste des noms continue à défiler jusqu'à ce que le mien retentisse de la bouche du commandant. J'imagine tous les sévices que je pourrais faire à cette prétendue reine et la reconnaissance de mon père lorsque je brandirai sa tête en rentrant à Barcéon. Mes pensées s'arrêtent brutalement, et je relève le visage en direction de l'estrade, où mon oncle anticipait visiblement ma réaction.

Je le fusille du regard, une tension raidit mes épaules et mes doigts me démangent. J'ai envie de lancer mon poignard pile entre ses deux yeux. S'il croit que je vais m'écarter de ma cible si facilement, c'est qu'il n'a toujours pas compris à qui il a affaire.

L'appel terminé, les rangs se rompent et l'agitation grandit une fois que le couple royal est retourné se terrer au fond de sa suite bien confortable comme les lâches qu'ils sont. Maxwell, c'est la même chose, il ne sera évidemment pas du voyage. Trop dangereux, trop salissant.

Je bouscule un garde et me faufile rapidement jusqu'à Garreth, qui parle à un groupe de quelques personnes.

— Départ dans quinze minutes. On se retrouve à l'entrée nord.

Le groupe se dissipe en récupérant leurs paquetages, et j'en profite pour me poster devant lui.

— Je suis le bourreau. Je ne quitte pas le château.

Il me fait face en croisant les bras.

— Tu es un exécuteur et tu es sous mes ordres. Si je te dis que tu pars, tu pars ! Est-ce que je me suis bien fait comprendre ?!

Il hausse le ton en prenant un air sévère, puis me défie en plantant ses iris bleus dans les miens.

— À moins que tu préfères récurer les chevaux ?

Je serre les poings, me redresse. Comment ose-t-il me parler de cette façon ? Je pourrais le saigner en quelques secondes, il ne se rendrait même pas compte de mon attaque avant qu'il ne soit trop tard.

— Je suis au service de la reine. Pas du tien.

— Dire que je prenais ton arrogance pour de l'intelligence… Départ dans dix minutes. Tu es dans mon groupe.

Et il se détourne, me plantant là sans un mot de plus. J'ai envie, non, j'ai besoin de détruire ce reinaume pour tout ce qu'il a infligé au mien. Je me ressaisis en entendant des gardes se foutre de ma gueule à quelques mètres de là.

Très bien… Je vais commencer par ceux-là jusqu'à ce qu'il ne reste plus rien à anéantir ici.

Alors que je le pensais déjà parti, Maxwell se retrouve sur mon passage. Il m'interpelle au moment où je le dépasse, l'ignorant délibérément.

Ce dernier accélère l'allure, jusqu'à ce que son épaule frôle mon bras et qu'il glisse un papier dans ma poche.

Je dois bien avouer qu'il a une certaine compétence pour la discrétion. Tout en me parlant du temps qu'il fait, il m'indique que j'ai reçu des nouvelles de chez moi.

De nouvelles directives ? Je l'espère, en tout cas, car je commence à m'ennuyer, et cela n'a jamais été très bon pour ma santé mentale.

Devant l'entrée du palais, quelques cavaliers peinent à garder leurs montures dociles. Pas étonnant quand on voit l'agitation autour des bêtes. Les murmures se sont transformés en brouhaha tandis que je resserre ma cape autour de mon cou. Garreth marche en compagnie d'un petit groupe composé de cinq soldats et de trois femmes. Pendant que je selle la jument qu'on m'a attribuée, je surveille les alentours, à l'affût de la moindre information qui pourrait m'être utile. J'aperçois une paire de bottes s'arrêter net de l'autre côté de ma bête et je relève la tête une fois que j'ai terminé de la sangler.

— Tiens, tiens… toi et moi au même endroit pour les prochains jours. On dirait bien que le destin joue en notre faveur.

Merde ! La sangsue d'hier soir… et quand je dis sangsue… c'est qu'elle en porte bien le nom. Elle a tellement aspiré ma hampe que mes couilles sont venues avec. Une véritable ventouse. Mon cher oncle m'ayant demandé de m'intégrer, la veille, en buvant une pinte avec toute la clique, il fallait bien que je fasse mes preuves. Et ça n'a pas été compliqué à trouver. Depuis que je lui ai évité l'affrontement avec la rouquine, elle me mange dans la main. C'est insupportable, mais c'est pratique dans certaines circonstances.

Cependant, il m'a fallu penser à toutes les horreurs que j'allais bientôt pouvoir mettre en œuvre pour que ma queue puisse se gorger face à elle. Mais on se ressemble, elle et moi. Sa froideur fait écho à mon cœur de pierre. Je ne pourrai donc pas obtenir une meilleure distraction dans les mois à venir.

Je reprends mes esprits lorsqu'elle se racle la gorge. Va pas falloir qu'elle s'imagine des trucs non plus ! La baiser de temps en temps, OK, mais ça en restera là.

Je ne prends pas la peine de lui répondre pour lui faire plaisir, car à vrai dire, je me tape complètement de ce qu'elle espère ou éprouve. Je garde en tête ma mission, uniquement ma mission. Malheureusement pour moi, elle en profite pour se faufiler dans mon dos et glisse ses longs doigts fins sous ma cape pour toucher mon torse.

— Retire tes mains immédiatement !

Ma demande semble l'étonner… mais elle minaude, approchant ses lèvres de mon oreille.

— Ce n'est pas ce que tu disais hier soir.

J'ai envie de l'étrangler, de lui érafler son visage de garce avide avec ma lame pour lui faire fermer sa gueule. Alors que je m'apprête à me retourner pour saisir sa gorge, elle ajoute :

— Rappelle-toi, on est dans le même camp, toi et moi.

Son clin d'œil ne m'atteint pas. Je me détourne et repense à ma conversation de la veille avec Clovis.

— *Tu peux y aller, elle est des nôtres.*

Je tique à son affirmation, puis fronce les sourcils, sceptique :

— *C'est une femme… et une soldate. Ça n'existe pas chez nous, et heureusement !*

Il hausse les épaules et effectue un geste du menton vers elle, qui ne cesse de me scruter avec désir. Cette chaudasse veut juste que je la saute.

— *Elle a été entraînée par Viktor pendant des mois pour cette mission. C'était soit ça, soit le bûcher. Le roi a été catégorique.*

Je me demande bien ce que mon père a encore trouvé pour lui imposer un tel fardeau. M'enfin, elle n'a pas l'air de mal le vivre.

Je reprends mes esprits quand mon regard croise celui de la rouquine, qui s'abaisse pour nouer sa botte à quelques mètres de là. Je sens la défiance et la méprise dans ses yeux, et ça me galvanise brièvement. La blonde dans mon dos n'a pas l'air de vouloir se barrer, car elle me susurre des mots crus en me promettant des moments inoubliables en sa compagnie. Puis, sans réponse de ma part, elle disparaît en passant devant la rousse, qui fait à présent mine de nous ignorer.

D'un pas vif, je me plante devant elle, un sourire goguenard flanqué sur le visage. Ses billes émeraude remontent le long de mes mollets, puis de mes cuisses coincées dans ce pantalon étriqué, pour se poser sur mon entrejambe.

— Tu as des questions plutôt que de nous espionner ? Tu surveilles ses arrières maintenant ? Si tu veux savoir comment je traite une femme, je t'en prie… tu es à bonne hauteur ! Cela dit, cette jolie petite bouche n'a jamais dû être salie comme il se doit.

Ses traits se parent de fureur, alors que ses yeux me fusillent.

— Plutôt crever ! me crache-t-elle en se relevant.

— Ce qui veut dire que je suis dans le vrai ! Je serais ravi de t'apprendre deux ou trois choses indispensables en matière d'hommes !

— On ne t'a jamais dit qu'il ne fallait pas sous-estimer un adversaire ?

— Je ne vois pas d'adversaire ici…

— Alors, laisse-moi te donner un conseil : un connard aguerri vaut bien deux imbéciles.

Son visage cramoisi m'amuserait presque si cette garce n'était pas aussi agile. Je manque de tomber quand elle me fait une balayette. Elle se redresse, bien droite, avant d'enfourcher son canasson et de tirer sur les rênes pour s'éloigner avec un sourire triomphant sur les lèvres.

Mon buste se relève, puis je la regarde partir avant de sauter sur mes deux pieds.

Elle ne perd rien pour attendre !

Je positionne ma botte dans l'étrier et me hisse à mon tour avant de rejoindre Garreth, qui me fait signe de me placer derrière lui.

Je déteste cette sensation d'obéissance, je l'exècre du plus profond de mon âme, car elle me rappelle mon père, et même si je sais que ça ne durera pas, j'ai beaucoup de mal avec l'ascendant que mon oncle et les autres hommes de ce reinaume veulent me témoigner.

Je prie intérieurement pour que mon frère et le roi se dépêchent d'asservir tous les royaumes pour enfin investir celui-ci, je ne tiendrai pas longtemps. À cette réflexion, je repense à la lettre qui est dans ma poche, mais que je ne peux pas ouvrir actuellement.

Au cours de notre périple, j'en profite pour faire un repérage minutieux de toutes les planques hypothétiques, des accès plus ou moins abordables et des failles que je pourrais découvrir, et ce n'est pas ce qu'il manque ! C'est sûr qu'en étant gouverné par une putain de bonne femme, cet empire ne peut pas se maintenir à la hauteur et avoir la prestance de Barcéon. Ils se croient dans un monde enchanté où rien ne pourrait leur arriver ou quoi ? Des possibilités d'évasion, il y en a des tas. Ainsi que des zones non surveillées, des axes morts et des prairies dans lesquelles il est tellement simple de se camoufler au vu du nombre de bosquets.

Les heures défilent, et les rangs restent calmes, à peine une blague graveleuse ou deux lorsque les femmes tentent de nous dépasser. Clovis ne me lâche pas d'une semelle depuis que je sais qui il est. Évidemment, lui me connaissait, et il me rend dingue de répéter « oui, mon prince » dès que je lui parle. Ce crétin va me faire repérer ! Je lui grogne dessus alors que nous déambulons, et nous sommes tout de suite repris par le chef. Quel rabat-joie !

La position assise ne me pose aucun problème sur la durée, j'ai l'habitude des longues heures de galop dans les vastes plaines de Barcéon. Même si le rythme est soutenu, je suis convaincu que nous pourrions aller beaucoup plus vite si ces bonnes femmes n'étaient pas dans les rangs ! Toujours là pour nous emmerder !

— Messieurs, dames, augmentez la cadence si vous voulez que l'on arrive au camp avant la nuit tombée.

C'est pas trop tôt ! J'étais presque en train de m'endormir ! D'un coup sec des talons, j'intime à ma monture d'accélérer l'allure, tout en faisant attention de ne pas dépasser Garreth ; il ne faut pas que je joue trop avec le feu.

— Hey, attends-moi ! J'ai les cacahuètes aussi sèches que des pruneaux, proclame Clovis en suivant mon mouvement.

Plus nous avançons, plus une atmosphère lugubre se pare sous nos yeux. Voilà, c'est comme ça que j'imaginais tout Aldoria. Il faut croire que le reinaume n'a pas retrouvé entièrement sa beauté d'antan. Et je pense que c'est ici que mon père doit frapper en premier. Il n'y a que des bicoques, ce sera tellement simple à détruire.

D'un coup, ma motivation revient. Je regarde les alentours et je souris. Pour la première fois depuis longtemps, je ressens cette petite étincelle d'excitation.

CHAPITRE II

Isaya

Je fais bouger mes épaules pour dénouer mes muscles tendus par l'effort. Les heures passées assise sur mon cheval à supporter les sarcasmes de cette bande d'imbéciles m'ont épuisée.

Garreth nous a intimé d'être les plus silencieux possibles, car nous nous approchons de la zone où l'attaque a eu lieu. Je ne dirais pas que je suis impatiente d'arriver, toutefois je crois que je le suis un peu. C'est la première fois qu'on nous envoie dans la campagne aldorienne dans le cadre de notre formation, et je dois bien avouer qu'une part de moi n'attendait que ça ! J'adore l'entraînement, j'aime la rigueur, les règles, mais il était temps qu'on me laisse faire mes preuves ailleurs que dans les sous-sols du château.

Cependant, cet endroit me met mal à l'aise. La forêt à l'allure noire qui se dessine au fur et à mesure que nous approchons fait vraiment flipper. Et je ne suis pas peureuse. Il y a quelque chose par ici qui évoque la mort et le néant, les ténèbres font penser à la nécropole qui se trouve juste en face et que l'on aperçoit si on se redresse un peu.

C'est ce que je fais tandis que Cléa me dépasse au trot pour rejoindre l'un des gardes à l'avant. Décidément, il les lui faut tous.

Je secoue la tête en poussant un soupir d'exaspération. Cette nana aura ma peau.

Alban, qui me précède, ricane en s'avançant vers moi, la posture aussi droite qu'un balai.

— La fin justifie les moyens, s'amuse-t-il. Tu sais que les brebis galeuses sont les premières dont la tête tombe ?

— Et ton avis m'intéresse pour ?

Je sais que je ne devrais pas lui parler ainsi, qu'il n'est pas le plus méchant des leurs, mais je ne peux m'empêcher d'être sur la défensive lorsqu'un homme – encore plus un soldat – s'adresse à moi. Une façon de les tenir éloignés, de ne pas leur faire penser qu'entre mes cuisses, c'est taverne à volonté.

— Tu es plus forte qu'elle sur certains points, mais qu'en sera-t-il lorsqu'elle aura la sympathie des gardes une fois qu'elle sera aux côtés de la reine ?

Je fronce les sourcils d'incompréhension. Est-ce une menace ?

— Elle finira par se débarrasser de toi, tôt ou tard. Seule ou avec l'aide d'une tierce personne.

Je saisis qu'il fait référence au nouveau garde qu'elle colle aux fesses à la moindre occasion. Vu son air affable et l'échange qu'ils ont eu en début de journée, je me doute bien que leurs rapports ne sont pas juste amicaux. Je ne pige cependant pas l'intérêt pour un abruti dans son genre de se plier aux exigences de Cléa. Il m'a pour ainsi dire « sauvé les miches » dans les bains quelques jours plus tôt… et là, il est flagrant qu'il se la tape. Pas que ce soit mes affaires, mais il souffrirait de folie divine que je ne serais pas étonnée.

— Je dis ça comme ça, ajoute Alban devant mon absence de réponse. Sache que si tu as besoin d'une « protection », je suis prêt à faire un effort pour toi.

— Un effort ? Contre quoi ? Mon cul ?

— Non. Je suis plutôt du genre petite brune aux cheveux courts, me glisse-t-il en coulant un regard à Philomène, qui est deux rangs devant nous.

— Tu sais quoi ? Ce n'est pas en bavardant avec moi qu'elle finira dans ta couche ! Prends ton courage à deux mains !

J'accélère mon allure pour dépasser la plupart des cavaliers. Dans mon dos, j'entends Alban rire et me lancer :

— C'est ça, va retrouver les jupons de papa !

Fichu trou de fiacre !

Comme pour lui donner raison, je me place au plus près de Garreth. Celui qui me défend presque quotidiennement. Je fais mine de lui poser des questions sur la mission pour ne plus penser à ma discussion avec le soldat. Et s'il avait raison ? Si je devais me montrer aussi hargneuse qu'elle pour obtenir enfin ce que je souhaite ? La passation en deuxième année va bientôt avoir lieu, et je sais d'avance que je ne suis pas dans les favorites.

À mesure que nous nous écartons des sentiers, le bois se densifie et la tension s'accentue.

Le commandant agite son bras vers la droite et brandit son épée. En moins de deux secondes, nous dégainons tous nos armes et sommes à l'affût du moindre bruit. La forêt est étrangement calme, et lorsque je pivote la tête, j'aperçois Kaël renifler en sautant de sa monture. Il se lèche les lèvres, comme si cette tension n'avait rien d'effrayant, bien au contraire. Garreth et un petit groupe de soldats se faufilent derrière les arbres pendant que nous faisons le guet. Sauf que la patience n'a jamais été mon fort.

Cléa gesticule lorsque je descends de mon cheval à mon tour et que je parcours la distance qui me sépare de notre chef de groupe.

Ce dernier soupire à mon approche, comme s'il était exaspéré par ma désobéissance. Pourtant, c'est un sourire qui s'étire sur mes lèvres quand je distingue un point d'eau et une grotte.

— Parfait pour un feu de camp, non ? dis-je en regardant fixement mon chef.

Je suis projetée en avant d'un coup d'épaule dès que Kaël me bouscule en me passant devant.

— Règle numéro un, petite sotte, ne jamais baisser ta garde avant d'avoir assuré la protection du groupe. Sinon, tu es morte !

— Un point pour Kaël. Isaya, ton manque de vigilance pourrait t'être fatal, même si je sais que tu n'es pas sans défense, me corrige le chef des armées en secouant la tête.

— Je…

— Mais tu as raison, nous nous installerons ici pour la nuit. Kaël, sécurise la zone, ensuite nous monterons le campement.

Quelques minutes plus tard, l'autre brute revient, la carrure parfaitement dessinée sous sa maudite cape, en garantissant que nous n'avons rien à craindre.

À peine sa phrase terminée, certains commencent à jeter leur paquetage au sol. Il est arrivé depuis peu dans la garde et il prend déjà toute la place. Moi, je demeure debout, les bras croisés contre ma poitrine, et attends que l'ordre vienne de Garreth. Lorsqu'il remarque ma posture, ce dernier m'adresse un signe de la tête pour que je m'exécute.

Avec un air effronté, je regarde autour de moi. Nous avons de quoi faire du feu et dormir à la belle étoile. Il ne reste plus qu'à trouver de quoi manger. Notre chef interpelle Vitto afin que nous formions des équipes de chasse. Ça me rappellera la maison à l'époque où mon frère m'emmenait avec lui pour tuer du gibier. Au moment où nous commençons à nous aventurer dans la forêt, l'autre abruti sort de nulle part avec un rictus de provocation. À croire que me coller aux fesses est devenu sa nouvelle passion !

— La forêt n'est-elle pas suffisamment vaste pour que tu me foutes la paix ?

— Il faut croire que j'ai hâte de te voir te casser la gueule et mourir sous mes yeux... Et à l'allure où tu te fais des amies, ça ne devrait pas tarder !

— Quelle arrogance !

— C'est mon deuxième prénom. Et les ordres sont les ordres, petit rouge-gorge.

Debout face à face, nous n'avons même pas remarqué que les autres nous regardent avec un mépris certain.

— Fermez-la, bande d'incapables ! nous intime le garde accroupi derrière un buisson.

Je peste sur le grand brun et m'abaisse à mon tour en sortant ma petite dague fétiche. Je jette un œil derrière moi à l'endroit où est censé se trouver Kaël, mais il a disparu.

C'est une blague ?

Un instant plus tard, j'entends une lame pourfendre l'air avant de s'abattre sur un écureuil qui grimpait dans l'arbre.

J'écarquille les yeux tandis que Vitto se lève pour féliciter Kaël en lui frappant l'épaule, tout à coup bien loin de son aversion précédente.

Une seule question me trotte dans la tête... Comment a-t-il fait pour nous devancer alors que la seconde d'avant il était juste derrière moi ?

Je les rejoins, puis reste à quelques mètres d'eux, plutôt vexée de ne pas avoir réussi à montrer mes talents de chasseuse, mais en me promettant d'avoir le prochain ! Avec mon arc entre les mains, je suis capable de tuer n'importe quoi.

Les sons et les odeurs sont essentiels dans ce genre d'activité, et j'essaie de faire abstraction de celle qui enveloppe Kaël. Citron et thym. Le parfum de Cléa.

Vitto m'indique qu'il emprunte l'allée de gauche, tandis que Kaël pivote vers la droite. Je m'arrête au centre, la dague relevée, prête à passer l'action. Je m'éloigne dans la forêt et me déplace silencieusement, concentrée sur les détails qui m'entourent et aux bruits environnants. Je bloque mon attention sur un arbre au tronc creusé. J'observe l'intérieur, mais seules quelques brindilles subsistent. Mes pas reprennent, me guidant entre les fourrés. Je cherche une proie tout en gardant un œil à travers le feuillage sur les deux hommes qui sont sur les sentiers voisins. Ma combinaison épouse parfaitement mes formes, mais me tient malgré tout. Je passe une main sur mon front pour essuyer la moiteur de cette fin de journée et me stoppe dès que j'entends un léger craquement derrière moi. Cela ne peut pas être une grosse proie. Un autre survient à ma droite, et je distingue enfin l'animal qui grignote près d'un tas de feuilles. Je m'avance avec lenteur, aussi silencieuse et discrète que la mort. J'enlève furtivement mon arc de mon dos pour le saisir entre mes doigts experts. Une flèche sur l'encoche, je tends la corde, vise et inspire. Je suis concentrée sur mon objectif, puis lance la pointe, qui vient se ficher dans le ventre de la petite bête qui s'agite quelques secondes avant de cesser tout mouvement.

Tuer pour le plaisir ne m'a jamais apporté une quelconque satisfaction, mais la chasse, c'est différent. Je n'ai pas le choix pour survivre. Lorsque je ramasse l'animal pour le déposer dans ma besace, Kaël choisit ce moment pour pisser contre un tronc à seulement trois mètres de moi.

Ce type n'a-t-il vraiment aucune pudeur ?

Je détourne le regard en pestant et me hâte de retrouver Vitto, qui nous hèle non loin de là.

Nous rebroussons chemin sans l'attendre. De toute façon, il nous rattrapera, à moins qu'un ours n'ait la bonne idée de nous débarrasser enfin de sa présence. Tout en rejoignant le camp dans lequel les soldats s'affairent à faire un feu pour le repas, je rattache mes cheveux qui partent dans tous les sens. Quand nous arrivons au campement, Vitto donne les produits de notre chasse qui s'ajoutent aux trouvailles d'un autre groupe.

Je dépose finalement mon sac à l'abri dans la grotte avant de conduire mon cheval jusqu'à l'étang pour qu'il se désaltère. J'en profite pour me rafraîchir aussi en passant de l'eau sur mon visage et dans ma nuque. Ça me fait un bien fou. Surveillant les alentours et n'y voyant personne, je retire ma protection que je jette sur la rive et délace mon haut pour passer un coup sous mes aisselles et sur ma poitrine. L'eau est froide sur mon épiderme, et je la laisse dégouliner sur mon ventre en fines gouttes. La température me fait frissonner, ma peau se parant de chair de poule. Mes abdominaux se contractent et je sens la pointe de mes tétons se durcir malgré moi. Au bout de quelques minutes, mes épaules se dénouent et je choisis de m'immerger complètement. Je reste quelques secondes sous la surface, me pinçant le nez pour observer sous les eaux, forçant ainsi mon cerveau à faire le vide. Le noir qui se dessine me saisit, mais j'aime cette obscurité et l'impression d'être seule au monde. Lorsque je réapparais, mes cheveux flottent tout autour de moi. Je les rabats d'une main vers l'arrière et essuie les gouttes qui dévalent mon visage. Un son sourd se manifeste derrière moi, sur la terre ferme, et je me retourne vivement tout en gardant mon buste dissimulé. Vigilante, je fixe l'endroit où j'ai entendu du bruit, mais rien. Je décide de ne pas m'éterniser et m'avance vers la berge afin de me sécher.

Où sont mes affaires ?

Je tourne sur moi-même, le cœur battant. Pas une trace de mes vêtements ici. Il ne reste que ma dague et mon arc posés sur la pierre, qui semblent me narguer et rappeler chaque erreur que je commets par manque d'attention. En pestant contre moi-même, je vérifie tout autour de moi, sous les feuilles, derrière les roches, quand mon regard est attiré par une masse noire pataugeant dans la vase puante près des roseaux.

Quelle idiotie ! Je sais très exactement qui a encore un coup d'avance sur moi et, tôt ou tard, cette garce va me le payer !

Je passe les minutes suivantes à rincer plusieurs fois ma tenue et à l'essorer avant de l'enfiler. C'est détrempée sur ma monture que je rejoins l'effervescence de mes semblables.

L'endroit s'est transformé en camp de fortune où chacun s'occupe. Vitto et Alban se chargent du feu, Garreth est un peu en retrait, avec un groupe de gardes, dont Alaric et Mark, il semble leur donner des consignes sur la suite des opérations. Philomène me salue alors que je passe à ses côtés, mais je ne manque pas son rictus de dégoût, sûrement dû à l'odeur de mon équipement. Le crépuscule se dessine dans le ciel dont les couleurs se reflètent sur les arbres, tout comme les flammes qui dansent près de la grotte.

Alors que je descends de mon cheval en tentant de paraître décontractée, Garreth s'approche de moi. Ce dernier fronce le nez et me jette un coup d'œil rapide.

— Tu empestes !

Je souffle pour lui faire comprendre que je suis au courant et reprends :

— C'est pour me dire cette gentillesse que tu venais me voir ?

Il s'excuse, les yeux plissés pour en savoir plus, mais je balaie ces questionnements d'un haussement d'épaules pour qu'il continue.

— J'ai informé tous les gardes qu'il faut s'attendre à tout lorsque nous arriverons sur place. Tu es prête à côtoyer la mort et le chaos ?

C'est la première fois que ma promotion va assister à une véritable tuerie. D'habitude, nous sommes confrontées à la mort, mais pas dans de telles proportions. C'est une étape indispensable pour la suite, et je pense que c'est pour ça que le commandant et la reine ont jugé qu'il était temps de nous faire participer.

Devant mon absence de réponse, Garreth enchaîne :

— La reine veut que nous constations les dégâts, mais aussi les pertes humaines. La nuit va être courte et il va falloir rester sur nos gardes. Attends-toi à la pire des horreurs. Ton odeur n'est rien comparée à la chair pourrie et nécrosée à laquelle nous allons faire face.

Jour après jour, je suis surprise de l'aisance dont il fait preuve pour se livrer à moi, mais Garreth m'a toujours dit qu'il était plus facile pour lui de parler avec moi plutôt qu'avec ses hommes. Peut-être parce que je ne le juge jamais, peut-être parce que je connais son secret.

— Tu crois qu'il s'agit réellement de Barcéon ? l'interrogé-je pour connaître le fond de sa pensée.

— Le roi ne s'est jamais caché de vouloir asservir les quatre vents, alors j'imagine qu'il faut que nous soyons parés à toute éventualité.

Je fais mine de soupirer, pourtant, je sais que c'est aussi pour ça que je souhaite intégrer la garde féminine. Je suis prête pour une guerre, prête à défendre mon reiraume contre tous ceux qui voudront nous écraser. Ils ne savent pas à quel point notre souveraine est juste et qu'elle a su relever Aldoria d'une fin certaine. Garreth n'est pas stupide, il sait que ce qu'il vient de me dire fait déjà un bout de chemin dans ma tête.

— Va te reposer, Isaya ! Tu auras tout le temps de penser plus tard.

Il me tourne le dos et part en direction du dépouillement des animaux chassés.

— Je prends le prochain tour de garde, haussé-je le ton pour qu'il m'entende, le fixant, le corps droit, tel un bon petit soldat.

— Naturellement, ricane-t-il sans se retourner. Mais avant, change de tenue, car celle-ci empeste. Ensuite, va prendre un repas chaud et dormir quelques heures !

J'ai envie de lui hurler que je n'ai pas besoin d'être infantilisée, mais il a raison. La formation est si intense que la moindre erreur peut nous coûter la vie. Je refuse d'échouer si près du but. Pas tant que je n'aurai pas intégré la garde personnelle de la reine.

Les premiers soldats somnolent déjà après avoir englouti leur dîner. Je dois avouer que j'aurais préféré du lapin, mais l'écureuil fera très bien l'affaire pour ce soir.

Je m'installe face au feu et retire un morceau de viande du bois qui sert de pique. À peine la nourriture en bouche que je savoure l'instant en fermant les yeux. Mon ventre commençait à me tirailler tellement la faim était présente. Je souris à Philomène et Marjorie qui sont à l'opposé de moi, épuisées, les cernes creux, et nous demeurons silencieuses après une journée éreintante. Au bout de deux brochettes, je m'étire et les salue, me relevant pour me diriger vers la couchette qui m'est destinée. Comme souvent, je sais que je ne pourrai pas m'assoupir aussi facilement. Les nerfs, mes pensées volatiles et mon besoin de bouger me poussent à aller faire un tour. L'air est doux, l'agitation du camp s'étant atténuée. Les seuls bruits que l'on entend sont les chouettes dans les ombres de la nuit et les ronflements des soldats endormis. Ceux en garde restent muets, scrutant les alentours. Je les dépasse en les prévenant que je prendrai leur suite, puis m'enfonce un peu plus dans la forêt. J'ai besoin d'un petit moment de calme loin des autres pour enchaîner avec une nuit éveillée.

Sous le couvert des feuilles, je marche lentement et enjambe les racines en essayant de ne pas tomber. La lune perce à peine la cime des arbres qui me dominent et freinent ma progression. Je me repère principalement au toucher et à l'ouïe. Dans le noir, tout est décuplé. Je ne dirais pas que je crains l'obscurité, pourtant j'avance avec une certaine appréhension. Un énième craquement me fait sursauter. Je plaque mon dos contre un chêne et me penche légèrement pour distinguer une silhouette qui se faufile.

En faisant attention à ne pas écraser de brindilles, je me glisse dans ses pas sans un bruit.

En parvenant à la suivre à distance, je remarque qu'il n'y a pas une, mais deux personnes. Les cheveux blonds de la deuxième ne me trompent pas. Cette mégère de Cléa !

Où est-ce que tu te rends comme ça ?

Je décide de m'approcher au plus près de la première ombre que j'avais vue, quand cette personne tourne la tête. Caché sous une capuche, je ne l'avais pas reconnu, mais sa cicatrice le trahit. Le nouveau garde. Encore lui.

Marchant d'un pas déterminé, il s'apprête à bifurquer vers le point d'eau au moment où Cléa arrive par-derrière et le rattrape. Ils ne m'ont pas repérée, alors je me colle au tronc pour écouter leur échange. Si j'ai toujours été maladroite, j'ai aussi toujours su être discrète quand il fallait jouer les espionnes. Mon frère pourrait en attester.

— Kaël ? lui lance-t-elle, bien trop familière.

Ce dernier se fige et tourne d'un quart sur la gauche lentement. Il est désormais dos à moi, ce qui me permet d'avancer de quelques pas pour être plus proche d'eux.

— Tu es agité. Tu as besoin d'un… coup de main ? dit-elle à présent d'une voix lascive en le reluquant de haut en bas.

La pétasse aguicheuse ! Je la savais capable de tout, mais comme ça, en plein milieu d'une mission, c'est inédit ! Il doit vraiment lui plaire.

Je n'entends pas le soldat lui répondre, mais il lui agrippe le bras et l'emmène à l'écart, dans un coin feuillu qui ressemble à une cabane en plein milieu de la forêt.

Sérieux ?

Poussée par la curiosité, je me rapproche à pas lents. Dans la précipitation, ils n'ont même pas vérifié que quelqu'un pouvait les observer. Mes yeux se posent dans l'angle parfait, et malgré la pénombre, je devine les mouvements de leurs ombres, et ce que j'aperçois me perturbe.

De dos, le pantalon baissé jusqu'aux genoux, Cléa offre sa croupe à Kaël.

Bordel, ils ne perdent pas de temps. Faut dire que c'est ce qu'on a de plus précieux à cet instant.

D'un geste sûr, il se déshabille et sort son sexe tendu sans attendre. Il y a quelque chose d'excitant à entendre ses armes et ses vêtements tomber au sol dans l'empressement. Je me déplace d'un petit pas, m'apprêtant à fuir, je ne peux pas regarder ça. Mais lorsque je le vois insérer sa verge sans préambule entre les cuisses de Cléa et que j'écoute ses halètements sourds, je ne peux plus lâcher le spectacle des yeux. Ses coups de reins sont vifs dès le début, puis ils s'accentuent davantage, claquant sa chair contre la sienne dans le silence de la nuit. Ses doigts s'étirent vers l'avant pour venir bâillonner la bouche pulpeuse de Cléa, qui commençait à se faire bien trop bruyante. De son autre main, il attrape d'une poigne ferme ses cheveux, il se donne à fond, ne tenant même pas compte de sa partenaire. Je me demande s'il serait capable de la tuer, à tirer aussi fort… Ses bras sont bandés, ses gestes précipités.

Il prend son plaisir, mais ne lui en prodigue aucun, à voir les traits de souffrance qui se dessinent sur le visage de mon ennemie. À cet instant, elle me fait de la peine, car elle n'est qu'un objet utilisé et qu'il va forcément jeter dès que ce sera terminé. Les minutes me semblent longues, mais il m'est impossible de détacher les yeux de ce tableau qui me dégoûte autant qu'il provoque une sensation étrange dans mes organes. Les claquements de la rencontre de leurs corps sont un ballet sensuel et perturbant. J'ai chaud, ma nuque me picote et cette chaleur qui contraste avec la température extérieure se diffuse dans mon bas-ventre.

C'est pas vrai ! Comment puis-je ressentir de l'envie devant une telle scène ?

Sa cicatrice paraît plus marquée, vue d'ici, dessinant des ombres menaçantes sur son visage. On dirait un prédateur. Il... m'intrigue alors que je ne devrais pas m'abaisser à ce genre de choses.

Détourne-toi, Isaya ! hurle ma conscience en enflammant tout mon être.

Je ne sais pas si son instinct l'y pousse ou si un son est sorti de ma bouche, mais Kaël tourne la tête dans ma direction, et c'est comme si ses yeux de jais s'ancraient aux miens. Ma respiration semble se raccourcir, je flanche imperceptiblement, mon esprit s'emballe, et pourtant, mes jambes sont condamnées à rester sur place. Ce dernier ne ralentit pas le rythme, bien au contraire, il agrippe ses hanches pour imprégner son corps davantage. Cléa a du mal à encaisser, je peux le voir d'ici, mais elle ne lui demande pas d'arrêter et lui continue à prendre son pied, à la pilonner en stoppant le moindre de ses gémissements d'une claque sur la croupe. Je relève la tête vers lui et il me sourit. IL ME SOURIT ! Je dois fuir, je sais qu'il faut que je recule immédiatement avant de m'attirer des problèmes, mais je ne parviens pas à me soustraire à son regard, à son visage marqué par l'effort et l'excitation. Mon ventre se tord plus fort, d'envie, de jalousie, de cette chose détestable qu'il provoque en moi à cet instant. Mes seins deviennent lourds et réclament une délivrance que je leur refuse. Ma gorge s'assèche et je me rends compte que mes dents mordent ma lèvre jusqu'au sang, mais je ne ressens pas la douleur. Juste le goût métallique qui imprègne ma langue. Le soldat délaisse sa peau et reprend sa prise sur la tignasse de Cléa, qui pousse un petit cri étouffé. J'aurais juré apercevoir une larme au coin de son œil, mais je n'en suis pas certaine. Je fronce les sourcils. Cet homme est un rustre de la pire espèce, et moi, pauvre imbécile en manque d'affection, je l'épie comme une affamée alors que je préférerais le voir se noyer dans le lac gelé. Je le fixe une nouvelle fois et ses prunelles ne m'ont pas lâchée, il plisse les yeux pour m'atteindre, pour me défier, me signifier qu'il a senti mon désir malsain. Il n'a rien de différent des autres hommes. Il n'a rien de plus que les autres non plus...

Ma conscience pourrait facilement me traiter de menteuse, car je ne parviens pas à quitter ma cachette. Je sais que c'est mal, que ma place n'est pas ici, et pourtant, je reste presque aussi immobile qu'une statue. Mon cœur s'accélère encore lorsque, quelques secondes plus tard, il pousse le vice à sortir de la soldate pour empoigner son membre et se faire jouir seul, poussant des grognements de satisfaction non feints. Il sait que je suis là et me provoque en m'adressant un clin d'œil et murmurant du bout des lèvres : « Petit rouge-gorge. » Ça a au moins le même effet qu'une gifle mentale. Je recule brusquement et coupe court à ce jeu malsain. Je me ressaisis et déguerpis plus vite que je ne le devrais.

Mon cœur bat encore la chamade lorsque je traverse la forêt en courant. Mes pensées sont absolument et totalement décousues, j'ai des flashs de leurs ébats qui dansent devant mes rétines. Mon corps ressent toujours les effets indirects de cette sombre expérience. Je me sens stupide et peut-être même un peu honteuse de les avoir surpris ainsi. Et surtout de les avoir regardés comme si tout était normal.

Surpris est un doux euphémisme, claironne ma conscience.

La chaleur me monte aux joues et j'ai la désagréable sensation que cet homme provoque bien trop de choses dans mon corps. Sélène se foutrait de moi d'apprendre dans quelle posture je me suis encore retrouvée. J'ai le chic pour m'attirer des ennuis ! Je l'imagine déjà me demander les détails les plus gênants en haussant les sourcils et en se tapant dans les mains d'excitation. Si seulement elle était avec moi…

Arrivant à hauteur de la garde, je revêts mon armure et me mets en place afin de remplacer un des soldats.

— Déjà reposée ? me lance Mark.

— Oui, oui.

De toute façon, après ce dont j'ai été témoin, je ne pourrai plus fermer un œil de la nuit. La surveillance va être longue…

CHAPITRE 12

Kaël

L'entendre gémir contre mes doigts ne fait qu'accentuer la colère qui gronde en moi. Je la pilonne jusqu'à sortir et à me déverser sur mes mains, scrutant et cherchant le désir dans les yeux d'Isaya. La blonde se redresse, échevelée, le souffle court. Je n'attends pas qu'elle finisse de se rhabiller pour disparaître dans la forêt. Je me sens enfin mieux. J'avais besoin de décompresser, d'ôter de mes yeux les images de la rouquine se lavant avec délicatesse dans le lac, touchant sa peau qui semble si duveteuse. Elle ne m'a pas vu, mais moi oui. Ses paumes sur ses seins laiteux rebondis et son visage maculé de gouttelettes qui glissaient lentement dans son cou, puis sur sa poitrine pour atteindre son ventre. Cette façon qu'elle avait de rester sur ses gardes et en même temps de se laisser aller comme si le monde n'existait plus. Un sentiment d'abandon que je lui ai envié l'espace d'une seconde. Je l'ai observée nager, disparaître sous l'eau pour réapparaître encore plus… séduisante. Bandante, à vrai dire. J'ai déjà vu des centaines de corps féminins, mais le sien a le goût particulier du risque, de la tentation, du défi, de l'interdit. Je passe une main sur ma figure pour me sortir ces images de mon esprit.

Non !

En réalité, cette pseudo-soldate me dégoûte. Son air hautain, sa manière d'agir, de parler et de sourire. Elle n'a rien d'attrayant. J'aurais dû la noyer dans ce lac une bonne fois pour toutes au lieu de penser à son regard naïf. Je préférerais me couper la queue plutôt que de réagir pour une femme telle qu'elle ! C'est une sorcière. Elle a dû me foutre un truc dans ma gourde ou quelque chose comme ça, il ne peut en être autrement ! Je ne peux pas être attiré par une Aldorienne, c'est contre-nature. D'ailleurs, je suis certain que c'était juste un manque de contact qui a déclenché ces pensées absurdes. D'où le fait que j'ai eu besoin de me vider rapidement avec la blonde. Elle, c'est la cible facile, le défouloir opportun. Taper dedans sera l'unique entorse à mon contrat. C'est une Barcéonienne infiltrée, comme moi. C'est ce qui m'a fait baisser la garde, car elle est la seule que je peux m'autoriser à toucher, même si elle ne serait pas mon premier choix en temps normal.

Je chasse de ma tête les images du corps ferme et attirant de la chouchoute de Garreth, mais il est trop tard, une chaleur diffuse envahit déjà mon corps, le désir s'invitant dans chaque parcelle de ma peau. Mon ressentiment le terrasse instantanément. Il est hors de question que je roupille dans la même grotte que la rouquine ! Je m'apprête à me vautrer sur un tapis de feuilles que je m'évertue à ratisser alors que les autres soldats ont créé leur couche avec de grosses couvertures et dorment comme si rien ne pouvait leur arriver. Décidément, le luxe auquel ils aspirent est une vraie plaie pour leur reinaume. Je pourrais en éliminer quelques-uns simplement pour leur apprendre à rester sur leur garde. Le mal rôde, et je voudrais devenir leur pire cauchemar. Pour être honnête, je crois que devenir celui du rouge-gorge me galvanise d'autant plus. La traquer, l'humilier jusqu'à la faire saigner de ma lame, j'en bande déjà.

Penser à elle commence réellement à me filer un mal de tête que je préfère éviter. Ma tâche est interrompue lorsque je sens un bras m'agripper avec fermeté. D'un geste fluide et rapide, je saisis la lame qui se trouve à ma taille et la bloque contre la gorge de mon assaillant en me retournant d'un simple mouvement de bras.

Clovis.

— C'est quoi ton problème, mon pote ?

— Tu te fous de ma gueule ? Tu m'as touché ! Qu'est-ce que tu me veux ? grogné-je à deux millimètres de son visage.

Si l'air frais de la nuit pourrait faire du bien à ma peau irradiant de toute la chaleur encaissée aujourd'hui, il n'en est rien. Je frissonne de la tête aux pieds, car là, maintenant, je ne souhaite rien d'autre que de trancher une tête. De retrouver cette jouissance qui me manque tant et que je pensais pouvoir décharger plus souvent ici. Force est de constater que les terres aldoriennes ne sont pas assez fermes avec les ennemis, puisque ma mission est au point mort. Et c'est le cas de le dire.

Clovis scrute mes prunelles et descend son regard vers la poche qui contient le parchemin que mon oncle m'a glissé avant de partir.

Merde ! Je l'avais complètement zappé !

Il se penche ensuite à mon oreille pour me murmurer :

— Il me semble que tu as reçu des nouvelles, fichu prince ! L'héritier au trône de Barcéon ne t'attendra pas éternellement.

L'évocation de mon frère me stoppe instantanément dans ma folie, puis je m'écarte du camp afin de dégoter un coin peinard pour lire la missive. Si c'est pour me prévenir de cette attaque, c'est trop tard ! Que lui est-il passé par la tête pour m'évincer de la sorte ?

Je donne un coup de pied dans un caillou en déambulant vers le lac, puis fulmine contre cette situation qui ne me plaît pas du tout. Une fois que je trouve un endroit tranquille éclairé par la lune, je m'installe sur une roche, attrape ma dague et cisaille l'enveloppe pour prendre connaissance des mots de mon futur roi.

CHAPITRE 13

Zayan

Trois jours avant…

Assis autour de la grande table ronde, j'observe chaque personne écouter mon père présenter son plan. Ils semblent tous captivés par ses mots, son ambition et voient en lui plus que l'homme qu'il n'est vraiment.

J'ai toujours pensé que détruire les quatre vents n'était pas la meilleure solution, que cela avait un côté malsain qui me dérange de plus en plus au fil des conseils de guerre imposés par mon père. Lui paraît penser le contraire et reste figé dans ses *obsessions*. Encore un désaccord qui pourrait tout faire basculer. Mais je me tais. C'est ce qu'on attend de moi, après tout. Être présent, faire bonne figure et soutenir les choix de mon père. Le tempérer aussi parfois, en espérant que mes suggestions ne servent pas de flèches à son arc déjà tendu vers les autres royaumes, et plus particulièrement visé sur Aldoria. Dans un sursaut d'intelligence et de répartie, l'un de ses conseillers lui propose d'agir avec prudence.

— Prendre des risques, c'est survivre, le rabroue mon père. Rester inactifs, c'est se contraindre à demeurer faibles. Et nous sommes un royaume où la puissance est de mise !

En l'écoutant débiter ce laïus, je pense à mon frère et à son départ pour Aldoria. Je pense à sa mission et à tous les dangers auxquels il s'expose. J'ai bien tenté de dissuader mon père de l'expédier là-bas, mais il m'a assuré que c'était la meilleure façon d'infiltrer le royaume ennemi. En envoyant son atout principal. Ou du moins le tueur qu'il a formé. Kaël n'aurait jamais pu refuser l'offre de son roi, de toute manière. Depuis qu'il est petit, je le vois endosser le rôle que notre souverain lui impose en espérant plus. Ça n'est jamais arrivé, mais il est incapable de baisser les bras. Inconsciemment, mon frère est dans l'attente constante d'une reconnaissance, même s'il me couperait le lobe d'oreille pour cette pensée. Je regrette que la seule conduite pour se faire approuver par mon père soit de lui obéir sans craindre pour sa vie. J'aurais aimé qu'il soit là aujourd'hui, même si me confier à mon frère n'est pas non plus une option. Il se verrouille à tout et tout le monde. Sa seule présence m'a toujours poussé à être meilleur pour compenser les failles de notre père.

Toutefois, je sais que nous sommes solitaires chacun à notre façon dans cette vie, et pourtant, il est celui qui compte le plus à mes yeux, celui pour qui je pourrais risquer bien plus que je ne voudrais l'admettre. Bien que lui et moi ayons eu une éducation totalement différente, nous nous ressemblons, en un sens. Pas physiquement, mais dans cette façon d'être qui nous conduit toujours plus loin dans le dépassement de soi. Kaël est l'ombre là où je suis la lumière. Il est les poumons de ce royaume là où je suis le cœur, l'avenir. Mon père croit que son second fils est incapable de penser, qu'il ne mérite pas sa place ici et que le faire souffrir sera son seul répit sur terre. Il l'utilise pour arriver à ses fins, mais je vois dans ses yeux une lueur de fureur qui augmente avec le temps. Plusieurs fois, il l'a maltraité, psychologiquement ou corporellement, juste parce qu'il ressemble à notre mère et que cette vision lui est impossible. Du moins, avant qu'il ne décide d'en faire le monstre qu'il est aujourd'hui. Mon frère est devenu une autre personne, lui qui regardait toujours notre mère avec un œil d'enfant fasciné par cette influence féminine rassurante. Je crois qu'il s'est beaucoup reproché son décès, puisqu'il était présent et qu'il a dû assister à ses convulsions, puis au vomissement de ses tripes dans une bassine, incapable de bouger pour prévenir quelqu'un.

À mon sens, Aldoria a agi de façon sournoise en empoisonnant la reine. Après tout, ils en ont la réputation. Ces lâches, après avoir été mis à l'écart des quatre vents, ont finalement rebâti un reinaume susceptible de s'assumer seul au fil du temps.

— Nalaire ne risque-t-il pas de se retourner contre nous tôt ou tard en s'alliant à Aldoria ? questionne un dirigeant assis à la gauche de mon père.

— Nous allons bien entendu empêcher cette entrevue en leur envoyant un message fort. Nous attaquerons par le nord dans deux jours, ajoute mon père en déplaçant ses pions sur la carte. Les soldats passeront par la frontière et atteindront le sud de Nalaire avant la délégation. Nous leur tendrons une embuscade. Un groupe attaquera Nalaire, le temps qu'Aldoria vienne fouiner et se faire piéger.

Deux jours ? Je n'aurai jamais les moyens de prévenir Kaël ! Foutu monarque condescendant !

— Majesté, Nalaire demande son indépendance des quatre vents depuis des années. D'un œil avisé, cela n'est pas étonnant qu'il cherche à créer une alliance avec le reinaume.

— L'indépendance ? ricane mon père. Ce fichu roi va vite comprendre qu'on ne crache pas au visage de Barcéon en se désolidarisant du traité de la sorte. Ils ne seront jamais annexés !

— Très bien, alors comment être sûrs de l'itinéraire choisi par les Aldoriens ? questionne à nouveau le vieil homme aux cheveux grisonnants pour ramener le souverain sur une discussion plus calme.

Aïe ! Je crains le pire. Mon père n'a jamais souhaité être entouré de dirigeants, et j'ai dû hausser le ton avec lui pour lui imposer quelques noms afin d'être en mesure de confronter nos idées et de réfléchir aux meilleures techniques d'attaque pour les faire tomber.

— Mes espions ont fait leur travail ! Douterais-tu de ma parole, vieux machin ? argue le roi en lui lançant un regard noir. Nalaire a les plus infâmes soldats qui soient. Pichés du matin au soir. Ils seront tous morts ou auront déjà plié un genou devant moi avant qu'Aldoria n'arrive.

— Qu'en est-il de leur roi ?

Je fixe l'homme qui se tasse dans son siège alors que les yeux de notre monarque s'illuminent d'une folie meurtrière.

— Je le tuerai de mes mains s'il le faut.

— Mais, Votre Majesté…

— SILENCE ! tonne-t-il en lui jetant au visage l'encrier posé devant lui.

L'homme se décompose, et mon père se radoucit légèrement en reprenant son plan, imperturbable, comme s'il ne venait pas d'humilier l'un des siens devant tout le monde. Le vieux s'essuie maladroitement à l'aide d'un mouchoir en tissu sous le regard médusé de ses comparses.

— Très bien, donc je disais que nous passerions par le nord. Je veux connaître tous les détails de nos soldats et je veux être informé de la réussite de notre projet. Si Aldoria croit encore pouvoir faire des alliances, nous allons leur prouver qu'à la fin, il ne leur restera plus que des ennemis.

Dans la salle, son sourire triomphe et j'y vois la même flamme de destruction que dans les yeux de mon frère. Sur un geste de mon père, les dirigeants se lèvent pour prendre congé, et Viktor, à mes côtés, le commandant des armées barcéoniennes, appuie une main sur mon épaule en signe de soutien. Il sait mes tourments, il connaît ma position difficile. Mon meilleur ami est lucide, et lui aussi est inquiet quant au devenir de Barcéon. Lorsque tout le monde est sorti, me laissant face à mon roi, nous nous observons, un mutisme tendu entre nous.

— Tu as été bien silencieux, mon fils, tonne-t-il alors que je m'apprêtais à prendre la parole.

Des soupçons… Voilà ce que dégage son attitude qu'il veut nonchalante, mais qui me saute aux yeux.

— Kaël ne sera pas informé de cette attaque ! Pourquoi agir avec tant de rapidité alors qu'il était censé tout connaître de notre plan ?

La noirceur de ses yeux me foudroie sur place. Bien calé dans mon siège, j'avance lentement mon buste pour lui montrer qu'il ne m'impressionne pas.

— Le tueur n'a pas à intervenir là-dedans. Il est en mission pour la reine, le reste ne le regarde pas ! siffle-t-il en se relevant, positionnant ses deux paumes contre le bois de la table.

Il m'a menti… Il m'a fait croire que Kaël serait protégé en allant à Aldoria, mais ce n'est pas vrai ! Comment le pourrait-il alors qu'il sera incapable d'anticiper nos attaques ?

Mes mâchoires se serrent à cette constatation, et je sens mon sang se réchauffer. Gardant mon flegme pour ne pas lui exposer ma perplexité grandissante, je me lève et baisse légèrement la tête dans un signe de respect feint.

— Très bien, père, comme il te plaira. Si tu penses que c'est pour le mieux… je te suis.

Ses orbes noirs paraissent convaincus par mon discours puisqu'un rictus en coin orne désormais son visage ravagé par le temps. Ses rides sont de plus en plus présentes et son aura sombre contraste davantage.

Je sors de la pièce et me presse pour écrire à Kaël. Même s'il est trop tard, je me dois au moins de lui prouver que je ne suis pour rien dans cet évincement.

CHAPITRE 14

Kaël

Ka,

À l'heure actuelle, la délégation barcéonienne a déjà dû attaquer Nalaire. Navré de ne pas avoir pu te prévenir plus tôt, mais père a pris cette décision sans me consulter, sur un coup de tête. Je le maudis d'être irréfléchi et d'avoir agi comme bon lui semble.

Il sait qu'Aldoria voudra sûrement aller sur place pour constater les dégâts et avoir des indices. Guide-les jusqu'à l'embouchure de la rivière, je ferai en sorte que nos soldats vous y attendent. Nous devons marquer le coup, alors reste vigilant…

Le chemin vers Nalaire n'est que le début, mais je ne peux t'en dire davantage pour le moment, n'ayant pas tous les éléments en ma possession.

Souviens-toi que nous sortirons vainqueurs de cette guerre. Ensemble.

J'ai plus que jamais besoin de toi. Et tant pis pour les dommages collatéraux.

Merci pour ta dévotion et ton courage.

Je t'écrirai rapidement pour te faire parvenir l'évolution de la stratégie.

Néoraï, énthal miren, séa iren téa[1].

Z.

Les mots de mon frère trouvent écho à mon besoin de sang, et cela me ragaillardit instantanément. Cependant, la colère qu'il manifeste envers mon père est une chose peu habituelle. Y a-t-il des informations dont je n'ai pas connaissance ? N'ayant pas de feu sous la main, je déchire le papier en mille morceaux et l'ingère, meilleur moyen de ne laisser aucune trace. C'est le cœur plus léger de l'explication de Zayan que je rejoins le camp pour aller m'assoupir, l'empressement du lendemain me tenant compagnie.

Quelques heures plus tard, je finis mon tour de garde quand il est l'heure de réveiller tout le monde pour reprendre la route. Garreth a fait un point avec les soldats en place et il ne nous reste approximativement qu'une trentaine de kilomètres à parcourir.

Le dos droit, le regard lointain, les deux gardes royales se dirigent vers l'affrontement, l'une à gauche, l'autre à droite, le féminin et le masculin se côtoyant étrangement bien. Les hommes de mon père vont nous cueillir à notre arrivée, et je vais devoir user de stratégie pour que les pertes barcéoniennes soient le plus faible possible. Cependant, je ne pourrai pas accomplir de miracle, sinon je compromettrais ma couverture. Les Barcéoniens savent ce qu'ils risquent, mais ils le font pour leur roi, leur patrie, leur engagement solennel. C'est ce que j'aime dans mon pays, ce dévouement que les soldats d'ici ont l'air de mépriser.

Le son des sabots claquant sur le sol aride est un tempo qui me rappelle mon royaume et ses plaines, une cadence qui me met instantanément dans de bonnes dispositions. Il faut dire que je

1. « Courage, mon frère, je crois en toi » en barcéonien.

sais ce qui se trouve au bout, du moins, je m'en doute, et cela ne peut que transcender tout mon corps.

Les conversations se font plus rares, le point culminant se rapprochant. D'un geste sec, Garreth nous intime de faire ralentir nos montures et de tendre l'oreille. D'instinct, j'entends les sifflements de mes compatriotes barcéoniens, un langage qui nous est propre et que l'on a instauré depuis longtemps dans nos rangs.

Le chiffre est clair : ils sont quinze quand nous sommes douze.

Avec subtilité, je me poste à côté de Garreth et lui explique qu'il faudrait que plusieurs groupes se forment afin de constater les dégâts. Ce qu'il ne sait pas, c'est que j'irai vers le groupe le plus vaste et que j'aiderai à assassiner les siens.

Il me regarde d'abord d'un air suspicieux, puis reconnaît que l'idée est bonne.

— Prends quatre hommes et prenez le bois par l'ouest.

Je hoche la tête et gratte ma joue gauche avec quatre de mes doigts pour aiguiller les combattants barcéoniens qui nous épient dans les bosquets.

D'un geste, je désigne les quatre gardes les plus proches, dont Alaric. J'aurais pu prendre uniquement mes alliés, mais c'est une stratégie pour éliminer deux soldats d'Aldoria.

— Vous quatre, venez avec moi, on va explorer les environs.

Ils acquiescent et mon cœur se met enfin à battre à l'idée qu'ils vont tous y passer. Mon sourire accompagne les trots que ma monture engage. Du coin de l'œil, je les vois, tapis près du lac se situant à l'intérieur de la forêt dense, les soldats portant les couleurs de mon royaume, mon pays, armes prêtes à nous attaquer.

CHAPITRE 15

Isaya

Je ne le sens pas. Le son que l'on a entendu à notre arrivée n'est, pour moi, pas un pinson des arbres comme mentionné par Clovis au moment où il nous est parvenu. Furtivement, je tourne la tête vers Garreth pour l'informer de mon ressenti, mais Kaël est déjà à ses côtés, se penchant près de lui pour lui parler.

Au moment où je vais pour m'avancer, je suis coupée dans mon élan par Clovis, qui est désigné par Garreth comme chef de mon groupe. La stratégie est de se séparer, mais ça me semble la pire des idées.

— Clovis, il y a un truc qui cloche... le rattrapé-je en trottant.

— Ne commence pas, Isaya ! Allez, suis-moi !

Nous prenons la direction nord et avançons à pas lents. À mesure que nous pénétrons dans la forêt, l'effluve du sang nous submerge. Pas de doute, c'est ici qu'a eu lieu le carnage. À cinq mètres de là, une jambe tranchée gît au milieu des branches, puis peu à peu, ce sont des cadavres complets qui nous entourent.

Je n'en avais jamais vu autant de ma vie, ni dans cet état. Je ravale la bile qui me monte dans la gorge et lance un coup d'œil aux gardes qui nous accompagnent. L'un d'eux est déjà en train de vomir. Pas étonnant, l'odeur de la mort et de la putréfaction prédomine. Clovis saute de sa monture en sortant son arme du fourreau qu'il a attaché à sa ceinture. Les autres le suivent, pourtant, j'ai le pressentiment que nous ne devrions pas nous trouver là. J'entends nettement le flux de la rivière, et l'un des gardes s'y précipite pour se nettoyer la bouche. Je les observe, détaille aussi les arbres et les bosquets et avance encore de quelques mètres. C'est à ce moment-là que je choisis de descendre de mon cheval en lui caressant l'encolure. Il hennit, frappe le sol et secoue la tête.

— Je sais, lui chuchoté-je, moi non plus je n'aime pas cet endroit. On va jeter un œil rapide, et ensuite, on dégage de là !

Ma promesse semble futile, la bête redresse les oreilles et s'écarte de moi. Comme si elle percevait mon mensonge et tout ce qui s'était passé ici.

Dans la main droite, je serre mon épée qui est à peine plus grande que mon bras. Martha me l'a forgée dernièrement et sa légèreté est surprenante. De l'autre, ma dague fétiche, celle qui appartenait à mon père et qui me porte chance. Je choisis de laisser mon arc pour ne pas être entravée dans mes mouvements.

Tout en retenant ma respiration, je contourne les cadavres, en enjambe d'autres jusqu'à ce que Clovis me rejoigne, l'air complètement détendu.

— Eh bien, j'en ai compté au moins vingt ! s'enthousiasme-t-il. On va les brûler et rentrer au camp, je commence à avoir faim !

Je le regarde, médusée qu'il puisse réagir de la sorte devant des vies prises. Même si ces soldats n'étaient pas d'Aldoria, il faut les respecter.

— Est-ce qu'on t'a déjà dit que t'étais vraiment tordu comme mec ? J'ai une amie qui peut te trouver des plantes pour te soigner, si tu as besoin…

— Ton ironie me touche autant que ton intérêt pour moi, ma jolie. Mais de nous deux, le plus sain d'esprit, ce n'est certainement pas toi !

Je soupire en me détournant de lui.

— Isaya, ce n'est pas ce que je voulais dire ! Simplement, une femme comme toi devrait m'attendre dans mon lit et s'occuper de mes marmots plutôt que de risquer sa vie pour…

— Ne termine même pas ta phrase si tu veux garder tes attributs accrochés à ton corps !

— J'aime la violence que…

Je lui fais signe de la fermer. Encore ce bruit. Ce sifflement qui ressemble au chant du pinson, mais cette fois, j'en suis persuadée, ce n'en est pas un.

Une flèche siffle bruyamment près de mon oreille et vient se ficher dans la poitrine d'un soldat derrière moi.

Le malheureux s'écroule, inconscient de ce qui vient d'arriver. Je n'ai pas le temps d'aller le voir pour l'aider à panser sa blessure, première règle qu'on nous a apprise.

— Merde ! ON NOUS ATTAQUE ! hurle Mark parvenant de derrière tandis qu'il commence à courir pour débusquer notre assaillant.

Je roule au sol, alors qu'une seconde flèche me manque de peu. La colère remplace mon appréhension et je me redresse, bien décidée à rester en vie.

Un cri de guerre s'élève et les fers s'entrechoquent en quelques secondes lorsqu'une dizaine de soldats débarquent face à nous. Mark abat déjà son épée sur un homme avec force et le transperce de part en part, les viscères dégoulinant de sa lame.

— Barcéon ! Ce sont des Barcéoniens ! m'écrié-je en reconnaissant leur écusson.

— Bande de bâtards, ajoute Mark en crachant sur le soldat agonisant à ses pieds.

Je me baisse face à l'un d'eux qui tend sa dague vers mon sternum, attrape son bras et le fais chuter. Tout en déchargeant ma colère, je lui plante mon épée en pleine poitrine. Autour de moi, mon groupe se défend tant bien que mal, mais les flèches qui continuent à être tirées en plus des attaques au corps-à-corps font encore une victime. Nous ne sommes plus que quatre, clairement pas assez nombreux pour les vaincre. Je me retourne et contre un guerrier empreint d'une férocité que je n'ai jamais vue dans nos armées. On dirait un chien enragé. Il me force à reculer d'un pas, puis agite son épée en l'air. Je mesure instinctivement contre quoi je dois me battre, et ça ne sera pas une partie de plaisir… Enfin, si, en réalité. Il a peut-être de la force, mais je suis rapide et habile. Je me baisse lorsque son fer frôle mes cheveux, m'enroule sur moi avant de tacler ses jambes pour le déséquilibrer. Le mastodonte bouge à peine. Pas de soucis, je plante ma dague dans son pied, mais n'obtiens pas l'effet escompté. Il grogne une demi-seconde et me repousse d'un coup de rotule dans le plexus. Je m'étale lamentablement au sol.

Alors que je me retourne pour apercevoir où le soldat se trouve, il m'enjambe, me plaquant violemment contre la terre aride. Je tente le tout pour le tout en essayant de retrouver ma dague, mais rien n'y fait. Son corps lourd et puissant m'empêche de respirer. M'agitant derechef, mon genou atterrit dans ses parties sensibles. Rien. Pas un frémissement. Cet homme est fait de titane et ne vacille même pas.

— C'est quoi cette idée d'intégrer le sexe faible dans les rangs de la garde royale ? Vous êtes vraiment un peuple de faiblards. Je vais te montrer à quoi servent les femelles par chez moi, tonne-t-il en se baissant.

D'un geste vif, ses doigts boudinés tentent d'arracher le haut de mon armure. Malgré mes cris et mes mouvements, cela lui prend exactement deux secondes. Entre nous, il ne subsiste que ma cotte de mailles et la fine couche de mon haut. Ma respiration hachée et rapide se fait de plus en plus intense. Je ne veux pas avoir peur, je veux lui montrer que je ne vais rien lâcher. Alors, quand sa main se glisse sur ma protection et que le dégoût m'envahit, je lui assène un coup de tête dans le nez. Il hurle, et le sang qui parsème désormais mon visage me révulse. Je n'arrive toujours pas à me mouvoir, mon corps empêché par le sien, il est beaucoup trop imposant. Et maintenant, je l'ai énervé. Mes muscles se crispent et je remue sans cesse, jusqu'à ce que les mains du soldat se resserrent sur mon cou.

— Changement de plan, petite salope. Déjà, je te tue, et après, je te baise.

À peine a-t-il terminé sa phrase que ma respiration se coupe. J'essaie de reprendre mon souffle, mais il m'est impossible d'inspirer tant il serre fort. Mes yeux commencent à voir des points lumineux, lorsque, tout à coup, la prise se relâche et que mes poumons se chargent d'air. Au-dessus de moi, la tête du soldat est tranchée d'un mouvement d'épée vif qui manque de m'effleurer au passage.

Elle dégringole contre mon corps, et je hurle. Je crie si fort que je ne remarque pas que son corps ne m'entrave plus, que je suis libérée. Jusqu'à ce que Kaël apparaisse devant moi, le sourire aux lèvres. La puissance de son aura me foudroie sur place, et je n'arrive pas à esquisser un geste. Dans la lueur du soleil, il me domine de toute sa hauteur, et je peux apercevoir la cicatrice barrant sa joue qui m'intrigue tant.

— Deux fois, la rouquine. Ça commence à chiffrer.

Il m'a sauvée. Encore. Et je déteste ça. Je le fusille du regard, mais ne peux m'empêcher de le remercier.

— Allez, c'est pas tout, mais montre ce que tu vaux ! Il y a quelques soldats là-bas. Suis-moi.

Je me relève et balaie des yeux autour de moi. De nombreux gardes sont étalés au sol, des morts récentes, d'autres datant de la première embuscade. Je reconnais Mark et Jimmy. Aglaé, l'une de mes comparses de régiment. Seulement, ce n'est pas le moment de faillir. Je vais tuer ces enfoirés jusqu'au dernier. Ils vont me le payer !

Je me hisse en sautant sur mes deux pieds, puis ramasse deux armes qui se trouvent alentour. Un poignard et un arc. Mon arme de prédilection. Celle par laquelle je peux tuer à plus de vingt mètres de distance, visant pile dans le cœur. Tout en activant mes pas, j'écoute les bruits qui vont pouvoir m'indiquer où se trouvent les derniers soldats attaquants.

Kaël, lui, n'est déjà plus à mes côtés. Je cours dans la direction qu'il a prise et reste le souffle coupé devant la scène qui se joue.

Des soldats barcéoniens tirent sur les nôtres, et il n'a pas l'air de saisir ce qu'il se passe, car il les regarde sans rien faire.

— Kaël, bordel ! Qu'est-ce que tu fous ?

Cette virulence, je ne la retiens pas. J'empoigne mon arc, encoche une flèche et vise dans le tas. Le garde touché tombe de son cheval, et je m'avance pour faire face au dernier adversaire. Cela a l'avantage de faire réagir ce troufion. Kaël agrippe les rênes de la monture du soldat avec dextérité, les entoure autour de lui tout en donnant une impulsion sur ses pieds et en sautant à pieds joints sur le dos de la bête. Il est désormais derrière l'homme, qui n'a pas le temps de répliquer, car il lui attrape les cheveux et lui tranche la tête d'un mouvement fluide et rapide. Son geste reste suspendu quelques instants dans les airs.

C'est. Quoi. Son. Problème ? Dès qu'il va voir une tête, il va la couper ?

La rage qui se dégage de lui me fait peur, cette puissance animale prête à tout ravager sur son passage, cette dangerosité qui sort par tous les pores de sa peau. C'est bestial. Repoussant. Tellement intrigant.

— Arrête de faire tomber des têtes, merde ! Tu ne sais pas tuer autrement ? m'énervé-je à son attention.

— C'est une demande ? rétorque-t-il d'un ton si calme que ça me déstabilise.

Qui est capable de tuer plusieurs personnes et d'être si serein ? J'ai conscience de mon rôle, que cela va m'arriver fréquemment, d'autant plus quand j'intégrerai la garde royale. Mais ce n'est pas un plaisir et ça ne sera jamais le cas. Je tremble encore de la flèche décochée plus tôt.

Je préfère ne pas répondre et analyser ce qui m'entoure. Il y a un hic, on nous a tendu une embuscade.

— C'était un piège, et on est allés droit dedans.

Je ne sais pas pourquoi je lui confie mes pensées, mais c'est plus fort que moi.

Kaël m'observe sans un mot, m'examinant de manière troublante.

— Qu'en déduis-tu, petit rouge-gorge ?

— Que Barcéon se prépare à la guerre ! Il faut prévenir la reine !

Sur ces derniers mots, je tourne les talons pour rejoindre ce qui reste de notre groupe.

Les oiseaux pépient, le soleil filtre à travers les épais feuillages et la rivière, tumultueuse, gorgée du sang de la tuerie, continue sa course folle comme si jamais rien ne s'était passé. Le carnage qui hante désormais ces bosquets va se dissiper dès que nous aurons rassemblé les défunts et mis le feu aux corps des soldats qui se sont battus à nos côtés, une tradition aldorienne dont nous ne nous défaisons jamais.

La mort nous entoure, nous épie, mais je peux m'estimer chanceuse qu'elle n'ait pas décidé de me prendre aujourd'hui.

CHAPITRE 16

Isaya

Ces trois derniers jours m'ont semblé interminables. Le palais s'est paré de ses plus belles décorations à l'occasion du grand bal organisé en l'honneur des recrues qui continuent la formation de gardiennes. On peut considérer que c'est comme un rite de passage après avoir survécu à notre expédition dans la forêt, bien évidemment. Le vert et l'or, couleurs de notre blason, sont omniprésents dans la vaste salle où se déroulera le grand événement de ce soir. Dame Dom et une autre régente ne savent plus où donner de la tête afin de tout coordonner sans accroc.

Pour notre dernière mission en tant que stagiaire de première année, chaque femme de la formation doit participer à la mise en place de cette soirée. Je dépose les derniers couverts sur l'une des immenses tables dressées le long des murs. La tablée royale est la plus joliment décorée. Des chandelles sont installées à intervalles réguliers, sans pour autant charger le dressage méticuleux qui me semble trop parfait. Je n'aime pas toutes ces distinctions protocolaires, néanmoins, je dois bien admettre que le rendu est plutôt agréable. Je m'essuie le front du revers de la main, après avoir fait mille allers-retours de la cuisine à la salle. Le point positif, c'est que j'ai pu voir Sélène à plusieurs reprises tout au long de la journée. Même si nous n'avons pas eu le temps d'échanger plus que ça, son sourire dès que je passais les portes de la cuisine me donnait la force pour repartir dresser ces maudites tables. Il faut dire qu'elle a vu comme ce guet-apens m'a affectée, et quelques-unes de ses plantes ont dû me soulager.

La cloche sonne. Il est l'heure pour nous de déguerpir au pas de course afin de revêtir nos tenues de cérémonie ; l'attirail intégral porté par la garde féminine. Ma magnifique chemise beige accompagnée d'une ceinture corset où les armes peuvent s'accrocher facilement. Une braie complète le costume ainsi que des bottes marron. Dame Dom m'adresse un signe que je connais bien et qui signifie « va donc te recoiffer ». Je plisse ma jupe dans une demi-révérence, et son sourire crispé m'amuse. J'en profite pour m'éclipser à la suite des autres recrues.

Notre petit groupe progresse vite sous les piaillements incessants des filles qui semblent attendre cette soirée comme le Messie. *Spoil alert* ! On va devoir attendre le discours de la reine ainsi que tous les interminables autres qui suivront, parader, s'exhiber. Et le pire, c'est que face à nous se tiendront des abrutis dont la pseudo-supériorité m'horripile. Dans ma tête, j'imagine déjà la suite et espère que toutes ces convenances prennent fin rapidement.

Je bifurque à droite en direction des cuisines, où l'effervescence frise la folie. Je peine à trouver Sélène au premier coup d'œil. Les cuisiniers s'affairent encore et encore afin d'achever la préparation des plats élaborés avec l'étroite collaboration d'un proche de la reine. Je distingue enfin mon amie au fin fond de la pièce, entre le four à pain et l'étalage de légumes prêts à être découpés. Elle joue avec les boules de farine en cours de confection, ce qui semble agacer le bonhomme face à elle.

— Quoi… Tu vas me dire que t'as jamais vu d'aussi grosses miches de ta vie ? le taquine-t-elle.

— Sélène, laisse ce pauvre garçon, il va finir traumatisé par ta faute ! intervins-je rapidement avant qu'elle n'ajoute autre chose.

Sélène prend ses aises et s'assied sur la table en balançant ses pieds dans le vide tout en s'éventant de sa main.

— Dis-moi que la salle est magnifique et qu'il y a déjà de séduisants gardes postés partout, soupire-t-elle.

Elle saisit un bout de brioche dans son tablier et lance un morceau dans ma direction.

— Merci, je meurs de faim ! Comment tu t'en sors ici ? Dame Dom ne t'autorise pas à t'échapper de cette cuisine ce soir, c'est ça ?

— Cette vieille chouette me fait payer ma petite escapade d'hier !

Je ne peux m'empêcher de rigoler. Elle a encore quitté son poste en douce pour aller fourrer son nez je ne sais où… Il fallait bien qu'elle se fasse sermonner encore une fois. Je sais que participer au service de ce soir lui tenait à cœur, alors je suis déçue pour elle. Ma meilleure amie est ce qu'elle est, toutefois, elle est l'une des filles les plus gracieuses qui soient. Généralement, Dame Dom en profite pour faire montrer « ses filles », comme elle les appelle, dans l'espoir que les servantes soient repérées par la reine en personne. C'est ce que j'aime chez cette bonne femme. Elle rouspète sans cesse, mais ne s'opposera jamais au fait qu'une opportunité puisse leur être proposée et qu'elles puissent s'élever.

Sélène me fait promettre de lui relater en détail la soirée et de m'enfuir avec un beau garçon si l'occasion se présente. Je lève les yeux au ciel en lui étalant un peu de farine sur le nez.

— Tiens-toi à carreau, pour une fois, et je te raconterai peut-être les potins ! la contredis-je en commençant à m'éloigner d'elle avec un immense sourire.

— Espèce de garce ! ricane-t-elle en se relevant pour se remettre à la tâche. Et n'oublie pas, si tu as la chance de parler à la reine, pense à me vanter !

Sa voix pleine d'espoir me fait de la peine pour elle, il est évident que jamais je ne pourrai approcher Sa Majesté au point de glorifier les mérites de ma meilleure amie.

La pression monte, mais il est l'heure pour moi de rejoindre la salle où les nouvelles recrues doivent patienter au garde-à-vous avant que la reine n'entre dans la pièce. Dans leurs tenues d'apparat, mes semblables sont alignées les unes à côté des autres tandis que la foule remplit la grande salle. J'avais toujours imaginé une cérémonie intimiste, bien que mes rêves soient loin de la réalité dans laquelle nous nous trouvons.

Parmi eux, une partie de la garde masculine en faction occupe chaque entrée et surveille chaque couloir. La reine a décidé de renforcer la sécurité du royaume au vu des récents événements, d'autant plus avec la célébration de ce soir.

J'accroche fièrement ma dague à ma ceinture et réajuste ma chemise du mieux possible. Ma mauvaise étoile me poursuit, car c'est aux côtés de Cléa que je dois prendre place dans les rangs. Son ricanement discret me hérisse déjà les poils. Tout en se redressant, elle me chuchote :

— Tu auras beau avoir l'apparence d'une gardienne, tu resteras toujours une moins que rien. Ce n'est pas parce que Garreth t'a à la bonne que tu fais l'unanimité.

— Attention, Cléa… La jalousie te donne un teint cireux.

Elle pouffe d'un son qui veut dire que la guerre n'est pas encore terminée, et je l'ignore, le regard franc et affirmé. Cependant, ses paroles s'engouffrent sous ma peau comme un serpent venimeux, elle a raison, si je suis ici ce soir, c'est bien parce que Garreth a défendu ma place. J'étais légèrement sur la sellette ; faute principalement à ma mésentente avec Cléa et au début de ma formation quelque peu… catastrophique. Pour elle, aucune répercussion, il faut dire que lorsque l'on devient le plus grand hangar à bites du royaume, on obtient plus de choses. Il est certain que le mérite fait encore défaut à certains...

Les secondes s'égrènent jusqu'au clairon qui résonne derrière les lourdes portes. D'un seul geste vif, toutes les soldates se mettent au garde-à-vous. Nous avons l'air sérieux, le regard engagé, car dans quelques instants, plusieurs d'entre nous rentreront chez elles. Le dénouement de cette année de douleurs, de persévérance, de niaque, de combats. Le dénouement d'une vie se joue ici et maintenant. Je retiens mes larmes, car si je dois partir, je sais que plus jamais je ne reviendrai. Je devrais continuer ma petite vie de campagnarde, aider ma mère à la maison. Comment pourrais-je m'y faire ? Je sais que ce sera encore plus difficile physiquement pour celles qui entreront en deuxième année, mais c'est ce que je veux. Je le sens dans le plus infime renflement de mon cœur.

La reine et le roi consort font enfin leur entrée, accueillis par les acclamations des convives. Sa Majesté, élégante dans sa robe scintillante verte, lâche le bras de son époux pour défiler devant les rangs, nous fixant tour à tour. Le roi Gordon, lui, n'a pas un regard pour nous, il va s'asseoir dans son fauteuil moelleux et imposant.

Parfois, je me demande vraiment si tout cela est nécessaire... On est à l'aube d'une guerre, et personne ne semble s'en préoccuper plus que ça.

— Mesdames, articule notre reine d'un timbre éraillé qui ne lui ressemble pas. Avant de donner la parole à Maxwell, j'aimerais vous remercier en personne pour votre implication, votre don de soi et votre amour de la patrie. Vous êtes toutes de merveilleuses soldates, mais seules cinq d'entre vous seront capables d'intégrer la garde royale féminine. Il ne s'agit pas de puissance ou de méthode de combat, mais d'adaptabilité, d'esprit vif et de débrouillardise.

Elle suspend son discours, prenant le temps d'inspirer calmement. La force et le charisme de cette femme m'impressionnent toujours autant. Elle a cette aura naturelle qui la nimbe, cette puissance tout en douceur. J'aime ses idées et la conviction qu'elle met pour changer les mentalités arriérées qui subsistent encore dans le pays.

— Je…

Elle s'interrompt, une quinte de toux la submergeant. Chacune des gardes reste figée, mais je remarque les invités froncer les sourcils. Garreth commence à s'approcher d'elle d'un pas, mais il est coupé par l'arrivée de Maxwell.

Ce dernier s'installe aux côtés de la reine, lui murmurant quelques mots à l'oreille. Elle rejoint son siège, la tête droite, sans manquer de nous adresser un sourire rassurant.

— Mesdames, tonne Maxwell de sa voix puissante et rauque, je ne vais pas vous faire patienter plus longtemps. Les vingt recrues qui intègrent la deuxième année pour avoir une chance de faire partie des cinq éléments sélectionnés pour la garde royale féminine sont…

Le silence qui suit est foudroyant. Mon cœur s'accélère, se crispe, mon ventre se noue. Mon avenir est entre les mains de cet homme, bien que je sache qu'ils ont été plusieurs à délibérer. Je me tiens droite, le regard fixé loin devant moi, comme on nous l'a enseigné. Intérieurement, je ressens une pression qui se nourrit de mes doutes, de mes espoirs. Le premier prénom claque dans la salle comme un couperet affûté.

— Tamara.

Le bras droit de la reine s'approche de la concernée pour lui remettre son épée. Je ne dévie pas le regard, restant concentrée pour la suite. Tamara s'incline, récupère sa nouvelle arme et recule d'un pas. Elle s'est démarquée dans plusieurs domaines, tels que la stratégie ou encore l'analyse du terrain. Puis il enchaîne avec toutes les autres.

— Philomène. Cléa.

Je commence à pâlir. Toujours statufiée comme si mon souffle ne pouvait pas quitter ma cage thoracique et attendait le coup fatal. Si cette garce a été prise, je mesure pleinement que mes chances sont minces à présent. Les prénoms se succèdent dans sa bouche, et toujours rien. Désormais, il n'y a plus que deux places en jeu. Une chance sur deux pour que mon prénom sorte de la bouche du conseiller de la reine. Dans ma tête, le constat est amer : si j'échoue, mon avenir ici est compromis. Si je réussis, Cléa continuera de me pourrir la vie et il faudra que je me batte deux fois plus pour cette nouvelle année qui va débuter, où d'autres enjeux vont entrer en compte.

— Sofie.

J'ai la sensation que la salle vient d'augmenter de dix degrés en une seconde. Une goutte de sueur dévale ma colonne vertébrale, à moins que ce ne soit mes derniers espoirs qui serpentent de cette manière. C'est long, extrêmement long, et je tremble de nervosité, de peur.

— Et enfin, la dernière soldate. Aglaé.

Une larme coule silencieusement sur ma joue. Mon rêve s'arrête ici, maintenant. Et le pire, c'est le ricanement de Cléa qui se fait entendre à mes côtés, un écho à ma douleur et à ma déception.

CHAPITRE 17

Kaël

Trente minutes plus tôt

— Réfléchissons une minute, s'agite Maxwell dans son fauteuil rembourré, celui-ci ayant l'air bien trop confortable pour un gars comme lui.

Cela fait une heure que je lui explique le mal qui me ronge d'être spectateur de ce reinaume de ploucs, mais rien n'y fait. Il fait comme s'il ne comprenait pas.

— Il n'y a rien à réfléchir. Le plan est simple... trouve-moi un accès direct à la reine. J'ai besoin de me rapprocher d'elle pour la suite des opérations ! fulminé-je face à son inefficacité.

— Kaël, je sais que tu as hâte de retrouver Barcéon, mais ne précipite pas les choses ! Si je te donne cette possibilité, tu déclencheras une guerre qui mettrait à mal ton royaume et la position de ton frère. Je suis certain que tu ne veux pas de ça. Familiarise-toi avec les lieux et les personnes pendant quelque temps avant de passer à l'action. Ton roi veut du spectacle, quelque chose de grandiose. Es-tu capable d'être autre chose qu'une machine à tuer ?

Son regard vissé au mien quand il me pose cette question a quelque chose d'intrusif que je n'arrive pas à nommer. Il ne comprend vraiment rien. Ici, je suis comme un fauve en cage. Savoir que la reine se terre quelque part dans ce château me donne envie de tout saccager. Je pourrais peut-être commencer par lui ?! Après tout, il est aussi inutile qu'il y paraît.

— Il y a une différence entre ce que mon père veut et les possibilités une fois sur place. Je ne laisserai pas passer ma chance si elle se présente. Tu voudrais que je passe des mois à observer la reine boire son thé tranquillement en songeant au mal qu'elle a fait à ma famille sans agir ? Si c'est ça, tu peux aller te faire foutre, rétorqué-je en m'asseyant sur son bureau.

Ses iris de jais ne m'impressionnent pas le moins du monde, ses sourcils froncés non plus.

— Peut-être pourrais-tu envisager de te comporter comme les soldats de Barcéon... Sortir, t'entraîner, te trouver des alliés, ou même des amis.

— Des amis ? Tu me prends pour qui ?

— Trouve une femme alors ! Aldoria regorge de filles qui attendent d'être goûtées. Cette ville peut être très surprenante, tu sais...

— J'ai déjà tout ce qu'il me faut, et c'est une femme de Barcéon. Je ne goûterai pas au fruit défendu, ça pourrait me jouer des tours.

Ce crétin dont l'arrogance déborde se met à rire franchement.

— Tu sais qu'en te rapprochant des autres gardes, alliés ou non, tu obtiendras des informations... Arrête d'être têtu et insère-toi dans les rangs tel un serpent à l'affût des rats.

Je marque un temps d'arrêt et le toise exagérément. Il n'est peut-être pas si con, finalement, le bougre… mais ça me fait bien chier de le reconnaître.

— Et, justement, dans quelques minutes, la cérémonie d'accès à la deuxième année des gardes féminines commence.

Devant mon air dépité, il ajoute :

— Observe-les, fouine et dérobe ce que tu es venu chercher…

S'il essaie de me faire passer un message, ce crétin me prend vraiment pour un assisté. J'ai pas besoin de son aide, et encore moins de ses conseils de merde !

Le sujet est clos, je me renferme, comme souvent, et mon visage trahit cette amertume permanente qui masque la plupart des émotions qui tenteraient de percer ma foutue carapace. Nous n'avons pas parlé du fait que Barcéon ait attaqué Nalaire, chacun étant sur ses gardes avec l'autre. La confiance n'est pas un mérite que je donne à n'importe qui. À personne, à vrai dire. Sauf à mon frère.

Je réfléchis et conclus que l'on va faire les choses à ma manière, qu'il s'en contente ou non. Maxwell soupire, se lève et contourne son bureau, m'invitant à le suivre pour assister à cette vaste fumisterie.

À notre arrivée dans la salle qui accueille la cérémonie, je remarque immédiatement les soldates alignées, au garde-à-vous, écoutant avec rigueur le discours de la reine. Leur position, au fond de la salle, proche de l'estrade où est situé le trône de la reine et de son bouffon de roi, me conforte dans l'idée qu'ici tout n'est qu'illusion. Ces femmes sont exposées comme s'il s'agissait de peintures que tout le monde viendrait observer. Comme statut pour la femme, on peut faire mieux.

Depuis ma place, je vois la reine de dos, et je peux percevoir ses tremblements, la ligne de son corps fragile. Sous ses apparences de puissance et de charisme, la souveraine a l'air mal-en-point. Il faudrait être aveugle pour ne pas voir son buste voûté, sa peau marquée et ses épaules crispées.

Ce sera un jeu d'enfant de la tuer, elle paraît si faible pour celui qui connaît la mort de près. Je vais prendre beaucoup, beaucoup de plaisir à cette tâche. Je circule lentement parmi les convives et les soldats avec la discrétion d'un fauve en chasse. J'observe Maxwell dans sa tenue d'apparat et son allure fière, qui fixe la reine avec une attention toute particulière.

La reine Feya entame une phrase qu'elle est incapable de poursuivre, et tous les hôtes se scrutent, se demandant comment agir. Maxwell accourt à sa rescousse.

Cet imposteur tient son rôle à merveille, je pourrais presque me faire berner tellement il semble affecté par son mal-être. D'un geste, il enjoint à deux gardiennes de l'escorter jusqu'à son siège. La reine tente de se redresser, mais capitule en sortant un mouchoir de sa manche pour le positionner devant sa bouche.

Prenant sa place, il déclare son discours avec force, sans fioritures ni félicitations.

Alors qu'il énumère les prénoms des retenues, la rouquine capte toute mon attention. Dans sa tenue de cérémonie, sa chevelure flamboyante coiffée attire l'œil. Elle détonne, comme à chaque fois que je la croise. Comme si elle était une pièce en trop dans un tableau mal assorti. Max étire son parchemin où les noms des futures soldates de la garde royale sont notés. J'étouffe une exclamation amusée quand elle tressaille en attendant que son nom soit prononcé, ce qui n'arrive jamais. À croire qu'elle croyait vraiment avoir un talent particulier !

Qu'est-ce que ça me barbe, ce genre de cérémonie ! Nous sommes faits pour être sur le terrain, pas pour parader dans des costumes qui ne nous ressemblent pas. Prenant appui contre le mur, j'écoute le dernier nom cité.

— Et enfin, la dernière soldate. Aglaé.

L'information est lâchée. Sournoise, vive, elle semble anéantir le rouge-gorge. Son regard reste figé et sa poitrine se soulève brusquement, comme si son souffle venait de se bloquer. Elle se fissure lentement et personne ne le remarque, sauf moi et Cléa, qui se réjouit de la situation en étirant un large sourire.

Il y a quelque chose de pur à la regarder exprimer autant dans le silence le plus complet. Quelque chose d'attirant dans cet échec et sa manière de se tenir droite. Ça me ferait presque bander.

À peine Maxwell a-t-il fini son discours que Garreth le rejoint, lui murmurant à l'oreille.

Le conseiller reprend la parole, l'air agacé.

— On m'apprend qu'Aglaé est morte au combat. La suivante sur ma liste, et donc sa remplaçante, est… Isaya.

Instinctivement, je la vois serrer la mâchoire. Il est certain que ce titre de remplaçante ne lui convient absolument pas. Cléa perd son sourire et je jubile intérieurement. Cette cérémonie est une vaste blague, le reflet de ce reinaume qui n'a pas les épaules d'un grand empire.

Le brouhaha qui s'élève est vite stoppé lorsque les invités s'aperçoivent que la reine s'est levée. D'un simple geste de la main, elle autorise son peuple à acclamer les soldates.

Lorsque les félicitations se tarissent, chaque garde masculin vient saluer et promettre l'égalité aux nouvelles recrues de la reine, comme le protocole aldorien l'exige. Quand Maxwell m'a exprimé cette coutume, je l'aurais tué. Je n'ai clairement pas signé pour ça ! Garreth remarque que je ne suis pas dans les rangs et me fusille de ses billes bleues pour que je rejoigne la ligne avec les autres.

Je chemine donc vers les vingt femmes et applique le cérémonial. Ma tête se baisse d'un centimètre pour dire que je participe, mais je pense déjà au moment où je pourrais me barrer d'ici. Surtout quand Cléa agrippe mon regard en mordant sa lèvre inférieure. Je ne sais pas ce qu'elle croit, mais ce n'est sûrement pas de mon fait si elle a été retenue. Je l'ignore et avance à hauteur d'Isaya, auprès de laquelle je ne peux m'empêcher de glisser à l'oreille :

— Bienvenue, remplaçante…

Ses yeux brûlent d'une colère qui me promet mille souffrances. Ses mains, serrées sur son arme, blanchissent. Elle se contient alors que je rêverai de la voir exploser face à l'assemblée. Dans ses pupilles, une flamme meurtrière s'allume tandis que je recule d'un pas sans détourner les miennes. Le soldat qui me suit me donne un léger coup pour que je lui laisse ma place. Il s'incline devant la rouquine, qui s'efforce de se redresser pour lui sourire. Aucune sincérité dans ses gestes, je perçois seulement l'acidité de sa frustration.

Je déambule dans la grande salle où un banquet se déroule. Des musiciens lancent les festivités, et les invités se rapprochent des immenses tables pour se servir.

Garreth nous rappelle à l'ordre en nous demandant de garder les portes proches des arches qui mènent aux couloirs. La reine tente de faire bonne figure, mais lorsque les regards se détournent d'elle, son visage blême et ses yeux perdus dans le vide la trahissent.

Je me place vers la gauche, de manière à l'avoir toujours dans mon champ visuel. Quand je pense qu'il me suffirait de dégainer une simple dague et de la lancer dans sa direction pour l'atteindre.

— Arrête de la reluquer comme ça, on pourrait croire que tu en tombes amoureux. Elle est un peu vieille à mon goût, mais peut-être que toi tu apprécies ce qui commence à se flétrir, ricane discrètement Clovis en suivant l'endroit que je fixe.

— J'imagine juste sa tête rouler jusqu'à mes pieds…

Il rit, mais ne s'attarde pas, rejoignant sa porte sans me quitter du regard, comme si j'allais mettre ma menace à exécution sur-le-champ. Je me détourne en grimaçant, ce qui le fait sourire de loin.

Abruti !

Les heures défilent et je suis toujours en poste. Je fais mine de surveiller les alentours, d'écouter les conversations, qui sont pour le moins totalement inutiles. Je me retiens de bâiller quand, au milieu de la salle, mes yeux sont attirés contre mon gré par la rouquine. Debout aux côtés d'un seigneur, cette dernière l'écoute en hochant la tête lorsqu'il le faut, mais il est évident qu'elle s'ennuie à crever. Elle joue avec ses mains, son regard dévie souvent vers une autre direction et elle se dandine d'un pied sur l'autre. D'un coup, elle s'arrête de bouger et fronce les sourcils, regardant en direction du couloir nord. Sans le vouloir, les miens se plissent à leur tour et je me mets à chercher ce qui a attiré son attention. Seulement, rien ne me saute aux yeux, alors je chope un garde qui passe par là et le plante à ma place en lui précisant que s'il se plaint, je m'occuperai de son cas plus tard. Ce con acquiesce et se positionne aussi droit que possible. Encore une nouvelle recrue qui ne fera pas de vieux os en raison de son manque de répondant…

Je disparais dans le premier couloir que je trouve en toute discrétion pour rejoindre celui qui l'a intéressé. Et là, je comprends son attention et son scepticisme. Au loin, Maxwell parle avec une servante, ce qui est pour le moins étrange, étant donné que leurs ordres doivent être donnés par Dame Fo, Dame Pom, Dame Dam Déo ou quelque chose du genre.

Isaya, sous ses airs de béotienne, percute plus vite que les autres. Le peu que j'ai observé de cette nana est qu'elle se laisse beaucoup trop faire, mais qu'elle a vraiment de bons réflexes, notamment de repérages.

Planqué contre le mur, j'observe mon cher oncle malmener la demoiselle en lui prenant violemment le bras.

Tiens, tiens, aurait-on plus en commun qu'il n'y paraît ?

— C'est ça ou le cachot. Liam te trouvera beaucoup moins utile, là-bas.

Leur échange est rapide, et la servante acquiesce en essuyant les larmes qui commencent à perler contre ses joues. Alors que je m'apprête à partir à la suite de Maxwell, qui est déjà sur le départ, je lève la tête et remarque le rouge-gorge dans le coin opposé de ma cachette. Elle ne m'a pas vu, j'en suis certain, alors je fais le tour par la salle pour rattraper le conseiller de la reine.

Pendant que je la traverse, un soldat tente de m'intercepter. Je le décale sur la gauche et le fusille du regard. Il a compris que ce n'était pas le moment. D'ailleurs, ça ne l'est jamais.

— Plus tard. J'ai un truc à faire.

Je ne m'éternise pas plus, le laisse planté là et accélère le pas. Le tumulte du lieu s'amenuise au fur et à mesure que je parcours les couloirs. Quand je suis sur le point de tourner à droite, je suis surpris de découvrir Maxwell adossé au mur.

— Depuis quand tu me suis, bou…

Il se stoppe, ayant failli prononcer mon surnom au milieu de ce couloir, à l'écoute de tous. Ici, aux yeux de tous, je ne suis qu'un soldat comme les autres. Si ce ne sont les gardes masculins, personne ne sait encore que je suis le nouveau bourreau du reinaume, la discrétion leur ayant été demandée. Et que je m'impatiente fortement alors que ma première tête à couper ne s'est pas présentée. Pas officiellement, en tout cas.

— Qu'est-ce que tu fous avec cette servante ? sifflé-je entre mes dents.

La rage dans ses yeux me cloue sur place. Je ne l'ai jamais vu comme ça, empreint de cette fureur qui serait capable de détruire n'importe quoi sur son passage.

— Pas ici, sombre idiot ! Mon bureau !

Il repart sans me laisser le temps de répondre. Nous arrivons vite sur les lieux, où il nous enferme afin que l'intimité soit complète. Je ne peux plus attendre, je saisis sa chemise et lui crache au visage :

— Explique-toi ou je te tue !

Ce n'est pas une expression. C'est la pure vérité et celle qui lézarde dans mes veines chaque seconde que je passe entre ces murs. Lui ou quelqu'un d'autre, peu importe. Je veux tuer. J'ai soif de sang.

— Kaël, tu ne pourras pas t'en sortir tout seul ! C'est de la reine dont on parle ! Je suis son plus proche conseiller et je sais comment parvenir à tes fins ! Fais-moi confiance.

Je fulmine, serre les mâchoires pour tenter de ne pas l'égorger. Je sentais que c'était en rapport avec ma mission. Et ça ne me plaît pas du tout. Il essaie de me duper !

— Te faire confiance alors que tu fais tout dans mon dos ? C'est quoi ton problème, bordel ! Tu m'as pris pour un gosse ? Je suis un tueur, j'ai pas besoin de toi pour assassiner une vieille chouette à couronne !

C'est plus fort que moi, la hiérarchie, tout ça, ça ne prend pas avec moi. Qu'il soit mon oncle n'y change absolument rien.

Je saisis ma dague et la frôle contre son cou tout en le plaquant contre le mur.

— Refais-moi ça et je te plante pour de bon.

Je pars aussi vite que possible pour ne pas revenir sur mes pas, changer d'avis et le dépecer. Et je sais exactement où aller pour libérer la tension qui m'empoisonne.

CHAPITRE 18

Isaya

— Psssst, Sélène, t'es là ?!

Planquée dans l'une des ruelles désertes entourant le château, j'ai fui la roseraie, le lieu qui accueille tous nos doutes et nos peurs avec ma meilleure amie, pour aller vérifier qu'elle ne soit pas dans le bourg. Après la honte que j'ai subie pendant cette satanée cérémonie, je pensais qu'elle comprendrait que je m'étais réfugiée à cet endroit, mais elle n'est jamais venue. Pourtant, à cet instant, elle doit avoir connaissance de ce qui m'est arrivé. Je remonte ma capuche pour me dissimuler au mieux et me décide à avancer avant que l'on ne me trouve ici. Si c'est le cas, je subirai encore les foudres de ceux qui s'attendent à me voir chuter. « La remplaçante ». Ce foutu surnom va me poursuivre, c'est certain, alors que je ne pense pas démériter ma place plus qu'une autre. Je ne comprends pas ce qu'il s'est passé dans cette salle. Sans me vanter, je pense être l'une des recrues les plus émérites et douées de son arc, une pratique peu commune dans nos rangs. Oui, je dois m'améliorer à l'épée, mais la dague n'a plus de secret pour moi.

Je cherche ma meilleure amie des yeux, bravant les gouttes et la nuit afin d'avoir une explication avec cette dernière. Je l'ai vue dans ce fichu couloir alors qu'elle n'avait rien à faire à cet endroit. Et une question me taraude depuis : qu'est-ce qu'elle foutait avec le conseiller de la reine un peu plus tôt dans la soirée ?

Mon instinct me dit qu'elle s'est encore attiré des problèmes plus gros qu'elle ! Bordel, rien que pour sortir son cul des ronces qu'elle aime chatouiller, je devais absolument intégrer la deuxième année.

Je continue mon tour d'horizon et aperçois deux servantes vêtues de leurs uniformes qui discutent en déambulant sur le chemin. Encore deux qui n'ont rien à faire dans les parages… J'apparais devant elles, les faisant sursauter :

— Où est Sélène ?

— Je ne connais pas cette personne, lâche la première.

Je serre les mâchoires et fixe la seconde qui, à sa façon d'agir, semble savoir de qui je parle.

— Est-ce qu'elle est en danger ? m'interroge-t-elle, les yeux fuyants.

— Donc tu sais où elle se trouve, j'argue en levant un sourcil.

— Non, souffle-t-elle en bougeant sa tête de gauche à droite.

Hou la vilaine menteuse…

Je fais légèrement glisser ma dague pour que les servantes me prennent au sérieux.

— Elle devait aller à la taverne ! panique-t-elle. Je crois qu'elle devait voir un homme. Je n'en sais pas plus.

— Merci, dis-je en me détournant.

Je me hâte de parcourir la rue pavée et détrempée par la pluie. Quelle idée stupide lui a traversé l'esprit pour qu'elle se rende dans ce genre d'endroit ! Et à présent, je m'apprête également à aller fureter dans cette taverne en espérant qu'elle s'y trouve encore…

Longeant les fenêtres, la plupart des intérieurs sont noirs, les seigneurs dormant déjà. J'arrive à la grande porte qui sépare le cœur du reinaume du village animé d'Aldoria. Bien évidemment, il serait trop risqué pour moi de me faire surprendre en train de quitter l'enceinte du château, puisque mon apprentissage exige que je sois aussi docile que possible. La dévotion pour ma reine, le rythme qu'on nous impose et la formation au combat, au protocole et tout ce qui nous incombe est un rappel constant que nous ne sommes pas tout à fait des soldates intégrées et respectées. On est loin du « sois belle et tais-toi… », toutefois, « exécute et marche au pas » fonctionne plutôt bien.

Je ralentis le pas et me cache derrière une charrette pleine de foin lorsque les sentinelles qui effectuent leur ronde s'approchent avec une synchronisation quasi parfaite.

Je lève les yeux, envisageant de passer par la rue adjacente, mais me ravise en décidant d'essayer une façon plus « conventionnelle » d'échapper à ces imbéciles. La discrétion et la dissimulation sont des qualités que je maîtrise assez bien. Je me motive en me disant que c'est comme à l'entraînement, et qu'au pire, quoi ? On me fouettera ? Je pourrai encaisser, s'il le faut. OK, cette pratique est devenue rare et j'exagère, mais j'aime bien tester mes limites. Je me dirige vers un mur légèrement penché où les poutres sont accessibles. Je vérifie la hauteur, enroule ma cape comme je le peux et m'élance. Mes doigts accrochent le rebord, mes bras se tendent et, en un souffle, je me hisse pour atteindre le toit.

Heureusement que j'ai revêtu mon pantalon, ce sera bien plus facile pour déambuler de là-haut. Je souris lorsque je regarde en contrebas. J'aime cette sensation de liberté, cette facilité à disparaître dans les ombres. D'ici, je peux observer les bâtiments et surtout geigner tout le monde sans que personne le sache. Bien plus pratique pour repérer Sélène dans la foule. Je progresse de toiture en toiture, agile et silencieuse, en équilibre constant, mes pas en rythme avec les mouvements rigoureux de la garde en contrebas. J'ai beau les mépriser pour leur arrogance et leur air supérieur, je dois reconnaître qu'il y a quelque chose de captivant dans leur manière de se mouvoir. Une chorégraphie muette, une unité de chair et d'acier. Puis, sans prévenir, leurs pas ralentissent. Ils tournent à l'angle d'une ruelle plus large, et je devine immédiatement leur destination : la taverne de Danté.

Lieu de perdition murmuré avec envie dans les dortoirs des novices. Un endroit interdit. Fascinant. Détesté pour certains. Rêvé pour d'autres. L'enseigne bringuebalante grince dans la brise. L'odeur monte déjà jusqu'à moi : un mélange de bière tiède, de sueur, de bois mouillé et de chair impatiente.

Les soldats franchissent le seuil, et je les suis du regard, me penchant légèrement au-dessus d'une lucarne crasseuse. Dès qu'ils entrent, leur rigidité se brise. Le marbre devient désir. Ils s'éparpillent, rejoignent les tabourets, relâchent les épaules. Les voix s'élèvent. Les rires éclatent. Le monde change de couleur, devient plus trouble, plus chaud.

C'est la première fois que je vois la taverne de l'intérieur. Et c'est exactement comme je l'imaginais… en pire. Ou en mieux, selon le point de vue. Les murs sont noircis par les années de fumée et de bougies. Le plancher de bois craque à chaque pas, humide de vin renversé et fragilisé par les nombreux passages. Une cheminée énorme, taillée à même la pierre, crépite au fond de la salle, jetant sur les murs des ombres dansantes. Des serveuses glissent entre les tables éclairées de chandeliers, évitant les mains baladeuses avec l'habileté de celles qui ont appris à survivre là où on ne pardonne rien. Des filles de joie interpellent les clients, certaines osent même approcher les soldats. Elles rient trop fort, puis parlent au creux de l'oreille de leur cible, et leurs yeux en disent bien plus que leurs bouches.

À l'arrière, dans l'ombre d'un rideau rouge élimé, on devine d'autres plaisirs, plus onéreux, plus dissimulés. Un escalier mène à l'étage, mais d'ici, je ne peux pas voir ce qui s'y passe, bien que j'en aie une vague idée.

Je reste figée un instant, fascinée. Je devrais repartir, reprendre le chemin du château, ne pas me laisser tenter à zieuter, mais quelque chose m'attire, plus fort que la peur, plus profond que la honte. Ce lieu… Il est sale, dangereux, indécent, mais tellement vivant. Ici, on crie, on aime, on trahit, on vit. Et moi, là-haut, je ne fais que me planquer derrière ma cuirasse.

Cela me fait bizarre de voir les gardes dans une autre position, dans un autre rôle. Leurs visages sont détendus, loin des froncements de sourcils perpétuels auxquels ils s'adonnent. Oui, ils sont lourds et pleins de sous-entendus, mais jamais je n'avais vu l'un d'eux se faire tenir la main par une femme pour l'emmener assouvir ses désirs. Tous, sauf un. *Lui*, je l'ai vu, et ça me hante encore aujourd'hui.

Alors que je me fais violence pour repartir dans une direction différente, me retournant pour prendre le chemin inverse, je vois une chevelure blonde que je connais très bien se glisser derrière le rideau rouge.

Bordel, Sélène, qu'est-ce que tu mijotes ?

Je suis certaine que c'est ma meilleure amie qui vient de s'y planquer, mais je dois en avoir le cœur net. D'un geste leste, je glisse contre le toit et m'agrippe sur la façade arrière de l'établissement, là où aucune fenêtre ne pourrait me trahir. Le son de mes bottes atteignant le sol mouillé résonne. Je me fige, patientant que les hommes qui viennent de passer devant la taverne s'incrustent à l'intérieur. C'est à ce moment-là que je constate une porte dérobée que personne ne semble voir. Je tente le tout pour le tout en appuyant sur la poignée et, à ma grande surprise, cette dernière s'ouvre sans difficulté. J'entends beaucoup plus intensément la musique, les rires gras de ces messieurs, mais personne à l'horizon. Je me repère cependant facilement, car je remarque l'énorme rideau rouge que j'avais déjà aperçu. Des voix se rapprochent distinctement, et je me cache derrière des caisses en bois remplies de linge qui traînent au milieu de la pièce.

— Tu veux faire ça ici, ma jolie ? propose l'homme.

J'attends avec impatience la réponse, car j'ai peur de ce que je pourrais découvrir ici.

— Allons plutôt en haut, lui rétorque la femme dans un soupir suggestif.

Misère, merci mon Dieu, ce n'est pas Sélène !

CHAPITRE 19

Kaël

Une heure plus tôt

Alors que l'air devenait irrespirable dans le bureau de ce petit enfoiré de Maxwell, je me suis dégagé de cette atmosphère suffocante pour ne pas lui planter ma lame entre les deux yeux. Mes pas claquent dans les couloirs, déterminés, furieux, et je dévale les escaliers en direction des sous-sols. J'ai besoin de m'arracher à cette tension qui me ronge jour après jour, de l'extirper à coups de violence.

La pièce est vide, enfin. Vide de soldats, de suspicions, de mots inutiles. Je balance mon armure au sol dans un fracas métallique, comme si me délester de ce poids pouvait aussi me libérer de tout le reste. Mes poings s'abattent aussitôt sur les sacs de farine alignés contre les grilles. Ce contact mou m'insupporte. C'est trop inerte, trop tiède, ça ne rend rien, ça n'oppose rien. C'est un simulacre de combat. Un mensonge.

Je ne sens rien. Rien d'autre que cette colère sèche qui monte, brûlante, corrosive. J'ai besoin de chaleur, de résistance, d'un corps en face du mien, de cris, de coups, de sueur. Là, ce n'est que du vide. Et ce vide me bouffe.

Alors, je hurle. Un cri animal, brut, un cri qui déchire mes entrailles et claque contre les murs. Je cogne à mains nues, encore, encore, jusqu'à sentir ma peau se fendre, ma chair hurler à son tour. Mais je continue. Parce que c'est la seule chose qui me rappelle que je suis vivant, ici, dans cette putain de prison.

Et puis… un bruit se fait entendre derrière moi. Une présence. Une silhouette qui entre. Sans prévenir. Sans demander. Un connard vient troubler ma tempête. Et là, je me retourne, les poings serrés, prêt à exploser.

Liam doit ressentir dans mon regard qu'il ne faut pas qu'il me cherche, car pour la première fois, je le vois fermer sa putain de gueule. Je grogne à son attention, lui exprimant le besoin de le voir déguerpir d'ici. Comme la couille molle qu'il est, il lève les mains en signe de compréhension et me lance :

— Je me barre, t'inquiète. Mais Garreth veut que tu nous suives à la taverne.

Ils vont pas me lâcher, bordel !

Je ne dis rien et fais quelques pas jusqu'au coin de la pièce où je saisis un chiffon pour me faire un bandage de fortune.

— Casse-toi, c'est bon, j'arrive !

Le poltron se barre aussi vite qu'il est arrivé, et je souffle, les paumes sur mes genoux, m'apprêtant à revêtir ce masque lisse d'homme dangereux. Mais ils sont tellement loin de la vérité. Je ne suis pas dangereux, je suis la mort incarnée.

Après m'être passé un coup d'eau, je prends le chemin extérieur. Lorsque je me rends sur les lieux, je découvre une taverne remplie de soldats et de paysans en train de bavarder autour de bières. Leurs différences n'ont pas l'air de les perturber, car les groupes sont mélangés, ce qui me paraît déstabilisant. À Barcéon, ce genre de comportement ne serait pas accepté. Les gardes n'ont pas à échanger ou jouer avec les gens du peuple. L'un des groupes s'adonne aux fléchettes, je les observe un instant, curieux de ce qu'ils peuvent se dire.

— Putain, Alban ! Tu tires vraiment comme ma grand-mère ! rit un homme en tapant dans le dos de notre « collègue ».

Cette familiarité me fait serrer les dents. Je ne m'habituerai jamais à ce reinaume. Tout semble fonctionner à l'envers de chez moi, les règles ne sont pas réellement définies, et il faut dire que je suis déconcerté, moi qui ne connais que la discipline et l'exemple.

Je reste dans l'ombre pendant leurs échanges, je ne souhaite pas prendre part à cette farce. Reculant de quelques pas, je me dirige vers le comptoir où j'espère dégoter autre chose qu'une vieille bière à moitié tiède.

— Qu'est-ce que je te sers, mon beau ? me demande l'aubergiste, une femme âgée dont la poitrine est tellement visible et opulente que j'ai peur qu'elle finisse par s'étaler sur le bar.

— Hypocras, et du bon ! rétorqué-je sèchement en tapant de la paume sur le comptoir.

— Oh… tu n'es pas du coin, toi ! Je t'aurais repéré depuis longtemps sinon. Tu es nouveau au château ? me questionne-t-elle en se léchant les lèvres.

Bordel ! Merci, Maxwell ! Une incroyable idée de venir ici, vraiment ! J'aurais dû me fier à mon instinct…

Je ne lui réponds pas et me tourne pour clore l'échange. Est-ce qu'il y a écrit gentil sur mon putain de front pour qu'elle me raconte sa vie ? Je patiente quelques minutes pour obtenir ma boisson, et c'est déjà trop. Une fois le verre en main, je lorgne chaque table et tente d'écouter les conversations qui m'entourent. Le brouhaha m'empêche de me concentrer pleinement, néanmoins, je capte rapidement les mots *reine* et *fête*. Il semble que la soirée du jour soit déjà sur toutes les langues.

La tenancière remplit le godet que je viens de terminer avec un sourire enjôleur. Elle croque sa lèvre inférieure en déposant une main sur son opulente poitrine qui a, bien entendu, attiré mon regard. Il n'en faut pas plus pour qu'elle pense avoir une infime chance de finir dans mes draps ou dans sa réserve.

Les portes de la taverne s'ouvrent à la volée et détournent mon attention, à son grand dam. Deux hommes pénètrent l'endroit en exigeant qu'on leur porte à boire, puis vont s'installer dans le fond de la salle. Là, alors que je scrute le moindre recoin de la pièce, j'aperçois une silhouette drapée d'une cape bleu nuit s'assoir sur la banquette la plus à l'ouest vers un coin dissimulé sous l'escalier. Maintenant continuellement sa large capuche sur sa tête, je suis subitement intrigué. Il faut admettre que je n'ai rien à faire de plus en buvant mon godet. Mes yeux glissent sur la foule amassée dans le bar et reviennent, par instinct, sur cette cape. Je dirais une femme au premier coup d'œil. Un petit gabarit. Peut-être une fille de joie à qui l'on aurait demandé une tenue particulière ? Je me méfie de ce que cette cité offre comme services. Il vaut mieux être prudent. Elle fait pivoter sa tête et je remarque les mèches couleur de feu encadrant un visage fin et un regard inquisiteur qui semble passer l'endroit au crible. Elle frotte ses mains sur son pantalon et se penche pour avoir accès à toute la salle sans être vue.

Elle. Putain, ça va virer à l'obsession ces conneries ! Sa présence en ces lieux m'intrigue autant que son comportement. Un sourire mesquin fleurit au coin de mes lèvres. Je me redresse et me faufile entre les clients pour ne pas qu'elle me repère.

Je bois mon breuvage d'une traite avant de déposer mon verre sur la première table que je croise. L'un des soldats assis se relève et me bouscule.

— Tiens, tiens, regardez qui va là…

Je jette une œillade en direction de la fille, qui se lève et disparaît à l'autre bout de la pièce, et m'insulte mentalement de ne pas avoir été plus rapide.

— Tu t'es perdu ? demande Clovis en me frappant l'épaule.

Son niveau d'ébriété me ferait presque sourire si seulement je n'en avais *pas* rien à foutre… mais je pense à ma proie qui me file entre les doigts.

— Joins-toi à nous, il paraît que tes débuts sont plutôt difficiles… me lance Alaric avec un rictus en coin.

Mon regard le fixe un instant, jaugeant son degré de jubilation, puis je réponds sur un ton cassant, tournant la tête dans la direction opposée :

— Je dois d'abord aller pisser.

— Ne m'en veux pas, mais je ne viendrai pas te la tenir !

Les rires gras des autres soldats me crispent de la tête aux pieds. Je ne suis pas comme eux, loin de là.

Je lui adresse une moue si fausse que ce dernier se marre en m'indiquant qu'il m'offre la prochaine tournée quand j'aurai terminé mes petites affaires. Il me fait signe de dégager en pointant les filles de joie qui cajolent les clients sur les banquettes.

Ce crétin croit vraiment que je cherche à me taper une catin d'Aldoria ? Il a bien vite oublié d'où il vient. À moins qu'il joue très bien son jeu. C'est tellement risible… quoique, dans un coin obscur de mon esprit, j'imagine un peu trop aisément de faire taire la rouquine sous mes coups de reins. Juste pour lui prouver qu'elle est comme toutes les autres et que si je la veux, je l'aurai. Sa présence ici résonne comme un défi intérieur, une nouvelle chasse qui agite les tréfonds de mon âme tourmentée. Je ne sais pas expliquer pourquoi elle déclenche chez moi quelque chose d'assez malsain. Elle me dégoûte à m'en hérisser les poils et à la fois, son air teigneux me donne envie de la provoquer et de la pousser à bout jusqu'à ce qu'elle me supplie à genoux. Je la veux. Pour la détruire. Toucher sa peau pour en connaître chaque recoin. Elle m'attire et je rejette cette idée avant qu'une nouvelle ne germe dans ma tête. Je pourrais la traquer… La dévorer, la saigner et regarder la vie s'échapper dans son regard simplement pour tenter d'éprouver quelque chose de différent. À cette pensée, je ris intérieurement. Comme si j'avais besoin de ça pour être détraqué. Je n'ai pas envie d'une nouvelle obsession quand on sait le mal sournois qui me ronge. Tout en avançant, je la cherche. Encore.

Quand j'arrive à hauteur du rideau poussiéreux, je crois que mes chances sont compromises, mais en inspirant, je sais. Une odeur vanillée mélangée aux effluves d'alcool et de tabac flotte ici, comme si elle avait semé des indices pour que je la retrouve. Sans un bruit, je me glisse derrière et la découvre, seule, se cachant au dos d'un paravent de fortune.

Je retire ce que j'ai pu dire sur certaines de ses compétences, elle est nulle en planque ! Serait-elle perturbée par sa soirée… chaotique ?

— L'espionnage n'est pas ton fort, on dirait !

Le rouge-gorge sursaute et se redresse d'un coup.

— Toi ! grimace-t-elle en me faisant face.

Nonchalamment, je me faufile à ses côtés pour me retrouver à mon tour derrière le rideau.

— Ou devrais-je dire le voyeurisme ?! Qui observes-tu ? continué-je en lorgnant dans la direction qu'elle surveillait.

Je perçois son corps se raidir tandis qu'elle se recule d'un pas sur la gauche, visiblement offensée.

— Je n'ai aucun compte à te rendre ! siffle-t-elle en serrant ses poings contre ses hanches.

— C'était surtout une constatation, ricané-je.

— Tu n'as rien à faire ici, argumente-t-elle en glissant une mèche derrière son oreille. Allez, oust ! Va profiter de la bonne chair qui t'est proposée.

Son geste m'hypnotise pendant une fraction de seconde, puis je comprends qu'elle me demande de partir d'un ton sec.

— Tu me dois le respect ! dis-je en haussant le ton. N'oublie pas que tu as failli retourner d'où tu viens… remplaçante.

— Répète ça et je te fais une cicatrice sur l'autre joue ! me crache-t-elle au visage en s'approchant de moi, me menaçant de sa dague.

Son répondant provoque une certaine envie chez moi.

— Je suis un homme, un soldat confirmé, et tu n'es... rien, en fait, m'avancé-je également.

L'envie de l'étriper et de lui clouer le bec à mains nues !

Lorsque nous sommes à deux centimètres l'un de l'autre, son odeur sucrée ravive mes sens, et ça me dégoûte. Je décide d'opérer une nouvelle tactique, et je pense savoir comment la faire sortir de ses gonds.

— Je cherche un peu de compagnie... et il paraît que tu as aimé ce que tu as vu dans cette forêt, l'autre jour. Tu aimerais que je te fasse la même chose ?

Son visage se pare d'une teinte rosée qui se mélange parfaitement avec ses cheveux flamboyants. Pour la première fois depuis que je l'ai rencontrée, je peux vraiment la regarder de près. En dépit de son insolence à mon égard, elle n'a rien de plus que les autres, et pourtant, mes yeux s'évertuent à enregistrer des détails insignifiants. Un grain de beauté sur son oreille droite, de minuscules taches de rousseur qui parsèment sa peau et ses lèvres qui dessinent un arc quasiment symétrique avant de se déformer pour mieux cracher des insultes. Elle est distrayante, je crois. Mon frère aurait adoré l'entendre me provoquer de la sorte. Elle lui plairait, c'est certain. Et moi, ça me plairait de tester avec une rouquine, je n'en ai jamais eu. La seule ombre dans ce tableau abstrait, c'est son origine. L'Aldorienne est probablement pourrie jusqu'à la moelle, et je crains de choper une maladie vénérienne grave et de succomber avant d'avoir accompli ma mission. Pourtant, tous les soldats sont d'accord pour dire qu'elle n'ouvre pas ses cuisses facilement. À croire que je commence à écouter tous les cancans qui se murmurent dans les couloirs. Serais-je assez fou pour tenter l'expérience ?

Mon esprit divague à nouveau avant de se rattacher aux détails. Sa peau palpite, et mes yeux s'attardent sur sa jugulaire, qui ne demande qu'à être tranchée. Reprenant sa respiration pour apaiser le martèlement de son cœur que je devine erratique, elle tend sa main pour saisir la mienne, détournant mon attention, puis bat des cils en ouvrant la bouche dans une sollicitation langoureuse.

Ses prunelles s'enflamment, sa langue sort pour humidifier ses lèvres, et ça me fait monter instantanément. Sur le coup, je suis très surpris, mais finalement, peut-être qu'elle est comme toutes les autres. Ce qu'elle veut, c'est un garde qui lui donnerait un orgasme, et elle sait que j'en suis capable.

— Bien sûr… tu veux qu'on essaie tout de suite ? dit-elle en minaudant.

Ce changement de comportement me fait tiquer, allume une lueur de danger dans ma tête, mais, après tout, qu'est-ce que je risque ? Et puis, cette femme est étrange, mais elle a un côté sauvage qui me pousse à l'attiser.

Si elle est prête à jouer ce soir… J'ai du temps à perdre, tout bien réfléchi !

Je la plaque donc vers le mur et, sans douceur, commence à taquiner son cou de ma langue, avant de me rendre compte que je n'ai pas le temps pour ces conneries superflues. D'une main, je détache sa cape qui tombe au sol. L'odeur de fleurs qui se dégage d'elle m'enivre et me tend davantage. Mon membre est désormais bandé avec puissance à l'écoute de ses gémissements lorsque mes paumes saisissent ses seins à travers le tissu froissé. Je sens qu'elle se crispe, je la fixe un instant. Son visage blêmit, toutefois, elle se cambre pour accentuer mon toucher. Je lis une détermination dans son regard de braise. À moins que ce ne soit de la pure provocation ?

Je fais remonter mes mains jusqu'à ses joues, puis lui dis :
— Laisse-toi faire, tu vas aimer.

Je baisse la tête pour amener ma bouche au niveau de sa poitrine, puis des pensées se bousculent dans ma tête. Je relève le visage alors que ses lèvres chaudes se posent sur ma tempe, juste à l'orée de ma cicatrice, celle que personne n'ose jamais toucher. Je fronce les sourcils en comprenant que je suis en train de la désirer, elle, une maudite soldate aldorienne. La seconde d'avant, je m'imaginais dévorer ses amygdales alors que je ne le fais avec aucune de mes partenaires, et la seconde d'après, mon corps se colle contre le sien sans que je parvienne à réfréner cette

« attirance » que je ne saisis pas. J'aimerais tellement l'effleurer, connaître le goût de sa langue et la moiteur qui y règne. Je suis certain qu'elle pourrait me mordre uniquement pour me défier, et je pourrais même apprécier de poursuivre ce genre de duel avec elle. Pourtant, je n'en fais rien. Ma bouche glisse sur sa poitrine en anticipant une réaction de sa part, qui ne se fait pas attendre.

Elle me repousse délicatement tout en relevant son chemisier et en commençant à détacher son bouton avec lenteur sans jamais lâcher mes yeux des siens. Le message est clair.

Petit rouge-gorge… je vais te dévorer.

Lorsqu'elle passe sa main entre ses cuisses, je n'ai qu'une obsession, plonger dans son antre et la ravager en étouffant chacun de ses gémissements. La voir se gorger de plaisir et lui voler son moment simplement pour ressentir sa frustration. Et réitérer. Son geste est furtif, puisqu'elle vient tout de suite à la rencontre de ma verge tendue. Sa respiration est erratique, son cœur bat la chamade alors que sa poitrine se soulève à un rythme plus soutenu. Je sens son excitation enfler à chaque fois que ma main l'effleure. Son épiderme brûle de désir pour moi. Pas pour l'un de ces connards, mais pour moi ! L'une de ses mèches de feu se glisse sur le devant de son chemisier, offrant un contraste hypnotisant avec sa peau laiteuse. Je bande plus fort encore.

Quand je sens une pointe frôlant mes testicules, je me contracte brusquement et marque un temps d'arrêt.

Je serre la mâchoire et saisis vivement sa main collée à mes burnes. Elle ne lâche pas sa prise sur son poignard et approche ses lèvres à un souffle des miennes.

— Traite-moi de nouveau de catin et je te les coupe en morceaux, murmure-t-elle tout en continuant à appuyer sa dague contre ma chair, l'entaillant presque.

Ses mouvements sont sûrs, ce qui me montre qu'elle a bien appris de ses cours de manipulation d'armes.

— Maintenant, je vais faire comme si tu n'étais pas un connard arrogant et rejoindre mon amie. Ne t'avise plus d'essayer de me toucher !

Je ne bouge pas, et elle en profite pour s'éclipser sous mon bras, que j'avais posé contre le mur.

Elle n'a peur de rien ! Un rictus apparaît sur mon visage et je me promets une vengeance à la hauteur de son esprit revêche.

Comme un con, je me suis fait berner par son visage d'ange aux cheveux de feu. Ce que je me dis, à cet instant, c'est que cela ne se reproduira pas deux fois. Je crois avoir enfin trouvé une adversaire à ma taille…

Je la regarde disparaître à nouveau, son regard croisant le mien une dernière fois.

CHAPITRE 20

Isaya

Cet idiot m'a fait perdre un temps précieux. Je jette un coup d'œil derrière moi pour m'assurer qu'il ne m'a pas suivie. Je tente de calmer les élans de mon cœur et me persuade que je n'ai rien ressenti en présence du soldat, mais c'est peine perdue. Mon esprit est temporairement resté bloqué entre ses bras, et mes tétons dressés témoignent de l'envie qui m'a ravagée. J'en ai la nausée ! Cet homme est dangereux, brut, hautain… Qu'est-ce qui m'a pris ?

Alors que je repère Sélène plantée sur un banc à l'abri des regards, dans une petite alcôve dissimulée, je reprends contenance, essuie mes mains sur mon pantalon, et déglutis avant de m'approcher.

La tension dans mon ventre s'évanouit dès que je constate qu'elle semble préoccupée.

— Tu sais que je vais avoir des problèmes si on me trouve ici ? dis-je en m'installant face à elle.

Ma meilleure amie sursaute, visiblement surprise. Dès que je scrute ses traits, je vois une agitation brute, intense s'ancrer sur son visage. Ses épaules sont rigides et son dos droit. Elle n'a pas l'air dans son assiette, et cela m'inquiète.

— Désolée, j'avais quelqu'un à voir, et Dame Dom me surveille comme la peste...

Pas un mot sur la honte de cette cérémonie. Je devrais prendre du recul et encaisser, mais la vérité, c'est que ça me blesse. La préoccupation semble l'habiter lorsque son regard plonge une nouvelle fois dans la foule au loin tandis que ses sourcils dessinent un arc de méfiance. Cette simple vision apaise mes tourments. Je glisse ma main sur la sienne pour la faire revenir à moi en me posant à ses côtés.

— Tout va bien ? m'inquiété-je.

— Oui, évidemment, pourquoi en serait-il autrement ?

— Je t'ai vue, Sélène. Avec le bras droit de la reine. Tu sais que si tu as des problèmes...

Son corps se crispe, puis elle se lève, paniquée. La peur s'étend sur ses traits tirés, et ses yeux exorbités ne reflètent que de l'angoisse pure.

— Tu vas oublier tout de suite ce que tu as vu et me faire le plaisir de t'occuper de tes oignons ! vocifère-t-elle, vindicative.

Le choc de ses mots doit se peindre sur mon visage, car elle s'agenouille devant moi et soupire en prenant mes joues entre ses paumes. Ses pouces caressent ma peau dans un geste de tendresse qui me fait du bien.

— Saya... Je suis la pire meilleure amie du monde. Tu t'inquiètes pour moi alors que je sais très bien ce que tu es en train de vivre. Cette cérémonie... ça m'a brisé le cœur pour toi. Tu n'es pas une remplaçante, et tu ne le seras jamais ! Prouve-leur que tu peux casser des gueules et que tu te tiendras fièrement aux côtés de notre souveraine quand ce sera ton heure.

Ses simples mots me reboostent, mais m'indiquent surtout qu'elle tente de changer de sujet. Cependant, elle continue, incapable de taire cette croyance qu'elle a en moi. Pendant de longues minutes, nous échangeons, non sans regarder autour de nous si d'autres personnes entrent. Après ce moment de complicité dont chacune de nous avait besoin, j'essaie de relancer la conversation vers ce qui semble être un problème pour mon amie.

— Sélène… j'ai besoin de me rendre utile. Dis-moi comment t'aider.

Elle hésite un instant, puis m'avoue avoir basculé malgré elle dans un réseau de soigneurs clandestins. Sur le moment, je ne comprends pas le rapport avec le conseiller de la reine, mais elle ne tarde pas à m'en dire plus :

— Il a besoin que je lui fournisse des plantes particulières assez difficiles à trouver. Je ne sais pas comment il a su que je m'y connaissais, mais je n'ai pas pu refuser son offre. C'est le conseiller de la reine !

Selon elle, elle sert d'intermédiaire entre les différents royaumes pour transmettre ses remèdes et autres plantes aux plus nécessiteux. Ce genre de trafic est terriblement dangereux vis-à-vis de Barcéon, qui scrute les moindres déplacements des territoires l'entourant. Mais le conseiller l'a encouragée et lui a promis qu'elle pourrait se voir offrir un poste de soigneuse au service de la reine si elle faisait ses preuves. Ses connaissances sont un réel atout, et pourtant, suite au décès suspect de son père, elle n'a eu d'autre choix que de faire profil bas pour éviter de finir comme lui.

Depuis que nous sommes petites, Sélène a à cœur de venir en aide à son prochain. Les acquis que son père médecin lui a transmis ainsi que le temps qu'elle passait à l'observer font d'elle la candidate idéale pour prendre sa relève. J'ai longtemps cru qu'elle suivrait sa voie, néanmoins le destin en a décidé autrement. Apparemment, celui-ci l'a rattrapée, et elle se met en danger.

Des rires retentissent non loin de nous et les confessions de ma meilleure amie se stoppent aussitôt.

— Regarde-les savourer leurs pintes et se saouler, dit-elle avec une pointe de légèreté.

Je me tourne pour observer en direction des soldats qui sont en train de boire et de rigoler à gorge déployée.

— Ne les fixe pas comme ça ! rigole-t-elle en me touchant la main.

— Depuis quand tu es gênée comme ça ? T'as des vues sur l'un d'eux ? Je me languis de connaître l'imbécile qui parvient à te faire sourire, ces derniers temps. Ou bien celui qui t'attire des ennuis !

Cette dernière se met à glousser en mordillant sa lèvre, s'éventant de sa main.

— Sélène, balance son nom, espèce de cachottière ! Je suis ta meilleure amie, j'ai le droit de savoir, ris-je en saisissant le verre que la tavernière vient de m'apporter.

— Même pas en rêve ! lâche-t-elle tandis que ses yeux s'illuminent d'une lueur que je n'avais jamais vue avant.

Son refus me blesse plus que je ne le fais paraître. Elle a le droit d'avoir son jardin secret, mais ça fait beaucoup d'informations qu'elle me tait. Je ne sais pas vraiment comment le prendre.

— Mais enfin, pourquoi ?

— Parce que… tu ne comprendrais pas.

— Ça, ça signifie que je ne peux pas le voir ! Je te connais ! De toute façon, à part Garreth et Lior, aucun n'est bien élevé ! Ce sont de sales petits…

Ne pouvant finir ma phrase, mon regard est comme aimanté à l'individu qui me dévisage… Kaël. L'éclat vorace de ses pupilles me force à baisser mes yeux, me rappelant le fait que je suis dans la merde jusqu'au cou. Tout à l'heure, j'ai réagi à chaud, voulant que les choses soient claires. Je me suis laissée porter par l'action. Maintenant, son attention me dérange et me promet quelque chose de bien plus dangereux. Je sens ma peau rosir plus vite que mes poils se hérissent. La tension dans mon corps révèle à Sélène qu'il y a sanglier sous buisson.

Elle reporte ses iris vers l'homme dans ma ligne de mire et son regard opère des va-et-vient entre nous.

— C'est le nouveau soldat ? J'ai entendu dire qu'il était bâti comme un dieu et qu'il aimait les filles légères. Tu sais qu'on raconte qu'il est arrivé il y a peu et qu'il est le fils d'une famille réputée au nord d'Aldoria ?

Je suis incapable de lui répondre, car elle verrait tout de suite qu'il s'est passé quelque chose, même si, en soi, rien de bien croustillant.

— Un nouveau crétin à servir… aucunement intéressant ! Cléa en a déjà fait son affaire… ne te fais pas avoir !

— Mmmh, dit-elle en me scrutant, essayant de repérer si je lui dis la vérité.

Mon masque d'imperturbabilité en place, je hausse un sourcil pour me redonner un semblant de contenance, et ça marche !

Éreintée par cette longue journée et consciente du calvaire qui m'attend, je pose ma tête entre mes bras. Sélène tente de me divertir avec deux ou trois blagues graveleuses, mais je décèle chez elle un profond mal-être, une douleur qui se retranscrit dans ses mouvements. Je garde mes pensées pour moi et relève la tête pour reporter mon attention sur la salle animée.

— Je vais devoir rentrer rapidement au château. La journée de demain s'annonce des plus compliquées.

— Bouge pas, je vais commander à manger avant ton départ. Autant que tu vives une belle soirée.

Elle se faufile entre les tables et chuchote à l'oreille d'une serveuse. Celle-ci nous apporte rapidement notre potage. Nous le dégustons en admirant les danseuses qui se déhanchent sous le regard des gardes. Certains sont béats devant le spectacle, d'autres jouent, et les derniers évoquent leurs missions, toujours dans l'excès quant à leurs performances.

Quelle bande de frimeurs, ils sont pathétiques !

À quelques reprises, je sens des iris foncés me transpercer, mais je fais mine de ne pas voir celui auquel ils appartiennent, ne voulant pas l'encourager dans une quête qu'il ne gagnera jamais. Je sais comment réagissent les hommes, et celui-ci ne va clairement pas apprécier d'avoir été berné par une femme, d'autant plus une qui fait partie des petites gens.

Soudainement, un boucan d'enfer résonne dans le fond de la taverne. Le bruit de verres qui se brisent nous interpelle et nous force à prêter attention à la scène. Sélène se lève brusquement lorsque les soldats de la garde se jettent sur un homme encapuchonné qui s'étale de tout son long sur le sol, dévoilant son visage buriné et agressif.

— Arrêtez-le ! crie l'un des gardes.

Ma meilleure amie me chuchote que nous devrions nous sauver avant que les choses ne dégénèrent. Elle me tend la main et me fait accélérer la cadence. Au milieu des hurlements et du bruit des armes qui se manifestent peu à peu, je me retourne une dernière fois pour inspecter la scène. L'homme se débat, hurle qu'il n'a rien fait, mais se prend un coup alors qu'un soldat assure que c'est un traître à la couronne. Je hoquette et, par un triste hasard, les prunelles brunes de Kaël rencontrent les miennes. Un frisson me parcourt l'échine et un sourire narquois orne ses lèvres, je comprends que ce connard va me mener la vie dure.

À cette pensée, je rejoins Sélène au pas de course pour que l'on rentre, j'ai besoin de réfléchir sereinement et je ne peux clairement pas le faire dans ce vacarme.

Encapuchonnées, Sélène et moi traversons la cité en vitesse. C'est l'endroit le plus risqué pour nous faire repérer, et cette fois-ci, je ne peux pas emprunter les toits. Les indics de Dame Dom et de la couronne sont donc tout à fait à même de nous surprendre. Super, deux fois plus de chances de se faire remonter les bretelles !

— Viens, coupons par la ruelle qui se trouve à droite, nous arriverons plus facilement au château, lui dis-je en la tirant plus fort par le bras.

— Tu me fais mal, Saya ! Des fois, tu ne sens vraiment pas ta force, espèce de rustre, rit-elle en soulevant ses jupons pour tenter d'allonger ses pas.

Son rire est vite coupé alors que l'on distingue au loin deux silhouettes massives venir vers nous en ricanant.

Merde !

Nous ralentissons le pas en regardant autour de nous. Nous sommes seules dans l'un des quartiers bas du royaume, où n'importe quel roturier pourrait s'en prendre à nous sans que le moindre garde puisse être alerté. D'un geste vif, je fais demi-tour en attirant ma meilleure amie pour accéder au chemin le plus long, mais trois autres ombres nous barrent la route et s'avancent déjà. Sans me démonter, je pousse Sélène dans mon dos, tentant de la protéger, et agrippe mon poignard de ma main libre.

— Des amis à toi ? chuchoté-je à Sélène, qui secoue sa tête en signe de négation. Fait chier ! grommelé-je en grimaçant tout en resserrant mes doigts sur le manche de mon arme.

Cette journée est infinie, mais s'il y a bien un moment où il ne fallait pas me chercher, c'est celui-ci.

La rage au ventre, j'attends de voir ce que ces crétins nous veulent.

— Tiens, on dirait qu'on s'est perdues en dehors des murailles de votre forteresse ?

Face à nous, trois hommes et deux femmes nous toisent d'un air féroce, la pénombre accentuant les traits de chaque visage. Ce ne sont pas des gardiens, ils sont vêtus de haillons rapiécés. Ce ne sont pas non plus des marginaux, car ils ne se seraient pas regroupés pour nous surprendre. Mon cerveau analyse les possibilités qui s'offrent à nous, tandis que je sens Sélène s'agripper à mon bras, la peur transpirant de tout son être. Je n'en connais aucun, et ça sent le roussi à plein nez.

Des vagabonds ?

Peu à peu, ils nous enserrent, tentant au passage de voir si nous avons des bourses sur nous.

Pas encore, mais je vais bientôt en découper trois paires pour m'en faire un collier.

Je n'ai pas besoin de réfléchir plus longtemps pour savoir que c'est soit eux, soit nous. La nuit ne joue pas en notre faveur, néanmoins, nous avons l'avantage de pouvoir agir en premier. J'ai la

maîtrise du combat et j'ose croire qu'ils ne savent pas se battre…
Je fonce vers la femme la plus proche et la flanque par terre pour la
mettre hors jeu. Surprise, elle ne riposte pas et son dos se retrouve
plaqué au sol dans un bruit sourd. J'accuse le coup en chutant sur
mes genoux, la douleur me transperçant durant une fraction de
seconde. Je grimace, mais mon réflexe prend le dessus et je fiche
un coup de lame dans le ventre de ma victime, qui gémit avant
de blêmir. Je tremble légèrement, l'adrénaline s'insinuant dans
mes veines. En moins de temps qu'il ne faut pour me relever, elle
ne bouge plus. Simple et efficace. Je me redresse, tachée de son
sang, pour faire face à nos assaillants, tout en gardant un œil sur
Sélène qui surveille les deux premiers hommes que nous avons
croisés. Je laisse tomber ma cape au sol, consciente que chaque
entrave inutile pourrait me coûter la vie.

Mon corps se raidit au moment où l'un d'eux adresse un
signe discret que j'interprète comme notre mise à mort. Et tout
s'enchaîne. Je crie à Sélène de s'enfuir, mais elle se fait rattraper
par l'un des gaillards. Son cri perce la nuit et il tente de la faire
taire en lui infligeant un coup d'un revers de la main. Sélène
s'écroule au sol et recule rapidement contre le mur. Je veux aller
l'aider, je veux la protéger, mais les trois qui restent me font
face en tentant de m'acculer. Je pourrais tirer ma dague dans le
dos de son agresseur, mais il ne me resterait plus grand-chose
pour me défendre. Au bout de quelques secondes, je ne sais pas
par quel moyen Sélène réussit à fuir, mais les pas de course qui
résonnent et le hurlement du mec qui était avec elle m'indiquent
qu'elle est parvenue à s'échapper. J'en serais presque soulagée,
mais je sais que l'homme la suit, je l'entends à sa voix qui lui
vocifère de s'arrêter. Face à moi, le plus imposant est en train de
faire craquer sa nuque en gesticulant ses épaules comme s'il se
préparait au combat. Campée sur mes jambes, parée aux possibles
coups qu'ils pourraient me mettre, je tiens ma lame fermement,
les encourageant à m'affronter.

— Venez, bande de chiffes molles. Quel courage d'être trois
contre une. Bande de chiens, craché-je à leurs visages.

Sur la droite, la seule femme restante me lance un uppercut en pleine pommette. Je vacille, mais ne flanche pas. Ma tête remue de gauche à droite, puis je reprends contenance. Elle a de la puissance et est entraînée à la violence, ça se sent, ce qui me met la puce à l'oreille. Cependant, je suis habituée à tellement plus que je me repositionne rapidement.

— On dirait que la cible est plus fougueuse qu'annoncée... glisse le plus grand d'un air lubrique. Et si on s'amusait un peu ?

À ces mots, la femme se tend. Enfin un peu de compassion féminine...

— C'était pas prévu comme ça ! On devait la buter et se barrer ! Je marche pas dans cette merde, moi ! crie-t-elle en reculant avant de disparaître au cœur de la nuit noire.

Plus que deux...

Je n'ai pas le temps d'analyser leur attaque qu'ils se jettent d'un même mouvement sur moi. Je crois en toucher un juste avant que ma tête ne heurte le mur derrière moi et je m'affale contre le sol. Étourdie, il me faut de longues secondes pour reprendre mes esprits et sentir leurs doigts griffer ma peau dans des gestes brusques, presque désordonnés. Un bruit de tissu qui se déchire me fait réagir. Mon pantalon se fend sur toute la longueur, et je me contracte, sentant l'air frais de la nuit m'envahir.

Non, non, non...

À découvert devant eux, je donne toute ma puissance pour leur flanquer des coups de pied et tenter de me remettre debout. Le coup suivant, que je reçois en plein ventre, me coupe la respiration, et c'est suffisant pour que le plus sec m'immobilise, se positionnant dans mon dos. Je suis prise en tenaille entre ses bras, exposant toute ma vulnérabilité. J'enrage et m'agite encore. Il *faut* que je me libère, je n'ai pas le choix !

— Je commence, et après, tu pourras la prendre à ton tour...

Des mains arrachent mes dessous, et pour la première fois depuis longtemps, j'ai peur. J'ai beau me tortiller dans tous les sens, ils sont plus forts que moi. La nausée remonte dans ma gorge quand je suis plaquée sur le ventre à même le sol froid et humide. Je pousse un cri, qui meurt sur le bout de ma langue lorsque celui qui se trouvait derrière moi se lève pour m'écraser la colonne vertébrale de sa botte abîmée. Des gouttes d'eau tombent sur mon visage et je me raccroche aux détails qui m'entourent pour ne pas devenir folle. Ma dague luit sous le rayonnement de la lune, me narguant à quelques mètres de moi, inutile. Je cherche une solution qui semble ne pas exister. Alors que je continue à me débattre, je hurle à nouveau, mais personne ne paraît m'entendre. Je perçois le bruit d'une boucle qui se détache, et des frissons parcourent mon échine. Je ne leur montre rien de la rage qui m'envahit. La tête écrasée contre les pavés, je ressens l'humidité s'imprégner dans ma chair, comme la lame qui écharpe mon cœur, qui le lacère en mille morceaux. Au plus profond de mon être, je le sais : ils vont détruire chaque partie de mon âme qui croyait encore un tant soit peu à la bonté humaine. La vérité, c'est qu'une part de monstre se cache en chacun de nous, et ce soir, je vais côtoyer la leur de la pire des façons. Les aspérités frottent sur ma joue et me griffent la peau. La pluie, leurs grognements et leur précipitation... Je dois essayer encore, rester forte. Dans un élan de rage, je leur lance :

— Surtout, tuez-moi après, car si je vous retrouve, je vous bute à coups de marteau. Lentement. Vous allez voir ce que...

Je n'ai pas le temps de finir, car l'un d'eux couvre ma bouche de sa paume. De toute la puissance de ma mâchoire, je le mords jusqu'au sang, celui-ci se mêlant à ma salive. Cependant, il me rend un revers de la main et m'attrape par les cheveux pour ramener mon visage contre le sol tandis que l'autre maintient mes hanches en place et les écarte sans douceur. Je sens sa peau contre la mienne, ou plus précisément son pénis dur coulisser entre mes fesses. Il n'est pas entré dans mon orifice, non, il s'amuse à s'exciter, me crachant toutes les saloperies qu'il compte me faire. J'ai envie de hurler. Je ne peux rien faire, maintenue de tous les côtés. Ce soir, ma chance a tourné, et je n'ai plus d'autre choix que de me laisser sombrer.

— Tu vas tellement souffrir que la mort sera ton unique échappatoire, ma jolie…

Les yeux dans le vague, je me force à pivoter pour distinguer le monstre saisir sa hampe et se toucher devant le spectacle qui s'offre à lui. Une larme, une seule, coule sur mon visage figé dans l'horreur. Leurs rires gras bourdonnent dans mes oreilles alors que je tente de me raccrocher à une réalité qui me semble désormais lointaine.

Quand son sexe s'introduit en moi, me déchirant l'âme et le corps, je suis sûre d'entendre une part de moi se fracasser. Cette partie d'innocence qu'ils me prennent, je ne la récupérerai jamais. Alors que je le sens gémir dans mon dos, se déhanchant par à-coups violents à l'intérieur de moi en grognant, son cri d'extase transperce la nuit. Et mon cœur. Je pleure intérieurement, mais pas devant eux. Jamais. Je me renferme dans un monde où je n'éprouve plus rien, que ce soit dans mon enveloppe charnelle ou dans ma tête, mais je comprends qu'il se déverse dans mon antre, et la nausée me monte. Quand je crois le cauchemar fini, il se retire, laissant le deuxième prendre sa place. Tout se délite en moi, se fragmente pour ne plus rien ressentir. Dans mon esprit, je me persuade que le calvaire est bientôt terminé. Pourtant, chaque seconde de leurs coups de reins me tue un peu plus dans cette ruelle humide et froide. Comme mon cœur à cet instant.

CHAPITRE 21

Kaël

La pluie tombe sans relâche, frappant le sol avec une insistance froide, presque brutale. Rien de ce que j'ai fait ce soir n'était prévu… et pourtant, elle est là, entre mes bras, et je me dirige dans ma putain de chambre. Mes mains tremblent encore de la tension nerveuse que j'ai ressentie lorsque je l'ai vue dans cette ruelle, allongée, meurtrie.

Debout dans la pièce sombre, je dépose la silhouette d'Isaya sur mon lit avant de reculer d'un pas. Pourquoi l'avoir ramenée ici ? Aucune idée. Peut-être parce que je ne savais pas quoi foutre d'elle. Ou que sa vulnérabilité m'a froissé. Pas de pitié, pas de remords. Juste une sensation confuse, comme si quelque chose en elle m'avait réveillé, avait secoué ce que je pensais avoir enfoui depuis longtemps. Certainement ce feu dans ses yeux, cette colère contenue, cette force brutale qui refusait de mourir malgré ce qu'elle venait de subir. Ou ce que j'ai vu plus profondément. La honte, la douleur… le regard d'une femme qu'on vient de détruire.

Lorsque sa copine s'est approchée de la taverne au moment où j'en sortais, j'ai compris qu'il y avait une merde. Elle s'est accrochée à moi pour quémander de l'aide, la détresse palpable sur ses traits. Je lui ai tout d'abord demandé d'aller voir ailleurs si j'y étais, mais elle s'est mise à pleurer, attirant tous les regards autour de nous.

Fichue chouineuse !

Je l'ai fait taire et ai exigé qu'elle m'indique l'endroit où se trouvait la rouquine. Puis je l'ai forcée à retourner au château, sous peine de se démerder toute seule. J'allais pas en plus me taper le boulet.

Je l'ai repérée facilement dans la ruelle indiquée, le visage plaqué contre le sol, à moitié dévêtue, un homme en train de s'activer brutalement sur elle. Je ne sais pas pourquoi j'ai senti cette folie m'habiter à cet instant. Un instinct primitif que je n'ai pas pu réprimer. Ce besoin de tout détruire sur mon passage plutôt que de rentrer me coucher et de la laisser ici, car après tout, c'était son problème. Pas le mien. Et pourtant, j'étais là, à regarder la scène avec un dégoût profond. Deux hommes. Deux pourritures. Ils ne lui ont laissé aucune chance.

Le visage d'Isaya marqué par une rage bouillonnante s'est légèrement relevé vers moi, et ses yeux vides de ce feu auquel elle m'a habitué m'ont forcé à agir. Avec hargne. Pas de manière raisonnée. Sans aucune forme de délicatesse. J'ai dégainé mon arme, et en quelques secondes, il ne restait plus rien de son cauchemar que les cadavres encore chauds de ses agresseurs. L'un d'entre eux a bien tenté de fuir en voyant les pupilles révulsées de son pote, mais je l'ai rattrapé en deux enjambées, et c'était terminé pour lui. J'aurais voulu qu'ils souffrent plus, mais cela devait juste cesser. Isaya est restée allongée, puis elle a tendu la main, non pas pour que je la prenne, mais pour que je ne m'approche pas d'elle. Elle s'est recroquevillée en boule, son souffle s'est fait plus saccadé, puis elle s'est effondrée, épuisée de fatigue. Ses mèches rouges collées à son front et les écorchures marquant son visage et son corps démontraient bien l'ardeur de l'attaque. Elle était toujours vivante, mais plus vraiment elle-même. Je l'ai alors approchée et, sans certitude qu'elle m'entende, je lui ai murmuré :

— Rouge-gorge…

Ses muscles se sont contractés, et j'ai eu ma réponse. Elle a tressailli au son de ma voix, comme si la réalité, encore trop lointaine pour elle, la rattrapait violemment.

— Personne ne saura ce qu'il s'est passé ici, sauf moi. Maintenant, ai-je dit en détachant ma cape, je vais déposer ça sur tes épaules et te prendre dans mes bras.

Ne sachant pas vraiment ce que je faisais à cet instant, je me suis abaissé à côté d'elle en attendant qu'elle me repousse. Ce qu'elle n'a pas fait. J'ai supposé qu'elle était en accord avec mes paroles ou piégée dans ses pensées, l'esprit probablement trop marqué pour se défendre à nouveau. J'ai glissé ma cape sur ses épaules afin d'envelopper son corps et cacher sa nudité.

— Plus personne ne te brisera, ai-je lâché tandis que je la soulevais dans mes bras, sa tête retombant mollement sur mon torse.

Puis dans un souffle abîmé que je n'attendais pas, elle a murmuré :

— C'est une promesse ?

Sa lèvre fendue a attiré mon regard une seule seconde, suffisant à ranimer la colère qui m'a toujours accompagné, et je me suis mis en marche sans répondre à sa question. Qu'est-ce que j'aurais pu dire, de toute façon ? Les promesses sont faites pour être brisées et l'espoir est la pire amie qu'on puisse avoir.

En retrouvant mes quartiers, j'ai remarqué combien elle était forte tout en étant dévastée. Elle n'a pas pleuré une seule fois, n'a pas prononcé un mot ni même supplié. Elle a encaissé après s'être débattue comme une lionne. Elle est une putain de survivante, et à présent, il ne lui reste plus que sa rage pour avancer. J'espère qu'elle l'utilisera pour devenir suffisamment impitoyable pour nourrir sa vengeance. Je ne le ferai pas pour elle.

Les quelques bougies qui éclairent la pièce dessinent des ombres dans ma chambre où seuls un lit rudimentaire occupe un coin de la pièce ainsi qu'une table accompagnée d'une chaise. L'endroit est étriqué, à l'image de ce foutu royaume qui se croit au-dessus de Barcéon. Ce soir me prouve bien que mon père a raison de vouloir éradiquer cette vermine. Il n'y a rien à sauver ici…

Je dépose Isaya sur mon lit, prenant soin de ne pas abîmer plus son corps déjà meurtri. Elle se recroqueville en remontant ses jambes contre sa poitrine sans jamais quitter ma cape. Je ne sais pas quoi lui dire, je ne suis pas le genre de gars qui console les autres, ça, c'est le rôle de Zayan. Moi, je me contente d'endiguer les problèmes avec mon épée, c'est largement suffisant.

Je tourne sur moi-même, un peu perdu.

Que dois-je lui dire ? Que dois-je faire ?

Je pourrais aller chercher son amie pour qu'elle s'occupe d'elle ou lui demander de regagner son étage pour retrouver sa chambre, mais je ne veux pas la laisser seule. *Merde !*

— Je vais te préparer des vêtements propres, dis-je en me détournant.

Mes yeux sont attirés par la bassine posée au sol. Je grimace, puis m'active. Je la remplis d'eau à l'aide de la carafe et saisis un linge à peu près propre posé sur l'une des étagères.

— Est-ce que je peux ? questionné-je en m'asseyant près d'Isaya, qui tremble de tout son corps.

Elle tourne légèrement le visage dans ma direction et acquiesce d'un unique mouvement de tête.

Putain, je ne devrais pas avoir à laver, à toucher son corps avec ce qu'elle a vécu ce soir. Peut-être que si j'abrège ses souffrances maintenant, tout sera résolu ? Le tueur en moi n'est jamais bien loin, mais la vérité, c'est que je ne le pense pas vraiment.

Cette idée reflue complètement au moment où je trempe le linge dans l'eau fraîche.

— Ça va être froid, préviens-je en essorant le tissu qui goutte dans la bassine.

Elle ne pipe mot, et je commence par son front. Il n'y a rien de tendre dans mes gestes. Je m'applique seulement à retirer toute trace de sang sur ses joues. Sa lèvre est profondément fendue et gonflée, un hématome sous-jacent ne tardera pas à fleurir. J'atteins son cou, puis ses épaules. Son dos nu est griffé à divers endroits, tout comme sa poitrine éraflée, des stigmates qui disparaîtront dans quelques jours tandis que ses cicatrices invisibles la bouleverseront à jamais.

— Tu devrais nettoyer ton… intimité avant que ça s'infecte.

J'adopte un ton plus calme, histoire de ne pas paraître encore plus salaud que je ne le suis. Elle ancre ses yeux aux miens et serre les mâchoires. Son attitude change complètement, et elle siffle entre ses dents :

— T'as pas intérêt d'user de pitié avec moi !

Je maintiens le regard, m'avance légèrement en riant.

— C'est mal me connaître, petit pioupiou.

Je marque un temps d'arrêt, puis enchaîne avec ce que je pense au fond de moi.

— Une femme n'a rien à foutre dans la garde royale. Vous êtes faiblardes, casse-couilles et vous ne faites que jacasser. Mais…

— Tu t'attends à ce qu'on soit toutes dociles et prêtes dans ton pieu quand tu le désires ? C'est pas le cas.

Je n'attendais pas de réponse, mais ses mots sont la preuve de la force qui l'habite. Combien de personnes se seraient effondrées après une telle épreuve ?

— C'est à peu près ça, effectivement, mais… jamais je n'ai forcé une femme. Ce qu'ils t'ont fait là-bas, c'est digne d'animaux. Tu ne peux pas te laisser traiter comme ça à l'avenir si tu veux devenir une grande soldate !

— Je sais ce que j'ai à faire ! Me donne pas d'ordre !

Contre toute attente, elle se redresse en grimaçant et s'assied au bord du lit.

Tout en soupirant, elle me demande :

— Tu peux aller changer l'eau afin que je me nettoie… s'il te plaît.

Ces derniers mots sont difficiles à sortir, elle les murmure et je dois tendre l'oreille pour les percevoir. Je me lève, saisis la bassine et quitte la pièce en souriant.

Son caractère de feu est toujours là… et c'est exactement ce que j'espérais.

En revenant dans ma chambre, je dépose l'eau sur la table et me tourne afin qu'elle ait de l'intimité. Lorsqu'elle m'annonce qu'elle est prête, je lui fais face et retiens mon souffle. Ma chemise lui arrive à mi-cuisse et laisse apercevoir ses formes sous le tissu blanc. Je serre les dents et m'apprête à la raccompagner dans son dortoir, ce qu'elle comprend au moment où je lui indique la porte d'un geste presque théâtral. Son visage s'affaisse et une lueur que je perçois comme de la peur se dessine. Je soupire, mais la devance avant qu'elle ne se mette à me supplier de ne pas la foutre dehors.

— Uniquement pour cette fois, rouge-gorge.

— Je serai partie avant le lever du jour…

Je grogne intérieurement. Va falloir que je me tape les écuries ! Fait chier !

Au moment où je pose la paume sur la poignée, elle me retient.

— Non, attends… Ne pars pas !

Il me semble que sa main tremble lorsqu'elle la tend dans ma direction. Je la fixe, scrutant l'expression qui se dessine sur son visage. Sa respiration s'accélère, je le devine à sa poitrine qui monte et descend de façon frénétique.

— Reste… Reste avec moi ce soir.

Elle se fout de ma gueule ? J'ai la tronche d'une nourrice surveillant son angelot ?

Et puis je réfléchis, la paille ou une bonne couche ? Après tout, grand bien lui fasse. Elle ne quitte mes yeux qu'une fois que je m'assieds sur le bord du lit. Dos à elle, je sens son regard glisser le long de mes épaules à mes hanches. Pendant que je retire mes vêtements pour ne garder qu'une côte fine, Isaya se couche sur le côté de manière à me faire face, puis je m'allonge à ses côtés en évitant soigneusement ses prunelles. Les bras derrière ma nuque, je fixe le plafond en faisant en sorte de ne pas la toucher. Il ne manquerait plus qu'elle ait une mauvaise réaction en dormant.

Quelques minutes plus tard, je me surprends à lui taper la causette.

— Tu es une femme étrange, tu sais ?

Mais elle ne répond pas. J'entends son souffle régulier, signe qu'elle s'est assoupie. Alors, je l'observe un moment en enregistrant mentalement chaque trace sur sa peau laiteuse couverte par mes propres habits. Ses sourcils sont froncés et sa position me fait penser à une gamine, pourtant, elle n'a rien d'une fille juvénile. J'attrape la couverture et la remonte jusqu'à ses épaules. Je pourrais partir, la laisser se reposer sans me poser de questions, mais je suis crevé. Mes yeux ne mettent pas longtemps à se fermer.

CHAPITRE 22

Isaya

Des images s'entrechoquent dans mon esprit, me tirant plus loin vers les abysses. J'ai la sensation d'étouffer, de ne pas parvenir à revenir à la surface. Je tente de me raccrocher, de chercher une prise pour quitter cet enfer, mais des mains me rattrapent sans cesse pour m'attirer encore plus profondément, m'enfouissant dans le chaos qui jonche désormais mon âme. Je vais mourir. Ils vont me tuer après m'avoir ravagée encore et encore. Pourtant, je la vois, cette lumière tout au bout du chemin, celle qui pourrait me ramener, mais elle est si faible… Je pense à Sélène et à tout le mal qu'ils vont lui faire. L'agitation me dévore, mais je suis totalement prisonnière de ce monde, cet entre-deux où tout est à la fois réel et dans ma tête. Je me débats alors que mes monstres se rapprochent. Et je tombe.

Je sursaute, le front en sueur, complètement perdue. Il me faut quelques secondes pour comprendre que je suis dans un lit qui n'est pas le mien. Une ombre apparaît devant moi et je reconnais Kaël, qui me dévisage, presque effaré.

— Tu faisais un cauchemar.

Mon cœur bat à tout rompre alors que je prends pleinement conscience de mon environnement et de tout ce qu'il s'est passé. Je fronce les sourcils en assimilant sa phrase.

— Tu allais me laisser comme ça ?

Je suis hallucinée par son comportement, mais en même temps rassurée, car avec lui, il n'y a pas de faux-semblants. Il exprime ce qu'il pense, dit ce qu'il fait. Tout est vrai en lui. Je crois que ça m'apaise.

— Exactement. Je suis pas un putain de garde-fou.

— Connard !

Je rêve ! Il comptait me regarder me débattre seule avec mes fantômes.

— C'est comme ça que tu me remercies pour hier soir ? dit-il en croisant les bras sur son torse.

— Je… Merci. Mais je ne t'ai pas demandé de venir me sauver…
D'ailleurs, qu'est-ce qu'il foutait encore là ?

— Toi, non. Mais ta copine hystérique l'a fait.

— Sélène, soufflé-je, l'angoisse refaisant surface brutalement.

Quelle copine ingrate je fais. Je me suis effondrée et n'ai même pas pris de ses nouvelles. Je jette la couverture sur le lit et me redresse en faisant attention. La douleur me freine un instant, je baisse les yeux et découvre des hématomes sur mes bras et mes cuisses, et cela me lacère comme une déchirure. La tête me tourne et j'ai l'impression que mon corps a été piétiné par un tonneau. Kaël me fixe comme s'il observait une œuvre d'art complètement ravagée.

— Habille-toi, et ensuite, tu iras la retrouver.

Je regarde par la petite fenêtre et remarque que le jour n'est pas encore levé. L'imposant soldat a déjà enfilé sa tenue et me tend un pantalon lui appartenant. Tout est beaucoup trop grand pour moi, mais je ne fais pas la difficile. Sa chemise tombe négligemment sur mon épaule alors que je revêts le vêtement à la hâte. Mes cheveux sont totalement libres et j'imagine facilement l'allure que je dois avoir face à lui. Ridicule.

Je jette un regard dans sa direction, et ce dernier ne détourne pas le sien. Je ne sais pas trop quoi en penser, mis à part que ma dette envers lui s'allonge toujours plus. Je crois que c'est le moment pour moi de quitter son antre, la chaleur de ses draps, son regard noir et son air supérieur.

Ce type est aussi pédant qu'un prince… mais il m'a sauvée. À sa manière, certes, mais il l'a fait. Et je ne l'en remercierai jamais assez.

Furtivement, je lui fais un signe de la tête en guise de merci, puis ouvre la porte silencieusement pour ne pas attirer les gardes qui déambulent à toute heure du jour et de la nuit. Il ne faudrait pas en plus que je me fasse une réputation à la Cléa et que n'importe qui pense que je profite de l'obscurité pour me glisser dans la couche de Kaël.

Je me faufile aussi rapidement que possible dans les couloirs sombres. Avec cette tenue, autant dire que si je ne me casse pas la gueule, ce sera déjà une victoire. Tout mon corps me fait souffrir, et les meurtrissures qui commencent à apparaître sur tout mon corps me rappellent que tout ça n'était malheureusement pas un cauchemar. Les ombres qui se reflètent sur les murs m'effraient, mais je décide d'en faire abstraction. Mon objectif est clair : trouver Sélène au plus vite.

En arrivant vers le dortoir des servantes, je crochète la serrure et me dirige vers le lit de mon amie. Je m'approche doucement pour ne pas réveiller les autres, puis je vais pour lui murmurer à l'oreille quand je reçois un coup sur la tête.

— Sélène, merde, c'est moi !

— Isaya ? Putain, bordel, je suis désolée ! Comment tu vas ? Je…

Je la coupe et lui fais un signe de la tête pour que l'on rejoigne le couloir.

Au moment où nous franchissons la porte, elle me saute dans les bras, me provoquant une grimace de douleur.

— Sélène… grogné-je.

Elle me fixe et je vois qu'elle tient une courgette dans sa main.

— Putain, Sélène, me dis pas que…

Ma meilleure amie fixe le légume, puis moi.

— Bordel, non ! Je suis pas en manque à ce point ! C'était pour me protéger ! J'ai super flippé pour toi, je me suis dit qu'ils me retrouveraient et que…

Elle s'arrête dans son élan, évalue les ecchymoses qui doivent orner mon faciès, puis pose sa main tendrement sur ma joue.

— Saya… ils t'ont salement amochée, regarde ton visage !

Je grimace lorsque ses doigts s'attardent sur ma pommette et recule d'un pas pour mettre de la distance entre nous.

— Je… dis-moi qu'ils ne t'ont rien fait…

Sa voix me supplie, mais je suis incapable de formuler le moindre mot. Ses yeux s'emplissent de larmes.

— Ils ne pourront plus s'en prendre à nous… murmuré-je dans un souffle. Kaël a fait le nécessaire.

Elle soupire, de soulagement ou de souffrance, je ne sais pas bien.

— Ce mec est… Il fait vraiment peur. J'ai cru qu'il allait tuer le premier qui allait lui adresser la parole. Je voulais venir avec lui, je te jure, mais… Attends, ce sont ses fringues que tu portes ?

Elle fronce les sourcils et accroche ses paumes sur mes épaules.

— Dis-moi que ce rustre ne t'a pas…

Je lève les yeux au ciel dans une attitude nonchalante que je ne ressens pas vraiment.

— Ce n'est pas ce que tu imagines. Il m'a aidée après… mon agression.

Ce mot a du mal à sortir de mes lèvres, mais elle doit comprendre ce qu'elle aurait pu vivre. Mon cœur se déchire à l'idée que ce qui s'est passé cette nuit aurait pu lui arriver à elle aussi. Je dois partir avant qu'elle ne pose plus de questions, car à coup sûr, j'ai piqué sa curiosité.

— Va te reposer, maintenant. T'inquiète pas pour moi, tout ira bien, lui glissé-je en l'étreignant doucement.

Je me détourne et cache les larmes qui ornent mon visage. Je ne sais absolument pas comment je vais pouvoir vaincre la rage qui s'amoncelle dans mon corps pour ne former qu'un puits de destruction. Alors, en attendant, je me dirige vers ma chambre pour me changer et rejoindre la salle d'entraînement pour frapper dans tout ce que je trouve. C'est mon seul exutoire.

**

Le soleil s'est levé depuis un moment alors que je suis déjà dans la salle d'entraînement depuis une heure. Quelques soldats commencent à entrer, s'équipant rapidement afin de se mettre en place. Je dois faire peine à voir, car de nombreux regards sont tournés vers moi. Est-ce ma tronche ou le désastre de la cérémonie qui fait tant jaser ?

Aujourd'hui est le premier jour en tant que deuxième année… et je ne sais pas comment je vais pouvoir m'en sortir sans chialer à chaque coup que je recevrai. Alors, je frappe, encore et encore, contre le sac de farine, car il n'y a que comme ça que je respire un peu. Ces sacs, ils ont leurs traits, leurs mimiques, leur répugnance. J'aurais tellement aimé m'en charger… mais Kaël ne m'en a pas laissé la possibilité.

Je m'apprête à mettre un autre uppercut quand Garreth apparaît devant moi, l'air suspicieux.

— Isaya, je peux te parler ?

Son ton inquiet m'énerve. J'en ai ras le bol que tout le monde me traite comme un oiseau fragile. Et ce sera pire si quelqu'un entend parler de ce qu'il s'est passé cette nuit.

Je hoche la tête et le suis.

— C'est quoi ça ? dit-il en faisant un geste du menton vers mon visage blessé.

Mes prunelles se fixent dans les siennes et j'y mets toute ma détermination pour le feinter.

— Oh, ça ? Un banal accrochage.

Ces mots me tuent intérieurement. Je serre les mâchoires pour contenir toute la douleur que je rêve d'exprimer.

— Isaya… ce n'est pas parce que tu es passée à deux doigts du recalage que tu dois te battre… et mal en plus.

Ouf ! Il croit que tout est dû à cette foutue fête. Je hoche le menton et lui demande ce qui me trotte dans la tête depuis cette nuit.

— Garreth, apprends-moi à me perfectionner à l'épée. Je sais que c'est mon point faible, et j'ai besoin de le travailler. S'il te plaît, je ne peux pas échouer.

Ma voix qui tremble lui fait plisser le front, donc je me tais.

— Je vais voir ce que je peux faire… En attendant, va te débarbouiller et reviens habillée convenablement.

Je baisse la tête et me rends compte que ma tenue est tachée de sang. Mes mains écorchées et ma lèvre qui s'est rouverte en sont sûrement la cause.

Je quitte la grande salle pour aller panser mes nouvelles égratinures, comme si ces dernières pouvaient effacer les traces de cette nuit. Une bouteille de gnole à mes pieds, je me mords la langue alors que le liquide brûle mes plaies, et certainement mon âme aussi. Je déchire les pans d'un tissu pour faire office de bandage.

La porte de la petite pièce où je me trouve s'ouvre à la volée et je sursaute quand trois soldats pénètrent à l'intérieur. Je crois que mon regard se pare d'un voile de terreur lorsque l'un d'eux fait signe aux autres de ne plus avancer. Il s'agit de Clovis.

— Isaya, qu'est-ce qui te prend ? Ce n'est que nous, me dit-il, les paumes tournées vers moi.

Sans m'en rendre compte, j'ai dégainé mon arme et l'ai aussitôt pointée vers eux. Sans prendre le temps de lui répondre, je me redresse et cours aussi vite que possible pour quitter l'endroit.

Putain, cette hypervigilance va réellement devenir un problème si je ne parviens pas à calmer les élans de mon cœur et mes réflexes.

Je foule le sol de mes bottes dans l'immense couloir sombre du sous-sol qui mène directement aux autres salles d'entraînement. Mes pas soulèvent la poussière sableuse tandis que je franchis les portes. J'ai besoin de respirer l'air frais immédiatement.

La brise légère caresse mes joues meurtries, et enfin, je m'autorise à m'arrêter. Les mains sur les genoux, je prends une inspiration, puis deux. Je reste plusieurs minutes à scruter l'horizon, me perdant dans le paysage pour faire fuir toutes mes pensées empreintes de violence.

Au bout d'un long moment, le bruit de pas dans mon dos me parvient, puis un raclement de gorge me force à me retourner. Je remarque Kaël, son air nonchalant sur le visage, appuyé contre le mur en pierre de l'enceinte, un pied négligemment relevé sur la roche qui le soutient.

— T'es faible. Et c'est pour ça que tu es un pauvre oisillon qui n'arrive pas à voler.

— Je te demande pardon ? halluciné-je en le regardant se curer les ongles.

— J'ai dit que tu étais faible. Visiblement, t'es bouchée aussi !

Je vais lui faire bouffer ses rognures d'ongles, à ce connard sans cœur ! C'est quoi son problème ?

Il se détache du mur et avance dans ma direction d'un pas lent et assuré. Il me détaille comme si j'étais insignifiante, et pourtant, ses traits provocants me poussent à répliquer d'un coup dans son épaule lorsqu'il me dépasse sans rien ajouter.

— C'est quoi ton putain de problème, monsieur JeSuisSupérieurAuxAutres ?

Il s'arrête et tourne simplement la tête dédaigneusement. Il s'approche de moi, ce qui me tend instantanément, puis dévie son visage au dernier moment, à un souffle de mes lèvres, pour me murmurer :

— Mon problème, c'est toi ! Et l'entraînement que Garreth m'impose par ta faute. Comme si j'avais que ça à foutre… grommelle-t-il.

— Quel entraînement ? demandé-je. Avec moi ?

Il ricane et hausse les sourcils :

— Elle comprend vite, mais faut lui expliquer longtemps…
On n'a pas la journée, alors soit tu me suis dans la forêt, soit la
prochaine fois que tu te feras attaquer, tu te feras tuer.

— Très classe, vraiment !

Il secoue ses épaules comme si j'étais en train de lui pomper
l'air qu'il respire. À moins qu'il se contienne pour ne pas m'em-
brocher. Il n'a plus rien du mec qui m'a porté secours cette nuit,
il est redevenu le connard imbu de lui-même qu'il est d'habitude.

Je ne devrais pas le suivre, pourtant, quelque chose me pousse
à marcher dans ses pas en direction de la forêt.

CHAPITRE 23

Kaël

Entraîner le rouge-gorge. Quelle connerie !

Son regard suppliant qui demande que je la ménage, sa faiblesse dans son bras gauche, sa bouche en cœur qui se déforme à chaque coup qu'elle tente de parer maladroitement. Je me demande comment elle a pu rester en vie tout ce temps.

Elle est rapide, mais se fatigue vite. Sa technique n'est pas la bonne, elle effectue de trop grands gestes, ce qui l'essouffle. Elle manque de jugeote, car elle réfléchit trop en essayant d'anticiper mes attaques, et sa respiration est hachée au lieu d'être rythmée.

Elle est faible. Pas mentalement, mais physiquement. Pas étonnant qu'elle n'ait pas su se défendre. Garreth ne m'a pas demandé ça comme une faveur. Non, cet enfoiré se croit si supérieur qu'il a exigé que ce soit moi, se justifiant sur mon arrogance méprisable et mon œil neuf sur les recrues. Il se pourrait que j'aie émis quelques commentaires sur les soldates lors de certains entraînements. Voilà où ça m'a mené.

— Ton flanc est exposé, m'agacé-je.

Je touche son côté droit du bout de ma lame sans la blesser. Elle tourne sur elle-même pour se soustraire à mon arme et recule d'un pas. Plusieurs fois, je remarque ses grimaces de douleur. Elle a besoin de se reposer, son corps subit, mais ses yeux me supplient de continuer. Je sais combien il est important d'expulser toute la rage qui envahit le corps quand plus rien ne va. Alors, j'enchaîne les parades, alliant coups, évitements, sauts et défense, et chaque fois… elle finit les genoux à terre.

Les heures passent et elle se relève une énième fois, la souffrance figeant ses traits, son nœud ne retenant plus ses cheveux ondulés qui encadrent à présent son visage. Elle n'attaque pas. Elle se contente d'endurer mes assauts les uns après les autres et tente d'appliquer mes recommandations à la lettre, comme une bonne petite soldate.

Pathétique.

— Morte, dis-je, blasé, lorsque je pointe ma lame sur sa poitrine.

Certaines auraient frémi par ce simple geste, mais je vois dans ses pupilles qu'Isaya verrouille ses émotions une à une jusqu'à ce qu'il ne reste plus que sa rage, qu'elle n'essaie même plus de contenir.

— Je vais finir par te crever les yeux, peut-être que j'aurais enfin un peu de répit ! crie-t-elle en me menaçant d'une dague.

Enfin.

Il était temps qu'elle se serve de ça pour contre-attaquer. Elle s'élance en jetant son arme, que j'esquive sans mal, faisant briller son regard d'une lueur meurtrière. Je souris.

— Ça t'amuse de jouer avec moi ? crache-t-elle tandis que je lui donne un coup de coude contrôlé dans les côtes.

— Ce n'est pas un jeu. Concentre-toi ! Tu crois qu'ils t'ont laissé la moindre chance, eux ? Bats-toi comme s'ils étaient face à toi.

Elle grogne en reculant, se masse la zone que je viens de frapper avant d'agiter l'épée qui était dans son autre main en la faisant tourner. Je sens sa détermination se renforcer, son envie de me faire du mal suinter de tous les pores de sa peau, et la voilà qui recommence.

Elle court, glisse, crochète ma jambe pour me faire basculer, sauf que je plante ma lame pile entre ses jambes, frôlant sa cuisse. Elle regarde la pointe, puis mon corps juste au-dessus d'elle, et j'étire un rictus mauvais.

— Encore perdu…

Je ne vois pas le prochain coup venir quand elle lance son pied en direction de mes burnes. J'étouffe un cri de douleur en me penchant, et cette garce en profite pour me plaquer au sol. Je dois bien avouer qu'elle sait être vive lorsqu'il le faut. La seconde suivante, elle est sur moi, à califourchon, la lame d'une dague qu'elle avait planquée dans sa botte plaquée contre ma jugulaire. Elle se penche vers moi, puis me souffle tout en maintenant la pression de son arme :

— Tout vient à point à qui sait attendre.

— Pas mal, oisillon, mais demain, je serai beaucoup moins cool.

Est-ce que je viens de lui faire un compliment, là ? Fait chier !

Dès qu'elle relâche la tension, je chope son poignet et la bascule sur le côté. Mes mains se tendent pour l'attraper sous les aisselles et la porter comme un vulgaire sac de pommes de terre.

Elle hurle en me cognant le dos, et moi, je ris. Un vrai rire. Et ça me renfrogne aussitôt.

Je l'abandonne donc au milieu des bois et pars au plus vite en direction du château.

— Je vois que tu t'amuses avec mon jouet préféré, tu y es allé un peu fort, je crois, elle est vraiment amochée… me glisse une voix alors que j'arrive dans l'enceinte du palais.

D'un signe de tête, j'impose à Cléa de me suivre dans un coin à l'abri des oreilles indiscrètes. Elle m'accompagne, sûre d'elle et lorsqu'elle arrive à mon niveau, je la plaque contre le mur et saisis ses joues pour bien capter son attention. Je ne voudrais pas qu'elle manque un seul mot de ce que je m'apprête à lui faire comprendre. À cet instant, je fais preuve d'un self-control hors du commun pour ne pas la faire souffrir, parce que sa tête m'exaspère et que j'ai envie de réduire en miettes son air prétentieux et assuré.

— Être une infiltrée de Barcéon ne fait pas de toi une personne importante. Ce n'est pas parce qu'on a baisé ensemble que ça te donne le droit de venir me parler. N'oublie pas à qui tu t'adresses et ne t'avise pas de t'immiscer dans mes affaires !

Je lui crache ces dernières paroles au visage pour lui rappeler qu'elle a été introduite ici à la demande de son roi. Pour moi, elle n'est qu'un foutu pion mal placé. Son sourire disparaît et elle ne bouge plus d'un pouce, ses yeux exorbités par la peur que mon regard lui promet. Et elle a raison. Je serais capable de l'écorcher vive, ma marque de fabrique préférée, même si elle bosse pour mon père. Il trouvera toujours un remplaçant.

— Fais ce que tu veux de la rouquine, mais n'aie pas la prétention d'être quelqu'un ! Je ne veux plus te voir traîner dans mon champ de vision. Bouge de là ! grogné-je en la relâchant brusquement.

Elle titube légèrement et se redresse immédiatement en ajustant sa tenue. Ses cheveux blonds tranchent avec son regard noir. Cette femme dégage une aura de ténèbres qui ne peut tromper personne ; c'est le mal incarné.

— Je… je pensais que mon spectacle te plairait. Que toute la violence que tu contiens depuis ton arrivée serait satisfaite par mon petit cadeau.

Je ne comprends rien à ce qu'elle me dit, et ça me donne un mal de crâne. Je n'ai pas envie de réfléchir, alors je me détourne sans un mot. J'ai à peine le temps de faire trois pas qu'elle me lance :

— Pourquoi tu les as tués ? La mise en scène n'était pas assez violente pour toi ?

Je marque un temps d'arrêt en assimilant ce qu'elle vient de dire. Cette sorcière a un rapport avec ce qui est arrivé à Isaya. Ce qui m'échappe, en revanche, c'est ma réaction. Moi qui viens juste de lui dire de faire ce qu'elle veut d'elle, je bous intérieurement quand je capte enfin qu'elle est responsable de son viol, du moins, qu'elle l'a orchestré. Mon sang ne fait qu'un tour et je reviens sur mes pas, attrape sa main et lui coupe une phalange. Celle-ci tombe au sol et la soldate étouffe ses hurlements, sur le point de s'effondrer.

— La prochaine fois, ce sera ta tête. Je suis en manque.

Puis je crache à ses pieds et me barre, me délectant de ses cris qu'elle cherche à contenir. Elle connaît ma réputation et sait pertinemment que je suis capable de bien pire si elle ouvre sa gueule. Je suis son prince, et elle a intérêt à se le rappeler. Maintenant, il faut que je parle à Maxwell, car cette femme est un putain d'électron libre. Autrement dit, un danger pour mon royaume !

CHAPITRE 24

Kaël

Le lendemain, je fulmine en me dirigeant vers le point de rendez-vous que m'a donné Maxwell lorsque je lui ai exposé l'attitude de Cléa. Je traîne des pieds en me remémorant ma soirée. Quand je suis rentré, Isaya se trouvait dans ma chambre, assise sur ma couche, se triturant les doigts comme si elle était une putain de gamine. Mon corps s'est tendu d'emblée, car j'ai tout de suite compris l'objet de sa présence.

— Non, dehors.

Elle a relevé son regard perdu vers moi, et j'ai serré les mâchoires très fort pour ne pas la saisir par le bras pour la faire décamper. Je suis un connard, mais je sais faire la part des choses.

— Je… je n'arriverai pas à dormir seule.

— Merde, tu n'as même pas essayé ! Demande à tes potes de formation !

Ses yeux ont commencé à se mouiller de larmes, et je me suis barré. Quand je suis revenu, elle était toujours là, allongée, endormie, ma chemise entre ses mains collée à son nez, comme si la humer l'avait aidée à mieux respirer, à se détendre. Rien à foutre de sa condition, je me suis à mon tour étendu sur la couche, les yeux rivés au plafond, et le sommeil incapable de me cueillir. D'où mon humeur exécrable encore plus vive que d'habitude.

Je secoue la tête pour chasser tout ce qui me parasite et me concentre sur le regroupement de ce matin. Mon oncle a volontairement choisi un lieu excentré du château et est resté évasif quant à l'ordre du jour. Mais sa convocation en dit long sur les sujets à traiter de toute urgence.

Barcéon. Mes terres. Mon royaume.

Peut-être vais-je enfin avoir des nouvelles de mon père ? Découvrir quelle est la prochaine attaque mise en place ? Je dois avouer que je me lasse de cette incertitude latente. Les jours passent et se ressemblent, pourtant, c'est comme si j'avais toujours un temps de retard sur l'histoire. À vrai dire, j'espère surtout avoir des nouvelles de mon frère, car il est le seul qui ne me décevra jamais. Une part de moi a déjà tout misé sur lui, parce que, dans le fond, je sais que mon roi ne s'abaissera jamais à divulguer ses cartes à son bourreau de fils, celui qui n'a pas de cervelle et qui n'est bon que pour la castagne et les coups.

Cependant, ce dernier a cessé de me traiter de minable le jour où il m'a fait faire cette balafre par l'un de ses sujets. Cette fois-ci, je l'ai regardé dans les yeux, me promettant intérieurement de me venger un jour ou l'autre.

— *Donnez-lui une bonne leçon… Joue gauche.*

— *Mais, Votre Majesté, ce n'est qu'un enfant !*

Mon père se retourne vers son sous-fifre et s'approche de lui.

— *C'est lui… ou toi.*

Il acquiesce, la tête baissée, et mon père s'installe sur son fauteuil pour observer que sa volonté est faite.

Je me débats, je hurle, mais la lame s'enfonce dans ma peau souple, s'incrustant facilement dans mes chairs. J'ai sept ans, et c'est la dernière fois que je montre ma vulnérabilité à mon roi.

Je sors de mon souvenir pour accélérer le pas. Voilà plusieurs semaines que je parcours les recoins de ce château, que je mémorise les habitudes des uns et des autres, que j'apprends à écouter les histoires que l'on murmure au détour d'un couloir. La reine sort de ses quartiers tous les matins à huit heures, sa démarche est de plus en plus vacillante et son teint blême. Même si elle feint devant tout le monde, dans son regard éteint règne une mort qui s'invite, lente, douce et sinueuse. Elle fait une balade dans la roseraie dans la matinée, puis part s'enfermer dans ses quartiers, ou encore reçoit ses partisans dans la grande salle du trône afin d'écouter leurs lamentations. Son époux est en retrait, mais il l'accompagne dans ses déplacements la plupart du temps. Sans se douter que ses ennemis seront bientôt à ses portes, la reine continue de croire qu'elle peut faire confiance à son peuple. Qu'elle peut encore les protéger de nous. Ça me fait sourire et je me plais à croire que je verrai cette lueur dans ses yeux le jour où elle comprendra qu'elle est morte des mains du fils de son grand ennemi.

Mes pas résonnent dans le quartier désert où je m'avance. Alors que j'arrive sur les lieux du rendez-vous, une auberge abandonnée au toit brûlé, je découvre les visages de ceux qui trempent dans la même bouse que moi. Tout autour, la lumière vacille sur les murs de pierre. Une grande carte est étalée sur la table. Mon oncle se penche, les yeux perçants, le ton glacial. À ses côtés, Clovis, Alaric, Cléa et quelques personnes que je ne connais pas. Et ça m'énerve. Car je suis censé tout savoir pour obtenir l'aide adéquate, et Barcéon me laisse sans informations.

— Bien, je vois que tu daignes enfin te joindre à nous, m'accueille Maxwell de sa voix ferme et forte.

— Au cas où tu l'aurais oublié, je ne chôme pas. J'ai des putains de tâches à effectuer pour un reinaume que je déteste, sifflé-je entre mes dents.

— Les distractions que je t'ai envoyées ce matin n'ont pas suffi à te rendre moins... affable, à ce que je vois, soupire mon oncle.

— C'était distrayant, je te l'accorde. Mais il m'en faudra plus.

Je souris en coin et sors mon poignard. Tout en regardant mon oncle, je lui montre le sang encore frais qui en dégouline. Des traîtres pour la plupart, que j'ai déjà exécutés, et un chef de guerre qui ont tenté de me convaincre que je commettais une erreur. Ils ont été interceptés proche du fleuve alors qu'ils établissaient un campement pour renforcer la sécurité à leurs frontières.

— Quelques balafres par-ci, par-là, mais je n'ai pas fini de jouer avec eux.

Les autres nous regardent l'un l'autre, comme s'ils découvraient un dialogue incompréhensible. Cléa me scrute avec cette envie malsaine qui la caractérise, ses yeux brûlants d'un désir vif. Je me tourne vers mon oncle en écartant les bras :

— Quelle est la suite ? À quel moment la reine tombera sous ma lame ?

— Tu sais parfaitement que...

Je ne supporterai pas une fois de plus ses affirmations douteuses.

— Je dois attendre le feu vert de notre cher roi ! Quel est mon putain de rôle, en fait ? Je tourne en rond alors que la guerre se prépare ! Je ressemble au bouffon du roi ? À un pantin qu'on peut manipuler à sa guise ? Quels sont les derniers ordres, Maxwell ?

Je frappe du poing sur la table et mon oncle se redresse, la mâchoire crispée. Il me craint. Ma violence l'inquiète, à raison.

— Les ordres n'ont pas changé, élude-t-il comme si tout ce qui sortait de ma bouche était absurde.

Peut-être qu'il me croit aussi incapable que mon père ? Je ferais mieux de le tuer avant qu'il ne devienne un véritable obstacle, mais ma raison me pousse à le garder en vie jusqu'à ce que je sois certain de savoir où va son allégeance. Un traître en porte le nom lorsqu'il trahit ses amis ou se déclare face à son ennemi. J'émets encore des réserves sur son compte. Je devrais en toucher deux mots à Zayan.

Je n'aime pas être mis à l'écart lorsqu'il s'agit de ma famille, de mon royaume.

— De qui tu reçois tes ordres, cher conseiller ?

J'écarte les bras en prenant à partie les combattants qui nous entourent et qui ne daignent pas s'exprimer devant leur prince. Moi, en l'occurrence.

— Et vous tous, là ! Qu'est-ce que mon père vous a promis pour que vous soyez si soumis à sa cause ?

— Prince Kaël, il est de notre devoir de faire croire aux autres que vous n'êtes qu'un banal soldat. D'où notre familiarité à votre égard, me glisse un garde en faisant une courbette.

Je saisis son bras et lui plaque violemment dans le dos.

— Dernière fois que tu me lèches les bottes ! Je déteste ça... Retiens bien que je suis le prince qui a grandi dans l'ombre, bercé par le vice et les ténèbres, pas un foutu fils à papa qui se baigne dans de l'eau de rose.

Les regards me fuient et chacun reprend une posture tournée vers Maxwell.

Il est clair que je ne veux pas diriger, que mon objectif est net et précis : buter la reine et me casser d'ici. Pourtant, tout me semble bien trop long, et l'impatience me consume jour après jour. D'un geste de la tête, je fais signe à mon oncle de nous donner ses directives. Ils peuvent considérer que je suis un prince démissionnaire si ça leur chante, mais ils ne pourront jamais douter de ma foutue loyauté ! Car Barcéon coule dans mes veines.

— Pour le moment, Aldoria dort, bercée par les illusions d'une paix qui s'est installée. Les événements de ces derniers jours ont quelque peu fait bouger la vigilance de la reine, et c'est exactement ce que nous recherchions. Elle va fouiller du mauvais côté, car c'est Velkhara qui va frapper pour la prochaine attaque.

Il plante une dague sur la carte, en plein cœur du reinaume d'Aldoria.

— Ils frapperont à l'aube, par les cols de l'est. La reine croira à une simple escarmouche, une provocation frontalière. Le but est de les diviser lors de nos prochains assauts. Ce sera là notre force. Étudiez la carte et la position de nos troupes, je dois m'entretenir avec le prince Kaël.

Il parle comme un vrai Barcéonien, ce qu'il n'est plus depuis des lustres.

— Je suppose qu'on va prendre l'air ? me moqué-je en lui indiquant la porte.

Mon oncle soupire bruyamment, mais avance sans un mot de plus. Au bout de quelques mètres, il marque un temps d'arrêt et lève ses yeux dépités vers moi.

— Un de mes sujets s'occupe de la reine pour la rendre de plus en plus faible. Dans quelques semaines, elle sera à point pour toi. C'est là que tu pourras la tuer alors qu'Aldoria sera pris de force de tous les côtés. Nalaire est entre les griffes de ton père et de ton frère, Velkhara suivra, et cela nous permettra de faire grossir nos rangs. Personne ne pourra rester au chevet de la reine ce jour-là, toutes les mains seront utiles au combat. Ton but est d'accélérer l'accord entre Barcéon et Velkhara. D'où mon cadeau…

Dans mon esprit se bousculent les mots de mon oncle. C'est plutôt bien pensé, je n'ai rien à redire, par conséquent, j'approuve du menton et fais demi-tour. Je n'ai plus rien à faire dans cette réunion de sous-fifres.

— Kaël… nous n'avons pas terminé !

Je fais un geste de la main pour lui faire comprendre de continuer sans moi, puis rejoins le centre du reinaume.

Lorsque j'arrive au cœur de la cité, mes pas cognent contre les pavés. Les rues sont pleines de paysans qui me lorgnent sur mon passage. Certains inclinent la tête en signe de respect, d'autres fuient, ne voulant pas s'attirer d'ennuis. Je me moque de leur petit trafic, grand bien leur fasse. Je me hâte, garde mes traits fermés et le regard braqué droit devant moi. Je me fonds dans les ruelles afin qu'on ne me suive pas. Mon esprit embrumé par la réunion avec Maxwell, je pense à tout ce que mon frère ne m'a pas dit. J'ai l'impression d'avancer dans un brouillard épais alors que le plan devrait être aussi limpide que l'eau cristalline du fleuve.

Alors que je m'apprête à pivoter vers le château, l'intonation d'une voix me fait tourner la tête.

Je reconnais la blonde à cause de laquelle j'ai dû mettre mes talents à contribution pour la rouquine. Une emmerdeuse de plus qui ne sait que s'attirer des ennuis.

— T'inquiète pas, je gère. Ce n'est rien de grave.

Elle force un sourire qui n'atteint pas ses iris et pose ses mains derrière le soldat pour l'enlacer. Celui-ci la fusille du regard et agrippe ses cheveux de manière possessive.

— Tu as intérêt, Sélène. Je ne te laisserai pas mettre ma carrière à mal.

Elle grimace, mais finit par hocher la tête et à l'embrasser à pleine bouche.

Décidément, je ne comprendrai jamais ce genre de femme. Grande gueule, mais incapable de l'ouvrir devant un mec. Et celle-ci a l'air d'aimer marcher dans la merde.

Je détourne les yeux et rejoins la salle de torture, où la meilleure de mes occupations m'attend.

Quand j'entre dans la pièce, le regard de l'homme – chef de guerre de Velkhara – que j'ai laissé bâillonné, me happe. Dans sa prunelle, puisque l'un de ses yeux est complètement fermé à cause des œdèmes que j'ai causés, je peux lire toute la peur qui y règne. Il faut avouer que je m'en suis donné à cœur joie, ce matin. Mais ce n'est pas ce que j'ai préféré faire. Pour lui, je suis d'Aldoria, et il pense donc que c'est le reinaume qui a tué ses hommes et l'a malmené ; ce qui facilitera l'accord pour travailler avec mon père à détruire la reine. Je ne pensais pas qu'il serait si jouissif de lui embrouiller le cerveau. La manipulation n'est pas vraiment mon truc, mais on va dire que là où je m'emmerde, je trouve un certain réconfort à m'exercer différemment.

— C'est ton jour de chance, je t'aime bien. Alors, je crois qu'on va jouer à un jeu...

Je sens l'incrédulité marquer ses traits abîmés tandis qu'il tente de grimacer.

— Si je te relâche, tu quittes le château sans te retourner. Un petit conseil. Sois rapide avant que je ne finisse ce pour quoi on me paie. Mon humeur est un peu instable en ce moment, donc ne reviens jamais ici… à moins d'être bien accompagné !

Dans la pièce sombre, je ris aux éclats devant ses yeux exorbités. Il ne s'attendait pas à une telle annonce, et c'est tellement bandant. Je sors ma lame et avance vers lui. Il ferme les paupières, puis se pisse dessus.

Bordel ! Quel blaireau ! Bon, il faut dire que ça fait un moment qu'il est dans cette pièce. Et vu sa bedaine, sa boisson favorite n'est pas l'eau.

— T'es vraiment dégueulasse ! dis-je en allant derrière lui.

D'un geste vif, je coupe la corde qui le liait à l'assise et le détache.

Il peine à se relever, puis je n'ai qu'à articuler un gros « bouh » pour qu'il se tienne contre le mur.

— Tu me suis dans les couloirs et tu fermes ta gueule, je vais te faire sortir. Mets ça sur ta tenue pour te couvrir.

Je lui lance un drap qui traîne sur une étagère en bois et active le pas. Rien à foutre qu'il tienne le rythme ou pas.

CHAPITRE 25

Zayan

Quelques jours plus tôt

Je fais les cent pas dans le couloir en attendant que mon père daigne finalement me recevoir. Il est de plus en plus capricieux ces derniers temps, et je peine à le canaliser. Lorsque le battant s'ouvre, le soldat qui se tient près de la porte m'invite à entrer.

Les mains toujours dans le dos, je traverse le vestibule sans m'arrêter. Le roi est assis derrière son bureau en train de signer des papiers sans même les lire.

— Ah, mon fils ! Te voilà enfin !

Ça fait un long moment qu'il m'a fait appeler et que je poireaute. Heureusement, la patience fait partie intégrante de mon être.

— Vous vouliez me voir ?

— Velkhara !

Intérieurement, je pressens que la suite ne va pas me plaire. Un goût amer de déjà-vu avec ce qu'il s'est passé pour Nalaire.

— Qu'ont-ils fait pour vous déplaire ? le questionné-je en restant le dos droit, attendant ses explications.

— Ils vont attaquer de front Aldoria par leur frontière pour les déstabiliser et fragiliser leurs échanges. Quelques gardes barcéoniens seront là pour les aider.

— Cette idée est judicieuse, mais assez prématurée. Le roi et le chef des armées n'ont pas encore donné leur accord pour l'alliance proposée. Kaël attend nos instructions pour faciliter l'entrée des Barcéoniens au cœur d'Aldoria.

— Oh, j'y pense… ce plan est légèrement modifié ! C'est après l'attaque commise par Velkhara que nous infiltrerons en douce des gardes dans Aldoria ! Ils y patienteront jusqu'au bouquet final.

— Mais comment ? Le roi…

— Ton oncle trouvera une solution pour le faire plier. Ton frère va enfin servir à quelque chose… s'il ne fait pas tout capoter. J'ai déjà transmis mes ordres. Nous n'avons jamais été aussi proches de voir le reinaume de cendres capituler.

Ses poings se serrent, ses yeux s'écarquillent, perdus dans le vide, et un sourire carnassier apparaît sur ses traits émaciés.

— Enfin, il aura tout bientôt cette appellation, ajoute-t-il en riant aux éclats, la tête renversée en arrière.

Je tique devant l'expression de mon père. Il devient incontrôlable. Instable. Il pense par lui-même et n'en déroge pas. Il ne m'a pas consulté avant d'envoyer son messager, et vu le ton dur qu'il emploie avec moi, son choix est délibéré.

Est-ce qu'il tente de me mettre à l'écart ?

Ça serait de la pure folie !

Je lui demande alors quelle est la mission exacte de mon frère, mais il balaie la question d'un revers de la main et passe au sujet suivant comme si Kaël n'était qu'une simple formalité. Par la suite, il prend congé de moi et replonge dans ses papiers comme si je n'avais jamais été là.

En sortant, il ne me faut que quelques minutes pour retrouver Viktor, mon meilleur ami et général des armées. La mine grave, il m'adresse un signe de tête pour m'encourager à parler. Nous sommes seuls, à l'abri des oreilles indiscrètes.

— Il a un plan.

— Ton père en a toujours, ricane-t-il.

— Malheureusement, celui-là est d'agir à l'insu du conseil. Il compte sur Velkhara pour assiéger Aldoria. Je sens qu'il ne nous dit pas tout.

Il fronce les sourcils, probablement en train de se poser les mêmes questions que moi.

Viktor m'assure qu'il va aller se renseigner sur la faisabilité de cette attaque qui n'est fondée sur aucun élément tangible.

CHAPITRE 26

Isaya

En sueur, je me relève en sursaut de la couche de Kaël. Je regarde autour de moi, il est déjà parti. Mes cheveux nattés sont humides et ma nuque est trempée. Encore ce foutu cauchemar, celui que je me trimballe depuis une semaine maintenant. Et autant de temps que je dors dans cette chambre. Si le soldat essaie de me forcer à retourner dans mes quartiers, il n'y met pas vraiment la conviction dont il est capable. Je sais qu'il pourrait me foutre à la porte physiquement, mais il ne le fait pas, et cela me questionne. Grâce à son odeur, j'arrive à m'endormir facilement. Elle me rassure, je crois. Seulement, au petit matin, les cauchemars me rattrapent. Je revois leur visage, j'entends leurs paroles, le frottement de mes ongles contre le sol. La peur me tenaille comme s'ils étaient encore là, comme s'ils pouvaient encore me blesser.

J'essuie mes joues qui se recouvrent peu à peu de mes larmes. Il n'y a qu'ici, dans son espace, que je peux craquer. Quelle image cela donnerait de moi si j'exposais à la vue de tous ma détresse alors que la reine se bat pour que les femmes ne soient plus vues comme des victimes, des pions ? Kaël est ce qu'il est, mais il ne divulguera rien. Il me malmène, me provoque, me rabaisse parfois, mais il est là. Présent pour moi. Dans ses œillades qui semblent empreintes d'une lueur différente, dans ses attentions qu'il ne percute même pas. La couverture qu'il remet sur mon corps quand il pense que je dors, l'eau propre qu'il ne manque jamais de me rapporter, sa chaleur et… son respect. Pour lui, ce n'en est sûrement pas, mais il ne tente rien, pas de gestes déplacés, pas de regards vicieux. Il me scrute comme avant. Avec son dédain et sa suffisance. Et c'est ce dont j'ai besoin. Mon palpitant s'emballe, car je sens que je m'attache à lui et que je vais le regretter. Il ne voudra jamais de moi. Je ne suis pas Cléa. Hargneuse, forte, provocante.

Je serre les dents pour me baisser et m'impose les exercices de respiration que Sélène m'a montrés. Ma meilleure amie. Celle qui me fuit plus ou moins depuis quelques jours. Elle a un secret, je le sais, mais je ne parviens pas à mettre le doigt dessus. De plus, elle semble porter le poids de ce qui m'est arrivé de la même manière qu'un fardeau dont elle ne peut se débarrasser. J'ai l'impression de devenir folle. Mon cerveau est complètement embrouillé, et ça se ressent dans mes interactions, et pire, au combat. Mon attention dévie sans cesse, ma colère me dévore et la douleur ne me quitte jamais. Kaël, quant à lui, ne cesse de me traiter telle une chose faible et insignifiante pendant les entraînements. Et c'est exactement comme ça que je me vois aussi par moments. Cependant, dans cette routine improvisée, nos nuits sont calmes. On pourrait croire que nous nous laissons aller aux confidences, mais la plupart du temps, je parle et il m'écoute. Ou du moins, il feint de m'écouter, ce qui est très probable. De temps en temps, il me donne tout de même des conseils avisés que je me force à mémoriser, parce qu'au-delà de son ton bourru, il a un certain regard plutôt intéressant sur l'art du combat. Évidemment, nos désaccords sont, semble-t-il, une source d'amusement pour lui, car il a une indubitable facilité à me provoquer, et je prends plaisir à éroder sa patience. J'ai l'impression que ma présence le dérange moins, qu'il m'accepte plus facilement dans sa couche. Il reste étendu à mes côtés, souvent sans bouger, puis, au bout d'un moment, il capitule et me laisse poser ma tête sur son torse. Bercée par les battements de son cœur, lents et sourds, je cale ma respiration sur la sienne et finis toujours par m'endormir.

Jusqu'à maintenant, je pouvais encore donner le change devant Garreth et une partie des soldates qui m'ont accompagnée cette semaine. Seulement, aujourd'hui, l'autre moitié du groupe revient d'une mission qu'ils ont dû accomplir aux différentes frontières, et Cléa était des leurs. Rien que de penser à ce qu'elle compte mettre en œuvre, je grimace. Cette harpie me tuera, un jour.

Je me lève pour m'étirer et échauffer mes muscles. Chaque matin, après ma toilette et mon habillement, je dois rejoindre Kaël dans la salle d'entraînement, ce qui me coûte beaucoup, car il ne m'épargne pas. Mes ecchymoses sont toujours présentes, mais elles ont changé de couleur et ne devraient pas tarder à disparaître. Les blessures de mon âme, elles, ne s'effaceront jamais, elles seront un poids sur mon cœur, un fardeau que je devrais porter tout au long de ma vie. Mais je suis forte. Ou du moins, je tente de m'en persuader chaque fois que mes pensées me paralysent. Je me débarbouille dans ma bassine et enfile ma tenue.

Il est temps d'y aller.

Alors que je parcours les couloirs, Sélène m'apostrophe en sifflant mon prénom. Je me retourne en sursautant et croise les bras sur ma poitrine.

— Tiens donc ! Ma meilleure amie s'est enfin aperçue que j'existe ?

Mes yeux fusillent son regard. Je suis en colère contre elle. Moi qui ai toujours été là dans ses moments compliqués, on ne peut pas dire qu'elle en fasse autant.

— Oh, ma Saya, je suis vraiment désolée.

En regardant mieux ses traits, je distingue des cernes violacés, ses yeux rouges et son front strié de ridules. Sélène a le visage d'une personne qui n'a pas dormi depuis longtemps. *Trop* longtemps. Et je suis à peu près sûre que mon apparence en dit long sur moi aussi…

— Qu'est-ce qui t'arrive, Sél ? Tu me snobes, tu as la tronche d'une vieille de quatre-vingt-dix balais et tu parais surexcitée. Dans le mauvais sens du terme. Dis-moi ce qui t'arrive !

J'emploie un ton sec pour qu'elle comprenne que je n'accepterai plus ses excuses, qu'il est venu le temps de tout dévoiler.

— J'ai besoin de toi… juste cette fois, et je te jure que je te raconterai tout.

Voilà le pourquoi de son intérêt soudain. Je soupire pour la forme, mais je ne peux pas laisser mon amie se détruire ainsi, et surtout, j'ai besoin de connaître la raison.

— Très bien… Qu'est-ce que tu veux ?

Elle gigote de gauche à droite sur ses pieds, entortille ses doigts dans ses cheveux lâchés et se rapproche enfin de mon oreille pour me dire :

— Il me faut de la morelle noire.

Je plisse les yeux à cette révélation. Une plante ?

— Prends tes précautions en la cueillant. C'est un végétal toxique dont je me sers pour confectionner certains médicaments nécessaires pour… tu sais quoi.

Son réseau clandestin… encore. Je n'aurais jamais imaginé que le conseiller lui demanderait autant de choses. Sélène se met en danger en aidant les autres et j'ai l'impression que cela monte crescendo.

— D'accord, mais… Sélène, fais attention à toi !

Elle me serre dans ses bras et me chuchote :

— Je te le promets. N'oublie pas, quoi qu'il arrive, que je t'aime.

Sa voix tremblante et ses yeux brillants de larmes me broient l'estomac. Ma meilleure amie si farouche a dû se fourrer dans un sacré pétrin si elle ne peut pas refuser les requêtes du bras droit de la reine. Ses doigts glissent sur ma peau et elle ajoute :

— Après cette histoire, je serai plus disponible. Je suis désolée…

Elle embrasse ma joue et se détourne en direction des vestiaires alors que la cloche de l'église sonne ; signe qu'elle est déjà en retard.

Il est l'heure pour moi d'affronter celui qui me malmène depuis plusieurs jours et, paradoxalement, celui qui me fait sentir que je suis toujours vivante.

En franchissant les portes de la salle d'entraînement, je vois Kaël, déjà en place, prêt à se battre. Il s'entraîne sur des planches en bois massif et je suis impressionnée de voir ce qu'il s'inflige. À croire qu'il est rude, même avec lui-même.

— Quand tu auras fini de me mater, tu te bougeras pour t'installer.

Ce n'est pas une question, c'est un ordre. Ce n'est pas soldat qu'il aurait dû être, c'est chef de rang. Je commence à m'habituer à son côté rustre et direct. Il faut dire que, ces dernières semaines, je passe beaucoup de temps avec lui et il a cette *faculté*, malgré lui, à me ramener sur terre et à m'empêcher de sombrer.

— Tu rêves, bourreau. Tu n'es pas du tout mon genre.

J'entends souvent les autres gardes utiliser ce surnom, et je dois dire qu'il lui colle parfaitement à la peau.

Je crois voir sa lèvre s'incurver légèrement, toutefois, lorsque son sourcil se fronce et qu'il me jette un regard noir, je me dis que c'était sûrement une illusion.

Je dépose ma besace au sol et me tourne pour saisir une arme sur le présentoir en bois. Selon Kaël, je dois apprendre à me diversifier dans le maniement des armes. Être imprévisible et prête sera ce qui me maintiendra toujours en vie, d'après ses dires. Pourtant, aujourd'hui, il en a décidé autrement. Dans mon dos, je sens ses regards appuyés sur mes gestes, sur ma façon d'estimer une arme à son poids, son alliage et l'œil que je pose dessus. Certaines me rassurent, d'autres me galvanisent ou me font me sentir plus forte.

Il me laisse faire mon choix et je m'installe face à lui. Je bouge mes épaules, mes poignets, et serre la hache entre mes doigts fermement. Elle est lourde, mais maniable. J'attaque la première, enchaînant les pas, les esquives, les parades. En seulement quelques minutes, Kaël soupire, mécontent. Cela me déstabilise et je me stoppe en l'interrogeant :

— C'est quoi ton problème ?

— Tu appelles ça te battre ? Même une nonne serait meilleure que toi. Pas étonnant que ta rivale soit dans le haut du classement. Ça fait une semaine que l'on s'entraîne et tu as à peine progressé ! Tu attends que Cléa revienne et qu'elle te mette la misère ? Tu es distraite.

— Je ne suis pas distraite ! Je…

Je ne peux m'exprimer davantage, car il me coupe.

— Si, tu l'es.

— On t'a déjà dit que tu étais quelqu'un d'exaspérant ?

— Resserre ton coude contre toi.

Il me pousse d'un coup d'épaule, et je manque de trébucher. Je me redresse, raffermis ma prise sur la hache et l'attaque encore et encore. Mes muscles hurlent de les épargner, de quitter cette maudite salle, mais je n'en fais rien. Comme tout ces derniers temps, je muselle la douleur pour ne laisser transparaître que ma colère. C'est elle qui me tient en vie.

Son genou atterrit dans ma cuisse et je retiens mon arme d'une main en titubant.

— Faible…

C'est tout ce que j'entends.

Faible, faible, faible, détruite, moins que rien…

Je grommelle une flopée d'injures et un déferlement de rage empoisonne mon esprit, puis, sans réfléchir, je lance la hache dans sa direction. Ouais, visiblement, sous le coup de l'émotion, mon impulsivité ressort. Et cette enflure se fout de moi en esquivant l'arme.

— Bien. Maintenant, bats-toi avec ta meilleure arme.

L'espace d'une fichue seconde, je ne comprends pas et suis tentée d'attraper ma dague fourrée dans ma botte, mais je saisis la nuance lorsqu'il tente de me frapper au visage.

— Frappe-moi, dit-il en me lorgnant d'un air suspicieux.

Je lui donne un coup dans l'épaule et il me saisit le bras de son autre main.

Merde.

— Frappe-moi, Isaya. Frappe-moi, car ta meilleure arme, c'est toi !

Et je déverse tout ce que je retiens contre lui. Il est mon exutoire, à ce moment-là, je le déteste autant que je me déteste, et le pire, c'est qu'il semble presque apprécier l'exercice, puisqu'il jette son haut au sol. Je déglutis péniblement face à son torse parfaitement dessiné, à son teint hâlé et à la légère ombre qui part vers son bas-ventre. Je cligne des yeux pour me concentrer et il me pousse à reproduire les enchaînements qu'il s'évertue à m'enseigner.

Trente minutes plus tard, mes poings sont complètement endoloris, et mon manque de vigilance lui laisse juste assez de temps pour me faire chuter au sol. À califourchon sur moi, il maintient mes deux bras au-dessus de ma tête et l'une de ses mèches tombe sur son visage. Kaël est en sueur, ses abdominaux sont contractés et son regard, intense, me dévisage alors que des flashs de mon agression tentent de remonter à la surface. Sa position, mon impuissance et sa force. Son image se superpose à celles que je veux oublier.

— Tu es ta meilleure arme, dit-il à nouveau.

— Tu l'as déjà dit ! craché-je alors que je tente de me débattre.

Ma poitrine se comprime, je manque d'air.

— Tu es ta meilleure arme contre toi-même, et tant que tu ne le comprendras pas, tu seras toujours faible.

— Lâche-moi.

— Non.

Des bruits s'intensifient autour de nous, les autres soldats arrivent et nous jaugent l'un comme l'autre. Kaël ne s'en soucie pas le moins du monde et m'ordonne de trouver sa faille pour me dégager. Les autres se mettent en place pour l'entraînement et je suis toujours coincée sous son corps massif.

Garreth se pointe à quelques mètres de nous, probablement pour s'assurer que je maîtrise la situation, et je suis à deux doigts de lui demander de me sortir de là, mais le regard de mon assaillant m'en dissuade.

Je ne sais pas pourquoi je pense à sa façon de s'imbriquer contre moi lorsque nous étions à la taverne et à la chaleur qu'il dégage. L'instant d'après, la panique m'envahit quand j'imagine qu'il pourrait me faire autant de mal que ces hommes. Puis la réalité me rattrape et je me rappelle que tous les yeux sont rivés sur nous alors que nos corps sont toujours allongés au sol. Je reprends mes mouvements pour le déstabiliser.

Je suis ma meilleure arme. Il me l'a dit ! C'est un combat. Un simple exercice.

Mon bassin s'agite contre le sien, mes ongles se plantent dans sa peau et je souffle bruyamment. Je ne sais pas si c'est lui ou moi qui tressaille, mais son regard se voile furtivement et il se penche vers moi jusqu'à ce que sa bouche ne soit qu'à quelques millimètres de mon oreille.

— Tiens donc, on passe à la vitesse supérieure ?

— Je t'ai dit de me lâcher, espèce de pervers !

Je suffoque.

Garreth ordonne à Kaël de desserrer sa prise, car les jointures de mes mains deviennent blanches, comme si tout mon corps ne pouvait plus être irrigué en même temps. Kaël semble percuter qu'il vient de dépasser une limite et recule brutalement en me relâchant.

— J'en ai terminé pour aujourd'hui.

La chaleur de son corps quitte la mienne, me laissant pantelante et dans la poussière. Encore une fois, je me sens vidée de mon énergie, comme s'il avait aspiré tout mon souffle.

Garreth tend sa main et m'aide à me relever.

— Comment tu te sens ?

Essoufflée, je respire l'air qui me manquait il y a encore quelques secondes. Je n'avais même pas pris conscience d'avoir retenu si longtemps ma respiration.

— Je suis prête pour la suite, dis-je, déterminée à ne rien lâcher.

Ce dernier plisse les lèvres. Je sais qu'il voudrait me dispenser de l'entraînement qui va suivre, mais je ne peux pas abandonner. Pas encore.

CHAPITRE 27

Kaël

Bordel de merde ! C'est quoi cette gaule que je me suis tapée quand elle s'est frottée à moi ? Si elle n'a rien senti, c'est vraiment qu'elle est à l'ouest ! Ça devient une sale habitude ces derniers temps. Ma queue réagit chaque fois qu'elle bouge dans son sommeil, qu'elle m'effleure, et maintenant, à la moindre occasion. Cette omniprésence me tape sur le système, il faut que je tire mon coup rapidement pour relâcher toute cette tension accumulée…

Je parcours les couloirs, puis dévie vers la cuisine pour aller me chercher à bouffer. Tous les matins, pas moyen de me rendre au petit déjeuner à cause de cette chieuse que je dois entraîner, et ça commence à me gonfler.

Lorsqu'elle m'a appelé « bourreau », je me suis demandé si elle avait conscience de tout ce qui se cache derrière ce surnom, que c'est aussi ma fonction au sein de son reinaume. Leur tradition veut que le bourreau de la reine soit cagoulé et que le secret de son identité soit gardé. Sauf entre gardes, bien entendu. Cependant, les soldates féminines ne sont pas dans la confidence. Officiellement, car nous n'avons pas les mêmes missions. Officieusement, car ce sont de foutues pipelettes incapables de garder leur langue en place. Si ça nous arrange quelquefois, il ne faut tout de même pas tenter le diable.

J'aimerais tellement saisir son cou et goûter son sang sur ma lame. Ses veines saillantes me réclament, me demandent de les effleurer, mais chaque fois que ma dague les frôle, elle me regarde avec détermination, sans peur, et ça provoque quelque chose d'inexplicable en moi. Tout le monde a peur de moi… sauf elle. Et ça m'exaspère bien plus que ça ne le devrait. Ça réveille aussi un sentiment que je n'avais pas ressenti depuis l'enfance : l'amusement.

Je grogne en silence, puis franchis les portes des cuisines, où les servantes s'activent. Je jette un œil circulaire à la pièce, et l'amie d'Isaya se retourne au même moment. Elle me scrute avec méfiance, mais s'approche de moi en essuyant ses mains sur son tablier.

— Qu'est-ce que tu fais là ?

Je croise les bras contre mon torse et la toise.

— C'est comme ça que tu me remercies d'avoir sauvé les miches de ta pote ?

Elle a un sursaut d'étonnement, puis ses traits se parent de tristesse.

— Je… merci. Elle va bien ?

Mes sourcils se froncent d'incompréhension à son interrogation.

— J'ai l'air de ressembler à sa mère ? Je suis là pour bouffer.

Elle me tend une miche de pain et une tasse de café, non sans avoir râlé brièvement.

— On t'a déjà dit que t'étais naze en relations humaines ?

Je m'étire pour lui faire comprendre que je me moque complètement de son avis, puis reviens sur sa question précédente.

— Elle doit être plus concentrée, et tant que tu l'ignoreras, elle restera médiocre et ses pensées envahiront son esprit. Tout ça pour quoi ? Parce que t'es pas foutue d'aller lui parler... Et tu oses dire que j'ai un souci avec les rapports humains ?

Je hausse un sourcil, à deux doigts de la saisir par les épaules pour secouer cette conne. À la place, je croque dans le morceau de pain et mâche sans la lâcher du regard. Je l'intimide, je le vois à sa posture tendue et ses traits tirés. Elle soupire et répond à ma question en baissant la tête.

— Je... me sens fautive, OK ? J'ai eu quelques problèmes à régler et... je sais pas... Je n'y arrive pas !

— Ouais, rien à foutre de tes excuses. Tu vas me faire croire qu'une discussion t'effraie ? Je sais pas trop en quoi consistent les amitiés de votre genre, et je m'en tape le coquillard, mais il me semble que vous étiez deux dans cette ruelle et qu'une seule de vous a pu s'en sortir. Alors, maintenant, tu as deux choix, dis-je en m'approchant d'elle.

Je la vois déglutir et reculer d'un pas tandis que j'envahis son espace. Ses jupons se prennent dans ses jambes et elle vacille, mais arrive à se rattraper au mur.

— Tu vas arranger ce bordel avec Isaya rapidement.

Je marque une pause et me détourne pour quitter la cuisine trop bruyante.

— Et ? Tu as dit que j'avais deux choix ?

Je m'arrête une seconde, un rictus mauvais se dessinant sur mes lèvres, et la toise à nouveau.

— Tu ne veux pas expérimenter le second. Tu n'as aucune idée de tout ce qu'ils lui ont fait subir... Tu ne connais que les grosses lignes, j'en suis convaincu. Je suis un saint à côté. Enfin, presque. Disons qu'on ne joue pas dans la même cour. Ta copine, c'est plus seulement une soldate, c'est une guerrière.

Bordel, qu'est-ce que je raconte, moi ?

Ma main glisse sur le pommeau de mon épée rangée dans le fourreau à ma taille et je la plante là en emportant ce que je suis venu chercher. Une fois dans le couloir, je bifurque en direction du bureau de Maxwell.

Une fois devant sa porte, je ne frappe pas et entre sans m'annoncer.

Je découvre mon oncle, debout derrière son bureau, examinant la carte qui est affichée sur le mur. Mon corps s'avachit dans le haut fauteuil rouge en velours qui règne sur un côté de la pièce.

— Kaël… tu tombes bien. Ta première exécution publique aura lieu ce soir. Ce foutu Jaren s'est fait choper alors qu'il franchissait la frontière clandestinement. Le fait qu'il portait sa tenue barcéonienne n'a pas joué en sa faveur. J'ai eu le temps de te récupérer ça, me dit-il en me tendant une lettre. J'espère que ça ne posera pas de problème pour toi ?

Je saisis le courrier, puis me réinstalle, ne ressentant rien à cette annonce. Jaren est un bon soldat, mais il a toujours eu un pois chiche à la place du cerveau. C'était une question de temps avant qu'il ne se fasse plomber… ou, pour le coup, décapiter.

— On emploie la méthode forte directement ? Pas de torture ?

— C'est mon idée. J'ai pensé qu'il serait plus simple pour toi de l'abattre d'un coup, ce qui est attendu par la reine.

Je hoche la tête pour la forme. La torture fait partie de moi, mais j'ai des remords à décapiter un soldat de ma garde. Non, je déconne, aucune empathie. Sauf pour mon frère, le seul pour qui je ne ferai jamais de sales coups.

— Parfait. Je vais de ce pas aiguiser ma lame. J'aime pas quand la tête reste accrochée au corps, ça fait désordre.

Le soupir de mon oncle et son air dépité me poussent à lui faire un clin d'œil. Sa tête entre les mains, il doit se rendre compte de la bombe à retardement qu'il a chopée. Mon visage se pare d'un demi-sourire, il n'est pas si casse-couilles que ça finalement.

— Rendez-vous au coucher du soleil dans la cour intérieure du château. C'est le spectacle que tout le monde espère, donc une grande partie des badauds seront présents pour te voir à l'œuvre. N'oublie pas ton masque.

Oui, papa, réponds-je intérieurement. Cette pensée me fait rire, mais me questionne aussi. Comment mon oncle, qui ne m'a vu que très rarement, peut-il être plus *proche* de moi que mon propre père ? Depuis mon départ, je n'ai aucune nouvelle de sa part. Peut-être que le courrier que j'ai entre les mains vient de lui ? Bien que je n'y croie pas vraiment, une infime partie de moi a envie de se tromper. Et je me sens comme un gamin stupide qui cherche à comprendre ce qu'on attend de lui. Pas que j'ai besoin de sa reconnaissance, ça fait bien longtemps que je me protège de ses mauvais coups, mais la famille a toujours représenté quelque chose pour moi. Je ne sais pas quoi exactement, j'ai arrêté d'essayer d'assimiler les bribes d'émotions qui tentent encore parfois de remonter à la surface. Je sais juste que mon frère est mon repère, un idéal que je n'atteindrai jamais. Et je crois que mon oncle est une sorte de divertissement à mes yeux. Comme un semblant de souvenir d'une famille que nous aurions pu être… dans une autre vie.

Les couloirs que je traverse n'ont plus aucun secret pour moi, mais les regards ne s'estompent pas. Il faut dire que du haut de mon mètre quatre-vingt-dix, je passe rarement inaperçu, sauf quand je le veux absolument. J'ai beau me retenir, tous ces gens me dégoûtent tous autant qu'ils sont. Ce sont leurs aïeux qui ont tué mes grands-parents, qui ont volé l'âme de mon roi, celui que ma mère n'a jamais réussi à ramener à la raison.

***

Je m'avance dans un silence pesant, vêtu d'une longue toge noire brodée de l'écusson d'Aldoria et imprégnée de l'odeur âcre du sang séché. Des sangles croisées, rivetées sur ma poitrine, maintiennent la cape sombre qui virevolte lourdement à chacun de mes pas. Mon visage dissimulé par mon heaume métallique noirci au feu, sans ornement, sans expression, percé aux yeux par deux fentes. On ne peut distinguer mes traits, déchiffrer mon regard, piètre symbole de mon impartialité ou de mon inhumanité. Dans mon cas, je dirais que ça me donne un côté presque mystique qui efface toute trace d'expression humaine. J'aime la peur que ma présence inspire. Mes gants, renforcés d'acier au niveau des phalanges, ne laissent aucune peau nue. J'entends la foule hurler, les mouvements de pieds qui fauchent la terre sèche pour me presser de leur donner ce qu'ils veulent. Alors que je monte sur l'échafaud, j'ouvre et referme mes doigts dans un geste précipité qui me permet de me mettre en condition. Je suis si concentré que j'oublie qu'il y a des spectateurs. Même si le sang les effraie, ils aiment trop l'attraction pour détourner les yeux.

Mes pas claquent sur le bois grinçant tandis que je me poste parfaitement face à l'officier de la reine qui me jauge quelques secondes. Il déroule son parchemin et se racle la gorge avant de lire l'avis d'exécution devant la foule réunie. Jaren, le prisonnier, est maintenu par des chaînes et traîné sur le plancher. J'ai demandé à ce qu'il soit bâillonné. Cet imbécile se débat comme si cela pouvait changer quelque chose… Dommage pour lui. Les erreurs stupides se paient cher.

Le soldat barcéonien est placé par deux gardes et les fers sont accrochés au sol en bois afin qu'il ne puisse pas s'échapper.

— Barcéon a osé porter affront au royaume d'Aldoria en envoyant des soldats. La sentence est la mort par décapitation.

Le brouhaha s'élève à la fin du laïus et je sens l'impatience me gagner. Au loin, la reine est venue assister au spectacle, comme il est de son devoir de le faire. À ses côtés, Maxwell, les mains croisées sur sa tunique vert et doré, hoche lentement la tête. L'officier tend les bras en signe d'assentiment, me donnant ainsi le départ pour engager ma mission.

D'un geste sec et vif, je prends la hache qui m'est tendue par un garde et m'avance en la faisant traîner au sol. Le raclement a le don de faire taire l'assemblée qui est, visiblement, suspendue au moindre de mes mouvements. Je me place à côté du prisonnier et saisis mon arme des deux mains, la hissant au-dessus de ma tête. Jaren tourne légèrement son visage dans ma direction et je perçois la haine flotter dans son regard. Heureusement que ce fichu connard ne peut pas en placer une, car il y a longtemps qu'il aurait balancé mon identité.

Dans ma tête, les seules pensées qui tournent en boucle sont :
Pour Barcéon. Pour ma patrie, mon roi. Pour Zayan. Pour briser ce royaume une bonne fois pour toutes ! Rien n'est plus important que cette vengeance qu'il faut assouvir, quitte à perdre certains de nos hommes.

Une demi-seconde plus tard, j'abaisse le tranchant, ne faisant pas durer le suspense, et le bruit de chair et d'os qui se détachent du corps du soldat résonne dans l'arrière-cour. Sa tête roule sur le sol, ses yeux éteints. Mort pour son royaume. Je me redresse et contemple la foule en levant la hache baignée de son sang.

— Ouaiiiiiiiis ! s'enthousiasme la foule.

— Un Barcéonien de moins, raille un homme sur la droite.

Je serre les dents pour ne pas les exécuter sur-le-champ, mais mes prunelles s'arrêtent dans celles de la cuisinière, et c'est comme si elle me reconnaissait. Machinalement, je scrute les alentours, mais ne perçois pas la chevelure rousse de sa meilleure amie.

Alors que la corne de brume annonce la fin de l'exécution, je rejoins mes quartiers pour me débarrasser de mes vêtements trop lourds et de mon arme, puis file en direction du lac.

CHAPITRE 28

Isaya

J'entends au loin le son caractéristique d'une mort publique, et je fulmine de ne pas avoir pu y assister. Cela fait si longtemps qu'il n'y en a pas eu dans le reinaume que j'aurais aimé regarder ce traître dans les yeux.

Munie de ma dague, je coupe les hautes herbes, en faisant fi de mes courbatures, pour accéder aux endroits les moins praticables de la forêt. Sélène me fera toujours faire n'importe quoi. Je n'en peux plus de ses plans foireux et, intérieurement, je me promets de ne plus lui rendre ce genre de service qui nous met toutes les deux en danger.

Je lutte contre la nature, déjà épuisée par mon entraînement matinal.

Ma sacoche en bandoulière, j'en profite pour cueillir quelques fleurs et plantes qui ont des vertus apaisantes, souhaitant enfin retrouver le sommeil qui m'a quittée. Ça doit bien faire deux heures que j'arpente toutes les parcelles de la forêt, que je m'éloigne toujours plus, me rapprochant dangereusement de la frontière ouest. Alors que je suis sur le point de prendre un autre chemin, mes yeux sont attirés par des fleurs blanches. En dessous, je peux voir des boules noires, mûres, à point, prêtes à être ramassées. De la morelle noire. Enfin ! Je commençais à me dire que Sélène s'était trompée d'endroit… J'avance en enjambant au maximum les orties, ronces et autres arbustes piquants, puis m'agenouille pour saisir mon salut.

J'observe la fleur qui, à première vue, me paraît inoffensive. À genoux, je m'apprête à la cueillir, mais me rappelle que Sélène m'a dit que je devais la manipuler avec précaution. Je la fixe encore quelques minutes alors que d'étranges pensées martèlent mon esprit.

Si j'oubliais mes gants, si je goûtais juste un peu à ce fruit, est-ce que ça réparerait mon corps, est-ce que ça l'anesthésierait tellement que je ne ressentirais plus rien ?

Parfois, je ne parviens plus à me raisonner tant mon âme cherche à s'échapper de mon corps après tout ce qui s'est passé. J'ai l'impression de lutter pour rien, de me battre contre le vent et que je n'en sortirais jamais vraiment vivante de toute façon… À quoi bon ?! Quand j'imagine leurs mains sur moi à nouveau, j'ai envie de me détruire, d'arracher mon cœur et de lacérer ma peau de ma lame, mais ce serait les faire gagner.

Ils sont morts, Isaya ! Kaël les a tués pour te sauver.

Comment est-ce que je pourrais me raccrocher à une vie qu'ils ont tenté de me prendre ?

Je secoue la tête de gauche à droite et me dépêche de couper le plus de fruits et de feuilles possible. Je ne dois pas devenir prisonnière de mes pensées ou c'en est fini de moi.

Une fois ma tâche accomplie, je me remets sur le sentier afin de regagner au plus vite le château. La nuit commence à engloutir la forêt. Sans ralentir le pas, je lève la tête pour tenter de distinguer le clair de lune. La faible lumière rend l'atmosphère lugubre et pesante. Seuls les bruits ambiants m'accompagnent, et pourtant, j'ai la sensation que tout est démultiplié. Je jette constamment des coups d'œil derrière moi, craignant de me faire surprendre. En baissant le menton, je remarque mes vêtements déchirés, mon pantalon en lambeaux taché de sang.

Ces foutues ronces !

Je me débats avec les plantes qui m'entravent et me blessent, mais dans mon esprit, ce n'est pas seulement des griffures, c'est un parallèle qui se fait avec cette fameuse nuit ; le sang, *mon* sang, mes habits en charpie. Bien que je tente d'éloigner ces pensées pour avancer, je suffoque, une main sur la poitrine, tentant de me raccrocher aux arbres, et tombe à genoux, impuissante, m'écroulant contre le sol rocheux qui termine de lacérer ma peau.

Mon visage entre les mains, je ne parviens pas à retenir mes larmes de couler. C'est la première fois que j'exprime extérieurement cette douleur que j'ai ressentie ; celle du corps meurtri, mais aussi celle de l'ardeur étouffée, cette sensation de s'endormir du sommeil de la tombe.

Mes poings frappent le sol froid et rêche et je hurle ma rage ainsi que ma détresse. Tout ce que j'ai enfoui depuis mon arrivée ici et qui réclamait d'être libéré.

Au cœur de cette forêt, personne ne peut m'entendre et mon désespoir s'envole, me vidant de toute énergie.

Le temps s'écoule sans que je m'en rende vraiment compte. Étendue dans l'herbe clairsemée de pierres froides, je suis sur le dos, les yeux hagards. Ce n'est que lorsque j'entends un craquement sourd non loin de là que je me redresse. J'ai l'impression que mon corps pèse un poids mort. En ramassant ma sacoche, je m'aperçois que mon être est raide, tendu, aux aguets. J'ai peur... voilà la vérité... Ainsi, malgré mes articulations douloureuses et mes courbatures, je cours le plus vite possible pour rejoindre les murs de défense dont j'ai besoin. Cette enceinte de remparts qui me protège et dont je n'aurais plus jamais envie de sortir si je m'écoutais.

Moi qui aimais tellement m'y soustraire avec Sélène, c'est désormais une appréhension, pire, une phobie.

Les larmes dévalent mes joues, je ne me reconnais plus. Ces hommes se sont emparés de mon corps, mais également de ma force, de mon culot, de toutes ces raisons qui faisaient que je voulais montrer aux yeux du monde que les femmes sont aussi habiles que les hommes.

Maintenant, seuls le doute et le néant coulent dans mes veines. Parce que ces derniers sont capables du pire…

Mes bottes cognent contre la terre battue, puis j'aperçois les contours de ma prison dorée. Je me recouvre de ma cape, fonce en direction de la première porte qui est à ma portée et l'ouvre à la volée. Je déambule dans les couloirs, toujours abattue et effrayée. Des bruits de pas me forcent à faire demi-tour et à prendre le passage qui se trouve à gauche, car je ne supporterais pas de rencontrer quelqu'un dans mon état. Mon rythme cardiaque s'accélère, ma cage thoracique se secoue au fil de ma respiration saccadée. D'instinct, j'appuie mon dos contre le mur et essaie de reprendre contenance en inspirant profondément. Rien n'y fait, alors, à quelques pas d'une porte que je connais désormais bien, je frappe mes poings, en dernier recours, comme un appel au secours.

La tranche de ma main tape de toutes ses forces à plusieurs reprises, la porte s'ouvre à la volée, manquant de me faire tomber.

Kaël est là, debout, le regard sévère, et il me dévisage comme si j'étais une étrangère.

— Qu'est-ce que tu fous là ?

Habituellement, je me serais rebiffée, mais je n'en ai pas la force ce soir. J'observe derrière moi comme si j'étais poursuivie, pourtant la seule chose qui se dessine dans l'ombre du couloir sont mes cauchemars. Kaël ne cille pas et garde sa main sur la porte comme s'il s'apprêtait à la refermer en me laissant ici.

— Est-ce que je peux entrer ?

Il me surprend en dégainant son épée et me tirant vivement dans la pièce avant d'inspecter qui se trouve au-dehors. C'est alors que je remarque sa chemise au sol tachée de sang séché. Je recule d'un pas supplémentaire dans sa chambre cherchant à m'éloigner de… lui ?

La porte claque lorsqu'il la rabat, et je sursaute.

— Qu'est-ce que tu fuis, petit rouge-gorge ?

Son regard brille d'une lueur inquiétante alors qu'il me dévisage.

— Rien. Je… Je crois que j'ai paniqué.

— Isaya, il faut que tu arrêtes de venir ici. Ça va finir par jaser, et surtout… ce n'est pas une bonne idée. Tu es dans l'antre d'un monstre que tu ne pourras jamais maîtriser, un monstre bien plus dangereux que ceux qui t'ont fait ça.

J'observe son expression rude, ses sourcils froncés et sa cicatrice. Je me demande ce qui lui est arrivé. Ses paroles ne s'impriment pas en moi, car je n'y crois pas. Cela fait plusieurs nuits que nous dormons ensemble et il n'a rien tenté. Jamais.

— S'il te plaît… encore un soir.

Mes yeux se gorgent de larmes, et je le vois serrer la mâchoire. Je me sens pitoyable. Je *suis* pitoyable de le supplier et je sais qu'il me juge silencieusement.

— Putain de gonzesse !

Il se détourne sans un mot de plus pour aller s'asperger le visage dans la bassine d'eau posée sur la table.

Je fixe chacun de ses mouvements pour m'ancrer dans la réalité. Ses gestes sont vifs, l'eau coule sur ses avant-bras en fines gouttelettes, et je les regarde glisser en prenant une inspiration.

Ses muscles se bandent, et mon esprit se cale sur sa façon de se mouvoir. Kaël perce ma bulle de pensées illogiques en tirant la chaise sur laquelle il ne s'assied pas.

— C'est la dernière fois !

Je déglutis à nouveau en m'asseyant sur le bord de sa couche.

— J'ai juste besoin d'un endroit pour… enfin… me sentir en sécurité.

— T'as des dagues pour ça !

Je lève la tête pour le toiser.

— Mes armes ne font pas tout, craché-je plus pour moi que pour lui.

— Les entraînements servent à quoi, à ton avis ? Tu penses que je perdrais mon temps avec une pauvre fille si je n'avais pas vu la détermination dans ton regard ?

— Tu trouves que j'ai progressé ? le coupé-je en le regardant essuyer ses grandes mains sur le chiffon.

— Non.

Sa réponse fait mal, mais c'est la seule qu'il me donne avant de jeter le tissu sur la table et de poser ses fesses sur le bord tout en croisant les bras sur son torse. Cette fois-ci, c'est lui qui me toise de toute sa hauteur.

— Qu'est-ce que tu attends, Isaya ? Tu veux que je te baise juste ici pour te prouver que tu existes ? Ça n'arrivera pas.

Sa voix est trop calme, trop grave, alors que ses yeux s'embrasent d'une lueur malsaine. Il me pique avec des mots choisis pour me faire souffrir, comme au combat, mais je ne réplique pas.

— Tu veux que je traîne ton petit cul dans la cour pour évacuer la tension qui émane de toi et faire taire tes peurs ? Je ne peux rien faire de plus. Trouve-toi un autre connard pour te canaliser.

Je me lève brusquement en me traitant d'idiote. Qu'est-ce que j'imaginais en restant auprès de lui ? Qu'il allait finir par me prendre dans ses bras, me rassurer et me dire que je pourrais surmonter tout ça ? Les amis font ça… Lui… lui n'est rien d'autre qu'un pauvre type qui a reçu l'ordre de me maintenir à niveau dans un royaume où les femmes sont censées être mieux loties que dans les territoires alentour, mais où nous sommes perpétuellement jugées. Et où lui-même me croit faible.

Je soupire et me précipite vers la porte que je m'apprête à ouvrir. Kaël est plus rapide et la bloque de sa main. Son torse se plaque contre à mon dos. Il ne fait plus un geste et semble même avoir cessé de respirer l'espace d'une infime seconde. Je pose ma paume sur le bois pour éviter de me retrouver acculée.

— Qu'est-ce que tu attends de moi, Isaya ?

Ses paroles ne sont qu'un chuchotement dans ma nuque. Je frémis, d'anticipation, d'un besoin inavouable qu'il me fasse vivre. Je fixe sa main qui se recroqueville sur le bois et sens sur mon épaule l'effleurement de son pouce qui glisse sur mon épiderme. La bretelle de mon haut descend légèrement. Je suis parcourue de frissons et une boule se loge dans ma gorge. Il n'insiste pas pour la retirer plus, mais continue à parcourir mon bras pour atteindre ma propre main. Il entrelace nos doigts et les attire sur ma poitrine. Mon souffle s'accélère, mon angoisse ressurgit, et pourtant, je le laisse faire.

— Tu as peur ? susurre-t-il alors que je sens mon cœur battre de façon anarchique.

Je voudrais répondre, mais mes mots sont bloqués comme si j'étais en train de m'échapper de mon propre corps.

— Isaya ! gronde-t-il.

Je me rends compte que j'ai fermé mes paupières et que ma tête repose désormais sur son torse.

Nos mains jointes remontent jusqu'à ma gorge qu'il caresse lentement de son index. Mais c'est ma main qui est sur ma peau, pas la sienne. Lui se contente de me guider.

Il me défie, me provoque, me prouve encore une fois que je suis une survivante et que je suis maîtresse de mes actions. Je tourne la tête dans sa direction et fixe sa bouche entrouverte. Je lève les yeux timidement pour capter les siens et me perds dans l'abîme intense qui l'habite. Nous restons là, immobiles, nos seules respirations perçant le silence de la pièce. Ma peur reflue à nouveau alors qu'une autre forme de crainte se mue en moi.

J'ai envie qu'il efface tout ce qu'il s'est passé en les remplaçant par *ses* caresses. Qu'il me dévisage encore de cette façon étrange et que ses mains ne quittent pas les miennes. Qu'il me dise que tout ça finira par s'atténuer et que je pourrais oublier. Qu'il ait envie... que je sois ici.

Il doit percevoir mon désir naissant, puisqu'il se racle la gorge avant de se reculer, arrachant son corps au mien. Sa chaleur disparaît, ma bouche s'assèche et je me tourne vers lui.

— Je vais dormir par terre, lâche-t-il en détournant son regard.

Il abdique. Pour moi. Je ne sais pas vraiment ce qu'il vient de se passer, néanmoins, la seule certitude que j'ai à cet instant, c'est que je suis incapable de sortir de cette pièce pour affronter l'extérieur. Il m'offre de nouveau sa couche, l'échappatoire dont j'ai besoin tout en me laissant le choix de rester ou non.

***

Je me réveille en sursaut, criant dans mon sommeil, quand une main se pose sur mes lèvres pour me faire taire. Je panique, puis la voix de Kaël me susurre :

— Ferme-la, tu vas réveiller tout le quartier.

Ce ne sont pas des mots doux, mais ça m'apaise. Je suis une foutue cinglée qui est rassurée par le plus bourru des mecs de ce reinaume. Le sommeil est toujours lourd sur mes paupières, mon corps mou. J'aimerais partir, mais je n'en ai pas la force. La paillasse craque sous le poids du soldat qui s'allonge près de moi. Cependant, toute revendication m'a désertée. Il s'installe et se tourne pour me faire face. Comme s'il s'attendait à ce que je me mette à parler. Mais je n'en ai pas envie. Il pousse un profond soupir et se remet sur le dos sans me jeter un regard. Je suppose qu'il ne sait pas quoi faire de moi. Qu'il ne sait pas comment agir tout court. J'aurais pu sourire à cette vision, mais je préfère me nicher contre son torse, contre sa chaleur. Tout son corps se contracte, sur la défensive, mais je ne bouge pas. De peur qu'il me rejette, qu'il explose cette bulle d'oxygène dans laquelle je me réfugie. Je sens ses iris se poser sur moi. C'est furtif et je crois même qu'il retient son souffle lorsque ma main s'appuie sur lui. Son grognement parvient à mon cerveau, mais mon esprit n'en a que faire. Ma tête contre ses pectoraux, je suis bercée par les battements anarchiques de son cœur, et ça me fait sourire en coin. Il en a un. Là, juste sous sa peau, faible, mais il fonctionne.

Son odeur atteint mes narines, elle arrive à calmer ma respiration alors que mon palpitant s'était emballé de toutes les horreurs qui me hantent. Aucun de nous ne parle, parce qu'il n'y a rien à dire. Sa façon de réagir me laisse imaginer qu'il n'a pas eu une existence facile et que ce moment, bien qu'éphémère, nous rappelle que nous sommes toujours debout. Mes yeux se ferment avec lenteur, et mes doigts s'agrippent à son torse fermement, comme pour me raccrocher à un souffle de vie.

Les premiers rayons du soleil percent par la fine fenêtre, éclairant la chambre du soldat. Mes paupières grandes ouvertes, je laisse mon regard errer dans la pièce. C'est un espace désincarné, rien ici ne prouve que cette pièce lui appartient, hormis ses habits abandonnés. À cette vue, je me fige un peu, puis bascule légèrement en levant la couverture. Je ne m'étais pas trompée, Kaël est allongé, nu, sous le drap, la main remontée au-dessus de sa tête. Il dort, les traits froncés, comme en alerte permanente. Cependant, lorsque je m'extirpe du lit, il ne bouge pas, n'a pas le moindre geste.

Sur la pointe des pieds, je me dirige vers la sortie pour rejoindre les bains publics au plus vite. Avant de partir, je vérifie que ma sacoche contient toujours les plantes que je dois remettre à Sélène, puis m'éclipse.

À cette heure matinale, peu de gens sont debout, mais je sais que mon amie en fait partie. Arrivée devant les cuisines, je me poste face à la porte pour lui adresser un signe de main discret. Elle comprend tout de suite que j'ai ce dont elle a besoin et vient à ma rencontre pour me mener dans une salle obscure où personne ne pourra nous voir.

— C'est la dernière fois, Isaya. Je te le promets.

Elle glisse sa paume contre ma joue et pousse un soupir entre soulagement et inquiétude. Je ne la reconnais pas, elle, si joyeuse et insouciante, porte désormais un poids qui paraît bien trop lourd pour ses frêles épaules.

— Je…

Nous sommes interrompues par un mouvement de foule inhabituel à cette heure-ci. En tendant l'oreille, j'entends Dame Dom alerter toutes les servantes. Les sourcils froncés, je me retourne vers Sélène, la questionnant silencieusement. Les pas et le piaillement de toutes les femmes se calment au bout de quelques minutes, jusqu'à ce que la porte s'ouvre avec fracas.

— Je savais que je te trouverais là ! rétorque l'intendante en ancrant ses iris clairs dans ceux de Sélène.

Elle marque une pause et me regarde à mon tour.

— Et toi, qu'est-ce que tu fiches ici ? Toutes les femmes du palais doivent se rendre dans la salle principale sur ordre de la reine. Dépêchez-vous un peu ! Vous n'avez donc pas entendu la corne de brume retentir ?

Sous nos mines coupables, elle se retourne et marmonne entre ses lèvres :

— Fichtre ! Vivement le tombeau, je vous le dis !

D'un coin de l'œil, je constate que Sélène cache les plantes sous sa jupe. Nous sortons à notre tour et suivons les pas rapides de Dame Dom.

Nous sommes accueillies par un concert de femmes qui s'agitent, debout dans la salle principale, se posant des questions sur ce qu'elles font ici. Je laisse Sélène avec ses collègues et avance un peu. Tout autour de moi, les visages sont inquiets, les postures droites et tendues. C'est la première fois depuis que je suis arrivée ici que la reine convoque ainsi toutes les femmes de son territoire. Des servantes aux gardes en passant par les lingères, les paysannes, les cuisinières, ainsi que la forgeronne, que j'aperçois aux côtés des gardiennes confirmées.

Plus loin, les soldates de ma formation forment un noyau soudé, ce qui marque la peur qui nous envahit tous. Je m'approche d'elles et m'intègre à leur groupe, en soutien silencieux. La deuxième année est au complet, ce qui signifie que la mission qui occupait la première partie du groupe est terminée. Effectivement, je remarque aussitôt la chevelure blonde de Cléa. Ses yeux glissent sur moi comme si elle ne me voyait pas, et je trouve ça étrange. Très étrange.

Mes pensées reviennent à ma préoccupation principale et j'échange avec quelques-unes de mes collègues, chuchotant, interprétant, se questionnant.

Que se passe-t-il pour que les hommes ne soient pas conviés ?

Lorsque Sa Majesté entre dans la salle, le dos courbé et le teint pâle, le silence se fait instantanément.

Est-elle malade ? Est-ce le poids de la nouvelle qui la met dans un tel état ?

Avant de prendre la parole, elle tousse et inspire calmement, comme pour se donner l'énergie qui a visiblement quitté son corps.

— Mesdames.

Sa voix tonne, en contraste avec son apparence faible. Droite face à nous, elle nous observe, plantant ses yeux dans chacune des femmes qui vivent dans son royaume.

— Si je me tiens devant vous aux prémices du jour, c'est que l'heure est grave.

Les brouhahas qui la coupent dans son discours sont vite pointés du doigt, et tout revient rapidement en ordre. Elle ferme les yeux, inspire, puis hausse le ton en révélant ses prunelles fatiguées.

— Les femmes de ce territoire sont en danger. Toutes les femmes.

Le couperet tombe, sec, implacable.

— Une nouvelle attaque a eu lieu hier sur l'une d'entre vous qui préfère garder l'anonymat. Voilà plusieurs agressions que l'on me fait remonter. Combien d'entre vous n'ont jamais osé prendre la parole face à ce que les hommes font subir aux femmes du reinaume ? nous interroge-t-elle d'une voix vibrante, l'émotion la saisissant.

Elle porte la main à sa gorge, et je remarque ses yeux s'embuer de larmes. Notre reine est une femme de pouvoir, mais surtout une femme qui porte un combat. Je ferme les yeux à mon tour, comme si j'étais pointée, et regarde autour de moi. Les réactions se font ressentir. Certaines baissent la tête, d'autres observent le plafond, plusieurs encore restent raides, n'osant bouger, comme si leurs mouvements pouvaient les trahir. Là, au milieu de cette salle remplie, d'un coup, je me sens moins seule dans le noir. Cette observation n'est pas un soulagement, c'est le moteur, le déclenchement qui me manquait pour avoir cette rage de me battre contre ce fléau.

— Un groupe sévit au cœur de nos terres pour détruire ma vision… disons, futuriste, de la place de la femme. Salir notre honneur et me faire tomber est leur unique but. Je fais ce qui est en mon pouvoir pour lutter contre cette insécurité, mais force est de constater que c'est un échec… et ceci par votre fait !

Les exclamations et les hoquets de surprise envahissent la salle et se répercutent contre les murs au plafond haut, sifflant comme un coup de fouet. À la position de son corps, c'est exactement l'effet qu'elle souhaitait provoquer.

Insinue-t-elle que nous sommes responsables ? Que nous avons cherché cette situation ?

— C'est vous qui gardez leurs comportements secrets, vous qui les protégez en agissant ainsi. Il est de votre devoir de prendre la parole, de ne plus avoir honte de quelque chose qui n'est pas de votre fait. Mesdames, vous avez autant de paires de… joyaux que ces hommes, si ce n'est plus. Levez la main, parlez et, ensemble, nous arriverons à faire changer les mentalités.

Après son discours, la reine chancelle un peu, épuisée par la rage qui s'est déversée de ses mots.

— Sachez que je réfléchis à un stratagème visant à vous protéger. N'hésitez pas si vous avez des idées. En attendant, défendez-vous autant que possible, et osez parler. Car demain, ce sont vos filles qui subiront.

Elle nous salue d'un signe de tête, puis nous tourne le dos. Moi, je la suis du regard, mes prunelles ayant du mal à se détacher de son être. Une de ses femmes de compagnie l'attend, et elle s'épaule sur elle, comme si elle allait s'écrouler. Je ne patiente pas plus et fonce en direction de la sortie en courant, bousculant plusieurs personnes au passage. Je m'excuse, mais les grognements de reproche accompagnent chacun de mes pas. Je n'ai qu'une idée en tête : retrouver Kaël, car lui seul peut m'aider.

CHAPITRE 29

Kaël

L'instabilité aux frontières est de plus en plus palpable, pour mon plus grand plaisir. J'ai reçu une missive de Zayan m'informant que Velkhara associé à des soldats barcéoniens attaqueront Aldoria dans les prochaines heures à différents endroits stratégiques. À croire que mes talents de piètre soldat aldorien ont porté leurs fruits et que le chef de guerre a convaincu son roi de se rallier à Barcéon. Peut-être aussi que la mort du souverain nalairien a confirmé sa prise de décision. Peu importe, le plan semble fonctionner.

Une attaque envers Aldoria a été revendiquée, et plusieurs groupes ont déjà été envoyés à la frontière pour renforcer leurs rangs.

Je marche le long de la muraille pour atteindre la grande cour où tous les gardes ont été appelés à se rassembler.

Dans sa tenue officielle, Garreth patiente, les bras derrière son dos bloquant les mouvements de sa cape.

— Messieurs, Velkhara nous a touchés par l'est un peu plus tôt dans la nuit. Nous ne savons pas encore l'ampleur des dégâts, mais il semblerait que le roi proclame son alliance avec Barcéon. Est-ce pour nous envahir par la suite ? Nous ne pouvons pas assurer le contraire. Les soldats en place ont pu les repousser, toutefois, nous avons reçu une requête pour avoir du renfort. C'est pourquoi une nouvelle équipe va être envoyée afin de grossir les rangs pour contrer cette menace.

Aldoria se leurre, tandis que Barcéon chemine dans l'ombre, bien décidé à réduire tous les autres au silence, alliés ou non. Je pousse un soupir de lassitude pendant que je sens l'impatience grandir chez les gardes, à croire qu'ils se font chier ici et n'attendent que la guerre.

Il faut moins d'une heure pour que les guerriers détachés soient sur les chevaux, prêts à partir. J'en fais partie. Au pas, j'avance jusqu'aux immenses portes du reinaume. Cavaler me fera le plus grand bien, tout comme m'éloigner de ce maudit palais. Une lueur scintillante m'éblouit à plusieurs reprises. Un appel qui m'est clairement destiné et qui me force à plisser des yeux pour chercher le coupable.

Isaya.

Évidemment. Cette nana est constamment là où je n'ai pas envie de la voir. Couverte de son énorme capuche, elle se dissimule derrière les premiers arbres, attendant que je la rejoigne.

— Putain, squatter mon pieu ne te suffit pas, il faut que tu viennes aspirer mon oxygène même ici ? craché-je en tirant sur les rênes de ma monture qui piétine, probablement aussi agacée que moi par cette visite impromptue.

— Je vais te manquer, mais t'es trop fier pour l'avouer… raille-t-elle avec un sourire amusé qui ne se reflète pas tout à fait dans ses yeux.

Elle essaie d'aller mieux, je le vois chaque jour, mais visiblement, elle n'a toujours pas trouvé la force qui la poussera à dépasser la situation. Elle n'a pas le choix. C'est ça ou elle sombrera complètement. Je suis contrarié, car cela m'ébranle, et ça ne le devrait absolument pas. Je ne suis pas venu ici pour nouer des relations, mais pour tuer. Sauf que ce qu'elle me fait ressentir m'intrigue, comme si elle était une énigme à résoudre. Je sais pourtant qu'il ne faut pas…

— Qu'est-ce que tu veux ? grogné-je pour qu'elle s'éloigne de moi.

— Nous avons eu un entretien avec la reine. Il se passe des choses ici, dit-elle en chuchotant et en se rapprochant de ma monture.

Elle jette un coup d'œil en arrière avec toujours cette crainte sur le visage.

— Quel genre de choses ? soupiré-je, déjà lassé d'avoir posé la question.

— Les femmes… Il y a une vague de haine à l'encontre des femmes, on veut nous faire taire !

Assimilant ses mots en me redressant sur ma monture, je rétorque :

— Quelle grande idée ! Vous bâillonner serait la solution à la plupart de nos problèmes ! Qui a eu cette idée de génie ?

Elle frappe ma cuirasse en me fusillant du regard, puis retient une grimace en secouant ses doigts.

— On t'a déjà dit que t'étais un sombre connard ?

Je fais mine de réfléchir, la moue douteuse, une main enveloppant mon menton.

— Oui. Mais toujours après le sexe.

Elle plisse les lèvres et tend sa paume vers le haut, dans ma direction. Je fronce les sourcils et ne comprends pas ce qu'elle attend, jusqu'à ce qu'elle désigne mon arme crantée attachée à ma cuisse.

— J'ai besoin de ça, dit-elle avec un sérieux qui me déconcerte.

— Même pas en rêve ! fulminé-je en ordonnant à mon équidé de reprendre sa marche.

Isaya me rattrape en trottinant, puis frappe du pied la croupe de mon canasson, qui se cabre et s'ébroue tandis que je me penche afin de tenir en selle.

— J'ai ton attention à présent ou je dois te faire tomber ?

— T'es une vraie casse-couilles, toi !

Elle s'attarde et m'explique que la reine a des doutes sur un groupe qui sévit au cœur du reinaume pour détruire sa réputation en tant que souveraine et salir l'honneur des femmes afin de fragiliser sa garde et créer des failles internes. Non pas que ce foutu territoire n'ait aucune faille, car il en est bourré. Pourtant, elle a l'air de croire qu'il y a toujours un espoir de réussite, ou je ne sais quoi. En attendant, elle finit systématiquement dans mon lit, en pleurs, dès que ses insécurités ressurgissent, et je ne sais pas quoi faire pour m'en débarrasser.

La tuer, susurre ma conscience une fois de plus. Ce serait une bonne solution pour anéantir ce petit feu qui jaillit dans mon être quand je la vois.

Mais je ne le fais pas. Pas encore, du moins. Je croise les bras sur mon armure.

— Mon arme ne te sauvera pas, Isaya.

J'appuie sur chaque lettre de son prénom, et cette garce se rapproche davantage de ma monture en lui soufflant des mots à l'oreille. Je l'observe, ou plutôt, je caresse des yeux ses cheveux flamboyants qui reflètent la moindre particule de lumière. Je ne vois pas sa main défaire les liens de ma selle et les saisir d'une poigne ferme. La seconde d'après, elle glisse, et moi avec, m'écroulant lamentablement au sol sous le regard médusé des soldats aldoriens déjà dans les rangs.

Leurs rires leur valent un coup d'œil meurtrier de ma part tandis que la rouquine se penche vers moi pour retirer mon arme.

J'attrape son poignet, prêt à le lui casser s'il le faut.

— Je sais que la lame est imprégnée de poison, je l'ai senti l'autre jour et elle est bien trop soigneusement rangée dans cet écrin doublé.

En réalité, son regard rempli de malice me sidère. Elle est bien trop observatrice.

— T'es une petite maligne, toi, dis-je en haussant un sourcil. Mais refais ça, et ce sera la dernière fois que tu verras le ciel, ma jolie.

— Et toi, appelle-moi encore une fois ma jolie et je te montrerai que je suis moins fragile que tu ne l'imagines. Les coups, je sais les encaisser.

Ses paroles s'infiltrent en moi d'une façon tout à fait étonnante. J'ai une image d'elle fugace, sous mon corps, recevant mes coups de reins. Je sors de mes pensées quand le commandant m'interpelle gravement :

— Kaël, quand tu auras terminé de courtiser, tu te joindras peut-être enfin à nous ? On n'a pas toute la nuit !

Bordel ! Quel petit enfoiré !

Je me rends compte que je suis toujours étalé sur le sol poussiéreux et Isaya retire sa main de ma ceinture vivement en tenant l'arme comme si elle tenait un trésor.

Soit.

Je me redresse, m'époussette et la regarde de haut alors qu'elle est encore agenouillée face à moi. Afin que personne ne nous entende, je me penche vers elle. Elle tend la main pour que je la relève, mais je l'ignore, m'avançant davantage pour lui susurrer à l'oreille :

— Ne meurs pas, lui dis-je. Je serai ravi de te rendre la vie impossible à mon retour. Exactement dans cette position.

Ces mots, je ne les pense pas, mais j'adore voir son visage se parer d'une couleur tout à fait délectable. Je me recule et rejoins les rangs.

Les heures suivantes sont longues. Les arbres se font de plus en plus rares à mesure que nous nous approchons de la frontière velkharienne. À notre arrivée, le camp grouille de soldats et Garreth nous indique l'endroit où nous allons laisser nos bêtes.

Il m'adresse un signe ainsi qu'à deux autres gardes afin que nous nous rendions sous une tente pour discuter stratégie avec un autre haut gradé.

Une heure durant, nous écoutons le récit des combattants concernant l'attaque frontalière. Il semblerait que Velkhara assure qu'ils ont riposté à l'offensive de soldats aldoriens intervenue quelques jours plus tôt et qu'ils prévoient de nouvelles représailles pour cet affront. Le commandant à ma gauche s'insurge et frappe du poing sur la table :

— C'est insensé ! La reine tente depuis des années de restaurer un traité entre les deux royaumes.

Tiens donc… Je n'avais jamais entendu parler d'un tel accord, il va falloir que je m'entretienne avec mon frère sur ces récentes informations.

Les voilà qui argumentent dans tous les sens en spéculant à tout-va. Passant par de la manipulation, une possible rébellion ou des traîtres dans les rangs aldoriens. Je lève les yeux au ciel à maintes reprises. Puis nous tournons tous la tête lorsqu'un étranger fait irruption sous la tente.

— Il y a eu deux attaques le long de la frontière ! Des soldats aldoriens auraient encore lancé une offensive contre Velkhara !

— Merde, dit le haut gradé. C'est quoi ce bordel ? Envoyez nos troupes là-bas et formez un groupe de patrouille le long de la frontière ! Ces conneries vont déclencher une guerre, et ce n'est absolument pas ce que nous voulons ! Trouvez-moi les coupables !

— Prêt pour de nouvelles exécutions ? demande Clovis à ma droite tout en ricanant.

La stratégie de mon père a l'air de se mettre en place et de porter ses fruits. L'idée est de décontenancer Aldoria en les accusant de vouloir détruire Velkhara, alors que, bien entendu, c'est un piège. Barcéon doit se cacher parmi les soldats velkhariens pour tendre ces embuscades, et l'assaut ne devrait plus tarder à dépasser les frontières, obligeant Aldoria à charger.

Il faut que je calcule mon coup pour éviter de blesser trop de soldats barcéoniens, car ils vont finir à sec. L'idée est que l'on croit que je suis impliqué dans ma mission, pas de tuer mes gardes.

Nous sortons avec hâte, les mains sur nos armes, et courons en direction des confins. Là, Garreth forme ses clans et nous disperse pour plus de résultats. Les gardes prennent les directions mentionnées, je m'apprête à faire de même lorsque le chef d'escouade m'arrête avec quelques autres hommes. Dans le lot, je repère Liam.

— Il semblerait que des petits malins en veuillent à la couronne. Il y a peut-être des traîtres dans nos rangs, donc gardez les yeux ouverts.

— Pourquoi il est là, lui ? rétorque Liam en faisant un geste de la tête vers moi. Il vient de rentrer dans les rangs et vous lui faites une entière confiance ?

Le fait qu'il parle de moi comme si je n'étais pas là échauffe mes veines d'une envie de lui arracher les yeux. Son air supérieur ne m'impressionne pas le moins du monde et je croise les bras contre mon torse en avançant vers lui pour le dominer.

— Messieurs ! Ne vous trompez pas d'ennemi ! Kaël a su faire ses preuves lors de la précédente attaque en tuant de nombreux Barcéoniens. De plus…

— Il est le neveu de monsieur le conseiller… crache Liam d'une voix mielleuse qui prouve son sarcasme.

Je serre les mâchoires et ne lâche pas son regard. Il finit par soupirer et rejoint le combat.

— Pas d'inquiétude, Liam finira par t'accepter. Max… Monsieur le conseiller n'est pas du genre à vanter les mérites d'un homme s'il n'est pas sûr de lui… même s'il fait partie de sa famille.

J'ai l'impression que mon cher oncle ment bien mieux que je l'avais envisagé. Pour seule réponse, je hoche la tête et tourne les talons.

Lorsque j'arrive sur les lieux, les combats font déjà rage, à croire que la situation a dégénéré bien plus rapidement que prévu.

Je repère les visages de certains de mes alliés, de mes cousins, et je fais tout pour me diriger vers des traits que je ne connais pas, afin de tuer des Velkhariens plutôt que les miens.

Un coup dans mon dos me fait basculer, mais je me ressaisis à temps en faisant une roulade avant pour me remettre debout. Les jambes écartées, je tournoie autour de ma cible, mes bottes ébranlant le sol, la poussière s'élevant en volutes de fumée autour de nous. Le sourire aux lèvres, je plante mes yeux dans ceux de mon adversaire. Grand, large d'épaules, je remarque d'instinct son point faible : son poids. Sa musculature est démesurée, ce qui rendra ses déplacements plus difficiles. Alors, je choisis la stratégie qui va consister à l'épuiser afin de le faire plier le plus vite possible. Mes pieds se décalent avec agilité, ma tête se baisse quand ses poings essaient de m'atteindre. Au bout d'un moment, le soldat ralentit, se fatigue, et je saisis son poignet pour le faire chuter. Il est lourd, mais je parviens à le faire basculer plus rapidement en donnant un coup dans son dos.

— Ta dernière volonté, mon gars ? lui soufflé-je en pressant ma dague contre son cou.

— Je…

Je ne le laisse pas finir, je ramène mon arme vers moi et lui plante dans le dos à plusieurs reprises. Lorsque je relève les prunelles, je vois un soldat me scruter. C'est Hayes. Un Barcéonien. Autour de nous, les gardes se sont écartés pour poursuivre leur lutte un peu plus loin. Personne ne remarque que nous nous sommes arrêtés.

Je m'approche de lui en levant mon épée, et pour la première fois depuis que je le connais, il recule d'un pas, comme s'il avait peur de l'homme que je suis.

Je fronce les sourcils, et cela déclenche ses paroles. Je feins de l'attaquer, mais mon mouvement est faible, lent.

— Je… j'ai cru un instant que tu avais vraiment changé de camp. Tes yeux… ils ont une étincelle différente, Kaël. N'oublie pas d'où tu viens…

Son souffle se fait plus rapide à mesure que nous nous déplaçons, puis je me stoppe, bousculé par ses mots. D'un signe de tête, je lui impose de se barrer.

Il a eu peur de moi... j'ai tué de nombreuses fois devant lui, mais c'est aujourd'hui qu'il m'a réellement craint. Pourquoi ?

CHAPITRE 30

Isaya

Ce matin-là, je me glisse sans bruit hors de la couche de Kaël. Il n'est pas là, pas plus que la nuit précédente, puisqu'il est parti en mission à la frontière est d'Aldoria. Cette pause dans nos entraînements me fait autant de bien que ça me préoccupe. Je me suis habituée à sa présence, à son aura sombre et à ce côté brut qui me bouscule. C'est ce dont j'ai besoin en ce moment, même si je ne lui avouerai jamais.

J'ai réfléchi, beaucoup, et j'en suis arrivée à la conclusion que je suis devenue une froussarde. Et que ça doit changer. Vite. Le plus vite possible.

M'introduire dans sa chambre à son insu simplement pour me cacher et laisser libre cours à ma douleur, ce n'est pas normal. Je ne devrais pas avoir à faire ce genre de chose. J'ai également envisagé de rentrer chez moi, dans le cocon familial, auprès de ma mère et de mes sœurs, mais sans m'y résoudre. Mon frère aurait tellement honte de moi s'il avait connaissance de mon retour, que je préfère ne pas y songer. Kaël a raison : je ne dois pas laisser ce qui m'est arrivé définir qui je suis. Je dois m'en servir comme une force et c'est le cas : *je* suis forte. J'ai survécu ! Et je dois utiliser cette vaillance pour toutes celles qui l'ont perdue à leur tour. Pour leur permettre d'avoir la même rage au ventre que moi. Pour qu'elles apprennent à se défendre.

Je suis une survivante et je dois sortir de cette foutue chambre sans angoisser chaque fois qu'un homme pose son fichu regard tordu sur moi. Pour l'instant, il n'y a qu'avec Garreth que je n'ai pas de réaction épidermique. Et ce fichu soldat dont je squatte la chambre et qui risque de vouloir m'arracher la peau du cul s'il me trouve encore ici à son retour. Mais je sais être discrète et effacer mes traces s'il le faut.

Prenant mon courage à deux mains, c'est-à-dire en rangeant mon arme dans son étui, je quitte l'endroit avant que le soleil ne se lève totalement. Je rejoins la salle d'entraînement déserte, comme tous les jours à cette heure-ci, et entame un footing matinal après avoir englouti un morceau de pain et quelques baies. Je pratique des esquives, me baisse, me redresse et saute par-dessus des outils en bois mis à notre disposition afin de nous perfectionner. Je me hisse sur une corde dans le but de pouvoir grimper celles se trouvant dans les tours de guet ; l'exercice ultime à réussir pour une condition physique optimale. Des soldats commencent lentement à arriver et discutent sans me calculer. Seul Garreth est posté dans la galerie à l'étage qui surplombe l'aire de combat. S'il croit qu'il est discret, c'est raté. Ça fait bien trente minutes que j'ai remarqué qu'il m'observait, un léger rictus s'arquant sur ses lèvres.

Il a l'air satisfait. Aria, l'une des plus proches gardes de la reine, avance fièrement dans son armure noire reluisante, une lance tenue droite dans sa main. Garreth la salue de son piédestal et pointe son menton dans ma direction. Je plisse les yeux tout en continuant à défier l'homme imaginaire face à moi. Et c'est le même visage. Toujours.

Quelques secondes plus tard, les soldates de ma formation se regroupent au centre de la pièce dans un brouhaha incessant.

Aria frappe du pied au sol alors que le groupe commence à l'encercler. J'essuie la sueur sur mon visage et me joins aux autres.

— Mesdames. Vous serez bientôt à l'apogée de votre formation. Toutefois, nous avons convenu qu'il était plus sage de vous montrer de nouvelles techniques et de vous faire travailler de manière… disons… différente.

La silhouette de Garreth se dessine derrière la blonde face à moi et il marche tranquillement, les mains dans le dos.

Qu'est-ce qu'ils manigancent encore ?

Aria reprend :

— Regardez-vous.

Nous nous dévisageons toutes, les unes après les autres.

— Vous formez une équipe. Cinq d'entre vous constitueront la future garde de Sa Majesté.

Quelques sourires sont échangés jusqu'à ce que mon regard tombe sur celui de Cléa, qui me snobe de sa hauteur, un sourcil arqué, alors qu'elle élève la tête en signe de supériorité. Si cela fait quelque temps qu'elle me laisse tranquille, visiblement, elle n'a pas compris le message que cherche à nous faire passer Aria.

— Vous devez être prêtes à tout moment. Un ennemi n'attend pas que vous ayez une arme pour vous pourfendre, il n'attend pas non plus que vous soyez de bonne humeur ou que vous ayez pris votre petit déjeuner. Il agit sur l'instant, avec hargne, se battant seul ou en groupe, mais toujours avec stratégie et méthode. Aujourd'hui, c'est à vous de créer la vôtre, de vous coordonner. Pour vous. Pour la reine. Pour Aldoria !

Une certaine agitation se crée autour de nous, les poings en l'air et les hurlements des personnes alentour démontrant cette cohésion qui nous manque encore. En un clin d'œil, les soldats de Garreth ne sont plus par binôme. Ils se dirigent… vers nous, nous encerclant.

Je serre le manche de mon épée et vérifie à deux reprises que mes dagues sont bien à leur place. Aria sourit lorsque nous comprenons ce qui se trame et, de sa voix forte et tranchante, elle rugit :

— Défendez-vous comme si votre vie en dépendait. Défendez la reine sans savoir où elle se trouve, car sans ça, le royaume tombera entre les mains de nos ennemis, et vous périrez sans honneur.

J'évite un premier coup d'épée qui m'attaque par-derrière, et Icar, un soldat, réitère son coup avec un certain amusement. Je bloque son arme en soulevant la mienne, puis j'opère un tour sur moi-même pour finir par lui asséner un coup de pied dans le ventre. Apparemment, il ne s'y attendait pas, car son visage rosit, contenant sa colère.

Le tintement des lames qui s'entrechoquent autour de nous retentit dans toute la salle, et nos instructeurs continuent leur monologue à tour de rôle. Je ne baisse pas ma garde et pointe mon épée sur son cou en lui murmurant :

— Tu es mort.

Cet exercice m'amuse beaucoup, et je retrouve enfin un plaisir évident à combattre. Dans un coin de ma tête, tous les conseils de Kaël ressortent, c'est clairement grâce à lui que je suis capable de me défendre à nouveau. Une cloche résonne et les soldats reculent tous d'un pas.

— Messieurs, changez de partenaire !

Pendant une heure durant, les hommes nous défient pendant que nous maintenons notre cercle autour d'Aria comme si nous la défendions elle et non notre « honneur », ce qu'elle ne cesse de répéter. Nous nous battons, parfois de façon inégale, mais toujours avec conviction et puissance. À cet instant, je sais que cette opportunité ne peut être que bénéfique. Mes rudes entraînements avec Kaël portent leurs fruits, et je ressens une certaine fierté face aux hommes à qui je botte le cul. Mes sœurs d'armes et moi finissons par allier nos stratégies, et bien qu'il y ait encore du travail à faire, l'essentiel est là, dans nos corps qui se meurtrissent, dans nos chairs qui s'abîment. Nous voulons toutes une seule et unique chose : une place près de notre souveraine. La question est de savoir qui seront les meilleures pour y parvenir.

***

— La reine demande à te voir.

Les paroles de Sora résonnent dans ma tête tandis que je fais les cent pas dans le couloir, les épaules contractées, en attente de pouvoir rencontrer la reine en huis clos. Je triture mes doigts, incapable de m'asseoir sur le banc en bois installé le long du mur tellement je redoute ce face-à-face. Rencontrer celle qui règne sur notre contrée est un honneur qui n'est pas donné à n'importe qui. Pourquoi moi ? Je cogite tout en scrutant les hauts plafonds qui renforcent cette impression de grandeur accueillant chaque personne qui franchit les portes du palais. C'est la première fois que j'accède aux étages supérieurs, et je dois dire que cela est très intimidant. Les longs couloirs bordés de statues, les tableaux représentant les aïeux, le calme serein qui ne règne pas au sous-sol, là où grouille la fourmilière. Seulement, lors de cette attente insupportable, je repense à toutes les idées auxquelles j'ai réfléchi depuis que Sa Majesté nous a parlé des attaques, et je me dis que c'est peut-être ma chance de faire d'une pierre deux coups. De lui évoquer mes propositions.

La porte s'ouvre sur l'une de ses gardes au visage strict et fermé. Ses pommettes sont rehaussées et lui donnent presque un air sympathique, mais ses yeux… ils sont aussi glacials que sa posture.

— Sa Grâce t'attend dans son bureau.

Je lui adresse un signe du menton et avance jusqu'à la double porte devant moi. Les appartements de la souveraine sont immenses et décorés avec soin. Des fleurs y sont disposées dans de grands vases bien garnis et des tapis ornementaux étouffent les bruits de la pièce. J'observe, me familiarise avec les lieux en repérant les sorties, les fenêtres et tout ce qui pourrait m'être utile ; réflexe de soldate. Je lève ma main tremblante et cogne deux coups sur le bois. La voix calme et posée de la reine m'ordonne d'entrer.

— Bonjour, Isaya. Je t'en prie, installe-toi.

J'effectue une révérence telle qu'on nous l'a apprise et prends place sur l'un des deux sièges en velours face au bureau de Sa Majesté. Mes yeux continuent leur va-et-vient dans la pièce quelques secondes, le temps que la reine Feya range ses effets personnels.

— Bien. Que penses-tu de ta formation ?

Je la fixe attentivement, constatant son teint blême, à mon avis camouflé sous plusieurs couches de poudre. Ses ridules aux coins des yeux et entre ses sourcils marquent le temps qui passe, mais elle n'est pas non plus vieille. Plus jeune, elle devait être d'une beauté à couper le souffle. Je réponds à sa question en adoptant une posture bien droite et une attitude rigide, la pression envahissant tout mon corps. Cette formation a de nombreux aspects positifs malgré la difficulté et la fatigue. Nos corps mis à rude épreuve se renforcent au fil des jours et prennent en muscles comme en force. La discipline est importante, et toutes les règles auxquelles nous sommes soumises nous sauveront la vie un jour. Je lui vante la cohésion d'équipe qui reste à améliorer, les challenges, les missions et notre apprentissage fondamental : les règles de la guerre, du savoir-vivre, les soins de première nécessité, l'herboristerie et l'accès aux bibliothèques royales pour nous perfectionner.

Après mon monologue que je pensais convaincant, la reine plisse ses yeux couleur émeraude et croise ses doigts au-dessus du bureau.

— Isaya. Je ne veux pas que tu me récites tout ce qu'on t'apprend au cours des deux années de formation, je connais ce programme par cœur, je l'ai élaboré avec Garreth. Je veux que tu me dises sincèrement les failles qu'il contient afin que nous puissions y remédier. Tu n'es pas sans savoir qu'un mal sévit au cœur de notre reinaume et je me dois de l'endiguer au plus vite. Je ne tolérerai pas que de nouvelles attaques sur les jeunes recrues se répètent. Alors, je t'écoute.

J'avale ma salive avec difficulté, comme si j'ingérais des morceaux de verre, puis me lance, incertaine de pouvoir poser la question.

— Votre Majesté… sans vouloir paraître grossière, pourquoi me convoquer moi ? Il y a de nombreux soldats ou le commandant lui-même qui pourraient vous répondre.

Un léger rictus apparaît à la commissure de ses lèvres. Malgré son statut, je la découvre accessible, simple. Elle ouvre un de ses tiroirs et fait glisser plusieurs feuillets vers moi.

— Ce sont les notes de Garreth. J'ai étudié chaque ligne prise par le commandant sur les soldates. Il apparaît que tu es la plus… sincère, quitte à te faire reprendre ensuite.

La chape de plomb qui demeurait sur mes épaules se fait moins lourde, ma respiration plus fluide. Sans ouvrir ce qui se trouve face à moi, ne souhaitant pas avoir cet avantage que les autres ne pourront jamais avoir, je m'enfonce un peu plus contre mon dossier et lui réponds comme si elle venait de me poser la question.

— J'ai failli perdre ma place à la fin de la première année. Pas parce que je n'étais pas suffisamment qualifiée, mais parce que la formation est difficile émotionnellement. Il y a beaucoup de concurrence au sein de notre équipe. Les coups bas sont monnaie courante, et c'est le jeu. Je l'accepte, car cela permet aussi de nous dépasser et de sortir de notre zone de confort. Vous souhaitez changer les mentalités et que l'égalité soit de mise. Malheureusement, le patriarcat a la vie dure et nous endurons chaque jour les regards, les réflexions des soldats. Parfois, j'en viens à me demander si tout cela n'est pas vain et encore plus depuis que…

Mes poumons sont comme saturés d'un air insalubre, me brûlent alors que ma tête se remplit d'images qui me hantent et me brisent chaque fois que j'y pense. Je ne sais pas comment j'en suis venue à cette phrase, mais je le regrette instantanément.

— Depuis que quoi, ma chère ? N'aie aucune crainte, personne ne te jugera ici.

Elle lance un regard derrière moi, là où sa garde est postée sans bouger. Je me penche un peu plus vers elle et murmure :

— Depuis que j'ai été battue et violée en pleine rue.

La brutalité de mes mots explose entre nous et prend leur véritable sens, contrastant avec la douceur de ma voix.

La reine feint de rester calme alors que sa mâchoire se contracte et que ses yeux s'embuent de larmes qu'elle refoule en papillotant des cils. Je remarque ses doigts se resserrer contre le bois de son bureau, ses jointures devenant encore plus blanches.

Je suis toujours assise sur la chaise et je me rends compte que le monde ne cesse pas de tourner pour autant. Que ma vérité n'est plus un fardeau que je ne peux pas canaliser, parce qu'aujourd'hui, je suis entendue. Personne ne remet en doute ce qui m'est arrivé et la véracité de mes propos. Je m'empresse d'ajouter :

— Si Kaël n'était pas intervenu, je ne serais plus de ce monde à l'heure où je vous parle. À part lui, personne n'est au courant.

Elle ancre ses prunelles dans mes yeux et tend sa main, qu'elle pose sur la mienne.

Sa chaleur m'envahit et me rassure. Elle fera le nécessaire. Je me bats depuis des semaines pour remonter la pente, appréhender mes craintes et me perfectionner, et c'est avec elle que je retrouve un regain d'espoir.

— Kaël ? dit-elle, le ton surpris, en plissant ses paupières.

J'acquiesce et ajoute :

— C'est une brute et un foutu tortionnaire, surtout lors de nos entraînements, mais… il me pousse à accepter et à avancer. À sa manière évidemment, souris-je, mal à l'aise.

Qu'est-ce que je fous à lui raconter ma vie ?

La reine acquiesce et se lève brusquement pour atteindre sa fenêtre. Son regard se perd dans le lointain, ses yeux fixés sur les plaines qui bordent le château.

— Ce nouveau fléau doit cesser. La guerre est à nos portes. Et il va falloir que nous fassions face. Nous ne devrions pas avoir à gérer ces abominables comportements. Pas quand je me suis battue si fort pour une meilleure place de la femme sur mon territoire. Pourquoi maintenant, alors que tout paraissait plus au moins sous contrôle ?

Elle semble se parler plus à elle-même qu'à moi, et je ne trouve rien de mieux à répondre que :

— Kaël les a tués.

Je baisse la tête et la reine se retourne pour s'approcher de moi. Elle relève mon menton de ses doigts fins et légèrement tremblants. Je voudrais mettre ça sur le coup de l'émotion, mais d'aussi près, je vois qu'elle est rongée par quelque chose de plus sournois que je n'avais pas repéré avant. Elle est malade.

— Alors, heureusement qu'il se trouvait là, dit-elle. Isaya, je t'interdis de baisser la tête. Tu m'entends ? Tu ne dois pas porter la honte de ce qu'ils t'ont fait, parce que tu es l'image de notre reinaume. Tu portes des valeurs qui me sont chères et qui ne devraient pas être qu'utopies. Tu es une femme. Une soldate. Tu es force et détermination. Un exemple de témérité et de puissance. Tu es, toi comme toutes les autres, l'avenir de ce monde, et je me battrai pour vous comme vous le faites pour moi. Je vais invoquer un conseil spécial pour pallier les manquements qui nous font encore défaut. Je suis la reine…

Elle se relève et m'invite à faire de même.

— Je suis la reine, reprend-elle, et je ne laisserai personne impunie pour ce genre de crime ! Nous allons renforcer votre formation. Ce matin n'était qu'un premier pas. Vous devez être mieux préparées aux viles attaques d'hommes qui s'imaginent plus forts.

C'est ma chance, c'est maintenant que je dois saisir l'opportunité qui me tient tant à cœur. Pour les femmes de demain, pour celles d'aujourd'hui, et pour moi. Enfin, agir pour moi.

— Merci, Votre Majesté. Je crois qu'il faudrait également envisager de former chaque femme du reinaume à se défendre. Les paysannes, les cuisinières, les mères de famille. Il y a tant de choses à faire.

Elle réfléchit à mes mots pendant de longues secondes.

— Tu as raison, c'est une excellente suggestion. Toutefois, ce sont des choses qui prennent du temps à mettre en place, mais j'y veillerai.

Nous sommes interrompues par le chancelier de la reine qui entre après avoir été annoncé.

Son air grave et ses joues rougies me font penser qu'il a couru pour arriver ici. Il détient entre ses mains un rouleau de parchemin dont le sceau initialement apposé a été brisé.

La reine prend congé de moi en m'indiquant que nous en reparlerons très bientôt, et sa garde me raccompagne jusqu'à la sortie.

Juste avant de quitter la pièce, j'entends les paroles de l'homme, et tout mon être se tend :

— La garde de Velkhara a été repoussée en dehors des frontières, mais les pertes sont considérables. On ne sait pas ce qu'il s'est passé, mais ils étaient beaucoup plus nombreux que par le passé.

Je ne perçois pas la suite, car la porte se referme derrière moi.

Nos soldats s'épuisent au fil des jours, les attaques se multiplient. Une pensée insidieuse s'invite dans mon esprit sans crier gare, et mon cœur s'agite : Kaël fait-il partie des victimes ?

CHAPITRE 31

Kaël

Je serre les dents en retenant un grognement, le désinfectant froid dégoulinant sur ma peau à vif. Cléa, de garde à l'infirmerie, n'ose pas me parler après ma mise au point de la dernière fois. Ses yeux me fuient, et c'est tant mieux. J'ai autre chose à penser qu'à son ego de peste.

Ses gestes sûrs tapotent ma blessure sans précaution ; une entaille de quelques centimètres sur le thorax qui ne m'empêchera pas de faire mon boulot. Si je suis là, c'est surtout pour vérifier que la lame n'était pas empreinte de poison, je connais nos méthodes. Espérant récolter quelques informations, je lui lance :

— Comment en es-tu arrivée là ? ne puis-je m'empêcher de l'interroger, la voix faible pour que les autres ne nous entendent pas.

Dans notre royaume, aucune femme ne guerroie, n'a de rôle important ou ne décide de quoi que ce soit. Leur place est en cuisine, à la maison ou à l'enseignement des garçons qui deviendront les hommes de demain. Elle s'avance vers moi, comme pour donner l'impression que c'est un moment intime entre nous, puis me glisse :

— Je me suis fait passer pour un homme afin d'intégrer les rangs de Viktor. Ça a duré six mois, puis l'un des soldats a découvert mon identité. Le roi y a vu une aubaine.

Elle marque une pause, le souffle court, puis reprend :

— J'étais bonne au combat, et il le savait. Il m'a fait une proposition. Soit je venais ici pour intégrer la garde féminine et défendre mon territoire, soit il me faisait tuer. Je n'ai donc plus rien à perdre, car je ne pourrai jamais revenir à Barcéon.

— Et la rouquine, elle t'a fait quoi ?

À l'évocation de son prénom, ma queue se dresse légèrement, l'envie me submergeant. Il faut dire que la frustration me gagne et que le manque commence à se faire grandement ressentir. Mais c'est Cléa qui est face à moi, c'est elle qui n'hésite pas à me prouver que je lui plais, et c'est une Barcéonienne. Se pourrait-il que je revoie mon jugement et que j'allie l'utile à l'agréable ? Mon sexe large entre ses cuisses et sa bouche me donnant toutes les informations indispensables ?

Ça peut carrément se faire…

Du brouhaha dans le couloir me sort de mes pensées et je me redresse, lorgnant derrière moi.

— Kaël ? Maudit soldat ! J'espère que tu es là, sinon, c'est moi qui te tue !

Je lève les yeux au ciel en entendant la voix de celle qui devient l'ombre de mon être.

Qu'est-ce qu'elle me veut encore ? J'étais en pleine séance de méditation spirituelle, là !

Je reconnais ses pas chargés et sa démarche pressée. Comme une tornade, elle franchit le pas de la porte et scrute les alentours. En me voyant, ses épaules s'affaissent légèrement, puis elle marque un arrêt quand elle assimile que je suis aux côtés de Cléa.

— Le retour de la soldate inbaisable… siffle cette dernière à mon oreille, et ça me tend, et pas dans le bon sens du terme.

Je ne sais pas pourquoi ça m'énerve autant, sans doute car j'ai l'habitude de sa présence désormais, et c'est entièrement la faute de Garreth. Va falloir qu'il la retire de mes pattes, parce que l'un de nous deux n'y survivra pas.

— On m'a dit que tu étais là ! dit-elle en arrivant enfin à ma hauteur. Tu es blessé ?

Elle ne s'exprime pas plus et scrute mon visage, mon corps, puis s'avance en tendant les bras pour m'envelopper dans sa chaleur.

Qu'est-ce que c'est que ça ?

Mon corps se raidit instinctivement, car je crois n'avoir jamais connu cette douceur à mon égard. Non, personne n'a osé se perdre dans une étreinte avec le tueur de Barcéon. Qui en aurait eu envie, de toute façon ? À part elle et son foutu regard incandescent qui semble se frayer un chemin inexploré dans des parties de moi que je ne connais même pas ! Je l'observe attentivement, respirant l'odeur de ses cheveux qui me chatouille le nez.

Elle se recule et tire sur le bandage que Cléa avait commencé à faire juste avant que la rouquine ne débarque. Ses yeux se plissent, évaluent, puis descendent plus bas, s'égarant sur ma peau. Son parfum envahit mes narines de nouveau. Son doigt effleure mon épiderme et c'est une autre sorte de brûlure qui se répand en moi. Je ne veux pas ressentir la chaleur de son corps, alors je saisis ses doigts pour l'éloigner.

— Ça va !

Ses yeux verts se plantent dans les miens, une lueur insaisissable y vacille. Elle tourne les talons et me lance :

— Je t'attends pour l'entraînement. C'est pas une petite blessure comme ça qui va y changer quoi que ce soit.

Je vais l'étriper… mais avant, je vais la sauter, car mon corps a réagi beaucoup plus intensément à son contact qu'à mes ébats avec Cléa. Une chose est sûre, c'est qu'il faut que je fasse taire cette harpie. Vite. Fort.

— On dirait que tu veux sauver la plus faible du lot… Stratégie intéressante.

Je me retourne vers la blonde qui se tient à mes côtés, et j'ai un haut-le-cœur d'avoir éprouvé du désir pour elle un jour. J'ai entièrement conscience de pourquoi elle me débecte. Elle me ressemble trop. Son indifférence. Sa froideur. Rien ne l'arrêtera. Si ce n'est un adversaire plus fort qu'elle. D'un geste de la tête, je lui intime de finir mon pansement et prends la tangente.

Après deux heures d'entraînement avec Isaya, j'ai passé du temps avec les autres soldats ; toujours sur les recommandations de Maxwell. Il semble qu'il y ait de plus en plus de tensions au sein du groupe et cela se ressent. L'attaque de Velkhara a fait plus de cinquante morts dans les rangs aldoriens, ce qui n'est pas négligeable. Ragaillardi de cette nouvelle, j'emprunte les escaliers menant à ma chambre d'un pas assuré. Bientôt, ce sera fini, je quitterai ce palais et ne laisserai personne derrière moi. Le prénom d'Isaya flotte à l'orée de ma conscience, telle la vile sorcière qu'elle est, mais je relègue au second plan le soulagement que j'ai ressenti en la voyant débarquer à l'infirmerie. Non, pas du soulagement. De l'envie. Une putain de lutte intérieure pour ne pas dévorer sa bouche charnue sur place. Le tiraillement dans ma poitrine me rappelle que la bataille a été rude et que je suis épuisé. J'ouvre la porte de ma chambre à la volée, le silence m'y accueille.

Pourtant, dans la moindre particule d'air, je sens la présence d'Isaya, et sa chemise est posée délicatement sur mon pieu, comme si l'endroit lui appartenait.

Je dois la trouver. Tout ça doit cesser immédiatement. Elle doit reprendre sa vie normalement et arrêter de croire que mon antre est devenu son sanctuaire ou je ne sais quoi !

Foutue gonzesse !

Lorsque j'enlève mon haut pour effectuer quelques pompes afin de faire retomber cette tension dans mon corps, j'entends le bruit de ses pas. Elle est plantée là, dans le chambranle de la porte, m'observant avec une attention toute particulière.

— Est-ce que ça va ? questionne-t-elle, un pli d'inquiétude entre ses sourcils.

Je me rends compte que ma respiration est rapide et que j'ai soudainement chaud, des perles dévalent mon front et mon dos. Isaya avance d'un pas prudent en fixant ma blessure, et c'est seulement lorsque sa présence envahit mon espace que j'aperçois le panier qu'elle tient dans ses mains.

— Je me suis dit que tu avais peut-être faim après avoir galopé toute la journée pour rentrer au château suivi de notre entraînement. Je n'ai pas pu te demander avant, mais comment c'était là-bas ?

Sa sincérité et sa façon de s'intéresser à ce qu'il s'est passé provoquent une vague de colère en moi.

— Tu te prends pour qui ? Tu n'as rien à faire ici…

— Je sais.

Elle déglutit et dépose le panier sur la table en bois usé, dos à moi. Ses mains s'activent pour en sortir son contenu, comme si de rien n'était, puis elle finit par poser ses paumes de part et d'autre des victuailles, baissant la tête et semblant se perdre dans un monde où elle seule habite. Mais tout ça n'a aucun sens. Elle doit quitter cette pièce ou… ou…

Je me rapproche d'elle, saisis vivement son épaule pour la faire pivoter face à moi et elle se retrouve bloquée entre la table et mon corps. L'intensité silencieuse qui plane dans son regard me fait perdre le fil de mes propres pensées. La frustration me gagne, la tension m'enserre, et je craque. Ma bouche se plaque sur la sienne sans aucune délicatesse. Ses lèvres douces m'accueillent avec autant de ferveur que mon besoin de la posséder. Je m'apprête à reculer, car je ne fais pas dans les baisers, mais ses mains fourragent mes cheveux et tirent dessus jusqu'à me faire pousser un grognement.

— Tu n'es rien, Isaya. Te fais pas de fausses idées.

— Ferme-la et arrête ce ton condescendant avec moi ! Je lis en toi, Kaël. Et je crois que j'aime ce que j'y vois. Il n'y a pas de faux-semblants, pas de demi-mesure. Tu es entier, droit. Flippant parfois, mais je suis certaine que c'est une carapace.

Elle s'emballe, elle suppose voir en moi un être meurtri alors que je ne suis qu'une bête sans cœur.

— Tu ne me connais pas !

— Je t'ai suffisamment observé pour affirmer que je vois un homme fort qui a été blessé, peut-être même… brisé ?

Qu'est-ce que je disais…

— Ferme ta bouche, Isaya. Tu parles sans savoir, et là, tu t'aventures sur un terrain dangereux. Bien trop dangereux pour toi.

Mais elle ne cesse pas pour autant de parler. Peut-être que c'est tout ce qu'il me fallait pour trouver une bonne raison de la faire taire. Je glisse une main le long de ma ceinture, prêt à saisir mon arme.

— Cette lueur dans ton regard… c'est la même que celle que je croise chaque fois dans mon propre reflet. Est-ce que chaque jour de ta putain d'existence en vaut la peine ? N'as-tu aucun regret ?

Cette fois, c'est trop. Elle croit deviner quel monstre est tapi en moi, mais elle se trompe. J'enroule mes doigts autour de ma dague, et la chaleur de sa main caresse le dos de la mienne pour me faire lâcher prise. Sa langue glisse sur la lèvre et aiguise mes sens. Je lutte, mais c'est comme si la bataille était déjà perdue d'avance, car tous mes muscles se contractent sous le désir qui m'envahit, puis je fonds sur elle. Ma bouche s'égare le long de son cou dans une urgence que je peine à réfréner. Isaya ne répond rien, mais son corps, lui, frissonne et se délecte. Ma brutalité s'effrite face à sa douceur. Je dois me ressaisir.

Vite et bien.

Voilà ce qui m'anime chaque fois que je touche une femme. Mes doigts s'affairent au même moment pour délacer son corset et libérer ses seins de ce carcan infernal. Sa peau est brûlante sous la mienne. Douce. En contraste avec ses gestes hâtifs, presque brusques. Elle s'attaque à mon ceinturon et susurre :

— Je veux que tu me touches, Kaël. Je veux sentir tes mains effacer l'horreur que j'ai vécue. Fais-moi oublier leurs mots, leur odeur, leur chair…

Je m'arrête une seconde. Une seconde de trop.

— Je ne suis pas ce genre d'homme, Isaya.

Elle recule, ses joues échaudées et les seins nus, parfaits. Elle ne répond rien et embrasse mon épaule. Mon torse. Le pourtour de ma plaie, et y dépose sa paume. Elle paraît fascinée de sentir mon cœur battre sous ses doigts.

— Et tu es quel genre d'homme ? rétorque-t-elle enfin, le souffle rauque, la peau parée de frissons.

La garce me mord le téton, ma queue s'enflamme et enserre mon pantalon.

Cette tension qui palpite entre nous devient encore plus intense, plus brutale, impossible à ignorer. Elle consume le peu de conscience qui nous habite. Je suis un homme mauvais. Pas fait pour panser ses blessures.

— Celui qui va te baiser jusqu'à ce que tu ne puisses même plus pousser de cris. Celui qui te blessera, car je n'aurai aucun remords à te faire du mal. Pas pendant l'acte, non, après. Tu ne pourras plus penser à rien d'autre qu'à mes coups de reins, qu'à ma bite s'enfonçant dans ton antre. Ma jouissance hantera chacune de tes nuits. Je ne veux pas ton plaisir, Isaya. Je veux le mien. Fuis avant qu'il ne soit trop tard.

Mes paroles chuchotées contre son oreille, ma voix rauque qui exprime tout sans aucun faux-semblant. Elle est au courant, à elle de faire son choix. Là, maintenant, je lui offre la possibilité de partir, car je n'aurai plus aucune retenue tellement je la veux. Je regretterai sûrement demain, mais je m'en fous, puisqu'elle me fait… ressentir.

— Oh… ce genre-là…

Je saisis ses cuisses et hisse son cul sur la table en m'insérant entre elles.

— Tu es prête à prendre le risque, petit rouge-gorge ? Ou faut-il que j'aille sauter Cléa ?

À l'évocation de ce prénom, Isaya perd le contrôle. Elle agrippe ma nuque en me griffant et me rapproche d'elle pour me fixer de ses yeux si purs.

— Fais-moi tout oublier. Mais si tu redis son nom, je te broie les couilles.

Sa rage me fait rire intérieurement, et c'est… déstabilisant. Aucune femme ne me fait rire. Personne, d'ailleurs.

Ses ongles glissent contre mon dos et se plantent dans ma peau. Une sorte de possession, de trace ancrée en moi. Mes muscles douloureux se contractent, mais c'est bon, intense, brûlant.

J'arrache son pantalon, et elle baisse le mien. Nos gestes sont précipités, trahissant l'urgence de nous posséder. Cette tension que nous accumulons depuis quelque temps et qui ne demande qu'à exploser. Je saisis son sein et fais glisser ma langue sur le bout de son téton. Son corps s'arque avec une certaine retenue et j'appuie ma paume contre sa poitrine pour l'allonger alors que ma main descend avec lenteur, imprégnant ses courbes de mes empreintes. Nu devant elle, je recule d'un pas et empoigne mon sexe en la défiant :

— Caresse-toi.

Elle relève à peine son buste, me scrute, puis regarde le spectacle que je lui offre, les yeux écarquillés. Je m'active en effectuant des va-et-vient bruts, laisse ma main glisser le long de ma queue en guettant la moindre de ses réactions. Ses prunelles sur mon sexe sont un aphrodisiaque puissant. Je remue le bassin plus fort pour lui montrer ce qu'elle devra encaisser dans quelques instants.

— Isaya, grondé-je.

Timidement, ses doigts agiles se faufilent entre ses plis et elle les laisse titiller son bourgeon rose avec cette délicatesse qui me désarme.

Nous ne nous touchons pas, mais nous nous observons, imprégnant dans nos esprits ce qui sera terminé demain, et c'est d'autant plus jouissif. Je me rends compte que la voir étendue de cette façon, espérant que je vienne la cajoler, m'excite davantage. Je prends un certain plaisir à la savoir à ma merci. Hésitante, captivante et *à moi*. Mes reins ne veulent plus qu'une chose : frapper son corps, le marteler, le posséder.

Isaya se touche, se caresse, mais je sens qu'elle n'est pas totalement à l'aise. Ses gémissements sont timides et ses yeux se détournent malgré son envie évidente de me satisfaire. À cet instant, je voudrais être dans sa tête... Sans réfléchir, je me retrouve entre ses jambes, à genoux devant elle, j'écarte ses cuisses plus encore et mon souffle parcourt sa peau douce.

— Regarde ce que je vais te faire.

Mais je la sens partir, prisonnière de ses démons qui la hantent.

— Isaya. Reste avec moi. Il n'y a que nous. Personne d'autre !

Elle acquiesce d'un simple hochement de tête et s'appuie sur ses coudes en me fixant plus profondément. Elle exhorte un soupir contenu lorsque je la lèche une première fois. Puis recommence. Ma langue apprend son intimité et ses recoins, elle plonge dans son antre. Je la dévore et elle se détend petit à petit. Son nectar me raidit, me rend dingue. Son goût s'imprègne dans tout mon corps, et c'est bon. Trop bon. Tout en aspirant son clitoris, j'insère un doigt en elle. Puis un second. Sa réaction ne se fait pas attendre. Elle halète, pousse des gémissements instinctifs et gesticule en cherchant mon contact, l'orgasme la cueillant. Ses doigts accrochent mes cheveux pour me maintenir en place, son visage s'illumine et ses yeux se plissent lorsqu'elle se laisse aller. Empreint d'une jouissance telle, je manque de me répandre à mon tour tant j'ai envie d'elle. Je délaisse son sexe, puis me relève, son goût sur ma langue, et ne la lâche pas du regard. Ses iris me transmettent toute la gratitude qu'elle me témoigne, et ça me perturbe. Elle a joui. Parce que je l'ai voulu.

— Tourne-toi.

Trop déstabilisé par le plaisir qu'elle vient de prendre, je tressaille un instant. Je ne supporterais pas de voir ses traits se gorger du moment de nouveau. Elle hésite, prise d'une certaine angoisse et je m'arrête.

— Isaya. Je... Je...

Je bafouille comme l'abruti que je suis, et son regard suppliant, quelques secondes avant, me défie à son tour. Elle va affronter sa pire angoisse pour… que je puisse me laisser aller. Alors qu'elle se penche sur la table, je cagole ses fesses rondes en lui assurant que tout va bien se passer. L'envie de les goûter me traverse, mais je me recentre sur mon mantra. En place, ses doigts tremblants s'accrochent au bois en attendant que je la pénètre.

De ma hampe dure, j'écarte ses cuisses afin de m'y insérer. Mon bout entre dans son sexe, et je manque déjà de défaillir.

Elle est toute serrée, putain !

Elle se crispe et, sans comprendre pourquoi, je caresse son dos. La rassurer n'est pas vraiment un talent inné chez moi, mais je sais par quoi elle est passée et ce qu'elle s'apprête à donner. À cet instant, je ne suis plus l'homme froid infiltré pour tuer sa reine, je suis… moi. Et ça me fout en l'air. J'éloigne cette prise de conscience et la pénètre avec une lenteur infinie qui me détruit. J'attends quelques secondes qu'elle s'habitue à moi, mais après un coup de reins que je ne peux retenir, je m'active entre ses jambes. Je ne supporte pas tout ce qu'elle me fait ressentir, cette différence que je constate avec les autres femmes. Son souffle est court et m'encourage à accélérer la cadence. Isaya frémit sous mes assauts et ses gémissements deviennent intenses.

— Plus fort, Kaël. Je veux tout oublier.

Je lui donne. Comme un putain de pantin, je lui offre tout.

Ses parois se contractent, mes reins me font mal, je me retiens pour ne pas jouir, puis elle hurle, elle se livre, s'abandonne, et j'en fais de même. Je grogne en achevant mes va-et-vient, je déverse toute ma frustration, ce désir.

Une fois que c'est terminé, je me retire d'elle, remonte mon pantalon et me barre. C'est ça ou je la démonte encore une fois.

CHAPITRE 32

Isaya

Il est parti. Il m'a laissée comme ça, comme la fille insignifiante que je suis pour lui. Je le savais, et j'ai joué avec le feu. Parce qu'imaginer que j'aurais pu le perdre m'a fait péter un câble. Parce que le désir que j'éprouve quand je le vois ne pouvait plus être contenu. Parce que sa présence est un véritable réconfort et que rien ne peut l'expliquer. Désormais, ce sera différent. J'ai goûté au fruit du mal, j'arriverai à gérer la frustration. En tout cas, je m'en persuade.

Je me relève, puis me penche pour ramasser mes vêtements qui jonchent le sol. Il faut que j'aille au bain public. Dommage, j'aime l'odeur de sa peau sur la mienne.

Quand je vais dire ça à Sélène, elle va me sermonner comme elle sait si bien le faire ! Enfin, si tant est que j'arrive à la saisir. Je sors de la chambre et rejoins son dortoir. Bien que, ces derniers temps, elle s'éloigne, j'ai besoin de me confier à elle.

Alors que j'avance avec hâte, je croise Sinah.

— Tu as vu Sélène ? Elle est dans son lit ?

— Non, va plutôt voir du côté de la roseraie.

Je la remercie d'un geste du menton et change de direction. Étrangement, je me sens bien. Mieux. Comme si ce moment avec Kaël avait redistribué les cartes. Il m'a fait jouir… alors qu'il avait juré que non. Cette simple pensée me fait sourire.

— C'est un bien beau sourire que tu arbores ! Dis-moi tout, me lance ma meilleure amie en tapotant la place libre à ses côtés sur le banc quand elle me voit débarquer.

Elle réagit comme si nous nous étions parlé la veille, elle a l'air sereine. Déchargée du poids qui semblait lui peser. Je m'installe auprès d'elle et pose ma tête sur son épaule.

— Je suis désolée. J'avais honte de moi… de ce que tu as dû vivre dans cette ruelle.

Le mot n'a jamais été posé, mais elle sait, elle l'a ressenti dès le lendemain.

— Je me suis mise dans une merde noire… mais c'est fini. Je suis amoureuse, Saya, et je veux arrêter pour lui.

Je reste silencieuse, ses mots me berçant chaleureusement. Je ne suis pas étonnée, Sélène est un vrai cœur d'artichaut. Nos doigts sont liés, comme nous le faisons habituellement quand nous nous confions.

— Tu ne me dis rien ? Même pas pourquoi tu as une tête post-coït ? lâche-t-elle dans un rire profond.

Je tourne ma tête vers elle et ancre mes prunelles aux siennes. Elle a le goût de la maison, son odeur m'apaise.

— Je crois que je vais avoir mal au cœur, Sélène.

Elle hoche la tête comme si elle savait pertinemment de quoi je parle.

— Tu as toujours aimé te brûler les ailes avec les hommes. Tu te souviens de ton premier ? Comment s'appelait-il déjà ?

— Chance, rié-je à ce souvenir.

Elle m'entoure de ses bras, je me sens bien, et elle continue :

— Chance ! C'est ça ! Quelle idée de prénommer son gosse comme ça.

Nous restons assises quelques minutes à évoquer notre passé, parce que c'est ce dont nous avons besoin à cet instant. D'être ce que nous étions. D'être nous. De couper de cette vie trop cruelle, trop éprouvante, et de redevenir les jeunes filles atemporelles que nous étions. Nos rires résonnent dans la nuit, faisant fuir les oiseaux qui essaient de se poser dans les arbres. Je contemple l'entrée de la roseraie plongée dans la pénombre, le plus beau lieu extérieur du château. À travers les vitres, je devine les nombreux rosiers de toutes les couleurs qui s'entremêlent, épines au-dehors, comme s'ils s'apprêtaient à se défendre face à un ennemi.

— Alors, c'est qui ? tente-t-elle de me questionner.

Et je lui raconte tout, dans les moindres détails. Mon agression, son aide, les nuits passées dans son lit, même lorsqu'il n'était pas là, la peur que j'ai eue à l'idée qu'il lui soit arrivé quelque chose, et ce moment intense que je n'oublierai jamais. Celui qui a apaisé mon âme en souffrance. Dans ses yeux, je me suis vue femme, pas objet. Bien qu'il dirait le contraire, j'ai saisi qu'il avait besoin que j'éprouve du plaisir. Et ça a tout changé. Ma vision de lui, mon mal-être. Ce n'est plus de la peur qui coule dans mes veines, c'est de la rage, de la résilience. Je reviendrai voir Sa Majesté avec un programme mieux ficelé, et je me battrai pour être moi-même moteur dans ces cours d'autodéfense que je souhaite mettre en place pour les femmes du territoire.

Sélène pleure, moi aussi, puis nous refaisons le monde, comme tant d'autres fois avant, et je suis heureuse de retrouver ma meilleure amie.

Après ce moment qui a fait éclater notre distance, je rejoins la chambre de Kaël. Je ne sais pas s'il y est, s'il va me jeter, mais c'est là-bas désormais que je me sens entière. Je pousse la porte, et ce que j'y découvre me retourne l'estomac…

***

Le lendemain, épuisée après une nuit chaotique, je me tiens droite devant Maxwell. Au petit matin, je me suis préparée et ai patienté devant sa porte pour être sûre de pouvoir lui parler. Après deux heures d'attente, il m'a enfin fait entrer dans son bureau. Je découvre les lieux, les murs ornés de dorure, de tableaux représentant le château, puis d'une carte d'Aldoria. Dans cette pièce, de nombreuses décisions ont dû être prises, tant par rapport aux combats qu'au peuple. J'imagine les débats, les pourparlers, les tensions qui ont pu y régner.

— J'aimerais m'entretenir avec la reine, Monsieur.

Je n'y vais pas par quatre chemins, j'ai besoin de penser à autre chose que Kaël et…

— C'est non.

Ses mots lourds claquent dans la pièce, sûrs et intransigeants. Je serre les mâchoires, mes doigts se crispent face à sa réponse. Ayant déjà pu la rencontrer, je ne m'attendais pas à ce qu'il soit si catégorique.

— C'est par rapport à l'avenir des femmes, aux agressions. Je voudrais lui exposer…

— Je m'en moque, Isaya. Ça ne changera rien.

Mes sourcils se froncent face à son attitude hostile. C'est bien la reine qui nous a demandé de venir vers elle. Comment veut-il que les femmes d'Aldoria s'en sortent si aucune stratégie n'est mise en place ? À moins qu'il ne le veuille pas ? Mes pensées cogitent, se heurtent, s'entremêlent dans mon esprit… Je ne peux pas utiliser ma découverte pour contrer ses paroles. Ce serait du chantage. Ce serait trahir Garreth. Ai-je une autre option ?

Vas-y, Isaya. C'est ta seule chance…

— Monsieur… dois-je ébruiter votre relation… passionnelle avec Garreth ?

Ses yeux me happent aussitôt, me foudroient sur place. J'ai l'impression qu'il va se lever et me tuer sur-le-champ, mais je m'en moque. Je ne baisse pas le regard, au contraire, je me grandis et le scrute pour lui transmettre ma détermination.

— Sale petite fouine… tu es consciente que je pourrais te faire virer de ta formation ? Que je pourrais t'assassiner ? Personne n'en saurait jamais rien.

Il se dresse avec lenteur, contourne son bureau et sort un couteau qu'il dissimulait sous sa chemise. La pointe contre mon cou, il la glisse en appuyant dessus. Je sens sa froideur, son tranchant, mais je ne cille pas.

— Tuez-moi si vous le voulez. Au moins, je me serai battue pour mes convictions. Vous en avez encore, vous, des convictions ?

Le dédain qui habite son visage pourrait me faire vaciller tant j'y lis toutes les façons dont il voudrait me réduire au silence. Contre toute attente, il recule d'un pas et abaisse son arme pour retourner s'asseoir derrière son bureau.

— Qu'est-ce que tu espères, Isaya ? Changer le monde ? ricane-t-il d'une voix qui ne maîtrise plus rien.

C'est comme s'il était possédé, comme si son corps lâchait.

— Non. Le monde ne se métamorphosera pas, Monsieur. Mais les mentalités, oui. J'ai besoin d'aider les femmes, de leur prouver qu'elles ne sont pas faibles.

Il soupire, la tête penchée en avant contre son bureau. Ses épaules se relâchent et il approuve de la tête.

— Je ne peux pas te faire rencontrer la reine comme ça. Expose-moi ton idée et je lui soumettrai si elle est intéressante.

Menteur. Il ne le veut pas. J'en viens même à me demander s'il est au courant de notre entrevue. Ses yeux se redressent et, devant mon air dubitatif, il souffle à contrecœur :

— Je te le promets sur ce que j'ai de plus cher.

À ces mots, je vois ses prunelles noires s'adoucir, et je comprends qu'il aime sincèrement Garreth. D'un geste de la main, il m'invite à m'installer face à lui. Sur cette chaise recouverte de velours, je savoure l'assise rembourrée et confortable.

— Mon but est de créer un groupe où les femmes pourraient se confier, un lieu où elles se sentiraient en sécurité. À cela s'ajouteraient des cours d'autodéfense. Je dois encore en parler à certaines de mes semblables, mais je suis certaine que nous sommes plusieurs à vouloir prendre part à ce plan.

Il m'écoute sans m'interrompre. J'ai déjà réfléchi au lieu, aux horaires les plus adéquats, à qui le proposer. Mes mots sortent de ma bouche comme un projet qui transcende, une idée qui anime. Plus je me livre sur mes questionnements, plus je sens que ce programme est celui qu'il me fallait pour repartir du bon pied. Maxwell m'oppose quelques points, mais j'ai réponse à tout. Au bout d'un long moment, son rictus en coin me fait espérer.

— Très bien, Isaya. Je vois que tu connais ton sujet sur le bout des doigts. Tu m'as convaincu. Je reviens vers toi au plus tôt.

Devant mon air béat et mon immobilisme, il fait un geste de la main pour que je déguerpisse.

— Oust !

CHAPITRE 33

Kaël

Depuis une semaine, Maxwell me convoque régulièrement, prétextant des réunions au sujet de mes prochaines exécutions. Il se trouve qu'il y a eu de nombreuses arrestations aux frontières, et les Nalairiens tentent par tous les moyens de s'introduire sur les terres d'Aldoria. Le conseil de guerre s'est déjà réuni une première fois pour faire un état des lieux et chercher la meilleure approche pour défendre ces terres maudites. Bien sûr, je suis censé n'être au courant de rien, mais tonton Max, après quelques coupes de vin, s'est montré plutôt loquace pour une fois. Quoi qu'il en soit, ce soir, une tout autre mission m'attend…

Dans la pénombre, je me faufile avec prudence, évitant d'attirer l'attention. Dans les faubourgs, l'inquiétude gagne les villageois comme une épidémie de peste. Je suis en patrouille, et il a fallu ruser pour fausser compagnie aux autres soldats pour n'éveiller aucun soupçon. Disparaître est comme une deuxième nature pour moi. Une certaine rousse en sait quelque chose.

— Tu sais que, dans le noir, ton sourire est effrayant ?

— Qu'est-ce que tu fous là ? grondé-je en apercevant Clovis trottiner jusqu'à moi.

— Je me suis dit que t'aurais besoin d'aide si les choses tournaient mal…

— Je n'ai pas besoin de toi ! Casse-toi ou on va se faire griller !

Il se marre de son rire puissant avant d'ajouter :

— Toujours les grands mots ! La discrétion, ça me connaît, tu sais, et…

Il bute contre un seau en bois qui se déverse, emportant avec lui des timbales et autres vaisselles bruyantes qu'une domestique a dû abandonner ici pour les laver plus tard.

Je vais le tuer !

Cet abruti jacasse comme une gonzesse à toute heure de la journée… et visiblement de la nuit. Je pousse un soupir d'exaspération alors que nous nous hâtons de nous dissimuler derrière un muret. J'attends quelques secondes pour quitter ma planque, mais c'est sans compter sur le débit incessant de paroles que vomit le soldat. Manque de chance pour moi, son aide pourrait bien m'être utile dans les prochaines minutes. À l'approche du passage que m'a indiqué Maxwell un peu plus tôt dans la journée, je me raidis à l'odeur qui s'en dégage :

— Il est hors de question que je marche dans la merde ! m'exclamé-je en avançant d'un pas supplémentaire vers les pertuis.

Une vieille grille empêche le passage, toutefois Maxwell m'a assuré qu'elle céderait sans encombre, ayant fait desserrer les gonds pour faciliter ma progression.

Clovis renifle et grimace face à l'étendue d'eau croupie imprégnée de la merdasse d'un reinaume entier. Le conseiller a vraiment un humour douteux, et je ne manquerai pas de le lui faire savoir dès mon retour. La boîte à potins me lance un regard torve quand je lui intime d'y aller en premier d'un geste franc du menton. Pas besoin de tergiverser longtemps, c'était son choix de m'accompagner, alors il va ramper dedans pour ouvrir la grille afin que je puisse traverser aisément par la suite. Avec un peu de chance, il boira de l'eau par inadvertance et il étouffera son gosier trop béant, provoquant sa mort rapidement.

Il jette un coup d'œil derrière lui, évaluant les options qui s'offrent à lui, puis s'immerge dans l'eau froide en retenant des hoquets de frisson avant de plonger.

Quelques mètres plus loin, il ressort la tête pour enfin toucher notre porte d'entrée. À l'aide de ses pieds, il tente de l'ouvrir de plusieurs impulsions. Visiblement, l'équipe de tonton n'a pas fait son putain de taf, car il faut de nombreuses minutes à Clovis pour dégager l'accès. Finissant par faire levier avec son arme pour débloquer le passage, il fait grincer la ferraille scellée. Les gonds se fissurent après plusieurs mouvements.

— La voie est libre, chuchote-t-il en crachant l'eau croupie.

— Bien…

Sa tenue déverse l'odeur nauséabonde du tunnel. Je ne sais pas si c'est une sorte de leçon que veut m'enseigner mon oncle, mais juste au cas où, je le maudis sur les dix prochaines générations.

Enfoiré !

Mes bottes sur le bord de la petite berge, le clapotis de l'eau résonne sous mes pas jusqu'à atteindre mes genoux. Et ainsi de suite, jusqu'à ce que mes épaules se retrouvent presque entièrement immergées. Nous pénétrons le souterrain aussitôt, Clovis tentant de rabattre la grille rapidement afin d'effacer nos traces.

J'ai envie de dire que c'est une perte de temps, car une fois que les soldats de mon père auront infiltré Aldoria, ce ne sera plus qu'une question de semaine avant que le reinaume ne tombe entre nos mains.

Heureusement, après dix interminables minutes à patauger dans les caniveaux, nous nous extirpons pour regagner un bout de terre ferme. Des galeries se profilent face à nous et la nuit finit par nous engloutir complètement.

Fait chier !

La progression se veut lente et laborieuse. Nous trébuchons à tour de rôle et je me fie au filet d'air frais qui circule pour nous guider. Un bruit retentit au loin, et nous cessons tout mouvement. J'espère que Maxwell soutient réellement mon père et qu'il ne vient pas de m'offrir en sacrifice à la solde d'Aldoriens qui connaîtraient ces souterrains comme leur poche. Une lame tinte contre une pierre, et Clovis réagit immédiatement. En position, nous nous tenons prêts à attaquer quiconque se tiendrait debout face à nous. En avançant encore et encore, je devine la lueur d'une torche s'embraser.

— Alors, on préfère passer par l'arrière plutôt que par la grande porte ?

Cléa.

— Qu'est-ce que tu fous là ? grogné-je en relâchant légèrement mes épaules.

— T'es complètement tarée, ma pauvre, argue Clovis en courant dans sa direction comme s'il avait le diable aux trousses. T'es passée par où ?

— Il y a une autre entrée par les écuries. Je n'y suis pour rien, c'était une idée de Maxwell. On peut y aller, maintenant ?

Qu'est-ce que j'ai fait pour hériter d'une équipe pareille ? Bordel !

La blonde déambule dans les dédales de ce labyrinthe merdique en se tenant à distance de nous. Comme je la comprends.

Après une bonne heure sous terre, nous arrivons enfin au point de ralliement en sortant de l'autre côté des derniers remparts, proches de la forêt.

Je m'accroupis, suivi des deux casse-pieds qui m'accompagnent et qui ne cessent de se disputer, et imite le cri du pinson des arbres. Un écho me répond et un bruissement dans les buissons attire notre attention. Une vingtaine d'hommes se pointent devant nous, plus déterminés que jamais.

— Prince, me salue l'un d'eux en m'offrant une révérence.

— Messieurs… Il est temps de vous faire découvrir la citadelle. N'ayez confiance en personne et ne vous attardez pas les uns avec les autres. Vous serez affectés à différents postes selon vos compétences. Clovis, ici présent, et la vipère qui se trouve à mes côtés seront également là si vous avez des questions.

J'entends Cléa souffler et son regard de braise incendier mon dos.

— Nous n'avons pas de temps à perdre. Il faut rejoindre le prochain point de rendez-vous au plus vite. Des guetteurs ont été déployés suite aux derniers incidents, alors mettons-nous en route.

Sans attendre, le petit groupe emprunte à nouveau les dédales sinueux sous terre. Il ne faut que quelques secondes pour que l'un des soldats m'interpelle en m'approchant à grandes enjambées.

— Prince, j'ai quelque chose pour vous. Il m'a été explicitement demandé de vous la remettre en main propre, ajoute-t-il discrètement.

Il me tend une lettre dont le sceau royal me réchauffe instantanément.

Zayan.

Je le remercie d'un bref signe du menton et active mon pas pour déplier la missive à l'écart, tout en gardant la tête du petit groupe.

Théal venar !
Aren valenor daen noré, lenar soléa tiren saï draen bris.
Seren téa nalé midis, car oren sera vald.
Daraï silen téa, énthal miren[2].

Enfin, l'étau se resserre, le plan prend de l'ampleur. Il m'explique que Nalaire va être mis à contribution et qu'Aldoria ne va rien voir venir. Cette nouvelle me requinque, me galvanise et mon aura de noirceur semble reprendre place. Après cette nouvelle attaque,

---

2. Tiens-toi prêt !

Père mènera l'assaut par le nord, lorsque le soleil tirera sa dernière braise. Garde-toi au plus près du midi, car le choc sera rude. Que Dieu te garde, mon frère.

Velkhara et Nalaire vont assiéger le reinaume, puis nous pourrons entrer dans le jeu. Il est maintenant temps que Barcéon en finisse.

Le bruit de nos pas résonne et nous bifurquons à droite cette fois-ci. Le chemin est long, les soldats barcéoniens ont ce regard brûlant que j'aime voir lorsque je suis en mission, et j'ai hâte de leur préciser les nouveaux ordres.

Dès notre arrivée dans la petite chaumière abandonnée, Maxwell, les mains jointes devant sa toge, nous toise rapidement en attendant que la porte se referme. Je me garde de lui jeter ma tenue imprégnée de merde au visage lorsque ce dernier semble esquisser un très léger sourire teinté d'amusement.

— Quelque chose à me dire, conseiller ?

— Un bain te ferait le plus grand bien, visiblement…

Il plisse les narines et, à cet instant, j'ai envie de voir son crâne s'échouer sur la table qui nous sépare jusqu'à ce que son sang l'en recouvre. Il devine certainement mes pensées, puisqu'il se recule d'un pas discret et se racle la gorge en détournant son regard de moi.

Dans un discours lent et ennuyeux à souhait, il explique aux soldats les postes qu'ils occuperont en attendant que l'assaut de Barcéon soit donné. L'un ira à la forge, d'autres aux champs, et d'autres encore intégreront la garde aldorienne. Je prends ensuite la parole en jetant la missive de mon frère au centre de la table, décrivant l'ordonnance de l'assaut afin que tout le monde se tienne prêt pour la suite. J'enjoins à tous de se tenir loin du lieu de l'attaque prévue.

La nuit est longue, la fatigue commence à marquer nos traits, pourtant tout ce qui se dit ici a une certaine importance. Ou du moins, lorsque je prends la parole. Je leur rappelle qu'ils ne sont rien ici, qu'ils doivent se fondre dans la foule, écouter, apprendre et fureter avec réserve. Aldoria est déjà à cran, las et épuisé de la guerre à venir. Tout cela vise à les affaiblir encore. Je n'omets pas de préciser que quelques disparitions discrètes peuvent être envisagées. Je connais les hommes de mon père, ils ont soif de sang, de corps-à-corps et détestent l'ennui. Tout comme moi.

Nous avons tous été forgés dans la douleur et dictés par les règles. Ici, c'est la même chose. Même si les ordres ne descendent pas directement de mon père, nous avons une mission à mener.

La guerre, nous remporterons !

***

La matinée est déjà bien entamée lorsque je fais les cent pas sur le parapet. Après être rentré de ma petite réunion nocturne, il a fallu que je fasse un détour pour me décrasser. Et pourtant, cette puanteur semble me coller à la peau. Je n'ai pas dormi, et lorsque je suis repassé par ma chambre, Isaya n'était déjà plus là, seul son parfum m'a accueilli. Cette foutue gonzesse aurait été capable de me poser des questions sur mon absence. Je me remémore cette nuit-là, le moment où elle m'a vu dévoiler le pire de moi et qu'elle a choisi de ne pas juger mon comportement. J'ai la sensation que peu importe ce que je ferai, elle sera toujours là. Même quand je la ferai souffrir. Et ça arrivera.

Je la blesserai de la pire des façons, car je suis une ordure et que je ne sais pas faire autrement.

La souveraine a ordonné de renforcer la sécurité après les récents événements, alors j'en suis là, assigné à la surveillance tout en haut des remparts, le vent frais me tenant éveillé. Je repense aux dernières exécutions qui ont été assez expéditives et n'ont pas toutes été rendues publiques. J'ai appliqué les ordres sans discuter, parce que Maxwell me l'a demandé. Pas de torture, pas de bavure. J'ai fait un travail propre, et ce dernier a recueilli les renseignements nécessaires pour sa reine et pour en informer le conseil. Le strict minimum afin de ne pas susciter de soupçons. Je dois avouer qu'il est assez bon dans son genre. Perfide, trompeur et impassible. Il m'arrive de penser qu'il me ressemble tellement par certains aspects tordus de sa personnalité que c'en est écœurant et foutrement flippant.

Aujourd'hui, je suis encore obligé de me coltiner la présence de Clovis, et ce dernier s'en réjouit un peu trop. Il rigole, me donne une tape dans le dos comme si nous étions amis. Je me raidis et tente de garder mon calme.

Quand je pense que je suis coincé avec lui depuis un nombre d'heures trop important pour ma psyché, je me félicite des progrès que j'ai faits pour me maîtriser, mais cela ne va pas durer. Ce mec m'épuise rien qu'en le regardant s'agiter autour de moi. Il est constamment de bonne humeur, ce qui m'agace profondément. Il respire fort, se moque d'attirer l'attention. Le tumulte de mes émotions s'évapore de moi pour plomber l'ambiance, mais cela ne paraît même pas l'atteindre. Je lève les yeux au ciel à maintes reprises en l'entendant raconter sa vie une nouvelle fois, à croire qu'il fait exprès pour que je le jette par-dessus les remparts.

Clovis affirme qu'il s'est tapé telle ou telle soldate, alors que je m'imagine simplement lui trancher la langue d'un geste vif et précis. Zayan me dirait de ne pas tuer une bonne recrue pour ne pas gâcher… Donc oui, je crois que je vais me contenter de couper son appendice lingual et de lui en faire un collier pour lui rappeler que fermer sa gueule est important.

Je marche en long, en large et en travers sur les hauteurs et me perds en observant les recrues de la reine s'exercer au tir à l'arc dans le champ qui borde la tour nord. Seule vraie distraction, en réalité. Leur technique laisse encore à désirer, et je me concentre sur le bruit des flèches qui sifflent avec le vent.

Le ciel sombre accentue les gestes mécaniques des femmes juste en bas. J'entends les ordres tomber comme des sentences, les bras se bander à l'unisson et les flèches fuser.

Clovis se place à côté de moi, muni de sa lance, et désigne l'une d'elles de la pointe :

— Tu vois celle-là, elle beugle comme une vache lorsqu'elle jouit. Mais ses seins sont aussi gros que les plaines vallonnées au sud d'Aldoria et ça ballotte dans tous les sens quand tu donnes un coup de reins. Jouissif !

Il se prend pour un poète ou quoi ?

Je lui jette un regard noir et vide de toute amabilité, bien que ce mot ne fasse pas partie de mon langage, le saisis par la nuque et le penche entre les merlons. Il hoquette de stupeur, et le calme qui se profile me tente de plus en plus.

— Tu vas finir par la fermer ou il faut que je balance ta carcasse par-dessus les créneaux ?

Cet abruti capte mon œillade et m'assure que le message est passé. Je lui inflige une claque derrière le crâne lorsque je le relâche et il fait mine d'aller voir plus loin.

Il était temps.

Je prends une profonde inspiration, et faute d'avoir mieux à faire, me perds à nouveau dans l'observation des femmes qui s'exercent en contrebas. Je suis attiré par le rouge qui contraste au travers des couleurs ternes et sombres. Isaya. Encore elle. Toujours elle.

Si j'avais été un homme honnête, j'aurais mis fin à cette incartade depuis un moment. Je m'étais promis de ne plus la toucher et j'ai merdé. Encore. Il faut croire que j'apprécie sa fougue pour la laisser continuer ses allées et venues dans ma couche. Son regard se pare d'éclats scintillants lorsqu'elle me raconte ses nouvelles lubies comme si j'étais son compagnon de broderie. En réalité, c'est assez insupportable, mais son sourire, qui suit toujours, m'ébranle à chaque fois. Elle provoque des sensations nouvelles chez moi. Je m'habitue à la voir déambuler à moitié nue, à rire alors que je garde toujours mon air sérieux et à se blottir contre mon torse au moment où ses cauchemars la dévorent avec violence. Le pire, c'est que je n'arrive pas à me défaire de la chaleur de son corps. Lorsqu'elle est là, offerte à moi comme si j'étais capable d'apaiser tous ces maux, je la laisse prendre ce qu'elle désire. Et je la veux plus fort toutes les fois où elle abaisse ses défenses en ma présence. La semaine dernière, je me suis surpris à caresser son dos et à en compter chaque grain de beauté comme si je pouvais les graver dans ma mémoire. Ce n'est pas un détail important, malgré tout, ça m'a troublé. Comme si, par sa simple présence, elle parvenait à enflammer le monde. *Mon* monde. Depuis le champ de tir, elle me sourit et se détourne pour décocher une flèche qui atterrit pile au milieu de la cible.

Il faut que ça cesse, tonne ma conscience comme pour me rappeler que nos existences n'étaient que des fragments perdus sur un mauvais chemin.

Et pourtant, je sens qu'elle m'échappe parfois et je me dis que c'est le moment… puis elle me fixe avec ses yeux luisants de désir, de besoins et de force, et je retarde l'instant.

Malgré tout, je sens qu'elle a changé. Depuis ce soir-là, quand Isaya est entrée et m'a découvert égorgeant la fouine qui était venue rôder dans mon antre, j'ai lu une certaine peur dans son regard lorsqu'elle a vu le mien, froid et noir comme l'onyx.

Toutefois, elle est restée calme, m'a aidé à nettoyer tout le sang sans un mot, avant que je ne me débarrasse du corps. Une sombre histoire de soupçons sur ma personne après une altercation à la taverne qui ne mérite pas qu'on s'y attarde. Il est mort, que pourrait-il raconter à présent ? Lorsque je suis revenu, elle était assise sur ma couche, les prunelles pleines d'attente. Je crois qu'elle espérait une explication que je me suis abstenu de lui donner. Ça l'a blessée, je l'ai vu, mais j'ai préféré faire comme si je m'en moquais.

Parce que je m'en contrefiche en réalité, n'est-ce pas ?

À la place, j'ai grogné et sauté sur sa bouche comme un affamé. Elle ne m'a pas repoussé. Parce que je ne sais pas faire autrement, moi, le monstre sanguinaire dépourvu de sentiments. La douceur n'est pas mon langage. Je sais qu'on ne parle pas le même dialecte, car son cœur à elle est fait d'un feu ardent qui consumerait jusqu'à mon âme si je le laisse faire. Mon langage à moi est plus cru, brutal parce que mon palpitant ne sera jamais régi par l'amour. Uniquement par la survie et ma loyauté envers les miens.

Ce soir-là, elle a attrapé ma chemise en s'y agrippant de toutes ses forces. L'intensité de son regard m'a fait hésiter une seconde alors qu'elle s'agenouillait devant moi. L'attente, l'espoir, la confiance. Voilà ce que j'ai vus dans ses pupilles flamboyantes. Je sais que j'aurais dû l'arrêter, mais je n'ai pas pu. Parce que mon égoïsme n'a rien d'héroïque, bien au contraire. Isaya a alors saisi mon sexe tendu, les veines visibles, puis l'a léché sur toute sa longueur. Sa bouche a enserré ma hampe et je ne pouvais plus détourner mes yeux de ses mouvements lascifs et envoûtants. Son antre déposait de la salive pour que le coulissement se fasse plus facile, m'anéantissant complètement. Je l'ai dévisagée encore lorsqu'elle empoignait son sein avec ferveur, ma main dans ses cheveux qui guidait chacun de ses va-et-vient. Elle était belle et à ma merci. Offerte et offrant. Captivée et captivante. J'ai rapidement atteint l'extase en me déversant sur sa peau pour la marquer de ma jouissance comme si elle m'appartenait.

Putain, je suis vraiment tordu quand j'y pense.

Je me suis écroulé sur ma couche et j'ai senti son hésitation. Encore. Comme si elle prenait conscience que tout cela ne mènerait jamais à rien. Elle est lucide, je le sais, et pourtant, elle s'est nettoyée avant de tout bonnement s'asseoir une énième fois sur mon lit et de s'assoupir comme si tout était parfaitement normal, comme si elle était à sa place. Elle ici, moi à ses côtés... J'ai cogité toute la nuit à la façon la moins détestable de me débarrasser d'elle avant que tout ça ne dérape entièrement. Mais en réalité, les nuits suivantes ont été les mêmes, brisant certaines de mes plus profondes certitudes pour les remplacer par des doutes. Isaya a la capacité de me faire vriller, mais n'aura jamais le pouvoir de me faire changer de camp.

Alors, pourquoi je ne peux pas simplement la repousser ?

— Mec, tu as le canon prêt à tirer... me lance Clovis en revenant vers moi, un geste du menton vers mon entrejambe.

Merde !

— C'est laquelle qui t'excite autant ? Ouais, je dois dire qu'elles sont vraiment bandantes, continue-t-il alors que je sors une corde pour l'étrangler et le faire taire à jamais.

Quand je me tourne vers le soldat qui vient de m'extirper de mes sombres pensées, mon instinct me pousse à lui faire du mal. La réalité se confond avec mes réminiscences et je ne sais plus véritablement s'il s'agit d'un allié, d'Isaya, de mon royaume ou de ma volonté. Je me stoppe à un mètre de lui, incapable de réfléchir.

Putain, qu'est-ce qu'il m'arrive ? Ma mission, je dois penser à ma mission.

Sans voir le danger qui rôde autour de lui, il déballe tout ce qui lui passe par la tête.

— Moi, tu vois, ça ne me dérange pas de baiser avec les femmes du camp adverse. Aldoria regorge de sirènes et c'est même encore meilleur. Ça a un goût d'interdit.

J'inspire, j'expire. En l'écoutant déblatérer ses conneries, je me dis que c'est peut-être pour ça que je ne parviens pas à me détacher d'Isaya.

— Au fait, ce connard de Liam se chope la cuisinière. Lui qui se déversait dans toutes les soupières se fait bien moins remarquer quand on va chez Danté. Tu sais, c'est la blonde hyper expansive, celle avec des miches aussi belles que des melons bien fermes. Tu m'étonnes qu'il soit devenu obéissant, ça doit faire des branl…

N'ayant rien à battre de ses histoires, j'active le pas pour me distancer de lui et surveille les hauteurs, entre les arbres majestueux qui dominent la vallée.

— Quand ce bon à rien va savoir que la petite garce pactise avec le diable… j'aimerais tellement être là ! s'égosille-t-il en se postant à ma hauteur, un rire gras sortant de son gosier.

En contrebas, son vacarme a attiré tous les regards. Je happe celui d'Isaya et me détourne. Ses foutues prunelles incendient ma queue plus vite qu'une braise. Il faut que je la fuie, que je retrouve mes esprits pour cesser d'avoir des images d'elle ondulant contre moi.

CHAPITRE 34

Isaya

Les couleurs du reinaume, le vert et l'or, habillent toutes les rues, les façades et les habitants. Dans les artères de pierre, des bannières flottent au-dessus des têtes, fixées aux balcons de bois et sur les tours. Les étals du marché sont couverts de tissus aux teintes de notre blason, et les marchands, tout comme les villageois, portent des rubans ou des broches aux couleurs royales. Les soldats arborent sur leurs capes l'emblème d'Aldoria, et même les enfants, vêtus d'habits simples, affichent quelques touches de vert ou d'or cousues à la main. Au soleil, les dorures des écus et les reflets des étendards illuminent la ville d'un éclat chaud et mouvant.

Les pas synchronisés des deux gardes résonnent dans les rues pavées de la cité. Les hommes ont été les premiers à défiler sous les regards curieux des villageois. Puis notre tour est venu. Je me tiens droite et fière, la main sur mon arme, prête à intervenir en cas de besoin. Je rejoins, comme un grand nombre de soldats, la place du village décorée de fanions pour fêter les vingt et un ans du règne de notre souveraine. L'arrivée de la reine est imminente et très attendue, comme tous les ans. Les festivités auraient dû être annulées au vu du contexte politique et de la guerre qui se profile à nos frontières. Maxwell nous a assuré que le peuple en avait besoin et que des menaces ne signifiaient pas une guerre. Depuis l'annonce, il y a plusieurs jours, Aldoria est en effervescence. Entre les préparatifs et la mise en place des tours de garde pour assurer la sécurité de tous, nous sommes sur le qui-vive.

De la musique fait écho à nos pas, et lorsque je m'arrête pour prendre mon poste près de la fontaine, je repère sans mal Cléa, qui me dévisage avec un petit sourire niais. Non loin de là, Kaël passe, la démarche détendue et les sourcils toujours froncés. Cet homme est un contraste à lui tout seul. Je l'observe à la dérobée tout le temps où il traîne dans les parages et je me rends compte trop tard que Cléa n'a pas raté une miette de ce spectacle pathétique que je viens d'offrir. Le problème, c'est que Kaël m'obsède complètement, et détacher mon regard de son corps sans repenser à sa façon de me toucher est devenu totalement irrationnel pour moi. Bien que je reste stoïque dès que je suis avec lui, au fond de moi, ça bouillonne. Il éveille mon corps à de nouvelles sensations, et mon cœur faiblit au fil des nuits passées près de lui. Kaël est en train de soigner mon âme sans même s'en rendre compte.

Les trompettes annonçant l'arrivée de la reine, du roi consort et de leur garde rapprochée m'interrompent dans mes pensées et je tourne la tête pour aviser le groupe qui se déplace. Les acclamations retentissent, les villageois, enthousiastes, attendaient cette arrivée avec impatience. Pendant qu'eux s'amusent et profitent, nous avons une mission de maintien de l'ordre : pas de débordement, pas de place à l'imprévu. Les consignes sont claires : une fois la reine passée dans la rue principale, le cortège va se mouvoir vers la chapelle et finira par un discours de notre souveraine sur la grande place. Pendant ce temps, nous devons sécuriser les ruelles, patrouiller et nous assurer qu'aucun malfrat ne tentera quoi que ce soit.

Garreth m'adresse un signe de la tête et je comprends qu'il est l'heure de me mettre en action.

La foule amassée derrière nous est bruyante. Ils piétinent, hurlent, s'exclament, se bousculent pour simplement apercevoir notre reine. Je savais déjà qu'elle était un symbole fort pour Aldoria, mais de le voir de ce côté-là en étant gardienne, c'est autre chose. Je ressens comme des élans en moi. Un mélange d'impatience, d'enthousiasme et d'euphorie. Je ne le montre pas, évidemment, parce que je suis concentrée sur ma tâche, mais je me tiens au plus près de mon rêve. La garde. Le visage du reinaume. Comme me l'a dit Sa Majesté, même si on a tenté de me détruire... je suis là. Tout comme mes sœurs d'armes, les villageoises, les fillettes. Le visage féminin d'Aldoria.

Le cortège avance paresseusement. La garde personnelle de notre souveraine, dans leurs armures dorées, ouvre le passage. Quelques-unes sont sur d'immenses chevaux blancs, les autres marchent dans un brouhaha de bruits de sabots et de fer, leur lance en bois claquant contre le sol.

Les villageois tentent d'interpeller la reine à maintes reprises en se rapprochant, mais les gardes les éloignent. Le convoi ne s'arrête pas une seule fois, bien que notre dirigeante l'ait fait ralentir et qu'elle salue tout le monde avec un sourire sincère sur le visage. Elle semble avoir repris des couleurs, ou du moins, ses maquilleuses ont fait un travail impressionnant. À ses côtés, le roi consort la seconde, tenant sa robe lorsqu'elle se penche, l'aidant à se réinstaller quand cela est nécessaire. Nous le voyons peu, mais il paraît réellement épris de son épouse.

Dans un mouvement plutôt fluide, la population se déplace pour suivre les gardiennes jusqu'à la grande place. Les tambours donnent le rythme, la vie semble être suspendue dans un entre-deux où la paix et la joie se lisent sur tous les visages.

Maxwell avait raison. Le reinaume en avait besoin, et ce soir promet d'être une nuit agitée et festive.

Je longe l'une des rues en compagnie de Marjorie, qui avance en ne faisant que jacasser. Elle n'a jamais su se taire et cela lui a déjà valu nombre de brimades de la part de nos supérieurs. Son manque de vigilance me laisse parfois perplexe, et pourtant, elle a fait ses preuves. Elle est agile, rapide et méticuleuse dans son travail. Elle est la meilleure archère de la formation, même si je ne suis pas loin derrière, et c'est pourquoi, je pense, Sora et les autres chefs ont abandonné l'idée de la faire taire. Elle n'est pas méchante, juste… trop bavarde.

Nous nous postons en bas de l'escalier ouest de la tour d'Aldoria afin de relever nos comparses. Point névralgique du reinaume, la tour fait partie des endroits stratégiques les plus surveillés. D'ici, nous avons une vue sur plusieurs rues et ruelles, prêtes à intervenir s'il le faut.

CHAPITRE 35

Kaël

La fête a commencé il y a des heures, et le monde ne désemplit pas. Alors que je lorgne les environs dans l'espoir de voir des combattants assaillir Aldoria et me donner ce que je souhaite depuis toujours, je repère la démarche franche d'Isaya. Elle semble avoir terminé sa surveillance à l'ouest et a été affectée au sud, comme je l'ai suggéré à Garreth. J'ai fait passer ça pour une vérification de ses nouveaux acquis et ça a marché, malgré l'air soupçonneux qu'il a arboré. Ici, je pourrai l'extraire des combats…

Pourquoi cette protection envers elle ?

Je trotte sur mon étalon en direction du midi, où les soldats devraient déjà être en place. Aux alentours, rien à relever, et ça commence à devenir suspect. La cohue se disperse aux quatre coins du royaume, là où les attendent différents stands en l'honneur de l'anniversaire du couronnement de la reine.

Isaya et moi sommes affectés à celui des grandes réussites de son règne. Plus en recul, je suis chargé d'inspecter l'horizon de la falaise où je me trouve. Les soldats en contrebas surveillent les différentes personnes susceptibles d'être dangereuses.

Le petit rouge-gorge et l'une des soldates en formation observent la foule, scannant le moindre de leurs gestes, une main posée sur le fourreau de leur épée. Je lis dans son regard une étincelle qui renaît, celle qui pétillait quand je l'ai rencontrée et qui revient certains soirs lorsqu'elle croise mes prunelles. Malgré moi, ça attise quelque chose dans les tréfonds de mon cerveau.

Fourreau magique, aucune autre explication plausible !

Alors que je m'apprête à obliger mon équidé à longer le sentier sur lequel je suis déjà engagé, un bruit sourd et soudain atteint mon oreille en me surprenant, et m'éjecte de l'animal. La violence de l'impact me propulse contre le sol en une fraction de seconde. Je n'ai pas le temps d'assimiler ce qui se passe ni de retenir le râle qui sort de moi. Le souffle court, les yeux dans le vide et l'esprit embrumé, je crache la terre qui s'est insérée dans ma bouche et relève le visage. Tout se déroule dans un chaos général et je cligne plusieurs fois des yeux. Les gens s'agitent, hurlent, courent, mais je n'entends plus rien. Une main sur mon oreille me fait immédiatement comprendre que mon tympan est certainement touché.

Fait chier !

C'est une explosion qui a fait rage au sein d'Aldoria. Une explosion qui n'est pas l'attaque qui était censée arriver au nord !

C'est quoi ce foutu bordel ?

Un soldat m'interpelle, mais le bruit étouffé qui s'infiltre dans ma tête me fait perdre mes repères.

— … Bombe… Blessés… Là-bas…

Je me lève tant bien que mal et bouscule l'homme qui panique, de toute façon, je ne pige rien à ce qu'il raconte. Et pour être honnête, j'en ai aussi rien à branler !

Si une bombe était vraiment dans cette partie de la cité, elle devait y être depuis un moment, ce qui explique qu'aucun des soldats n'ait repéré quoi que ce soit de louche. Merde !

Barcéon s'est-il fait trahir par Nalaire et Velkhara ? Pas le temps pour les questionnements, je fais quelques pas et regarde les alentours. Les corps jonchent le sol à quelques mètres de moi, certains blessés, d'autres déjà morts. Dans une course effrénée, les villageois se hâtent de se mettre à l'abri et de sauver leur cul. Puis un instant de lucidité me frappe. Ou de folie. Je pense que le coup que j'ai reçu a été plus violent que je ne le pensais.

Isaya.

J'essuie sur mon visage les traces de terre et me précipite en direction du dernier emplacement où je l'ai aperçue. Dans mon esprit, la rengaine tourne en boucle : la retrouver au plus vite. Mes pas enjambent les dépouilles entassées, mon palpitant s'affole, je perçois quelques bruits sourds et, au loin, je remarque Garreth effectuer de grands gestes, intimant sûrement aux autres de se bouger. Tout ça n'est que pure spéculation, car je n'entends que dalle, ce qui veut dire que la détonation a eu lieu proche de moi.

Qu'est-ce qu'il s'est passé, bordel de merde ?!

Mon corps est lourd, ma tête me lance, mais, une main contre mon oreille, je ne m'arrête pas de courir, retournant certains corps ensevelis pour voir si Isaya n'est pas dessous. Je souffle, je lutte pour ne pas m'évanouir, mes vêtements sont en lambeaux, puis je me stoppe, quelques mètres plus tard, en repérant une tignasse rousse dans une mare de sang.

Non...

L'accélération de mon cœur me fait vriller, j'enrage et frappe dans une roche près de moi. Même si je sais pertinemment que c'est son corps, je ne veux pas y croire. Une main sur mon épaule me fait sursauter. Je fais pivoter ma tête et Clovis me regarde, les yeux confus. Quand il remarque que ses paroles ne me parviennent pas, il se rapproche de ma tempe et hurle :

— Tu as le visage en sang, mec. Va à l'infirmerie !

Je tourne les talons, le laissant sur le carreau, et prends mon courage à deux mains pour m'approcher de celle que je cherchais. Pourquoi ? Je n'en ai pas la moindre idée, mais cette sangsue me plaît plus que les autres. Je m'en veux d'éprouver ça, mais je ne contrôle rien. C'est comme une peur insidieuse qui s'infiltre en moi et déchire des morceaux d'une âme que je n''imaginais pas posséder. Elle me retourne le cerveau, et le fait qu'elle s'accroche à moi malgré mon caractère insensible est une brèche qui s'ouvre sur un ressenti que je ne connais pas. Habituellement, personne ne s'intéresse à moi, hormis pour mon gourdin et ma froideur à toute épreuve. Isaya ne demande rien d'autre que ma présence. Elle m'accepte tel que je suis. Enfin, celui qu'elle pense que je suis.

Je sors de mes pensées pour m'approcher de son corps. Je m'accroupis, le cœur serré, et la renverse d'un mouvement lent. Ses yeux me fixent, grands ouverts, et mon palpitant rate un battement.

Ce n'est pas possible…

Ses vêtements sont arrachés à certains endroits, sa peau lacérée par l'impact qui a dû la propulser. Je pose ma main sur sa poitrine pour tenter de trouver un pouls, mais je ne perçois pas le moindre geste. Je garde mon sang-froid. Elle est plus forte que ça… elle n'a pas pu partir si facilement…

Je desserre son corsage à la hâte et, d'un coup, je suis surpris par sa voix chevrotante.

— Kaël, je sais… que… je te… plais… mais…

Son souffle s'éteint. Elle est épuisée, ses forces l'ont quittée, et elle essaie encore de faire de l'humour. Sans réfléchir, je fais basculer son corps sur mon épaule, me dirige vers ma monture qui, par miracle, est seulement agitée, et nous installe sur elle. Le sol tremble à nouveau et une tour face à nous s'effondre comme si elle ne pesait rien. Je tire le cheval par les rênes et nous éloigne de ce chaos. Je ne sais pas où, je ne sais pas pourquoi, mais rester ici est dangereux, et j'ai besoin d'y voir plus clair. Ses foulées se font plus souples à mesure que l'on met de la distance avec ce champ de ruines. Je sais que Garreth va péter un câble, je sais qu'il va m'interroger, mais il est hors de question que je reste faible entre les murs de ce château.

Ma fatigue se fait sentir au bout de plusieurs kilomètres, je m'accroche à la bride pour ne pas basculer, puis lorsque j'aperçois une grotte se dessiner au loin, je décide de nous y arrêter. Je retire la besace contenant le nécessaire en cas d'urgence et porte Isaya jusqu'au fond du trou.

Je ne sais pas si cela peut s'apparenter à un enlèvement, et j'en ai rien à foutre, car ici, avec moi, elle est en sécurité.

CHAPITRE 36

Isaya

Le brouhaha ambiant me berce, tout comme les balancements de mon corps. Je tente d'ouvrir les yeux sans y parvenir, me sentant sombrer dans un chaos obscur teinté de hurlements et de gravats.

— Je vais te sortir de cet enfer…

Je lutte avant de me laisser happer par les derniers mots que je saisis et qui semblent sortir d'un autre monde. Je crois avoir tenté de répondre, mais je n'en suis pas certaine. Mon corps est lourd, *trop* lourd, et je me sens faible. Impuissante au milieu du désespoir. Cueillie par la mort sans pouvoir la repousser. Sombrer. Chuter. Ne plus se battre pour la lumière. Les cris, la douleur, puis le silence.

Confuse, je ne sais pas depuis combien de temps je suis dans cet état, mais mon être me fait souffrir atrocement. Mes yeux papillotent et je reste immobile, fixant le plafond noir et rocailleux.

Où suis-je ?

La gorge sèche, je me relève difficilement et fais tomber la couverture qui me maintenait au chaud. Exposée, nue, j'ai le réflexe de l'empoigner pour cacher ma poitrine.

Que s'est-il passé ?

En tournant légèrement le buste, je découvre Kaël, dos à moi, en train d'attiser le feu qu'il a visiblement pris la peine d'allumer. Son torse est découvert, et je peux admirer les lignes de son dos qui s'agitent sous ses gestes saisissants, ses muscles bandés et les cicatrices qui maculent sa peau hâlée. Sous la lueur des flammes, elles paraissent plus en relief et plus prononcées. Je fronce les sourcils, empreinte du trouble qui me gagne.

— Ne va pas t'imaginer des choses, joli rouge-gorge. J'ai ôté tes habits pour les laver, tout comme les miens. Rassure-toi, tes blessures sont superficielles !

Sa voix est rude, sèche. Je constate de nouvelles marques imprégner sa nuque. Même s'il m'a vue plusieurs fois nue, je coince ma couverture sous mes aisselles et me relève, me dirigeant vers lui tant bien que mal.

— Qu'est-il arrivé ?

Il me tend sa gourde et je finis le liquide frais. En essuyant ma bouche du dos de ma main, j'ancre mes prunelles aux siennes.

— Un attentat. Une bombe a explosé à quelques mètres de nous pendant la fête.

Il énonce cela comme on évoque la pluie et le beau temps. Son timbre ne varie pas, il est blasé et extérieur. J'ai souvent l'impression qu'il dissimule des secrets, et cela fait plusieurs jours que je m'interroge à son propos. Son comportement est étrange depuis que je l'ai surpris dans sa chambre avec le corps d'un homme mort. J'ai espéré qu'il me donne des réponses, sauf que c'est toujours pareil avec lui. Son mutisme et son détachement lorsqu'un sujet l'affecte de près finiront par avoir ma peau.

Quand l'information atteint enfin mon cerveau, ma poitrine s'agite sous l'effet des questions qui m'assaillent. Des flashs de l'horreur qui nous a touchés, les visages apeurés, les cris de souffrance, cette odeur de brûlé…

— Sélène…

À la hâte, je cherche mes vêtements, titubant légèrement.

— Pourquoi tu nous as emmenés ici, Kaël ? Notre place est là-bas, à aider les autres !

Mes mots ne l'impactent aucunement. Il reste stoïque, me lorgnant de haut en bas.

— Assieds-toi ! finit-il par tonner de sa voix puissante chargée d'autorité naturelle.

Mon corps ne s'arrête pas pour autant, je fais les cent pas et fulmine. Voyant que je ne parviens pas à me recentrer, il se lève et agrippe mes bras.

— Isaya… putain ! Arrête de t'agiter.

Dans ma précipitation, je n'ai pas remarqué ma douce enveloppe duveteuse tombée au sol. Nue devant lui, je saisis ses avant-bras et y plante mes ongles.

— Dis-moi pourquoi on est là !

Ma phrase résonne dans la froideur de la grotte sans avoir besoin de hausser le ton. Mes iris furieux s'en chargent pour moi. Il grogne des mots incompréhensibles, le visage plus rude encore. Incapable de résister à sa proximité, je touche la balafre de sa joue de la pulpe de mon pouce.

— Kaël… murmuré-je, une touche acide sur la langue.

Le regard qu'il glisse sur moi m'ébranle totalement. Il est dur, et pourtant, je crois déceler autre chose : de l'inquiétude ? de la colère ? de… l'envie ?

Ça se confirme lorsque sa bouche fond sur moi, projetant mon corps contre la paroi gelée des lieux. Dans une urgence que je ne saisis pas, il insère sa langue entre mes lèvres. Je veux lutter, obtenir des réponses, alors je reprends contenance et lui attrape les bourses en éloignant mon visage du sien. Sans serrer, j'articule :

— Pour. Quoi. On. Est. Là ?

Sa rage monte, je le vois à ses épaules qui se tendent, à ses avant-bras qui me tiennent plus fermement. Je resserre ma prise et il siffle contre mes lèvres :

— Parce que ce n'était pas censé arriver. Parce que j'ai eu peur pour toi.

Mon cœur rate un battement, mon souffle se coupe. Je ne comprends rien à ce qu'il raconte. Ses doigts se faufilent dans ma crinière et ses yeux me happent avec dangerosité.

— Isaya…

Sa voix est un supplice. Je ne l'ai jamais vu réagir ainsi. J'ai envie de penser qu'il me considère enfin, mais je n'y crois absolument pas. Kaël est fait de glace et de secrets. Jamais il ne partagera quelque chose de vrai avec une femme, d'autant plus avec moi, qu'il juge comme faible.

Ses doigts glissent contre ma trachée et appuient un peu. Il me fait douter autant qu'il me fascine.

— Si tu avais été morte là-bas, je t'aurais poignardée de ma lame, car il n'y a que moi qui aie le droit de te faire souffrir. Mon tranchant sur ta gorge, ton sang sur ma langue. Une danse morbide qui m'entraîne là où personne ne veut aller. En cet instant, c'est exactement là où je veux que tu sois. À ma merci, entre mes mains, méfiante et téméraire.

Son intonation atteste qu'il ne feint pas, que c'est précisément ce qu'il aurait accompli. Mais je n'ai pas peur, parce qu'il me voit vraiment, moi, la femme faible qui a tant à prouver. J'approche mes lèvres de sa bouche et susurre :

— Venant de toi, ça m'a tout l'air d'être des mots d'amour. Ne me traite pas comme une reine, Kaël, je pourrais devenir celle de ton cœur.

Mes mots font mouche, le déstabilisent. Je vois la colère agiter ses iris, celle qui le consume, et le feu incandescent qu'il ne peut réprimer. Moi, c'est son corps si proche du mien qui me ruine. J'essaie de lutter contre cette envie irrépressible d'être dans ses bras, de me persuader que rien de bon ne sortira de nos ébats. Je n'y parviens pas. Mes doutes s'effritent, ses mots glissent sur ma peau comme une caresse brûlante et douloureuse. L'instant est suspendu comme si nous étions dans un autre monde. Il n'y a plus de bombe, plus d'échappatoire que celle qui nous dévore intérieurement, et nos mains s'activent, prenant le relais de nos paroles, nourrissant le corps de l'autre avec fougue, emprise, envie.

Avec avidité, ses dents viennent mordre mon cou, puis il descend sur ma poitrine, la léchant du bout de sa langue en traçant un chemin enflammé sur mon épiderme. J'ai encore mille questions, mais sa bouche me fait taire. L'urgence de notre étreinte ne peut pas attendre. Là, maintenant, ma plus grande envie est ce qu'il adviendra dans les minutes qui suivent.

Parce que si ses non-dits doivent détruire ce qu'il y a entre nous, je décide de prendre tout ce que je peux de lui tant qu'il m'y autorise. Je saisis ses cheveux pour le mener vers mon antre humide pour qu'il comprenne que je sais aussi avoir le dessus sur nous. Un sourire machiavélique ourle ses lèvres et sa main force ma jambe à se poser sur son épaule. Il relève les yeux pour les planter droit dans les miens et insère sa langue entre mes plis. Sans douceur, sans retenue, il me lape comme si j'étais la dernière goutte de son oasis, et j'ai l'impression de me désagréger. Le voir agenouillé devant moi est une vision des plus délétères. Il ajoute deux doigts en moi et ses va-et-vient sont intenses, sauvages. J'oublie la douleur des blessures sur mon corps, l'endroit où nous sommes et la guerre qui fait rage, là-bas, au-dehors.

— Tu vas jouir avec mon nom sur tes lèvres, et rien ne pourra jamais plus l'effacer. Jamais.

Je ne veux pas l'effacer.

Il se relève et rapproche son visage de moi.

— Isaya… je vais te détruire. Chaque parcelle de ton cœur sera brisée, anéantie par mes actes. Fuis, avant qu'il ne soit trop tard.

Brise ce qu'il reste de moi…

Ses paroles, je n'ai aucun doute qu'elles révèlent la vérité, seulement, quand il s'agit de Kaël, ma rationalité fond comme neige au soleil. Je m'accroche à l'illusion qu'avec moi, ce sera différent, qu'il trouvera ce qu'il n'a jamais pu obtenir avant.

Je balance toutes mes certitudes au feu de notre passion. Buste contre son buste, mes jambes s'agrippent à ses hanches. Sa queue dure frotte contre mon bouton de rose, et je suis prête à jouir sur l'instant.

— Retiens-toi…

C'est un ordre.

Ma respiration se fait rapide, mon corps se crispe, puis se meut contre le sien dans un geste lascif de va-et-vient. Le souffle court, je n'arrive plus à contenir mes halètements. Cela devient encore pire quand sa main se glisse entre nous et que son pouce remplace sa hampe. Il le tournoie autour de mon point de volupté tout en insérant un autre doigt en moi, et je manque de défaillir. Nos peaux se touchent et nos corps s'accordent, se connaissant bien désormais.

— Ne t'arrête pas… lui soufflé-je dans un murmure, m'approchant de ses lèvres.

— Ce que je te donne, personne ne l'a jamais obtenu. Sache que je vais te faire crier, *Néora*, mais pas sans te prendre comme tu me hantes depuis la dernière nuit passée ensemble.

Néora, un nom si doux… mais que je ne connais pas. D'où vient-il ? Que signifie-t-il ?

Mes pensées sont interrompues lorsque ses dents attrapent un de mes tétons et le mordent avec force. Cette sensation est aussi cruelle que jouissive. Je hurle, mon ventre se contracte, et je tente de reculer. Pour atténuer la douleur, il embrasse mon sein, puis, sans ménagement, il écarte mes jambes. Il se redresse, réajuste sa position et me fixe pour attendre ma réaction. Je suis à sa merci, offerte devant lui et prête à le laisser abattre mes incertitudes. Lorsqu'il étire mes chairs de toute sa virilité, Kaël est doux, comme s'il prenait le temps de me faire sentir chaque centimètre de sa puissance. Il tremble, se délecte de mon souffle et savoure le moindre de mes gestes. Il lèche ma peau et caresse mon cou comme si c'était la première fois qu'il me découvrait. Aujourd'hui, c'est différent. Une proximité réelle, de la lenteur, ses yeux dans les miens. Nos doigts s'agrippent d'une main, puis son sexe finit par me remplir complètement. Je ferme les yeux et il marque un arrêt pour que je m'habitue à sa circonférence, puis effectue de doux va-et-vient qui me font haleter. Impatiente, je donne un coup de hanche.

— Savoure… petite sauvageonne.

J'ouvre mes paupières et devine les mots qu'il ne dit pas. « *Ce sera la dernière fois.* » Ses yeux me fuient, mais je relève son menton pour qu'il puisse observer dans mes prunelles tout ce qu'il s'y déroule. Je n'arrive plus à faire semblant, là, devant lui, je lui offre mon cœur sur un plateau.

Va-t-il le comprendre ou faire comme si rien n'existait entre nous ?

Ses grognements parviennent à mes oreilles quand son rythme devient plus intense et me font réagir avec force. Je suis trempée pour lui et, dans ce moment rien qu'à nous, je tends la main pour le caresser plus intimement, mes doigts effleurant ses testicules avec une lenteur pleine de tendresse. Il a un mouvement de retenue, puis penche la tête en arrière tout en continuant à m'envahir. J'observe les particularités de son visage en suffoquant de plus en plus face à la vague de plaisir qui me submerge. Percevant mes prunelles sur ses traits, il se dérobe et l'enfouit dans mon cou. Il me dévore, je frissonne. J'agrippe ses épaules, et mes ongles lacèrent son dos. Loin de l'arrêter, cela le rend plus sauvage, plus virulent, et après cet interlude de tendresse, c'est ce que je veux. Venant de lui, me traiter comme une poupée délicate serait la plus grande insulte. Je souhaite qu'il ne retienne rien, qu'il me bouscule, me considère comme son égale. Je vois le sourire taquin qui se dessine sur ses lèvres et une lueur incandescente s'allume dans son regard.

D'un mouvement fluide, il se retire, me retourne, puis me penche en avant pour me prendre plus profondément. Doucement d'abord, pour ancrer mon âme ici avec lui, empêchant mon esprit de se perdre dans une ruelle sombre. Puis ses coups de hanche s'harmonisent avec ses halètements rauques, et je ne peux m'empêcher de bouger à un rythme soutenu à mon tour. Il me retient, me protège et donne tout ce qu'il possède à cet instant. Sa peau claque contre la mienne, ses doigts me martyrisent, s'empreignent dans ma chair et y laisseront des traces, c'est sûr. Même sans marque, il est inscrit sur mon épiderme.

— Bordel, Isaya…

Je le sens, il est tout aussi proche que moi. Ses doigts s'enroulent autour de mes cheveux et il tire dessus jusqu'à ce que ma bouche soit à portée de la sienne. Ses yeux cherchent quelque chose et je bascule contre son épaule avant de retomber à quatre pattes devant lui. Sans cesser de me pilonner, je jouis avec lui dès lors que mon prénom fend ses lèvres dans un supplice langoureux. Trois allers-retours et il se stoppe. Il ne se retire pas immédiatement, sa main toujours sur mes fesses. Kaël m'effleure une dernière fois et s'écarte pour de bon. Je me sens vide, tout à coup. Je me relève, les jambes flageolantes de la jouissance et de la fatigue cumulées. Il me fixe quelques secondes sans un mot, alors je recule d'un pas, puis de deux, avant de me retourner.

— Attends… dit-il en saisissant mon poignet de ses doigts.

Sa voix est étrangement douce, calme. Il me lâche et se dirige vers sa sacoche d'un pas mesuré, presque lent, et en sort un tissu. Je fronce les sourcils, sceptique, au moment où je le vois revenir vers moi et s'agenouiller. Un long frisson me parcourt quand il commence à m'essuyer subtilement entre les jambes. Son souffle se mélange à ses gestes et je ne trouve rien d'autre à dire que :

— Merci…

Je reste coite, à moitié gênée, à moitié surprise. Quand il se redresse pour me faire face, je lis dans ses yeux que le moment de délicatesse est passé.

— Pas envie qu'on sente à des kilomètres que je t'ai sautée… encore.

Enfoiré !

Les mots sont rudes, froids, ils me broient le cœur de la pire des manières, puis je tilte. Il a compris que j'attendais plus de lui, de nous. Ses mots me reviennent en écho.

Isaya… je vais te détruire.

Il me tourne le dos, revêt sa chemise et son pantalon, puis retourne près du feu, s'accroupissant pour l'attiser. La chaleur de la grotte contraste avec la froideur de son comportement. Bien que je m'y sois attendu, cela me blesse.

— Je n'y tiens pas non plus, rassure-toi... J'ai un soldat en vue et...

La meilleure défense est l'attaque. Je n'ai pas le temps de terminer cette phrase qu'il se trouve à deux centimètres de mon visage.

— Ne me cherche pas, *Néora*... Ton cul est à moi.

J'avance un peu plus et lui crache :

— Il sera à toi quand tu l'assumeras, abruti égocentrique !

— Tu veux jouer avec moi ? grogne-t-il en dégainant son arme.

Je l'observe de haut en bas.

— Tu ne m'impressionnes pas, Kaël.

Alors qu'il s'apprête à répliquer, je le coupe :

— Qu'est-ce que veut dire *Néora,* et d'où tu viens vraiment ?

Ses épaules se tendent et il pivote les talons pour me fuir.

— Reste en dehors de ça, tu poses trop de questions dont tu ne veux pas entendre les réponses...

Il attrape mes vêtements et me les jette. Épuisée, je retourne sur ma couche de fortune et m'allonge, lui tournant le dos, un soupir en guise de berceuse.

CHAPITRE 37

Kaël

Je sors de la grotte pour aller chercher du petit bois, l'esprit embrouillé par tout ce que le moment passé avec Isaya éveille en moi. Là-dedans, j'étais réellement moi, sans masque ni armure. J'ai l'impression d'être pris au piège, ressentant des choses que je ne sais même pas définir. La douceur de sa peau, son odeur, ses yeux émeraude, sa fougue et sa putain de langue bien pendue. Autant de signaux d'alarme qui retentissent comme des avertissements.

Je suis en train de foutre en l'air toutes les règles que m'enseigne mon roi depuis que je suis enfant, et il faut que ça se stoppe. Il est clair que vivre loin de mes terres représente un très mauvais exercice.

J'empoigne ma dague et la lance dans un arbre à portée. Dans le mille. Pile à l'endroit que je visais.

Mes pensées s'égarent vers l'explosion qui nous a amenés ici. Qu'est-ce qu'il s'est passé ? Pourquoi a-t-il fallu que je sauve le rouge-gorge ?

Néora…

Je suis ridicule ! Ce mot issu de mes contrées est sorti tout seul, comme une parole incapable de ne pas se dévoiler.

Ma force… une appellation qui lui va si bien.

Je m'enfonce un peu plus dans la forêt pour récupérer mon arme quand je sens la présence de quelqu'un dans les environs. Cette personne m'observe et épie mes mouvements. Feignant n'avoir rien remarqué, je m'éloigne le plus possible du lieu où est Isaya et poursuis ma route à un rythme cadencé. Une ombre talonne mes pas, mais je peux déjà dire que c'est un soldat émérite et entraîné. Visiblement, il a trouvé maître en la matière, car je n'ai mis que quelques secondes à le repérer.

Je guette, écoute et fais mine de me baisser pour ramasser une branche au sol tout en étirant un sourire. Une brise légère m'offre un indice sur mon suiveur. Cette odeur… je la reconnaîtrais même si j'étais immergé.

— Depuis quand la discrétion fait défaut à la garde barcéonienne, Vitna ?

— Mon prince, dit-il en se montrant enfin, me servant une courbette que je méprise de toute ma hauteur.

Je me relève, une dague à la main, et joue à la faire tourner entre mes doigts d'un geste contrôlé et sûr.

— Qu'est-il arrivé ? Un retournement de la part de Nalaire et Velkhara ? questionné-je en lui adressant un regard froid et calculateur.

— Mon prince, répète-t-il en se rapprochant de moi, je crains que la vérité soit tout autre. Nous avions des ordres de la part du roi, qui semble… perdre la tête… et sa foi en votre capacité à honorer cette mission.

Mon père a changé son plan à la dernière minute, visiblement… Ma dague part toute seule pour se ficher dans son épaule, l'empêchant de se tenir trop près de moi. Il pousse un hurlement en posant sa paume sur la blessure, mais ne retire pas la lame. Ce fieffé crétin m'énerve déjà. Vitna est le deuxième meilleur tueur après moi, et j'ai conscience qu'il n'a jamais pu me regarder dans les prunelles et me mentir. C'est ma chance d'en apprendre plus.

— Fais attention à ce que tu affirmes de ton roi ! Pourquoi une explosion a-t-elle eu lieu près de la tour ? Ce n'est pas du tout l'itinéraire que devait prendre la reine.

Il me scrute de ses iris noirs et crache entre ses dents, blasé de s'être fait piéger :

— Ce… ce n'est pas la vieille qui était visée… c'était vous ! L'héritier princier s'y est opposé, il m'a réquisitionné afin de vous prévenir, mais le souverain…

Mon cœur ne tressaute même pas, il a l'habitude des coups foireux de mon paternel. J'aurais dû m'y attendre.

— Le roi quoi ? finis-je par grogner en me rapprochant de lui.

Je sens après quelques secondes une rage sourde monter en moi. Sans parvenir à assimiler ce qu'il est en train de dire, je m'interroge sur mon aîné. Que se passe-t-il à Barcéon ?

— Il a contré la demande de votre frère…

— Comment va Zayan ?

— Il… Il se montre discret. Votre père estime que vos services ne sont plus nécessaires. Vous avez failli à votre tâche et, d'après lui, vous vous êtes rallié à ces traîtres !

Hayes. Ce petit enfoiré. Je n'aurais jamais dû lui permettre de partir quand il m'a sorti qu'il pensait que j'avais changé de camp. Fidèle comme il est, il a dû s'empresser de balancer sa merde au roi.

Vitna grince des dents en affirmant cela et retire la lame d'un geste lent. Il jette ma dague au sol et je secoue la tête.

— Laisse-moi deviner… Tu es venu vérifier que le travail de ton souverain a fonctionné, et comme ce n'est pas le cas, le finir, n'est-ce pas ?

Mon interrogation n'en est pas véritablement une. Il ne pourra pas aller jusqu'au bout, puisque je vais le tuer avant qu'il ne fasse un pas de plus dans ma direction.

— Le prince Zayan m'a donné une lettre pour vous. Et…

Le dégoût que je lis sur son visage me prouve que j'ai raison à son sujet. Il est ici dans le but de terminer le travail. Il déplace sa main sur sa cuirasse et je dégaine mon épée d'un geste sec avant de me rappeler que je n'ai pas besoin d'armes, juste de mes mains pour enserrer son cou gracile.

— Il paraît que je suis meilleur pour trancher des têtes qu'au lancer de dagues… mais, avec toi, j'ai envie d'essayer autre chose.

Il frémit imperceptiblement, puis rétorque sans se démonter :

— Pourtant, la reine a toujours la sienne, raille-t-il en attrapant l'enveloppe dont le cachet est scellé.

Son insolence m'exaspère, cela dit, j'attends qu'il me donne cette fichue missive, mais il enchaîne :

— Mon prince. Si j'avais eu un autre choix, je l'aurais saisi, mais il a menacé ma famille.

Quand il s'apprête à empoigner son glaive pour m'approcher et me planter, j'effectue un pas sur le côté, puis l'agrippe par-derrière en encerclant sa gorge de mon avant-bras. Vitna se débat, tente toutes les techniques que je lui ai enseignées, mais rien n'y fait. Il s'épuise, et je renferme son cou plus fort en le soulevant légèrement… jusqu'à ce que ses pieds soient pris de convulsions et qu'il s'écroule au sol alors que je relâche la pression.

Un enfoiré en moins sur mes côtes, et un alibi en béton à offrir à Garreth.

Des fois, j'aime tellement mon génie.

CHAPITRE 38

Isaya

Derrière l'arbre, j'observe les deux hommes discuter. De là où je suis, je n'entends pas leurs échanges. Le soldat, vêtu de l'emblème de Barcéon, tend une enveloppe à Kaël, qui l'attrape avant de la fourrer dans sa botte.

Qu'est-ce que c'est que ce bordel ?

Kaël traite-t-il avec les Barcéoniens ? A-t-il un lien avec l'explosion ? Mon cerveau est en ébullition et je ne parviens pas à comprendre ce qui m'échappe. Ma vision se brouille, je me suis fait prendre à son piège. J'opère un pas en arrière avec lenteur pour retourner à la grotte avant qu'on ne me repère.

Le temps qu'il revienne, j'ai déjà rassemblé mes maigres affaires, prête à repartir.

L'intéressé arrive quelques minutes plus tard, les bras chargés de bois, et s'arrête en me découvrant face au feu que j'étouffe.

— Je rentre, lâché-je sans la moindre émotion. Sans toi.

— On ne peut pas regagner le château maintenant, annonce-t-il sans détour.

— Je crois que tu n'as pas compris ce que je viens de dire, Kaël… Je ne veux pas de toi dans ce voyage, je ne suis pas une déserteuse et je n'ai aucune envie de connaître ce que tu trafiques dans ce bois ni même pourquoi tu m'as entraînée ici.

Il esquisse un sourire mesquin, pas troublé par mes paroles.

— Bien sûr que tu souhaites savoir ce que je faisais là-bas, sinon tu ne m'aurais pas épié, *Néora*.

Je m'avance vers lui dans une attitude de domination et de défi, écrabouillant mon index sur son torse.

— Es-tu un espion ? articulé-je en ancrant mes yeux aux siens. Dis-moi la vérité.

Son masque de froideur est à nouveau en place et il se redresse de toute sa hauteur sans me confirmer mes allégations.

— Tu penses que je le suis ? Je suis curieux de connaître ta théorie… Mais laisse-moi t'annoncer que je suis bien pire, en réalité.

— Tu mens.

— Parce que tu me crois incapable de te détruire, c'est ça ?

Il s'approche davantage, égal à un prédateur qui vient de coincer une proie.

— Je t'avais pourtant prévenue… Tu vas souffrir. Tellement souffrir que tu finiras par me supplier de t'achever. Ce que tu visualises, c'est la partie immergée de ma noirceur… Tu ne sais rien de moi, petit rouge-gorge. Je n'ai rien à perdre à te voir disparaître.

La claque qui me pétrifie à cet instant est comme réelle.

Il va partir et me laisser…

— Je sais lire dans tes yeux. Tu t'interdis de ressentir, Kaël. Mais tu tiens à moi, je le vois. Ici.

Je pose ma main sur son cœur et il se détourne, m'abandonnant à cette froideur qu'il dégage et qui me glace.

Kaël fait les cent pas, puis revient vers moi pour me faire face à nouveau, un masque impitoyable sur le visage. C'est comme si c'était un autre que celui qui m'a offert mon plus beau moment avec un homme. Ma poitrine tressaute, parce que je sais qu'il est capable de frapper fort simplement pour se protéger. Je n'ai pas peur de lui, jusqu'à ses mots qu'il siffle entre ses dents, mais auxquels je ne crois pas.

— Tu fantasmes sur un homme qui n'existe pas ! Je ne suis pas un putain de prince charmant, je suis une bête, et toi, tu es stupide d'imaginer le contraire. Es-tu vraiment prête à tout foutre en l'air pour te faire sauter par un mec comme moi, hein ?

Ma respiration s'arrête quelques secondes, je le dévisage, choquée, puis je reprends contenance.

Il a raison sur un point, c'est que je ne peux pas mettre en danger ma formation, mes croyances et ma vie entière pour un homme qui m'attire. En revanche, il est évident que je suis à même de percer ses petits secrets, car il en a visiblement beaucoup à cacher.

— Tu sais, le plus con de nous deux, c'est certainement toi. Te voiler la face de cette façon… Tu peux faire le malin, tenter de m'impressionner, mais je sais que tu dissimules des choses. Bien trop de choses. Depuis l'attaque dans les bois, j'ai le doute. Il n'y a qu'à voir ton attitude pour savoir que j'ai raison. Et je vais trouver ce que c'est !

D'un coup, ma rage se libère, envahit mon corps et je saisis mon arme pour le menacer. Son rictus suffisant me fait trembler.

— Tu veux jouer ? Alors, tue-moi, *Néora*… car sinon, c'est moi qui le ferai… un jour ou l'autre.

Je me poste face à lui tout en le menaçant encore.

— Je ne suis pas toi, Kaël. Je ne m'amuse pas à blesser les autres pour le plaisir. Je laisserai Garreth et le conseiller de notre reine s'occuper de ton cas.

Son rire emplit la grotte, mon cœur se vide, puis je le contourne pour atteindre l'entrée. Quitte à mourir, autant le faire en essayant de fuir.

Je m'arrête quand il termine de rire.

— Tu ne feras rien, petit rouge-gorge… car tu ne sais rien. Pas vraiment.

Il sort la lettre que je l'ai vu planquer dans sa botte un peu plus tôt et l'agite rapidement d'un geste précis.

— Maxwell m'a envoyé ici dans le but de collecter des informations. Des soldats aldoriens sont introduits à Barcéon, ou du moins à la frontière, et ils devaient se retrouver ici pour établir la suite de la stratégie, à savoir déterminer les prochaines manœuvres du royaume adverse. L'homme que tu as aperçu était un infiltré, que j'ai dû tuer pour protéger notre couronne. Il en savait trop. Tu verras son corps à l'entrée de la grotte.

Je fronce les sourcils, incrédule. Son explication me semble tout à fait plausible, bien que je reste sur mes gardes. J'ai envie de le croire. Kaël est du genre honnête, et, au fond de moi, je sais que je lui confierais ma vie malgré tout ce à quoi j'assiste. La preuve en est, il m'a déjà sauvée un bon nombre de fois et il… enfin, il est différent lorsque nous sommes seuls, même s'il tente de me démontrer le contraire.

Il enfourne à nouveau le papier que je lorgne dans sa chausse et m'indique d'un geste du menton qu'il me suit pour revenir dans la cité.

Est-ce encore un de ses stratagèmes ? Je suis perdue.

En sortant de notre abri, je remarque effectivement l'homme au sol. Kaël l'attrape et l'attache à son cheval.

— J'ai commis trop d'erreurs, ces derniers temps, lâche-t-il. À commencer par te laisser prendre une place que tu ne mériteras jamais. Ma couche n'est pas un refuge. J'en ai fini avec toi, Isaya.

J'ai envie de l'étriper sur place. Il me repousse alors que ses yeux disent tout le contraire. En réalité, je suis folle de rage. Non pas parce qu'il veut se la jouer super connard, mais parce qu'il va nous blesser tous les deux. S'il n'avait vraiment rien à se reprocher, il ne chercherait pas à se justifier sur ses sentiments pour que je détourne mon attention de lui.

C'est mal me connaître. Sur le long du chemin, voyant que je demeure sur mes gardes, il esquisse un nouveau sourire qui, cette fois, ne m'annonce rien qui vaille.

— Je crois que tu m'excites quand tu as ce furieux désir de me buter, Isaya. Mais j'ai compris… on rentre lécher le cul de Garreth.

Est-ce normal d'avoir envie de le tuer autant que de l'embrasser ?

— Faudrait savoir… Un coup tu me veux, un autre tu me repousses… T'es vraiment…

— Incroyable ? Doué ? Surprenant ?

Prétentieux…

— J'allais dire obsédé ! Avance, imbécile, avant que je ne te fasse la peau !

Je me détends légèrement et l'observe pendant tout le reste du trajet. Je me rends compte que j'aime son allure, sa carrure et sa fichue façon de se comporter avec moi. Chacun de ses mots déclenche des vagues de frissons ou d'agacement, mais provoque toujours une émotion que lui seul est capable d'engendrer chez moi. Il a tout brisé à cause de la taille de son ego surdimensionné.

Je crois que je suis vraiment dans un énorme bourbier, et j'ai besoin d'en parler à Sélène, qui doit absolument retrouver son rôle de meilleure amie.

CHAPITRE 39

Kaël

Je ne suis pas passé loin de la catastrophe. Pourquoi j'accorde autant d'importance à ce qu'elle va penser de moi ? J'ai pris la bonne décision en lui affirmant que je ne veux pas d'elle, je dois au maximum préserver ma couverture. Pour moi, pour mon frère, pour mon royaume. Elle semble me croire pour l'instant, et pour la première fois depuis longtemps, j'éprouve un léger pincement au cœur. Une sorte de remords ? J'en sais rien, ça ne m'est jamais arrivé.

Un vide étrange paraît croître dans ma poitrine en observant sa silhouette à la dérobée. Je suis un enfoiré de première. C'est pas nouveau. Elle se remettra vite de sa peine. Alors que le silence s'installe entre nous sur le chemin du retour, les arbres nous entourant produisent un son harmonieux par le souffle du vent, et les paroles de Vitna résonnent dans ma tête. Mon père a voulu me tuer. Cet enfoiré n'a pas cru en moi… encore une fois. La lettre de mon frère me brûle la peau, je meurs d'envie de lire ses mots, d'en connaître davantage. Notre vengeance doit avoir lieu, nous sommes à l'orée de la mort de la reine, j'en suis persuadé. Il faut accélérer les choses, et c'est ce qui devait advenir avant que mon père ne fasse durer la partie en changeant ses plans. Isaya est bien trop intelligente pour ne pas comprendre. Penser à son visage lorsqu'elle apprendra que je suis le prince du royaume ennemi éveille quelque chose dans mon ventre. Une sensation inconnue. Je me reprends et me repasse en tête tout ce pour quoi je suis là. Ma mère. La guerre provoquée par Aldoria. Cette guerre qui a supprimé mes aïeux.

Je ne suis pas ici pour rien. Aldoria est loin de ressembler à ce qu'on m'a toujours enseigné, mais je garde à l'esprit que ce reinaume est plus perfide qu'il n'y paraît. Et c'est en ça qu'ils sont malins.

À mesure que nous approchons du village, Isaya s'agite. Je lui jette quelques regards jusqu'à ce qu'elle me devance en soupirant une énième fois, à croire que notre petite balade commence à lui peser. Je lorgne ses formes sans aucune gêne, me remémorant ce moment intense dans la grotte. Il fallait que l'un de nous mette fin à cette mascarade. Elle n'en aurait jamais eu le courage de toute façon. Sa faiblesse la perdra tôt ou tard. Je devais lui prouver que je suis tout sauf ce qu'elle espère, que je suis tout ce qu'elle ne désirera jamais. Mais cette ambivalence me rend dingue autant qu'elle. Ce silence qui s'éternise ajoute encore de la distance entre nous.

C'était nécessaire. Je le sais et ça n'a que trop duré. Isaya est une soldate. Je suis un prince, un Barcéonien de surcroît. Je ne suis que le bourreau qui détruit son cœur à mesure qu'elle reste dans mon sillage. Ça, c'est ce que je tente de me persuader dès qu'elle me fixe à nouveau, le regard aussi déterminé que lorsque je l'ai connue. Je dois la laisser tranquille. La laisser partir. Mais… mon égoïsme reprend le dessus bien trop vite. Si je ne peux l'avoir comme je le veux, personne d'autre ne l'aura. Parce qu'elle est à moi depuis la première fois que j'ai posé ma bouche sur la sienne.

Arggggggh ! La côtoyer me fait ressembler à une fichue gonzesse !

Barcéon attend de son prince d'être à la hauteur. Je n'ai pas besoin d'être distrait par une femme. Je me promets malgré tout de garder un œil sur elle, à distance. Elle serait capable de se faire tuer au détour d'un escalier, c'est certain !

Pour évacuer cette tension brûlante qui s'insinue dans mon corps, il va falloir que ma lame aiguise quelques entrailles, qu'elle s'enfonce dans la chair d'un connard, qu'importe la raison, j'en trouverai bien une. Mon premier objectif est de lire cette lettre, ensuite, j'irai trouver Maxwell.

***

Nos pas foulent enfin le devant du château. La haute stature du bâtiment nous domine, comme un être jugeant nos actes. Intouché. La bombe a explosé dans le village et n'a eu aucun impact sur le palais. La reine n'était effectivement pas la cible. Cet enfoiré de Vitna n'a pas menti…

Les plaines plus en retrait sont cependant toutes cramées et l'effervescence n'a pas l'air d'avoir diminué depuis notre départ. Au loin, je sens le regard de Garreth atterrir sur nous. Ses iris bleus et froids me foudroient sur place.

— Je crois qu'on va se prendre un savon. Espérons que ton cadavre nous aidera à réduire le courroux.

J'avais presque oublié sa présence, obnubilé par la suite de ma mission. Je hausse les épaules pour lui faire comprendre que j'en ai rien à cirer.

— Rejoins tes quartiers, je m'en charge.

— Mais…

Je me tourne vers elle et l'assassine du regard, son corps à proximité du mien.

— Pas maintenant, Isaya.

Elle esquisse une moue contrariée, puis s'éloigne sans demander son reste. Je chemine toujours vers le centre de la cour transformée en infirmerie, et avant que le commandant ne me saute à la gorge, je détache le cadavre et le balance au sol d'un geste franc.

— Barcéon.

Je ne dis rien de plus et laisse mon supérieur apprécier ma petite attention. Cela dit, il ne consent même pas à estimer mon talent, puisqu'il me fusille des yeux et crache entre ses dents :

— Où l'as-tu emmenée ?

Je donne un léger coup de botte au corps qui gît au sol tout en étirant sur mon visage un rictus teinté d'audace.

— Oh, lui ? Juste faire un tour en forêt, mais le bougre n'est pas très bavard !

Ce qui suit me surprend presque, puisque le commandant des armées lève son arme dans ma direction, prêt à lancer son couteau sur mon front.

— Où l'as-tu emmenée ? répète-t-il.

Son ton quasi doucereux me promet les pires souffrances si je daigne davantage me foutre de sa gueule. Dommage, j'appréciais plutôt l'exercice. Le sarcasme est ma deuxième arme préférée.

— Oh, ce n'est pas de lui qu'on parle, dis-je innocemment en posant un pied sur le cadavre refroidissant. Ta petite protégée, du coup ? Eh bien…

— Je te conseille de ne pas faire le malin, Kaël. J'attends une réponse claire, ou je n'hésiterai pas à te donner une leçon devant la cour entière.

— Devenir mon bourreau ? Quelle douce ironie.

Il me fait la morale sur ma suffisance, ma capacité limitée à m'occuper de mon cul et mon devoir. J'ai arrêté de l'écouter à la deuxième phrase, je crois.

Maxwell, qui n'est pas loin, ne rate rien du spectacle que Garreth est en train d'offrir, pendant que je me cure les ongles, faute de mieux. Il faut bien que quelqu'un se charge de lui faire perdre toute crédibilité. J'ai décidé que ce serait moi ! Les autres gardes ne remarquent même pas notre échange, trop absorbés par leurs tâches.

— Tiens ! Le conseiller de la reine nous observe, lâché-je au bout de quelques minutes. Il fait le timide, je crois…

Le commandant se relève et abaisse son arme en le voyant avancer vers nous, les mains dans le dos et sa longue cape verte traînant dans la poussière.

— Un problème, messieurs ? questionne-t-il en arrivant à notre hauteur. Je vous rappelle que nous sommes en guerre et que ce genre de dissension entre nos rangs peut amener le pire. Il faut rester soudés, qu'importent vos différends.

Tonton Max… Belle technique pour arrondir les angles et prendre mon parti…

Je réajuste mes épaules et me redresse de toute ma hauteur. La meilleure défense contre les doutes que peut avoir Garreth est de paraître sûr de moi, de ne pas trembler, et pour ça, je n'ai qu'à dire la vérité. Je suis certain que c'est la stratégie qu'emploierait mon roi. Ma voix reprend son timbre rude lorsque j'annonce :

— J'essaie d'expliquer à notre chef des armées que Barcéon prévoit de détruire son alliance avec Velkhara pour le soumettre. Seulement, il semble plus intéressé par la soldate que j'ai sauvée que par les informations que nous avons pu soutirer à… enfin… à celui-là quand il était encore en vie.

Mon supposé chef a un léger mouvement de recul que je n'explique pas sur l'instant, mais à bien y regarder, il a l'air d'être à deux doigts de chier dans son froc. Ou pas.

— Plus d'alliés. Plus de défense, ironisé-je. C'est dommage, on était à *ça* de devenir *le* reinaume qui renaît de ses cendres.

Une conversation silencieuse se joue sous mes yeux alors que je n'ai pas terminé mon monologue. Quelques secondes passent avant que Maxwell ne s'exprime :

— Kaël a simplement écouté mes ordres.

Garreth fronce les sourcils, sceptique, réfléchit… Il semble comprendre qu'une part du mystère lui échappe.

— Vos ordres ? Mais à quel moment…

— Stop ! Nous parlerons de ça à une occasion plus opportune.

Le conseiller de la reine reprend sa stature droite et tranche de sa langue acérée les doutes du chef des armées. Il m'invite à révéler tout ce que j'ai pu apprendre, et j'emballe les fragments d'incertitude de mon chef dans un beau papier de soie qui lui conviendra à coup sûr. Il doit y croire. Pour paraître crédible, je m'intéresse à la situation du territoire.

— Et ici ? Vous avez su ce qu'il s'est passé ? Qui nous a attaqués ?

On pourrait presque voir une larmichette sillonner ma joue. Naaaan, je déconne.

— Aucune trace, aucun ennemi attrapé. C'est comme si cette bombe était venue des cieux, crache le commandant, impuissant face à cette tuerie.

Après un échange qui me permet de redorer mon blason, je fais demi-tour en récupérant ma monture et en plantant les trois hommes en plein milieu de la cour qui sert d'infirmerie à ciel ouvert.

Je prends la direction des écuries, lorsque j'aperçois la copine de la rouquine à genoux face à un lit de camp improvisé. Elle éponge le front d'un soldat blessé. Son regard semble aussi vide que sa cervelle. Quand je passe à proximité, elle se lève et pose sa main sur mon avant-bras en me lorgnant comme si elle avait vu un fantôme.

— Isaya…

Sa voix est pleine d'espoir et d'attentes. Malheureusement, je suis un peu aigri suite à ma discussion avec l'autre abruti de commandant. Dommage pour elle, je suis d'humeur à jouer de mon humour noir. Je fais pivoter ma tête de gauche à droite avec une moue peinée, puis lui tourne le dos pour ramener mon équidé dans son box.

Derrière moi, j'entends son corps s'écrouler et ses cris de souffrance.

Je suis un salaud, et je jubile de mon cadeau. Après tout, on n'est jamais mieux servi que par soi-même.

CHAPITRE 40

Isaya

Devant la cuve d'eau, j'observe le reflet de mon visage. Les égratignures sont nombreuses, mais elles disparaîtront avec les semaines. Je n'ai pas le temps de m'apitoyer sur mon sort que Sora pose sa main sur mon épaule, me faisant sursauter.

— Où étais-tu, soldate ?

Il fallait bien que ça arrive… Je ne sais pas pourquoi, mais je ressens le besoin de ne pas lui révéler la vérité.

— Sous les décombres près de la tour. Un soldat m'a libérée et soignée.

— Marjorie ne s'en est pas tirée.

Merde. Je n'avais même pas songé à elle une seule seconde. Kaël parasite vraiment toutes mes fichues pensées, à tel point que j'en ai oublié mon devoir envers mes sœurs d'armes.

— A-t-on subi beaucoup de pertes ? Je crois que je suis restée inconsciente un long moment, je n'ai pas compris ce qu'il s'est passé.

— Nos ennemis ont réussi à s'infiltrer, probablement grâce à des complices. Il va falloir redoubler de vigilance une nouvelle fois. La reine a beau renforcer la sécurité, notre contrée devient une immense cible. J'ai entendu dire que le commandant se posait des questions sur une éventuelle alliance des territoires…

J'acquiesce en me tenant aussi droite que possible, mais ses paroles me glacent, car s'il y a un accord, nous sommes tous morts. Face à son inspection, j'occulte la douleur dans mon bras et demande instinctivement où je dois me rendre. Sora m'indique la grande porte d'un signe de tête avant de m'annoncer que mon manquement de ces dernières heures a été remarqué.

D'un pas précipité, je me hâte de rejoindre le convoi qui part en direction du bourg. L'ordre est clair : chercher des survivants jusqu'à ce que nous soyons certains qu'il n'en reste pas. Ça va nous prendre une éternité, mais le sort des miens est en jeu. Dans la carriole qui nous mène au village, j'échange avec mes compagnes de lutte, nous nous tenons la main, heureuses de nous revoir. Cette explosion a ressoudé nos liens, nous a unies dans la peur de ne pas pouvoir apercevoir le soleil de demain. Les cahots du chemin nous font nous cramponner plus fort. Autour de nous, les corps jonchent le sol. Certains ont la peau arrachée, brûlée, laminée. D'autres ont les membres dépecés. Le silence est aussi brutal que les scènes qui se jouent sous nos yeux. Une femme près de son époux, un enfant cherchant sa mère, nos soldats et nos villageois étendus à même la terre, inertes, morts d'avoir été au mauvais endroit au mauvais moment. Une larme coule sur ma joue. Je pleure pour eux, pour moi, pour cette noirceur qui extermine froidement un peuple, un reinaume, une patrie. Mes pensées s'égarent vers les paroles de Sora.

« Nos ennemis ont réussi à s'infiltrer, probablement grâce à des complices. »

Des complices… d'Aldoria ? D'ailleurs ? Comment peut-on en arriver à ce stade ? Je ferme les yeux, et un nom retentit dans mon esprit… Kaël. Non, je refuse de croire qu'il a quoi que ce soit à voir dans cette explosion, dans ce massacre. Puis je me souviens qu'il était juste à côté et qu'il ne pouvait pas savoir.

Il m'a sauvée. Encore une fois.

— Isaya… on est arrivées. Suivons les autres.

Je saisis le matériel qui a été apporté dans la charrette pour guérir les survivants et suis Maud dans notre quête de battements de cœur. Dame Dom est sur place, c'est a priori elle qui organise le campement, répartit les tâches et dispatche les blessés selon leurs états de santé. Plus loin, je vois une montagne de corps prêts à être brûlés. Ici, la tradition veut qu'une mort respectable soit célébrée dans les flammes, autour d'un bûcher dressé comme un autel. Les vivants se rassemblent, le regard baissé, le cœur serré, murmurant des prières qui se perdent dans la fumée ascendante. Le feu, dévorant et purificateur, ne laissera derrière lui que des cendres offertes au vent, un dernier hommage de notre part aux âmes qui s'élèvent.

— Isaya, fais équipe avec Philomène. Vous ferez les allers-retours du lac aux survivants pour apporter de l'eau aux soignants. Filez !

Sa voix est directive, elle claque dans le froid comme un ordre indiscutable. Philomène et moi nous hâtons de prendre des seaux et de les remplir. Au passage, je remarque plusieurs visages de mes sœurs, et je suis rassurée. Tamara, Mahé, Sofie, Jill… Cléa. Je distingue un sourire en coin sur ses traits, une anomalie qui détonne par rapport aux masques figés, peinés, blessés qui habillent toutes les personnes alentour. Je note cette information dans un coin de ma tête et continue ma route.

Une fois nos allées et venues terminées, nous nous éparpillons sur le reste des parcelles. Pendant des heures, nous marchons, retournant les corps pétrifiés dans la poussière, hissant les dépouilles jusqu'à l'autel de feu, palpant des torses glacés dans l'espoir d'un battement, même infime. La sueur s'écoule le long de mon dos, mes muscles tirent à chaque geste et mes mains tremblent sans que je puisse les arrêter. Mais la pire douleur n'est pas celle du corps. C'est de cheminer au milieu de tant de morts, de croiser des regards vides qu'aucune formation n'apprend à supporter. On nous prépare à l'horreur, mais jamais à lire le deuil dans les yeux d'un proche, d'un ami, d'un voisin ou d'une connaissance. L'air est lourd d'odeurs de cendre et de chair brûlée, et chaque pas résonne dans un silence où plus rien ne vit.

Alors que je m'apprête à faire demi-tour, une ombre allongée au sol attire mon regard un peu plus loin dans le paysage de poussière. Je fais un pas, hésite, puis m'accroche à l'espoir qu'il subsiste un souffle de vie dans ce corps étiré. Je m'approche à pas vifs, le vois davantage, immobile, recroquevillé. Ma respiration se coupe. Mes jambes se stoppent. Je reconnais cette tignasse brune épaisse. Mon cœur défaille un instant, ainsi que mes genoux. La connexion se refait dans mon cerveau, se lie, et je cours vers la personne étendue. Mes doigts tremblent, mon estomac se contracte tel un nœud de fer impossible à délivrer. Non, ça ne peut pas être lui…

Arrivée à sa hauteur, je m'agenouille avec fracas et fais pivoter son visage froid vers moi. Un pieu en plein ventre ne m'aurait pas moins abîmée. Les larmes coulent sur mes joues. Ses traits familiers et inanimés me lacèrent. Pourquoi est-il ici ? J'approche ma main de son torse, faiblement, dans la peur de confirmer ce qui est inscrit sur chaque parcelle de sa peau. J'arrache sa veste et me penche vers son cœur, mon oreille au plus proche de son être. Rien. Le néant qui résonne dans mon propre esprit l'emporte sur ma raison, et je hurle de douleur face à ma perte. Je réchauffe son enveloppe charnelle avec un espoir indicible, comme les infirmières nous l'ont si bien appris, frictionne ses membres, puis souffle dans sa bouche. En dernier recours, je prie. Je pleure. Ma tête se tend vers le ciel, mes fesses s'appuient sur mes pieds et mes mains viennent se joindre dans un geste d'imploration. Ma voix se casse, et je donne un grand coup dans son sternum… Je lui en veux tellement. D'être revenu au mauvais moment… de m'avoir abandonnée. Les sillons chauds qui dévalent mes joues deviennent sableux de la crasse de mes doigts. Je m'apprête à appeler à l'aide pour que quelqu'un puisse déplacer son corps avec moi quand j'entends un toussotement fragile. Mes sens en alerte, je le scrute de toute ma hauteur. Pas de mouvement. Et pourtant, je me poste à côté de lui pour activer ses paupières, et ses iris me happent. Vivantes. Vibrantes. Un éclat d'espièglerie que je reconnais bien.

Rowen.

Sa main, lourde, tombe sur le sol pour venir rencontrer la mienne. Sa bouche remue, articulant un mot que je ne comprends pas. Je me penche davantage vers lui, et je trouve sa joue dans un geste tendre.

— Je t'ai retrouvée, petite sœur.

Il s'écroule et je crie à Philomène de m'épauler au plus vite.

CHAPITRE 41

Zayan

Deux jours avant l'attentat

Il est des constatations que l'on aimerait ne jamais faire. Moi, je dois me rendre à l'évidence, notre père se laisse dominer par une vengeance qui ne résonne plus tout à fait en moi de la même manière qu'il y a encore quelques jours. Quand nos certitudes s'effondrent, l'inconnu nous offre une nouvelle vision.

Viktor s'efforce de m'ouvrir les yeux sur un sujet qu'il juge « excessif ». Il faut dire que les preuves qu'il a pu récolter sont impressionnantes. Depuis longtemps, chaque Barcéonien pense que l'accès à Aldoria est proscrit par les quatre vents, or il existerait un traité signé de la main de mon père qui stipulerait que chaque personne qui tenterait de s'y introduire serait tuée de sa lame. Plusieurs de mes amis ne sont jamais revenus de leur expédition. Des jeunes qui ne souhaitaient que s'amuser à explorer un territoire interdit. Nous imaginions que leurs absences étaient dues à Aldoria, mais je commence à revoir mon jugement. Il nous dépeint depuis toujours la reine Feya comme une femme austère et sans cœur, mais si nous avions grandi dans le plus gros des mensonges ? S'il nous avait tous bernés ?

La lettre contenant la stratégie d'attaque des trois royaumes face à Aldoria à l'attention de Kaël est partie, il ne devrait pas tarder à la recevoir. Je ne suis pas entré dans les détails pour ne pas qu'il soit incontrôlable, mais j'espère gagner du temps pour récolter des preuves contre le roi... ou que je me trompe. Je lui ai tout de même fait part de la folie qui infeste notre père un peu plus chaque jour. Une fois ma missive terminée, je rejoins la pièce de vie. Alors que le souverain m'accueille, un large sourire aux lèvres, je lis dans ses prunelles le vide qui envahit son âme.

— Zayan, tu tombes bien ! J'ai pris une grande décision !

Sa main sur mon épaule, il agit de manière étrange, comme s'il n'était plus vraiment parmi nous. Il fait les cent pas autour de moi, me donnant le tournis.

— Ce bourreau de malheur est inefficace ! Pire, il semble se rallier à l'ennemi. Il est temps d'employer une méthode plus radicale ! Nous allons retarder la prise d'Aldoria.

Je tressaille à ses mots qui me glacent le sang. Je connais ses solutions drastiques, et je ne peux pas attendre les bras croisés en imaginant ce qu'il pourrait faire à mon frère. Cependant, le plus intelligent est de lui faire croire que je suis de son côté, de le laisser déverser la putréfaction de son être. Jamais Kaël ne nous trahirait, j'en suis convaincu. Notre père n'a jamais su voir le respect qu'il lui accorde. Il donnerait sa vie pour lui, malgré toutes les horreurs qu'il lui a fait subir.

— Une bombe. Sur la tour est. Ahah, il ne va jamais le voir venir ! Ce gamin a toujours été mon plus gros fléau ! Qu'il reste avec son oncle, tiens ! Lui seul peut se le farcir... Je mérite d'arriver à mes fins, et il se met en travers de mon chemin. Quelques jours n'y changeront rien.

Il s'épanche comme si je n'étais pas là, comme si plus rien n'existait que lui et son objectif. Incontrôlable, imperturbable. Dangereux.

Mes poings se serrent, mais je trouve la force de hocher la tête en signe d'acquiescement.

— Bien, mon roi.

Alors que je m'apprête à sortir, il me hèle, et je sais d'où provient mon erreur. Je l'appelle ainsi quand je suis en désaccord avec lui.

— Zayan... dois-je te rappeler que tu seras le prochain à monter sur le trône ? Que cette place mérite quelqu'un qui sait prendre des risques et éliminer les mauvais éléments ?

C'est de mon frère qu'il parle, et là, maintenant, j'aimerais juste lui enfoncer un glaive dans le cœur. Je me redresse et relève la tête, sûr de moi, mes iris plantés dans les siens.

— Bien sûr, père.

Sans attendre son accord, je quitte la pièce et expulse mon soupir de haine. Dans ma tête, tout se bouscule. Il faut que je trouve un moyen rapide de prévenir Kaël.

Vitna.

Il n'y a que lui qui puisse faire ce chemin aussi rapidement.

CHAPITRE 42

Kaël

Allongé sur ma couche, la nuque contre la toile rêche, je descelle la lettre aux armes de mon frère. Je parcours les lignes les unes après les autres, mes yeux s'arrêtant plusieurs fois sur des mots stratégiques, et la seule chose à laquelle je pense, c'est à la victoire prochaine de mon roi. Il va parvenir à ses fins en faisant plier les quatre vents sous sa main. Tout ce qu'il a toujours ambitionné. J'en suis heureux autant qu'effrayé. Surtout quand je repense à son désir de me voir disparaître. Quel vieux fou ! Après tout, les chiens ne font pas des chats…

Je froisse le papier et me redresse en revêtant mon masque d'indifférence. Je ne crains pas pour ma vie. La mort fait partie d'un cycle qui se répète quoi qu'il advienne. Les hommes naissent, puis succombent et sont remplacés encore et encore, parce que c'est ainsi et que personne n'y changera rien. Mais mon frère est mon unique talon d'Achille, et mon père en a très bien conscience. C'est le seul point faible que je n'aurai jamais, il est donc primordial que je rentre auprès de lui avant qu'il ne lui arrive malheur.

D'un mouvement fluide et rapide, je suis déjà à la porte, prêt à rendre une petite visite de courtoisie à mon cher oncle.

Arrivé devant ses appartements, je fais glisser le corps du soldat que je viens d'assommer dans le petit vestibule. Il se réveillera probablement avec un bon mal de crâne tout à l'heure, mais en même temps, c'est de sa faute… Il m'a refusé l'accès au bureau de Max, et je crois que j'ai un peu de mal avec la frustration ces temps-ci. Je n'ai tellement pas l'habitude qu'on me traite comme les petites gens, que je dégaine facilement.

La pièce est sombre, comme plongée dans un abysse sans fin. Les lourds rideaux donnent une atmosphère pesante à cette pièce, et je n'arrête pas de me dire qu'il a des goûts sacrément discutables. Encore plus lorsque je m'installe sur son fauteuil en velours et que je saisis la statuette d'un angelot nu qui pisse sur une grappe de raisin. Je rejette l'objet avec dédain et balance mes pieds sur le bureau en bois de cerisier.

J'attends. Si la patience n'est pas ma première vertu, la persévérance est celle qui prédomine toutes les autres. Je décide, pour occuper le temps, de fourrer mon nez dans les documents posés çà et là. La vie de mon oncle est tellement barbante, je me demande pourquoi il a choisi Aldoria à Barcéon. Outre fuir mon père. Ils ne se sont jamais entendus, et pourtant, ils ont fait le choix de s'unir dans cette vengeance. Je me rends compte que je ne me suis jamais interrogé sur cette alliance. Je parcours une missive lui étant adressée. L'ennui. C'est la première chose qui me vient à l'esprit lorsque je la décrypte. Un sombre récit de latrines bouchées près de la tour est. Une bien belle histoire de merde, en somme. Toutefois, un détail m'interpelle. La tour en question est celle qui a explosé hier. Était-il au courant ? Si c'est le cas, j'oublie les ordres de mon frère et fous le feu à ce putain de reinaume une bonne fois pour toutes. Des réminiscences de la rouquine dans son sang tentent de se frayer un chemin dans mes pensées. Bien que j'aie décidé de tirer un trait sur elle, son corps ne cesse de m'obséder. Cette fille est un aimant à emmerdes, je me le rappelle chaque fois que je repense à sa bouche autour de ma… Non. STOP.

Isaya est insolente. Chiante à souhait et totalement enivrante. Rien que son putain de prénom s'infiltre en moi comme un poison mortel dont je n'ai pas l'antidote. Je lutte plus fort et elle laisse des traces indélébiles à des endroits de moi que je préférerais m'arracher à mains nues. Je ne peux pas éprouver des « choses » pour elle. C'est impossible, ce n'est pas ce qu'on m'a inculqué toute mon existence. Si je la laisse encore m'amadouer, elle sera comme une foutue blessure purulente que je ne pourrai jamais guérir. Et ça arrivera jamais.

Un bruit de serrure me fait relever la tête un instant alors que la flamme de la bougie que j'ai allumée plus tôt vacille légèrement. Je souffle dessus pour créer un effet de surprise total.

Mon acuité visuelle s'adapte au noir qui obscurcit la pièce. En revanche, j'aurais souhaité qu'on me brûle les yeux à l'acide pour ne pas découvrir le spectacle classé X qui se déroule sous mes iris.

Mon oncle pénètre dans ses appartements dans un fracas qui attire bien entendu toute mon attention. Mais il n'est pas seul. Sa bouche est collée à celle d'un autre homme, dont les gémissements étouffés semblent se propager contre tous les murs. Leurs gestes sont précipités, leurs halètements de désir, et j'entends le cliquetis d'une armure qu'on détache. À ce moment, je me sens obligé de me racler la gorge sans aucune élégance, un haut-le-cœur face aux yeux énamourés de Maxwell. Pas parce que c'est un homme avec lui, mais parce que je déteste l'amour, bordel !

Tonton Max sursaute, mais le type qui tentait de lui avaler les amygdales s'interpose devant lui.

— Qu'est-ce que…

J'aime créer cet effet inattendu sur les visages. Et me rendre compte que c'est le chef des armées qui est dans cette position est totalement jouissif. Ça me foutrait presque une demi-molle.

— Conseiller, Garreth…

Ce dernier se raidit à l'annonce de son prénom. D'un geste tendre, Maxwell le tire légèrement en arrière et lui indique que tout va bien. Néanmoins, le commandant ne l'entend pas de cette oreille et resserre sa prise sur le pommeau de son arme à sa taille.

— Quel joli petit tableau, dis-je en faisant un cadre avec mes doigts.

— Que veux-tu, bourreau ? demande mon oncle, le ton devenu dur quand il s'aperçoit que son garde est au sol.

— Discuter.

Maxwell se tient l'arête du nez en soupirant, puis fait un signe de la main à Garreth.

— Commandant, emmenez ce brave garçon à l'infirmerie.

Je ne bouge pas du siège que j'occupe, les pieds toujours croisés devant moi. Garreth s'assure en quelques mots qu'il peut nous laisser seuls et mon oncle acquiesce d'un hochement de tête. Les secondes suivant le départ des deux hommes s'étirent bien trop longuement pour moi.

— L'explosion n'était pas un hasard, craché-je pour le mettre dans le jus immédiatement.

— Mes hommes enquêtent à l'heure actuelle sur les circonstances d'un tel drame.

Je lorgne au plus profond de ses prunelles pour voir s'il me ment, et je ne vois que de l'agacement. Lui non plus n'est pas au courant du changement de plan de notre roi.

— Mon père. Il semblerait qu'il ait momentanément changé de cible, qu'il a manquée, en plus de cela.

L'amertume transparaît nettement dans ma voix et Maxwell comprend que je parle de moi.

— Co… comment ?

— C'est ce que je voudrais savoir ! Un manquement dans ses attendus, certainement.

Je le vois cogiter quelques secondes alors que la nuit a englouti le palais. Ses yeux font des va-et-vient dans ma direction tandis qu'il s'assied sur le bord du bureau. Il est épuisé, je le vois à ses traits tirés et les cernes qui se dessinent sous ses yeux.

— Je te demande de ne rien dire de ce que tu as vu ce soir.

Sa requête sonne comme une menace, et je me redresse en tiquant.

Je crains qu'il ne soit pas en position de force, ce soir, ni jamais, en réalité. Mon père, mon roi, *son* ancien souverain a essayé de m'éliminer, car *il* m'a enjoint d'attendre encore pour tuer la reine. Toute cette mascarade doit cesser.

— Ta reine sera morte avant la fin de la semaine, clamé-je en frappant le bureau de mes paumes.

Je me relève d'une impulsion rapide et me dirige vers la sortie. Juste avant, et pour lui rappeler à qui il a affaire, je lui précise que c'est la dernière fois qu'il tente de m'intimider et que je me garde sous le coude sa petite incartade de ce soir. Si ça venait à se savoir, le chef des armées pourrait bien perdre son poste, et ça... je compte bien m'en servir pour les décrédibiliser le moment venu.

CHAPITRE 43

Isaya

Le soir venu, je rentre dans mes quartiers, épuisée, vidée de toute mon énergie. C'est la première fois que je vais dormir sans la chaleur de Kaël, et cette prise de conscience me broie de l'intérieur. Je chasse la tristesse qui s'infiltre insidieusement en moi et me concentre sur un bonheur que je n'attendais pas. Rowen.

Je l'ai accompagné à l'infirmerie, et il va bien, compte tenu du nombre d'heures qu'il a passées en plein soleil, au sol, avec une fracture de la jambe. Le revoir après ces longs mois loin de lui me fait le plus grand bien. Il m'a raconté ses traversées en mer, ses missions, ses rencontres, ses techniques de pêche, avant de s'écrouler de fatigue sur la couche d'appoint mise à sa disposition.

Il est ici, avec moi, et j'ai encore du mal à assimiler ce qui est arrivé. Avec tout ce qu'il s'est passé, je ne parviens pas à me réjouir pleinement. Pourtant, je suis si heureuse de le savoir à Aldoria. Simplement, avec la guerre à nos portes… j'ai peur, je crois.

La fin de cette journée dresse le bilan macabre d'une centaine de morts contre cinq personnes secourues. La vallée est désormais dépouillée de sa verdure, les feux déclenchés par les éclats de bombe ayant cramé une bonne partie de l'herbe, avant d'être éteints par les paysans et les soldats présents. Je m'en veux tellement de ne pas être retournée sur les lieux immédiatement, de ne pas avoir prêté assistance dès que je me suis réveillée. Ce qui ramène mes pensées à lui.

Kaël. Je ne sais plus comment me comporter avec lui, si je dois le croire ou non. Seulement, j'ai d'autres choses à gérer que lui à présent, et je compte sur cette distance qu'il m'impose pour m'aider à y voir plus clair. Avec son caractère de merde et son absence de modestie, je ne comprends même pas comment il a pu s'insinuer dans mon cœur.

Toutes les images de la journée défilent sous mes yeux alors que je me déshabille pour prendre un bain. Je suis rassurée d'avoir eu des nouvelles de mes sœurs d'armes. Seule une perte nous accable, et j'en suis profondément affectée. Mon pied s'insère dans l'eau tiède du bain public, puis tout mon corps suit. Je pousse un long soupir de bien-être, emportée par la caresse de la chaleur qui m'imprègne.

Sélène va bien. C'est la première chose que j'ai demandée à Dame Dom lorsque je l'ai croisée. Mon frère est revenu et il va guérir. Mes tourments sont présents à cause de cette attaque, mais je ne dois pas me laisser aveugler par ma colère. Demain, je reprendrai l'entraînement, et j'en profiterai pour commencer à obtenir des réponses à certaines des interrogations qui parasitent mes pensées ces derniers temps. Au bout d'un long moment, une fois que mes muscles se sont détendus, je rejoins mon dortoir, me jette sur ma couche et m'endors, le cerveau en surchauffe de trop réfléchir.

***

Dès les premières lueurs de l'aube, je traverse les longs couloirs obscurs pour me rendre dans la salle d'entraînement. J'en ai besoin, comme une litanie qui me murmure d'évacuer tous mes sentiments. Cette colère face à ce qui est arrivé à mon palais, cette frustration qui m'envahit de ne pas savoir ce que cache Kaël, la distance qui s'insinue depuis quelque temps avec Sélène, les histoires avec Cléa, ma presque éviction de la garde, les agressions sur les femmes du reinaume. C'est trop pour moi, et il faut que je relâche tout ce que mon corps ne peut plus emmagasiner.

À cette heure matinale, le lieu est désert. C'est certainement mon moment favori pour m'entraîner. Parée de ma tenue de soldate, je m'échauffe les poignets, puis les épaules tout en faisant de petites flexions avec mes genoux. Un bandeau pour retenir ma chevelure, je commence à donner des coups dans les sacs de combat de la salle. D'abord avec mes pieds, puis avec mes poings. Je décharge tout ce qui est en moi, je hurle, je me déplace, j'applique des feintes comme si j'étais face à un adversaire. Pour la première fois depuis des semaines, je suis fière de moi. La coordination de mes mouvements est un bal qui m'emporte là où je souhaite aller. Alors que l'entraînement devient trop simple, j'ajoute à ma tenue mes épées et mes dagues. J'installe un sac prévu pour encaisser les coupures et agite mes armes dans tous les sens. Un coup à gauche, à coup à droite, puis les deux mains en même temps. Je suis déterminée à me dépasser, et ça fonctionne. L'exercice se poursuit, et d'autres soldats commencent à me rejoindre, certains me faisant face pour se mesurer à moi. La mixité de nos apprentissages a un bon impact sur les troupes. Enfin, je crois. Les hommes constatent nos progrès et nous regardent différemment, pas tous, évidemment, les miracles n'existent pas, mais une certaine cohésion se met en place. On nous laisse une chance de montrer ce dont on est capables, et il était temps ! Poussée par ma rage et l'adrénaline, je les combats les uns après les autres, les plaquant contre le mur ou au sol. Mes pas souples se décalent avec agilité, je cambre le dos, puis avance en deux foulées rapides vers Philomène, qui rit lorsque j'arrive à la faire basculer.

— Échec, lui dis-je en souriant.

— Fichtre !

L'hilarité qui s'empare de moi est due au fait que ma camarade n'emploie jamais de gros mots, et c'est… déstabilisant pour une soldate.

Cette légèreté ce matin me fait le plus grand bien. J'ai enfin pris ma place, et je me sens légitime d'être où j'en suis aujourd'hui. Ce qui me manquait sûrement il y a quelques semaines.

Dès que je me redresse, je tends mon bras à ma sœur d'armes pour la relever, mon regard est attiré par celui de Cléa, qui se plante dans le mien en me jaugeant.

— Apparemment, les cours privés de Kaël t'ont aidée. Il ne t'a pas seulement baisée, alors ?

Elle annonce cela devant tout le monde, et toutes les prunelles se tournent vers moi. En deux secondes, elle me crédibilise aux yeux de tous. Kaël lui aurait-il confié nos « rapprochements » ?

Puis je l'entends glousser en affirmant que je n'en suis pas à mon coup d'essai et que, visiblement, j'aime me faire « prendre » dans les ruelles. Je sens ma colère refaire surface, mon être s'inonde de cette humiliation, de tout ce que j'ai subi, de mon corps meurtri par ces hommes, sali par leurs mains, leurs mots, leur vigueur et par ma désillusion face aux sentiments non réciproques de Kaël. J'avance doucement vers elle, sans cligner des yeux, le cœur battant d'une force que je puise au plus profond de moi-même. Pas pour lui faire peur. Pour me contenir. Parce qu'à cet instant, je sais que je serais capable de l'égorger. Je n'ai plus de conscience, je veux juste la démolir. Je dissimule mon souffle haché tout en arrivant à sa hauteur. Avec l'effet de surprise, mon avant-bras directement en travers de sa gorge, elle n'a pas le temps de riposter. Ma bouche se penche au plus proche de son oreille.

— Ne me cherche pas, Cléa, sinon je te tuerai. Je te jure que je le ferai.

Mon visage prend un peu de recul, et pour la première fois, je lis de l'appréhension dans ses iris.

Parfait.

Je sors de là en croisant le regard de Kaël, un petit sourire d'enfoiré ornant le coin de ses lèvres.

La fin de matinée s'achève sur un cours de protection des remparts que nous a donné Clovis. Douce ironie… En bonnes recrues que nous sommes, nous n'avons pipé mot, mais il est certain que la même pensée était dans toutes nos cervelles. Comment peut-on nous enseigner ce genre de stratagème alors qu'une bombe vient de péter au village ? Pourquoi ne nous informe-t-on pas sur nos rivaux, sur les preuves récoltées ?

Alors que nous quittons tous la pièce qui nous sert de salle d'apprentissage, je hâte le pas pour rejoindre les cuisines. Je vais enfin pouvoir serrer Sélène dans mes bras et grappiller un truc à grignoter.

Dame Dom me scrute de ses yeux noirs et me fait un signe de tête pour m'indiquer que mon amie est sortie par la porte arrière, son endroit préféré pour se poser… ou pour fumer une tige en cachette. Lorsque j'ouvre le battant et me faufile, j'entends directement que Sélène n'est pas seule. Planquée derrière le rideau épais orné du blason d'Aldoria, qui prend la poussière depuis des siècles, je tends l'oreille dans l'espoir de découvrir ce que trame ma meilleure amie.

— Est-ce que c'est vrai, Sélène ? entends-je la voix rude de Liam, un soldat que je ne porte pas forcément dans mon cœur. Ce que Cléa m'a raconté, dis-moi que c'est un mensonge !

L'homme, aussi droit qu'il puisse l'être, la tient fermement, ses deux mains saisissant ses avant-bras, et la secoue comme si cela pouvait lui soutirer les mots qu'elle n'arrive pas à prononcer. D'ici, je peux voir les larmes de Sélène ruisseler sur son visage.

Qu'est-ce qu'elle fabrique avec ce connard ?

Je suis proche d'intervenir quand le murmure de Sélène me parvient.

— Liam… s'il te plaît… je t'aime.

Quoi ? C'est donc avec cet enfoiré qu'elle a une relation ? Pas étonnant qu'elle ait des problèmes et qu'elle ait tenté de me cacher son identité ! Ce gougnafier pêche autant de moules qu'il le peut. Et je ne parle pas du mollusque.

Il appuie son front contre le sien, puis soupire. J'ai l'impression qu'il y a un vrai lien entre les deux, mais je ne peux pas faire confiance à cet homme. C'est pire qu'un animal.

— Abandonne tout de suite… Je ne pourrai pas te sauver les fesses sur ce coup.

Elle m'avait dit qu'elle arrêterait. Apparemment, ce n'est toujours pas le cas…

Ses épaules s'agitent de haut en bas, elle inspire précipitamment, puis s'effondre en pleurant. Il dépose un baiser sur ses lèvres et s'en va rejoindre les rues pavées menant au bourg.

J'en profite pour me montrer, impatiente de la retrouver, malgré ce que je viens d'entendre. Quand ses prunelles arriment les miennes, elle se fige, le dos droit, comme si elle avait vu un fantôme. Nonchalamment appuyée sur le mur, je lance ma dague et la rattrape.

— C'est le fait de t'être fait prendre sur le vif qui te chamboule autant ?

Sa bouche s'ouvre en un O de stupéfaction et ses larmes coulent de plus belle.

Merde, alors !

Je me redresse et avance vers elle, mais elle me devance et court se lover dans l'étreinte que je lui offre.

Mes bras l'enveloppent et elle renifle sans pouvoir articuler. Elle m'enlace avec force, m'empêchant d'inhaler convenablement, et je suis obligée de la repousser avant de manquer d'air. Ses sanglots ne se stoppent pas pour autant, et elle baragouine des paroles inintelligibles. Au bout d'un moment, elle reprend sa respiration.

— Ce rustre m'a fait croire que tu étais morte au combat ! Je vais le zigouiller tellement fort, crache-t-elle entre ses dents serrées tout en s'effondrant de nouveau contre ma poitrine.

Quoi ? C'est irréel.

— Qui, Liam ? Mais pourquoi il…

— Pas Liam ! Kaël !

Je ferme les yeux à l'évocation de ce prénom. Il me poursuit. Ce soldat de malheur n'a pas fini de m'en faire voir de toutes les couleurs. Il s'amuse même avec mes proches maintenant. Les instants que nous avons passés ensemble remontent à la surface. Tout en l'invitant à s'asseoir au sol, contre le mur du palais, j'exige quelques explications, qu'elle me déballe jusqu'à ce que Dame Dom vienne nous interrompre.

— Sélène, ta pause a assez duré. La reine demande une soupe, et ça urge !

Ma meilleure amie me claque un bisou sur la joue et saute sur ses deux pieds, un large rictus aux lèvres, les yeux encore humides.

— Je suis si contente que ce faquin soit un menteur ! Mais si je le croise, il va souffrir.

Je souris pour la forme, bien que je sache qu'elle ne fera jamais le poids contre lui. Une fois sa silhouette rentrée, je me dis que je me suis encore fait avoir et que j'ai oublié de lui parler de sa relation tendue avec Liam.

Eh merde !

CHAPITRE 44

Kaël

Les jointures sanglantes, je frappe de toutes mes forces le visage de l'homme qui me fait face. Un de ces abrutis de villageois qui s'est fait prendre à attaquer une des siennes. Rien dans la tête, tout est emmagasiné dans ses couilles. J'en peux plus de ces connards qui agressent les femmes alors qu'ils pourraient tout simplement se rendre au bordel du coin. Je suis un enfoiré, mais j'ai toujours été honnête. Pas de promesses qui ne seraient jamais tenues.

Cette mission est tombée à pic alors que j'étais en train de monter en pression devant le spectacle qu'Isaya m'avait donné juste avant : elle, à l'infirmerie, embrassant le front d'un mec en lui disant qu'elle l'aime. La bile qui m'a submergé face à cette déclaration montre combien les émotions et moi ne sommes pas amis. Je tuerai cet enfoiré, et elle avec. Elle m'a fait croire qu'elle était libre… qu'elle avait besoin de moi et que personne ne pourrait plus la toucher après son agression. Elle n'aura pas perdu de temps.

Les images ne me quittent pas et mon bras se réactive sur l'homme, sans s'arrêter. Un jeu d'allers-retours qui ne me donne pas véritablement ce que j'espérais. Je cogne, je cogne, je cogne, mais tout semble creux.

Clovis stoppe mon geste, et je lis le dégoût dans ses iris lorsqu'ils passent de moi à l'individu dont le visage est à présent complètement ravagé. Des morceaux de chair se détachent et l'une de ses pupilles n'est plus visible.

— Il a eu son compte ! On rentre, maintenant.

Je regarde mes poings, en sang eux aussi, et plisse les yeux une seconde. Comme s'il me fallait ce moment de lucidité pour me réapproprier mon corps et ce besoin viscéral de tuer.

Je me redresse lentement et me détourne du pauvre mec inanimé. Je repousse Clovis, qui tente de passer son bras autour de mes épaules pour m'attirer vers les portes de la cour. Malheureusement, je sens quelque chose s'enfoncer dans ma peau alors que je n'ai fait que quelques pas. Je bascule tout mon corps d'un geste défensif et me retrouve face à l'ivrogne que j'avais laissé K.-O. juste avant.

Pourquoi ne veut-il pas mourir comme les autres ?

J'ai baissé ma garde, et voilà ce qui arrive. D'un signe du menton, j'intime à Clovis de sortir s'il ne souhaite pas découvrir la bête en moi. Mes iris noirs le font décamper, et je pousse un soupir, à la limite de la satisfaction. Je craque ma nuque et mes poings, puis me rue sur le prisonnier avec toute la violence dont je sais faire preuve.

— Tu n'aurais jamais dû faire ça. Tu n'as pas conscience d'à qui tu te mesures. Je n'ai pas une once de bienveillance en moi. Dis bonjour au diable quand tu le verras.

À peine ces mots sortis de ma bouche, je ne suis plus qu'un animal, indomptable, inarrêtable. Je ris face à l'idée qui vient de germer dans mon esprit.

Ma proie est face à moi, pétrifiée, regrettant de m'avoir mordu. Voilà l'instant précis où je vrille encore davantage, car je ne supporte pas les pleurnicheurs. Mes pas me dirigent vers l'étal où tous les instruments sont parqués, alignés. Chaque outil a ses spécificités, mais à cet instant, je veux juste que ce soit rapide. Je déambule devant l'établi, mes doigts touchant les différentes armes, puis je me stoppe, ayant enfin trouvé ce que je cherche. Ma paume entre en contact avec le métal froid de la pince, contrastant avec le feu qui bouillonne en moi de l'anticipation de donner la mort. Les gémissements du détenu m'énervent encore plus, et je lui envoie une balle en caoutchouc qui traînait par là en pleine tronche. L'impact l'assomme aussitôt, et je tends le cou pour m'étirer, savourant ce silence soudain. Mes pensées se bousculent, mais j'essaie de les tenir à distance pour profiter d'un moment de pure violence, un moment dont j'ai grandement besoin.

Lorsque je sens que je suis concentré, j'opère une volte-face et entame quelques pas vers le violeur. Ce connard s'est pissé dessus. Si j'étais vraiment méchant, je le ranimerais pour lui faire lécher le sol.

Ma paume se pose sur son front pour maintenir sa tête en arrière, il ne se réveille pas. Je ne m'inquiète pas, dans deux minutes, il me chantera la sérénade.

Ma main glisse dans ses cheveux, que j'agrippe avec force pour qu'il ne gesticule pas trop. Une fois ma poigne bien en place, mes doigts autour de mon arme de fortune, j'ouvre sa bouche et commence à choper une de ses dents toutes pourries.

Pouah ! C'est pire qu'une senteur de viande avariée là-dedans !

Entre ça et le sang qui s'écoule de son visage, l'odeur envahit rapidement la salle. Cependant, rien ne m'atteint réellement, je suis hermétique à tout ce qui est extérieur à la mission que je me suis fixée : qu'il souffre pour me faire du bien.

D'un geste sec, j'arrache sa chicot de devant, ce qui le ranime instantanément. Ahhh, ce hurlement qui vient du fond des tripes… une suave berceuse à mes oreilles.

Ses pieds tapent contre le sol dans un mouvement déséquilibré, et je scrute sa prunelle élargie en souriant.

— Tout doux… il n'en reste plus que…

J'ouvre sa gueule en grand et compte.

— Vingt-trois ! Une chance pour toi d'avoir négligé cette partie de ton corps !

Ses cris s'intensifient, mais il ne s'évanouit pas. On peut lui reconnaître un certain courage.

Pendant un long moment, je prends plaisir à le délester de ses ratiches et lui tranche entre-temps la peau de ma lame pour le ramener avec moi.

Lorsque c'est fini, l'hémoglobine dégouline de sa bouche, se déversant sur sa tenue. Je bascule sa chaise dans le vide pour le faire tomber au sol, coupe ses liens et me penche vers lui. La pointe de ma dague découpe son fute et je termine par lui lacérer les couilles avant de le laisser se dépouiller de son sang.

D'un coin de la pièce, je m'assieds sur un banc pour reluquer le spectacle, une pulsation dans la poitrine qui a l'effet escompté : me ramener à ce que je suis. Un monstre.

CHAPITRE 45

Isaya

Les journées suivantes sont chargées, d'autant plus que j'ai commencé hier les cours d'autodéfense pour les femmes qui souhaitaient y participer. Quand j'ai reçu l'accord de la reine pour les mettre en place, j'ai cru que mon cœur allait défaillir. Elle me fait confiance, et c'est le plus beau des cadeaux. Cependant, entre les entraînements, les tactiques de protection, les visites à mon frère, j'ai l'impression de courir après le temps en permanence. Mais aujourd'hui va être différent. Rowen va loger au village dans une bonne famille pendant sa convalescence, grâce à notre vieil ami Carlo. Je profite d'un petit moment pour l'accompagner. À la sortie de l'infirmerie, j'aperçois Sélène, droite, la mine fatiguée, qui porte un panier entre ses mains. Elle se force à sourire, mais ses yeux ne s'allument pas.

— Oh, mais je ne rêve pas ! La plus belle fille du reinaume est venue jusqu'à moi ! s'exclame mon frère en lui tendant son bras libre qui ne tient pas sa béquille.

— T'as toujours été trop flatteur, ricane Sélène. Déjà lorsque nous étions enfants, je ne me souviens pas t'avoir entendu prononcer une parole méchante.

L'image qu'ils me renvoient aurait pu sortir tout droit d'un livre d'amour avec de magnifiques retrouvailles. Seulement, on parle de Sélène et Rowen. Jamais ça n'aurait pu marcher.

— Je suis désolée, je suis attendue. Contente de t'avoir revu, Rowen. À bientôt.

Elle lui claque un baiser sur la joue et file à la hâte, sans un regard pour moi. Je sais ce que cela signifie. Depuis notre dernière entrevue, Sélène me fuit. Elle ne veut pas que je revienne sur la scène avec Liam. Elle est devenue bizarre. Ma meilleure amie dissimule tant de secrets qu'elle finira par se perdre dans ses propres ténèbres si elle continue ainsi. Pourtant, elle devrait me connaître mieux que ça, car plus elle m'échappe, plus je vais creuser.

Rowen sourit, puis reprend sa marche, clopin-clopant, en soupirant. Je devine la douleur sur ses traits.

— Je ne te l'ai jamais dit, petite sœur… mais je suis fier de toi, de ce que tu es devenue. Tu as gardé le cap sur ton objectif, et ce n'est pas donné à tout le monde.

Sa voix rauque et apaisante m'avait terriblement manqué. Il n'est pas dans nos habitudes de nous épancher, et ses mots me touchent d'autant plus qu'il les pense vraiment. Rowen ne joue pas, il ne prononcerait pas ces paroles pour me faire plaisir.

— Merci… hésité-je, émue. Ça n'a pas été facile, et ça ne l'est toujours pas, mais je prends mes marques, je trouve le rôle qui m'est destiné.

Sa tête remue de haut en bas. Son regard croise le mien et j'y lis une confiance totale en mes choix. Il n'a jamais eu cette certitude envers moi auparavant, et je pense que c'est exactement ce dont j'avais besoin.

— Je sais. Hier, j'ai demandé à Sora de m'accompagner à la séance que tu donnais dans la salle d'armes. J'imagine que je voulais être rassuré, donc je me suis mis à l'écart et je t'ai observée. Contemplée serait plus juste. Tu m'as estomaqué, Saya. Ta grâce, tes mouvements sûrs, ta progression à l'épée ! Incroyable pour une poule qui tenait un manche en bois il y a encore quelques mois, s'esclaffe-t-il.

Je lui donne un coup de coude tout en étant surprise, et il rit de plus belle. Heureuse, je me rapproche de lui pour l'enlacer.

— N'exagère pas ! Et je te mettais en pièces au tir à l'arc !

Notre complicité est intacte. Malgré le temps, Rowen et moi avons toujours ce lien que la durée et la distance ne peuvent altérer.

— Pour revenir aux choses sérieuses, tu as changé, ça se voit. Je te rassure, c'est dans le bon sens du terme…

— Je crois que la soirée d'hier est le début de quelque chose de plus grand. Leur apprendre à appréhender les armes, à les manier, ça a été un symbole fort pour l'avenir de la femme, et j'en suis tellement soulagée. Elles vont commencer à se défendre face à un adversaire qui se pense supérieur, et elles vont vaincre. *Nous* allons vaincre.

Rowen n'a jamais été macho, il a toujours écouté avec intérêt les discours de la reine et les règles qu'elle a instaurées au fil des années. Depuis peu, elle se fait discrète, comme effacée de son rôle.

— C'est parfait… c'est ce qu'il faut…

Nous déambulons côte à côte dans le silence apaisant, lorsque la garde masculine passe à quelques mètres de nous. Leur cadence et leurs pas écrasant les morceaux de terre émettent un son brut, lourd, une marche de sûreté dans le chaos.

Mes yeux se bloquent sur la haute silhouette de Kaël et je détourne mes prunelles, prise sur le vif lorsque mon frère m'attrape le menton et se penche vers moi pour me susurrer :

— Depuis quand ma sœurette rougit-elle ?

Je fronce les sourcils en secouant la tête. Toutefois, je ne manque pas les iris de feu du soldat qui s'arrêtent sur moi pour me détailler comme s'il allait me découper en lambeaux.

— Ce n'est pas un homme pour moi... Il... Je ne l'intéresse pas.

Le formuler est comme me lacérer l'âme. La dangerosité de Kaël et sa noirceur m'attirent. Je suis subjuguée par son savoir et parce que rien ne l'atteint jamais. Lors des entraînements, je scrute le moindre de ses gestes, ses techniques de défense, sa concentration, personne n'a jamais réussi à le confronter. Il est ancré et ne semble pas vaciller, sans cesse sur ses gardes.

— C'est que c'est un idiot alors... Ne t'inquiète pas pour ça. Et puis, ça ne me tente pas trop de me battre avec lui, il me fait froid dans le dos.

Mon éclat de rire résonne entre les plaines, et j'ai l'impression d'avoir aperçu Kaël se crisper.

Pfff, sûrement une illusion...

En finissant le parcours qui mène à la maison où logera Rowen, nous évoquons maman et nos sœurs. Rowen les retrouvera après son rétablissement pour passer un moment avec elles. J'ai tant de choses à lui confier pour qu'il leur transmette que je lui promets de venir le voir au plus vite. Après, avec un peu de chance, il trouvera un travail au château, sa saison en mer étant terminée. Ça serait tellement bien d'être de nouveau proche de lui.

CHAPITRE 46

Kaël

Quelques heures plus tôt...

J'arrive dans la salle du petit déjeuner et l'ambiance est différente de d'habitude. Tous les regards sont fixés sur moi, certains soldats hochent la tête en m'apercevant, d'autres font un geste de la main pour que je m'installe à leurs côtés.

C'est quoi ce bordel ?

Au lieu des prunelles qui me fuient, des suspicions, c'est un mélange de respect et de fierté que je lis dans leurs iris.

— Bourreau ! Viens donc te joindre à nous ! À ce qu'il paraît, tu as été particulièrement efficace hier ? me lance Liam, le ton fraternel.

Mes épaules se tendent, je n'aime pas cette familiarité, cette proximité qu'il instaure entre nous. Cependant, si je veux être honnête, ça me servira beaucoup qu'il pense que je suis loyal à sa couronne, qu'il n'ait plus de doutes à mon sujet. Je bifurque pour installer ma carcasse sur la chaise face à lui. Tout en me posant, je maintiens son regard.

— J'avais oublié que tu n'es pas bavard… continue-t-il comme si de rien n'était. Ce cochon s'en est pris à la mauvaise femme. L'épouse d'un haut gradé appartenant à la famille de la reine elle-même. Tu as sauvé son honneur.

J'en savais foutrement rien du tout !

Garreth a omis ce détail… ou peut-être me l'a-t-il transmis, mais ma rage envers Isaya était trop présente pour que je l'entende.

Fait chier ! Perdre la boule pour une nana, une Aldorienne qui plus est !

J'écoute leurs remerciements, leurs discours, leurs questions sur mes méthodes. J'en déclare le moins possible, j'essaie de garder mon objectif en tête, mais mon esprit lutte contre ce que dicte l'organe qui bat dans ma cage thoracique. Il faut avouer que c'est la première fois que je reçois des éloges qui ne proviennent pas de mon frère. Des vrais compliments, pas de ceux qu'un prisonnier en bout de vie te lâche pour que tu lui foutes la paix. Et ça me fait quelque chose, je crois.

Face à cette prise de conscience, je me lève sans dire un mot et me barre en salle d'entraînement.

Quelques heures plus tard, Clovis vient me chercher pour que j'enfile la tenue officielle. Toute la garde est chargée de déambuler dans les rues pour montrer à tout le reinaume et ses alentours que l'armée veille, qu'elle ne les oublie pas. Alors que nous marchons d'un pas commun et déterminé, j'aperçois Isaya aux côtés de ce mec. Celui qu'elle est allée visiter à l'infirmerie. Bizarrement, depuis qu'il est dans les parages, je ne la vois plus et elle n'a plus cherché à s'introduire en douce dans ma chambre. Et ça me rend dingue… Parce que je sais qu'elle a besoin de moi pour dormir, que ses nuits sont peuplées de cauchemars qui la malmènent. Elle pourrait se faire agresser de nouveau sans que personne soit là pour l'épauler. Et ce n'est pas ce type qui va l'aider... Il peut à peine marcher !

Mon esprit s'embrume, je revois malgré moi son corps tremblant contre le mien, ses doigts qui s'agrippent à mon torse... Putain.

Si j'étais un minimum honnête, je dirais que je m'étais habitué à sa présence et que j'en avais autant besoin qu'elle pour me sentir... vivant. Plutôt crever que de l'avouer à quiconque.

Mes épaules se crispent, mon allure se fait moins cadencée et il me faut toute ma concentration pour me recaler sur le pas des soldats devant moi. Je ne sais toujours pas qui est ce connard qui lui colle au cul, et ça va devenir un problème. *Mon* plus gros problème.

Le visage de l'éclopé se rapproche du sien et mon souffle se coupe un instant.

Je vais l'assassiner... elle est à moi et il n'a aucun droit de toucher ce qui m'appartient !

Avoir de telles pensées crée un malaise en moi, un feu incandescent qu'il me faut éteindre au plus vite. Mon sang bouillonne, mon estomac surchauffe. Mes poings se resserrent contre ma paume.

— Psst, c'est qui le mec d'Isaya ? chuchote Alaric en se penchant dans mon dos.

Mes mâchoires se crispent et grincent alors que mon regard se pose au loin, je me renferme dans mes rêves de destruction.

Sans réponse de ma part, le soldat se replace et retrouve son rythme.

Toute la journée, nous allons au contact des gens, recueillant certains témoignages, la peur s'immisce lentement, mais pas suffisamment pour mettre le reinaume en péril. Le peuple se dit prêt à soutenir leur reine, protéger leur territoire, et je fulmine de cette mascarade. J'ai rédigé ce matin un courrier à l'attention de mon frère, et j'espère qu'il me donnera enfin le feu vert tant attendu. C'est trop long et j'ai l'impression que rien n'a l'effet escompté !

J'ai besoin de retrouver mon espace, de savoir où je vais et de rester loin d'Aldoria. Loin de cette sorcière. De *ma Néora*.

Trois jours sans aucune réponse de mon frère. Le climat d'Aldoria devient tendu et je dois dire que moi aussi. Les suspicions de la reine et de ses dirigeants se tournent vers Barcéon et Nalaire. Pour éviter la panique générale, le roi consort organise ce soir un banquet, un bon moyen de rassurer les sujets de son épouse et de montrer que la puissance de son foutu territoire n'est pas morte.

Si ça ne tenait qu'à moi, Feya aurait déjà la tête coupée et l'histoire serait réglée. Mais comme s'entête à me le rappeler Maxwell, les ordres sont les ordres. Je crois qu'il sent que ma patience s'étiole, que l'inaction commence à peser sur mes nerfs. Je suis sur la tangente, ces derniers jours, et il a exigé que je fasse partie de la garde qui patrouille en ville durant le repas pour me maintenir loin de la reine et de mes envies de meurtre. Un banquet en moins ne me fera pas de mal. Soit. J'en profiterais pour aller me saouler la gueule avec quelques pintes à la taverne. Peut-être que je me taperai l'une de leurs catins pour passer le temps… Je ne suis plus à une Aldorienne près maintenant. Quitte à mourir d'ennui, autant que ce soit en tirant un coup !

Tout en pensant à Isaya, crachote ma conscience en toute impunité. Après une brève réflexion, je les emmerde toutes les deux.

Le soir même, je lorgne chaque ruelle sombre, à l'affût, en espérant un peu d'effervescence. Il ne faut pas se mentir, le bourg est totalement inanimé et je ne suis pas encore assez proche pour me perdre à la taverne. Ce reinaume est sans aucun doute le pire des quatre vents ! Les gardes en faction avec moi s'enthousiasment un peu trop quant à la suite de la soirée. Je les écoute parler de leurs femmes, de leurs maîtresses et de la fraîcheur de la nuit. Ils évoquent l'explosion, et intérieurement, j'ai envie de sourire. Mon enfoiré de père a réellement tenté de m'éliminer… Je crois que j'admire son sens du spectacle, mais ça me reste tout de même en travers de la gorge, comme une putain de dague qu'on aurait mal logée. Pas assez pour me buter, mais un peu trop pour demeurer serein.

Les heures s'écoulent si lentement que je suis à deux doigts de les laisser continuer afin de faire une sieste dans un coin. Au pire, ils sauront me retrouver quand je manquerai à l'appel.

— Bourreau, t'en penses quoi ?

— Quoi ? réponds-je en fusillant du regard l'un des connards que j'accompagne.

Je n'étais plus concentré sur leur conversation et perdu dans mes réflexions. C'est une erreur que je ne devrais pas commettre et je me fustige intérieurement pour ce manquement. Ce reinaume de malheur commence à déteindre sur moi.

— Tu penses que Barcéon peut réellement nous attaquer ?

— Barcéon, Velkhara, Nalaire… N'importe qui pourrait vous botter le cul.

— Nous, corrige Clovis en nous rejoignant d'un pas décidé.

— Ouais. Enfin, Nalaire est sous la coupe de ce roi fou, alors son armée est encore plus puissante à présent, dit le plus jeune avec une inquiétude palpable.

— T'es nouveau toi, non ? questionné-je en regardant le gamin qui marche avec nous.

Clovis se marre en comprenant que je n'ai même pas fait attention aux membres de la garde qui patrouillent ce soir.

— Je crois qu'il est temps qu'on fasse une pause, déclare l'un des soldats en me frappant amicalement dans le dos.

Instinctivement, je me raidis et pose la main sur le pommeau de mon arme. Mon allié me dépasse en chuchotant un :

— Tout doux, on va profiter de la soirée et te montrer ce que c'est de s'amuser ! T'as l'air d'en avoir besoin.

Alors que nous pénétrons dans la taverne de Danté, le climat change du tout au tout. La musique berce nos oreilles, les éclats de voix percent et contrastent avec le silence extérieur de la nuit. Je me remémore instantanément ma dernière visite. Isaya et moi derrière ce rideau rouge… Je chasse mes pensées salaces, et des yeux dorés attirent mon attention quand je m'installe à la table en bois réservée aux soldats. Une moue aguicheuse. Un corps voluptueux. Ouais, ça pourrait faire l'affaire pour ce soir. Elle se penche vers moi pour nous servir nos pintes, et ses attributs se dévoilent sous mes iris.

— On dirait que tu as tapé dans l'œil de Judy, le bourreau !
ricane Alaric en me donnant un coup de coude.

Un rictus au coin des lèvres, je la scrute, puis elle me murmure
à l'oreille :

— Rejoins-moi en haut dans cinq minutes… J'ai des informations à te communiquer.

Mon corps reste droit, et elle continue à jouer son rôle en
frôlant ses ongles sur mon torse. Durant les minutes qui suivent,
j'écoute les gardes, les jauge, inspectant chacun de leurs gestes.
Puis je me lève et me dirige vers le fond de la pièce en balançant :

— M'attendez pas, je dois décharger mes bourses.

Leurs rires gras dans mon dos me feraient presque sourire, et
je me surprends à tolérer l'instant.

CHAPITRE 47

Isaya

Je revêts ma tenue en prenant soin de lisser chaque pli et de nouer mon corset convenablement. Je glisse mes dagues aux endroits stratégiques et attache ma fine cape qui représente la garde féminine aux épaules. Rapidement, je tresse mes cheveux que je replace dans mon dos et déserte mes quartiers. J'attends le discours de la reine avec impatience, comme toujours, car ses paroles, toujours sages, ont un certain pouvoir rassurant sur moi.

Alors que je pénètre les lieux avec mes sœurs d'armes, en cadence, venant nous mettre à la droite du trône, mon regard dérive vers Garreth. Ses traits sont durs, et ses cernes ne paraissent pas le quitter depuis plusieurs jours. L'explosion qui s'est produite remue tous les hauts placés et ils ne semblent pas trouver la solution à l'insécurité qui règne désormais au cœur de notre territoire.

La salle du palais décorée pour l'occasion est immense, mais le peuple et le personnel du château ont fait le déplacement et envahissent le moindre recoin disponible. Les soldats postés à l'extérieur sont chargés de fouiller tous les convives, et une garde est en position pour patrouiller au sein de la foule. Le moins qu'on puisse dire, c'est que notre souveraine ne se laisse pas déstabiliser par nos adversaires.

Une fois que nous sommes parfaitement droites, cette dernière, dans sa robe bleue ornée de sequins dorés, nous rejoint. Elle regarde l'assemblée qui l'encercle, le visage souriant, les yeux ancrés, mais la main tremblante. J'ai l'impression que son état ne s'améliore pas.

— Mes chers amis, je vous remercie d'être là, à mes côtés, malgré le climat fragile qui nous entoure. Je salue particulièrement mon époux, qui a organisé cette soirée, mon conseiller, sans qui je ne pourrais prendre aucune décision, mais également mon chef des armées et mes autres dirigeants pour la peine qu'ils se donnent ces derniers jours. Nous allons vaincre, je vous l'assure. La guerre ne doit pas raviver nos craintes, c'est ce qu'ils cherchent.

Ses mots sont scandés comme des flèches en plein vol. Elle commande et nous rappelle son rôle. Son discours continue, fort et impactant. Marquant une pause, la reine demande qu'on lui apporte un verre d'eau. Je vois Sélène, sourire aux lèvres, se diriger vers elle avec son plateau. Elle ne va pas manquer de m'en parler pendant des années. La souveraine la remercie et reprend la parole :

— Nous sommes aux portes d'une bataille qui ravive d'anciennes douleurs, mais nous ne lâcherons rien. Nos erreurs du passé ne doivent pas se reproduire. Battez-vous pour vos croyances, vos convictions, jamais pour un vécu qui a commencé à détruire les quatre royaumes. Nalaire est entre les mains de Barcéon, mais Aldoria est toujours debout !

Les frissons qui parsèment ma colonne vertébrale à cet instant me procurent une sensation de puissance. Je suis fière d'avoir une monarque comme elle, et je relève un peu plus la tête. C'est une femme qui ne se laisse pas aveugler par la vengeance, et je trouve cela admirable.

Après avoir invité les convives à prendre place à table, c'est un défilé de mets qui apparaît sous nos yeux. La garde est priée de rompre les rangs et se poste, éparpillée, aux endroits stratégiques. Alors que je longe les fenêtres, les musiciens, disposés devant, jouent des mélodies calmes. Autour d'eux, chaque personne y va de sa petite conversation. Les gens sourient, profitent du moment. J'observe la salle tandis que les servantes déambulent de table en table, déposant les plats parfumés au centre. J'esquisse un faible rictus en détaillant l'attitude de Sélène, qui se fond parfaitement dans le décor. Elle est gracieuse, élégante dans sa robe ajustée par un tablier brodé à l'initiale du reinaume. On oublierait que nos ennemis tentent par tous les moyens de nous atteindre. Cette ambiance festive n'enlève en rien toutes nos pensées qui vont à nos morts, bien au contraire. Dans son discours, la reine Feya a adressé une parole à nos disparus. Elle s'évertue à prôner la paix là où d'autres ne cherchent que la guerre.

Tandis que je me poste, les mains dans le dos, près du couloir, je jette un coup d'œil dans le prolongement de la tablée royale. La dirigeante sourit cordialement à l'un de ses conseillers en gardant une paume fermement ancrée sur le bras de son époux. Elle paraît accessible, authentique. Son œillade se tourne vers moi, et je détourne les iris, prise sur le vif. Juste derrière, Cléa observe au loin dans une posture fermée. Son manque d'empathie probant me divertirait si ses prunelles n'étaient pas si fixées sur la grande porte. Comme si cette garce attendait la venue d'une personne en particulier. Je balaie la foule du regard à mon tour, à la recherche d'un certain enfoiré au cœur de pierre. Il n'est nulle part. En réalité, je crois qu'il m'évite. Il faut dire que je n'ai pas vraiment cherché à le revoir, tout mon temps libre consacré à mon frère. Je repense à ces derniers jours en sa présence. Il m'avait manqué, ma famille aussi, ma mère, mes sœurs… L'avoir près de moi me fait du bien.

Le tintement des couverts me fait revenir à la réalité. Dame Dom dirige tout ce petit monde dans l'ombre des épais rideaux et veille au bon déroulement de la soirée. Je l'aperçois refourguer un énième plat à Sélène, qui commence à traîner des pieds, mais son sourire s'élargit à mesure qu'elle approche de la table royale. Elle feint si bien que personne ne voit qu'elle rechignait quelques secondes avant. Elle arrive derrière la souveraine, et Cléa la bouscule maladroitement en voulant se frayer un chemin vers le couloir. Le plateau manque de tomber, mais les réflexes de la soldate prennent le relais. On a évité de peu la catastrophe. Tout s'est passé tellement vite que personne n'a remarqué l'incident. Je soupire pour Sélène et reviens à mon observation. Tout est plutôt calme, seuls quelques rires discrets et le tintement de la vaisselle résonnent dans la pièce, accompagnant les accords des musiciens.

De l'autre côté de la salle, quelques sœurs d'armes restent figées à leur place, le regard haut. Je ne peux m'empêcher de constater que les gardes royaux ne sont pas tous présents. Il y a tellement à faire sur le territoire que Garreth a dû diviser ses troupes.

Comment en revenir à penser à Kaël.

Le fait d'avoir des doutes sur lui me dérange. Je me rends bien compte que mon corps réagit lorsqu'il est là, qu'il s'échauffe d'une manière qui me déstabilise et m'énerve.

— Recentre-toi, Isaya.

Les paroles de Garreth me font sursauter doucement, mais je reprends vite mon masque de concentration. Je lui réponds d'un faible signe et tourne la tête vers la table royale. Quand mes prunelles se posent sur notre souveraine, j'aperçois les traits de son visage se figer. Mes sourcils se froncent, puis j'entreprends un pas vers elle lorsque ses épaules se tendent et vacillent légèrement, sa paume trouvant l'accoudoir de son siège pour se maintenir. Maxwell a dû remarquer son état, car il se lève et se précipite vers elle pour l'asseoir, mais il est trop tard, son corps glisse et s'écrase contre le sol. Tout se déroule au ralenti, les cris, l'interruption de la musique, les soldats qui sortent les invités, le médecin qui court à ses côtés. Dans ce brouhaha assourdissant, j'entends les mots du docteur :

— C'est un empoisonnement.

Le temps que l'information me monte au cerveau, je tourne la tête vers les servantes. Garreth adresse un signe à ses recrues pour nous sommer de bloquer tout l'effectif des cuisines et de service. Mes pensées sont confuses, mais mes pas me portent. Lorsque je relève mon regard, Sélène me scrute, les yeux brillants, le teint blanc.

Non, pas ça !

Les portes se referment et seules les personnes arrêtées et les gardes restent dans la pièce, provoquant des indignations et de la colère. Je refais surface, mon esprit aux aguets, et me rassemble avec les miens, sans lâcher Sélène. Ses iris me fuient, son corps tremble. Est-ce de la peur pour sa reine ou de l'angoisse pour… elle ?

La souveraine a été portée dans ses appartements, et le silence demeure.

Garreth charge chaque sentinelle d'aligner les cuisinières et les servantes, puis il commence à les fouiller une par une. La salle se désemplit au fur et à mesure des vérifications, et je reste droite, les yeux fixés sur ma meilleure amie. Je le sais, je le sens, cette soirée va me dévoiler un côté d'elle que je ne souhaitais pas voir. Pourquoi ? Comment ? Ses silences, ses absences, son étrange échange avec Liam… tout se met en place dans ma tête.

Alors que je détourne mon regard du sien, j'entends une voix crier :

— Ici, chef ! Elle tente de dissimuler quelque chose !

Cléa. Elle agite ses bras vers Sélène, qui lâche le sachet qu'elle avait entre les mains au sol. Celui des herbes que je lui avais rendu. La bile me monte à la gorge, et mes larmes coulent. Ma meilleure amie m'a demandé ces plantes, elle s'est servie de moi pour entreprendre de tuer notre souveraine. Elle aurait pu détruire ma carrière, m'entraîner dans sa chute, mais elle n'a pas reculé. Pire encore, elle aurait pu éliminer la femme qui est un véritable modèle pour moi. À cet instant précis, je lui en veux. Non, je la déteste !

— Isaya, l'entends-je murmurer. Ce n'est pas ce que tu imagines ! On m'a piégée !

Deux gardes la prennent sous le bras et l'emmènent. Inconsciemment, je tente d'effectuer un pas pour la rejoindre, mais Cléa me barre le passage.

— Je crois qu'il est trop tard, me dit-elle avec un sourire aux lèvres et un clin d'œil. Elle sera jugée et tu ne pourras rien faire pour elle…

Son petit rire, je ne l'entends même pas, focalisée sur la vision de Sélène qui disparaît. Je m'écroule sur les genoux, retenant mes larmes du mieux possible, la rage au ventre, prise entre deux émotions.

CHAPITRE 48

Kaël

— Hey, le bourreau, une exécution d'urgence, ça te tente ?

Les mots de Clovis claquent alors que je suis toujours ensom-meillé. J'ai la désagréable impression que je viens juste de m'as-soupir, et ce connard me réveille.

— Putain, mais il est quelle heure ? grommelé-je entre mes dents.

Son rire infiltre la pièce, et ça suffit à m'énerver complètement.

— Première fois que je te vois rechigner à la tâche ! Oh… dit-il en marquant un arrêt. J'ai peut-être omis de te dire que c'est une exécution publique, en mode hache, cagoule et tout le bordel ! Tu pourras même tomber la chemise…

Je relève la tête et lui jette ma botte en plein visage pour le faire taire, puis le toise de haut en bas.

— Barre-toi que je m'habille. Dernière fois que tu rentres ici sans frapper. Ça va que j'ai reconnu ton odeur de furet empaillé !

Mes mots le font s'esclaffer de plus belle et il ajoute :

— Mon prince, ce sont presque des paroles d'amour, dis-moi. Méfie-toi, je pourrais penser que tu commences à m'apprécier.

J'extirpe ma lame de sous mon coussin et lance mon poignard, qui atterrit à un centimètre de son oreille pour se loger dans le mur derrière lui.

— Casse-toi.

Il sort, un sourire triomphant sur son visage. Je me lève et réfléchis à ses mots. Le connard, je ne le déteste pas ! Fait chier ! Ma chemise et mon pantalon en place, je harnache mes sangles de cuir dans un mouvement sec. Une fois ma tenue revêtue, je me dirige vers les cachots où doit déjà m'attendre Garreth pour un débriefing.

Mes pas sont sûrs, mon dos droit. Tout en marchant, je me mets dans la peau de mon personnage et me fais craquer les doigts. Un rictus vainqueur orne mes lèvres alors que je repense à la soirée d'hier, à la taverne de Danté. Judy m'a confié que mon frère tente de monter une armée contre notre père, qu'il est en pourparlers avec Velkhara. Il maintient sa position de fils héritier pour me couvrir, mais sa loyauté vacille. Les pièces se mettent en place une à une. Bien sûr, je n'ai pas cru la traînée sur parole, et il a fallu qu'elle me prouve sa sincérité. Lorsqu'elle m'a révélé le tatouage que mon aîné impose à nos alliés, j'ai enlevé la lame qui était contre son cou.

Dommage… mais je vais apparemment pouvoir me rattraper aujourd'hui.

Je claque la porte de la pièce qui m'attend et, effectivement, le chef des armées est déjà en place.

— Bourreau, brise-t-il le silence de sa voix froide.

Je l'observe, ses yeux sont fatigués, ses cernes creusés, et je me demande s'il est, lui aussi, du mauvais côté de l'histoire. Maxwell lui a-t-il dit ce qu'il mijote ?

— Nous avons trouvé la raison de la faiblesse de notre reine.

Hum… non, apparemment, cet homme est fidèle à sa couronne. Très intéressant. Je ne comprends pas si mon oncle est très intelligent ou bougrement idiot.

— Une servante qui avait un sachet de poison sur elle.

Vraiment un peuple de demeurés.

Je pousse un soupir aussi long que ma nuit écourtée… Je fais craquer ma nuque, puis mes doigts et lui intime d'ouvrir cette porte pour procéder à l'interrogatoire comme il est coutume de le faire. Garreth se raidit un peu sous mon ton dominateur, puis lâche dans un souffle sec :

— Le conseiller demande qu'elle soit exécutée sur-le-champ. Pas d'investigations. Elle était chargée de servir la reine.

Je tourne la tête dans sa direction, masquant ma surprise. Le commandant reprend :

— Elle a sûrement des informations à nous apporter… Je ne pense pas qu'elle ait agi seule, ou alors, cette gamine est beaucoup plus maligne qu'il n'y paraît ! Essaie d'en tirer quelque chose.

Je note que même en étant proches, les deux hommes se cachent des choses.

— Et désobéir à mon oncle ? J'aime beaucoup cette idée. Informe-le qu'elle sera exécutée à 8 heures. En attendant, je vais voir ce que je peux obtenir d'elle. Ce sera rapide.

Il acquiesce et me laisse seul, temps que j'occupe à enfiler ma cagoule. Cette garce a failli me retirer le mérite de faire tomber la reine.

Je pénètre dans la salle et la femme est attachée à des chaînes au mur. Un sac en toile sur la tête, je ne visualise pas son visage et n'entends que ses geignements plaintifs. Ils ont dû la bâillonner. Sa robe de lin beige dégouline de sang, elle a apparemment été changée, et sûrement molestée.

Je me dirige vers l'étal sur lequel sont disposés tous mes outils de barbarie et saisis une petite lame parfaitement affûtée. Encore du beau travail de la part de Martha. Je reviens au moment présent quand les sons qu'elle émet me donnent envie de la buter sans sommation.

On dirait une truie qui met bas. Si elle s'agite pour si peu, je sens que je vais prendre grand plaisir à la torturer.

— À ce qu'il paraît, tu as presque réussi à tuer notre chère Feya... Dommage pour toi, le médecin lui a administré un antidote. Elle est tirée d'affaire. En revanche, toi, c'est une autre histoire.

Lors des interrogatoires, ma voix se veut rugueuse, plus affirmée et forte que d'habitude. Je me déplace dans la pièce de manière à l'effrayer suffisamment pour qu'elle crache le morceau au plus vite. Son temps est compté, et je dois me montrer plus que persuasif.

Je racle la lame contre le mur de pierre dans un bruit désagréable qui devient strident lorsqu'elle rencontre une plaque en ferraille installée pour affûter nos pointes. Elle s'agite, pulse sur ses chaînes comme une pauvre petite chose fragile.

— Là, là, ne t'excite pas de cette façon, tu pourrais te blesser... ricané-je en tirant sur ses liens d'un coup sec.

Je retire d'un geste vif le sac qui cache son visage et découvre... l'amie d'Isaya.

Bordel ! Quelle évidence ! Comment a-t-elle pu être aussi imprudente ?

— Servante et meurtrière... soufflé-je à son oreille.

Elle tressaille et tente de reculer inutilement. Je dénoue le bâillon qui l'empêche de parler et elle se met aussitôt à chialer.

— Je n'ai rien... fait... On m'a... piégée... Aidez-moi !

— Ferme-la ! Ici, c'est moi qui pose les questions !

Je la gifle. Il faut bien que je joue mon rôle à la perfection ou je n'en tirerai rien. J'ai connaissance de qui l'a embauchée, mais je vérifie au cas où l'on m'aurait encore caché des informations.

— Qui sont tes complices et pourquoi t'en prendre à la reine ?

Elle pleure de plus belle, me suppliant de la croire et affirmant n'y être pour rien. Malheureusement pour elle, je sais très précisément que ce n'est pas la foncière vérité.

— Tu as administré le poison dans sa boisson ou sa nourriture ?

— Je n'ai rien commis de tout cela...

— Sais-tu pourquoi on m'a envoyé ici ? dis-je en inclinant le visage sur le côté.

Dissimulé derrière mon masque de bourreau, je ne suis pas reconnaissable, et ça fait bien mon affaire.

— Tu vas être exécutée. Mais avant, je dois avoir connaissance de qui t'a payée pour tuer la reine.

Elle relève la tête lorsque je saisis son menton entre mes doigts et que je serre ma prise pour capter toute son attention.

— Tu vas mourir de ma main, Sélène, et si tu ne me dis pas qui t'en a donné l'ordre... je vais te faire mal jusqu'à ce que tu me supplies de t'achever... Et là encore, je te briserai avant de te conduire à l'échafaud. N'as-tu aucune pitié pour les gens qui... t'aiment ?

Je crache ce mot comme s'il me brûlait la langue. Je pense à Isaya et au monde qui va s'effondrer sous ses pieds. Je dois savoir...

— Qui ? hurlé-je en la giflant à nouveau, un peu plus violemment cette fois.

Je la laisse reprendre ses esprits, mais l'impatience me gagne.

— Je connais ton nom aussi, bourreau, couine-t-elle en essuyant sa lèvre fendue sur son épaule.

Je recule et m'abaisse à sa hauteur alors qu'elle tente de se recroqueviller sur elle-même.

— Si tu me connais, tu sais que je n'ai aucune pitié.

— Tu ne me sauveras pas... souffle-t-elle en fixant son regard dans le mien.

— Non. Donne-moi des noms, craché-je, serrant la dague dans ma main.

Je sens que je peux vriller à n'importe quel instant et que ses mensonges commencent à me gonfler.

— Je suis la coupable idéale, n'est-ce pas ? ricane-t-elle alors que mon tranchant glisse le long de sa joue sans la blesser pour autant. Si tu tiens un tant soit peu à Isaya, dis-lui que je suis désolée pour tout.

Dans son discours, je flaire cette résignation qu'ont parfois les condamnés lorsqu'ils savent que tout est perdu.

Je ne peux rien faire pour la sortir d'ici et je dois avouer que ses larmes ne m'attendrissent pas le moins du monde. Pour moi, sa vie ne compte pas plus qu'une autre. Son exécution, même si elle a été orchestrée de toutes pièces, doit avoir lieu. Elle aura beau clamer son innocence, rien ne la sauvera aujourd'hui.

— Tu es une piètre menteuse en plus d'être une empoisonneuse déplorable.

D'un point de vue extérieur, j'ai l'impression qu'elle me dit une partie de la vérité, mais ne lui en montre rien. Je dois creuser pour avoir toutes les données qui me manquent.

— Je…

Elle n'a pas le temps de terminer sa phrase que mon arme vient se ficher dans le muscle de son bras. Elle hurle et rejette la tête en arrière avant de se mettre à trembler.

— Innocente, mon cul ! De qui tiens-tu tes ordres ?

Elle ricane. Elle se fout de ma gueule ?

Je retire ma lame avec une lenteur que je sais insoutenable. Sélène pâlit et je ne compte pas m'arrêter là.

— Des noms.

— J'espère qu'Isaya me vengera et te plantera une dague en plein cœur !

J'espère surtout qu'elle comprendra que je ne serai jamais ce qu'elle attend et qu'elle continuera à me fuir comme la peste.

L'interrogatoire dure encore un petit moment avant qu'elle ne flanche :

— D'accord… mais tu ne me croiras jamais !

Enfin ! J'étais à deux doigts de lui arracher une oreille.

— Tente toujours.

Elle ancre ses prunelles aux miennes et articule :

— Avant, promets-moi que tu expliqueras tout à Isaya. C'est pour elle que je parle. Je vais crever, je n'ai aucun intérêt à tout te dévoiler.

Elle commence à me les briser, Blondie au pays des chevaliers.

— Je lui dirai.

C'est faux.

— J'ai… le conseiller est un traître.

Je la jauge de toute ma hauteur, feignant de ne pas savoir.

— Il faut me croire ! s'énerve-t-elle. Il m'a payée pour que j'empoisonne les plats de la reine un peu chaque jour.

Elle marque un temps d'arrêt et s'empresse d'ajouter :

— Mais pour la cérémonie, je n'y suis pour rien !

Je lui fais un signe de la main pour qu'elle enchaîne.

— C'est cette garde, la blonde, celle avec le doigt en moins. Elle m'a bousculée pendant le repas, je suis sûre qu'elle a glissé le sachet de mes herbes dans ma poche.

Je tique à cette information.

— Comment ça le sachet de *tes* herbes ? Comment aurait-elle pu savoir que tu en avais en ta possession ?

Sélène semble réfléchir, puis des traits expriment une douleur de compréhension.

— Liam, lance-t-elle en déglutissant. Il n'y avait que lui qui en avait connaissance.

Je prends note que le garde s'est lui aussi fait berner par Cléa. Décidément, elle se révèle incontrôlable. La question que je me pose est pourquoi avoir exposé Sélène alors qu'elle servait notre cause ?

Je n'ai pas le temps de réfléchir qu'un coup retentit sur la porte. Je demande au jeune soldat qui apparaît d'envoyer un prêtre pour obtenir ses dernières volontés et confessions, comme il est coutume de le faire ici.

Qu'ils sont barbants !

Cela dit, Isaya aura besoin de quelqu'un après ça, et ce fichu prêtre pourra la réconforter en lui faisant croire que son amie était une sainte ou je ne sais quoi.

Foutaises !

Je me redresse, et deux gardes emportent la prisonnière que j'ai pris soin de bâillonner à nouveau. Il est l'heure.

CHAPITRE 49

Isaya

Je n'ai pas fermé l'œil de la nuit. J'ai ressassé sans cesse la scène dans ma tête, l'air désolé et coupable de ma meilleure amie face à l'assemblée choquée. Cependant, je me suis convaincue qu'il y avait une explication plausible, que Cléa avait dû détourner le sachet pour empoisonner la reine elle-même, que Sélène n'aurait jamais pu me faire ça. J'ai entrepris d'aller la voir pour qu'elle me dise la vérité, mais les gardes m'en ont empêchée. Je sais juste qu'elle va être exécutée pour tentative d'assassinat sur notre souveraine et qu'elle est considérée comme une traîtresse à la couronne. Je n'en reviens toujours pas, mais dans le fond, je crois que je ne veux simplement pas imaginer qu'elle avait tout orchestré depuis un moment. Ses silences, sa façon de m'éviter, de se cacher… Quand je pense qu'elle m'a demandé d'aller lui ramasser cette foutue fleur qui a servi de poison à la reine ! J'en suis malade.

Je triture mes doigts, postée dans un coin de la cour en attendant de la voir apparaître.

Le ciel est aussi sombre et tourmenté que mon esprit à ce moment-là. Pas un seul rayon de soleil ne semble pouvoir percer les épais nuages ni apaiser mon angoisse.

L'endroit s'emplit à mesure que les minutes défilent, jusqu'à ce que la reine prenne place sur les trônes mis à disposition pour ces majestés. Le brouhaha augmente et une certaine agitation se fait sentir. Alors que je m'attends à ce que la souveraine prenne la parole, elle ne bouge pas et fixe la foule, le regard sévère. C'est le conseiller qui s'avance d'un pas sûr et déterminé :

— Hier soir, une servante a tenté d'empoisonner Sa Majesté.

La stupéfaction gagne les habitants et Maxwell lève le bras afin de ramener le calme.

— La traîtresse va être exécutée sous vos yeux, et la garde royale est déjà sur les traces de ses complices. La sentence est la mort par décapitation ! clame-t-il, fier de son discours.

Mon estomac se noue et mes tremblements se font de plus en plus puissants. Je serre la mâchoire et retiens mes larmes. Je n'ai pas le choix que d'être ici, il nous a été imposé d'assister à ce spectacle macabre.

Le conseiller se tient droit, la tête relevée, et deux gardes apparaissent sur la grande place, de chaque côté de Sélène traînant les pieds pour tenter de les ralentir. Les hurlements désapprobateurs de l'auditoire ne font qu'augmenter et le tonnerre se met à gronder comme si le ciel était lui-même en colère.

Des soldats forcent un passage parmi la foule et ma poitrine se serre alors que la noblesse l'insulte, que les paysans lui jettent des cailloux et ricanent en attendant que sa mort arrive.

Mon cœur se broie alors même que je souhaiterais la sortir de là pour la confronter. Je tremble et rage, je voudrais croire qu'elle n'y est pour rien et que tout cela n'est qu'un malentendu.

— Bourreau, bourreau... scande le public, le poing en l'air.

Je tourne la tête dans un mouvement raide et pince mes mâchoires pour étouffer tout ce que je ressens au moment précis où je vois celui qui aura pour mission de tuer ma meilleure amie. L'homme avance, le pas presque lourd, le visage dissimulé sous son masque et son énorme hache posée négligemment sur son épaule. Je ne peux qu'observer la scène sans pouvoir intervenir. La pluie s'invite et rend le tableau plus tragique encore. À côté de moi, quelques soldats s'amassent pour épier le spectacle. Chacun y va de son petit commentaire sur Sélène.

« Elle l'a bien mérité », « Faut être complètement tarée pour viser la reine... », « J'espère que le bourreau va s'y prendre à deux fois pour lui trancher la tête ! J'ai parié une bourse qu'il n'est pas aussi doué qu'il le prétend. »

Je ferme les yeux une seule seconde et me retiens de les égorger sur place. L'un d'eux se rend compte de ma présence et fiche un coup de coude à l'autre. Les soldats s'éloignent de quelques mètres, mais malheureusement pour moi, l'espace ne reste pas vide longtemps. À croire qu'elle aura réussi jusqu'au dernier moment à attirer l'attention.

Un cor résonne dans le souffle du déluge et l'instant devient solennel. Plus un bruit ne se fait entendre, si ce n'est le martèlement des gouttes d'eau qui s'abattent sur le sol avec frénésie et les battements de mon cœur affolé qui tapent contre mes tempes.

Je relève la tête et croise son regard larmoyant. Elle m'a vue, et c'est tout ce que je peux lui offrir avant sa fin. L'un des gardes la pousse pour qu'elle s'installe, puis le bourreau, placé à la droite de Sélène, dont le cou repose sur le billot, agrippe sa hache et attend qu'on lui donne l'ultime ordre qui ôtera la vie de mon amie. Je tremble peut-être de froid, mais je suis surtout transie de peur lorsque, sans aucun état d'âme, le conseiller de la reine adresse un hochement de tête. Un geste qui sonne le glas d'une existence qui m'est si précieuse. Ou qui l'était, je ne sais plus trop.

Je déglutis, ma respiration s'accélère, et soudain, je ne sais plus si ce sont les gouttes de pluie qui maculent mes joues ou mes larmes. La foule encourage le bourreau, qui lève son arme d'un mouvement lent. Crier au mensonge sans connaître la vérité serait me condamner aussi. Et je n'ai pas autant souffert pour ruiner ma formation. Je ferme les yeux, et le bruit de l'acier qui fend l'air me parvient, s'abattant d'un coup vif et violent sur ma meilleure amie. Celle qui fait partie de moi. Qui *faisait* partie de moi. Les hurlements de satisfaction de la foule me démolissent de l'intérieur. Alors que je rouvre mes paupières, la tête chute, colorant de carmin le sol en bois. Je cesse de respirer à la vue de ses beaux cheveux blonds s'étalant dans le sang. Le tonnerre éclate et des éclairs zèbrent le ciel quand les soldats ramassent le corps sans vie de ma meilleure amie et le traînent comme si elle ne valait rien. Un hurlement déchirant sort de moi sans que je puisse le réfréner. Sélène est morte. Morte. M.O.R.T.E.

Je m'écroule à genoux et mon cœur explose en mille morceaux, je suis dévastée, anéantie. Quelqu'un tente de me relever, mais je n'y parviens pas.

— Il faut partir d'ici, s'agace Garreth en tirant plus fort sur mon bras. C'est fini, Isaya !

Il me redresse sur mes pieds et m'entraîne en maintenant mes joues pour que je cesse de regarder vers l'échafaud. Pourtant, mes prunelles sont sans cesse attirées vers l'endroit. Je m'écroule encore, à bout de forces. Cette fois, le commandant n'a d'autre choix que de me porter. Ma tête chute lourdement contre son torse et il fait un signe à ses soldats de le suivre.

— Il a fait ça bien pour une fois, ricane Clovis en entamant la marche.

— Il l'a quand même bien amochée avant de l'exécuter ! Ses habitudes ne changeront jamais ! remarque un de ses semblables.

— Évidemment que oui ! Kaël est un boucher, s'amuse-t-il. C'est moi qui suis allé le chercher ce matin pour qu'il aille se préparer…

Mon cœur tressaute, pourtant, je ne lève pas la tête, perdue entre conscience et folie.

Kaël. Bourreau. Kaël… Sélène… Ka…

CHAPITRE 50

Kaël

Je sors du lac, le regard perdu d'Isaya toujours ancré dans ma mémoire. Ça y est, ce coup-ci, j'ai réussi à vraiment la détruire. Je ne ressens pas la joie que je songeais éprouver. Ses cris, sa douleur, une lame qui lacère ma peau d'une sensation qui ne m'a jamais envahie. Le soulagement et la jouissance qui sont miens lorsque je tue ont été annihilés par son désarroi.

Pour la première fois de ma vie, je pense avoir fait une erreur. Je balaie cette remise en question d'un soupir et saisis ma serviette pour me sécher.

Une semaine que je m'entraîne sans relâche dans l'espoir d'anéantir ce tourbillon de questionnements qui a investi ma caboche. Sans doute aussi dans l'espoir vain de me confronter à elle. Mais elle n'est plus là. J'ai beau tendre l'oreille, aucun soldat ne l'évoque. Maxwell arrive dans la pièce et me fait un signe de la tête, m'invitant silencieusement à le rejoindre. Nous nous sommes entretenus le lendemain de l'exécution et nous restons persuadés que c'était la seule chose à faire. La reine est désormais rassurée quant à son état de santé, ainsi que le territoire tout entier, et je n'ai pas manqué de souligner à mon cher oncle qu'il aurait dû m'écouter depuis le début en me faisant confiance et en n'embauchant pas une paysanne qui ne comprend rien aux stratégies de ce monde impitoyable. Cela aurait évité une mort de plus pouvant attirer le regard sur nous... et bien d'autres choses que je préfère taire.

À l'abri des oreilles indiscrètes, le conseiller et moi parcourons les jardins, tel un moment familial complice totalement erroné.

— Les rumeurs commencent à arriver jusqu'ici. Sur la folie de ton père. Sur les tensions de plus en plus considérables qu'il y a entre lui et Zayan.

Sa voix claque dans le brouillard du matin. Lors de notre dernière entrevue, Maxwell m'a avoué qu'il était au courant de la situation et qu'il se rangerait du côté de mon aîné en cas de conflit plus important. Dois-je le croire ? Les coups bas sont la spécialité de la famille. Je n'ai jamais fait confiance à personne d'autre qu'à mon frère, mais je dois bien reconnaître que mon père et mon oncle ne se sont jamais portés dans leur cœur. Rivalité masculine, guerre de puissance ? Je n'en sais fichtre rien et je m'en fous. Tout ce que je souhaite, c'est raccourcir au plus vite ma mission et rentrer à Barcéon. J'ai besoin d'évasion, de structure et de dormir. Surtout de dormir. Ici, je suis sans cesse sur le qui-vive. Sauf quand je le décide, ce qui reste de rares occasions.

— Qu'est-ce que tu proposes ? lui lancé-je en regardant au loin les soldates s'entraîner à courir dans l'eau, puis à ressortir avec un sac de farine sur le dos.

Les bottes du conseiller royal crissent sous les cailloux.

— D'accélérer les choses. Dès la prise de Velkhara, il faudrait que les troupes envahissent Aldoria. C'est la seule solution pour...

Il se stoppe dans sa phrase, comme si la suite n'allait pas me plaire.

— Pour ? grogné-je d'un ton rustre.

— Pour te protéger, souffle-t-il. Il a déjà essayé de te tuer, il ne s'arrêtera pas là. Tu le sais aussi bien que moi.

Je vais le planter. Depuis quand j'ai besoin d'être cocooné comme une foutue vierge le soir de ses noces ? Ce qui m'agace le plus, c'est la sincérité qui transparaît de son timbre. Il s'inquiète véritablement pour moi, et ça a le don de m'exaspérer davantage.

Je m'apprête à le laisser face à ses sentiments de midinette en chaleur quand une tignasse rouge flamboyant attire mon regard. J'ai tout d'abord l'impression que j'hallucine, mais elle est là, à quelques mètres de moi, le corps trempé, une charge sur ses épaules devenues plus frêles en quelques jours.

Mes pas se stoppent face à ce spectacle, à ce que cela me procure. Mon palpitant s'accélère et j'ai envie d'aller à sa rencontre. Maxwell s'arrête à mes côtés.

— Elle a fait son retour hier, encouragée par les femmes qu'elle entraînait dernièrement. Garreth pense qu'elle s'en sortira. C'est une battante.

Je ne trouve rien à dire, alors je serre les mâchoires et rejoins les sous-sols pour dénicher un prisonnier qui fera l'affaire pour me débarrasser de cette impression de devenir humain.

Tu n'es rien qu'une bête qui doit exécuter mes ordres !

En pensée, je me remémore les mantras avec lesquels j'ai grandi, les paroles qui m'ont donné la force que j'ai aujourd'hui. Je me suis battu pour être à la hauteur, j'ai été battu aussi, mais rien ne m'enlèvera de la tête que mon père avait raison. Je ne suis rien d'autre qu'un malade capable du pire sans jamais le regretter.

Mon cœur n'est qu'un organe au service de ma survie. Il ne connaît ni amour ni paix. Il ne palpite que pour répandre la ruine et la destruction.

Face au couloir des cellules, je m'arrête devant la première.

— Toi, dis-je en pointant mon doigt vers un homme d'une cinquantaine d'années. Suis-moi.

Je n'ai pas encore eu le plaisir de tester ma lame sur sa peau, c'est avec froideur que je vais m'y atteler. En l'empoignant par le bras pour le presser, je vois la peur dans son regard.

C'est bien, mon gars, tremble, car moi, ça ne m'arrivera pas.

CHAPITRE 51

Isaya

Je frappe encore, encore et encore. Parce que la rage a pris le dessus sur la tristesse, parce que je n'ai plus que ça pour me maintenir en vie. Ma hargne et mon envie de comprendre l'incompréhensible une nouvelle fois. Pourquoi le sort s'acharne-t-il ? Pourquoi ma meilleure amie ? Avait-elle vraiment fait ce qu'on lui a reproché ? Pourquoi lui ? Pourquoi ?

J'ai besoin d'obtenir des réponses. C'est ce qui m'a aidée à sortir de ce gouffre dans lequel je plongeais depuis des jours. Garreth m'a mise en repos forcé et a demandé à ce que je sois surveillée. Je crois qu'il avait peur que j'oublie ma raison de vivre et de me battre.

Aujourd'hui, mon corps ne contient plus aucune larme. Pourtant, dès que je ferme les yeux, je revois la tête de ma meilleure amie, coupée, étalée au sol, inerte.

La sidération. C'est ce que j'ai ressenti, il me semble. Cette émotion brutale, néfaste, qui a figé le temps pour le jouer en boucle dans mon esprit, comme si j'avais besoin de le réveiller sans cesse pour l'assimiler. Elle n'a pas eu un cri, mais depuis, le mien hurle intérieurement. La douleur est différente de mon agression, mon palpitant saigne, pas mon corps. C'est un nouveau morceau de mon âme qui s'est envolé avec elle. Mais, au fond de moi, il faut que je sache la vérité. Même si ça veut dire le confronter *lui*.

Et après… après, je le ferai souffrir comme il l'a fait avec mon cœur.

— Isaya… Isaya !

Paula me hèle alors que je m'enfonce dans mes pensées destructrices. Je suis dans cette salle de combat, entourée de femmes qui apprennent à se défendre, je ne peux pas me laisser partir. Continuer à leur donner des cours me maintient également loin de cette envie de disparaître. Elles sont venues chaque jour à mon chevet, et je les en remercie.

— Pardon, répliqué-je dans un souffle court. On reprend une série de coups de pied et après, une pause bien méritée. Bravo à toutes.

Je feins. D'être concentrée. D'aller bien. Elles ne sont pas dupes et chacune à un geste pour moi. Une main réconfortante déposée sur mon épaule, un sourire, un clin d'œil, une parole douce.

À la fin de la séance, elles sont contentes d'elles, et moi aussi. Je rassemble mes affaires et file me préparer pour rendre visite à mon frère.

***

Rowen ouvre la porte, la jambe en équilibre, et je m'écroule contre lui. Il me serre fort, me réconforte, comme quand j'étais enfant. Mes gémissements s'étouffent contre son torse chaud et sa main se glisse dans mes cheveux.

— J'ai appris la nouvelle. Je suis désolé, petite sœur.

Je relève la tête et remarque les cernes sur son visage. Lui non plus n'a pas dû dormir beaucoup ces temps-ci. Il me prend par les épaules pour me conduire dans le salon des James.

— Explique-moi tout… si tu t'en sens capable.

Alors, j'ouvre les vannes et lui déballe tout. Sélène et son désarroi, le piège dans lequel elle est sûrement tombée, la sensation qu'il y a des traîtres à la couronne et que Kaël en fait partie, les sentiments dévastateurs que j'ai à son encontre. D'abord la curiosité, l'attirance, l'envie, et maintenant la haine. *Il l'a exécutée.* La soif de tout brûler, de la venger. J'ai besoin qu'il ressente tout ce que j'éprouve, tout ce qui me tue un peu plus chaque seconde. *Par sa faute.*

— Isa… Je comprends, mais… Sélène. Tu as conscience qu'elle était capable du meilleur comme du pire. Va savoir si elle n'a pas trempé dans des histoires louches.

Ses paroles m'énervent, mais me ramènent à la possibilité de découvrir une facette qu'elle m'avait cachée. Mes membres se crispent, mais je lui souffle le comportement étrange de Sélène depuis quelques semaines. Il acquiesce de la tête pour ne pas remuer le couteau que j'ai déjà en plein cœur. Je suis perdue entre l'envie qu'elle ne soit pas coupable et les quelques preuves qui me crient que c'est une probabilité.

À force de paroles, nous élaborons un plan. Un plan qui nous permettra de découvrir les serpents qui crapahutent dans le château.

— Mais avant… tu sais ce que tu dois faire, me lance mon frère d'une voix douce.

Il a pertinemment conscience que c'est l'étape que je redoute et que je dois conserver mon sang-froid, sous peine de détruire tout ce que j'ai construit. Dans quelque temps, ma formation s'achèvera, et je ne peux pas ruiner tout ce pour quoi je travaille pour l'assassin de ma meilleure amie. Pas encore. Pas comme ça. Mon père m'a toujours dit que sous les cendres du cœur, la vengeance garde sa flamme. Et la mienne est en train de devenir un brasier empli de colère et d'amertume.

Le lendemain matin, alors que le soleil repose sur un nid de noirceur, je me faufile entre les couloirs abandonnés. Pas un chat. Pas un mouvement. Ma capuche en place, je suis telle une ombre cherchant son recoin. Je n'ai pas fermé l'œil de la nuit, lacérée par toute cette rage qui m'habite. J'ai tourné toutes mes questions en boucle et mon plan. Encore et encore. Et j'en suis venue à la conclusion qu'il n'y avait pas de bonne manière de procéder. J'ai décidé d'aller fouiller dans les affaires de Sélène avec l'espoir de trouver des indices. Mes mains se resserrent sur le manche de ma dague dans un réflexe instinctif. Je longe les murs des dortoirs des gardes comme je l'ai fait tant de fois. À proximité du couloir qui mène à l'étage où logeait Sélène, je marque un temps d'arrêt devant une chambre qui a été mon refuge pendant une période. Mon esprit ne fait qu'un tour…

Pas de bonne manière de procéder, hein ?!

Mon cœur s'emballe à mesure que je m'approche de la poignée.

Je m'apprête à faire volte-face, mais mon instinct me conduit à contresens. Je dois commencer par là avant de pousser mes investigations. D'un mouvement, je m'accroupis à hauteur du verrou et sors la fine tige que j'ai dans ma poche. D'un geste qui frôle la perfection, je crochète la serrure. Un cliquetis sourd résonne et je patiente quelques secondes. J'ouvre la porte si lentement que je crains l'espace d'un instant qu'il soit planqué derrière. Mais ce n'est pas le cas. Mes pas avancent timidement, mes yeux fixent l'ombre étendue sur le lit, et l'envie de lui planter ma dague en plein milieu du thorax comme une furie m'effleure l'esprit.

— Tu en as mis du temps…

Sa voix emplit la pièce et vient s'incruster dans ma chair. Il n'a pas le temps de se relever que je suis déjà devant lui, le menaçant de ma pointe. Je serre plus fort mes mâchoires, mais ne tremble pas. Car le voir face à moi rend tout ça beaucoup plus réel. Je ne dois pas pleurer, mais l'émotion que je refoule devient noirceur lorsque ses iris se plantent dans les miens éclairés par l'aube naissant. Sa main vient fourrager ses cheveux, et son corps ne réagit pas comme d'habitude. Il n'a pas de posture de défense, ses épaules sont basses, sa voix lasse.

— C'est mon métier, Isaya. Je n'ai pas eu le choix.

J'avance et tire brusquement sa tignasse en arrière, le dominant.

— Arrête de te foutre de ma gueule ! Tu n'as aucune règle, aucun maître.

Il se relève, n'ayant aucune crainte pour sa personne. Sa main vient se poser dans mes cheveux et je n'ai pas un geste pour le repousser. Il est ma putain de faiblesse.

— C'est vrai. Mais c'était une traîtresse. Elle empoisonnait ta reine.

Mon sang ne fait qu'un tour, mon corps bouillonne et je le percute de toute ma puissance pour l'éclater contre sa couche. Il est bien plus fort, mais il ne se débat pas. L'espace d'un infime instant, le doute refait surface. Et je m'en veux pour ça.

— Tu mens, hurlé-je en tapant son torse de mes poings. C'est toi qui es louche, et je le prouverai ! Tu entends ?

Mes cris sont étouffés lorsqu'il pose sa main sur ma bouche et qu'il accule mon corps contre le mur derrière moi, je me tortille, gesticule et finis par le mordre. C'est comme croquer dans du cuir. Il ne sourcille même pas.

— Sache qu'elle a été courageuse jusqu'à la fin, mais c'est la vérité... Ton amie a joué de malchance et d'un peu trop d'audace.

Sa voix douce me percute, me fait flancher. Je crois que je prends cette réalité de pleine face, et mon être mou, affaibli, retombe contre le sien. Les larmes débordent et il pose ses deux paumes pour maintenir ma tête droite afin que je l'observe.

— Elle a avoué avoir empoisonné la reine pendant de nombreuses semaines, mais pas le soir du banquet. Ça ne change cependant rien au résultat. Elle était coupable.

Un hoquet de stupéfaction sort d'entre mes lèvres. Dans ses prunelles, je lis la vérité, même si je dois en avoir une preuve formelle et que je ne dois pas me contenter des paroles d'un usurpateur.

— Est-ce que tu l'as torturée pour obtenir toutes ces réponses ? demandé-je, épuisée.

— Non...

— Est-ce qu'elle t'a dit quelque chose en particulier ?

Sa main glisse dans mon cou et caresse ma peau dans un mouvement rassurant. Mais je n'ai pas besoin d'être consolée, je veux qu'il endure autant que moi. Pourtant, il n'est pas responsable de sa condamnation. Mais il a opéré le geste qui l'a éliminée alors qu'il savait que c'était mon amie. Que ça allait me faire souffrir. Je suis ravagée… car je… l'aime ?

— Elle m'a demandé de te dire qu'elle était désolée pour tout.

Il susurre l'information comme un baume qu'on essaie de passer sur une blessure trop grave pour être soignée. Je m'arrache à son corps et me ressaisis. Je grince des dents et mon regard se voile à nouveau de tout ce que je tente d'étouffer en moi. Il a tranché la tête de Sélène, la voilà, l'unique vérité !

— Tu as tué tout ce qu'il y avait de positif entre nous. Tu as assassiné ma meilleure amie. Tu ne pourras pas t'en sortir si facilement. J'attendrai le temps qu'il faudra, mais tu paieras pour tout ce que tu as fait.

Je me retourne et sa voix me stoppe.

— Je t'avais prévenue que je n'étais pas un homme bien, Isaya. Que j'allais te détruire. Tu as voulu jouer à un jeu qui te dépasse et je crois que j'ai réussi ma mission… encore une fois.

Sa réplique est violente, et pourtant, c'est vrai. Il n'avait pas menti sur ce point-là. Il s'est surpassé en m'arrachant le cœur à mains nues.

CHAPITRE 52

Kaël

Un mois plus tard…

Les pas battant la mesure, l'ensemble des combattants se dirigent vers la basse-cour du château, lieu privilégié pour les grandes annonces. À droite, la garde masculine, à gauche, celle féminine. Je n'ai pas besoin de les observer pour me rendre compte que les recrues de deuxième année y sont incluses. Les yeux d'Isaya seraient capables de trouer ma cuirasse tellement elle m'épie et a la haine contre moi.

D'un ton sec, Garreth nous intime de nous stopper, ce qui est fait dans la seconde.

— Halte, soldats !

Sur l'estrade qui sert aux discours, Maxwell s'avance, le front plissé dans une moue de colère. Quand il s'agit de destruction, c'est souvent lui qui prend la parole, j'en déduis donc que c'est une bonne nouvelle pour Barcéon, moins pour Aldoria.

— Mesdames, Messieurs, les gardes en faction dans la zone est nous ont fait remonter une information de la plus haute importance.

Pas un murmure ne se fait entendre. Les traits sont fermés, les soldats se concentrent sur les déclarations, les sens en alerte. Moi, je souris et ai envie de lancer un : « Bordel, c'est pas trop tôt ! » Le corps légèrement en avant, en attente de cette grande annonce, je me gausse de découvrir le désarroi sur tous les visages.

— Il ne faut pas perdre notre objectif de vue, et ça, même quand les murs se rabattent sur nous.

C'est qu'on y croirait presque ! Tonton Max est vraiment un enfoiré de première. Pire que moi.

— Barcéon a envahi Velkhara. Le roi Calum a revendiqué vouloir les soumettre, et cela ne peut signifier qu'une chose : nous sommes les prochains.

Les murmures s'éparpillent dans les rangs, se demandant comment Velkhara a pu passer d'allié à ennemi de Barcéon, vite rappelés à l'ordre par le commandant, qui reprend la parole.

— Aux armes, hommes, femmes de combat. Ensemble, nous nous battrons. Qu'importe l'issue, batailler à vos côtés sera ma plus grande fierté.

Pitié, achevez-moi ! Quel suceur de bistouflettes, celui-là !

Un « garde-à-vous » est lancé et, d'un seul élan, les paumes des troupiers claquent sur leurs cuisses, le torse relevé, la tête haute. Ils y croient, et je suis abasourdi par tant d'aveuglement. Si mon père a retourné sa cape, c'est qu'il a un plan diabolique en tête.

— Nous sommes aux portes de la guerre. Une guerre qui va détruire vos familles, vos amis, votre terre. Ne lâchez rien… jamais ! Nous devons nous attendre à ce qu'ils attaquent rapidement. Alors, le seul mot d'ordre est : entraînement !

Le terme claque comme une injonction, affirmant aux soldats qu'ils doivent s'y atteler maintenant. Mon regard croise brièvement celui de Maxwell. La peur se lit sur ses traits, et j'ai la fâcheuse impression que monsieur le conseiller est en train de retourner sa veste.

***

— C'était quoi ça ? lancé-je en entrant dans son antre, furibond.

Les tableaux et les feuilles posées sur son bureau tremblent. Sa tête se relève légèrement et ses yeux trouvent les miens. J'y lis de l'abattement, un sinistre sentiment qui ne me convient pas du tout. Sans réponse de sa part, je décide de le menacer.

— Tu sais que je n'ai qu'un mot à dire à Garreth pour que…

Ses mains claquent contre son bureau, son regard m'incendie.

— Kaël, quand vas-tu arrêter de te comporter comme un connard sans cœur ? N'y a-t-il plus rien à tirer de toi ?

Son interrogation me déstabilise. Je pensais que tous les membres de la famille avaient connaissance que rien n'était bon en moi.

— Je suis un tueur. J'ai une mission. On ne peut pas dire que tu sois tout blanc non plus, clamé-je en croisant les bras contre mon torse, un léger rictus en coin.

Ses doigts viennent pincer l'arête de son nez, et il soupire, vaincu.

— Je… Des fois, notre but ultime change en cours de route. On fait des rencontres, on analyse la situation, et on se dit que le jeu n'en vaut pas la chandelle.

Est-il en train de m'avouer qu'il abandonne ? Je vais le buter.

Je me rapproche de lui d'un air menaçant, jusqu'à ce que ses paroles m'interrompent.

— Regarde les choses en face. Tu t'es attaché à certaines personnes, j'en suis convaincu. Arrête de te cacher derrière ton masque de bourreau et ouvre-toi à d'autres horizons que ce que ton père a décidé pour toi. Tu veux vraiment devenir le reflet de ce que tu vois dans ses yeux quand il te toise ?

D'un geste vif et spontané, je balaie tout ce qui se trouve sur son bureau, plantant mon couteau entre ses deux mains toujours à plat. Je m'apprête à lui claquer la tête contre le mur pour lui remettre les idées en place et pour connaître les intentions de mon père quand des coups sur le battant retentissent. Maxwell, reprenant son souffle, époussette sa tenue et se redresse en ôtant ma lame du bois ciré.

— Entrez, dit-il de sa voix forte.

Les dirigeants du château pénètrent un à un et envahissent les lieux. Moi, je prends congé d'eux en quittant la pièce sans un mot.

En passant devant la salle d'entraînement, je me stoppe dans l'embrasure de la porte. *Elle* est là, face à trois sacs de farine, et elle frappe comme si rien ne pouvait l'arrêter. Ses cheveux sont attachés et quelques mèches se font la malle, collant à son dos transpirant. Son haut blanc court exhibe son ventre, une tenue non réglementaire qui me fauche complètement. Je peux apercevoir les muscles de ses lombaires travailler, se mouvant à chaque geste, puis de fines gouttelettes se dérober jusqu'à son pantalon en toile. Son corps exposé me rappelle nos nuits ensemble, nos peaux se caressant, s'apprenant l'un l'autre.

Lorsque je reviens à l'instant présent, elle se sert de ses pieds, de ses poings et même de ses coudes. Je l'admire, sa rage a enfin réussi à la sortir de cette zone de confort dans laquelle elle se cachait. Là, maintenant, je scrute une guerrière puissante et redoutable. Je m'apprête à entrer dans la pièce quand une voix sur la droite me parvient :

— Isa, tu dois redresser ton dos ! Non, continue à regarder ta cible, ne la quitte pas des yeux, même quand tu fais un tour sur toi-même pour la faucher.

Elle l'écoute, se réajuste, et c'est comme si tout s'écroulait autour de moi. Ce mec sorti de nulle part a réussi là où je n'ai su que sublimer ce qu'elle connaissait déjà. D'où je suis, je ne le vois pas, je me décale donc en silence et l'aperçois, assis sur une caisse en bois, la jambe relevée pour la maintenir. C'est bien ce qu'il me semblait, c'est l'éclopé. Il soupire et finit par se dresser pour se placer derrière elle.

— Comme ça, affirme-t-il en levant son bras pour que son épaule s'assouplisse.

Ses conseils ne sont pas mauvais, mais j'ai juste envie de lui mettre le feu pour la toucher comme ça.

— Voilà, c'est beaucoup mieux, rit-il en lui déposant un baiser sur la joue.

Elle fait pivoter son visage vers le sien et je peux voir qu'elle le regarde avec amour. Pas du tout le reflet qu'elle renvoie lorsque ses prunelles se harponnent aux miennes.

— Je t'aime, Rowen.

Il appuie son front contre le sien et déclare :

— Moi aussi…

La scène me fait vriller, et je me barre en cognant contre un mur lorsque j'arrive au détour du couloir. Ma main égratignée ne me brûle même pas, et j'ai cette sensation de louper quelque chose qui me trotte dans la tête, mais qui est indéfinissable. Les paroles de Maxwell me reviennent en pensée.

« Tu t'es attaché à certaines personnes, j'en suis convaincu. »

Merde, putain de merde !

CHAPITRE 53

Isaya

J'ai l'impression de sentir son odeur partout. Je m'attends à la voir apparaître au détour d'un couloir, son sourire encanaillé sur le visage. Ses cheveux virevoltant autour d'elle comme si elle était capable de séduire même le vent. Je ne parviens pas à me faire à l'idée qu'elle ne me surprendra plus comme elle pouvait le faire, ou qu'elle ne se fourrera plus dans tout un tas d'histoires. J'ai toujours su que ça provoquerait sa disparition… je ne pensais pas que ça allait arriver aussi tôt. Je me souviens encore l'avoir prévenue de faire attention, de ne pas accorder sa confiance à n'importe qui… Et elle a fini par trahir sa reine… et moi, par la même occasion. C'est une sensation singulière que d'en vouloir à quelqu'un, mais de pleurer sa perte. Sa mort m'aura au moins ouvert les yeux.

J'ai établi une liste.

Des noms. Des lieux.

Fais des liens. Ai scruté chaque interaction qui me paraissait étrange, et j'ai tout noté dans un carnet. Je n'avais jamais fait attention au nombre de messes basses qui peuplent ce château. J'étais distraite et naïve. Il aura fallu que ma meilleure amie se fasse couper la tête pour que je daigne sortir la mienne du sable dans lequel je me complaisais. C'est fini tout ça. La situation a éveillé un maelstrom de fureur que je n'arrive plus à apaiser. Désormais, seule l'idée de découvrir la vérité me calme… et de *le* faire souffrir.

S'il pense que je ne l'ai pas grillé en train de nous espionner avec mon frère, il se fourre le doigt jusqu'à la cervelle ! J'espère que le climat avec Rowen était assez équivoque pour qu'il y croie.

Ces sacs de farine, c'était sa tronche que je voyais dessus. Je le déteste, le hais autant que je l'ai désiré, et ça me rend dingue, malade, d'avoir couché avec le tueur de ma moitié. Autant que d'avoir participé à l'empoisonnement de la reine par extension à cause de Sélène. J'ai l'impression que je ne sais vraiment pas m'entourer.

Assise devant la roseraie, je contemple le lieu sans le voir, les pupilles dans le vide. Une main se pose sur ma clavicule et je dégaine automatiquement ma dague en attrapant un doigt à la personne qui vient m'importuner.

— Isaya !

Dame Dom me scrute, les yeux exorbités, la bouche formant un O de surprise face à mon geste. Je range ma lame dans mon pantalon de cuir et hausse les épaules comme si mon réflexe était anodin.

— Désolée. Je suis un peu tendue.

Ses traits se relâchent et sa moue devient triste. Elle a pitié de moi. Ses doigts viennent attraper les miens, puis elle s'installe à mes côtés.

— Qu'est-ce que j'ai pu râler après elle, commence-t-elle, un timbre de regret dans la voix.

Cela fait des semaines que mon amie est morte, mais tout le monde marche sur des œufs pour l'évoquer devant moi. Du coin de l'œil, je la vois essuyer une larme qui coule sur sa joue. C'est bien la première fois que la carapace de Dame Dom se fissure. Après tout, elle doit être comme nous tous. Avec ses failles et ses forces. Je serre sa main plus fort, une manière de lui dire que je la comprends, que Sélène ne lui en voulait pas.

— Elle était si intrépide, indomptable. Un électron libre. Je la revois encore, le diable au corps, remuer toute la journée, incapable de s'arrêter. Il fallait qu'elle bouge tout le temps, comme si chaque minute devait être dévorée.

Sa description me fait sourire timidement, car cela représente exactement ma meilleure amie. Nous restons silencieuses de longues minutes, jusqu'à ce qu'elle sorte un paquet de sous le châle qui enserre sa taille.

— J'ai ça pour toi. Ses affaires te reviennent. Je ne voulais pas te les donner trop tôt, mais tout est là. Je... je n'aurais jamais pensé qu'elle finisse si mal.

Ma main s'avance vers le baluchon, tremblante, incertaine. Je suis terrorisée à l'idée de me retrouver face à ses souvenirs, à son odeur qui embaume déjà l'air.

— Merci, madame.

Les mots sortent, serrés, coincés dans ma gorge douloureuse. Dans un geste maternel, elle se baisse pour embrasser mes cheveux et s'en va, me laissant seule face à cette souffrance. Le silence qui suit est tranchant, me rappelant tous les mots qu'elle ne peut plus crier, tout ce qu'elle ne pourra plus jamais accomplir. Le tissu rempli de ses affaires personnelles collé contre ma poitrine, je m'autorise de nouveau à exprimer mon chagrin, à hurler mon amertume.

Lorsque mes jambes me le permettent, je rejoins mon dortoir pour explorer en toute intimité son contenu.

Son foulard préféré, les lettres de sa mère, ses flacons médicinaux, puis un mot rédigé de sa main. Voilà ce qu'il me reste d'elle aujourd'hui. À la lueur de la bougie, je relis les termes qui courent d'une écriture arrondie.

« Tu as accepté de ton plein gré, personne ne t'a forcée. Maintenant, assume tes choix. »

Un coup de poing vient se loger dans mes entrailles. Sélène s'était vraiment embarquée dans une merde pas possible. Ce bout de papier rédigé à la va-vite veut absolument tout dire, car elle ne m'en a jamais parlé. Incapable de rester dans l'ignorance, je lis les lettres de sa mère, encore et encore, dans l'espoir d'y trouver un indice. Rien du tout. Je sens la flamme de l'aigreur remonter en moi, mes doigts se crispent sur le document, que j'ai envie de déchirer pour le foutre au feu. Une phrase vient cependant faire écho dans mon crâne.

« Ne fais pas ça pour moi. »

J'agrippe son foulard pour le humer dans le but de me calmer, quand un morceau de toile en tombe.

Qu'est-ce que c'est que ce truc ?

Je le déplie avec empressement. Sous mes yeux, des croix, des lettres formant comme un arbre généalogique. Happée par ma trouvaille, je me concentre pour tenter de retrouver ce code qui ne paraît vouloir rien dire, mais je connais ma meilleure amie. Nous avons toujours eu un langage secret, et je sais que c'est une manière de se couvrir, de me laisser un message. Je relie avec attention les initiales aux dessins associés et, d'un coup, ça fait tilt dans ma tête. Je commence à remettre les pièces en place et mes yeux dérivent vers une lettre entourée plusieurs fois. Un M précédé d'un C et d'une couronne. Maxwell, conseiller de la reine.

Bordel de merde !

Tout remonte en moi. Je comprends pourquoi Sélène n'a rien pu me dire, pourquoi elle était si tendue. Est-il possible qu'elle ait subi un chantage de la part du bras droit de la souveraine en échange de sa contribution à son empoisonnement ? Je tremble face à ma découverte, me lève avec fracas, planque tout dans un sac en toile et cours pour aller retrouver mon frère.

Quelques jours plus tard…

Il est l'heure pour moi de régler mes comptes, de récolter des preuves solides pour dévoiler la vérité au grand jour. Je ne resterai plus jamais les bras croisés à regarder autrui me mener par le bout du nez. La guerre est à nos portes, mais une autre est tapie au sein même du château, sournoise, insidieuse. Celle que je vais moi-même faire éclater. Si je dois mourir entre les griffes de Barcéon, autant que ce soit en ayant l'esprit libéré.

L'heure du dîner est toujours la plus adéquate pour intervenir. Les soldats sont crevés de leur journée et les bières coulent à flots. Pas de repas pour moi ce soir, je déambule dans ce labyrinthe que sont les sous-sols pour atteindre un passage dérobé que peu de personnel emprunte. À force de l'utiliser avec Sélène, il est désormais beaucoup plus accessible, cependant, même vêtue de mon pantalon et d'une chemise ample, les toiles d'araignées se collent sur le tissu. Une torche en main, ma capuche relevée, je diminue les mètres qui me séparent de l'entrée du château, et notamment de l'aile est pour arriver au bureau de Maxwell. Logiquement, à cette heure-ci, Rowen devrait déjà être en place, prêt à me couvrir. Une fois en bout de couloir, je souffle sur la flamme vacillante et pousse le battant d'un coup sec. Ma tête scrute de gauche à droite, personne en vue. Je me faufile dans le dégagement menant dans l'antre du conseiller. À partir d'ici, je n'ai jamais franchi les portes. C'est l'inconnu, mais il n'a pas été dur de tirer les vers du nez de Sora.

Au bout de l'allée, j'aperçois déjà l'ombre de Rowen. Je souris de le savoir près de moi, mais me ressaisis rapidement en prenant conscience que tout ça pourrait mal tourner. Je suis en face de la porte rouge, celle qui m'intéresse. Je me stoppe et souffle un bon coup. Je tape, histoire d'être sûre que personne n'est à l'intérieur. Pas un bruit, pas un mouvement. Rowen me fait signe de la tête de m'activer, puis je le vois geindre de douleur, se pliant en deux.

Merde !

J'effectue un pas vers lui quand je comprends, en remarquant une servante approcher, qu'il tente de gagner du temps.

Mon aiguille en place dans le loquet, je triture jusqu'à ce que l'ouverture émette un son sec. Un coup d'œil rapide vers mon frère m'informe qu'il gère, il se fait déjà raccompagner par la belle brune. Il ne perd rien pour attendre ! Quand je franchis la porte du bureau, je me glisse derrière et la referme en silence. Le garde qui est posté habituellement dans ce bureau est parti il y a quelques minutes, je n'ai donc pas de temps à gaspiller.

J'y suis, je ne peux plus reculer. Mon souffle s'accélère, j'ai l'impression que mon cœur va sortir de ma poitrine. Mes prunelles se fixent sur les murs, puis sur une carte qui prend une imposante place. Dessus, quelques points stratégiques sont entourés, mais je n'y comprends absolument rien. Encore du bla-bla politique. Mes pas se dirigent vers le bureau, là où j'ai le plus de chance de trouver quelque chose. Je parcours dans un premier temps les documents posés çà et là. Rien de bien concret. Puis j'ouvre les nombreux tiroirs, un à un, et vérifie leur contenu avec minutie tout en gardant un rythme rapide.

Des lettres codées, des dossiers avec des noms inconnus, mais aucune trace d'indices qui pourraient me parler. Je commence à baisser les bras, la boule au ventre, quand le dernier compartiment ne veut pas coulisser. Je force, afin d'être certaine que rien ne l'entrave. Il est visiblement fermé à clé. Je ressors ma précieuse épingle et m'accroupis pour le déverrouiller.

Le système est plus complexe que ce que je réussis à crocheter habituellement, mais je ne lâche rien, la sueur dévalant mon front et la main tremblante.

Au moment où j'entends le cliquetis sourd de l'ouverture, des voix dans le couloir me parviennent. Elles se font de plus en plus audibles, je commence à paniquer et me fais plus petite, m'abritant sous le plateau en bois. De ma cachette, je vois la poignée de la porte bouger. Je me pétrifie, car je comprends que je suis prise au piège. Cette voix, ce n'est pas celle de Rowen, c'est celle du conseiller…

CHAPITRE 54

Kaël

— La servante n'avait rien à voir avec nos projets ! craché-je au visage de Cléa en lui enserrant les joues avec force.

Sa mine ridicule me donne encore plus envie de la baffer. Des semaines que je cherche à m'entretenir avec elle, mais cette vipère est experte dans l'art de se planquer. Ses yeux ne se baissent pas devant mon regard noir. Elle ne bouge plus et attend que je la relâche. Quand c'est chose faite, elle resserre les bras et me jauge comme si elle pouvait se le permettre. Je ne décèle aucune inquiétude chez elle, et je me dis qu'elle est suicidaire.

— Un petit pincement au cœur ? ricane-t-elle en me défiant.

J'ai envie de lui arracher la langue.

— Tu suis les ordres ou…

Elle me coupe la parole tout en se redressant de toute sa hauteur et en faisant les cent pas face à moi. Bien qu'elle ne m'impressionne pas, Cléa entortille l'une de ses mèches blondes autour de ses doigts et je suis son mouvement comme si elle pouvait être une menace.

— J'ai compris une chose, Kaël, ici, tu n'es pas mon prince.

Ses mots actionnent un feu incandescent qui ne demande qu'à tout brûler sur son passage. Elle se rapproche de moi d'une démarche chaloupée et me contourne, se lovant contre mon dos en susurrant :

— Tu as besoin d'une femme qui s'affirme, une épouse qui donnerait tout pour toi.

D'un geste précis, je me retourne pour la plaquer contre le mur. Ce mouvement n'a rien de sensuel. Il est plein de hargne, de dangerosité.

— Et tu crois vraiment que cette femme, c'est toi ? vociféré-je en relevant un sourcil.

Elle ne se démonte pas et continue :

— Cette… Aldorienne ne sera jamais ce que tu recherches. Elle est bien trop propre sur elle pour mériter un homme tel que toi. Il te faut du sang, de l'action.

Sur ce point, elle n'a pas tort. Isaya est douce, réfléchie, mesurée. Pourtant, elle est aussi dangereusement attirante et a le don de me foutre hors de moi. Ce que Cléa ne comprend pas, c'est qu'Isaya est bien plus maligne qu'elle ne le pense.

La blonde, acculée contre le mur, ne semble pas piger ma posture de colère et use de ses charmes en caressant la cuirasse sur mon avant-bras. Malgré l'épaisseur, j'ai l'impression que son venin parvient à s'infiltrer sous ma peau, et ça me débecte. Tout en elle me file la nausée, à vrai dire. Son odeur, son regard vicieux et sa défiance que j'ai envie de réduire à néant. Si elle ne se soumet pas à moi alors qu'elle est une simple soldate de mon père, je ne donne pas cher de mes prochaines réactions.

— Mets-toi à genoux, glissé-je à son oreille en m'imaginant déjà lui crever les yeux pour oser me contempler de la sorte.

Elle étire un rictus et des braises s'allument dans ses pupilles bleues. Elle se laisse tomber jusqu'au sol, une main effleurant mon torse, comme pour attendre son dû.

L'espace d'une seconde, l'image d'Isaya se superpose à la sienne et l'envie de lui fourrer mon membre jusqu'au fond de la gorge me traverse l'esprit. Mais la blonde a perdu tout attrait depuis le jour où elle a cru que sa condition pouvait lui offrir une place de choix à mes côtés. Malgré sa dévotion pour Barcéon, cette arriviste imbue d'elle-même oublie un peu facilement quelle position lui revient.

D'un geste brusque, je tire sa chevelure en arrière et une légère grimace déforme ses traits.

— C'est ça que tu veux ? C'est ça qui te fait mouiller, soldate ? La soumission ? Les coups ?

Elle me dévisage une demi-seconde de trop avant de comprendre qu'elle a fait erreur.

— Tu désires que je te baise jusqu'à ce que mon nom ricoche sur chacun de ces murs ? Que je te donne ce que tu mérites ? Très bien.

Je sors ma dague et la lève rapidement. Mon instinct me martèle de lui planter en plein thorax, mais mon cœur, lui, palpite à l'idée de la faire souffrir bien plus longtemps.

— Kaël, ne fais pas ça, tente-t-elle en agrippant mon poignet.

— Ah oui ? Et dis-moi ce qui m'en empêcherait ? rétorqué-je en tirant plus fort sur ses cheveux.

— On se bat pour le même objectif, tu as besoin de moi… grimace-t-elle alors que ma poigne se resserre, plus rude.

— Détrompe-toi, je n'ai besoin de personne. Ta phalange n'était rien en comparaison de ce que j'aimerais te faire. Tu es une foutue tête brûlée obstinée que je souhaite éliminer.

Ma lame tout juste aiguisée glisse le long de sa clavicule, décalant le tissu de son uniforme. Elle frémit, se cambre légèrement et pose sa main sur ma cuisse dans l'espoir que cela m'arrêtera. Son toucher me révulse et active la part la plus sombre de moi. Parce que ce ne sont pas les doigts auxquels je rêve chaque nuit, même quand je fais tout mon possible pour noyer ces sentiments parasites.

— Considère que je ne suis pas ton prince ici, si c'est ton choix. Par contre, je vais muer en ton pire cauchemar. Je vais te traquer comme on pourchasse une proie, dépecer tes pensées et broyer chaque cellule qui te constitue jusqu'à ce que tu deviennes esclave de mes décisions, l'objet de la honte. Je ne veux pas de toi, Cléa. Aldoria n'a pas non plus besoin d'une vipère de ton espèce, et lorsque j'aurai fini de jouer avec toi, Barcéon se débarrassera de ta carcasse. Les électrons libres sont néfastes, il faut les éliminer. Mais aujourd'hui, la mort serait la facilité. Sache que j'aime prendre mon temps.

D'un mouvement fluide, je fends sa peau de mon arme, laissant une coulée rougeâtre sinuer de sa clavicule à la naissance de son sein. Elle gémit, et une frénésie se répand en moi lorsque la peur déforme ses traits. Face au rappel de ma noirceur, elle semble beaucoup moins sûre d'elle. Si elle pensait pouvoir m'atteindre en écartant ses cuisses, c'est qu'elle n'a pas tout à fait assimilé toute l'étendue de mes capacités destructrices. Je recule, admirant mon chef-d'œuvre artistique, trouvant malgré tout qu'il manque une petite touche pour qu'il soit parfait. Elle respire encore, et cela gâche tout.

Avant de tourner les talons, je la regarde une dernière fois pour être certain que le message soit bien passé.

— Les jeux dangereux ne sont pas faits pour les garces dans ton genre. Être trop gourmande ne t'apportera que des problèmes. Et je suis devenu le tien !

***

La silhouette de mon oncle, haute et majestueuse, traverse les couloirs. Il salue les quelques hommes qui passent dans la galerie. Je le suis, puis accélère le pas et, en arrivant près de son bureau, je l'interpelle en posant ma main sur son épaule. Piqué par la surprise, il se retourne et me lance, les dents serrées :

— Qu'est-ce que tu fais là ? Besoin de t'excuser, peut-être ?

Je ricane, mais mes yeux restent froids et lui désignent son antre pour que l'on puisse parler en privé. Il actionne sa poignée et pénètre les lieux, moi à sa suite.

— On a toujours le même problème. Et il va falloir l'éliminer très rapidement, dis-je en me stoppant devant le battant fermé.

Mon ton ne demande aucun accord, il impose, dévoile et dicte ce qui ne manquera pas d'arriver. Maxwell soupire et reste près de moi.

— Si nous n'en avons plus qu'un, c'est parfait ! ironise-t-il. Que ça te plaise ou non, j'ai fait certains choix, car tout allait nous exploser à la gueule, Kaël... Là, je suis attendu, je n'ai pas le temps pour t'expliquer.

— Dis donc, pour un conseiller, je trouve que ton humour laisse à désirer. On ne plaisante pas avec les explosions... Quoiqu'en réalité, tu devrais peut-être songer à devenir le bouffon de la reine, si tu continues à prendre des décisions sans m'en parler avant !

Mon sarcasme ne paraît pas l'atteindre. Quel dommage ! Pour une fois que je me tentais à avoir un public. Je m'apprête cependant à lui demander des comptes quand je vois l'éclat d'une chevelure cuivrée dans le reflet de la vitre haute.

Isaya. Il me semblait bien avoir senti son odeur fleurie. Je pensais que c'était encore l'œuvre de mon imagination.

Qu'est-ce qu'elle fiche ici ?

Pris entre l'envie de la dénoncer et celle de la sauver, mon cerveau fait le choix pour moi et attrape mon oncle par le bras.

— Continuons cette conversation en même temps que tu te rendras... où tu souhaites aller.

Ses yeux las et épuisés s'ancrent dans les miens, puis il acquiesce d'un signe du menton.

— Laisse-moi récupérer les documents que j'étais venu chercher.

Il se dirige vers son bureau et ma mâchoire se crispe. En réalité, tout mon corps se tend lorsqu'il longe le meuble et saisit une pile sur le dessus. Il marque un temps d'arrêt à quelques centimètres de la rousse et je retiens sans le vouloir mon souffle.

Si, pour une quelconque raison, il découvre sa présence, je crains qu'un problème supplémentaire s'ajoute à ma liste mentale.

— As-tu eu des nouvelles de ton frère ? questionne-t-il en opérant un demi-tour.

Je ne réponds pas, laissant la magie de mon regard meurtrier agir. Ce vieux fou capitule en m'indiquant la sortie, un long soupir s'échappant de ses lèvres.

Je ne sais pas si je dois me sentir apaisé ou si je vends mon âme au diable. Dans tous les cas, c'est ce qui me paraît juste sur l'instant. Je n'envisage pas la condamner. Pas par un autre que moi. Même si je me rends compte que je lui donne les armes pour m'abattre en premier. Quand on veut trouver des indices, on y arrive, et je sais que Maxwell a trop d'ego pour penser que quelqu'un puisse venir trifouiller dans ses affaires.

Je souris intérieurement et continue mon chemin, mon bras reposant sur les épaules de tonton Max.

CHAPITRE 55

Isaya

Le souffle de soulagement que je lâche quand la porte se referme me ferait presque m'écrouler tellement je suis restée en apnée. J'appuie ma main sur mon cœur, qui frappe ma poitrine comme un tambour de guerre. Ses yeux se sont posés sur moi dans le reflet de la vitre, j'en suis convaincue, et il a tout fait pour que le conseiller sorte au plus vite de son bureau. Je ne comprends pas cet homme. Veut-il lui-même s'occuper de moi ? Pourquoi me sauve-t-il pour mieux me planter dans le dos ? Qu'a-t-il à y gagner ?

Je n'ai pas le temps de réfléchir et reprends la tâche pour laquelle je suis venue. Rowen doit se faire des cheveux blancs. Je ne sais pas s'il a assisté à leur entrée, mais je pense que si c'était le cas, il aurait débarqué et tout se serait retourné contre nous. À cet instant, je bénis son amour pour les belles brunes.

Mes doigts ouvrent le tiroir désormais libéré et, comme les autres, il contient des feuilles en quantité. Mes iris scrutent la moindre lettre, je les retourne, puis quand je m'y attends le moins, un nom apparaît sous mes yeux. Mes gestes se stoppent, ma poitrine se contracte, je ne sais plus très bien si j'arrive à respirer ou si je vais faire un malaise. Ma paume soutient ma tête qui manque de partir en avant, puis je me force à inspirer. Je relis les quelques lettres si familières à mon cœur.

Eliane Valmont.

Le prénom et le nom de ma mère.

Faites que je rêve ! Je prends le petit calepin où ils figurent, puis tourne les autres feuillets à la hâte, encore choquée par ma trouvaille. À la dernière page, une même secousse m'ébranle.

Barcéon. Poison. Sauver Kaël.

Qu'est-ce que signifie ce charabia ? Est-ce que cela a un quelconque sens ? Je ne peux vraisemblablement pas rester dans cette situation. Il faut que je parle à quelqu'un.

Je glisse le carnet dans ma poche et sors pour retrouver Rowen et lui exposer toutes mes découvertes.

***

Le lendemain, la matinée passe à une lenteur exceptionnelle. Aldoria se prépare à l'assaut prochain de Barcéon, et nous avons dû planter des barricades jusqu'à nous écorcher les mains. Cette nouvelle chamboule davantage la stabilité fragile du reinaume et confirme mon besoin de réponses. Je n'ai presque pas fermé l'œil de la nuit, relisant inlassablement ce fichu carnet sans comprendre ce que cela signifie. Kaël et lui se connaissent bien, c'est indéniable, ils sont parents, mais il y a encore trop de zones d'ombre dans ce tableau macabre. Je réfléchis mentalement à la discussion que j'ai eue avec mon frère à ce propos et j'arrive toujours à la même conclusion. Je dois faire quelque chose. Nerveusement, je m'habille et tente de coiffer mes cheveux indomptables. Si Sélène était là, elle m'aurait noué cette tignasse en quelques minutes tout en me racontant ses déboires. Je l'aurais bien sûr sermonnée, puis j'aurais ri en voyant sa moue se renfrogner comme d'habitude. Mon cœur se serre à cette pensée. Évoquer Sélène est comme jeter du sel sur une plaie. Ça me brûle, et parfois, je préférerais que tout s'arrête plutôt que de supporter cette douleur indicible. La larme chaude qui dévale ma joue est un rappel que je ne peux pas flancher maintenant, que je dois découvrir la vérité, qui semble vacillante et inaccessible. Pour elle. Pour mon reinaume.

Une fois que mes cheveux sont nattés, je parcours les couloirs pour rejoindre les appartements de la reine. J'ai reçu, plus tôt dans la matinée, l'ordre de m'y rendre pour un entretien au sujet des entraînements que je donne pour les femmes.

Bien entendu, je me suis demandé si ce rendez-vous n'était pas une excuse pour tout autre chose. Moi, la meilleure amie de celle qui a tenté d'éliminer la souveraine, pourquoi n'ai-je pas été interrogée ? Pourquoi suis-je toujours dans la garde ? Mes pas se coordonnent à mon flot de questions, et je me déplace de plus en plus rapidement.

— Doucement ! m'interpelle la voix du majordome. Il n'est pas convenable de courir dans les couloirs de Sa Majesté, jeune demoiselle.

J'étais tellement prise dans mes pensées que je n'avais pas remarqué que j'allais si vite. Je ralentis et me présente devant la porte close du salon royal, où deux gardes impassibles barrent l'accès. Tournant ma tête vers le majordome, j'articule avec le plus de calme possible :

— Je suis attendue. Isaya… recrue de deuxième année.

Sa tête approuve, puis, en silence, il fait signe aux soldats de me fouiller. Bien entendu, toutes mes armes sont restées dans la salle prévue à cet effet, comme le veut le protocole lorsque nous venons visiter le palais.

Quand ils sont certains que rien ne craint, ils m'ouvrent les portes. Dos à moi, la reine est debout devant sa fenêtre. Sa longue robe traîne légèrement contre le sol, et je m'approche d'elle d'un pas peu sûr, comme si je redoutais de ne pas être la bienvenue. Même dans cette posture, je peux remarquer que la souveraine a repris de sa vivacité. Son port de tête soutient la couronne avec majestuosité, ses épaules sont droites, sa poitrine en avant.

— Bonjour, Isaya.

Sa voix résonne dans la pièce, le haut plafond semble aspirer ses mots. Je me surprends à regarder le lustre scintillant, les rideaux épais, les dorures qui entourent les fenêtres. Lorsqu'elle se retourne enfin, je fais une révérence et patiente qu'elle me demande de me relever.

— Je suis très contente de te voir. Si je t'ai convoquée, c'est pour que tu m'expliques comment se passent les cours que tu enseignes.

Mon corps reste droit, en attente d'un commentaire sur ce qui s'est déroulé, mais rien. Dans mon cerveau, un tas de questions s'accumulent, et j'en viens à trouver ça louche.

Est-ce qu'elle trempe elle aussi dans quelque chose qui me dépasse ?

Le silence demeure, et je me rends compte qu'elle espère que je m'exprime quand elle se penche vers moi.

— Un problème ? m'interroge-t-elle en se posant sur le banc de velours qui décore le salon.

Ses doigts tapotent la place à ses côtés, et je saisis qu'elle souhaite que je m'y installe. Tendue, le palpitant au galop, je m'assieds prudemment.

— Je… Je n'ai rien à voir avec ce qui vous est arrivé. Je ne savais rien, je vous le jure.

Mon imploration a l'air de la faire sourire, car ses yeux brillent d'une lueur qui envahit tous ses traits. Devant l'affront dont je viens de faire preuve en la dévisageant, je rebaisse le menton rapidement.

— Je sais, Isaya. Penses-tu que je t'aurais tolérée dans mes rangs si je n'étais pas certaine de ta loyauté ?

Ses paroles me coupent la respiration. Quelle idiote ! Bien sûr qu'elle a fait enquêter sur moi. Seule ma tête pivote pour lui répondre.

— Il est difficile d'être trahi par ceux qu'on chérit, n'est-ce pas ? m'interroge-t-elle d'une voix calme.

Ses doigts glissent sur les miens, et je sursaute à ce contact que je n'attendais pas. Sa peau douce caresse la mienne, comme si aucun rang ne nous séparait, comme si elle n'était pas à la tête de toute une population.

— Je pensais qu'elle m'aimait assez pour me faire confiance.

Mes paroles ne sont qu'un souffle de douleur où perce une pointe d'amertume que je n'avais pas vue venir.

— Ne sois pas trop dure envers toi-même. En te révélant son secret, tu aurais été dans l'obligation de faire un choix terrible. Et de trahir quelqu'un à ton tour.

Ses mots me percutent, car c'est la stricte vérité. Sélène savait très bien que jamais je n'aurais pu garder ça pour moi. Soit je l'aurais dénoncée, soit je serais allée contre mes convictions, mes principes. Dans les deux cas, le malheur aurait frappé.

— Je… dois vous parler de quelque chose…

Sa paume revient sur ses genoux, elle fait pivoter son regard vers moi. Désormais, je ne peux plus le fuir, et j'ai l'impression qu'elle ne me le demande pas.

— Je t'écoute.

Si on m'avait dit il y a quelques mois que la reine prendrait du temps uniquement pour moi et qu'il serait si simple de lui parler, je ne l'aurais jamais cru.

— Je ne suis pas fière de moi, mais j'avais besoin d'avoir des réponses. J'ai… cherché là où je n'ai pas le droit d'aller… mais j'ai trouvé.

Je marque un temps d'arrêt pour voir sa posture se redresser davantage et je continue :

— Votre Majesté… j'ai l'impression que je ne suis pas la seule à avoir été trahie.

Pour appuyer mes dires, je sors le carnet de ma poche, les mains tremblantes, et lui montre les mots griffonnés de son conseiller. Surprise qu'elle ne réagisse pas, je commence à mettre de la distance entre nos deux corps, puis fronce les sourcils. Il ne fait aucun doute qu'elle n'est pas étonnée par mon annonce, et c'est… inattendu.

— Isaya… je suis au courant.

Son timbre ne révèle rien de ce qu'elle ressent. Sa posture est droite, son regard plongé au loin. Ébahie, je me lève et le contemple avec de grands yeux.

Est-ce qu'elle va tous nous trahir ?

La main sur le cœur, je sens ma tête tourner. Aldoria n'est décidément pas le reinaume que je pensais servir.

— Vous… pourquoi ?

Je n'ai aucune légitimité à lui poser des questions, mais mon instinct s'en charge pour moi. Elle réagit enfin et se dresse à son tour en appuyant sa paume sur mon avant-bras.

— Rassieds-toi. Tu as le droit à des explications. Mais attention, aucune information ne doit sortir de ces murs.

Mon corps s'écroule contre le banc, et je bois toutes ses paroles, intriguée, choquée, puis décontenancée.

CHAPITRE 56

Kaël

Assis sur la selle de ma monture, j'observe la forêt avec attention. Les éclaireurs d'Aldoria ont détecté plusieurs mouvements à la lisière cette nuit, et Garreth a décidé d'envoyer plusieurs patrouilles. Cet enfoiré choisira toujours de me placer en première ligne avec l'espoir que je crève avant les autres en cas d'attaque. J'aurais pu m'offusquer si je ne m'amusais pas de son aplomb et de l'énergie qu'il dépense pour me faire rentrer dans les rangs. Au vu du contexte tendu, Maxwell m'a demandé d'effectuer un effort, mais je crois que diviser la garde sera plus divertissant que d'obéir à des hommes qui mourront de toute façon. Velkhara n'a pas encore flanché face à Barcéon, mais ça ne saurait tarder.

— Rien à signaler, lâche Clovis en tirant sur les rênes de son cheval.

— Une tactique de ces charognards pour nous attirer hors des murs d'enceinte ? questionne Liam.

Je vais lui faire la peau.

— Ces charognards, comme tu dis, vont bientôt marcher sur Aldoria et réduire en cendres ce putain de reinaume ! craché-je, amer.

Clovis tourne vivement la tête dans ma direction, les yeux écarquillés. Je joue avec le feu, mais je n'arrive pas à me contenir, et les regards sur moi pèsent de plus en plus.

— Nous serons prêts, argumente l'imbécile qui s'agite sur sa selle. En douterais-tu, bourreau ?

— Vous croyez vraiment qu'envoyer des patrouilles faire des rondes autour de la forêt suffira à arrêter l'armée barcéonienne quand elle se pointera ? Ils ont pris Nalaire en quelques jours, ils sont en pleine invasion à Velkhara, alors Aldoria…

Je ne m'abaisse pas à écouter sa réponse et intime à mon cheval de partir au galop.

— Qu'est-ce qui t'arrive ? demande Clovis en me rattrapant, se postant à mes côtés.

J'ai hâte d'en finir et de pouvoir enfin rentrer chez moi. Aldoria n'aura aucune chance, bien que l'espoir soit probablement la seule chose qu'il leur reste.

Quelle connerie !

— J'en ai ras le bol ! Je tourne en rond ici ! J'ai besoin de plus.

Clovis rumine un moment, puis m'interpelle :

— Mais tu ne peux pas compromettre notre couverture ! Quand l'heure sera venue, je rendrai fier notre roi, dit-il. Mourir pour Barcéon sera un honneur, alors respecte l'engagement que j'ai fait.

Son ton est pour la première fois dur envers moi, et je comprends que c'est une question de conviction. Qu'il est ici pour réussir ce pour quoi on l'a envoyé. S'il avait connaissance que son souverain a attenté à la vie de son propre fils, je ne suis pas certain qu'il serait aussi loyal à son égard. Je suis épuisé, et je commence à m'interroger sur mon royaume, son dirigeant et sur la place que prendra bientôt Zayan.

Je ne sais pas pourquoi je pense à tout ça, mais mon vrai roi, maintenant, c'est lui. Le fait que mon aîné ait des doutes sur notre paternel en dit long. Je me rallie à son instinct. Mon père est définitivement rayé de ma vie, et je le tuerai de mes propres mains s'il le faut. Ce serait un honneur. J'ai trop subi, trop fermé ma gueule face à lui. Il est temps de revendiquer ce qui se cache en moi.

***

Dans la salle d'interrogatoire, je moleste un énième prisonnier. Ces derniers jours, ça n'arrête pas. Bien que l'exercice soit excessivement plaisant, je n'ai pas eu l'occasion d'aller m'entraîner aujourd'hui. Je n'ai pas non plus revu la petite fouineuse pour savoir ce qu'elle tramait dans le bureau de Maxwell. Alors, quand je sors de là, du sang encore sur les mains, je me stoppe près d'un tonneau et y plonge mes avant-bras. Je frotte un moment en ne prêtant pas attention aux personnes autour de moi. Tout le monde sait que je me contrefous de leur piètre existence. Je secoue mes doigts pour faire tomber les gouttes d'eau et m'essuie négligemment sur mon pantalon. Des rires résonnent dans la cour et je me détourne pour m'éloigner du bruit. J'aime le calme après avoir infligé à mes victimes des coups plus violents les uns que les autres. Je marche sans direction particulière, si ce n'est ce besoin de me retrouver seul.

Alors que le soleil décline, je bifurque vers le jardin du palais. La vue est agréable, et je crois que je m'en rends compte pour la toute première fois. C'est un sentiment assez étrange, presque… apaisant. Je constate que les buissons sont parfaitement taillés et entretenus. C'est l'une des différences marquantes avec mon royaume, où les pavés ont fini par effacer toute trace de verdure vivace. Je m'aperçois que Barcéon a ce côté lisse et presque fade sans l'imposant château qui surplombe le tout. Je me perds dans cette contemplation qui ne me ressemble pas. Soudainement, mon regard dévie sur la gauche. Sous une voûte, je vois au loin une silhouette familière se diriger d'un pas bien précipité vers la roseraie.

Même dissimulée dans les ombres, je reconnais cette démarche agaçante, frappant le sol comme la bonne petite soldate qu'elle est.

Isaya. L'impétueuse casse-pieds. La fouineuse. La seule capable de s'attirer autant d'emmerdes rien qu'en poussant un simple soupir. La femme que j'ai envie de plaquer contre cette fichue arche pour…

Stop.

Elle ne m'a pas remarqué, mais moi, je ne vois qu'elle. Je la fixe sans vergogne aller vers son lieu préféré.

Comment je sais ça, moi ? L'écouter jacasser dans mon lit m'a apporté quelques informations insignifiantes à son sujet, à moins que ce soit à force de la mater à son insu… Bordel, il faut vraiment que je me ressaisisse ! Je suis un bourreau, un homme sanguinaire dont le cul d'une foutue gonzesse me rend complètement dingue ! Merde.

Je décide de presser le pas et de contourner son chemin pour prendre un raccourci. Dans la pénombre, une dague en main, je l'attends derrière le mur qui jouxte les deux édifices. Après tout, il est peut-être temps de terminer le boulot… De passer définitivement à autre chose. Ainsi, elle ne hantera plus mon esprit tordu.

D'après sa foulée, je sais qu'elle est proche, qu'elle n'est pas consciente du danger. Décidément, elle n'apprendra jamais de ses erreurs ! La vigilance est le maître mot en matière de survie et elle…

Je surgis de l'ombre et agrippe son cou que j'enserre le plus fort possible, ma lame contre sa peau délicate. L'effet de surprise escompté n'est pas là, puisqu'elle me crochète le genou par l'arrière et me déséquilibre en un tour de force. Oh, du répondant… Ça agite quelque chose dans ma braie.

À califourchon sur moi, elle baisse ma capuche et me dévisage.

— Kaël ? Mais…

Elle gesticule contre moi sans s'en rendre compte, et maintenant, je bande... dur. Tellement qu'il me faut rassembler toute ma volonté pour ne pas la prendre sur les pavés gris nous entourant.

— Isaya ! grogné-je pour mettre fin à son manège.

Quand elle s'aperçoit de ma protubérance et de ses mouvements, elle se fige dans l'instant. Belle, les cheveux retombant autour de son visage, sa bouche entrouverte, offerte.

— Pourquoi tu me menaces ? crache-t-elle en dégainant sa dague à son tour dont la lame luit à la lumière du crépuscule.

Son corps se rapproche de mon torse, et j'ai envie de jouer.

— Ta petite quête est intéressante ?

Elle sait exactement à quoi je fais référence, et sa lèvre tressaute légèrement. Un tic que j'ai constaté lorsqu'une situation lui échappe.

—Je ne vois pas de quoi tu parles, argue-t-elle avec son air défiant.

— En plus d'être une mauvaise fouineuse, tu es une vilaine menteuse.

Ses pupilles me lancent des éclairs. Je suis sûr qu'elle a fait des trouvailles.

— Peut-être que je t'attendais et que tout ceci est un sombre piège pour te nuire...

— Intéressant... Pour me nuire, tu aurais pu me balancer depuis plusieurs semaines déjà. Mais il n'en est rien. Je pense que tu as trop besoin de moi pour me voir disparaître.

Mes mains s'agrippent à ses hanches et son visage se retrouve à quelques centimètres du mien. Sa bouche s'agite légèrement, je crois qu'elle parle, mais je suis obsédé par ses lèvres à l'orée des miennes. Sa respiration chaude insuffle un sombre espoir en moi. J'envisage de la dévorer ici et maintenant. Une attente m'envahit alors, la réciprocité de ce que j'éprouve s'enflamme dans ses yeux et me fait mal au bide. Elle tourne la tête au dernier moment. Le souvenir fugace de son souffle sur ma peau pourrait me rendre fou à cet instant, mais la peste se ressaisit et attaque à nouveau :

— La vérité, c'est que tu ne veux pas me laisser partir ou me tuer pour ce que je sais... Cette lueur dans ton regard, Kaël... elle ne trompe que toi. Tu peux rester dans l'ombre, m'épier, me malmener, me menacer même… je n'aurai jamais peur de toi, et crois-moi quand je dis que je connais le fin mot de cette histoire et que je te ferai payer chaque seconde de ta misérable vie.

Je suis surpris par son audace et sa persévérance. Perturbé, je décide de renverser la tendance et la bascule, dos contre le sol, la dominant de tout mon corps logé sur le sien. Ma lame toujours en main, je glisse la pointe contre sa chemise, puis découpe le lacet qui maintient sa poitrine. Cela dit, pas entièrement, car je ne lui donnerai rien ce soir et je ne veux pas que les autres gardes puissent la mater si elle en croise un dans les couloirs. Elle pousse un petit cri et sa respiration se coupe avant d'accélérer subitement. Mes doigts reposent sur sa cage thoracique, son cœur atteint une cadence que je reconnais et bat une mesure qui pourrait en désarmer plus d'un. Elle fait bouillir mon sang par l'intensité de son regard, ma lame toujours figée entre ses seins et mon torse, comme un rempart à cette folie qui s'empare de nous. Son corps contre le mien, le mien sur le sien et… Je déglutis péniblement avant de remettre ce foutu masque sur mon visage. Je ne dois pas la laisser m'atteindre.

— Belle performance, en tout cas.

Ses yeux sont sceptiques, ses sourcils se froncent.

— Tu as réussi à me prendre par surprise et à m'étaler au sol. Je… Bravo.

Le choc qui s'inscrit dans ses prunelles m'annonce qu'elle ne s'attendait pas à ça. D'ailleurs, ce n'est pas du tout ce que je m'apprêtais à lui dire.

Putain de bordel !

Je saute sur mes pieds joints et me barre avant de faire quelque chose que je pourrais regretter, comme la baiser sur le sol poussiéreux jusqu'à ce qu'on en crève tous les deux. Elle n'est pas prête à m'appartenir. Et je ne le suis pas non plus.

CHAPITRE 57

Isaya

« Belle performance, en tout cas. » Les mots de Kaël résonnent dans mon esprit comme une caresse, un compliment qui ne lui ressemble pas. Cela dit, je ne peux pas oublier les confidences de la reine.

« Je sais que Maxwell m'a trahie en intégrant un Barcéonien dans l'enceinte de notre royaume. »

Il ne faut pas être astronome pour piger qu'il s'agit de Kaël. De ce que j'ai compris, il est sous bonne garde, mais il faut s'attendre à tout le concernant. Cependant, j'ai le déplaisant sentiment que je peux lui faire confiance, et cela me tiraille complètement. Cet homme, je devrais le faire brûler sur la place publique. J'époussette ma tenue et reprends ma marche en direction de la roseraie. En pénétrant dans les lieux, tous les effluves fleuris me remontent, une odeur agréable qui me rappelle les longs moments passés ici avec Sélène, et cela m'apaise et me procure la sensation d'être chez moi. Je choisis de me souvenir d'elle comme celle qui a égayé ma vie, qui l'a rendue plus supportable, pas telle la traîtresse dont tout le monde parle. Mes iris s'attardent sur chaque variété, chaque couleur qui compose l'espace. Lentement, je caresse du bout de mes doigts les pétales. Un moment d'apaisement dans mes journées bien chargées.

Les minutes s'égrènent, et je pense à mon frère, à son retour. Je suis si contente de le revoir parmi nous. Ma joie est de courte durée quand mes tergiversations s'égarent sur ce qu'il se passe au palais. Ces attaques, cet étau qui se resserre et qui menace notre peuple. Les agressions des femmes ont-elles un rapport avec nos ennemis ? Le peu d'informations que partage la reine et le conseiller me font tiquer, mais après tout, ils ont sûrement leurs raisons. Je sais dorénavant que le poison a infiltré les lieux, mais ce que j'ignore, c'est pourquoi la souveraine n'en fait rien.

Je sors de mes réflexions quand j'aperçois une ombre dans la vitre juste en face. Prenant sur moi, je feins n'avoir rien remarqué et continue mon exploration.

Probablement encore l'autre imbécile qui tente de se jouer de moi…

En tout cas, je suis ravie de l'avoir mis au tapis. Mon corps et mon cerveau souffrent, conséquence de mon agression et de l'horreur que j'ai vécue depuis que, sous mes yeux, Sélène s'est fait exécuter. Si mon esprit reste à vif, mon être, lui, commence à reprendre des forces. Les cauchemars persistent, mais c'est ma meilleure amie qui les peuple, pas les monstres qui ont ravagé ma confiance en l'humain. Ils sont morts, c'est désormais ceux de mon quotidien que je dois affronter.

Quand j'arrive près du bassin central, un mouvement dans mon dos me parvient, je me retourne et distingue une silhouette s'avancer dans ma direction, la démarche lente et féline. Il ne s'agit pas d'un homme, mais d'une femme. Elle disparaît d'un simple geste et le silence se fait à nouveau autour de moi.

C'est quoi ce bordel ?!

Un léger bruissement à peine perceptible attire mon attention à quelques mètres de moi. Je dégaine mon arme et me place instinctivement en position de combat. Une pierre roule à mes pieds, et au moment où j'ai le malheur de regarder au sol, la silhouette se met à courir et à me foncer dessus. Trop vite pour la stopper. Pour limiter l'impact, je me baisse et attrape les jambes de celle qui semble vouloir m'affronter, voire m'ôter la vie.

La chevelure blonde qui dépasse de la capuche de mon assaillante me donne rapidement son identité.

— Cléa !

Elle m'assène un premier coup au visage du tranchant de sa main, et je sens mes dents claquer entre elles. Un autre moment d'inattention suffit pour qu'elle nous propulse au sol toutes les deux, son corps collé au mien. Je dois me ressaisir, je dois penser protection et sécurité, tout ce que j'enseigne à mes élèves lors de mes cours d'autodéfense, mais que je suis visiblement incapable de mettre en œuvre. Sa férocité ne me surprend qu'à moitié, pourtant, la rage qui émane d'elle semble se décupler à chaque seconde qui passe.

— Je vous ai vus, salope ! Il n'a d'yeux que pour toi. Avoir les faveurs de Garreth ne t'a pas suffi, il a fallu que tu attires l'attention du bourreau ! Bravo… mais tu ne connais rien de lui. Tu vas tomber de très haut, car ce chien est un traître.

Son rire fait écho aux battements anarchiques dans ma poitrine. Mon souffle s'accélère, alors que j'assimile à la fois son attaque et le venin qu'elle crache.

Visiblement, elle en sait beaucoup sur lui, mais ça ne m'étonne pas plus que ça. Il faut que je gagne du temps pour la faire parler.

Reprenant mon aplomb, je frappe violemment mon pied dans ses côtes, elle n'a pas d'autre choix que de se protéger. Je parviens à rouler sur le côté, frôlant les épines d'un immense rosier à ma droite. Les éraflures sont comme une caresse douce en comparaison de tout ce qui m'est tombé dessus ces temps-ci.

Je me relève maladroitement, tout comme Cléa, son visage se parant d'un sourire malsain.

— Tu ne me laisses pas beaucoup de solutions, crache-t-elle en balançant un regard en arrière. Il n'aime pas les faibles… Je vais lui prouver que je suis à sa hauteur.

Lui aurait-il demandé de m'éliminer ? Il a eu tellement d'occasions pour le faire lui-même. Ma réflexion est stoppée quand la soldate propulse son poing en direction de mon ventre. J'esquive, tente de l'atteindre, mais elle parvient à disparaître au fond de la roseraie. Elle court à travers les fleurs en rigolant. Je ne la reconnais pas, elle d'habitude si austère, on dirait qu'elle devient barge. Ni une ni deux, je me lance à sa poursuite en essayant de caler mes pas sur les siens, jusqu'à ce que mes pieds seulement frappent le sol. Je ralentis ma cadence au profit de mon attention et entends sa respiration saccadée.

— C'est la peur qui te pousse à te cacher ? questionné-je en me faufilant entre les rosiers dont l'odeur malmène mes sens.

— La peur ? Non. T'épuiser et te pourchasser est bien plus amusant, à vrai dire…

Elle disparaît à nouveau et je tends l'oreille pour capter le moindre bruit. Des pas martèlent le sol à divers endroits et je peine à déceler ceux de la guerrière. J'ai l'impression qu'il s'agit de gardes à l'extérieur, mais je n'arrive pas à me concentrer et me demande alors si elle est venue seule ou bien si d'autres vont surgir dans peu de temps. Tout en douceur, je ralentis mon allure et arpente les passages en marchant, une idée me trottant en tête.

— Toi aussi tu es de Barcéon ?

Ma question semble faire mouche, car je ne perçois plus aucun mouvement. Je m'applique à bouger et à me dissimuler dans les ombres jusqu'à ce que Cléa traverse un épais rosier, se collant à mon dos, un bras en travers de ma gorge, la pointe d'une lame contre mes reins. Je ne sursaute pas, je m'y attendais. Il était évident que cette question la ferait réagir, et je voulais prendre ce risque.

Je lève une main en signe de reddition, prête à sentir le moindre moment de faiblesse pour la désarmer.

— Je ne sais pas ce qu'il te trouve, mais tu seras beaucoup moins à son goût comme ça...

Je n'ai pas le temps de répondre que sa dague se hisse et affûte mes cheveux, les faisant tomber par poignées. Son rire hystérique résonne sous la coupole majestueuse qui est le centre de la roseraie. Son écho fait remonter en moi toutes les crasses qu'elle a pu me faire, et je ne tiens plus. Mes paumes sont écorchées par mes ongles plantés dans ma chair. Je sens une boule de rage m'envahir, mon sang s'échauffe, ma respiration devient anarchique. Là, dos à elle, je serre les mâchoires, ferme les yeux et prie pour que ma colère me permette de la faire taire une bonne fois pour toutes.

— Ce n'est que le début de ce que je prévois pour toi et ton reinaume de malheur... Barcéon est le maître de tous les territoires. Bientôt, nous régnerons sur ton pays de pacotille.

À ses paroles, mes pensées se désorganisent, je ne sais plus où je suis ni pourquoi je ne réagis pas. Sa voix me parvient, de plus en plus proche de mon oreille, me faisant frissonner de dégoût.

— Tu n'es vraiment qu'une merde, ma pauvre Isaya. Comme toutes ces petites connes de ton royaume. C'est tellement divertissant de les observer se faire tabasser, malmener, violer...

Elle marque une infime pause et je sens son sourire s'étirer contre mes cheveux :

— Comme ça a été palpitant de te voir te débattre, toi. Cette violence qui émanait *d'eux* était si plaisante à regarder, si belle. J'ai dû ruser plus d'une fois pour établir un plan parfait. C'était si bon de vous éliminer une par une après vous avoir réduites au silence, mais il a fallu que vos sales langues se délient et créent une faille dans ce que j'avais prévu !

— T'es complètement tarée, ma pauvre !

— Attends, je ne t'ai pas encore raconté comment j'ai piégé ton amie... Elle était si naïve, si facile à berner. Quelle idiote ! Vraiment, j'en ai joui de bonheur. Bientôt, ce sera au tour de vos hommes.

Sa voix est admirative, elle ne joue pas, elle le vit. Ses mots me fracassent. Pour ces femmes. Pour ma meilleure amie. Pour moi. Pour mon peuple. Pour la violence dont une femme peut faire preuve envers d'autres. Là, sur un plateau d'immondicités et d'atrocités, elle me livre des détails sur sa folie.

J'en ai assez entendu, je ne réfléchis plus, ma peur reflue jusqu'à devenir muette, et je jette ma tête en arrière pour heurter son visage. Étonnée, elle relâche sa prise sur moi et se penche en avant, le nez en sang. Je n'attends pas qu'elle se redresse et agrippe sa tignasse pour la ramener contre mon torse. Le rapport de force s'est inversé, elle, dos à moi. La blonde ricane alors qu'elle tente de me faire capituler en donnant des coups de pied et de coude dans tous les sens. Je resserre mon bras plus fort, animée par une rage sourde qui résonne violemment dans ma tête. Mon instinct prend le dessus sur ma raison, car à cet instant, je sais que c'est soit elle, soit moi, et rien ne l'arrêtera. Je fais virevolter le manche de la dague et la rattrape, ma lame pile contre son cœur. Ma main tremble légèrement face à cet organe froid qui n'existe pas chez cette femme.

— Tu n'oseras jamais. Tu es faible et tu le seras toujours.

Peut-être, mais je ne veux pas mourir ce soir.

En douceur, j'insère mon tranchant destructeur au niveau de son palpitant. Je prends mon temps, enregistrant chaque son étouffé qu'elle produit. Le sang dégouline sur mes doigts, chaud et poisseux, et je ferme les paupières lorsqu'elle tente de se débattre avec des gestes désordonnés. En réalité, elle se met à convulser entre mes bras. Elle s'éteint là, au milieu de la roseraie, et je ne ressens pas le soulagement espéré. Aucun remords ne me parvient quand finalement son corps s'effondre mollement contre le sol. Je prends le temps de palper son cou. Aucun pouls. Elle est morte.

Je me relève, légèrement hagarde, mais cela ne dure pas. Mon esprit s'affûte, réfléchit aux conséquences de mes actes et à ce qui m'attend si on me découvre ici avec elle. À la hâte, je me presse vers la lampe à pétrole qui éclaire les lieux. Mes doigts froids agrippent sa surface lisse, et je l'observe un instant. C'est mon salut. Le seul moyen pour ne pas créer davantage de peur au sein du royaume. Peut-être que cela passera pour un accident. Sans plus de réflexion, je la brise au sol dans un geste rapide et laisse le feu faire son œuvre. Un regret dans l'âme, je fixe les plantes et les fleurs s'enflammant une à une sur mon passage. Un mélange de roses et de cramé imprègne mes narines. J'ai mal de voir mon sanctuaire dévoré par le brasier, mais je me répète que je n'avais pas le choix et j'avance. Je sors de cet endroit, la tête haute, la rage au ventre, les dagues en main, une idée en tête et surtout, plus déterminée que jamais à découvrir tous les alliés de Barcéon au sein du château. Les traîtres ont infesté les lieux, je les éliminerai un par un s'il le faut. À commencer par cet enfoiré qui joue avec moi.

CHAPITRE 58

Kaël

Les sens en liesse, je me délecte du spectacle que me donne Isaya. Impérieuse, déterminée, elle ne se rend pas compte de la force qui l'habite. À cet instant seulement, je découvre ce que veut dire éprouver de la fierté. Mon palpitant s'emballe, une pression agréable envahit ma poitrine, comme un souffle chaud apaisant une blessure à vif.

Je la surveille se battre avec véhémence et introduire sa lame avec douceur, presque délicatement, dans le cœur de ma complice. Je ne ressens rien pour cette dernière. Pas de regret de voir disparaître une femme qui était dans le même clan que moi, pas d'amertume, pas de culpabilité. Rien que de l'excitation d'étudier Isaya se mouvoir avec grâce et force à la fois.

J'attends, en silence, extérieur à la roseraie, ce que va entreprendre la belle rousse. J'observe les alentours dans l'idée de couvrir ses arrières, mais personne à l'horizon, pas un geste, pas un bruit. D'un pas vif, elle se dirige vers le seul point de lumière et je me dis que son intelligence et son sang-froid font d'elle une adversaire redoutable. C'est peut-être pour ça qu'elle m'attire irrémédiablement. Sa noirceur confinée éclate au grand jour et se répand comme les flammes qui consument le bâtiment bordé de roses incandescentes. Aussi rapidement qu'elle a entrepris son acte, elle en ressort tel un phénix qui renaît de ses cendres. Ses armes en main, puissante et calme, la tête haute, le visage marqué par une rage brûlante, elle met un pied devant l'autre. Elle flamboie de détermination. Une fois devant la roseraie dévorée par l'incendie, elle se fige en admirant le spectacle qu'elle a elle-même provoqué. Ses ombres dansent face à moi lorsqu'elle se redresse pour ranger ses dagues.

Elle tourne sa tête vers moi dans une lenteur calculée et ses prunelles me fauchent. Sans m'en rendre compte, mes pas me conduisent déjà dans sa direction. Ses orbes se ternissent d'un voile de méfiance, et ça me heurte. J'ai l'impression de ne plus la connaître à cet instant. Ce n'est qu'une sensation, peut-être une évidence qui me frappe soudainement.

Elle ne me fait plus confiance et elle a entièrement raison.

— Retourne dans tes quartiers. Je m'en charge, dis-je en regardant la fumée s'étendre derrière elle.

Elle s'avance vers moi, son visage à quelques centimètres du mien et me crache :

— Pas question… je ne traite pas avec Barcéon !

Ça y est, elle a enfin lâché ce qu'elle a appris. Je resserre mes mâchoires face au sentiment de haine qui l'envahit tout entière. J'aurais aimé entendre tout l'échange qu'elle a eu avec Cléa pour à mon tour comprendre ce ressentiment virulent qui émane d'elle à présent. Elle sait, mais elle ne possède qu'une partie infime de la vérité entre ses doigts. Je me surprends à ne pas vouloir qu'elle en apprenne davantage pour la préserver de ce monde qui l'a déjà brisée. Pour la protéger de moi.

Je n'ai pas le temps de répliquer qu'elle s'active à saisir des seaux qui se trouvent à proximité et file vers la rivière en hurlant :

— Incendiiiie ! Venez nous aider, la roseraie est en feu !!!!

Elle revêt un masque de frayeur et joue son rôle à la perfection. Jeune femme apeurée pour son château. Je ris intérieurement.

Elle est incroyablement persuasive lorsqu'elle le veut… Cette femme pourrait être mon alter ego. Cette prise de conscience me broie littéralement les tripes.

Alertés, plusieurs soldats commencent à rappliquer, puis un cor donne le signal et c'est au tour des serveuses, des blanchisseuses, de Lior et Martha, des cuisinières, de Garreth. Je remarque que Maxwell arrive en courant, me lançant un regard froid et accusateur, puis repart vers les appartements de sa reine.

J'assène quelques ordres et m'active à rejoindre la chaîne humaine qui s'est créée du lac aux flammes qui menacent de dévorer une partie du palais. Je croise certains de mes comparses, combattants barcéoniens infiltrés, et leur adresse un signe discret. Ce sera bientôt notre tour. Aujourd'hui, la seule responsable de ce chaos est la rouquine.

En quelques heures, le feu est éteint et la maisonnée rassurée. Chacun repart dans ses quartiers, éreinté, jonché de suie. Les infirmières se hâtent de soigner les quelques blessures légères alors que mes yeux cherchent Isaya parmi la foule encore présente. Elle s'éclipse en reculant comme pour échapper à la caresse âpre de mon regard.

À la découverte du corps de Cléa, méconnaissable, le médecin a été appelé. Dos à moi, j'écoute la conversation qu'il entretient avec Maxwell, qui nous a fait le plaisir de nous rejoindre.

— Cela ressemble à un regrettable accident. Cette jeune femme a dû faire tomber la bougie et n'a pas pu s'en sortir. Paix à son âme. Que les dieux lui ouvrent les portes du paradis.

Je ricane intérieurement, imaginant cette peste parée d'une auréole, face aux anges. C'est comme si moi, je me mettais à rire aux éclats. Jamais ça n'arrivera.

Alors que je retourne à ma chambre, l'annonce de l'accident est divulguée à tout le royaume afin d'éviter une panique et des suppositions inutiles. Barcéon n'a pas encore attaqué, mais tout vient à point à qui sait attendre. Notre heure viendra. Épuisé, je m'affale sur mon lit en pensant au visage d'Isaya, à sa puissance et à sa force de vaincre. Aujourd'hui, elle a appris que j'étais de Barcéon, et elle a éliminé l'une des miennes. Je ne me fais aucune illusion quant à la suite… je suis probablement le prochain.

***

Quelques semaines plus tard…

Ce jour marque la célébration de la fin de deuxième année pour la garde féminine. Un événement auquel je n'ai pas assisté, mais qui arrivait à point nommé après la mort de Cléa. J'ai appris par Clovis et Alaric qu'Isaya fait partie des cinq soldates admises. Au fond, j'étais certain qu'elle parviendrait à se hisser à une telle place. Une récompense particulière lui a été offerte pour son rôle dans le combat des femmes face aux agressions. Celles-ci ont diminué, c'est vrai, et elles risquent d'être rares maintenant que Cléa n'est plus là pour diriger ces attaques dans l'ombre. Moi qui aime le conflit, la souffrance et le sang, je suis davantage animé quand cette violence se révèle indispensable. J'aurais dû la tuer de mes mains pour cette barbarie infâme dont elle était à l'origine.

Depuis quand est-ce que je me ramollis autant en prenant position pour condamner ce genre d'actes ? Fait chier ! Aldoria prône tellement la bienveillance et la communication que j'en suis venu à être contaminé ! Partir d'ici devient urgent !

Dans l'attente de nouveaux ordres, Maxwell m'a demandé de faire profil bas. Des informations circulent depuis un moment, attisant les convoitises sur les prétendus traîtres à la couronne. Je soupçonne Isaya d'en être à l'origine, elle en serait tout à fait capable.

Du haut d'une tour du château, je fixe en contrebas les jardins arborés et les allées fleuries. Au milieu la roseraie n'est plus qu'un amas de pierres au sol recouvert de cendre. Il ne subsiste plus rien, et bientôt, tout le reste disparaîtra aussi lorsque mon père prendra le reinaume par la force. Ils n'auront aucune chance d'en réchapper. Isaya mourra probablement et, le moment venu, je m'occuperai de sa reine une bonne fois pour toutes. Je réfléchis au meilleur moyen d'y parvenir quand, perdu dans mes pensées, je ne remarque pas une silhouette derrière moi. Dès que je me retourne, une brique me percute l'arrière de la tête, et je m'effondre au sol, incapable de résister.

Voilà pourquoi je ne fais jamais dans les bons sentiments, ils n'apportent que le mal.

CHAPITRE 59

Isaya

Arpentant la salle du château en long et en large, je bouscule les corps qui me font barrage et rejoins les rangs avec ma nouvelle tenue officielle de soldate royale et mon épée sacrée, symbole de mon appartenance aux sentinelles proches de la reine Feya. Au lever du jour, le clairon a retenti dans l'enceinte des bâtiments pour nous informer qu'elle allait faire un discours. Alignées les unes aux autres, nous relevons la tête en signe de dévotion lorsque Sa Majesté pénètre les lieux. Ce n'est plus du tout la même personne qu'il y a quelques semaines. Ses joues ont repris des couleurs et ses cernes ont disparu. Elle reflète la force et la détermination dont elle fait preuve.

Mon Dieu, Sélène, qu'as-tu essayé de faire ?!

Je repense à notre échange, comme je le fais plusieurs fois par jour, et ses mots doux lorsque je lui ai demandé pourquoi elle n'avait pas fait exécuter le conseiller, qui est d'ailleurs toujours en place dans ses fonctions.

« Maxwell est mon âme sœur amicale. J'ai su dès le départ qu'il venait de Barcéon, mais il a grandi ici. Il m'a trahie, c'est vrai, mais il a eu le courage de m'expliquer pourquoi, quitte à prendre le risque de perdre sa vie. Je n'attends pas qu'on comprenne ma démarche, je veux juste accomplir le bien. Et les raisons qui l'ont poussé à s'engouffrer dans cette duperie l'est. En me révélant ses stratégies, il m'a aussi apporté le plus beau des cadeaux. Et ça, je ne l'en remercierai jamais assez. »

Son discours commence, son ton est clair et puissant, assommant toutes les conversations qui pourraient subsister.

— Chers amis, chers ennemis.

Le brouhaha qui parcourt la salle se stoppe d'un seul coup quand elle reprend :

— Je sais que plusieurs alliés de Barcéon sont parmi nous.

La tonalité animée des répliques ne s'apaise pas, chacun se regarde en chiens de faïence, comme si son voisin était forcément coupable.

— S'il vous plaît, du calme ! finit-elle par ordonner. Je ne souhaite pas créer d'émules, juste rappeler que ces êtres ne s'en sortiront pas, que nous les arrêterons ! Pour information, notre bourreau, tête pensante de ce réseau d'âmes égarées, est actuellement emprisonné dans nos cachots, sous haute surveillance.

Mon cœur rate un battement à cette information, mais après tout, c'est assez logique. La reine attendait le moment idéal, et je crois qu'elle a réussi son coup. Qu'il soit le neveu du conseiller n'y change rien. Dans l'assemblée, je vois les personnes se questionner. Ici, les origines s'effacent dès l'instant où l'on prête serment à la souveraine. Maxwell a passé sa vie à Aldoria, il est donc considéré comme un Aldorien. Que son neveu soit d'un autre royaume est possible, mais pas qu'il y ait été intégré en venant de Barcéon. Ils sont les seuls avec qui la reine refuse de traiter.

— J'ai fait une erreur en l'accueillant de mon plein gré dans nos rangs. En voulant lui laisser une chance d'être différent.

C'est faux, ce n'était pas sa volonté. Elle couvre Maxwell, encore...

— J'en prends l'entière responsabilité. Maintenant que les choses sont dites, j'ai une nouvelle peu réjouissante.

Elle marque un temps d'arrêt et regarde l'assistance, tout le monde est cloué à ses lèvres.

— Ce matin, Velkhara est tombée face aux armes de Barcéon. Le souverain de l'est a été tué. Ils n'ont plus le choix que d'adopter le roi Calum qui, en éliminant son allié de ses propres mains, a revendiqué le trône. Par la force des choses, Velkhara est devenu son territoire, tout comme Nalaire avant eux. Vous savez ce que cela signifie ? Que nous sommes les prochains, c'est certain. Ils ont déjà entrepris de nous affaiblir, de nous intimider et de tester nos résistances. Soyez sur vos gardes, car ils viendront tenter d'asservir notre si beau reinaume, d'assujettir nos hommes, nos femmes ou de nous tuer sans aucune pitié. Sachez qu'il n'y a pas de gloire à guerroyer. Il n'y a pas non plus de bravoure à cette quête folle que de rallier les quatre vents à un seul royaume. Il y a longtemps, tous les territoires étaient alliés, une même unité. Nous ne le sommes plus, malheureusement. Mais rien n'est joué. Nous sommes tombés une fois et nous nous sommes relevés, alors, mes chers sujets, battez-vous pour notre pays, pour son indépendance, car moi, je me battrai à vos côtés. Avec ma rage et mon espoir, parce que personne ne me les prendra !

Ses paroles renferment un discours de guerrière. Elle lève son bras dans un geste de quête, son visage n'est plus celui d'une dirigeante, mais celui d'une combattante.

***

Cela fait un long moment que je rumine sur ma couche. Après l'allocution de Sa Majesté, j'ai ressenti le besoin de retrouver Rowen, de lui exprimer toute mon inquiétude pour notre reinaume. Comme à son habitude, il a su me calmer, m'écouter, mais il sait que mon âme commence à se teinter de noir. Il l'a deviné à ma posture raide, mes lèvres pincées, à mon regard fixant l'horizon en quête de destruction. Tentant de détourner mes pensées obscures, il m'a parlé de ma remise de médaille, de sa fierté lorsque j'ai reçu l'écusson de la garde rapprochée de la reine. Moi, tout ce que j'ai ressenti de cette cérémonie, c'est le vide qui hante mes journées depuis que le rire de Sélène ne berce plus mes pas. Je l'ai embrassé, puis il m'a dit : « Ne fais pas de bêtise, petite sœur. » J'ai souri, mais n'ai pas affirmé le contraire. Mes mains me démangeaient, donc je suis allée manipuler les épées pendant très longtemps. Maintenant, je suis là, incapable de penser à autre chose qu'au discours de la reine qui a eu le don de rassembler les soldats, hommes et femmes, ressassant la trahison de Kaël ayant laissé une aura de colère dans nos rangs. Seulement, parmi le reste du personnel, un climat de suspicion est en train de se mettre en place, les regards dérobés, la distance et les chuchotements en témoignent.

Ma tête est pleine et mes réflexions ne font qu'alimenter la rage qui m'anime depuis que j'ai volontairement tué Cléa. Je n'ai aucun remords, aucun regret. Juste cette certitude qui me broie l'estomac que j'aurais dû agir plus tôt, que c'est par ma faute que Sélène est morte. Si Cléa ne l'avait pas balancée, peut-être aurait-elle pu s'en sortir. Mais notre amitié aurait malgré tout été détruite par tous ses mensonges.

L'image du sang qui imbibe sa chevelure brûle mes rétines, et une perle salée vient s'échouer dans mon cou. Je suis officiellement une soldate royale, mais c'est comme si cette décoration ne me suffisait pas, comme si j'avais besoin d'aller au bout des choses pour vraiment apprécier mon statut.

Kaël est terré maintenant, mais ma colère bouillonne toujours autant. Pas pour son action envers Sélène, mais celle envers tout mon peuple. Le tuer est-il la solution ? Serai-je enfin en paix avec moi-même et mes valeurs ? Il me faut clore ce chapitre pour pouvoir pleinement assumer ma place.

Forte de ma décision, j'essuie mes joues et me relève avec hâte, résolue à lui faire ressentir le poids de la peine qu'il m'inflige jour après jour.

Je parcours les couloirs et arrive devant la salle de combat. À l'intérieur, c'est toujours l'effervescence, comme quelques heures plus tôt, au moment où j'ai quitté les lieux, épuisée par les entraînements de plus en plus intensifs et mon manque de sommeil probant. Le son des fers qui s'entrecroisent m'accueille, ainsi que les rugissements rauques des soldats qui effectuent leurs mouvements avec force. Au fond de la salle, d'autres sont occupés à tirer sur des cibles. L'ambiance est chargée de tension et de… transpiration. C'est l'odeur du courage, de l'espoir. En haut des tribunes, je remarque les iris déterminés de mon commandant. Il dirige les différents groupes d'une main de maître, criant à certains de rester sur leurs gardes, à d'autres d'accélérer, il est le moteur qui nous permet de nous orchestrer, mais à cet instant, c'est seulement ma porte d'entrée pour arriver à mon but. Qu'importe que je le déçoive, qu'importe mon affection envers lui, je ne suis plus moi-même. Là, maintenant, je suis une femme brisée qui n'a d'autre choix que de l'utiliser.

Je traverse la salle en longeant le mur et prends l'escalier pour me mener à sa hauteur. Garreth tourne sa tête et me sourit. L'espace d'un instant, je m'en veux de ce que je vais faire, mais le visage de Sélène se superpose au sien, comme un signe que je fais ce qu'il faut.

— Isaya… déjà prête pour un autre entraînement ?

Son timbre rassurant et chaleureux me coupe la respiration, je serre mes poings pour ne pas faire demi-tour sur-le-champ, les palpitations de mon cœur s'accélérant. Cet homme m'a protégée depuis le début, il est bienveillant et un repère pour moi. Comment puis-je lui faire ça ?

Quand il voit que je ne réponds pas, ses sourcils se froncent.

— Tu as un souci ?

Sélène, Sélène, Sélène. Je me martèle son prénom pour avoir la force qui me manque à cette seconde. Mes yeux commencent à s'embuer, mais je me mords la joue pour demeurer stoïque. En prenant une longue inspiration, je me rapproche de lui et me penche vers son oreille. Il n'a pas peur, à aucun moment il ne doute de moi. Pourtant, j'en suis certaine, ce que je m'apprête à lui dire va le détruire.

— Je dois voir Kaël… Aide-moi, ou…

Nous ne bougeons pas, je ne continue pas ma phrase, incapable de le faire chanter, puis son souffle me parvient. Il a retenu sa respiration comme j'ai contenu mes mots, car ce n'est pas moi tout ça. Si proche de lui, je perçois sa déglutition et ses épaules raides. C'est un homme extrêmement puissant, tant par son aura que par son savoir-faire. Il pourrait me laminer en un instant. Son regard glaçant et ses mâchoires crispées le changent complètement.

— Vraiment, Isaya ? Tu t'apprêtais à devenir comme lui ?

Mon corps se redresse et se recule. Je lis de la honte dans ses yeux, un sentiment qui ne m'atteint même plus.

— Tiens, dit-il en me tendant la clé des cachots. Ce mec, je le déteste. C'est par sa faute que Max…

Sa voix se stoppe et ses prunelles se fixent aux miennes, évocatrices.

— Tu ne sais qu'une infime partie de ce dont il est capable. Il n'est pas celui que tu crois… Ton amour ne te sauvera pas plus qu'il ne l'épargnera lui.

Ce mot résonne dans ma poitrine comme un avertissement. Ai-je été si transparente que ça ?

— Bref, pars, maintenant, avant que je ne change d'avis, parce que j'outrepasse mes droits pour toi.

Il marque une pause, puis murmure :

— N'oublie pas qui tu es véritablement… Tu es une incroyable guerrière, Isaya. C'est pour ça que tu as toujours été ma préférée.

Il caresse ma joue en passant près de moi, et je repère ses jointures abîmées. C'est assez exceptionnel pour que je le relève, Garreth se bat à mains nues qu'en de rares occasions. Il descend pour aller voir ses recrues, ses yeux me transmettant tout l'attachement qu'il a envers moi, et cela me ramène sur terre et m'aide à réorganiser mes pensées.

CHAPITRE 60

Kaël

Je me suis fait prendre. Moi, prince de Barcéon, ai baissé la garde face à cet ennemi que je pensais endormi, face à cette contrée qui a l'air de rendre les armes avant même de les avoir dégainées.

Mon corps se déplie dans le faible espace que j'occupe. Les murs sont imprégnés du sang des précédents prisonniers et la crasse empeste chaque recoin de la cellule. Mais pas seulement. De la merde est étalée au sol. Bordel ! Je suis tombé bien bas. Mon poing rencontre la paroi de pierre et ricoche, exprimant toute ma frustration.

Mes pas s'activent, longeant de long en large le cachot. Il faut que j'aie confiance en mon oncle, je n'ai pas le choix. C'est une nouveauté, mais force est de constater que c'est le seul espoir qu'il me reste. Est-ce que j'ai déjà dit que j'étais tombé bien bas ?

Peut-être que Zayan sera mis au courant et qu'il me libérera. Je m'inquiète pour lui, je n'ai pas eu de ses nouvelles depuis un moment.

Après m'avoir enfermé, Garreth m'a réveillé à coups de poing dans les côtes et l'abdomen. Je crois qu'il s'en est donné à cœur joie, mais je n'ai pas plié, n'ai montré aucune douleur.

— *Sale enfoiré de première ! Tu as trahi ma confiance !*

Attaché sur une chaise face à lui, j'ai relevé le regard, mais aucun mot n'est sorti de ma bouche. Même pas le fait que son mec a fait bien pire que moi. Si je suis un connard, je ne suis pas une foutue balance.

— *Tu mérites de crever dans l'indifférence de tous !*

Un coup, deux coups, cette fois ciblant ma mâchoire. Mon corps est comme absent, j'encaisse, l'enveloppe endolorie, mais pas la moindre réaction ne se fait sentir.

— *Ton roi a réussi à tuer celui de Velkhara, mais je ne le laisserai pas faire ici.*

C'est donc ça… Je ne sais pas comment il a fait son compte, mais…

— *Décapité lors d'un banquet. Juste pour avoir osé le contredire devant ses sujets. Un motif de guerre pour ce roi sanguinaire que tu soutiens. Une folie pour les autres. Qui peut accepter ça ? Comment peux-tu vouloir défendre et honorer cet homme quand il est certain qu'il se retournera contre toi ?*

Garreth est prolixe aujourd'hui, et j'en profite.

— *Par loyauté.*

— *Loyauté ? Ça s'appelle de la domination ! Venant d'un type comme toi, c'est… perturbant. Même si je sais qui il est pour toi.*

Sa dernière phrase tourne en boucle dans mes pensées. Il sait que je suis le prince. Car Maxwell lui a dit. Qui d'autre est au courant à présent ? Si ma capture arrive aux oreilles de mon père, s'efforcera-t-il de me rapatrier ou m'abandonnera-t-il aux mains de son ennemie jurée ? Tant de questions qui se heurtent dans mon esprit, aiguisant mon incertitude.

Il s'approche de moi pour dénouer mes liens et ne tente même pas de me soutirer des informations, il sait que je ne parlerai pas. Sa haute stature passe les barreaux qui me retiennent, et c'est la dernière image que j'ai de lui.

Depuis, personne n'est venu m'interroger, me malmener ou que sais-je. Vais-je périr ici, dans le silence le plus total, sans pouvoir me battre une ultime fois ? Ce serait une défaite amère, plus que douloureuse, la pire de toutes. Tout ce que j'ai construit jusqu'ici balayé d'un revers de main. Au moins, ils auraient réussi leur coup : me détruire.

Mes doigts s'agrippent tellement fort aux barreaux de fer que mes jointures en deviennent blanches. Je crie, m'égosille, appelle. Pour quoi ? Pour qui ? Je n'en sais rien. Je souhaite juste me sentir vivant encore un peu.

Vivant...

Je souris à cette pensée, car toute mon existence j'ai voulu disparaître. Anéantir la souffrance que me procure ma position. Le masque du bourreau était parfait pour moi, et on vient de me l'ôter, faisant ressortir tout ce que je ne désire pas éprouver.

Là, crade au milieu de ma dernière demeure, je lève la tête en hurlant comme la bête que je suis devenu au fil des ans.

Au bout d'un certain temps, je me contrôle et m'assieds sur le sol en terre battue. Le menton baissé vers mon torse, je respire calmement pour ne pas basculer. Il faut que je me ressaisisse et que je parvienne à refouler tout ce qui me submerge.

En fermant les yeux, je pense à Zayan. À celui qui ne m'a jamais lâché. À ce que mon père pourrait lui faire, lui qui semble emporté par une folie destructrice. Pris de fatigue, je m'endors, toujours assis, mes sens en alerte.

***

Mon sommeil léger est vite écourté par le son de pas qui gravitent en ma direction. Ils ne sont pas forcément lourds, plutôt étouffés, comme si on cherchait à me surprendre. Je reste dans ma position pour faire croire à mon repos. Lorsque la personne se stoppe, je sais d'avance à qui j'ai affaire, la senteur fleurie de ses cheveux parvenant à masquer la puanteur ambiante.

— Putain, j'hallucine ! crache-t-elle en me découvrant.

Qu'est-ce qu'elle fout là, bordel !

— Tu as trompé tout un territoire, tes amis gardes, tu m'as trahie, *moi*. Tu as tué de sang-froid des individus de *ton* royaume pour faire croire à ta loyauté, et tu pionces comme un putain d'ours en hivernation !

Sa voix rauque est différente de d'habitude, elle est dénuée de compassion, de bienveillance. Elle enrage et bouillonne. Elle exècre tout ce que je suis, et pour une fois, je la comprends.

Merde ! Je la comprends tellement !

Ma gorge se resserre davantage, et ce n'est pas la conséquence du manque d'eau, c'est son regard brûlant sur moi, bien que je ne le voie pas, je le ressens. Avec lenteur, ayant repris ma place d'enfoiré de première, je relève ma tête pour ancrer mes prunelles aux siennes. Elle ne tremble pas, et moi non plus.

— Tiennnns, dis-je en bâillant et en m'étirant, une visite nocturne. Tu es là pour mes dernières volontés ? Pour me faire plaisir autant que ça te fera du bien ?

Isaya ne tombe pas dans le piège comme je l'aurais souhaité. Elle ne tente même pas de me lancer sa dague, car elle sait pertinemment que je préférerais mourir de ma main plutôt que pour un pays que je déteste.

— Tu es pitoyable ! Te regarder dans cette pièce étriquée est un symbole de représentation. Celle de ton esprit.

Étrangement, il n'y a pas de colère dans son timbre, juste de la tristesse pure. Je n'aime pas voir ce visage-là. Je crains qu'elle s'effondre pour de bon alors que les prochaines heures s'annoncent encore plus meurtrières que les précédentes. J'ai envie de lui cracher que la faiblesse la tuera, juste pour la blesser à nouveau et qu'elle quitte les cachots. A-t-elle vraiment du temps à perdre ici, avec moi ?

— Comment peut-on détester un peuple que l'on ne connaît pas ? Prendre les armes pour une guerre vieille de plusieurs décennies ? Qu'est-ce qui a brisé ton cœur pour que tu abîmes celui des personnes qui avaient foi en toi ?

Ma mâchoire se serre instinctivement. Je n'ai rien à dire. J'ai été formaté et je dois poursuivre ma mission. La partie sombre de mon esprit s'aiguise et s'insurge. J'aurais dû la tuer dès le début, comme cette foutue reine.

— *Je* te faisais confiance, Kaël… et tu m'as tout pris.

Ah, la fidélité… Quelle douce ironie. Il est facile de duper ses ennemis en leur accordant un peu de crédit. Mais est-elle la mienne ? Ou l'est-elle devenue lorsque j'ai brisé ce qui restait d'innocence en elle ?

De rageuse, elle est passée à nostalgique. Son regard se voile légèrement lorsqu'elle détourne ses pupilles de moi. Pourtant, je suis happé par notre lien si étrange. Le souvenir de nos moments ensemble, ses mains sur ma peau et ce foutu regard qui me hantera jusqu'à mon dernier souffle. C'est d'ailleurs avec cette image que je veux partir… car elle a su trouver un chemin que personne d'autre n'avait entrepris de chercher. Celui de mon âme. Sa souffrance, son énergie, sa combativité, ses sourires aussi vivants qu'elle et l'espoir qu'elle a vu naître en moi. En nous. Ça me frappe sans crier gare. Elle tenait à moi. Vraiment. Malgré mon caractère détestable envers elle. L'adage « il n'y a qu'un pas entre l'amour et la haine » prend tout son sens lorsque je ressens son envie profonde de me faire la peau à mains nues. Car je le sais, Isaya a des sentiments pour moi. Elle n'a pas besoin de l'exprimer, ses prunelles et son corps me délivrent tout.

— La vérité, c'est que je voulais te tuer, planter un pieu dans ton cœur si froid. Mais rien ne pourra transpercer cette épaisseur. Tu me dégoûtes pour tout ce que tu représentes, mais encore plus pour ce que j'ai éprouvé envers toi. L'amour, mon cul ! Tu es une charogne au milieu d'un champ de roses. J'ai été naïve de croire que tu étais différent.

Elle marque une pause et je suis incapable de réagir. Pas d'ironie, pas de cynisme. Rien que le vide qui me hante depuis toujours. Et pourtant, je ne lui ai jamais menti sur qui j'étais dans le fond. Si on omet que je ne suis pas réellement celui que j'ai prétendu être. Maintenant, je m'interroge sur ce qu'elle aurait pensé de moi en sachant que je suis un prince. Un putain de prince d'un royaume qu'elle ne connaîtra jamais parce qu'elle mourra comme tous les autres lorsque Barcéon arrivera.

— Ton ego finira embourbé dans la merde qui t'entoure. Après tout, ça va de pair, me crache-t-elle d'un ton abrupt en s'éloignant.

Elle revient sur ses pas et ajoute :

— Je viens de voir un rat passé. J'espère qu'il te dévorera dans ton sommeil et que ta souffrance sera à la hauteur de la haine que j'éprouve à ton égard.

Elle me verse son amertume au visage, mais dans ses yeux, je lis ce qu'elle souhaite me cacher. Elle a mal. Ses jambes s'activent et elle me laisse là, assommé par ses mots, dépité par mon palpitant qui s'agite. Tout ce que je retiens de son passage, c'est son intelligence, sa lucidité et… sa beauté. Isaya sera l'une de mes dernières visions enchanteresses, et pour la première fois, je remercie Dieu pour ce cadeau.

CHAPITRE 61

Isaya

Des jours que Barcéon a soumis Velkhara, que la peur gagne le reinaume dans cette attente insoutenable. Depuis la nouvelle de la chute du territoire voisin, nos troupes s'épuisent en entraînements, sur le qui-vive de la guerre finale à venir. Parce que nous savons qu'ils marchent vers nous à présent. Parfois, j'ai l'impression que l'horizon s'obscurcit et qu'ils sont déjà là, mais ce ne sont que les nuages qui montent depuis la vallée, prêts à nous engloutir. L'armée de Barcéon se fait attendre. Les heures s'écoulent avec une lenteur insoutenable et je tourne en rond comme si tout était suspendu à un fil imaginaire. Malgré le discours peu réjouissant de la reine, les bastions qui composent nos gardes se retrouvent chaque soir pour discuter, cherchant un peu de chaleur au coin d'un feu. Nous sommes fatigués, mais toujours en vie. Pour le moment…

Aucune sentence n'a encore été prise pour Kaël, ou alors cela s'est fait dans le silence le plus total, histoire de ne pas lui donner plus d'importance qu'il n'en vaut. Je ne regrette pas d'être allé le voir dans sa cellule ni de lui avoir craché toute ma haine au visage. Il aurait mérité bien pire. J'ai songé à l'empoisonner avec les restes que j'ai trouvés dans les affaires de Sélène, néanmoins, je me suis juré de ne pas m'abaisser à son niveau ni à celui d'aucun Barcéonien. Parce qu'Aldoria vaut mieux que ça. Parce que je vaux mieux qu'un abruti insensible qui a voulu tuer ma reine. Je secoue la tête pour ne plus penser à lui et me concentre sur le crépitement du feu qui danse devant moi.

La pression ne redescend pas depuis les dernières nouvelles de nos éclaireurs, nous positionnant en phase offensive constamment. Tous les soirs, le conseiller et notre souveraine viennent voir les soldats. Personne ne sait que Maxwell est un vendu, mais moi oui. Je le fixe sans détour, me demandant depuis quand il joue à ce jeu macabre avec une telle bassesse. J'ai envie de hurler. Du jour au lendemain, plusieurs personnes ont disparu. Certains imaginent qu'elles se sont enfuies par peur d'être découvertes. Moi, je pense que Maxwell a dû lâcher toutes les informations pour conserver son statut et prouver sa bonne foi et qu'il les a fait exécuter. Mais je m'interroge. Qu'est-ce que la reine gagne vraiment à le maintenir près d'elle ? Est-ce que leur amitié justifie qu'elle passe l'éponge aussi vite ou prévoit-elle quelque chose ? Et pourquoi garder ce connard de bourreau en vie ?

Philomène se pose à ma gauche, un soupir d'épuisement sortant de sa bouche. Ces temps-ci, elle s'est rapprochée de moi, m'aidant dans ma reconstruction face à la mort de Sélène. Elles sont totalement opposées. Philo est douce, effacée, mais derrière son air angélique se cache une vraie guerrière. Sa rage, elle la montre au combat, au corps-à-corps notamment.

— Quelle journée de moutarde !

Je souris de sa manière de ne jamais jurer. Je tourne ma tête vers elle et elle me surprend en posant la sienne sur mon épaule, le souffle las.

— Qu'est-ce qu'il t'arrive ? Ça avait l'air d'aller avec Alban tout à l'heure.

Elle rougit, et ce moment léger est une parenthèse que j'apprécie particulièrement. Face au foyer qui brûle, je m'apaise. Le crépitement des braises nous berce, puis les rires des autres soldats deviennent un baume réconfortant. On se contemple les uns les autres, on sait que ce calme annonce une tempête qu'il sera difficile de gagner, voire impossible, mais nous nous serrons les coudes. Il n'y a plus de domination due à notre sexe, plus de regards de travers, juste des guerriers, des hommes, des femmes qui s'entraident, prêts à tout pour sauver leur reinaume.

— Pfff… tu parles, il est bien trop bien pour moi.

— Ça fait beaucoup de bien ça… Tu te rends compte qu'on sera sûrement mortes dans les prochains jours ? Ou assujetties au royaume de l'enfer.

Elle soupire de nouveau, le corps raide, le regard plus vif.

— Je sais…

Mes prunelles croisent celles d'Alban, qui ne la quitte pas des yeux. Je la bouscule de mon épaule et lui impose.

— Vas-y. Vous en mourrez d'envie ! Éclate-toi ! Moi si je…

Je me coupe dans mon élan, car ce que je m'apprêtais à lui dire me coupe la respiration.

Kaël. Je voudrais revenir quelque temps en arrière et être dans ses bras, lorsque l'illusion donnait encore le change. Quand son parfum annihilait mes sens et apaisait mes tourments. Que sa peau réchauffait la mienne et calmait la brûlure de ce que la vie m'a fait subir.

Je me déteste de ressentir des choses pour un être aussi… immonde. Pour l'un de nos ennemis.

Philo ne semble pas remarquer mon trouble et se lève lorsque le soldat réalise un petit geste de la main. Soudain raide, elle se baisse à ma hauteur et me chuchote :

— Isaya… je n'ai… jamais vu de… courgette.

Sa comparaison a le don de me faire exploser de rire, et je reste abasourdie d'en être capable. J'appose mes doigts sur mon cœur et ressens chaque battement.

— Alors ! me presse-t-elle. J'en fais quoi ?

Je remue la tête de gauche à droite pour lui montrer qu'elle m'étonnera toujours.

— Déjà, certaines ressemblent plus à des radis qu'autre chose… Ensuite, ne mange surtout pas ça comme un légume !

— Isaya, bo… nheur !

Je pose ma main sur sa joue rougie et lui dis :

— Fais-toi confiance… Fais-*lui* confiance.

Des doigts viennent s'appuyer sur sa hanche, ce qui la force à se redresser.

— Philomène… Je… Enfin…

Quelle équipe de bras cassés !

Je me relève et saisis ma nouvelle amie par l'épaule :

— Oui, Alban, Philo veut bien se promener avec toi dans les jardins. Belle soirée !

Je la pousse dans le dos et me détourne pour aller en direction de la roseraie incendiée. Le sol carbonisé et les restes de fleurs noirâtres donnent à l'endroit que je préférais ici une atmosphère lugubre. Comme un goût de mort dissimulé sous les cendres. Je marche lentement, avec méfiance, et tout remonte à la surface. Il m'a vue tuer l'une des siennes et il ne m'a pas dénoncée. Pourquoi ?

Je fais le tour en évitant de toucher les plantes décharnées dont les épines semblent luire pour m'attirer au plus près de ce que j'ai fait. J'ai asphyxié Cléa ici, j'ai camouflé sa mort en mettant le feu au moment même où toutes mes émotions se sont envolées. Je me suis éteinte pour de bon ce jour-là, brisée par le poids de tout ce qu'il s'est passé avant. Quand j'y repense, je me demande comment j'ai pu mettre un pied devant l'autre depuis si longtemps. Et dans ma tête tourne l'espoir que j'étouffe en ravalant chacun de mes sentiments. Il n'y a plus de place pour l'espoir lorsque l'obscurité nous entoure. Je remarque que Liam est installé sur le banc où Sélène et moi aimions nous poser. Sans réfléchir, je m'assieds à ses côtés.

— Dure soirée ? demandé-je en parcourant ses traits éreintés.

— Elle n'est plus là… tout est difficile depuis.

Je hoche la tête, car c'est exactement ce que je ressens.

— Un peu tard pour être romantique.

Mon ton est un brin perfide. Lui qui a tellement malmené les femmes, je ne peux pas croire qu'il soit honnête. La culpabilité doit certainement le ronger, je n'ai pas d'autre explication.

— Sélène a fait ressortir le meilleur de moi et j'ai causé sa perte en étant fidèle à mes convictions.

Mensonge ou vérité, je ne le saurai jamais, mais les cernes qu'il arbore ne sont pas feints. Il saisit sa tête entre ses mains et se penche en avant comme si le poids du monde reposait sur ses épaules. Il n'a rien d'un homme courageux, et je ne peux pas croire qu'il l'ait vraiment aimée alors qu'il a fait passer sa loyauté avant sa vie. Et pourtant, ce perfide espoir rôde tandis que je voudrais le voir disparaître totalement.

— Raconte-moi votre histoire. Elle me l'a toujours cachée.

Son regard plonge dans le mien avec une authenticité que je n'avais jamais perçue avant ce soir. Il soupire, étire ses grandes jambes et lève la tête vers les étoiles visibles cette nuit. Pendant de longues heures, il me parle de Sélène avec de la tendresse dans la voix, de l'affection et tout ce qu'un homme prisonnier de ses sentiments et de ses regrets peut avoir à offrir. Nous nous racontons nos moments avec elle, ses bourdes, sa fraîcheur. Alors, même si c'est faux, je m'en moque, car ça me fait du bien.

CHAPITRE 62

Zayan

Les troupes sont rassemblées, les destriers caparaçonnés et chaque combattant d'armes revêt une cuirasse plus robuste que nulle forge n'ait jamais façonnée. Ces dernières ont été doublées de fer et de cuir épais, ce qui rend la possibilité de blessures bien plus faible.

Nous prenons place sur nos montures, notre roi en tête, moi à ses côtés, mais toujours un peu en retrait.

— Gagnons leurs terres comme ils l'ont fait autrefois avec les nôtres. Battez-vous, mourez pour Barcéon, mais ne les laissez jamais prendre du terrain, scande le roi de sa voix influente.

Nous avons une armée, une gigantesque armée, et j'ai presque honte de combattre Aldoria dans cette conjoncture. Nalaire et Velkhara ont rejoint nos rangs, il faut dire que le choix ne leur a pas été laissé. Les réminiscences de ces guerres ne me satisfont pas, car ce ne sont pas des hommes prêts aux affrontements que nous avons rencontrés, mais des soldats contraints par la peur.

Les derniers mois ont été compliqués, mais depuis trois semaines, c'est bien pire. Je vois mon père se transformer jour après jour. D'ailleurs, ce n'est plus un souverain qui dirige son royaume d'une main de fer, c'est une bête infestée par la rancœur et dont on a asséché le cœur. Le plan de la bombe détournée dans le but d'éliminer Kaël ne passe toujours pas. Je feins, j'œuvre dans l'ombre, je prends mes distances.

Le coup de grâce a été lors de ce repas à Velkhara. Un rire, une objection, et il s'est levé tranquillement, comme si cela était parfaitement normal, a sorti son glaive et a égorgé le roi devant ses dirigeants. Trente secondes et le peuple autrefois allié a dû lui prêter allégeance sous la menace de destruction qu'il leur promettait.

Comment a-t-il pu faire ça ?

Nos montures avancent d'un seul pas, habituées depuis toujours à respecter le cadre. Cela fait écho à ce que je ressens. Dès mon enfance, je me suis plié à ce que désire mon père. Mais moi dans tout ça ? Est-ce que je souhaite être le même dirigeant que lui ? Je l'ai suivi sans réfléchir, pensant aux discours macabres sur la mort de notre mère. Quand je vois comment il s'est comporté avec mon frère, est-ce que je ne dois pas remettre en question tout ce en quoi je crois depuis toujours ?

Le son des tambours de guerre cadence notre ascension, leur rythme distinct signale que nous entrons en guerre, l'ultime bataille des quatre vents.

Dans quelques jours, nous serons devant les portes d'Aldoria et nous les attaquerons comme nous avons combattu les deux autres contrées. Je hume l'air chaud de mon pays. Sa senteur de sable me parvient, une odeur qui me ramène à l'essentiel. J'aperçois mon meilleur ami se poster à ma droite et chuchoter :

— C'est vraiment ce que tu veux, Zayan ?

Il siffle ces paroles dans un filet de voix, les dents serrées. Je le sais, Viktor, bien que chef des soldats, n'aime pas les batailles gagnées d'avance. Il a des valeurs, des principes, et il n'est pas le seul à avoir remarqué que mon père nous fait prendre un chemin risqué. Ne comprend-il pas que Nalaire et Velkhara pourraient se retourner contre nous ? Il est si imbu de lui-même qu'il se croit infaillible. Ce n'est pas la peur qui empêchera ces royaumes de marcher aux côtés d'Aldoria, la possibilité de rester indépendants les poussera à effectuer un choix. J'en ai conscience, et je suis coincé dans mes pensées entre la loyauté envers mon père et celle de ce qui est juste.

— J'y réfléchis encore, Viktor. Dans quel état d'esprit sont les troupes ?

Il s'esclaffe d'un rire sans joie.

— Prêtes. Depuis toujours, on leur rabâche que c'est le bien de détruire Aldoria. Ils ne raisonnent pas plus loin que ce que leurs dirigeants leur proclament. Mais toi, mon prince, tu le sais. Au fond de toi…

Il marque une pause et resserre ses rênes plus fort, ses gants de cuir émettant un léger grincement.

— Je te suivrai, quoi qu'il en coûte, car tu es mon futur roi et que je te serai sans cesse fidèle. Cependant, j'aimerais que mon prochain monarque choisisse la droiture et prenne une décision pour son peuple. Pas pour des convictions vacillantes.

Il décélère le pas, me laissant face à mes pensées. Je songe à Kaël, mon frère si obscur. Comment réagirait-il si je me range dans cette bataille ? Serait-il capable de me tuer ? Par des aspects, il ressemble tellement à mon père.

Je rumine au son des hurlements des soldats qui se motivent pour l'attaque. Les chants de Barcéon résonnent dans les plaines, car parmi nous, personne n'a peur. Nous savons qu'Aldoria pliera. Mais est-ce le meilleur pour nous tous ?

Des bruits de trot me parviennent dans mon dos. Je décélère pour apercevoir Jinken, le visage dévasté, venir à ma rencontre. Ici, le personnel n'adresse pas la parole directement au roi. Ils doivent passer par moi.

Son souffle erratique l'empêche d'aligner deux mots. Impatient, je hausse le ton :

— Parle.

Il remue la tête pour acquiescer, puis respire avec lenteur.

— C'est votre frère…

CHAPITRE 63

Isaya

Debout dans le soleil levant, je slalome entre les femmes de mon cours d'autodéfense. Après des jours à s'entraîner, leurs muscles sont de plus en plus affûtés, dessinés. Je suis si fière de leur évolution. Nous choisissons le matin pour parfaire nos techniques, c'est le moment idéal. Elles n'ont pas commencé leur labeur et les enfants dorment encore.

— Marlaine, ton coude doit être plus haut. Il faut que tu contres le corps de Béa quand elle presse son avant-bras au niveau de ton buste. Voilà, comme ça... et maintenant, tu peux attraper son coude pour la faire basculer.

Je vérifie sa gestuelle et approuve de la tête.

— Beaucoup mieux !

Son sourire vainqueur est un baume sur mes blessures. C'est pour elles que je me lève chaque jour, pour ce moment entre nous qui m'apporte tant.

Pendant plus d'une heure, elles écoutent mes instructions. Parfois, certaines notent des positions dans leur carnet, alors que d'autres préfèrent tout ancrer dans leur esprit. Même si les attaques ont beaucoup diminué, elles continuent à demander mes cours. Ça nous fait du bien à toutes.

Aujourd'hui est une session particulière, nous avons en tête que chaque instant de calme est un moment gagné dans nos vies. Par choix, nous vivons comme si rien n'allait nous arriver demain, et ce, depuis deux semaines. Nous ne voulons pas de cette peur que l'on espère nous forcer à ressentir, même si, bien entendu, elle est tapie quelque part en nous, prête à nous stimuler le temps venu.

Je partirai avec mes interrogations, car il est hors de question que je me soumette à Barcéon. Maxwell est inapprochable depuis que j'ai connaissance de son rôle dans cette histoire, ce qui m'empêche de savoir pourquoi le nom de ma mère figurait sur son carnet. Ça ne sert à rien que j'agite les choses maintenant, puisque le combat arrive. Je vais me battre pour ma reine, notre reinaume, notre territoire, cette contrée qui me berce dans ses hautes herbes depuis que je suis née.

Mes pensées dérivent vers Kaël. Est-ce que, lui aussi, c'est par amour pour son pays qu'il veut éliminer le mien de la carte ? Je ne comprends pas cette haine, même si je connais tout ce qui se dit de la dernière guerre des quatre vents. Vérité ? Légende ? Nous n'étions pas là pour le voir. Cette bataille est si loin et pourtant si proche.

— Merde !

La voix de Philo, qui m'aide lors des entraînements à cadrer les femmes, me parvient, angoissée. Elle ne jure jamais. JA. MAIS. Je relève la tête pour l'observer. Ses yeux et sa bouche sont grands ouverts. Elle me fait un signe du menton pour que je regarde vers les plaines de l'ouest. Un nuage de fumée vole au-dessus de notre contrée. Seul un troupeau important est capable d'un tel effet.

— Philo, file prévenir Garreth et la garde.

À l'instant même où je cours pour rejoindre les autres soldats, la sentinelle disposée sur les murailles hurle :

— Ennemis en vue vers l'ouest ! Qu'on ferme les portes !

En liaison avec son annonce, le son de plusieurs cornes retentit, imposant aux sujets et aux habitants de se calfeutrer et aux combattants de prendre place à celle qui leur est dédiée.

L'effervescence s'installe tandis que je pousse mes élèves à l'intérieur des remparts du château. Leurs cris de désespoir pour aller chercher leurs enfants, leurs maris, ne m'atteignent pas. Ma mission est de les sauver, je ne leur inflige donc pas un choix impossible, je les force. Une fois ma tâche accomplie, les pleurs trouvent écho dans mon âme. Sans m'étendre, je file en salle du matériel de guerre pour m'équiper davantage. Mon cerveau est conçu pour le combat, pour ne pas m'appesantir sur le reste, mais je dois dire que les visages de Rowen, ma mère, Leya et Madie, mes petites sœurs, s'invitent pour une dernière fois.

Mon armure en place, je souffle un bon coup, prête dans ma tête à affronter ce qui nous attend. L'armée avance au loin, le panache de fumée que dégage la poussière monte vers le ciel et confère une teinte brumeuse à l'horizon. Autour de moi, c'est la cohue. Les ordres donnés sont directs, mécaniques et les soldats exécutent le tout de façon méticuleuse. Les archers sont sur les remparts, les portes sont barricadées, scellées pour certaines. J'observe, attentive, la progression de cette armée qui me paraît n'être qu'une ligne invisible. Pourtant, elle se déplace vite. Les éclaireurs font des points réguliers à Garreth qui s'efforce de garder son sang-froid, néanmoins, dans son regard perçant, je devine cette inquiétude, cette longue attente qui le prépare au combat. La posture droite, il avance et m'adresse un faible signe de tête, et je sais. Je sais que toutes nos heures d'entraînements, de réflexion et tout ce qui nous a menés à cette vie-là vont se jouer sur les prochaines heures. Je secoue mes épaules comme pour m'ancrer en moi-même et effectue un tour pour voir là où je peux être vraiment utile. Il y a tant à faire encore, j'ai l'impression que même si cette guerre était arrivée dans un an, nous n'aurions jamais été prêts.

Qui peut l'être, en réalité ?

Je fais abstraction de mes doutes, refoule tout ce que je ressens au plus profond de moi, car l'heure n'est plus à la pensée. Je traverse la cour, récupère des armes supplémentaires pour les distribuer à ceux qui n'en ont qu'une, voire pas. Il n'y a pas que des soldats ici. J'aurais aimé qu'il en soit autrement, mais la couronne a fait appel aux volontaires pour tenter de grossir nos rangs. Évidemment, ils ne seront pas en première ligne, la reine l'a formellement interdit, car, contrairement à nos ennemis, elle ne nous considère pas comme de la chair à canon.

L'attente est longue alors que Barcéon forme des lignes infinies à présent. Je distingue les armures qui progressent, les silhouettes qui se dessinent et leurs drapeaux fièrement dressés.

Nos bannières flottent aussi dans l'air dans un claquement rythmé par la brise. Je prends une inspiration et pars vers les écuries pour récupérer ma monture. Je rejoins les rangs des soldates de la reine, plus déterminée que jamais.

Sora, notre instructrice, fixe l'horizon sur son destrier avant de se tourner dans notre direction, le visage grave marqué par la fatigue.

— Nous savions que ce jour finirait par arriver. Ils n'auront pas de pitié, alors n'en ayez aucune non plus. Ils ne viennent pas pour discuter, mais pour nous décimer. Mes chères sœurs, c'est un honneur de batailler à vos côtés, de vous avoir formées à devenir des combattantes. Montrons à la reine qu'elle a eu raison de nous faire confiance. Ne laissez pas la peur dicter vos choix. Battez-vous, défendez nos terres. Pour Aldoria.

D'une voix commune, nous hurlons toutes « Aldoria, Aldoria » dans un cri de guerre qui nous appartient.

Les heures s'égrènent rapidement. L'impatience me saisit les tripes tellement cet entre-deux devient insoutenable.

L'armée s'est interrompue il y a un long moment et ne paraît pas vouloir attaquer. Pas encore. Je ne comprends pas. Eux qui semblaient être prêts à en découdre en semant la terreur sur leur passage ne bougent plus. Comme une image arrêtée par le temps. Je me demande ce qu'ils préparent et à quel point leur perfidie est profonde. Quand je pense aux traîtres qui déambulent dans nos rues, je me dis qu'ils sont forcément dotés d'un esprit malsain.

Nous attendons encore. Immobiles, silencieux et résolus à nous défendre. Une certaine agitation anime alors nos chevaux.

Au-dehors, leurs chants nous atteignent, la vallée résonnant à présent des tambours de guerre. Ils se remettent en route. Ma poitrine se comprime. Leurs trots matraquent notre terre comme leurs lames vont le faire avec nos chairs. Je regarde mes sœurs d'armes, nous échangeons quelques sourires graves pour nous donner du courage et resserrons la prise sur nos épées. Mentalement, je me récite des prières silencieuses pour trouver de l'espoir et pour que chacun de mes pas puisse avoir un impact. Il n'y a que dans l'entraide et la cohésion que nous parviendrons à tenir les rangs. Pourtant, j'ai la sensation que le chaos se répand comme un feu par-delà les remparts. Une pluie de flèches me fait lever les yeux au ciel et le sifflement attire notre attention. Ce sont nos archers qui lancent la première salve alors que déjà, les sentinelles aldoriennes postées aux extérieurs et dans les arbres tentent d'éliminer la première vague d'assaillants. Les hurlements nous atteignent, une mélodie qui rythme nos cœurs affolés.

Ici, assis sur nos montures, face aux murs de pierre de notre château, chaque garde a une pensée pour les siens. Nous savons que nous mourrons dans les prochains jours, mais pas sans tuer plusieurs des leurs. Quelques sanglots étouffés, quelques paroles murmurées me parviennent, mais dans l'ensemble, le calme règne encore.

Garreth finit par arriver, nous criant des ordres pour nous remettre d'aplomb.

— Tout le monde est en place. Vous avez été choisis pour être le rempart au pont-levis. La garde qui a le devoir de les empêcher de pénétrer dans le château. Protégez notre reine, protégez vos amis, vos familles…

Dans son dos, nous voyons une silhouette s'avancer sur un cheval... le cheval personnel de la reine. Je plisse les yeux, stupéfaite, mais un petit sourire se dessine sur mes lèvres. Dans son armure luisante, elle me semble totalement différente. Loin des robes auxquelles nous sommes habitués, elle approche au pas, la posture parfaitement droite, comme si elle avait toujours fait ça. Lorsqu'elle arrive à sa hauteur, elle lui dit de sa voix impériale, rugueuse, dans la même tenue de fer que nous :

— Je me défendrai très bien moi-même, mon cher Garreth.

— Mais... Votre Majesté.

Elle balaie ses paroles d'un revers de la main et baisse la visière de son heaume. En tête de sa garde, elle surprend tout le monde à vouloir prendre part au combat.

— Je suis avant tout une guerrière. J'ai appris à me battre pour mon pays, et je continuerai... Nous sommes un bataillon. Une armée. Il est hors de question que je reste cachée. Aldoria tombera ensemble si le destin l'a choisi. Mais Aldoria luttera coûte que coûte !

Le commandant secoue la tête, mais elle ne le voit pas. Il est clairement en désaccord avec sa prise de position. Le claquement des épées qui s'entrechoquent derrière les murs nous parvient de plus en plus distinctement. Au milieu des plaines, je devine les corps qui se percutent, s'affrontent, et nous, nous devons attendre qu'ils arrivent jusqu'à nous. C'est un supplice, mais ce sont les ordres.

— Je vous dis donc à tout à l'heure, ma reine.

Garreth file à toute vitesse pour rejoindre les troupes dans la bataille, emportant avec lui une partie du bataillon des femmes. Il nous salue d'un geste de respect et d'unité. Il nous montre ainsi qu'il espère nous revoir. Dans un silence de mort, nous scrutons l'horizon, en attente d'un signe nous invitant à les retrouver. Le temps s'étire encore et encore jusqu'à ce que cet instant qui nous paraît interminable soit marqué par le son du cor qui envahit la vallée.

Au milieu du bataillon dans lequel j'ai été assignée, je dévisage les hommes qui m'entourent. D'un mouvement, le lieutenant réclame trois personnes. Mon impavidité me perdra tôt ou tard, puisque je dégaine mon épée à la suite de Liam et Alban pour avoir cette opportunité. Au trot sur ma monture, je galope pour rejoindre une partie de notre armée. Quelques mètres plus loin, les corps jonchent le sol, démembrés, striés, troués, lacérés. Abîmés par les lames de nos ennemis. Cette première immersion me frappe de plein fouet et je retiens le haut-le-cœur qui me prend la gorge et me force à progresser prudemment.

Je tourne rapidement la tête pour estimer les troupes. Barcéon est loin d'avoir envoyé toute son armée. La majorité est encore postée à l'autre bout et patiente. Ils doivent chercher à nous tester, évaluer nos positions et sans doute à savoir combien de temps nous tiendrons. Les couleurs des étendards ennemis s'imposent devant la forteresse, et plus j'avance, plus je sens le malaise s'installer. Ma détermination vacille un instant, mais je me pousse à me ressaisir. Je vois les corps de certains soldats dépossédés de leurs têtes. Des amis, des sœurs de formation, des femmes et des hommes qui se sont battus à maintes reprises à mes côtés, mais qui n'ont pas gagné cette partie. Prise d'une rage qui me remonte dans tout mon être, le sang en ébullition, je dégaine mon épée d'une main et ma dague de l'autre. En hurlant, je trotte vers la garde adverse et brandis mes armes.

CHAPITRE 64

Kaël

Je n'ai pas la notion de l'heure qu'il est lorsque les cors résonnent à l'extérieur. Je me redresse vivement, tentant de repérer d'où émane le son.

Ils arrivent. Mon esprit carbure, j'imagine mille plans dans ma tête sur la meilleure façon de sortir d'ici. Puis le silence revient. Une heure, peut-être deux. Je n'en sais foutrement rien et je tourne dans mon cachot comme un lion en cage. Personne ne vient, et l'effervescence traîne à se propager.

Ce n'est que bien plus tard, lorsque l'aube s'apprête à se lever, que les chants barcéoniens résonnent entre les murs des geôles.

Dans plusieurs cellules, certains prisonniers prêtent leurs voix pour accompagner l'élévation de la guerre. J'imagine l'armée de mon père avancer fièrement, marchant sur les terres d'Aldoria comme si rien ne pouvait les interrompre. Et c'est le cas. Rien ne pourra arrêter une telle troupe. Être dirigée par le roi de Barcéon lui donne la certitude que la destruction est au bout de ses armes.

On y est ! C'est aujourd'hui que tout se termine, que je tue cette reine et que je rentre chez moi. Aujourd'hui que nous prenons une revanche sur un peuple qui a défié le mien, qui a tué mes aïeux, pour finir par emporter ma mère. Une reine qui a rendu mon père fou de rage, qui est restée sans voix, laissant son souverain massacrer des innocents. Même si cette bataille s'est retournée contre eux, nous avons le désir de clore le chapitre en rendant le sang qui a été versé.

C'est maintenant, la rage au cœur, que nous récupérons nos âmes perdues. Les prisonniers commencent à s'agiter dans leurs trous, cognant contre les rambardes qui nous laissent enfermés. Je ne m'inquiète pas, ils auront besoin de moi tôt ou tard. Même mon père n'est pas assez fou pour ne pas utiliser son plus bel atout d'anéantissement. Je le ferai… pour mon frère, pour ce pays sur lequel il veut régner.

— Libérez-nous ! tentent certains hommes.

Je me relève et penche ma tête au plus près des barreaux. Aucun soldat. Ils ont déserté, tous les éléments étant indispensables à la surface.

Tu m'étonnes ! Ils ne feront jamais le poids contre trois armées !

Alors que les voix s'élèvent et que les détenus se parlent entre eux, des pas lourds se font entendre. D'après la démarche, je sais très exactement de qui il s'agit.

— Mon oncle ! Quel plaisir ! Précisément aujourd'hui, jour de l'attaque de Barcéon ! Quelle étrange coïncidence ! Peur des représailles, peut-être ?

Ce petit fumier ne recule devant rien. Il n'est pas venu me voir une seule fois depuis que je suis ici, et il ose se pointer. Dans ses yeux, je sens le doute. Il n'est pas sûr de lui, et ça me gonfle.

— Kaël…

Sa voix est un filet de souffle que j'ai envie de broyer. Il pose son cul par terre et s'adosse aux barreaux.

Il se fout de ma gueule ? Barcéon est là et il envisage de taper la causette ?

Ses épaules s'affaissent et il penche sa tête vers le sol. Cette posture de défaite ne lui ressemble pas. Je lui en veux, et cette constatation m'effraie, car elle signifie que je comptais sur lui pour me délivrer. Que je lui ai fait confiance.

— Il faut que tu aies connaissance de certaines choses.

— Comme le fait que tu m'as dénoncé, par exemple ? persiflé-je, ma voix rauque résonnant entre les murs vides.

Un rictus de douleur apparaît sur son visage. Même sur le côté, je peux le remarquer. Il n'a pas peur. Je pourrais facilement lui trancher la gorge… enfin, si j'avais mes armes. Ces salauds m'ont tout retiré… même les mieux planquées.

— Je n'ai jamais voulu trahir ma reine… mais je n'en ai pas eu le choix.

Ses mots me lacèrent les organes. Depuis le début, il joue un jeu. Il n'a jamais été dans mon clan. Je ne sais pas si j'ai envie de l'éborgner ou si je suis simplement… déçu ?

Je me gifle mentalement, car jamais aucune pensée de ce genre ne m'a traversé. Mes phalanges me démangent, mes doigts se crispent. J'ai la soif de lui enserrer la gorge, de voir ses yeux se révulser… mais je crois que je souhaite davantage savoir pourquoi tout ce bordel pour rien du tout. Devant mon manque de réponse, il continue :

— Je lui ai tout raconté pour sauver ce qui peut encore l'être… pour faire ce que je n'ai pas pu avec toi.

Son charabia commence à me gonfler !

— Tu comptes me faire sortir… oui ou non ? grogné-je en me levant, mon pied fracassant les barres de fer au niveau de sa nuque.

Il sursaute à peine, comme possédé et aveuglé par le mur d'en face. Il ne bouge pas, est apathique, et je me demande s'il n'a pas consommé un truc. Lorsque je vais pour le secouer, sa voix reprend :

— J'ai fait tout ça pour toi, mon neveu.

Il est complètement shooté le tonton, là !

— J'ai voulu te sauver, comme j'en ai été incapable avec ma sœur.

À l'évocation de ma mère, je fronce les sourcils en grognant. Je me rapproche dangereusement, ma poitrine se serre et mon palpitant s'agite.

— Tu pouvais pas parler à un autre putain de moment ! enragé-je lorsque les cris de douleur provenant de l'extérieur arrivent jusqu'à mes oreilles.

Comme un électrochoc, ma phrase le ramène à lui. Il se lève et se tourne vers moi. Cependant, il n'a pas le temps d'en placer une que Clovis avance en courant, un immense sourire aux lèvres lorsqu'il m'aperçoit.

— Je savais que j'étais capable de te secourir ! rit-il en croquant dans une pomme, l'œil pétillant de malice. Conseiller, je vois que nous avons eu la même idée !

Bordel ! Mais c'est une plaisanterie ?

— Qu'est-ce que tu fais encore là, putain ? Tu n'étais pas censé sauver ton cul en rejoignant nos soldats ? Je suppose que c'est ce que font tous les Barcéoniens puisqu'aucun n'est venu me sortir de ce trou ! Non ? ne puis-je m'empêcher de lui répondre.

Maxwell est crispé, les traits tout tirés alors qu'un sourire triomphant s'étire sur mon visage. En vérité, je suis presque content de voir ce charognard, bien que content ne soit pas le meilleur adjectif. J'aurais fini par trouver une solution pour m'échapper d'ici, mais on dira qu'il me fait gagner du temps…

— Bon, qui a les clés ? demandé-je, l'impatience grandissant dans mes tripes.

Ma soif de vengeance se décuple au fil des secondes et je m'agrippe fermement aux barreaux de ma cellule. Je n'ai jamais été aussi prêt de ma vie qu'en cet instant.

Maxwell toise Clovis, qui le regarde à son tour en affichant une moue désolée sur le visage.

— En fait, dit le soldat… Je pensais que le conseiller les avait lorsque je l'ai suivi jusqu'ici.

— Tu te fous de moi ?! m'exclamé-je. Maxwell, ouvre cette porte !

— Kaël…

— OUVRE CETTE FOUTUE PORTE TOUT DE SUITE !

Mon oncle baisse les yeux sur le trousseau qu'il garde dans sa poche. Est-ce qu'il comptait me laisser ici ? Je jure que je vais le faire passer par la fenêtre s'il ne bouge pas son cul !

Maxou semble réfléchir aux possibilités qui s'offrent à lui et recule d'un pas. Il ne va pas me libérer. D'une œillade à mon complice qui continue à déguster sa pomme, il m'adresse un signe discret. On se comprend, pour une fois. Mais il n'a pas besoin de cogner tonton Max, car ce dernier tend le trousseau, les doigts légèrement fébriles.

— Pour l'amour que j'avais pour ta mère et parce qu'elle aurait voulu te laisser une chance. On ne se battra pas du même côté, mais j'ai espoir que tu me rejoindras enfin. Tu peux devenir un homme bon, Kaël.

Clovis saute sur l'occasion et arrache les clés de la main du conseiller avant de se ruer sur la serrure qui se déverrouille dans un grincement sinistre. Je me redresse en éclatant de rire à son discours mélodramatique et passe devant lui sans un mot. Il n'empêche pas ma progression, mais sa gestuelle me dérange. Il semble inquiet et à la fois porté par une sorte d'espoir qu'il faut que je tue dans l'œuf.

— Tu es un traître, mon oncle. Que ce soit pour Barcéon ou pour Aldoria. Je vais être clément pour cette fois et te laisser la vie. Pour le reste, je vais trouver ta reine et l'exécuter de mes mains. Pour mon roi !

Et je le plante là, les poings serrés, les épaules redressées. J'attends d'atteindre le couloir et que Clovis se soit assuré que la voie est libre pour me mettre à courir à sa suite. Dès que j'arrive à sa hauteur, il me tend des vêtements de rechange, que j'enfile à la hâte. Une fois que je suis préparé et que mes armes sont de nouveau accrochées à ma taille, nous regagnons un passage dissimulé et Clovis s'arrête pour décaler un tonneau.

— J'ai caché d'autres armes en attendant de pouvoir te sortir d'ici. C'est quoi le plan maintenant ? demande-t-il, une excitation perfide dans la voix.

— Le plan ? Je vais écumer ce château de fond en comble pour trouver la reine et en finir.

— Et moi ?

— Toi ?

Je ne comprends pas sa question et tente de masquer l'interrogation qui me démange.

— Ka, tu es mon meilleur pote, on fait ça ensemble…

Mais qu'est-ce qu'il raconte celui-là ?!

Je saisis les armes dans ses mains et réplique :

— Je suis ton prince, sale truffe de sanglier !

Sa moue dubitative alors qu'il lève les yeux au ciel me ferait presque marrer.

— OK, mon prince meilleur ami dans le déni. On fait quoi ?

Je soupire et tourne les talons, à la recherche de cette vieille bécasse qui m'a fait enfermer pour l'éradiquer. La présence de Clovis dans mon dos me fait fulminer.

— Barre-toi… profite pour vaincre Aldoria… même si Barcéon n'a pas vraiment besoin de toi, lui imposé-je en continuant mes pas rapides.

Dans les couloirs, tout est désert. Je sais que là-haut, je trouverai tous les gueux du château, mais ils ne m'intéressent pas.

À ce moment-là, je n'ai qu'une cible : la reine Feya.

— J'ai l'impression qu'on tourne en rond, non ? dit Clovis en regardant les hauts plafonds, nos silhouettes parcourant une partie du château qu'il n'a jamais foulée.

Jamais je ne vais m'en débarrasser !

Sa phrase me coupe dans mon élan. Cet imbécile me rentre dedans avant de bredouiller des excuses tout en se postant à côté de moi. Nous infiltrons la porte dérobée qui mène aux couloirs royaux, là où ma cible doit se terrer comme la faible créature qu'elle est. Le changement de cadre est surprenant. De hauts vases en or sont posés sur les colonnes longeant les allées. D'un côté et de l'autre, chaque décoration est pensée. Le passage est large et le plafond donne une profondeur de grandeur révélant toute l'immensité qu'a voulu montrer la souveraine. En face, deux glaives portant l'écusson d'Aldoria sont entrecroisés, symbole des deux armées.

— C'est sympa ici, dit Clovis en faisant courir ses doigts sur l'argenterie qui nous entoure. J'aurais jamais cru que cette partie du château pouvait aussi être royale.

— T'es con ou tu le fais exprès ? grogné-je. Ce sont les quartiers de la souveraine, triple buse !

Il sourit et se déplace avec sa démarche nonchalante, comme si rien ne pouvait l'atteindre.

— J'ai le droit de dire que c'est surprenant pour un reinaume censé être en perdition. Quand je pense qu'on loge dans des chambres miteuses alors que l'opulence semble à son comble…

— Ça se voit que tu n'as jamais foulé les appartements du roi de Barcéon. Il n'y a rien de royal ici. En tout cas, il n'y aura plus rien de royal une fois que l'armée sera entrée.

Les yeux de Clovis s'illuminent un instant lorsqu'il aperçoit une timbale en or sur une table.

— Ça signifie que je peux emporter ce truc ? Ça doit valoir une petite fortune et je peux toujours me recycler en receleur si jamais ma carrière de meilleur pote du prince tourne au fiasco.

Je vais me le faire !

— Ferme-la et avance.

Il ricane en fourrant malgré tout l'objet dans sa besace. En passant devant une fenêtre, je jette un œil au-dehors. Cette partie du château est suffisamment en hauteur pour que je puisse observer ce qui se trame là-bas tout en me demandant où est planquée cette foutue reine.

Le combat a déjà fait un sacré tri. Les chevaux s'affrontent, les épées volent, des corps tombent, d'autres résistent. Certains soldats se battent au sol, des flèches fusent, il y en a de tous les côtés. C'est un spectacle merveilleux de voir mes armoiries au sein de ce territoire, un soulagement qui envahit tout mon être et qui me galvanise. Déterminé, je détourne le regard et ouvre toutes les portes.

Dans les pièces, des hommes et des femmes se planquent. Je dégaine mon épée et les menace. Personne ne semble savoir où elle est. Arrivé devant la dernière salle, je pénètre et offre ma lame au cou de la première ménagère qui me fait face.

— Où est la reine ?

Mon timbre froid ne laisse aucun doute, je suis prêt à tuer s'ils me mentent. La vieille intendante se met entre moi et la femme et réplique :

— Tu ne trouveras rien en ces lieux, bourreau ! Peut-être que chez toi, on se planque, mais ici, la souveraine combat avec ses sujets. Si tu la cherches, elle est en train d'écorcher tes semblables.

Ses mots sont aussi perfides que ses yeux. Elle me scrute de haut, elle n'a pas peur de moi.

Je m'approche, histoire de lui rappeler que les femmes dans son genre doivent garder leur place, quand Clovis se poste à mes côtés. Il se penche à mon oreille et murmure :

— Je crois que cette vieille folle a raison, va voir à la fenêtre.

Je me relève tout en fusillant du regard la mégère et tourne les talons d'un pas rapide.

À l'horizon, je distingue les deux chevaux impériaux ennemis se faisant face. Mon père et la reine, droits comme des I, et j'imagine aisément l'image de la froideur sur leur visage. La tradition des quatre vents impose aux dirigeants de se rencontrer pour sonner le glas de la fin de la première journée. La bataille d'aujourd'hui est terminée, mais la guerre ne fait que commencer. Chacun rejoint son armée et son peuple, les camps étant désormais dressés, puis les hostilités reprendront au petit matin.

Mes yeux scrutent le clan barcéonien pour apercevoir la silhouette de mon frère. Je peux l'imaginer sans mal déambuler parmi les rangs avec prestance, mais je ne le vois pas, trop loin pour distinguer les traits des miens. D'un mouvement de tête, j'impose à Clovis de me suivre à l'extérieur. Nous progressons lentement pour ne pas nous faire surprendre, mais en réalité, au cœur de ce chaos, personne ne prête attention à nous. Quelle aubaine ! Ou quelle connerie venant de ces vermines. Ce sera d'autant plus simple de faire entrer nos soldats lorsque mon père en donnera l'ordre, j'en suis certain. La chaleur qui se dégage à l'extérieur nous étonne. Avec cette pluie, nous pensions pouvoir bénéficier d'un peu de fraîcheur, mais il faut croire que ce pays n'en est jamais doté.

Nous longeons les lignes ennemies en nous faufilant discrètement, capuche sur la tête. J'abats quelques hommes au passage lorsque nous devons nous frayer un passage, mais il n'y a pas vraiment de résistance. Cette guerre sera rapide, pourtant, je reste à l'affût du moindre mouvement suspect. Si je croise un seul garde qui me reconnaît ou aperçoit Clovis… Je ne crains pas ces abrutis, néanmoins, je suis lucide : ils nous feront la peau.

À l'approche de mon clan, j'entends des exclamations m'accueillir.

— C'est le prince…

— Ce vendu se montre à la fin du combat !

— Toujours pas mort, celui-là !

Je suis adoré des miens, et je leur rends bien. L'un des soldats me guide à travers le camp animé jusqu'à la tente du roi, que je franchis d'un pas déterminé, et c'est comme si les bruits autour cessaient d'un coup. Plus rien ne me parvient. Clovis reste à l'extérieur, rejoignant d'autres gardes qu'il semble connaître. Je découvre l'endroit où de lourdes caisses sont entreposées à terre, une table trône au centre avec de nombreuses bouteilles et piles de papiers. Des lanternes sont suspendues un peu aléatoirement, éclairant la toile d'une étrange lumière tamisée, d'épais tapis habillent le sol et, dans le fond, un lit attend sagement d'être défait. Mon père a toujours aimé vivre dans le confort et se faire remarquer. Je fixe les armes posées sur un tonneau, mais je n'avance pas d'un pas supplémentaire.

— Mes hommes ne te font plus confiance… et moi non plus.

Comme si ça avait déjà été le cas !

Dos à moi, le roi place ses pions, représentant son armée, sur un morceau de rideau blanc sur un coin de la table centrale. Sa voix dégage un certain dégoût envers moi.

— Incapable d'assassiner une pauvre femelle gouvernant un royaume à moitié en ruine.

Il n'exagère jamais quand il hait.

— C'est pour ça que tu voulais me tuer ? ne puis-je m'empêcher de rétorquer, le regard froid, la paume de la main sur mon fourreau.

Je ne lui accorde pas ma confiance non plus, il serait prêt à exécuter sa propre mère si elle était encore parmi nous.

Il me jauge d'un coup d'œil, détaillant le déchet que je suis à ses yeux.

— Quel spectacle désolant tu m'offres… Aucune classe, aucune jugeote. Tu es vraiment un bon à rien.

Mon sang ne fait qu'un tour et mes mâchoires se crispent. Je serre mes poings pour me contenir, mais ma haine a besoin de sortir.

— Où est mon frère ?

Son rictus sans joie me fusille sur place, puis il crache :

— Obligé de réparer encore tes conneries ! Par ta faute, il a dû retourner à Barcéon. Quant à toi, tu ne peux pas te battre à nos côtés. Personne ne veut de toi ici !

Mon envie de lui lancer la dague en plein front se fait de plus en plus présente. J'ai l'impression de me retrouver des années en arrière et d'attendre son aval, d'espérer un geste, un accord silencieux qui montrerait qu'il tient un minimum à moi. Rien. Dans le noir de ses prunelles, je ne vois que haine et honte. Reflet de ce que je suis également à mes yeux.

— Je m'en suis tenu au plan… balancé-je, les dents serrées.

Son rire hautain vibre dans chaque cellule de mon corps. Il se fout ouvertement de moi.

— Oui, comme d'habitude ! Mais ce n'est pas ce que j'attendais de toi ! Je voulais que tu prennes des initiatives, que tu sois à la hauteur du nom que tu portes, mais ton esprit est toujours si étriqué que c'en est exaspérant ! dit-il en tapant du poing sur sa table, ce qui fait tomber tous ses sujets en bois.

Sa rage se décuple et ses yeux s'injectent de sang. Il se lève brusquement, sa chaise en chêne chutant, et s'approche de moi. Pour la première fois depuis longtemps, je ne réagis pas en bourreau. Une émotion fugace, que je n'ai que rarement éprouvée, s'insinue dans mes veines. Si Isaya était là, elle me dirait que je suis un trouillard et que c'est la peur qui m'anime. C'est violent et j'ai l'impression que mon cœur est capable de sortir de mon antre, me tétanisant sur place, toutefois, la maîtrise fait partie de moi et je ne montre pas qu'il vient de m'atteindre. D'un coup rapide, il précipite son poignard vers mon visage et le fait glisser contre ma joue avec une lenteur malsaine.

— Il faut que je le fasse moi-même cette fois-ci pour obtenir enfin le fils que je mérite d'avoir ?

Je sens le filet de sang chaud et poisseux parcourir ma peau, mais l'entaille n'est pas profonde, puisque ma douleur n'est que superficielle. Je me tiens droit face à lui, comme toujours, la mâchoire serrée. Tout mon corps se contracte et j'ai la sensation étrange que quelque chose se révulse en moi. Une rage qui pourrait me pousser à lui faire du mal, un instinct animal prêt à bondir pour moi.

Ne bouge pas, me siffle ma conscience.

Pourtant, à cet instant, je me vois lui enfoncer mon poing au fond de la gorge, arracher son piètre cœur à mains nues, si tant est qu'il en ait un. Mes yeux s'agitent tandis que les siens espèrent une réaction de ma part. Je laisse mon esprit voguer loin de cette tente quelques secondes, juste pour parvenir à me contrôler. Je pense encore au visage d'Isaya et à ces quelques discussions où j'avais évoqué mon père. Elle m'avait contemplé avec une telle compassion qu'elle m'avait foutu les jetons ! Dans le fond, je me dis que c'est peut-être la façon qu'elle avait de me regarder qui parlait d'une admiration que je ne comprendrais jamais. Comment j'aurais pu comprendre quand je me retrouve face à celui qui m'a fait endurer le pire toute mon existence. Je me reconnecte à la réalité lorsqu'il m'entaille la lèvre sèchement et qu'il profère des insultes.

Son geste est stoppé par l'entrée de Viktor, le commandant de son armée.

— Je suis navré, Votre Majesté, je venais faire le point avec vous.

Mon père se redresse et retourne à sa table, désignant les pions à Viktor pour qu'il les ramasse. Son regard balaie mon visage. Il sait qu'il interrompt un instant crucial, et en lisant le soulagement dans ses iris, je me rends compte que c'était volontaire.

— Kaël, tu ne prends pas part au combat pour le moment. File vers l'ouest et arrête-toi au clan de Nalaire. Entraîne-les pour les prochains jours, ils seront les suivants à prendre le relais. Je suppose que c'est dans tes cordes… me dicte le roi en me fusillant du regard.

J'acquiesce de la tête et pars dans la direction indiquée. Si je comprends bien, il renouvelle ses gardes pour ne pas les fatiguer. C'est malin, et Aldoria sera incapable de tenir sur la distance. Il joue… encore. Il donne du spectacle et s'attend à recevoir de la peur ; c'est l'émotion dont il se nourrit le mieux.

CHAPITRE 65

Isaya

Le soleil décline lentement et les bruits alentour s'étouffent à mesure que la nuit s'évertue à engloutir l'ardeur des combats. La journée a été éreintante et j'ai l'impression que nous ne viendrons jamais à bout de cette armée. Les tambours de guerre ne cessent de battre la mesure au loin alors que d'immenses feux sont allumés. Ce soir, nous allons brûler les dépouilles de nos défunts et tenter de trouver un peu de repos. Je regagne le pont toujours en place et lève les yeux en fixant les étincelles qui s'envolent dans le ciel. Mon corps transpirant se traîne difficilement et les courbatures malmènent mes muscles forcément endoloris par les combats. Les blessés affluent par nombre vers la tente érigée afin que les soigneurs prennent le relais une nouvelle fois.

Je saisis un godet d'eau que l'on me tend tout en adressant un bref sourire au soldat face à moi.

— Isaya !

La voix de Garreth m'invective d'un ton presque froid, la fatigue se lisant sur ses traits. Lorsque j'arrive à sa hauteur, ce dernier m'indique d'aller filer un coup de main à mes sœurs et de prendre le temps de m'assurer que nous avons pu récupérer un maximum d'armes sur le champ de bataille. Il vérifie tout de même que je vais bien et repart. Je n'ose pas lui demander si nous avons plus de pertes que de blessés, parce que je le connais suffisamment pour savoir qu'il doit déjà culpabiliser pour toutes ces morts, bien qu'il n'y soit pour rien. Je ne sais pas ce que Garreth trouve à Maxwell, mais je suis certaine qu'il ne connaît rien de toutes ses magouilles. Quand tout sera dévoilé, cela risque de l'anéantir.

Prise d'un mal de tête, je me hâte de faire ce qu'il m'a réclamé avant de m'octroyer un peu de répit bien mérité. Les combats cessent petit à petit, bien que nous restions sur le qui-vive d'une attaque nocturne, nous ne maîtrisons que trop bien la fourberie du roi adverse et nous ne pouvons pas faire confiance au pacte d'engagement. Allongée dans un coin près de Philo, je laisse reposer un bras sur mon visage et ferme les yeux.

Les jours suivants se déroulent de la même façon. Barcéon n'envoie pas toutes ces troupes et nous éreinte, à croire que le mode opératoire est de savourer chaque jour en espérant que nous capitulerons ou mourrons d'épuisement. Le roi n'a pas pris part une seule fois au combat, tout comme ses fils, et nous ne l'avons aperçu qu'à la fin du premier jour. Il reste terré dans sa tente, échangeant sûrement stratégie avec ses hommes. Quel lâche ! Après tout ce qu'on m'a raconté à son sujet, je ne pensais pas qu'il était ce genre de roi à se cacher plutôt qu'à affronter ses ennemis.

Pour couronner le tout, après avoir brûlé nos morts, Garreth nous a appris que Kaël s'est échappé de sa geôle et est parvenu à rejoindre son clan accompagné de Clovis, ce traître. Il fallait bien se douter que Barcéon tenterait de récupérer son bourreau d'une quelconque manière. Pire, ils ont réussi sans encombre visiblement, et par la même occasion, l'un des nôtres a été corrompu, à moins qu'il soit de leur côté depuis toujours. Ça me fout en colère et je fulmine chaque fois que mes pensées s'égarent vers lui. J'ai la désagréable sensation que mon âme a été prise en otage. C'est certainement la fatigue qui me pousse à imaginer des choses, à vouloir me convaincre que j'ai peut-être eu tort de croire qu'il était si affable, mais en réalité, j'avais toute sa mauvaise foi sous les yeux depuis le premier jour. Je n'ai simplement pas voulu voir ce qu'il disait être. Un foutu monstre.

Lorsque je ferme les paupières, j'en viens même à douter qu'il se soit échappé, je m'interroge sur son existence et sur tout ce que ce connard m'a fait ressentir. Pourtant, chaque battement de cœur me rappelle qu'il était la force qui me manquait, le courage que j'espérais posséder et qu'il était tout ce que je désirais. Le bon comme le mauvais. La pulsation suivante me remémore sa trahison. Envers *moi*, et qu'il est pourri jusqu'à la moelle, tout comme son royaume. Il m'a blessée si profondément dans mon for intérieur, je crois que je ne pourrais jamais lui pardonner.

Dans une forme utopique de songe éveillé, je me plais à penser que toute cette stupide guerre peut s'arrêter d'une minute à l'autre, je me persuade que rien de tout cela n'est en train de se dérouler sous nos yeux terrifiés et que le passé pourra s'effacer comme un souffle. Puis dès que les étoiles laissent place à l'aube naissant, je repars avec mon épée à la main et toute ma rage au milieu de cette bataille qui nous divise. Puis encore une fois, le crépuscule se dessine dans le ciel flamboyant et je rentre au camp faire soigner mes blessures du jour et tenter de me reposer.

Plus tard ce soir-là, le calme, si on peut appeler ça ainsi, me fauche violemment et je sursaute alors que j'ai la sensation que je viens juste de m'assoupir. Un court instant, j'ai l'impression que la journée qui vient de s'écouler n'est jamais arrivée. Pourtant, l'horreur est tout autour de nous. Dans les cris des blessés, dans le silence de nos morts et dans le regard des autres. Elle se dessine aussi sur les traits inquiets de la reine, mais surtout dans les lignes ennemies qui s'animent face à nous. Je m'étire un peu et me relève. De toute façon, je ne pourrai pas dormir plus, alors autant me rendre utile. Je longe la muraille en saluant quelques soldats qui montent la garde. Mes yeux se posent sur l'horizon sombre et je me perds dans cette contemplation. Aldoria ne mérite pas ça. Les plaines sont ravagées par les flammes au loin, simplement pour tenter de ralentir nos ennemis. Pourtant, je sais que dès que les feux auront cessé leur progression, ils attaqueront à nouveau. Ils ont déjà détruit toutes les barricades que nous avions mises en place dans un geste de survie. Autour de moi, tous les visages sont creusés, épuisés, marqués par la douleur. Nous n'arrêtons pas une minute, si ce n'est les quelques heures de repos qui nous sont accordées chaque nuit pendant qu'une autre partie de la garde prend le relais. Mais, par les temps qui courent, je ne connais que très peu de soldats qui trouvent réellement le sommeil.

Je n'ai pas besoin de savoir qui s'approche lorsqu'une silhouette gracile s'accoude à mes côtés.

— Ils sont peut-être plus nombreux, mais ils n'ont pas cet espoir de vivre une nouvelle aube.

— Ma reine.

Je m'incline devant notre souveraine et cette dernière m'adresse un mince rictus bienveillant, mais tout aussi fatigué que le mien.

— Je ne suis plus ta reine ici, je suis ta sœur d'armes.

Je souris pour la première fois depuis des jours. J'aime qu'elle ne se planque pas comme ce satané roi. Bien sûr, elle n'est pas aussi présente sur le terrain que nous, elle doit gérer de nombreux échanges avec Garreth et Maxwell, ce dernier ayant de nouveau démontré sa loyauté en prenant les armes d'Aldoria.

— Vous serez toujours ma reine. Mais vous êtes une putain de guerrière de la mort !

Avant que je n'aie pu assimiler mon langage, je porte mes doigts à ma bouche comme s'il était possible de rattraper mes mots.

— Oups, désolée.

Son éclat de rire dans le silence est une vigueur qui prouve à tous que nous ne sommes pas encore vaincus. Les yeux dérivent vers nous, nous scrutant, et chaque visage se pare d'un sourire conquérant. D'une étincelle de vie, la reine a contaminé tous les rangs et l'espoir renaît au sein de ses troupes. Grâce à elle, les hommes et les femmes reprennent leurs forces qui étaient à plat et se voient pousser par le courage de notre souveraine.

— Ne sois pas désolée, Isaya. Je suis tellement heureuse de t'avoir parmi les miens.

Si je n'étais pas si épuisée, je jurerais apercevoir ses prunelles se brouiller d'un voile brillant.

— Tu es une guerrière redoutable, un réel atout pour notre clan. Je suis fière de chacun d'entre vous, car même dans l'adversité la plus menaçante, pas un seul des miens n'a faibli, n'a rendu les armes.

Elle dit vrai. Chacun aurait pu s'allier au camp ennemi, mais nous sommes là, blessés, éreintés, couverts de suie, de crasse et de sang, debout face à la mort qui vient nous cueillir. Ses mots sont un baume sur mes souffrances. Elle doit s'en rendre compte, car elle appelle tous ceux qui rôdent autour de nous. Sur une caisse en bois, elle grimpe et hurle à son peuple, ses guerriers, son clan :

— Mes chers soldats, merci ! Merci de garder votre force, votre mental par amour pour votre territoire. Il serait tellement plus simple pour vous de rejoindre le mal, pour votre famille de délaisser notre combat, mais vous êtes là, avec la bravoure et la vigueur qui vous définissent.

Elle s'arrête, laisse sa voix se perdre un instant dans le souffle du vent qui balaie les cendres tapissant le sol. Autour d'elle, les visages se redressent, certains gonflés par la fureur, d'autres translucides de fatigue, mais tous boivent ses paroles comme une eau promise trop longtemps oubliée. Mes muscles se détendent malgré la douleur, ses mots formant une bande de tissu réparatrice sur mes plaies. Les traits de mes semblables se regorgent, changent, formant de nouveau ce masque de protection incapable de craquer. Aujourd'hui, à même cette bataille, nous nous rappelons que notre union est notre force, que tous les soldats sont importants, que ce soient des hommes ou des femmes. Depuis toujours, nous nous démarquons par cette différence, ce qui rend notre nombre plus conséquent que les leurs, du moins jusqu'à ce que les autres contrées n'en constituent plus qu'une face à nous.

— Durant les derniers jours, nous avons perdu des frères et des sœurs, reprend-elle d'une voix qui se brise un peu, mais qui ne rompt jamais. Leurs noms resteront gravés dans nos chants et nos silences. Nous leur devons le regard que nous portons encore sur l'avenir : ferme, défiant et rempli d'espoir. Nul ne viendra nous dicter notre sort. Nul ne nous arrachera ce qui nous appartient.

Les mots qu'elle choisit sont volontairement ceux d'une guerrière, pas ceux d'une dirigeante. Un murmure parcourt la foule, qui devient bientôt un grondement quand les autres nous rejoignent. Elle descend de la caisse avec la lenteur d'une cheffe qui mesure chacun de ses pas, et nous, face à elle, nous levons le poing en signe de fierté, de cohésion et de puissance. La voix de Liam s'élève, forte, brute, pour chanter l'hymne d'Aldoria. Au fur et à mesure, tous nos timbres s'allient, une main sur le cœur, nous sommes parés à reprendre le combat. Nous n'avons jamais été aussi prêts.

Elle croise mon regard, ses prunelles, autrefois voilées, brillent désormais d'une lueur farouche. Sans détourner les yeux, elle me sourit, un geste bref, mais chargé d'une promesse : nous vivrons, et nous lutterons encore.

— Repliez les blessés vers l'abri ! ordonne-t-elle ensuite, sa voix retrouvant la précision d'une lame. Que ceux qui peuvent se battre regagnent la ligne de défense dès maintenant. Ce soir, nous pleurerons également, mais nous reprendrons ce qui nous a été volé. Car tant que l'un d'entre nous respire, la flamme ne s'éteindra pas.

Autour de nous, les instructions se répandent, les braises se font moins menaçantes tandis que la solidarité opère. Chacun de nous sait ce qu'il doit accomplir. Je retourne vers le camp et ramasse un bout de tissu pour le presser contre la cuisse d'Alban. La douleur s'inscrit sur son visage, mais il s'en sortira. Je continue mon chemin et arrive près de mon lit de fortune. Je me débarbouille, puis lave mes armes ensanglantées. Je suis fière de moi, de nous, nous n'avons pas abandonné. Sous ce ciel couvert où le soleil cherche à percer, dans l'odeur de la fumée, je sais que nous ne sommes plus un clan, nous sommes une promesse. Une promesse de ne jamais plier le genou.

CHAPITRE 66

Kaël

Trois jours que je suis ici pour entraîner des troupes qui ne sont pas les miennes. Quelle putain de mascarade ! Ils ne sont pas mauvais, mais ils ne sont pas bons. Ils sont las d'une vie qu'on les a forcés à endosser. Mes oreilles traînent et j'ai remarqué les visages sans expression, les murmures dévoilant que la guerre n'était pas du tout dans leurs projets, qu'ils auraient préféré garder les quatre vents intacts.

Quelle bande d'incapables !

Je lance mon poing contre le premier arbre qui me fait face et fulmine. Moi non plus, je n'ai pas choisi cette vie, on me l'a imposée, et quoi ? Je suis toujours là !

Cette douloureuse prise de conscience est un uppercut dans mon ventre. Qu'est-ce que j'aurais décidé d'être si on ne m'avait pas élevé pour être un bourreau, un tueur ?

Je disjoncte complètement à force de côtoyer ces peuples de faiblards.

— Mon meilleur pote est malheureux et ça me fennnnd le cœur ! Tu n'as plus cette fougue dans tes yeux, cette étincelle de certitude.

Clovis se poste à côté de moi en agitant ses mains, comme chaque fois qu'il parle, avant de s'asseoir sur les feuilles mortes tombées au sol. Il m'insupporte dès qu'il ouvre la bouche celui-là.

— Triste ? Ça fait des jours que je n'ai pas tué et je sens que ma patience s'amenuise à mesure que tu respires le même air que moi ! Je me disais que ça pourrait s'arranger… affirmé-je en le rejoignant sur son tapis moelleux aux couleurs brunes et orangées.

Il soupire, un rictus au coin des lèvres.

— C'est une déclaration d'amour ? Je suis très touché, bien que l'idée que tu poses tes paumes sur mon corps parfait me rebute. Il te manque quelques atouts, mon loustic, ricane-t-il en mimant une paire de seins bien ronds.

Je lui lance un regard meurtrier et il lève les mains en signe de reddition.

— Tu ne me tueras pas, Kaël. Même si tu te planques sous ton masque de l'homme imbu de lui-même, je sais ce qui se trame sous ta caboche. Ça cogite dur ! Justement, car tu n'abats personne et que ça te rend plus… humain.

Conneries !

— Tu vas te reconvertir en diseuse de bonnes aventures si tu veux mon avis, pas en pilleur de pacotilles !

Sa tête part en arrière, son rire franc inonde la forêt.

— Putain, tu deviens même drôle !

Je ne peux empêcher un léger sourire d'ourler mes lèvres. Dès que je m'en aperçois, je reprends mes traits pour afficher un masque de pure indifférence. Durant ces jours loin du camp où stationne mon père, je n'ai pas pu récolter plus d'informations sur mon frère, je ne sais pas s'il a rejoint le combat, s'il est toujours à Barcéon. Mon cerveau se tourne aussi vers Isaya. A-t-elle été tuée ? Pourquoi ai-je cette pointe dans mon cœur à cette perspective ? C'est ce que je voulais, non ? Ce qui est le mieux pour moi… ou pour elle.

Foutaises !

Évidemment, j'aurais préféré lui faire la peau moi-même et lire toute sa souffrance inonder ses pupilles pour les garder en mémoire toute ma putain d'existence. Elle serait incapable de se plier à mon père si on lui laissait une chance de rejoindre notre camp. Je revois son visage hargneux à la sortie de la roseraie, ses sourcils froncés quand elle m'a appris qu'elle savait que j'étais de Barcéon. Dès que je ferme les yeux, je distingue sa bouche entrouverte alors que je la prenais avec fougue, ses seins de porcelaine s'agiter sous mes coups de boutoir et cette forme de pureté qui émanait d'elle. Comme si son aura devenait calme comme un ciel après une tempête. Mais aussi, sa force, son combat, sa renaissance. Puis j'entends son cri de douleur au moment où la tête de sa copine l'empoisonneuse est tombée au sol. Je l'ai transformée en bête et, à présent, elle pourrait rivaliser avec moi sans problème. *Deux monstres nés d'un enfer différent.*

— Kaël ? Tu es encore avec moi ?

Clovis me remue l'épaule et j'agrippe son poignet pour lui faire comprendre que je suis toujours un tortionnaire et que je n'hésiterai pas à le… lacérer sans scrupules. Mais la réalité, c'est que je n'ai même pas envie de le tuer pour de bon.

Des pas adviennent dans notre dos, les feuilles craquant sous l'impact du poids. J'intime à Clovis de la fermer d'un index sur la bouche, puis je me lève dans le plus grand silence. Ma paume sur mon épée, je sens que la personne qui arrive n'est pas de Nalaire. Pas le même équipement, pas la même nonchalance. Non, c'est un homme de chez moi. Ami ? Ennemi ? Je vais bientôt le savoir. Avant que le soldat n'atteigne ma hauteur, je l'entends m'appeler :

— Kaël ?

C'est Viktor. Le meilleur ami de mon frère. Qu'est-ce qu'il fout là ? Il ne devrait pas être en plein combat ? Je sors de ma planque et il sursaute, levant son poing pour se défendre. Je monte les mains devant moi en signe d'innocence feinte et réplique :

— Si même le commandant déserte ses rangs, il y a vraiment une pomme pourrie dans le panier !

J'use de mon humour, mais je ne comprends pas pourquoi cette guerre n'est pas encore terminée. Aldoria est toujours en position alors que leur armée est insignifiante face aux nôtres. Comme s'il lisait dans mes pensées, Viktor crache de sa voix de stentor :

— On dirait bien que ton père fait traîner les choses en longueur. Comme tu as pu l'entendre, il n'a déployé qu'une infime portion de ses troupes pour fatiguer Aldoria et il semble se repaître de la situation. Il joue et se délecte de la partie en cours… Les siens se relaient sans cesse, il intègre au fur et à mesure les Nalairiens et les Velkhariens afin de montrer qu'il les a tous à ses pieds. Je suis d'ailleurs ici pour venir chercher les hommes que tu supervises ces derniers jours. Il veut les envoyer en première ligne, tu te doutes bien.

Mon père n'a jamais respecté que ses propres règles. Sa façon de faire lui ressemble. Surtout à l'orée de sa toute-puissance.

Je tique cependant sur le fait que ce soit son commandant qui se charge de cette tâche.

— Et pourquoi ce n'est pas Jinken qui s'en occupe ?

Son air fuyant m'indique tout de suite qu'il me cache quelque chose.

— Il se pourrait que notre roi et moi ayons des rapports un peu… tendus.

— Hum… dans ce cas-là, pourquoi tu as toujours la tête bien accrochée à ton corps ? pesté-je pour le pousser dans ses retranchements.

Il me jauge, m'inspecte, sûrement pour déchiffrer ce que je pense de tout ça. Beaucoup imaginent que je reste fidèle à mon roi, car je suis sous son emprise. Ils ne savent juste pas que je dévouerai ma vie à Zayan dès qu'il se sentira prêt à gouverner, puisque lui seul a mon entière loyauté. Donner le change n'est pas une tâche facile, surtout quand le roi a fait de vous sa main exécutrice, son jouet. Il fallait bien que je demeure en vie pour mon frère, pour le jour où il sera enfin glorifié. Viktor est dans la confidence, mais se demande si je suis toujours du bon côté. Apparemment, il lit correctement en moi, car il me prend le bras et m'emmène à l'écart de Clovis pour me susurrer :

— Ton père a emprisonné ton frère dans une des tentes qu'il a fait installer. L'endroit est sous bonne garde, je n'ai pas pu l'apercevoir depuis qu'il a été amené.

La surprise me cueille alors que je devrais m'attendre à ce genre de stratagème venant de mon dirigeant. Mais de là à enfermer son héritier favori, je suis hébété, et ça doit se voir sur mon visage pour la première fois de mon existence.

— Mais pourquoi ? Ce fumier… Je me disais bien que son annonce sonnait fausse.

— Zayan voulait te libérer d'Aldoria et… apparemment, ce n'était pas dans les plans du roi. Écoute, je crains pour la vie de ton frère…

— Père ne lui ferait jamais de mal, il a été élevé dans l'espoir qu'il prenne sa suite ! Qu'est-ce qu'il s'est passé pour que tout se disloque, ces derniers mois ?

Le coup de massue qui finit par me revenir dessus est pire que tous les autres. Non seulement il voulait me tuer, mais il comptait aussi me laisser pourrir dans une des cellules de ses pires ennemis. Je ne sais pas d'où peut provenir la haine qu'il a à mon égard, mais d'un côté, ça m'atteint. Pas comme une lame tranchant la peau, non. Plutôt comme une blessure qui nécrose chaque fois qu'on y jette un peu plus d'huile pour ne jamais oublier pourquoi on est là. J'ai toujours respecté à la lettre tout ce qu'il m'a demandé. J'ai tué, j'ai exterminé, j'ai subi, j'ai changé, je me suis transformé en la bête féroce qu'il voulait que je sois, mais je ne suis pas assez bien pour lui. Mes articulations craquent quand mes doigts se replient sur mes paumes. Mes jointures blanchissent et mon corps entier se crispe sous toute cette haine qui m'envahit. Et maintenant, il tente d'évincer Zayan en le retenant prisonnier contre sa volonté ? Le pouvoir lui est monté à la tête et sa folie est devenue pire que son entêtement. La main de Viktor se pose sur ma cuirasse et je ne le repousse pas.

— Ton frère ne croit plus en Barcéon tel qu'il est dirigé actuellement. La tension n'a fait que s'accroître depuis ton départ. Ton père… Enfin, Zayan avait des doutes sur son état mental depuis un certain temps déjà. Les médecins ont dit que c'était passager, mais tout s'est accéléré. Il a tué des gens juste pour se divertir ! Cette guerre, c'est de la pure folie.

Mon frère ne m'a fait aucun retour là-dessus dans ses lettres. Je m'écarte vivement en lui jetant un regard ombrageux. J'ai du mal à croire ce qu'il m'annonce, parce que Zayan était aussi en faveur de cette foutue guerre. Alors, qu'est-ce qui a vraiment changé depuis mon départ de Barcéon ?

Viktor pousse un soupir et reprend :

— Je l'ai vu remuer ciel et terre pour essayer de te faire revenir auprès de lui en vie. Il a tardé, parce qu'en fin de compte, il a estimé que tu étais plus en sécurité ici, avec ton oncle.

Quoi ? Ce traître…

— Mon oncle ? persiflé-je. Cet être corrompu jusqu'à la moelle !

— Je regrette, mais il faut lui faire confiance. Zayan a dit…

— Je me fous de ce qu'il a dit ! J'ai croupi pendant des mois dans ce reinaume de malheur sans pouvoir agir et tout ça pour quoi ? Pour que mon père tente de m'assassiner, que Maxwell retourne sa cape et que mon frère se retrouve prisonnier de son propre royaume ? vociféré-je en le bousculant.

— Kaël ! *Téa néora silen,* dit-il calmement.

L'enfoiré ! Ces mots de notre enfance viennent forcément de Zayan. *Ta force te guidera…* un serment que l'on s'est toujours répété pour oublier que nous n'étions pas des petits garçons à l'avenir comme les autres. Une façon de rester ancrés dans nos représentations de gamins, mais ça n'a pas suffi. Je suis tout de même devenu un tueur au sang-froid inébranlable. Je stoppe ma progression et me retourne pour plonger dans son regard vert.

— Il ne veut pas que tu le libères, il est bien trop surveillé. Ça te coûterait la vie. Il souhaite que tu procèdes comme il te l'a toujours appris. Pas que tu te laisses aveugler par des années de lavage de cerveau.

Mes yeux se ferment, incapables de faire face à la situation à laquelle il me contraint. Moi, je suis fait du bois de la destruction, j'opère et je tue par instinct, jamais par réflexion. Ce scénario ne me plaît pas, car il implique que je me fasse confiance. Or, malgré les apparences, ce n'est pas le cas. Pas quand il s'agit de mon frère.

— L'avenir de Barcéon est entre tes mains… m'achève le chef de guerre en me délaissant.

Je souffle longuement en levant la tête au ciel, comme si quelqu'un là-haut pouvait me tirer de ce bourbier dans lequel mon aîné m'a fourré. Si je le retrouve, je lui lime la nuque ! Parole de bourreau.

CHAPITRE 67

Isaya

L'odeur de chair brûlée, d'entrailles pourries et de mort se répand tout autour de nous.

Les visages maculés de sang, les bras engourdis, nous continuons à défendre nos positions malgré la progression constante, bien que lente de Barcéon. Le jour s'est levé et avec ça une nouvelle rafle de violence. Lorsque je tourne la tête, je vois des corps tomber, nos soldats reculer au fil des heures qui s'écoulent. Dans la douleur, dans le courage et dans une vaine tentative de rester debout jusqu'à la prochaine rotation.

Les temps de repos sont de plus en plus rares. J'ai l'impression que mon armure est devenue une seconde peau, mes cheveux courts sont relevés tant bien que mal, mais la sueur serait en mesure de les faire tenir tout seuls. Je boitille en direction de la tente où se tient probablement le dernier conseil de guerre. Intriguée par le ballet de personnes qui s'y infiltrent, je réalise les cent pas devant, l'accès étant réservé aux dirigeants. Pourtant, je meurs d'envie de les interrompre pour crier toute la rage qui me consume à cet instant. Tout ce que j'ai besoin de revendiquer. En me glissant à l'arrière, je peux observer la scène par un trou dans la toile.

— Ma reine, vous ne devriez pas retourner sur le front. Nous devons nous replier et tenir les positions.

La voix de Garreth se veut douce, mais ferme. Pourtant, de là où je suis, je comprends que Sa Majesté est loin d'être en accord avec cette décision. J'en suis d'autant plus persuadée lorsqu'elle se rapproche du commandant et qu'elle lui dicte d'un ton froid :

— Ne croyez pas que je vais rester ici les bras croisés à attendre que ce pauvre fou vienne nous tuer dans l'enceinte du château ! Il en est hors de question !

Sa phrase sonne le glas de la réunion, puisque cette dernière quitte la tente à la hâte, furieuse de la tournure qu'on semble vouloir lui imposer.

Elle ne s'interrompt pas au passage des autres soldats et se dirige droit vers l'infirmerie, résolue à se sentir utile. Je cours pour atteindre l'entrée et marque un temps d'arrêt en voyant tous les visages du conseil sortir de là, dépités.

— Nous ne gagnerons jamais cette guerre, soupire Maxwell en touchant l'armure de son confident.

— Elle ne compte pas le remporter, précise Garreth en baissant le regard.

Je ne sais pas pourquoi, mais à cet instant, j'ai le besoin viscéral d'intervenir, malgré toute la fatigue des derniers jours qui s'accumule dans mes épaules et veut faire exploser ma boîte crânienne.

— On abandonne ? On abandonne vraiment ??

Les dirigeants, dont le roi consort, glissent tous une œillade amère vers moi, comme si le fait de formuler tout ce que tout le monde s'évertue à ne pas vraiment prononcer était un vilain mot.

D'un signe de la tête, Garreth m'invite à effectuer quelques pas avec lui. Mains derrière le dos, il me dépasse et je le suis, le pas traînant.

— Isaya, ce combat tue notre peuple. Ce n'est pas un abandon de baisser les armes, c'est de la survie. Les batailles ne se gagnent pas en décimant toute une cité. Aldoria souffre et sera probablement démoli, mais la priorité est de sauver tous ceux qui peuvent encore l'être. Si se retirer est la meilleure solution, eh bien… il n'y a plus qu'à s'y plier.

Ses mots me coupent le souffle et m'empêchent de continuer ma progression. Pendant un instant, j'imagine ma contrée anéantie, je regarde autour de moi, seul le château semble indestructible. Les vallées sont ravagées, la verdure arbore désormais une couleur cendrée. Tout ça, ça se répare, ça se soigne. Tant que nos murs tiennent, nous nous devons de les protéger, car ils renferment notre avenir, le cœur de notre population, les femmes, les enfants, les paysans, des familles entières qui subiront un destin instable et incertain si on les abandonne entre les mains de Barcéon.

— Je ne suis pas d'accord. Je veux pouvoir faire encore plus, défendre cet endroit jusqu'à la mort et remporter la bataille, finis-je par dire, une boule au ventre.

— J'admire ton optimisme et ta détermination, Isaya. Cependant, ta peine et ta rage sont en train de te consumer. Tu as oublié que ta formation de soldate est initialement prévue pour protéger ta reine et ton peuple. Nous avons mis du cœur à entraîner des combattants aptes à l'analyse et à la réflexion, pas des têtes brûlées suicidaires.

— Mais…

— Isaya… Tu deviens comme *lui*.

Mes larmes se déversent sur mes joues alors que la réalité de cette guerre me frappe en plein cœur. Garreth met des mots sur ce que je ne veux surtout pas être. Je sais très bien qu'il fait référence à Kaël et à son incapacité à différencier le mal du bien.

L'espoir que j'ai eu de le changer est tombé à l'eau, car l'espoir, c'est pour ceux qui ont encore des rêves. Or, en enfer, les rêves sont des pièges qui détruisent les âmes. Les terres brûlées qui encerclent le château sont bien la preuve que tout ce que nous avons connu jusqu'ici n'existera plus que dans nos souvenirs et que le moment est venu de limiter les dégâts.

Je n'en reviens pas. Après tout ce qui est arrivé, ce par quoi nous sommes passés, Barcéon débarque à nos portes, leurs soldats à peine essoufflés, alors que nous sommes à bout.

Je me résigne lentement en essuyant les larmes qui maculent mes joues et mon chef m'adresse un sourire compatissant.

— Ce n'est pas fini, Isaya. Ça peut prendre des années. Et parfois, il faut savoir abandonner une bataille pour gagner la guerre. Reste en vie, et ensuite, nous pourrons panser nos blessures. Va changer ton bandage, puis file te reposer. Les prochaines heures vont être décisives.

Cet échange avec le commandant a eu le don d'apaiser les tensions qui m'habitent. Aujourd'hui, il m'offre la possibilité de lui prouver qu'il a raison de croire en moi depuis le début, et je compte bien saisir cette opportunité.

***

Quelques heures plus tard, Sora nous briefe et nous donne les prochains ordres tandis que Garreth coordonne ses troupes tout en aiguisant son arme. Barcéon paraît moins vindicatif, presque au ralenti depuis le début d'après-midi, ce qui semble promettre une accalmie que nous redoutons tous.

Soudain, un cor retentit en haut des murailles et une nouvelle annonce vient bousculer toutes nos espérances. Nous tournons d'instinct la tête pour voir ce qu'il se déroule au nord, et chaque soldat se relève comme un seul homme. L'horreur n'avait visiblement pas atteint son paroxysme lorsque des gardes hèlent que Barcéon s'est déployé tout autour du reinaume et que nous devons protéger les portes tout de suite. Ils nous ont encerclés, pour le moment à bonne distance encore de nos murs, mais chaque seconde qui passe les rapproche inexorablement de nous. Ils comptent nous étouffer, nous réduire en bouillie, et je sens déjà le manque d'air m'envahir. Je peste de ne pas avoir compris leur stratégie plus tôt et cogne dans une pierre du bout de ma botte.

Je lance un coup d'œil à Garreth, qui réagit instinctivement en vociférant des ordres à ses hommes.

— On peut encore gagner du temps, hurlé-je au commandant, qui fait tournoyer son épée au-dessus de sa tête comme si elle ne pesait rien.

— À la porte ! s'égosille-t-il en m'indiquant du geste de la main la position qu'il souhaite que je prenne.

— Soldates, on se replie et on protège la reine coûte que coûte ! crie Sora en se dirigeant vers nous au pas de course.

Elle tape dans nos armures pour nous mettre en condition, pour faire grimper cette pression qui ne nous quitte jamais vraiment.

— Non ! On tient la porte, craché-je en talonnant le commandant, qui ne semble plus écouter ce que nous sommes en train de dire. Ils ne sont pas assez nombreux pour les retenir !

Ma voix monte dans les aigus, probablement à cause de l'urgence de la situation, et j'entends Sora pousser un juron.

La seconde d'après, elle intime à un grand groupe de soldates de suivre sa seconde jusqu'à la garde rapprochée de la reine, puis enjoint à celles qui l'entourent de se rendre jusqu'à la porte pour aider les hommes.

— Ton insubordination va te coûter cher, soldate ! articule-t-elle.

— Je sais. On en reparle après la bataille, souris-je d'un air espiègle.

— J'ai toujours rêvé de leur botter le cul à ces abrutis. Si jamais je peux viser dans la tête d'un prince, laisse-moi cette chance, s'il te plaît !

— Avec plaisir, dis-je en dégainant mes armes à mon tour.

Je rigole avant que la tension ne revienne peser sur nos épaules.

Notre bataillon quitte l'enceinte du château pour renforcer les rangs déjà en place avec ceux qui, depuis les dernières heures, tiennent les positions défensives sans relâche. Philomène est à mes côtés, et je suis rassurée à l'idée de mourir auprès d'une amie. Sélène s'imprime dans ma tête, déterminée, droite, car elle aurait été fière de moi.

L'annonce du repli a profité à Barcéon, et les voilà, en masse sombre et imposante, avançant pas à pas jusqu'à ce qui sera notre ultime demeure. Aldoria, dans quelques heures au mieux, sera un putain de cimetière à ciel ouvert et je figurerai parmi les victimes, puisque je ne laisserai jamais personne me forcer à appartenir à Barcéon. Pourtant, au fond de moi, je sais que c'est notre seule solution, notre unique chance de les empêcher de tout détruire et de tous nous tuer.

Les cris de rage retentissent alors que nous regagnons le pont que nous avons protégé jusqu'ici.

Dès que nous en avons la possibilité, nous tirons à tour de rôle les blessés pour les faire atteindre le point de retour et repartons vers l'avant pour abattre nos ennemis. Les épées s'entrechoquent, les corps se percutent. Mes yeux sont lourds, et des giclées de sang viennent colorer mon visage. Je m'essuie à la hâte, puis tends le bras vers un adversaire. Ma lame se fiche dans son cou comme dans du beurre. Erreur de débutant : il n'avait pas protégé ce petit carré de peau fatal. La lutte fait rage, et pourtant, nous n'en voyons pas le bout. La masse de soldats ennemis se rapproche sans cesse de nous et ébranle encore une fois mes certitudes. Nous allons mourir.

Le souffle court, on m'arrête en posant une main sur mon épaule. Mon premier réflexe est de lever ma dague face à la personne qui m'agrippe, les iris pleins de fureur et de dégoût. Sora me fixe, les yeux dans les yeux, et ma respiration saccadée s'accélère encore un peu. J'aurais pu la tuer !

Dans son regard, je sens la désillusion et l'espoir qui s'amenuise à mesure que nos pupilles s'accrochent. J'entends les rugissements autour de nous, les voix qui s'éteignent et je perds la notion de ce que nous devons faire.

— On ne gagnera pas, avoue-t-elle. Ils sont trop nombreux.

— On peut garder le pont. Rentre ceux qui ne sont pas utiles et on fera le nécessaire pour les ralentir, dis-je en scrutant autour de moi. On ne peut pas abandonner. Pas encore.

Sora hésite, préférant certainement se mettre à l'abri, mais soudainement, elle hurle de plus belle en me relâchant, donnant de nouveaux ordres à ceux qui nous entourent. Quand j'écoute son discours, elle laisse les soldats décider de leur propre sort. Les regards se mélangent, se questionnent.

— Je suis là pour défendre Aldoria, lance un premier garde.

— Je protégerai ces portes jusqu'à mon dernier souffle, ajoute un autre.

— Si nous sommes les ultimes remparts avant qu'elles ne tombent, alors nous nous battrons côte à côte, crié-je avec un regain d'espoir.

— Pour Aldoria ! reprennent en chœur les soldats qui combattent déjà ici.

Sora capitule et adresse un signe aux archers sur la muraille pour les informer de notre décision finale.

Il ne faut pas plus de quelques minutes pour que nous revenions à nos positions et que les flèches partent se figer dans les troupes ennemies en approche.

Garreth débarque au galop depuis l'autre bout et s'arrête devant nous.

— Les Nalairiens viennent d'arriver avec le bourreau en tête de file !

— Le bourreau ? m'exclamé-je, incrédule.

— Ce fils de traître ne perd rien pour attendre, crache Garreth en me dévisageant.

À l'évocation de son statut, mon sang ne fait qu'un tour. Nous sommes clairement et irrémédiablement foutus. J'avais espéré que ce connard se fasse tuer d'une façon ou d'une autre, ou tout simplement qu'il ne remette jamais les pieds ici, mais il faut croire que ce genre d'individu récalcitrant est du type tenace et refuse de crever pour le bien de l'humanité.

Je chasse cet indicible de mes pensées et embroche un assaillant qui arrive sur ma droite. Le sang me gicle sur le visage et je retire ma lame d'un geste brusque en le repoussant de ma botte. L'homme s'écroule, et les mouvements, devenus mécaniques et désordonnés, s'enchaînent dans une danse macabre.

Je trébuche sur un cadavre et je me rattrape in extremis avant qu'un Barcéonien ne me perfore l'abdomen. Le souffle court, mon esprit divague de temps à autre et je peine à rester concentrée. La fatigue, la faim, nos corps noueux et nos blessures, même si elles sont pour la plupart superficielles, nous affaiblissent.

Perdue dans le bruit de la bataille, je n'entends plus que mon cœur battre dans mes tempes.

Ici, au cœur du chaos, je n'ai plus la moindre énergie. Pourtant, je frappe encore. Sans relâche. La gorge sèche, les muscles tendus et douloureux, je donne mes dernières forces sans songer à l'après, parce que si j'y pense, je vais m'effondrer. Notre infériorité s'en ressent d'autant plus lorsque le hurlement agonisant de Sora me parvient non loin de là où je me défends. Elle s'écroule, les yeux révulsés et vidés de toute vie, du sang sortant par la bouche et le nez.

— Non, non, non. SORAAAAAAAAAAAAA !

J'étouffe un cri, une plainte parce que nous tombons à chaque seconde un peu plus.

La douleur, la rage, le désarroi. C'est tout ce que j'éprouve à présent.

Leur surnombre aura raison de nous.

Nous avons eu tort. Nous avons eu tellement tort de croire qu'Aldoria pourrait être sauvé. Je n'ai plus aucun espoir, sauf que je ne m'arrêterai que lorsque la mort me prendra à mon tour.

Mes genoux cèdent, mais je me relève derechef et poignarde à mort un soldat vêtu des couleurs de Barcéon. Je ne distingue même plus qui est dans mon camp et qui ne l'est plus tant les corps s'accumulent. Des monticules de cadavres s'entassent encore et encore et je dois les enjamber, leur marcher dessus en escomptant ne pas trébucher.

La pluie tombe sur nous, rendant les conditions de plus en plus difficiles, je ferme les paupières et tente de reprendre mon souffle. Abattue par cette bataille sans fin.

Soudain, un cri résonne. Un appel, une voix que je reconnais.

Je suis à bout de forces, luttant contre moi-même, pourtant, je rouvre les yeux pour voir qui m'appelle, alors que je sais que c'est lui.

Je crois que mon esprit me joue des tours, mais il est vraiment là, chevauchant son cheval avec grâce et mépris. Je suis sale, éreintée, mon épée pèse comme un poids mort dans mes mains, mais je recule pour imposer une distance supplémentaire en espérant qu'il se détourne enfin. Mais il me fixe d'où il se trouve, sans m'approcher pendant que je persiste à vouloir repousser tous ceux qui tentent de rentrer dans la cité. En regardant autour de moi, nous ne sommes plus nombreux, la majorité sont blessés et se sont rapatriés dans le château. Dans la sueur qui coule dans mon dos, dans mes membres endoloris et lourds, je suis dans un état second. Les hommes arrivent vers moi, mais ils ne sont plus que des pantins. Je ne distingue plus leur visage et les poignarde, un à un, jusqu'à ce que tous tombent. Mon flanc est transpercé depuis quelques jours déjà, et ma blessure s'est depuis longtemps rouverte. Je tremble, puis chute au sol à genoux. Au-dessus de moi, un soldat à l'apparence grave s'approche, son arme levée. Il va me tuer. C'est la fin. Il semble amusé par la situation alors que j'ai toutes les peines du monde à rester consciente. La lisière entre la vie et la mort est si fine, en fin de compte. Quelques mèches me tombent sur le visage, maculées de sueur, de sang et de boue. Mon corps entier endolori, je fixe cet individu sans vraiment le voir.

En réalité, je n'aurais jamais cru que ça se terminerait de cette façon.

Les bruits autour disparaissent, étouffés par le poids de mes derniers instants sur terre. Je lève la tête, prête à abandonner, lorsqu'une lame transperce le Barcéonien avec une force déconcertante. L'homme est soulevé du sol et tout son corps se retrouve fendu sur la longueur. Je vacille et manque de vomir quand j'essuie mes yeux des viscères poisseux qui les recouvrent, puis deux bottes apparaissent.

— Je suis là, *Néora*...

Ce putain d'enfoiré ! Il est réel. Je croyais que la mort venait me cueillir, que j'allais enfin avoir le répit que je mérite, et en fin de compte, cette garce à cape noire et à la fourche affûtée se matérialise en celui que je déteste le plus au monde.

Mais quelle ironie de merde ! On ne peut même plus crever en paix.

— Casse-toi ! trouvé-je la force de lui hurler en me redressant maladroitement.

Autour de nous, les combats continuent. Je remarque Philo affronter deux hommes, ses deux épées en main qu'elle fait tournoyer. On a l'impression que cette danse macabre ne peut l'atteindre. Plus loin, Alban et Liam slaloment entre les flèches enflammées que Barcéon envoie, tout en pointant leurs arcs pour riposter. Sora est allongée au sol, elle ne bouge plus et une pointe perfore mon cœur. Elle s'est bien battue et ça a été un honneur de pouvoir combattre aux côtés d'une telle femme. À cette pensée, je songe à mon frère, qui passait de plus en plus de temps avec elle.

Tout s'écoule au ralenti et il me semble que je ne suis plus tout à fait là.

Le son des tambours martèle mes oreilles, et je ne comprends pas immédiatement ce qui se trame. Le regard de Kaël dévie de moi aux immenses portes qui tiennent encore debout et le craquement bruyant me pousse à me tourner.

Pourquoi est-ce qu'ils les ouvrent ? Lorsque je redresse la tête, les soldats s'écartent pour laisser place à notre reine, assise fièrement sur son cheval royal. Elle paraît épuisée, pourtant, ses traits sont empreints de détermination. Elle avance, accompagnée de ses plus fidèles gardes.

De l'autre côté, traversant le champ de bataille, l'homme à l'origine de cette guerre progresse également, le visage teinté d'un rictus malveillant. Je n'avais même pas remarqué que sa petite délégation avait réussi à arriver jusqu'ici tant j'étais concentrée dans le combat.

Ma mâchoire se serre. Le temps semble se suspendre à l'infini. Les deux silhouettes imposantes se font face à présent. Comme si cela était signe de temps mort, les deux armées arrêtent instantanément leur lutte et écoutent ce que leurs couronnes vont statuer.

Tel le premier jour, ils se jaugent de leur toute-puissance. Elle, la rage au ventre de voir la plupart de ses soldats à terre, lui, jubilant de sa presque gloire alors qu'il n'a rien fait pour ça.

— Tu es enfin décidée à rendre les armes, Feya ?

L'évocation de son prénom dans la bouche de cet homme perfide est un affront. Sur mes jambes tremblantes, je reprends ma position de défense, une main sur mon flanc blessé, les yeux aux aguets. Maxwell et Garreth arrivent à la suite de notre souveraine. Ils sont eux aussi très abîmés.

— Tu sais bien que jamais je ne permettrai que mon peuple se retrouve entre tes griffes… siffle-t-elle en insistant sur le dernier mot.

Le roi ricane, détourne la tête pour inciter les gardes dans son dos à faire de même. Bientôt, la vallée est envahie de leurs rires sans joie, de cette froideur qui consume peu à peu les nôtres. J'en profite pour reprendre mon souffle et me force à *le* regarder dans les yeux une ultime fois.

Ses orbes noirs sont déjà dans les miens. Il me scrute, mais pas comme d'habitude. Une lueur de fierté s'agite dans ses prunelles, et j'ai envie de lui en mettre une bien fort. Une larme silencieuse s'invite sur ma joue et je m'admoneste d'être aussi stupide. Alors que je détourne le visage, prête à effacer le sien de mon esprit pour toujours, les voix s'animent et s'élèvent.

— Tu ne peux que t'en vouloir ! C'est ta faute si j'ai déclenché cette guerre ! Tu n'as rien fait pour contrecarrer le plan diabolique de ton père !

Le roi de Barcéon remue de plus en plus sur son cheval au fil de ses mots, son ton monte et ses paroles sifflantes expriment toute sa rage. D'un geste possédé, il s'agrippe les cheveux et paraît revêtir un état second sous nos yeux. Tout le monde s'observe, même ses hommes, qui ne comprennent pas ce qu'ils foutent là.

— Nous aurions pu régner ensemble sur les quatre vents, mais à la place, j'ai dû épouser une femme que je n'aimais pas pour te remplacer !

La reine Feya fronce les sourcils, déstabilisée. Elle non plus ne sait plus trop que penser de son discours complètement hors sujet.

Toute cette tuerie pour un chagrin d'amour ? Toute cette haine pour une princesse qui était incapable de stopper la folie de son père ? Même si je me suis juré de ne plus le faire, je bascule ma tête vers Kaël. Il dévisage son roi avec stupéfaction avant de se ressaisir.

— Calum… qu'est-ce que tu racontes ? tente notre souveraine en descendant de sa monture.

Elle s'approche de lui, mais est arrêtée par Maxwell qui, d'une main sur son bras, maintient la distance.

CHAPITRE 68

Kaël

La veille

Voilà des jours que je déambule de camp en camp, exigeant des réponses, grattant sous la couche de terreur que je procure aux Nalairiens et aux Velkhariens. Ils savent qui je suis et ne me font pas confiance. Ils ont raison, car chaque détail qu'ils pourraient me donner se retournerait contre eux. Ou pas. Peut-être que, cette fois, nous avons un intérêt en commun.

Leurs discours tout faits pourraient presque m'attendrir si seulement j'en avais quelque chose à foutre : oui, ils sont désormais fidèles à notre couronne, et non, ils ne comptent pas changer de clan.

Foutaises ! Si j'en menaçais quelques-uns, ils se chieraient dessus et j'aurais enfin de vraies réponses !

Cependant, je suis bien plus malin qu'eux, et surtout, j'ai assimilé ce jeu depuis tout petit. J'entends leurs murmures, je sens leurs regards dans mon dos quand je fais mine de me détourner. Ça grouille, c'est perfide et sous-jacent, mais je les aurai, je m'en fais la promesse.

En furetant au gré de mes pas, j'ai tout de même appris que Zayan est à quelques kilomètres du camp de Barcéon posté à Aldoria. Il y a deux nuits, j'ai tenté une approche, mais comme me l'avait signalé Viktor, la garde mise en place pour empêcher son évasion est impressionnante. Un court instant, je me suis vu faire un massacre juste pour le plaisir de contrarier le roi, mais je me suis retenu pour mon frère. Uniquement pour lui. Mon père a déployé un effectif considérable, je dois dire que j'aurais pu apprécier l'effort s'il n'avait pas joui de sa suprématie en manipulant ses sentinelles comme il l'a fait avec ses enfants pendant des années. Des putains de pions qui ont cru en leur père, en leur roi, alors que lui, tout ce qui le fait vibrer, c'est l'idée même de détruire.

Tu es comme lui, cingle mon honnêteté.

Il désire être le maître des quatre vents et semer la terreur à tout-va. Il veut avoir l'ascendant sur nous, chair de sa chair, sur son royaume, sur ses ennemis… peu importe tant que le monde se plie à sa volonté.

Mon inconscient me marque au fer rouge que je suis son exacte copie, représentant son obscurité et sa noirceur, sa folie et sa fureur. Longtemps, j'ai cautionné sa dominance et son pouvoir. Sans m'en rendre compte, j'ai été manipulé toute ma vie. Une existence dédiée à un monstre plus grand que moi, un monstre qui m'engloutira si je le laisse faire… ou pire, qui l'engloutira *elle*. S'il y a une seule chance que je la sauve encore, c'est maintenant que je veux la tenter. Même si je suis la bête féroce de son histoire, j'ai l'impression qu'elle est la lumière de la mienne.

Le goût amer de cette prise de conscience se répand dans ma bouche, ce qui me fait cracher au sol. La bile qui remonte provient de tout ce qui tourne en boucle dans mon esprit depuis ma dernière rencontre avec le commandant de Barcéon.

Serrant les dents, je m'insère dans la forêt pour suivre à distance un petit groupe d'hommes de Nalaire. Sans prudence, ils se réunissent à environ deux kilomètres du camp, comme si cette distance était capable de m'éloigner de mon objectif. Je prie silencieusement pour qu'ils se dévoilent sans que j'aie à forcer les choses. J'ai besoin de faire verser le sang, mais je ne souhaite pas le faire comme ça. En tout cas, *plus* comme ça.

Mes bottes font craquer une branche sous mes pieds, je me cache derrière un arbre alors qu'un soldat se retourne.

Quel con ! Si je continue sur cette lancée, je risque de tout faire capoter, et je n'ai plus le choix, c'est aujourd'hui ou jamais.

Ma lame fétiche au bout des doigts, je cisaille le tronc en attendant qu'ils s'éloignent un peu et que leurs doutes soient dissipés.

Au bout de quelques minutes, je les retrouve, au milieu d'une clairière, assis en cercle. Six gardes de Nalaire qui chuchotent. Parfait !

Je me rapproche sans me montrer, puis m'accroupis au plus près d'eux pour être capable de distinguer leurs voix. Pendant de longues minutes, ils parlent de femmes, de leurs attributs qui frétillent et les démangent.

Bordel ! Tout, mais pas un enculage de soldats ! Épargnez mes oreilles…

Je commence à me dire que je perds mon temps lorsque des mots me percutent.

— Ils appellent ça un prince, mais c'est un coupeur de têtes sans aucune âme, et il va finir par tous nous zigouiller ! lance l'un d'eux, l'intonation tremblante de la peur que je représente pour lui.

Ce surnom me fait sourire en coin, même si je n'en suis pas fier, je dois avouer que j'aime être craint.

— Il nous tourne autour comme une mouche sur le derrière d'une vache. Vous savez ce qu'on raconte sur lui ? On dit qu'il est venu au monde avec la marque de la mort. Son cœur est aussi noir que son esprit. Croiser son regard vous assure de périr dans d'atroces souffrances, enchaîne le plus trapu.

Bon, OK, pour obtenir leurs confidences, ce n'est pas gagné.

— Depuis… vous savez quoi, susurre le grand brun en se penchant vers les autres pour baisser d'un ton, nous n'avons pas trouvé de moyen de reprendre nos terres.

Enfin quelque chose qui m'intéresse. Je me rassieds correctement, puis tends l'oreille davantage. Ils veulent donc la faire à l'envers à mon père et récupérer leur contrée. Fascinant…

— Où en sommes-nous de l'alliance avec Aldoria ?

Ces petits fumiers…

Sans plus de cérémonie, je sors de ma cachette et lance ma lame en direction de celui qui a eu cette idée, puis m'accroupis derrière le plus proche et enserre son cou de mon avant-bras en l'avertissant de mon autre dague.

— Alors, bande de traîtres, on m'explique le plan ?

Leurs yeux exorbités sont un spectacle enchanteur pour mon besoin d'adrénaline. Je les ai enfin chopés, et je ne risque pas de les laisser filer.

Les gardes s'écartent, menaçants, les armes dressées entre eux et moi.

— Six contre un, ce n'est pas équitable, craché-je en tirant leur ami en arrière.

— Lâche-le, bourreau.

— Il me semble déceler un défi dans tes propos, argué-je avec amusement. Cependant, le combat ne serait pas impartial. Je vous tuerais tous en quoi… une minute ? Et ensuite, je devrais essayer de me faire de nouveaux potes.

Leur incrédulité est une bonne source de distraction, je dois bien l'avouer, et j'en manque cruellement ces temps-ci.

— Donc, j'étais venu vous demander quel était le plan, puisque apparemment, Aldoria et Nalaire ont une alliance secrète. Je trouve ça très excitant de me dire que toutes vos manigances ne sont pas encore connues du futur roi des quatre vents. Et vous, bande de lèche-bottes, vous allez me donner tous les petits détails de ce que vous préparez, sinon… couick !

Pour montrer mon sérieux et l'attention qu'ils ont attirée sur eux, j'entaille légèrement la peau du soldat entre mes mains. Ce dernier serre les dents et déglutit avant d'agripper sa gorge dès que je le relâche.

Les hommes, sur la défensive, reculent d'un pas, prêts à prendre la fuite. Néanmoins, il ne fallait pas un éclair de génie pour comprendre qu'une tentative de ce genre se solderait par un échec. Enfin, ils l'incluent lorsque l'un d'eux se met à courir pour prévenir l'autre partie du camp et que je lui fiche une dague dans le bas de sa cape pour l'immobiliser.

Il n'ira pas plus loin, au moins.

— Sérieusement, vous ne préférez pas rester en vie ? questionné-je innocemment.

Je vois leurs visages se rembrunir et l'expression qui se dessine ensuite m'offre ce que j'attendais. Un plan.

De longues et soporifiques minutes plus tard, je me sers un troisième verre de vin chaud en écoutant le moindre détail de leur pitoyable trahison et souris.

— Le plan est nul, mais l'idée est bonne.

— Le plan a été élaboré avec nos tacticiens ! Il n'est pas fait pour plaire au prince barcéonien, s'emporte un soldat en crachant au sol. De toute façon, nous ne sommes que de la chair à abattre pour vous. Un moyen d'écraser Aldoria simplement parce que votre roi s'est pris pour un dieu qu'il n'est pas !

— Je reconnais que votre bravoure pourrait vous valoir un retrait dans cette guerre.

— Vraiment ?

— Non, je déconne ! Il ne vous laissera jamais ressortir vivants quand il apprendra ce que vous avez manigancé.

Je sens que je commence à leur taper sur le système, et c'est exactement ce que je cherche. Les perturber pour qu'ils fassent ce que j'attends d'eux de manière subtile.

— OK, je regrette d'avoir égratigné celui-là, mais j'avais besoin de votre attention. Est-ce qu'on peut discuter de ce qui se passe ensuite ? On ne va pas tergiverser toute la nuit !

— Qu'est-ce qu'on a à gagner en s'alliant au fils du souverain fou ?

Ah, j'aime ce qu'on s'apprête à créer ensemble. Une véritable équipe soudée faisant front pour…

— Bourreau ! m'interpelle le plus grand.

Merde, je m'égare.

— Vous récupérez votre coalition avec Aldoria ainsi que votre petit trafic d'herbes médicinales, et si on contrecarre les plans du roi… vos terres. Avez-vous quelqu'un capable d'assumer la gouvernance de votre royaume déchu ?

— Évidemment ! Tu nous prends pour qui ?!

Je lève les mains en l'air pour montrer patte blanche, ou du moins ma non mauvaise foi exceptionnelle.

— Qu'est-ce que tu y gagnes, toi ? questionne toujours le même.

Sa méfiance est de mise, mais je n'ai plus le temps de jouer. La guerre est si imprévisible qu'il se pourrait que je ne parvienne pas à temps au cœur du chaos.

— Je vais libérer mon frère.

C'est ma priorité, mais, bien entendu, je ne leur étale pas mes états d'âme ni ce besoin d'aller sortir Isaya de cet endroit. Peut-être que lorsque je la retrouverai, elle acceptera de déserter Aldoria pour… je ne sais pas trop en vérité. Cette sorcière serait capable de me poignarder simplement pour l'avoir regardée. Zayan me conseillerait sûrement de lui expliquer, pourtant il serait plus facile de l'assommer, de la faire quitter ce foutu reinaume et d'ensuite lui faire entendre que cette folie vient de mon père et que je suis doté d'un cœur qu'elle ne pourra jamais comprendre. J'imagine sa tête lorsqu'elle apprendra que je suis le digne fils du souverain de Barcéon… Il est certain qu'elle va me faire la peau, et je crois que ça m'excite !

Force est de constater que bavarder avec les Nalairiens est très ennuyeux. Cependant, il semblerait que mes arguments soient convaincants, puisqu'ils acceptent de traiter avec moi, bien que le doute ne déserte jamais vraiment leurs prunelles. Cela dit, je suis déçu, c'était presque trop facile.

Tandis que je selle mon cheval et réajuste les étriers, Viktor, qui m'a croisé lorsque je suis revenu vers le camp, s'avance d'un pas tranquille :

— Ils voulaient te pendre par les couilles et te saigner jusqu'à ce que tu supplies ton père de venir te libérer. Je leur ai dit que tu serais un mauvais otage…

Je ricane en pensant que c'est sûrement en grande partie grâce à lui qu'ils ont décidé de me faire confiance.

— J'espère que tu sais ce que tu fais, lâche-t-il dans un souffle. Il est prêt à tout, sois alerte.

— Non. Mais je crois que Zayan n'aurait pas abandonné, et je ne le laisserai pas. Les magouilles de mon père, je les connais par cœur, je devrais m'en sortir.

— Tu sais ce qu'il te reste à faire alors…

Il est temps. Temps de les mettre à genoux, de libérer mon frère, de redessiner l'avenir. Il est temps de jouer mon rôle de bourreau. Un bourreau qui s'est laissé prendre au piège d'Aldoria.

CHAPITRE 69

Isaya

Si on m'avait dit que le temps pouvait défiler à la fois rapidement et avec une lenteur insoutenable, j'aurais probablement répondu que c'est impossible. Depuis de longues minutes, nous observons les échanges tendus entre les deux souverains sans que personne intervienne. Chacun sur ses gardes, à l'affût du moindre geste suspect, nous attendons.

La reine tente de calmer la colère que le roi ne parvient plus à contenir, pourtant, je perçois dans ses mouvements vifs une blessure suintante qui n'a jamais cicatrisé.

Est-ce qu'ils étaient promis l'un à l'autre dans une autre vie ? Ça m'en a tout l'air, alors que je n'avais jamais entendu cette rumeur. Cela me met sur mes gardes. Je détaille chaque geste, chaque respiration.

— Nous pouvons encore trouver un accord de paix, argue-t-elle d'un ton solennel.

— La paix ? Il y a bien longtemps qu'elle n'existe plus.

— Pourquoi maintenant ? Tu as ta vie, un royaume prospère et tes fils.

Il est vrai qu'il a déjà tout ce qu'il veut. Sa descendance est assurée par deux fils, bien que nous ne les ayons jamais vus. Durant une seconde, je me demande s'ils sont comme leur père. Les rumeurs déclarent que l'héritier à la couronne a la grâce de sa mère et l'esprit affûté de son père, mais qu'il est respectueux envers ses sbires et son peuple. Pour le second, les éloges ne sont pas les mêmes. On dit qu'il est froid comme la glace, plus tranchant qu'un pieu aiguisé. Je ne me suis jamais posé de questions à son sujet, car les seconds fils n'ont jamais été destinés à régner, et ce, dans tous les royaumes.

Le conseiller Maxwell s'approche de nouveau de la souveraine. Une lueur de fureur apparaît dans les prunelles du roi de Barcéon, comme s'il ne remarquait que maintenant sa présence. Maxwell est un Barcéonien de racine, ce qui signifie qu'il est un traître à ses yeux, d'autant plus pour ce royaume qu'il a choisi de trahir délibérément pour rester auprès de sa reine. Son rôle n'est pas simple, mais il a choisi son camp. Ou du moins, j'espère qu'il ne retournera pas sa cape une nouvelle fois au dernier moment. Avec lui, je m'attends à tout. Mon cœur bat la chamade dans ma poitrine en les dévisageant tour à tour.

La reine parle de compromis pour éviter un désastre sans précédent, son homonyme jubilant de ne laisser que des cendres en souvenir. Leur dialogue, teinté d'amertume et de regrets, me questionne. Il y a une part d'ombre dans toute cette histoire qui semble vouloir exploser en pleine lumière. Le souverain finit par sauter sur ses pieds joints pour se mettre à hauteur de la dirigeante. Ils ne sont plus qu'à quelques mètres l'un de l'autre, mais je m'approche en même temps, tout comme Garreth.

— Je n'y suis pour rien dans la mort de ton épouse, déclare Feya, émue. J'ai aussi perdu mon enfant dans des conditions douloureuses. Je sais ce que ça fait, mais nous ne sommes pas obligés d'en arriver à détruire tout ce que l'on a mis tant d'années à reconstruire.

Les têtes se tournent vers la reine. Le roi consort et elle ont eu un enfant, il y a longtemps, mais leur descendance est décédée des suites de la maladie.

— Ce reinaume est une abomination. Il a abattu mes parents, saccagé mes terres. Il m'a forcé à prendre un palais en main alors que je n'y étais pas préparé. Heureusement que ta progéniture n'a pas survécu, sinon je l'aurais exécuté de mes mains, claironne Calum.

Comment de telles absurdités peuvent-elles sortir de sa bouche ?

Il avance d'un pas instinctivement.

— Je vais ravager ta cité simplement pour le plaisir de te voir tout perdre, puis je te tuerai pour que tes sujets comprennent que leur vie ne vaut rien pour moi. De la même façon que ton père a anéanti les miens à l'époque.

Son ton est sans appel, menaçant, ses yeux la scrutent comme si elle était déjà morte. Il la regarde, le sourire aux lèvres, puis clame :

— Ma femme a été mon entraînement, tu seras l'achèvement.

— Calum… dit-elle d'un timbre qui appelle le désespoir.

Mais il ne l'écoute plus et fait un signe vers le bourreau en indiquant la reine Feya.

— Kaël, décapite-la !

Je tourne vivement la tête vers lui, il ne bouge pas. Il dévisage son roi, mais ne dégaine pas son arme. Son regard glacial semble à la fois anéanti par ce que son souverain revendique sans le formuler tout en étant calculateur. Je fronce les sourcils.

— Putain de bon à rien ! Comment j'ai pu engendrer un tel fardeau.

La rage qui danse dans les prunelles de Calum me fait froid dans le dos alors que les pièces s'assemblent pour former un ensemble effrayant. Les articulations des mains de Kaël craquent, brisant le silence qui s'est installé depuis quelques secondes.

— Tu fais le bon choix, mon garçon, dit Maxwell en s'avançant suffisamment pour se tenir près de lui. Ta mère serait fière de toi.

Kaël est… le fils du roi ? Bordel ! Comment j'ai pu rater cette information ?

J'ai… enfin, je veux dire que… le bourreau, l'homme qui m'a bercée d'illusions, qui a détruit ma vie, n'est autre que la progéniture de celui qui va nous anéantir ? Les souvenirs me frappent et me déstabilisent. Il m'a raconté que son père était dur, qu'il n'avait pas grandi comme tout le monde, mais je pensais qu'il provenait d'une contrée lointaine et qu'il était simplement un parent par alliance de Maxwell. PAS UN PRINCE ASSASSIN ! Cela dit, plus je l'observe, plus je me dis que lui-même vient d'apprendre que c'est son propre père qui a tué sa mère. Ce roi est fou, carrément explosé du ciboulot. Il scrute son fils en riant de sa surprise.

Personne ne va donc le faire taire ?

Mes pensées s'enrayent, ma tête tourne légèrement. Je n'ose pas le regarder alors que tout se joue devant mes yeux. Je fixe le roi sans vraiment le voir. Un geste à peine perceptible attire mon attention sur sa hanche dont le soleil se reflète sur la lame que tient le souverain. Les rouages de mon cerveau ne tardent pas à se remettre en marche et à exécuter des mouvements instinctifs. Je redresse la tête pour apercevoir les doigts du dérangé du bulbe se lever et pointer vers ma reine. Il s'apprête à lui lancer une dague dessus ! Je ne réfléchis pas, mon corps réagit avant même que mon esprit ne comprenne l'ampleur de mon acte. Je cours aussi vite que ma blessure me le permet pour me placer en travers de la trajectoire de son tir et bondis en avant, poussée par une impulsion brute chevillée au corps.

Je dois sauver ma reine.

Le temps se suspend dans un éclat de voix, bercé par une vague sombre qui s'abat sur moi.

— Protégez la reine ! hurle Garreth.

Le son de sa voix me parvient, lointain, tandis que j'amorce la violence de l'impact au sol avec fracas. L'air me fauche, les martèlements de mon cœur s'accélèrent alors que ma respiration se coupe. Ma tête cogne contre la terre, mais je ne ressens pas la douleur qui devrait me traverser. J'essaie de me relever, mais j'étouffe parce qu'une masse m'écrase. Je me débats comme je peux pour échapper à mon assaillant, trop lourd pour être la reine, trop imposant pour que je puisse me libérer. Je lutte mollement pour ne pas me prendre un coup de lame, mais rien ne vient. Je m'immobilise, impuissante et trop faible, mes sens en alerte pour tenter de comprendre, et là, le temps semble reprendre son cours, comme si je ne m'étais jamais jetée devant la souveraine pour empêcher son exécution et, par extension, celle de tout son peuple.

— *Néora…* siffle une voix à mon oreille.

Cet effluve, ce timbre rauque…

Kaël.

Autour de nous, tout s'agite, les épées s'entrechoquent et le combat redémarre vivement alors que je suis sonnée par la douleur cuisante qui se propage le long de mes côtes. Je lutte pour ne pas sombrer, ma tête me lance et mon souffle est toujours erratique.

Je me force à redresser la tête pour apercevoir Garreth emmener notre souveraine vers le palais dans la confusion la plus totale, puis en tournant légèrement le menton, je saisis que le corps de Kaël repose contre le mien.

Qu'est-ce qu'il fout là ?

Ses yeux s'ancrent à mes pupilles, s'agitent vivement, mais sa respiration semble s'être affaiblie. Je ne bouge pas.

Je regarde sa bouche et remarque du sang glisser sur sa peau. Le goutte-à-goutte régulier s'écrase sur ma joue, coule comme une larme. Son corps sur le mien fait barrage aux combats que les autres mènent pour nous. À cet instant, une vague d'amertume, de colère et d'angoisse me traverse. Je tilte tout de suite la situation.

Ce fichu soldat n'a rien trouvé de mieux que de s'interposer entre la lame de son père et moi.

Ma cage thoracique s'emballe à cette vision et je déniche l'énergie pour le repousser, luttant contre ma propre douleur. Son corps roule sur le dos et il crache. Encore chancelante, je m'agenouille près de lui en rassemblant mes forces et le pointe du doigt :

— Kaël… qu'est-ce que tu as foutu, sale crétin ?

— Je…

Les bulles qui sortent de sa bouche m'inquiètent et ne me disent rien qui vaille. Il tousse, grimace. C'est la première fois de ma vie que je le vois aussi vulnérable et, je ne vais pas mentir, ça me touche. Une main sur son flanc, je repère vite la lame fichée dans son corps. Pourquoi ne portait-il pas une armure complète ? Pourquoi m'a-t-il protégée ? D'un geste lent, il retire l'objet avant de le laisser retomber. Tout comme son bras. L'afflux d'hémoglobine qui s'échappe de la blessure teinte la terre de rouge, puis mes doigts se retrouvent maculées du liquide écarlate lorsque, dans une vaine tentative, je comprime sa plaie béante. Il y a beaucoup de sang. Trop. Je sais ce que cela veut dire. Kaël frissonne, car il le sait aussi.

— *Néora…*

— Tais-toi, lui intimé-je. Économise tes forces, abruti !

— Tu t'inquiètes… pour moi…

Il étouffe une plainte douloureuse et tousse à nouveau. Sans réfléchir, je le bascule sur le côté pour que le sang puisse s'écouler de sa bouche, mais cela n'arrêtera pas l'hémorragie.

J'appelle au secours, je hurle qu'on vienne l'aider, mais c'est comme si plus personne autour ne nous entendait.

Il est en train de mourir et je ne sais pas quoi faire. Traiter les gens, c'était le rôle de Sélène. Moi, je ne connais que les rudiments des premiers soins. Avec ce genre de blessure, c'est de quelqu'un de qualifié dont il a besoin.

Sa souffrance se répercute en moi et mes mains frissonnent de plus belle. Ma vision se floute alors que Kaël semble abandonner la bataille.

— C'est trop tard… souffle-t-il en caressant ma peau, qu'il saisit pour éviter les tremblements. Sois heureuse… avec… ce salopard… qui te fait sourire.

Il est blanc, ses cheveux bruns étalés autour de lui, sa cicatrice se plissant sous ses traits douloureux.

— Connard de bourreau, tu as intérêt à rester en vie pour que je te tue moi-même !

L'effroi grandit en moi, consumant ma raison et ravageant mon cœur. Un cri résonne derrière moi et j'ai juste le temps de dégainer ma dague que nous nous faisons attaquer. Je riposte en titubant, mais m'écroule de tout mon long. La hargne que déploient les soldats barcéoniens me paraît démultipliée alors que leur prince s'éteint sous nos yeux. Je suis comme dissociée de cette réalité étrange, trop épuisée pour continuer ce combat. Si Kaël meurt en m'ayant sauvée encore une fois, je n'aurai jamais le moyen de lui rembourser toutes les vies que je lui dois.

Je repousse mon assaillant sans vraiment savoir comment avant de m'écrouler à nouveau. L'air se densifie autour de nous, et c'est en tournant la tête que je me rappelle que Kaël gît toujours au sol. Je rampe jusqu'à lui, caresse sa peau marbrée. Il semble avoir perdu toutes ses couleurs. Dans le tumulte ambiant, je fixe celui qui bouscule toutes mes convictions. C'est un traître. Un homme sans foi ni aucune valeur, si ce n'est défendre ceux qu'il tolère, et j'en suis tombée amoureuse.

Sa respiration devient sifflante, crépitante comme s'il se consumait intérieurement, emportant les débris de notre histoire là où plus personne ne pourra les atteindre. Ses iris se révulsent avant de revenir face à moi. Il divague. Je sens qu'il est déjà en train de passer de l'autre côté. Ses yeux se voilent, ternissent, mais me disent tout ce qu'il n'a jamais révélé. *Je compte pour lui.*

Je pose sa tête sur mes genoux et lui caresse les cheveux dans un geste qui se veut rassurant. Protecteur. Je regarde autour de moi et remarque que les épées chutent les unes après les autres. Un cor résonne, puis d'autres suivent quelques instants plus tard. Je vois Maxwell avancer vers nous, à moins que ce ne soit une hallucination. Le soleil m'éblouit, je cligne des paupières pour me cacher de la lumière qui perce à travers les nuages lourds et sombres. Je sursaute lorsque la main de Kaël se dirige vers mon visage et qu'il articule avec peine :

— *Néora*, écoute-moi…

Affolée, je ne veux pas entendre ses explications. Ma voix chevrotante le coupe, l'implore de se taire.

— Quelqu'un va arriver pour toi, on va te sortir de là, et après ça, c'est moi qui te ferai la peau ! T'as pas le droit de m'abandonner, tu comprends ?

Ma tirade s'échappe aussi rapidement que les battements de mon palpitant qui me maintiennent en vie.

— *Néora…* Tu as foutu un sacré bordel dans mon existence, hein ? Si je pensais… Je…

Le sang s'écoule de sa bouche et vient éclabousser mon visage. Les soubresauts de son corps sont de plus en plus rapprochés, me faisant tendre la paume vers son cœur.

— Kaël, s'il te plaît…

Mes larmes ruissellent sur mes joues quand l'hémoglobine se répand tout autour de nous comme un océan prêt à nous engloutir. Ses prunelles ne quittent pas les miennes alors qu'un sourire en coin apparaît sur ses lèvres. Il est pâle, si pâle…

— Il n'a jamais battu que pour toi…

Il déglutit péniblement. Ses yeux se renversent une nouvelle fois et sa tête bascule.

— Non, non, noooooooooon ! hurlé-je. Reviens ! Ne me laisse pas !

Kaël semble osciller dangereusement à présent. C'est une question de temps et mon cœur se brise.

J'ai tant de choses à lui avouer et je me dis que tout aurait pu être si différent. Je n'oublie pas qui il est ni ce qu'il a fait, mais je me raccroche à tout ce qu'il m'a fait éprouver, à tout ce qu'il m'a appris. À ses côtés, je suis devenue une femme plus forte, j'ai combattu mes démons.

Je vacille. Le temps nous est compté et je n'ai pas de moyen de le ralentir pour lui dire encore et encore combien il est stupide de s'être jeté entre cette foutue lame et moi. Combien ses mensonges auront été un si lourd tribut à payer. Combien je l'aime et le déteste en même temps. Qu'il a donné un sens à cette vie malgré tout. Mes pensées s'entrechoquent, se bousculent et meurent sur mes lèvres. Je repose la tête de Kaël au sol tout en maintenant ma main contre son palpitant qui commence à décliner. Je me sens de plus en plus mal. Ma propre blessure suinte et me fait souffrir. Je tente de repousser la douleur pour me concentrer sur Kaël, mais elle revient sans cesse, comme un écho à ce que nous sommes. Une étincelle dans ce chaos. Mes paupières sont si lourdes à présent, et je lutte contre le sommeil. La nausée me remonte dans la gorge et je m'imagine m'endormir dans ses bras pour le reste de ma vie. Puis me réveiller à ses côtés. Je ferme les paupières une seconde, ou peut-être deux, attirée par ce sommeil sans rêves qui emporterait toutes nos souffrances. Kaël fixe un point indéfini, les yeux grands ouverts. Je ne saurais dire s'il voit tout ce que nous aurions pu être dans un autre monde ou s'il canalise ses dernières forces pour me duper encore une fois et me tuer de sa main. Mais il ne bouge pas. Je cajole sa joue et ses pupilles sombres s'arriment aux miennes. Ses doigts puissants se glissent dans mes cheveux et il m'attire à lui maladroitement. Nos bouches se caressent, s'effleurent avec une fragilité contenue. Mes larmes se mêlent au sang, mon espoir étouffé dans ce baiser. Nos vies ne tiennent décidément qu'à un coup de lame. Quand je quitte ses lèvres, ses paupières ne bougent plus, son regard est vide et ses battements sont… inexistants. Mon cœur trébuche, puis chute. Il emporte avec lui les derniers éclats de mon âme qui n'étaient pas encore brisés. Le monde s'effondre. La lutte est finie.

Les bruits près de nous me parviennent de plus en plus étouffés. Intérieurement, j'ai besoin de croire que Kaël est toujours dans cet aparté avec moi et que plus rien autour n'existe. J'aimerais sentir l'amour sur ses lèvres. Goûter une ultime fois la vie avant d'embrasser la mort. Ne plus être ici sur ce champ de bataille, mais dans la chaleur de sa chambre à ranimer nos derniers moments. Ma main le relâche et, avant que je ne puisse hurler ma douleur, on me tire sous les bras pour m'écarter de lui.

— Ils ont été touchés tous les deux ! On va les perdre ! Zayan, je suis désolé, ça ne devait pas se passer comme ça… tonne une voix grave que j'entends de manière déformée.

Je crois que je murmure un « je t'aime » qui n'atteindra jamais Kaël, puis je sens que le monde se dérobe sous mes pieds.

À présent, le temps s'étire à l'infini. Je n'ai plus conscience de la guerre. Aldoria disparaît dans le noir de mon âme, Barcéon cesse de nous persécuter et je me laisse porter dans cet entre-deux où le calme et la paix règnent enfin.

J'ai réussi. J'ai protégé ma reine.

Je suis libre.

Libre de partir avec lui.

À SUIVRE…

REMERCIEMENTS

Prêts pour le tome 2 ? Puisse le sort vous être favorable... Merci par avance à Spielberg pour sa proposition de film... nous étudierons la question.

Pour être plus sérieuses, nous remercions tous nos partenaires (chroniqueuses, illustratrice, graphiste) ainsi que toi, lecteur.

Si tu as aimé l'histoire d'Isaya et Kaël, pense à laisser un commentaire sur Amazon, c'est comme ça qu'il sera proposé plus facilement à d'autres lecteurs.

Tu peux venir nous parler en privé sur nos réseaux sociaux sans problème, nous te laissons les QR code.

À bientôt,

Lorely et Charlye